MAYA MOTAYNE

Nocturna

Das Spiel des Fuchses

Autorin

Maya Motayne studierte Englische Literatur und Kreatives Schreiben an der Universität von Maryland. Danach arbeitete sie drei Jahre als Lektoratsassistentin bei Penguin Random House in den USA und hat sich seitdem dem Ziel verschrieben, Diversitätsthemen in die Young-Adult-Literatur zu bringen. Sie hat bei der Gründung des »Random House Children's Books Diversity Committee« mitgewirkt. »Nocturna – Das Spiel des Fuchses« ist ihr erster Roman.

Besuchen Sie uns auch auf www.instagram.com/blanvalet.verlag und
www.facebook.com/blanvalet

MAYA MOTAYNE

Nocturna
Das Spiel des Fuchses

Roman

Deutsch von Urban Hofstetter

blanvalet

Die Originalausgabe erschien 2019 unter dem Titel
»Nocturna« bei Balzer + Bray, New York.

MIX
Papier aus verantwortungsvollen Quellen
FSC® C083411
FSC www.fsc.org

Penguin Random House Verlagsgruppe FSC® N001967

1. Auflage

Redaktion: Catherine Beck
Umschlaggestaltung und -illustration: © Isabelle Hirtz, Inkcraft
unter Verwendung eines Motivs von
Persian Graphics Studio/Shutterstock.com
Karte: Leo Hartas Ltd, www.leohartas.com
BL · Herstellung: sam
Satz: Buch-Werkstatt GmbH, Bad Aibling
Druck und Bindung: CPI books GmbH, Leck
Printed in the Czech Republic
ISBN 978-3-7341-6188-9

www.blanvalet.de

Kapitel I

Ein Prinz ohne Zukunft

Ein Prinz kehrt immer nach Hause zurück.

Das hatte Alfies Mutter zu ihm gesagt, als er vor drei Monaten sein Schiff bestiegen hatte, um San Cristóbal zu verlassen und hinter dem Horizont zu verschwinden. Während dasselbe Schiff nun in den Hafen einfuhr, aus dem es damals abgelegt hatte, wand sich Alfies Schatten nervös um seine Füße.

Er war zu Hause.

Vor ihm erhoben sich die Ringe der Hauptstadt. Er ließ den Blick von den windschiefen Tavernen, die sich in Kniff gegen die Meeresbrise stemmten, zu den majestätischen Haciendas mit ihren Buntglasfenstern und geschwungenen Ziegeldächern gleiten, die ein Stück landeinwärts in der Schleife standen. In der Ferne ragten die Berge auf. Als er die Augen zusammenkniff, erkannte er die im Wind wogenden Zuckerrohrfelder der Umgebung, die nur darauf warteten, abgeerntet zu werden. Und dann war da natürlich noch der Palast, der wie eine zweite Sonne vor dem Horizont aufragte.

Während das Knattern der scharlachroten Segel nachließ und die Mannschaft sich zum Anlegen bereitmachte, schloss Alfie die Finger fest um die Reling. Vor den Läden und Schänken am Hafen brannten die ganze Nacht verzauberte Laternen, um ankommende Seefahrer willkommen zu heißen. Trotz allem, was geschehen war, wirkte die Stadt eigenartig unverändert. Aber das war es wohl, was Heimat ausmachte. Sie blieb immer gleich, auch wenn man selbst ein anderer geworden war.

Am liebsten hätte Alfie dem Kapitän zugerufen, er solle wenden und wieder Kurs auf die offene See nehmen. Sein pochendes Herz drängte ihn, erneut die Segel hissen zu lassen und hier nicht an Land zu gehen.

»Prinz Alfehr«, riss der Kapitän Alfie aus seinen Gedanken, »Eure Kutsche ist eingetroffen.«

Alfie holte tief Luft und hielt den Blick auf die klare blaue See gerichtet. Er sah bunte Fischschwärme, die unbeeindruckt von dem Schiff, das über sie hinwegglitt, hin und her zischten. Als sie von der aufgewühlten Hochsee in den Suave, das sanfte Küstengewässer seiner Heimat, eingefahren waren, hatte sich Alfies Magen nervös zusammengekrampft. In diesem Moment war ihm bewusst geworden, dass er fast wieder zu Hause war. Nun gab es kein Zurück mehr.

Wie jeder Mensch war er mit einem Hang zu einem der vier Elemente zur Welt gekommen – in seinem Fall war es das Wasser. Er war kein sonderlich begabter Wasserzauberer, da er sich wie die meisten Adligen nicht sehr eingehend mit dem Studium der Elemente befasst hatte. Dennoch hätte er gern die Arme ausgestreckt und Wellen gegen die Bordwand peitschen lassen, um das Schiff in weit entfernte Gewässer abzudrängen. Doch stattdessen nickte er nur. »Ich danke dir für deine Dienste, Bastien.« Als der Kapitän sich verneigte und zum Gehen umwandte, drehte sich Alfie zu ihm um. »Espérate.«

»Ja, Euer Gnaden?«

»Sehe ich …« Alfie blickte ihn unsicher an. »Sehe ich annehmbar aus?«

Bastien bedachte ihn mit einem wissenden Blick. »Ihr seht sehr gut aus, Prinz Alfie. Aber Eure Familie wird sich so oder so freuen, Euch wiederzuhaben.«

Der Kapitän erwiderte Alfies dankbares Nicken und überließ ihn wieder seinen Gedanken. Um die dunklen Ringe unter seinen Augen loszuwerden, hatte Alfie während der vergangenen Woche keinen Tropfen Alkohol angerührt und auch aufgehört, bis spät in die Nacht alle Texte über verbotene Magie zu lesen, die er in die Finger bekam. Während seiner Zeit an Bord hatte er zu viel getrunken, um verbergen zu können, wie verloren er sich fühlte. Er hatte versucht, einen Sinn in seiner Trauer zu erkennen, dabei aber nur Zorn empfunden. Seine Mannschaft wusste das nur zu gut, aber er wollte nicht, dass seine Mutter merkte, was während seiner monatelangen Abwesenheit aus ihm geworden war. Trotzdem trug er immer noch eine versteckte Tequilaflasche an der Hüfte wie ein Heilmittel, mit dem er sich jederzeit in eine tröstliche Betäubung versetzen konnte.

Alfie überquerte die schlingernde Planke zum Dock. Als seine Füße den festen Boden berührten, war es merkwürdig, wieder diesen schrecklich starren Untergrund zu spüren. Es schien ihm, als wären Hände aus der Erde emporgestiegen, um ihn an diesem Ort voller Erinnerungen festzuhalten, die er so gern vergessen würde. Mit zusammengebissenen Zähnen stemmte er die Absätze in den Boden, damit sein Schatten nicht zum Schiff zurückhuschte. Er war wieder zu Hause und musste die Form wahren. Also ging er mit erhobenem Kopf auf die wartende Kutsche zu.

Menschen, die auf den Docks arbeiteten, Bürger des Königreiches, das er zu Unrecht erben würde, stellten sich in einem weiten Kreis um das Fuhrwerk und begannen, miteinander zu tuscheln.

»Ist er das wirklich?«

»Kronprinz Alfie ist wieder da!«

Ihre Worte lasteten wie schwere Steine auf seinen Schultern. Der Titel Kronprinz gebührte nicht ihm, sondern seinem Bruder Dezmin. Alfie ging schneller. Ein Trupp Wächter mit roten Umhängen, auf denen das Wappen von Castallan prangte, schirmte die Kutsche ab.

Ein Mann mit breitkrempigem Hut hob seinen Sohn auf die Schultern, damit der Junge ihn besser sehen konnte. »Mira, Mijo! Das ist der Prinz!«

Alfie konnte es nicht ertragen. Sie sahen ihn alle so hoffnungsvoll an. Das Herz schlug ihm bis zur Kehle, als er endlich das Fuhrwerk erreichte.

Doch bevor er einsteigen konnte, hörte er eine Stimme, die alle anderen übertönte. Die Worte trafen ihn wie ein Peitschenschlag: »Euer Verlust ist unser Verlust, Prinz Alfehr! Möge Prinz Dezmin in Frieden ruhen!«

Alfies Lächeln fiel in sich zusammen. Es stimmte, was der kondolierende Mann sagte: Dez' Abwesenheit war tatsächlich für alle ein Verlust. Sie hatten ihren wahren Anführer verloren und mussten nun stattdessen mit Alfie vorliebnehmen. Doch in einem täuschte er sich: Dez war nicht tot. Alfie war zurückgekehrt, um ihn zu finden – damit diese Menschen den König bekamen, den sie verdienten. Er würde alles wieder in Ordnung bringen.

Alfie bemühte sich, seinen Kummer zu verbergen, während er sich mit brennender Kehle zur Menge umdrehte. »Ich danke euch.«

Seine Stimme klang hölzern und hohl, aber wenigstens zitterte sie nicht.

Als sich die Kutsche vom Hafen entfernte und er das silberne

Palasttor in der Ferne aufragen sah, nahm seine Angst noch zu. Viel zu früh war die Fahrt vorbei. Es hieß, in glücklichen Momenten flöge die Zeit nur so dahin, aber sie raste ebenso sehr, wenn etwas Unerfreuliches drohte.

Als die Kutsche auf das prachtvolle königliche Gelände rollte, schwangen die silbernen Torflügel auf. Ein Stück voraus stand der Palast in der Mitte eines ausgedehnten Sees. Seine mit vielfarbigem Buntglas bedeckten Kuppeln fingen das Mondlicht ein und reflektierten es in scharlachroten, azurblauen und jadegrünen Strahlen.

Zwischen dem Palast und dem umgebenden Areal gab es keine Brücke. Zumindest keine dauerhafte. Während die Kutsche sich dem Ufer näherte, hoben die vor dem See stationierten Steinmetze gleichzeitig die Arme, worauf ein befestigter Weg aus dem Wasser aufstieg. Als Kind hatte Alfie immer den Kopf zum Fenster hinausgestreckt und zugesehen, wie die Brücke hinter seinem Fuhrwerk wieder im See versank. Nun blickte er jedoch starr geradeaus.

Der Fahrer hielt die Pferde an, und Alfie stieg aus. Im Schatten seines hoch aufragenden Heimes kam er sich klein vor.

Auf dem unteren Absatz der Steintreppe verbeugte sich ein Diener vor ihm. »Willkommen zu Hause, Euer Hoheit. Der König und die Königin wünschen …«

»… dass ich in der Bibliothek auf sie warte«, beendete Alfie den Satz des Mannes. Das war der Ort, an dem seine Eltern immer alles Wichtige besprachen.

Der Diener nickte.

»Dann gehe ich gleich mal dorthin. *Gracias.*«

Während Alfie die Stufen hinaufstapfte, flatterte sein kurzer Umhang hinter ihm im nächtlichen Wind. Als er oben angekommen durch die nach innen aufschwingende Tür eintrat, wehte ihm der vertraute Duft seines Zuhauses entgegen – eine Mischung aus Zimträucherstäbchen, die seine Mutter so gern abbrannte, und frisch gewaschener Wäsche. Seine Schuhe klapperten auf den handbemalten Bodenfliesen, und das Geräusch hallte von den Wänden des Palastes wider. Die Decken waren mit farbenprächtigen Tuchbahnen abgehängt, was die bedrohlich wirkenden Korridore ein bisschen freundlicher erscheinen ließ. Wie der Boden waren die Wände mit Kacheln bedeckt, die wirbelnde Mosaike aus dunklem Orange, Rosenrot und Sommergelb bildeten. Alfie nickte den Dienern zu, die ihre Arbeit unterbrachen und sich vor ihm verbeugten, wenn er an ihnen vorüberging. Von ihren ehrerbietigen Blicken wurde ihm immer unbehaglicher zumute.

Alfie beeilte sich, zur Bibliothek zu kommen. Er musste das Gespräch mit seinen Eltern so schnell wie möglich hinter sich bringen. Schließlich wartete heute Nacht noch ein Spiel auf ihn, das er zu gewinnen gedachte.

Er bog in einen prächtigen Gang ein, wo ein ungefähr zwölf Jahre alter Diener gewissenhaft die Porträts verstorbener Könige und Königinnen abstaubte, die dort in vergoldeten Rahmen an den Wänden hingen. Gerade ließ der Junge mit einem magischen Befehl seinen Staubwedel in die Höhe steigen, wo er ein gigantisches Gemälde von Alfies Urgroßvater feudelte. Die Diener wurden in einer einfachen Form von Magie unterwiesen, die sie für ihre Arbeit benötigten – größtenteils Zaubersprüche fürs Saubermachen und Organisieren. Alfie kannte den Jungen nicht. Er war wohl neu. In seinem rechten Ohrläppchen glitzerte ein Silberring. Da der Leiter der Dienstboten ihn damit noch nicht erwischt hatte, konnte er tatsächlich noch nicht lange hier sein. Alfie versuchte, unbemerkt an ihm vorbeizuschlüpfen, doch der Junge sah ihn. Er starrte ihn mit großen Augen an und klappte einen Moment lang wortlos den Mund auf und zu wie ein Fisch am Angelhaken.

»Prinz Alfehr!«, brachte er schließlich heraus und machte eine tiefe Verbeugung. Da er sich dabei nicht mehr konzentrierte, fiel der Staubwedel herunter.

Alfie streckte eine Hand aus. *»Parar!«* Der Sturz des Reinigungsgerätes endete unmittelbar über dem Kopf des Jungen, der ihn mit hochrotem Gesicht aus der Luft pflückte.

Während Alfie weitereilte, blickte ihm der Junge genau wie die Leute am Hafen viel zu hoffnungsvoll hinterher.

Am Ende des Ganges trat er schnell durch die dunkle Eingangstür der Bibliothek und ließ sich von der Stille des Raumes umfangen. Die Bibliothek war riesig und hatte eine Kuppeldecke aus Buntglas. Die Wände waren mit Bücherregalen gesäumt, an denen Leitern mit Rollen lehnten. Überall standen Schreibtische und edle Plüschsessel, in denen man es sich mit einem Buch bequem machen konnte. Trotz der unzähligen Vorträge über das Vermächtnis und die Verantwortung seiner Familie, die er sich hier drinnen hatte anhören müssen, würde die Bibliothek für ihn immer ein Ort der Ruhe und des Friedens bleiben.

Alfie ging zu einem der Regale hinüber. Die Leiter, die daran lehnte, war kaum größer als er. Er hob den Blick. Die Bücherreihen reichten bis zur gewölbten Buntglasdecke hinauf, die einen farbenprächtigen historischen Abriss des castallanischen Königreiches zeigte.

Er setzte den Fuß auf die unterste Leitersprosse und sagte: *»Alargar.«* Darauf dehnte die Leiter sich bis zu den obersten Fächern aus. Er befand sich nun mindestens zwanzig Körperlängen hoch über dem Boden und sah zu, wie sich sein Schatten unbehaglich über die Buchrücken vor ihm wand, doch er selbst hatte keine Angst. Jeder Bruxo wusste, mit welcher Magie man einen

Sturz abfing und weich landete. Und hier oben zu sein war viel besser, als unten auf die Standpauke zu warten, die ihm blühte, weil er drei Monate lang seine Pflichten vernachlässigt hatte.

Alfie schob diese Gedanken beiseite und strich mit den Fingern über die Ledereinbände der Folianten vor ihm. Die Bücher in diesem Abschnitt beschäftigten sich mit allen möglichen Formen von Magie. Er sah Werke über Elementarmagie, eine Kunst, die auf der angeborenen Fähigkeit basierte, mittels Instinkt und Körperbewegungen eines der vier Elemente zu manipulieren. Bände über Zaubersprüche, schriftliche wie mündliche, die jeweils ein genaues Studium der Sprache der Magie voraussetzten. Es gab sogar Lehrbücher über die seltenste Form der Magie, das sogenannte *Propio*. Unter diesem Begriff wurden ganz individuelle magische Fähigkeiten zusammengefasst, die bei keinen zwei Bruxos gleich waren. Alle mit *Propio* Geborenen galten als besonders begabt in der Kunst der Magie. Jede dieser Formen speiste sich aus der Energie des jeweiligen Bruxos, der sie beschwor. Das war das Prinzip des Gleichgewichtes und des Austausches zwischen Mensch und Magie. Der Mensch stellte seinen Körper und die nötige Energie zur Verfügung, um die Magie zu behausen und zu initiieren, wofür die Magie den Menschen im Gegenzug mit ihren Wundern belohnte.

Doch ganz gleich, wie viel er über dieses Thema auch las, kein Buch konnte beschreiben, wie es sich *anfühlte*, Magie zu wirken – mit einer Kraft zu interagieren, die so überwältigend mächtig war, dass sie einen mit Demut erfüllte. Magie konnte nicht sprechen, doch der Umgang mit ihr fühlte sich an wie ein Dialog, wie ein Tanz oder eine Geschichte, die man sich unter Freunden erzählte und deren Ende offenblieb. Alfie kam Magie wie ein streunender Hund vor. Näherte man sich ihr überheblich, schnappte sie nach einem. Ging man dagegen mit offenem Herzen und respektvoll auf sie zu, ließ sie sich vielleicht das Fell streicheln und hinter den Ohren kraulen.

Alfie legte den Kopf in den Nacken und sah zum Deckenbild hinauf. Er konzentrierte sich und beruhigte seinen Geist, bis er sich mit der Magie, die ihn und die Welt durchdrang, im Einklang fühlte. Er hatte viele Jahre üben müssen, um diese Meditationsform zu meistern. In diesem Zustand schien es ihm, als besäße die Magie, die in der Welt wirkte, einen Herzschlag, der in der Luft pulsierte und den Alfie verlangsamen oder beschleunigen konnte, bis er sich an den Rhythmus seines eigenen Herzens anpasste.

Er spürte, wie die magischen Strömungen über ihn hinwegspülten, und sagte: »*Contar.*«

Auf dieses Kommando geriet das Buntglas über ihm in wirbelnde Bewegung. Magie floss in die Bilder, die mit leuchtenden Farben zeigten, wie sein Volk im Wohlstand lebte und ungehindert zauberte. Dann landeten englassische Eroberer an den Küsten, und das Bild wurde dunkler. Sie schlugen die Castallaner in verzauberte Ketten, durch die sie ihre magischen Kräfte abzapften, damit sie selbst mehr Magie wirken konnten. Darüber hinaus vernichtete das englassische Regime all ihre Bücher und nahm ihnen so die Sprache, die sie mit ihrem magischen Erbe verband. Doch dann sprengten die Unterdrückten ihre Ketten. Sie rebellierten gegen die Eroberer und besannen sich wieder auf ihre Muttersprache. Die Geschichte endete mit einem großen Vogel, der die Ketten um seine Krallen zerschlug und triumphierend die Flügel spreizte. Das war das Motiv der castallanischen Flagge. Direkt unter dem Vogel stand auf Castallanisch: *Magia para todos.*

Magie für alle.

Alfie ließ die Hand sinken, und das Deckenbild erstarrte wieder. Vor seinem Aufbruch hatte er sich lange vergeblich an diesem Zauber versucht. Nun stieß er ein begeistertes »Wépa!« aus. Seine Stimme hallte von den Wänden der Bibliothek wider. Als er das einsame Echo hörte, bröckelte sein Lächeln.

In ihrer Kindheit hatten sich Alfie und Dez oft in die Bibliothek geschlichen und mit ihren stumpfen Übungsschwertern dramatische Duelle ausgefochten.

Einmal hatte er Dez gefragt, wieso sie immer in der Bibliothek Kämpfen spielten.

Dez hatte die Achseln gezuckt. »Weil sie groß und beeindruckend ist. In den Büchern finden die Schwertkämpfe immer an großen und beeindruckenden Schauplätzen statt. Und wenn du laut rufst, gibt es ein tolles Echo.«

Dez hatte einen Schrei ausgestoßen, der von der voluminösen Decke zurückgeworfen wurde. Alfie hatte es ihm nachgemacht, doch sein Schrei hatte eher wie das Zwitschern eines Vogels geklungen.

Dez hatte gelächelt. »Siehst du? Nichts geht über ein gutes Echo.«

Alfie presste die Stirn an die Leitersprosse vor ihm. Der ganze Palast schien Dez' Namen zu flüstern. Egal, in welchen Raum er ging, überall befiel ihn die Angst, dass er seinen Bruder vielleicht nie wiederfinden würde. Dass er wirklich tot sein könnte, wie alle behaupteten.

»Alfehr«, durchbrach eine Stimme von unten die Stille. Sie klang wie Donner, der auf einen Blitz folgte, und sie gehörte dem König.

Alfie zuckte zusammen und umklammerte die Leiterholme fest mit beiden Händen. König Bolívar und Königin Amada standen links und rechts von der Leiter und sahen zu ihm herauf. Von so hoch oben wirkten ihre Mienen unergründlich. Im Gegensatz zu Alfies großer schlaksiger Statur war sein Vater breit gebaut. Dez hatte ihm viel ähnlicher gesehen. Der feingliedrige Alfie schlug eher nach seiner Mutter.

»Ven acá.« Die Stimme der Königin bebte, aber Alfie konnte nicht heraushören, ob vor Wut oder Erleichterung.

»*Sí,* Mutter«, rief er hinunter. Dann nahm er einen tiefen Atemzug und sagte: *»Acortar.«* Daraufhin schrumpfte die Leiter langsam in sich zusammen. Als Alfie schließlich nur noch ein kleines Stück über dem Boden schwebte, stieg er von der Leiter und drehte sich zu seinen Eltern um. Seine Mutter hatte die Hände in ihr violettes Rüschenkleid verkrallt und sah ihn mit großen Augen an, als wäre sie nicht sicher, ob er tatsächlich vor ihr stand.

Alfie wich ihrem Blick aus und sah zu Boden. »Es tut mir leid, dass ich so lange …«

Doch bevor er den Satz beenden konnte, trat die Königin vor und zog ihn eng an sich. Dann kam sein Vater hinzu und umarmte sie beide mit ungewohnter Zärtlichkeit. Alfie erstarrte vor Schreck.

»Mijo«, flüsterte der König.

Alfies Augen brannten. »Ich bin zurück.«

Königin Amada löste sich aus der Umarmung und legte ihm mit sanftem Blick eine Hand auf die Wange. »Nein, du bist *zu Hause*. Du wurdest vermisst.«

Alfie bekam ein schlechtes Gewissen. Ohne das Spiel, das in dieser Nacht stattfand, wäre er gar nicht heimgekehrt. Doch die beiden hatten seit seinem Aufbruch auf ihn gewartet und sahen ihn nun mit einem Vertrauen an, das er nicht verdiente.

Doch das nahm er in Kauf, da er bei dem Spiel vielleicht etwas finden würde, das ihm bei der Suche nach Dez helfen konnte.

»Ich hätte nicht so lange wegbleiben dürfen«, sagte er mit belegter Stimme.

»Schon gut, mein Sohn«, erwiderte der König und ging zu einer Sitzgruppe aus vier Plüschsesseln hinüber. Nachdem er Platz genommen hatte, bedeutete er Alfie und seiner Mutter, es ihm nachzutun. »Jeder trauert auf seine eigene Weise. Wichtig ist nur, dass du jetzt wieder zu Hause bist.«

Während er weg war, hatte Alfie sich Sorgen gemacht, dass Dez möglicherweise das einzige Bindeglied zwischen ihm und seinem Vater gewesen sein könnte und der König nun nur noch väterliches Pflichtgefühl ihm gegenüber empfinden würde. Aber er hatte sich getäuscht. Die Liebe, die er in der Umarmung seines Vaters gespürt hatte, war genauso echt gewesen, wie er sie in Erinnerung gehabt hatte, wenn auch viel schmerzlicher, da Dez nun nicht mehr da war, um sie mit ihm zu teilen.

Sobald sie saßen, blickte die Königin flehentlich über Alfies Schulter zur Eingangstür hinüber. »Luka, bitte. Möchtest du nicht Hallo sagen?«

Bei der Erwähnung seines Vetters und besten Freundes sprang Alfie auf. Die beiden waren gemeinsam im Palast aufgewachsen und hatten sich immer als Brüder verstanden. Seine Kindheitserinnerungen setzten sich größtenteils aus den Verwüstungen zusammen, die Luka, er und Dez in den Korridoren des Palastes angerichtet hatten. Alfie hatte gar nicht gesehen, dass Luka an der Tür zur Bibliothek stand. Er hielt die Arme verschränkt und sah ungewohnt abweisend zu ihm herüber. Sein Blick war Alfie nicht geheuer. Dass Luka nicht lächelte, war schon ungewöhnlich genug, aber so wütend hatte er ihn noch nie erlebt.

»Alfie«, sagte er einsilbig und sah dann zur Königin hinüber. »So, ich habe ihn begrüßt. Darf ich jetzt wieder gehen?«

Die Königin streckte eine Hand nach ihm aus. »Luka …«

»Wieso soll ich Hallo zu ihm sagen, wenn er sich nicht einmal die Mühe gemacht hat, sich von mir zu verabschieden?«

Alfie verzog das Gesicht und wollte zu ihm hinübergehen. Doch Luka gab ihm mit vorgerecktem Kinn zu verstehen, dass er es bloß nicht wagen solle, ihm zu nahe zu kommen.

Der König erhob sich und drückte mit einem Kopfschütteln Alfies Schulter. »Du darfst gehen, Luka.«

»Gracias.« Ohne Alfie eines weiteren Blickes zu würdigen, nickte Luka erst dem König und dann der Königin respektvoll zu. Dann machte er auf dem Absatz kehrt und verließ das Zimmer.

Alfie wollte ihm hinterhergehen, doch sein Vater hielt ihn zurück.

»Lass ihm ein wenig Zeit«, sagte er und sah Alfie streng an. »Er hat sich dein Verschwinden sehr zu Herzen genommen. Das solltest du dringend wieder in Ordnung bringen, aber zuerst müssen wir uns unterhalten.«

Als seine Mutter nickte, nahm Alfie wieder Platz, hielt aber den Blick weiter auf die Tür gerichtet. Da er gewusst hatte, dass Luka versuchen würde, ihn aufzuhalten, hatte er sich klammheimlich zu seinem Schiff davongeschlichen. Ihm war klar, dass Luka zu Recht wütend auf ihn war, aber die Erinnerung an seinen gekränkten Blick schmerzte Alfie wie eine Ohrfeige.

Der König riss ihn aus seinen Grübeleien. »Es gibt so vieles, was wir sagen und tun müssen, um dich auf den Thron vorzubereiten.«

Alfie stellten sich die Nackenhaare auf. Es war nicht das erste Mal, dass seine Eltern dieses Thema anschnitten. Das war es, was ihn von zu Hause weg und an Bord seines Schiffes getrieben hatte. Dennoch entsetzte es ihn jedes Mal aufs Neue, dass sie ihn an Dez' Stelle setzen wollten.

»Wir haben Dezmin nicht vergessen. Und das werden wir auch nie tun …« Die Königin konnte nicht weitersprechen und wandte sich von Alfie ab. Dieser Anblick versetzte ihm einen schmerzhaften Stich. Doch dann drehte sie sich wieder um und sah ihn mit ihren dunklen Augen durchdringend an. »Aber unser Volk ist wichtiger als unsere Trauer. Du hast dir Zeit für dich gegönnt, aber jetzt musst du dich vorbereiten. Du bist der Kronprinz, der Nächste in der Thronfolge. Das musst du akzeptieren. Um deines Volkes und deines Bruders willen, *entiendes?*«

Alfie knirschte mit den Zähnen. »Ich verstehe.«

»Wir stehen kurz vor einem wichtigen historischen Ereignis«, sagte der König und zeigte zum Deckenbild hinauf. »In wenigen Monaten werden wir zum ersten Mal seit Generationen unseren größten Feind treffen und Frieden mit ihm schließen. Dass wir die Fehde zwischen Englass und Castallan beenden und eine Allianz mit ihnen eingehen, wird beweisen, dass dieses Königreich seine Vergangenheit als Sklavennation endgültig hinter sich gelassen hat und unbestreitbar zu einer Weltmacht aufgestiegen ist. Aber Dez' Tod …« Die Augen des Königs begannen zu glänzen. »… lässt uns verwundbar erscheinen, als wären wir nicht in der Lage, unser eigen Fleisch und Blut zu beschützen. Das wirft Fragen über unsere Macht auf und was wir als Verbündete anzubieten haben. Also müssen wir dich als einen Prinzen präsentieren, der bereit ist, König zu werden. Erst in Castallan und dann vor der ganzen Welt. Als Erstes geben wir übermorgen anlässlich deiner Heimkehr eine Abendgesellschaft für den Hochadel von Castallan. Außerdem ist in vier Tagen Tagundnachtgleiche, und wir werden zu diesem Anlass wie jedes Jahr einen Ball veranstalten – die perfekte Gelegenheit, um dich dem gesamten Königreich als seinen zukünftigen Herrscher vorzustellen.«

Bei der Vorstellung, dass er als Dez' Ersatz präsentiert werden würde, verkrampfte sich Alfies Herz. Auch wenn sein großer Bruder wirklich verschwunden sein sollte, würde die Welt ganz sicher über einen Prinzen lachen, der die Verantwortung für die Geschicke eines ganzen Königreiches übernehmen sollte, obwohl er selbst keine Zukunft besaß. Natürlich würden alle erkennen, dass er dazu nicht in der Lage war.

Alfie rang um Fassung. »Aber Vater, ich habe meine Meinung in dieser Angelegenheit nicht geändert. Ich glaube nach wie vor, dass Dez am Leben sein könnte. Wir wissen nicht sicher, ob …«

»*Alfehr!*«, donnerte der König.

Während sein Vater zitternd Atem holte, legte die Königin Alfie, der sich in seinem Sessel versteift hatte, eine Hand auf die Schulter. »Ich werde nicht zulassen, dass du diesen Hirngespinsten hinterherjagst. Du kannst nicht länger aus reiner Verblendung die Wahrheit und deine Verantwortung verleugnen.«

»Aber …«, begann Alfie, doch sein Vater brachte ihn mit einem Blick zum Schweigen.

»Die Verantwortlichen für den Staatsstreich, bei dem wir Dez verloren haben, wurden gefasst und werden den Rest ihres erbärmlichen Lebens im Uhrturm einsitzen. Die Familien der drei Hauptverantwortlichen – Marco Zelas, Alonso Marquez und Maria Villanueva – haben uns ausnahmslos die Treue geschworen und sich von ihren verräterischen Verwandten losgesagt. Es gibt keinen Stein mehr, der noch umzudrehen wäre. Keine Spur, die man noch verfolgen könnte. *Por favor* …« Seine Stimme klang so flehentlich, dass Alfie es kaum ertrug. »… lass deinen Bruder in Frieden ruhen.«

Alfie sah auf seinen Schoß hinunter und verbiss sich eine Erwiderung. Seine Finger zuckten zu der Flasche, die an seiner Hüfte versteckt war. Wie gern hätte er den brennenden Aufruhr in seiner Brust mit Tequila betäubt. Er war als Einziger bei Dez' Entführung zugegen gewesen. Sie hatten sich zusammen im Blauen Zimmer aufgehalten, einem Salon im Ostflügel des

Palastes, und darüber gesprochen, wie sie die Erlaubnis ihrer Eltern für eine lange Reise einholen sollten, die sie zu Dez' dreiundzwanzigstem Geburtstag gemeinsam mit Luka unternehmen wollten. Danach hätte Dez kaum noch Zeit für so etwas gehabt, da er lernen musste, ein König zu sein.

Während sie gerade Pläne schmiedeten, flog plötzlich die Flügeltür auf, und eine junge Frau, die kaum älter als Alfie zu sein schien, trat herein. Später hatte er herausgefunden, dass sie Xiomara Santoro hieß, ein Name, den er niemals vergessen würde. Hinter ihr lagen zwei tote Wächter auf dem Boden, aus den offenen Wunden an ihren Hälsen quoll Blut. Dez stellte sich schützend vor Alfie.

Einen Wimpernschlag später hob das Mädchen eine Hand und spreizte die Finger. Der Boden unter Dez' Füßen öffnete sich zu einer Finsternis, die unnatürlich tief wirkte. Alfie musste mit ansehen, wie Dez mit angstgeweitetem Blick in das Loch stürzte. Dez streckte im Fallen noch die Hände nach ihm aus, doch Alfie reagierte einen Moment zu spät. Und bevor er hinter ihm in das Loch springen konnte, schloss es sich bereits wieder. Während ein paar Wächter das Mädchen zu Boden drückten, fiel Alfie auf die Knie und sprach jedes magische Wort, das er kannte, um den Boden aufzubrechen und den dunklen Abgrund zu finden, den das Mädchen mit seinem monströsen *Propio* heraufbeschworen hatte. Aber es half nichts.

Bei ihrem Verhör verriet das Mädchen die Namen derjenigen, die sie dazu angeheuert hatten, die Königsfamilie zu töten. Sein Bruder war verschwunden, weil ein paar Adlige den Thron für sich selbst wollten. Die Trauer über diesen Verlust legte sich wie ein Schleier über das gesamte Königreich. Auf dem Markt wurden zahlreiche Porträts und kitschiger Tand zum Andenken an den gefallenen Prinzen Dezmin angeboten. Um ja nicht zusammen mit den verurteilten Verrätern im Uhrturm schmoren zu müssen, standen Adlige aus sämtlichen Ecken und Enden des Landes Schlange, um dem Königshaus ihre Treue zu beweisen. Castallan war wie ein freiliegender wunder Nerv, der beim leisesten Anzeichen von Gefahr zusammenzuckte.

Trotzdem konnte Alfie die Hoffnung nicht aufgeben. Ein Teil von ihm glaubte zu wissen, dass Dez noch lebte und nur darauf wartete, dass man ihn fand.

»Es tut mir leid«, log Alfie. »Ich werde nicht mehr darüber sprechen.«

Die Königin streckte die Arme nach ihm aus und umfasste seine Hände. Dabei warf sie dem König einen bohrenden Blick zu. »Du siehst müde aus. Möchtest du dich gern hinlegen? Wir können ja morgen weitersprechen.«

Alfie erhob sich von seinem Sessel. »*Sí,* das würde ich gern.« Rasch ging er zur Tür.

»Denk daran, Mijo«, sagte der König, »dass mein Urgroßvater der erste freie König von Castallan gewesen ist. Wenn die Zeit reif ist, wirst du der fünfte sein. Du bist der Enkel von Menschen, die in Ketten geschlagen wurden und nicht die Sprache der Magie lernen durften. Enttäusche sie nicht.«

Alfies Schatten wand sich nervös um seine Schuhe. »Das werde ich nicht. Ich tue auf jeden Fall das Richtige. Versprochen.«

Königin Amada, deren Augen immer noch feucht glitzerten, nickte. »Das wissen wir.«

Und Alfie hatte vor, sein Versprechen zu halten, wenn auch nicht so, wie seine Eltern es sich erhofften.

Kapitel 2

Die Diebin, die keinen einzigen Peso besaß

Finn hatte nie viel für Puppentheater übriggehabt. Schon der bloße Gedanke an Marionetten brachte ihren Schatten zum Zucken.

Dennoch hatte dieses sie inmitten des belebten Marktplatzes aus irgendeinem Grund angezogen. Sie stellte sich hinter die dicht gedrängte Kinderschar und sah mit verschränkten Armen zu. Die Aufführung beinhaltete alles, woran sie sich aus ihrer Kindheit erinnerte – einen schwarz gekleideten Bösewicht mit einer tiefen, grollenden Stimme, eine Prinzessin in einem Glitzerkleid mit langen Wimpern an den übergroßen Augen und einen kühnen Prinzen, der schwor, sie zu retten.

Schon bevor sie wusste, was ihr noch alles widerfahren würde, hatte ihr die Vorstellung von durch Gelenke gezogenen Schnüren, einem aufgemalten Lächeln unter lidlosen Augen und einem grinsenden Puppenspieler, der hinter dem Vorhang grenzenlose Macht ausübte, einen kalten Schauer über den Rücken gejagt. Am liebsten wäre sie auf die Bühne gerannt und hätte die Schnüre durchgeschnitten, nur um zu sehen, wie alle Puppen zusammenbrachen und reglos liegen blieben. Es war besser, sich gar nicht zu bewegen, als von einem fremden Willen gesteuert zu werden. Vielleicht ahnte sie damals bereits, was auf sie zukommen würde – dass hinter dem Vorhang ein Meister auf sie lauerte, der nur darauf wartete, sie mit seinen Schnüren fesseln zu können.

Vermisst du es nicht, Mija?, schnurrte eine Stimme in ihrem Kopf. *Vermisst du nicht deinen Vater? Ohne mich geht es dir nicht so gut, oder? Vielleicht wärst du festgebunden besser dran …*

Finn schüttelte den Kopf, um sich von der Stimme zu befreien. Sie durfte sich nicht in ihren Erinnerungen verlieren. Ignacio war nicht hier, um sie mit seinen Worten zu manipulieren, bis sie nicht mehr zwischen seinen und ihren eigenen Wünschen unterscheiden konnte. Er konnte ihr nicht sagen, dass sie ihm wie eine fügsame Tochter gehorchen und dafür danken solle, dass er sie aufgenommen habe, als kein anderer für sie da gewesen sei. Inzwischen bestimmte sie selbst über ihr Leben.

»Weg da!«

Ein Stück vor ihr schubste ein Junge ein kleines Mädchen um, das sich direkt vor ihm auf die Zehenspitzen gestellt hatte, um etwas von der Aufführung sehen zu können. Das Mädchen schlug mit den Knien auf. Eigentlich hatte Finn erwartet, dass sie weinen, aufspringen und den Jungen ihrerseits schlagen würde. Doch stattdessen kauerte sie eine ganze Weile schweigend auf dem Boden, bevor sie sich endlich erhob und einen Schritt zur Seite machte, um dem Jungen nicht erneut die Sicht zu versperren. Dabei legte sie die dünnen Arme eng an den Körper, als versuchte sie, sich noch kleiner zu machen. Als wäre sie bereits so oft umgestoßen worden, dass der Boden mittlerweile ihr angestammter Platz war. Finn kannte dieses Gefühl nur zu gut.

Es hatte ihr auch nie gefallen.

Finn bahnte sich einen Weg durch die Kinder und ging vor dem Jungen in die Hocke, sodass er gar nichts mehr sehen konnte.

»Möchtest du dir die Aufführung ganz genau ansehen?«, flüsterte sie mit einem Lächeln. Er öffnete den Mund, um zu protestieren, und entblößte dabei ein zahnlückiges, mit Schokolade verschmiertes Gebiss, aber Finn war zu schnell für ihn. Sie fuhr sich mit den Händen über das Gesicht und wurde zum Bösewicht aus dem Puppentheater – einem monströsen Mann mit einem unheimlich breiten roten Mund und kohlrabenschwarzen Augen. Dann legte sie den Kopf schief. »Siehst du genug?«

Der Junge stieß einen erstickten Schrei aus und drehte sich um. Bevor er davonrannte, zog Finn ihm noch den Münzbeutel aus der Gesäßtasche. Normalerweise bestahl sie keine Kinder – selbst sie hatte ihre Prinzipien –, doch seine makellosen Schuhsohlen und die gut geschnittene Kleidung verrieten ihr, dass seine Eltern ihm das Geld ersetzen würden, ohne mit der Wimper zu zucken.

Finn fuhr sich erneut mit den Händen über das Gesicht und sah wieder aus wie zuvor. Das kleine Mädchen mit den aufgeschlagenen Knien starrte sie mit offenem Mund an. Im Gegensatz zu dem Jungen hatte es beim Anblick ihrer Verwandlung nicht aufgeschrien.

Finn nickte ihr zu. »Du bist tapferer, als du aussiehst, *Muchacha.*«

Finn musterte die abgerissene Kleidung des Mädchens, ihre dünnen Arme und den Dreck unter ihren Fingernägeln. Oder dieses Mädchen hatte bereits zu viele ungeheuerliche Dinge erlebt, um noch leicht entsetzt zu sein. Finn konnte es ihm gut nachfühlen. Sie zwinkerte dem Mädchen zu, bevor sie aufstand. Dann legte sie ihm die Hände auf die schmalen Schultern und schob es sanft an die Stelle, wo zuvor der Junge gestanden hatte.

»*Aquí,* vorne in der Mitte, wo du hingehörst.«

Dann machte sie sich wieder auf den Weg. Nach ein paar

Schritten überlegte sie es sich jedoch anders und blieb stehen. Obwohl ihr leerer Magen laut protestierte, kehrte sie zu dem Mädchen zurück, nahm seine Hand und ließ den gestohlenen Geldbeutel hineinfallen. »Kauf dir davon etwas Süßes.«

Während die Kleine erstaunt den Beutel voller Pesos betrachtete, trat Finn zurück und verschwand in der Menschenmenge, die durch den Markt in der Krempe schlenderte.

Die Grenze zwischen Kniff und Schlag – den äußeren beiden Ringen der Stadt, in denen die Armen lebten – war durchlässig und bestenfalls willkürlich festgelegt. Schließlich brauchten die Notleidenden keine Unterscheidung zwischen einer Art des Unglücks und der anderen. Die Krempe war der dritte der fünf Stadtringe und damit das Verbindungsglied zwischen Mangel und Überfluss. Menschen aus allen Schichten kamen hier zusammen, um ihre Pesos auszugeben, von flanierenden adligen Damen, die lange gegürtete Rüschenkleider und bunte Seidenblusen trugen, bis hin zu staubverkrusteten Erntehelfern in mehrfach geflickten Hosen.

In der Schleife, dem Ring, der sich an die Krempe anschloss, lebten die Adligen. Er war von einem Grenzwall aus Ziegelsteinen umgeben. Die Durchgangstore wurden bewacht, um den Pöbel draußen zu halten. Jenseits der Schleife befand sich der letzte Ring der Stadt – die Krone. Hinter den hoch aufragenden Mauern breiteten sich die Wiesen des Palastgeländes aus, ein grüner Kokon, der den mit Buntglas verzierten Palast umgab, in dem die Königsfamilie ein Leben in Luxus führte. Finn schnaubte bei dem Gedanken an diese verweichlichten Herrscher mit ihren Sonnenschirmen aus Seide. Sie hielt sich viel lieber hier in der Krempe auf, wo etwas los war.

Finn kam an einem Stand mit Kleidern und Röcken in Juwelenfarbtönen vorbei. Sie beobachtete eine Frau, die sich eine

Abendrobe über ihre eigene Kleidung streifte. Als sie sich um die Achse drehte, wurde der blutrote Stoff tiefblau.

»Für diesen Preis bekommst du drei Farben. Wenn du mehr willst, muss ich doppelt so viel verlangen!«, sagte der Verkäufer.

Finn schnitt eine Grimasse. Da ihr immer wieder glückliche Kundinnen in den Weg traten, konnte sie nicht so leicht wie sonst den Markt überqueren. Wegen des Luftfestes war ein bisschen zu viel fröhliches Volk unterwegs. Vorhin hatte sie sogar Wasserzauberer in den Straßen tanzen sehen. Sie hatten bunte Wasserstreifen durch die Luft gewirbelt, die wie gefärbte Seidenbänder aussahen. Irgendetwas war anders als sonst.

Als sie einen Verkäufer dabei beobachtete, wie er allen Passanten Blumen überreichte, verstand sie gar nichts mehr. Was für ein Dummkopf würde etwas umsonst hergeben, das er auch für gute Pesos verkaufen konnte?

Sie blieb vor seinem Stand stehen. »Was ist denn heute los? Wieso verteilst du Geschenke?«

Der alte Mann lächelte und reichte ihr eine weiße Mondblüte. Sobald die weiße Blütenknospe unter dem Stoffschirm hervorkam, der den Stand bedeckte, öffnete sie sich und saugte das Mondlicht auf.

Die Augen des Mannes leuchteten. »Hast du es denn noch nicht gehört?«

Finn sah mit zusammengekniffenen Augen die nutzlose Blume in ihrer Hand an, doch sie ließ sie nicht sofort fallen, um dem Mann nicht die gute Laune zu verderben. »Offensichtlich nicht.«

»Der Prinz! Er ist endlich zurückgekehrt!«

Finn schnaubte. »Der tote Prinz?«

Der alte Mann sah sie groß an und blinzelte zweimal, bevor er antwortete. »Nein …«

»Dann ist das ja wohl keine sehr interessante Geschichte, oder? Behalte deine Blumen und verliere nicht den Verstand, alter Mann.«

Als sie versuchte, ihm die Blume zurückzugeben, winkte er lächelnd ab. Es irritierte sie, dass sie seiner überschwänglichen Stimmung keinen Dämpfer verpasst hatte. Mit der Blume in der Hand machte sie kehrt und ließ sich wieder mit der Menge treiben. Das war das Ärgerliche an der Hauptstadt: Die Menschen hier waren von der Königsfamilie geradezu besessen. Die Tatsache, dass der Prinz nach Hause gekommen war, füllte weder ihre Mägen, noch verschaffte es ihnen ein Dach über dem Kopf, dennoch befand sich die gesamte Stadt in hellem Aufruhr. Was machte es schon aus, dass das zarte Jüngelchen wieder da war. Es war ja nicht so, als ob ein Prinz in der echten Welt lange überleben könnte. Natürlich war er zu seiner *Mamá* zurückgelaufen.

»Dieser dumme *maldito* Prinz«, fluchte sie.

Und war das nicht der Prinz ohne Zukunft? An seinem Geburtstag waren die üblichen Ankündigungen ausgeblieben. Kein »Der Wahrsager hat verkündet, dass er einmal ein großer Anführer werden wird«-Blabla wie bei den anderen Mitgliedern der Königsfamilie. Der Wahrsager hatte nicht einmal die kleinste Kleinigkeit in der Zukunft dieses Jungen gesehen. Wenn diese Pendejos also glaubten, der Prinz wäre ein Grund zum Feiern, waren sie offensichtlich nicht ganz bei Trost.

Während sie über den Markt ging, knurrte immer wieder ihr Magen. Der Inhalt des Geldbeutels, den sie dem kleinen Mädchen gegeben hatte, hätte bestimmt für ein oder zwei Mahlzeiten gereicht.

»Halt die Klappe, ich weiß ja, dass das dumm war«, sagte sie zu ihrem verkrampften Magen, als würde er sich beruhigen, wenn sie ihren Fehler zugab. Doch stattdessen schmerzte er nur noch mehr.

Eigentlich war es ihr lieber, ihre Arbeit mit leerem Magen zu erledigen, da sie dann aufmerksamer war. In letzter Zeit hatte sie zu viele Pesos ausgegeben. Doch sobald sie den heutigen Diebstahl geschafft und die Beute verkauft hatte, würde sie für ein oder zwei Monate Ruhe haben.

Wenn sie ihn schaffte.

Sie ließ diese nervösen Gedanken in den Brunnen in ihrem Inneren fallen, wo sie auch ihre Ängste und all die anderen Gefühle aufbewahrte, die sie sich nicht leisten konnte, wenn sie überleben wollte.

»Konzentriere dich«, murmelte sie vor sich hin. Eine so gute Diebin wie sie musste sich keine Sorgen machen. Sie würde die Sache heute Abend wie immer ganz toll hinbekommen.

Um sich von ihren Zweifeln abzulenken, beobachtete sie zwei Jungen, zwei Flammenwerfer, die lange Feuerstrahlen spuckten und offensichtlich darum wetteiferten, wer von ihnen länger durchhielt. Nach einer ganzen Weile beugte sich der Größere der beiden vor und stützte keuchend die Hände auf die Knie. Sein Gesicht war schweißnass. Finn musste unwillkürlich lächeln, während die beiden darüber stritten, wer der Bessere sei. Der Junge, der verloren hatte, behauptete, er habe das Mittagessen ausgelassen und daher natürlich nicht genügend Energie für einen ordentlichen Wettkampf.

Oben am Turm läutete die Uhr mit den zwei Zifferblättern, eine lautstarke Erinnerung, dass mittlerweile jedes Kind im Bett liegen sollte. Finn sah zu den großen Zeigern hinauf, die unaufhörlich anzeigten, wie viel Zeit man verloren hatte oder wieder aufholen konnte. In den Steinturm waren zwei Uhren eingelassen, eine über der anderen. Die mit dem scharlachroten Zifferblatt war in Stunden und Minuten unterteilt. Seine Zeiger waren aus glänzendem Gold. Die andere bestand aus blau gefärbtem Glas. Sie erfasste die Bewegungen von Sonne und Mond. Ihre silbernen Zeiger tickten immer näher an den Moment heran, wenn Tag und Nacht die Zeit gerecht unter sich aufteilen würden wie ein Liebespaar eine gemeinsame Nachspeise.

Die Tagundnachtgleiche war der wichtigste Feiertag des ganzen Jahres. Finn konnte ihn kaum erwarten. Seit ihrer Kindheit wollte sie ihn einmal in der Hauptstadt erleben. Sie hatte Geschichten von einem Feuerwerk gehört, das in der Gestalt von großen Vögeln mit gespreizten Flammenflügeln durch die Luft flog, wobei jeder Funke von den besten Flammenwerfern im Königreich genau kontrolliert wurde. In den Ringen würde Musik erklingen, Bachatas und Merengues, bei denen niemand die Füße still halten konnte. In den Bäckereien würde es sämtliche Süßspeisen geben, die sie immer schon mal hatte probieren wollen. Aus diesem Grund war sie im vergangenen Monat in der Stadt geblieben, statt wie sonst einfach weiterzuziehen. Sie wollte dieses Spektakel nur ein einziges Mal mit eigenen Augen sehen.

Außerdem würde es an diesem Tag Fiestas geben, und auf Fiestas wurde Tequila ausgeschenkt, und wo Tequila ausgeschenkt wurde, gab es viele Menschen, denen sie leicht den Geldbeutel aus der Tasche ziehen konnte. Nach dem Feiertag würde bald der Winter mit seinen kurzen Tagen und den langen kalten Nächten anbrechen. Davor wollte sie ein Schiff besteigen und einen wärmeren Ort ansteuern. Vielleicht die Inseln vor der Ostküste? Dort war sie noch nie gewesen. Sie hatte gehört, die Paellas auf diesen Inseln seien unbeschreiblich köstlich und die Meeresfrüchte so frisch, dass man sich mit Tinte bekleckerte, wenn man in die frittierten Kalmare biss.

Bei dieser Vorstellung stieß ihr Magen ein weiteres lautes Knurren aus. »*Cállate*«, fuhr sie ihn an, aber er wollte einfach keine Ruhe geben. Vielleicht war es ein Fehler gewesen, ihre Pesos für ein Zimmer in einem Gasthaus auszugeben, statt sie für eine Mahlzeit aufzusparen.

Mit einem riesigen Loch im Bauch kam Finn an einem Stand vorbei, wo ein junger Mann mariniertes Schweinefleisch an Spießen röstete. Er holte tief Luft und blies eine gleichmäßige Flamme auf das zarte Fleisch, damit es eine knusprige Kruste bekam. Finns Magen brüllte jetzt regelrecht. Ihre Lippen verzogen sich zu einem angespannten Grinsen.

Andererseits war es immer schwieriger, einen sicheren Schlafplatz zu finden, als sich auf die Schnelle eine Mahlzeit zu beschaffen.

Finn trat dicht an den Mann heran und steckte die Mondblüte in seine Hemdtasche. Als er zu ihr aufsah, röteten sich seine braunen Wangen.

Sie zwinkerte ihm zu. »Die heutige Nacht ist etwas ganz Besonderes. Da solltest du so gut wie möglich aussehen, findest du nicht?«

»Oh«, erwiderte er. Seine Lippen formten einen perfekten Kreis. »D-danke schön.« Er sah auf die Mondblüte hinunter, die sich seitlich von ihm fortneigte und nach Mondlicht suchte.

Als er erneut hochblickte, fehlten zwei Spieße, und auch von der Diebin war keine Spur mehr zu sehen.

Kapitel 3

Der Fuchs und der Drache

Während der Palast und alle darin in Schlaf versanken, hüpfte Alfies Schatten ihm aufgeregt wie ein frisch gebadeter Hund um die Beine.

Das war der einzige Nachteil der *Propio*-Magie: Wer über sie verfügte, musste mit einem Schatten leben, der jede Gefühlsregung seines Besitzers verriet. Wenn Alfie vor etwas zurückscheute, schlurfte er widerstrebend und stur wie ein Kind, das man noch früher als sonst für die Schule geweckt hatte, hinter ihm her. War er hingegen glücklich, schoss er voller Energie durch die Gegend. Er wurde sogar hellgrau, wenn Alfie krank war. Während sein Schatten in dieser Nacht über den Boden wogte, verschwendete Alfie keine Gedanken an Schlaf.

Er erhob sich von der Kante seines Himmelbettes und ging zur Kommode hinüber, wo er die unterste Schublade aufzog und im Inneren nach der Verriegelung des Geheimfaches tastete. Darin fand er, was er brauchte – eine Fuchsmaske und einen farbigen Türgriff aus Buntglas.

Alfie setzte die Maske auf und verknotete das Seidenband am Hinterkopf. Nun waren nur noch sein Mund und das Kinn zu sehen. Jeder, der an den Kartenspielen teilnehmen wollte, musste maskiert erscheinen. Da es um illegale Gewinne ging, war Anonymität das oberste Gebot.

Besonders für einen Prinzen.

Während er von zu Hause weg gewesen war und überall nach einer Magie gesucht hatte, mit deren Hilfe er Dez retten konnte, hatte er von Spielen gehört, bei denen man hohe Einsätze bringen musste, aber auch viel gewinnen konnte. Ohne zu zögern, hatte er die teure Eintrittsgebühr entrichtet und war danach an allen Orten aufgetaucht, die auf den goldumrandeten schwarzen Einladungen angegeben waren. Die Spiele fanden in verschiedenen Städten statt und einmal sogar auf einem anderen Kontinent. Aber Alfie verpasste kein einziges, und er hatte das sichere Gefühl, dass das heutige Spiel das wichtigste war, bei dem er je mitmischen würde.

Denn diesmal ging es nicht um irgendwelche beliebigen illegalen Güter, sondern um Bücher über verbotene Magie, mit deren Hilfe Alfie vielleicht seinen Bruder aufspüren würde – lebendig, bei bester Gesundheit und bereit für den Thron. Dez war immer noch irgendwo dort draußen, das wusste er. Dass er von dieser unheimlichen Dunkelheit verschluckt worden war, hieß noch lange nicht, dass er tatsächlich für immer verschwunden bleiben würde. Alfie brauchte nur die richtige Magie, um ihn zu finden.

Aufgeregt nahm er den Lederbeutel vom Bett und schlang ihn sich über die Schulter. Er durfte keine Zeit verlieren. Rayan ließ selten verspätete Spieler ein. Alfie ging neben sein Bett und warf den gläsernen Türgriff an die Wand. Er prallte nicht ab, wie eigentlich zu erwarten gewesen wäre. Stattdessen drehte er sich eine Weile wie ein fallen gelassener Peso und versank schließlich in den Steinen.

Alfie trat vor und umfasste ihn mit einer Hand. Anschließend veränderte er das normale Königsblau seiner Magie zu einem grellen Orange – dem Farbton, der ihn an sein Ziel bringen würde. Jetzt musste er nur noch den Griff drehen und das Wort sagen.

Jedes *Propio* war einzigartig. Manche bestanden aus einer einzelnen Gabe, während andere sich im Laufe der Zeit zu einer Vielzahl von Fähigkeiten auswuchsen. Alfie hatte von einem Adligen in Englass gehört, dessen *Propio* ihn dazu befähigte, die Reibung zu verändern. Angeblich konnte er mit einem einzigen Blick jeden Boden in eine spiegelglatte Fläche verwandeln. Genauso problemlos konnte er offenbar sich selbst reibungslos machen und so innerhalb weniger Augenblicke eine Distanz von mehreren Meilen zurücklegen. In Uppskala hatte Alfie ein Mädchen kennengelernt, das Licht krümmen und somit jeden Raum in Dunkelheit tauchen oder wahlweise hell ausleuchten konnte. Die Fähigkeiten, die Alfie seinem *Propio* verdankte, hatten alle mit Farbmagie zu tun. Alfie konnte die Magie in all ihren Farbtönen sehen und die Farbe seiner eigenen Magie beliebig verändern. Außerdem erlaubte ihm seine Fähigkeit, innerhalb des magischen Netzwerkes, das ihn umgab, Farbpfade zu erschaffen, auf denen er sich frei bewegen konnte.

Alfie drehte den Türgriff nach rechts und sagte: »*Voy.*«

Daraufhin tat sich hinter der Wand ein vielfarbiger Tunnel auf, den Alfie dank seines *Propios* sehen konnte. Es war das Netzwerk, das die gesamte Welt zusammenhielt. Von klein auf hatte er gelernt, dass die Magie das Fundament der Welt bildete und die Fäden knüpfte, die alle Menschen sowohl miteinander als auch mit der Erde verband, auf der sie lebten. Mit seinem *Propio* konnte Alfie diese Fäden dazu verwenden, von einem Ort zum anderen zu kommen.

Als er seine Fähigkeit entdeckt hatte, war er vom gigantischen Ausmaß des magischen Netzwerkes um ihn herum überwältigt gewesen. Es war, als triebe er allein in einem kleinen Paddelboot auf einem unendlichen Ozean. Alfie hatte sich etwas ausdenken müssen, um die Wirkung seines *Propios* überschaubarer zu machen. Und so kam es, dass er einen Türgriff benutzte, mit dessen Hilfe er sein *Propio* fokussieren und seine Fähigkeit als das Öffnen von Türen in die riesige Weite der Magie betrachten konnte. Zwar konnte er es auch ohne Türgriff tun, aber das kam ihm weniger sicher vor, so als würde er eine steile Treppe hinunterrennen, wenn er sie stattdessen auch mit einer Hand am Geländer langsam hinuntergehen konnte.

Nun begab er sich in die Magie und ließ zu, dass die Strömung ihn aus seinem Schlafzimmer und von seiner Rolle als Kronprinz forttrug.

Einen Moment später trat Alfie aus einer Wand zwischen zwei herrschaftlichen Haciendas. Er befand sich in der Schleife, dem zweiten Ring der Stadt. Hier waren die Straßen mit Kopfsteinen gepflastert und von prachtvollen Haciendas gesäumt. Alfie zog sich die Kapuze seines Umhangs über das maskierte Gesicht und ging die Straße entlang, bis er vor der großen dunklen Holztür zu Rayans Hacienda stand. Er zögerte. Plötzlich, da ihm die enttäuschten Gesichter seiner Eltern vor Augen standen, fühlte sich die Maske unangenehm eng an. Was für ein König würde er sein, wenn er seine Nächte damit verbrachte, nach Dingen zu suchen, von denen er sich fernhalten sollte?

Er fühlte sich gefangen zwischen den Sorgen, die sich seine Eltern um ihn machten, und seiner Hoffnung auf Dez' Rückkehr. Der Druck, dem er ausgesetzt war, hätte ausgereicht, um einen Stein in einen Diamanten zu verwandeln. Er wusste nicht, wie lange er ihm noch standhalten konnte.

Dies wird mein letzter Anlauf sein, schwor er sich insgeheim. *Wenn ich heute nicht finde, was ich brauche, werde ich nicht weiter versuchen, Dez zurückzubringen, und mich stattdessen voll und ganz auf meine Pflichten als zukünftiger König konzentrieren.*

Er schluckte. Dieses Ultimatum gab ihm ein Gefühl der Kontrolle und beendete das Tauziehen in seinem Inneren. Die Vorstellung, dass er König werden könnte, widerstrebte ihm immer noch. Doch das war egal. Alfie musste den Thron nicht besteigen, da er dieses Spiel gewinnen und bekommen würde, was er brauchte, um Dez zu finden. Alfie packte den Türklopfer und schlug laut gegen das Holz.

Ein stämmiger Diener öffnete. Mit seiner Statur füllte er den gesamten Türrahmen aus. »Du bist zu spät dran«, sagte er. »Señor Rayan hasst Unpünktlichkeit.« Er begann, die Tür wieder zu schließen.

Alfie schob einen Fuß in den Türspalt. Sein Schatten zuckte so aufgeregt hin und her, dass er die Absätze in den Boden stemmen musste, um ihn zum Stillstand zu bringen. Der Diener zog die Tür wieder auf und bedachte Alfie mit einem genervten Blick.

»Warte, *bitte.*« Er griff in seinen Beutel und hob eine Handvoll Goldpesos heraus. »Es mag ja sein, dass Señor Rayan keine Unpünktlichkeit mag. Mich interessiert allerdings viel mehr, was dir gefällt, *entiendes?*«

Ein freundliches Lächeln zeichnete sich auf dem Gesicht des Mannes ab. »Hast du eine Einladung?«

Alfie reichte ihm die Pesos und sprach die Worte, die ihm Zutritt zu diesen gefährlichen Spielen verschafften: »Ein Fuchs wartet nicht auf eine Einladung, sondern auf eine Lücke.«

Der Mann trat zur Seite und machte Alfie den Weg zu einer weiteren Nacht voller Schwierigkeiten frei.

Die Frau, die Finn durch die Schleife verfolgte, war offensichtlich spät dran.

Spät war gut. Denn es bedeutete, dass sie es zu eilig hatte, um hochzublicken und zu bemerken, wie Finn leichtfüßig von einem Dach zum nächsten sprang, um mit ihr Schritt zu halten. Die Haciendas in diesem Ring waren imposante Bauwerke mit sanft geschwungenen Dächern, die sich bestens zum Springen eigneten. Obwohl jedes dieser Gebäude mindestens sechs Körperlängen hoch war, empfand Finn, die während ihrer Zeit im Zirkus jahrelang für Akrobaten eingesprungen war, keine Höhenangst.

Der warme Wind, der ihr bei jedem Sprung um die lockigen Haare pfiff, ihre trappelnden Schritte und das sanfte Rascheln ihrer Umhängetasche waren die einzigen Geräusche in der Nacht. Die Kopfsteinpflasterstraßen waren leer, und die Bewohner der bunten Haciendas schliefen längst.

Sogar der Name dieses Stadtringes war lächerlich: die Schleife. Etwas Zartes und Niedliches, das man einem Kätzchen um den Hals band. Der Name passte zu diesem Ort mit seinen eleganten Häusern, manikürten Gärten und gluckernden Springbrunnen. In der Schleife herrschte eine Stille, die Finn nervös machte und die sich nur Menschen leisten konnten, denen ein Vermögen in die Wiege gelegt worden war und die noch reicher starben. Finn waren Kniff und Schlag lieber. Natürlich war es in diesen Ringen schmutziger und überfüllter als hier, und es gab viel mehr Diebe. Dafür herrschte dort zu dieser Stunde immer noch das blühende Leben.

Jetzt gerade würden Straßenmusiker langsame Bachatas auf ihren Gitarren spielen, während Essensverkäufer Schüsseln voll Pernil, Bohnen, Reis und süßen Kochbananen unter die Leute brachten. Beim Gedanken an diese Köstlichkeiten knurrte Finn der Magen, doch es gelang ihr, sich auf ihre bevorstehende Aufgabe zu konzentrieren. Sie musste den Platz dieser Frau beim

Spiel einnehmen, den Gewinn einstreichen und ihn verkaufen. Dann müsste sie genügend Geld haben, um sich den Bauch vollzuschlagen und eine Passage auf einem Schiff zu bezahlen, das sie von hier weg und zu ihrem nächsten Abenteuer bringen würde.

Als Finn vor einem Monat eingetroffen war, hatte sie sich über die dunklen Geheimnisse von San Cristóbal informiert, um zu erfahren, wie sie an einträgliche Diebesbeute kommen konnte. Wie überall waren es die Adelsfrauen gewesen, die diese Geheimnisse kannten. Nachdem sie tagelang in der Schleife herumgeschnüffelt hatte, war Finn nicht überrascht, als sie von einem Spiel erfuhr, bei dem man illegale Preise gewinnen konnte.

Die Frau, die Finn verfolgte, zwängte sich gerade in einen schmalen Durchgang zwischen zwei Haciendas – der perfekte Ort, um sich auf sie zu stürzen. Finn kauerte sich auf die Dachkante. Während sie die Frau beobachtete, wand sich ihr Schatten aufgeregt um ihre Beine. Ein Mondstrahl erhellte den Gegenstand, den die Frau aus ihrer Tasche zog – eine rote Drachenmaske, die sie aufsetzen musste, um an dem Spiel teilnehmen zu können.

Finn grinste. Danach hatte sie Ausschau gehalten.

Sie hob eine Hand und machte eine schnelle Bewegung, die aussah, als würde sie einen Knoten zusammenziehen. Daraufhin lösten sich steinerne Schlingen aus der Wand einer Hacienda und wickelten sich so um die Handgelenke und Fußknöchel der Frau, dass sie bewegungsunfähig war. Die Frau ließ ihre Tasche und die Maske fallen. Sie setzte zu einem Schrei an, doch Finn beschwor schnell eine weitere Steinranke, die sich über den Mund der Frau legte und ihren Kopf an die Wand zog.

Dann stieß sie einen leisen Pfiff aus, und die Frau sah zu ihr herauf. Finn winkte ihr mit einer Hand zu. In der anderen hielt sie den mittlerweile leeren Bratenspieß und stocherte sich damit zwischen den Zähnen herum. Sie grinste höhnisch. »Lauf nicht weg. Ich bin gleich bei dir.«

Während die Frau gegen ihre Fesseln ankämpfte, warf Finn den Bratenspieß hinter sich und kletterte gemütlich von der Hacienda herunter. Wo immer sie die Wand berührte, verformten sich die Steine zu Handgriffen und sicheren Tritten, die sie bei ihrem Abstieg benutzen konnte. Als Kind wäre sie am liebsten eine Wasserzauberin gewesen, weil sie so gern schwamm, aber es war wirklich praktisch, wie gut man als Steinmetzin an Hauswänden herumklettern konnte. Als sie sich zwischen den Haciendas in die Hocke fallen ließ, stützte sie sich mit einer Handfläche auf dem Steinboden ab, um nicht das Gleichgewicht zu verlieren.

»Ich weiß genau, was dir jetzt durch den Kopf geht.« Sie hob die Tasche der verängstigten Frau vom Boden auf. »Du denkst: Womit habe ich das verdient?« Finn durchwühlte die Tasche und steckte die Pesos ein, die sie darin fand. »Ich versichere dir, dass du – soweit ich weiß – nichts getan hast, womit du so etwas verdienst. Sicher bist du eine Heilige. Du befindest dich bloß zur falschen Zeit am falschen Ort. Das ist alles.« Finn ließ die Tasche fallen und hob als Nächstes die Drachenmaske auf. »Und du besitzt etwas, das ich haben will.«

Die Frau kniff die Augen zusammen.

Finn betrachtete die Maske. Sie war rot und hatte schräge, weiß umrandete Augenschlitze. »Und auch noch in meiner Lieblingsfarbe.« Sie fuhr mit den Fingern über die abgerundeten Kanten. »Was bin ich doch für ein Glückspilz!«

Finn hob sich die Maske ans Gesicht und erkannte, dass sie den Mund und das Kinn freiließ. »Ich glaube, ich sollte mein Gesicht zu deinem umformen. Und um sicherzugehen, am besten gleich auch noch meinen Körper. Oder was meinst du?«

Die Frau sah Finn verwirrt an. Wie die meisten Castallanos hatte sie braune Haut, dunkle Augen und dichte Brauen, dazu volle Lippen und eine Adlernase.

Finn klemmte sich die Maske zwischen die Knie und zog einen kleinen Spiegel aus ihrem eigenen Beutel. »Etwas Interessanteres wirst du heute Nacht wohl nicht mehr zu sehen bekommen. Also pass gut auf.«

Finn betrachtete noch einmal ihr derzeitiges Gesicht – bernsteinfarbene Haut, runde, volle Wangen und ein spitzes Kinn. Das alles war von einer schulterlangen Lockenpracht umrahmt. Dieses Gesicht hatte sie, ohne groß darüber nachzudenken, vor ein paar Tagen gemacht, und es tat ihr nicht leid, es wieder loszuwerden.

Unter den erstaunten Blicken der Frau hob Finn die freie Hand ans Gesicht und begann, es wie Ton zu kneten. Sie trug diese magischen Masken schon so lange, dass sie kaum noch wusste, wie ihr richtiges Gesicht aussah. Aber das war ihr auch ganz recht so.

Mit den Fingerspitzen formte sie aus ihrer Himmelfahrts- eine Adlernase. Als Nächstes strich sie sich mit dem Zeigefinger über beide Brauen und sah zu, wie sie unter der Berührung dichter wurden. Anschließend machte sie mit einem Daumen das Kinn runder und rieb sich dann über die Augen, als wäre sie müde. Als sie die Hand wieder sinken ließ, waren ihre Augen größer und dunkler als zuvor. Während sie sich mit der anderen Hand über die Haare fuhr, spürte sie, wie sich die Locken glätteten und in geraden Strähnen über die Schultern herabfielen. Bei alldem ließ sie sich mehr Zeit als bei der Maske, mit der sie den verzogenen Jungen während der Puppenaufführung erschreckt hatte, denn in diesem Fall war wichtig, dass das Ergebnis stimmte.

Als sie mit dem Gesicht fertig war, glich sie auch noch ihren Körper an den der Frau an. Um leichter von einem Dach zum anderen springen zu können, hatte Finn ihren Torso in die Länge gezogen und sich sprungkräftige Beine verpasst. Doch die Statur dieser Frau entsprach mehr ihrem eigentlichen Körpertyp. Also schrumpfte sich Finn auf ihre normale Größe zusammen und verteilte die überschüssige Masse auf ihre Hüften, Oberschenkel und Brust.

Als Finn in den Spiegel blickte, konnte sie keinen Unterschied mehr zwischen sich und der Frau vor ihr erkennen.

Die Frau starrte sie entsetzt an. Sie wehrte sich nicht einmal mehr gegen ihre Steinfesseln. Dann zuckte ihr Blick zu Boden, wo sich Finns Schatten um ihre Füße schlängelte.

»*Sí*«, beantwortete Finn ihre unausgesprochene Frage. »Das ist mein *Propio*.«

Im Alter von acht Jahren hatte sie entdeckt, dass sie ihre Erscheinung verändern konnte, was insbesondere für eine Diebin eine sehr nützliche Fähigkeit war. Und sie hatte ihr genützt, als sie sich ohne Eltern auf der Straße wiedergefunden hatte.

»Jetzt könnte ich dich töten«, sagte Finn zu der Frau. Sie zog einen Dolch aus der Tasche und säuberte mit der Spitze ihre Fingernägel. Die Frau begann, so hektisch zu atmen, dass sich ihre Nasenlöcher blähten.

Finn zuckte die Achseln. »Aber ich wüsste nicht, wieso ich das tun sollte. Bis morgen früh steckst du hier fest, und dann wird dich eine der netten Nachbarsfamilien aus deiner Notlage befreien. Aber lass dir eines gesagt sein.« Finn beugte sich so weit vor, dass sich ihre mittlerweile identischen Nasen fast berührten. »Wenn du mir nach deiner Befreiung Schwierigkeiten machst, werde ich in Zukunft jedes meiner Verbrechen mit deinem Gesicht verüben. Es wird dir sicher nicht leichtfallen, den

Wächtern zu erklären, dass du es gar nicht gewesen bist, sondern eine Frau, die ihr Gesicht verändern kann. Die roten Umhänge würden dir sicher schon bald nicht mehr glauben. Blinzle zweimal, wenn du mich verstanden hast.«

Die Frau tat es.

»Also gut.« Finn setzte die Maske auf und verknotete das Seidenband hinter ihrem Kopf. Normalerweise zeichnete sie jedes neue Antlitz erst in ihr Tagebuch, bevor sie ein Ding drehte, um den Überblick über all ihre Gesichter und die jeweiligen Verbrechen zu wahren, die sie mit ihnen begangen hatte. Aber heute Nacht hatte Finn es eilig. Also würde sie es später nachholen müssen. Jetzt zog sie stattdessen ein Taschentuch und eine kleine verkorkte Flasche mit einer blauen Flüssigkeit aus der Tasche und tränkte dann das Taschentuch mit dem Schlafmittel. Die Frau begann erneut, sich zu winden und erstickt zu flehen.

Finn schnalzte missbilligend mit der Zunge und hielt ihr das Taschentuch unter die Nase. *»Cálmate.«*

Der Frau fielen die Augen zu, und sie schlief sofort ein.

Anschließend schlenderte Finn aus der Gasse heraus. Das letzte Stück bis zu der Hacienda, in der das Spiel stattfand, legte sie im Laufschritt zurück. Im Gegensatz zu den anderen Haciendas an dieser langweiligen Straße brannten in diesem Gebäude helle Lampen und warfen ein vielfarbiges Licht durch die Buntglasscheiben.

Als sie sich dem Eingang näherte, sah sie einen Mann davorstehen und mit einem Diener diskutieren. Erst versuchte der Diener, dem Besucher die Tür vor der Nase zuzuschlagen, doch einen Moment später trat er mit einem höflichen Lächeln zur Seite. Als die Tür sich wieder zu schließen begann, lief Finn auf sie zu und stellte einen Fuß in den Spalt. Der Diener machte auf und sah sie genervt an.

»Du bist …«

»... spät dran, ich weiß. Genau wie der andere gerade eben.« Sie hielt den Blick fest auf den Mann gerichtet.

Nach einer Weile seufzte er resigniert. »Na schön. Hast du eine Einladung?«

Finn sah zu ihm hoch und sprach die Worte, die sie seit Wochen von den Lippen der Frau abgelesen hatte. »Eine Drachin weiß nichts von Einladungen. Sie lässt sich nieder, wo immer es ihr gefällt.«

Er machte einen Schritt zur Seite, und Finn trat ein. Dabei grinste sie, als gehörte ihr dieses Gesicht bereits ein Leben lang.

Kapitel 4

Cambió

Der Fremde, der Alfie gegenübersaß, war kein guter Mensch.

Er erkannte es an der Art, wie die Magie ihn durchströmte. Der Mann trug eine Tigermaske, und sein dünner Körper wirkte, als wäre er aus lauter spitzwinkligen Bauteilen zusammengesetzt. Als Alfie sein *Propio* aktivierte, sah er, dass die Magie des Tigers stahlgrau war. Schnell und scharfkantig strömte sie durch ihn hindurch. Raubtierhaft. Jede Bewegung war bewusst ausgeführt. Alfie wusste, dass er sich vor ihm hüten musste.

Tatsächlich würde er sich vor jedem im Raum in Acht nehmen müssen. Als er im achteckigen Salon Platz nahm und sich unter den maskierten Spielern am Tisch umsah, erkannte er, dass die verschiedenfarbigen Magieströme, die jeden von ihnen durchzogen, mit dunklen Absichten geschwängert waren.

In Gedanken hörte er die Stimme von Paloma, seiner Lehrerin aus Kindertagen: *Magie ist eine reine Kraft, die durch die Welt fließt, aber sie braucht eine Leitung, ein Zuhause. Wir sind diese Leitungen, die Gefäße, in denen die Magie wachsen kann. Weder Mensch noch Magie können getrennt voneinander existieren. Wir geben ihr Leben und einen Zweck und in deinen Augen auch eine Farbe. Und wenn wir fertig sind, geben wir die Magie wieder an den Äther zurück, von wo sie sich jemand anders ausleihen kann.*

Paloma war eine Dueña, eine Philosophin, die Magie in all

ihren Ausprägungen erforschte und an der Entwicklung von neuen Zaubersprüchen arbeitete. Während sich die meisten Dueños auf die Erforschung von Magie beschränkten, entschieden sich ein paar von ihnen dafür, ihr Wissen weiterzugeben, indem sie Kinder in der Zauberkunst unterwiesen. Paloma hatte ihn von Kindesbeinen an unterrichtet und erst damit aufgehört, als er seine Bruxo-Prüfung bestand und ein zertifizierter Magier wurde. Sie hatte früh eine Liebe zur Magie in ihm geweckt, die kontinuierlich mit ihm mitgewachsen war. Dank seines *Proprios* hatte er oft beobachten können, wie freie Magie farblos schimmernd durch die Luft strömte, bis ein menschlicher Körper sie in sich aufnahm und ihr eine Färbung verlieh. Nun konzentrierte er sich und aktivierte sein *Propio,* um die Farbtöne der Magie in den vier Spielern zu begutachten.

Neben dem Tiger saß ein riesenhafter Mann, der eine Bärenmaske trug. In ihm wirbelte grüne Magie, widerwärtig und zäh wie Schleim. Während alle darauf warteten, dass Rayan den Spielgewinn der heutigen Nacht hereinbrachte, trommelte er mit seinen dicken Fingerknöcheln auf den Holztisch.

Ein Dienstmädchen stellte vor jeden der Spieler ein Glas gekühlte Sangria hin. Der Tiger trank einen Schluck und grinste Alfie mit roten Zähnen an.

Der Bär winkte die Frau zu sich, seine Hand war so groß wie ihr Kopf, und knurrte: »Tequila.« Das Dienstmädchen eilte aus dem Raum und kehrte gleich darauf mit einem Schnapsglas und einer Flasche zurück. Der Bär riss ihr die Flasche aus der Hand und schnaubte beim Anblick des Glases, als fühlte er sich davon beleidigt.

Alfie rührte seine Sangria nicht an, obwohl er sich bei der Vorstellung, er könnte heute Nacht nicht bekommen, was er brauchte, nach einem Schluck sehnte. Doch Alkohol ließ seinen Schatten schwanken, und er wollte keine unerwünschte Aufmerksamkeit auf sich ziehen. Ihn im Zaum zu halten fiel Alfie genauso schwer, wie seinen Gesichtsausdruck zu kontrollieren, während er sich mit jemandem unterhielt, den er nicht mochte. Wenn er sich konzentrierte, konnte er zwar seinen Schatten ruhig halten und eine freundliche Miene wahren, aber je emotionaler er wurde, desto schwieriger wurde es. Heute Nacht durfte sein Schatten auf keinen Fall ein Eigenleben entwickeln.

Im Allgemeinen waren Menschen, die über ein *Propio* verfügten, wegen ihrer besonders engen Verbundenheit mit der Magie sehr angesehen. Aber er wollte nicht, dass irgendwer glaubte, er würde sich die Bücher mit seinem *Propio* erschwindeln.

Denn genau das war sein Plan.

Alfie konzentrierte sich wieder auf die Spieler und die Magie, die sie durchströmte.

Neben dem Bären saß eine Frau, die eine Drachenmaske trug. Der Anblick ihrer Magie verwirrte ihn. Sie war rot, aber die Farbe blieb nicht konstant. So etwas hatte er noch nie gesehen. Es war ein Flickwerk aus sich ständig verändernden Rottönen, die mal dunkler und intensiver wurden und sich dann wieder aufhellten. Ein Verlauf aus Scharlachrot, Karmesin und Burgunder. Er traute seinen Augen nicht.

Sie legte den Kopf schief und verzog die Lippen zu einem spöttischen Grinsen. »Hast du etwas zu sagen, Fuchs?« Die Frau lümmelte lässig auf ihrem Stuhl, als warteten sie auf ein Abendessen und wären nicht wegen eines illegalen Spieles hier. »Oder soll ich dich am Genick packen und es aus dir herausschütteln?«

Die anderen Spieler lachten leise. Alfie rang um eine schlagfertige Antwort, aber er wurde von Rayan gerettet, der den Salon betrat und die Tür hinter sich schloss.

»Willkommen, meine Dame und meine Herren.« Seine kurze

Nase wurde breiter, wenn er grinste. Wie die meisten grotesk reichen Menschen, die Alfie kannte, war Rayan exzentrisch und gelangweilt. Das war auch der Grund, wieso er diese Spiele veranstaltete und die verbotenen Dinge beschaffte, die sie so verlockend machten.

Auf den Armen balancierte er einen Stapel schwarze Bücher – den heutigen Gewinn. Rayan, der einen Sinn für dramatische Auftritte hatte, nahm auf einem vergoldeten Stuhl mit hoher Rückenlehne am Kopfende des Tisches Platz. »Seid ihr bereit für ein Spiel?«

Alle nickten, und über den Raum senkte sich eine angespannte Stille.

Rayan schichtete die Bücher in der Mitte des Tisches zu einem ordentlichen Stapel auf. Alfies Herz hüpfte wie wild in seiner Brust – jeweils ein Schlag für jedes Wort auf jeder Seite in jedem Buch. Das Gefährliche an Rayans Spielen war, dass man nie wusste, wie sie ablaufen würden. Doch wenn man den ausgelobten Gewinn unbedingt haben wollte, zahlte man die hohe Teilnahmegebühr und fand es heraus. Und diese Bücher waren keine gewöhnlichen Gewinne. Ein paar stammten aus Englass und waren wie alles Englassische in Castallan streng verboten.

Alfie wusste natürlich, was Englass seinem Volk angetan hatte. Einen Zauber einzusetzen, um die Magie der Menschen wie durch einen Abfluss abzusaugen, war unsagbar schändlich. Dennoch hätte er am liebsten die Bücher an sich gerissen und wäre mit ihnen davongerannt. Eines von ihnen könnte genau das enthalten, wonach er so verzweifelt suchte. Wenn es einen Ort gab, wo man Zaubersprüche erforschte, mit denen man ein *Propio* von einem Körper auf einen anderen transferieren konnte, dann war das Englass. Das Mädchen hatte Dez mit ihrem *maldito Propio* in dieser schwarzen Leere verschwinden lassen. Wenn er also eine Möglichkeit fand, ihr *Propio* auf sich selbst zu übertragen, dann würde er die Leere öffnen und seinen Bruder retten können. Er wusste, dass das seine einzige Chance war.

Während seine Gedanken um die Bücher kreisten, konnte Alfie sein *Propio* nicht aufrechterhalten, und so verschwanden die magischen Farben der Spieler.

Rayan vollführte eine überschwängliche Geste. »Heute Nacht, meine Dame und meine Herren, spielen wir Cambió.«

Um den Tisch erhob sich frustriertes Gemurmel, nur Alfie hatte Mühe, ein Lächeln zu unterdrücken. Er und Luka hatten viele Nächte lang Cambió gespielt. Es war ein Spiel mit Zeitlimit, bei dem zu gleichen Teilen Glück, Strategie und natürlich auch Magie eine Rolle spielten. Während der Sand durch die Uhr rieselte, zogen die Spieler Karten vom Stapel. Sie konnten aber auch dem Spieler zu ihrer Linken eine Karte wegnehmen, wenn sie sich dadurch das stärkste Blatt erhofften.

Ein paar der Karten waren verzaubert.

In der Vorbereitungsphase bekam jeder Spieler fünf Karten, die er mit seiner Magie präparierte. Anschließend wurden sie zusammen mit den restlichen Karten im Stapel gemischt und an die Spieler verteilt. Sie konnten entweder positiv oder negativ verzaubert werden. Zum Beispiel war es möglich, dass eine dieser Karten das Blatt eines Spielers ruinierte, indem sie den Kaiser in seiner Hand vor seinen Augen in einen Joker verwandelte. Eine andere Karte konnte das Gegenteil bewirken und dem Spieler zum Sieg verhelfen. Sobald die Sanduhr abgelaufen war, heimste der Spieler mit dem besten Blatt den Gewinn ein.

»Sauber oder schmutzig?«, fragte der Tiger. Er klang berechnend, wie jemand, der hinter einer dunklen Ecke auf ein Opfer lauerte, das sich zu nah an ihn heranwagte.

Rayan lächelte. »Schmutzig.«

Am Tisch herrschte eine Atmosphäre gespannter Erwartung. Unter der Maske hob Alfie die Augenbrauen. Rayan hätte keine schmutzige Partie ausgerufen, wenn die Spieler nicht über genügend mündliche Magie verfügen würden, um etwas damit anzufangen. Offenbar waren diese Leute besser ausgebildet als seine üblichen Gäste. Wahrscheinlich wohlhabende Händler und Adlige, die ihren Sammlungen etwas Seltenes und Illegales hinzufügen wollten. Dennoch hatte Alfie nicht erwartet, dass Rayan die schmutzige Version von Cambió zulassen und damit das Risiko eingehen würde, dass Spieler in seinem Haus starben. Nun war es für sie alle gefährlicher geworden.

Nur nicht für Alfie.

»*Wépa!*«, rief der Junge mit der Affenmaske zu Alfies Rechten verzückt. Sein drahtiger Körper vibrierte geradezu vor freudiger Erregung. Er trommelte mit den Fingern auf die Tischplatte, als könnte das Spiel für ihn gar nicht schnell genug beginnen. Bisher hatte Alfie noch keine Gelegenheit gehabt, die Magie dieses Jungen zu inspizieren. Doch nun konzentrierte er sich auf ihn. Seine Magie pulsierte zitronengelb. Alfie warf einen Blick auf die zuckenden Finger des Jungen. Er schaffte es kaum stillzusitzen und würde sicher keine Partie Cambió gewinnen können. Um ihn musste er sich also keine Sorgen machen.

Rayan öffnete schwungvoll ein kleines verziertes Kästchen. Er nahm einen Kartenstapel heraus und befahl: »*Mezclar.*« Daraufhin wirbelten die Karten umeinander, bis er sie in seine Hand zurückrief. Auf ein weiteres magisches Kommando von Rayan hin schwebten jeweils fünf Karten zu jedem der maskierten Spieler. »Ihr kennt alle die Regeln: Verzaubert die Karten, wie ihr es für richtig haltet. Seid so grausam, wie ihr wollt. Schließlich spielt ihr schmutziges Cambió.« Rayan sah verschmitzt in die Runde.

Alfie beobachtete, wie die anderen Spieler sich über ihr Blatt beugten und magische Worte flüsterten. Beim schmutzigen Cambió durften die Spieler ihre Karten auf jede erdenkliche Weise verzaubern. Alfie hoffte allerdings, dass keiner von ihnen tödliche Magie anwenden würde. Immerhin waren sie alle wegen der seltenen Bücher gekommen, nicht um das Spiel mit Blut an den Händen zu beenden.

Doch als er den Blick über ihre Masken gleiten ließ, eine bedrohlicher als die andere, fürchtete er, dass diese Spieler kein Problem damit haben würden, sich die Hände noch ein bisschen schmutziger zu machen.

Alfie legte ein paar einfache Zauber auf seine fünf Karten. Darunter einen, der Kaiser in Joker verwandelte, und einen Verwirrzauber, der einen Spieler von seinem Blatt ablenken würde. Er wollte die Bücher zwar, würde aber deswegen niemanden verletzen, wenn er es verhindern konnte.

»Offenbar seid ihr alle fertig.« Rayan klatschte in die Hände. *»Regresar.«* Die verzauberten Karten flogen in seine Hände zurück und vermischten sich wieder mit dem Stapel.

»Dann wollen wir jetzt anfangen!« Zu jedem der Spieler flogen sieben Karten, der Rest landete in einem dicken Stapel in der Mitte des Tisches.

Einen Moment lang schwiegen die Spieler, als warteten sie darauf, dass die erste verzauberte Karte zu wirken begann. Alfie fuhr mit den Fingern über seine Karten und konzentrierte sich. Er konnte in keiner von ihnen Magie erkennen. Also würde er jetzt noch keine verzauberten Karten abwehren müssen. Und was noch besser war: Er hatte ein anständiges Blatt bekommen.

Ihm würde nichts passieren, und auch den anderen schien es gut zu gehen. Vielleicht würde dieses Spiel ja doch nicht in einem Blutbad enden.

»Das kleinste Tier fängt an. Affe.« Rayan nickte dem Jungen rechts neben Alfie zu und drehte die Sanduhr um. »Du eröffnest die Partie.«

Der Affe biss sich in die Wange, seine Finger trommelten noch schneller auf den Tisch. Dann streckte er die Hand nach Alfies Blatt aus, seine Finger strichen über die Kaiserkarte.

Nimm sie nicht, nimm sie nicht, versuchte Alfie ihn insgeheim zu beeinflussen. Mit einiger Mühe verzog er die Lippen zu einem kaum wahrnehmbaren Grinsen, als wäre er froh, dass der Junge ausgerechnet diese Karte nehmen wollte.

Es funktionierte. Im letzten Moment zog der Affe die Hand zurück und schnalzte genervt mit der Zunge.

Alfie versuchte, nicht allzu erleichtert auszusehen.

Der Junge zog eine Karte aus dem Stapel und legte eine von seinen eigenen darunter.

Lange Zeit sagte er nichts, und auch seine Finger hörten auf zu trommeln. Plötzlich begann er, heftig keuchend zu husten. Blut spritzte vor ihm auf den Tisch. Seine Augen wurden glasig und rot. Er fasste sich an den Hals.

Alfie fuhr zu ihm herum und packte ihn an der Schulter. Er wusste nicht, was er tun sollte. »Helft ihm! Er braucht Hilfe!«

Blutiger Schaum quoll zwischen den Lippen des Jungen hervor, dann fiel er nach vorn, und sein Kopf knallte auf die Tischplatte. Der Junge mit der Affenmaske rührte sich nicht mehr.

Rayan applaudierte lautlos, nur das Klicken seiner Ringe war zu hören. »Na so was! So früh schon eine vergiftete Karte.«

Alfie starrte Rayan an und spürte, wie ihm das Herz gegen die Rippen schlug. Offensichtlich hatte er unterschätzt, wie sittenlos es bei solchen Spielen zuging. Er hätte es besser wissen müssen.

Rayan läutete eine kleine silberne Glocke. Zwei Männer betraten den Raum und packten den Jungen an Armen und Beinen, dann trugen sie ihn schweigend aus dem Salon. In der Luft lag ein erstickender Blutgeruch. Alfie wurde übel.

Der Bär betrachtete Alfie leise lachend über den Tisch hinweg. Die Frau mit der Drachenmaske war die Einzige, die ebenfalls stocksteif dasaß. Er sah sie an und suchte in ihrer Körpersprache nach dem Schock, den er in seinem eigenen hämmernden Herzen fühlte. Doch als sie seinen Blick bemerkte, verschränkte sie gleichgültig die Arme. Diese Leute waren Ungeheuer.

Alfie konzentrierte sich auf die nun blutverschmierte Karte, die der Junge gezogen hatte. Darin wirbelte eine bösartige grüne Magie. Sie stammte von dem Bären. Alfie sah ihn durchdringend an. Der Bär legte den Kopf schief, als wartete er gespannt darauf, was sein Mitspieler mit der Fuchsmaske zu sagen hatte. Doch Alfie schwieg und verstärkte den Griff um seine Karten, bis ihm die Finger wehtaten.

Unterdessen mischte Rayan die Karten des toten Jungen unter den Stapel und fuhr mit der Partie fort, als wäre nichts geschehen. Ein Dienstmädchen kam herein und schrubbte die Blutflecken von der polierten Tischplatte.

Rayan nickte Alfie erwartungsvoll zu. »Damit ist alles erledigt. Du bist dran, Fuchs.«

Doch Alfie konnte sich nicht bewegen. Noch immer hing der Blutgeruch in der Luft. Er konnte kaum sein Weinglas ansehen, ohne zu würgen.

»Nun mach schon, kleiner Fuchs«, sagte der Bär. Seine Stimme war genauso grob und zähflüssig wie seine Magie.

Alfie warf ihm einen finsteren Blick zu und holte tief Luft. Dann konzentrierte er sich und sah den Kartenstapel an. Die oberste Karte war mit der stahlgrauen Magie des Tigers verzaubert. Bevor er sie aufnahm, aktivierte Alfie sein *Propio* und veränderte die Farbe der Magie, die ihn durchströmte, von ihrem normalen Königsblau zum Grau seines Gegenspielers. Eine verzauberte Karte würde bei demjenigen, der sie beschworen hatte, nichts bewirken. Alfie hatte nichts zu befürchten, denn wenn er seine Magie an die Karte anpasste, bevor er sie berührte, würde sie ihn für ihren Meister halten und ihn verschonen.

Er fügte die neue Karte seinem Blatt hinzu und legte dafür eine der weniger wertvollen ab. Anschließend rieb er mit dem Daumen über die Karte. Als er die Magie darin erspürte, konnte er nur mit Mühe ein Schnauben unterdrücken. Es war eine Trunkenheitskarte, von der ein Spieler, der sie berührte, stockbesoffen wurde.

Netter Versuch, dachte Alfie, während er den Tiger spöttisch angrinste. Er sah, wie sich die Schultern des Mannes versteiften, und ein Hochgefühl breitete sich in Alfie aus. Er war nicht so skrupellos wie die anderen Spieler und wollte es auch nicht sein, aber er konnte sie überlisten.

Rayan saß noch immer am Kopfende des Tisches und war begeistert über die zunehmende Spannung, die zwischen Alfie und dem Mann mit der Tigermaske herrschte. »Und der Fuchs ist tatsächlich schlau wie ein Fuchs! Zumindest bislang … Mach weiter, Tiger. Jetzt bist du an der Reihe.«

Der Tiger streckte die Hand nach dem Blatt des Bären aus. Als er die Finger über einer Karte schweben ließ, verspannte sich der Kiefer des großen Mannes sichtlich. Grinsend nahm der Tiger sie an sich.

Der Mann mit der Bärenmaske schlug mit den Fäusten auf den Tisch und stand auf. »Er hat betrogen«, brüllte er. Speicheltropfen spritzten von seinen Lippen. »Er hat sich mein *maldito* Blatt angesehen! Ich weiß es!« Er krümmte die Finger, und im nächsten Moment schwebte eine Flammenkugel über seiner Handfläche.

Die anderen Spieler sprangen von ihren Plätzen auf. Alfie erhob sich als Letzter, unsicher, was er in dieser Lage tun sollte. Schweiß rann ihm über die Stirn, und seine Maske begann zu rutschen. Würden sie sich alle gegenseitig umbringen, bevor die Karten es taten?

Auf ein Winken des Tigers hin stieg die Sangria in seinem Becher in einer Spirale auf und schwebte vor ihm. Dann ballte er die Hand zur Faust, und der Wein gefror zu einer Klinge aus rotem Eis, die er aus der Luft nahm und kampfbereit vor sich hinhielt. Er war also wie Alfie ein Wasserzauberer. Die Drachin krümmte ebenfalls die Finger und hielt plötzlich einen Dolch vor sich. Alfie beobachtete sie alle nur und umklammerte mit einer Hand den Stuhl hinter sich.

Während seine Gäste sich angespannt gegenüberstanden, blieb Rayan mit verschränkten Armen auf seinem Stuhl sitzen. »*Cálmate,* Bär«, sagte er gelangweilt. Er läutete die Glocke, und eine Gruppe muskulöser Männer strömte in den Raum, die er als Leibwächter für seine nächtlichen Spielgesellschaften angeheuert hatte. »Entweder die Karten töten dich, oder sie werden es tun. *Entiendes?*«

Die Flamme über der Hand des Bären zitterte. Der Tiger grinste ihn höhnisch an.

»Schön«, murrte der Bär und setzte sich hin.

Auf eine Geste von Rayan hin gingen die Männer schweigend wieder hinaus. Die restlichen Spieler ließen sich langsam auf ihre Stühle zurücksinken. Der Dolch der Drachin verschwand wieder in ihrem Ärmel. Der Tiger brachte die gefrorene Sangria mit einer knappen Handbewegung zum Schmelzen und lenkte sie in sein Glas zurück. Die Hand, mit der Alfie die Karten hielt, war schweißnass. Als er merkte, dass das Mädchen mit der Drachenmaske ihn ansah, versuchte er, sein Zittern zu verbergen.

Rayan schlug ein Bein über das andere. »Macht weiter.« Alfie sah den flachen Absatz seines goldenen Schuhs. Dieser Schuh war wie vieles in Castallan ein Überbleibsel der englassischen Besatzung. Englassen waren in der Regel größer als Castallanos. Während der englassischen Herrschaft galt die Formel: Je ähnlicher man ihnen sah, desto respektierter und privilegierter war man. Also hatten die Castallanen Schuhe mit Absätzen getragen, um größer und damit englassischer zu wirken. Diese Mode hielt immer noch an.

Das war das Merkwürdige am Unterdrücktsein. Seine Eltern sprachen immer darüber, was ihnen die englassischen Herrscher alles genommen hatten – ihre Autonomie, die Magie, ihre Kultur und ihren Stolz –, doch Alfie fand viel bemerkenswerter, wie wenig sich die Castallanen nach der Vertreibung der Eroberer auf ihre eigene Kultur zurückbesonnen hatten. Wenn sie sich wirklich vom englassischen Einfluss befreien und zu ihren Wurzeln zurückkehren wollten, weshalb trugen sie dann immer noch Schuhe mit Absätzen?

»Fuchs«, sagte Rayan und riss Alfie aus seinen Gedanken. »Mach weiter.«

Alfie wandte den Blick von Rayans Schuh ab und zog eine Karte vom Stapel.

Mit jeder Runde wurde sein Blatt stärker. Während das Spiel voranschritt, tauschte Rayan immer wieder mit einem magischen Befehl die Plätze der Spieler. Ihre Stühle schossen so schnell um den Tisch herum, dass Alfie ganz schwindelig wurde.

»Schließlich«, erklärte Rayan ihnen vergnügt, »kann ich nicht zulassen, dass ihr immer von derselben Person eine Karte zieht und dabei deren Körpersprache zu lesen lernt. Wo bliebe denn da der Spaß?«

Alfie fragte sich, ob Rayan sie damit nur noch nervöser machen wollte. Er mied eine verzauberte Karte nach der anderen und steckte sie in den Stapel zurück, wenn er doch einmal eine zog. Eine war dazu gedacht, dass ihr Empfänger sich endlos übergab, eine andere sollte ihn drei Runden lang mit Blindheit schlagen. Als er auf die schreckliche Karte stieß, die den Jungen mit der Affenmaske getötet hatte, nahm er sie an sich und legte sie unter den Stapel, da er nicht mit ansehen wollte, wie einer der anderen Blut spuckte und starb.

Als die Frau mit der Drachenmaske zu seiner Rechten saß, nahm sie ihm, ohne zu zögern, die Trunkenheitskarte aus der Hand. Vermutlich hatte sie angenommen, er habe keine verzauberten Karten, da er bislang noch keine entsprechenden Reaktionen gezeigt hatte. Normalerweise hätte sie mit dieser Einschätzung richtiggelegen, doch nicht in seinem Fall.

Sobald sie die Karte berührte, entspannte sich ihr ganzer Körper. Dann bekam sie einen heftigen Schluckauf und lachte gedehnt. »Wisst ihr, was mir gerade aufgefallen ist?« Sie hickste. »Ich trage eine Maske über einer Maske. Versteht ihr? Versteht ihr, was ich euch damit sagen will, ihr Pendejos? Ich trage zwei Masken gleichzeitig!« Sie warf den Kopf zurück und schüttete sich aus vor Lachen, als hätte sie gerade eine Badewanne voll Sangria leergetrunken.

Rayan massierte sich ungeduldig die Schläfen. »Natürlich musste einer von euch eine Trunkenheitskarte zaubern. Drachin, du hast eine Karte vom Fuchs genommen. Jetzt musst du eine ablegen. So lautet die Regel.«

»Diese dämlichen Dinger nennt ihr Masken!« Sie deutete mit einer nachlässigen Geste auf ihr Gesicht. »Ich habe mehr Masken getragen, als ihr Idioten zählen könnt! Ich könnte euch zeigen, wie man es richtig macht.«

»Können wir jetzt bitte weitermachen, kleines Fräulein?«, knurrte der Bär, aber das Mädchen lachte einfach weiter.

Rayan seufzte tief. »Rück einfach eine von deinen Karten raus, Drachin. Ansonsten verfällt dein Blatt.«

»Ist ja schon gut!«, erwiderte sie. »Aber die Wahrheit starrt euch direkt ins Gesicht! Und zwar aus meinem Gesicht.« Sie kicherte wie ein Kind, das sich über ein Geheimnis freute.

Alfie hatte keine Zeit für ihren Unsinn. Er stand kurz davor, die Bücher an sich zu bringen, und konnte es kaum erwarten, in ihnen zu blättern. Doch davor musste die Frau erst mal aufhören, sich totzulachen.

Endlich entschied sie sich für eine Karte, doch statt sie in den Stapel zurückzuschieben, schnippte sie sie zu Alfie hinüber. Als sie gegen seine Nase stieß, bekam die Frau erneut einen Lachanfall. Er hätte sie zu Boden fallen lassen sollen, ihr ausweichen oder mit einem magischen Wort stoppen, bevor sie ihn berühren konnte. Doch stattdessen passte er seine Magie an den roten Farbton an, den er in der Karte wirbeln sah, und schnappte nach ihr, als sie von seinem Gesicht abprallte.

Vielleicht war es Schicksal oder auch nur das Ergebnis seiner schnellen Reflexe, auf jeden Fall fing er sie auf.

Als er sie berührte, fühlte er einen Schlag am Finger, als hätte ihn ein Blitz gestreift. Ihre Magie war tatsächlich anders als alles, was er bis jetzt gesehen hatte. Es war keine optische Täuschung gewesen. Diese Karte war merkwürdig. Er konzentrierte sich und sah, dass sie mit der roten Magie des Mädchens getränkt war. Genau wie zuvor veränderte sich das Rot permanent, ohne sich auch nur ein einziges Mal auf einen Farbton festzulegen. Diesen Effekt konnte er nicht so leicht imitieren wie die magischen Farben der anderen.

Die Magie war geschmeidig und schneidend wie eine Peitsche. Hätte sie ein Gesicht gehabt, hätte es höhnisch gegrinst, und Alfie wollte wissen, wieso. Er erhöhte den Druck auf die

Magie und spürte einen Pulsschlag unter der Oberfläche, der sich immer weiter beschleunigte, als würde er sich zuspitzen. Er erinnerte ihn an irgendetwas. Zu spät fiel ihm ein, an was.

Ein tickendes Uhrwerk.

Aus der Vorderseite der Karte explodierte eine Wolke süßlich riechender Rauch. Alfie ließ sie auf den Tisch fallen und sprang so schnell von seinem Stuhl auf, dass er hinter ihm auf den Boden knallte. Er bedeckte Nase und Mund mit den Händen und spürte, wie ihm Schweißtropfen über das Gesicht liefen. War der Rauch vergiftet?

Rayan, der ein Windmagier war, schob die rauchgeschwängerte Luft von sich fort und rettete damit auch Alfie davor, sie einzuatmen. Die anderen bekamen Hustenanfälle. Alfie hörte Stühle und Körper auf den Boden schlagen. Als die Luft wieder aufklarte, lagen der Tiger und der Bär bewusstlos da, die Masken schief auf den Gesichtern. Rayans Männer waren in den Raum gerannt und ebenfalls dem Rauch zum Opfer gefallen. Nur Rayan und Alfie standen immer noch. Als Alfie zum Tisch hinübersah, setzte sein Herz einen Schlag aus.

Die Bücher waren verschwunden. Alles, was er getan hatte, um sie zu bekommen, war umsonst gewesen. Für nichts und wieder nichts hatte er seine Familie angelogen und war in den viel zu stillen Palast zurückgekehrt, wo ihn jeder Winkel an Dez erinnerte.

»Diebin!«, schrie Rayan und deutete mit seinem dicken Zeigefinger über Alfies Schulter.

Die Frau mit der Drachenmaske war durch die Glastür auf den Balkon gerannt. Gerade kletterte sie auf die Steinbrüstung, wobei sie fast auf der anderen Seite hinunterfiel.

»*Gracias* für das Spiel, meine Herren.« Ihr lauter Schluckauf verriet, dass die Trunkenheitskarte immer noch wirkte. Sie nahm ihre Maske ab und entblößte ein rundes Gesicht mit vollen Lippen und dichten Augenbrauen. »Und sucht besser nicht nach mir, denn ich bin ziemlich schwer zu finden.« Mit einem leicht entgleisten Lächeln fuhr sie sich durch die glatten Haare, die sich daraufhin in eine wilde Lockenpracht verwandelten. Als sie mit einer Hand über ihr Gesicht strich, begradigte sich ihr Nasenrücken und wurde kürzer. Außerdem standen ihre Augen weiter auseinander. Mit einer einzigen schnellen Berührung hatte sie ihr ganzes Gesicht verändert.

Ein weiterer Schluckauf brachte sie aus dem Gleichgewicht, und sie stürzte, wild mit den Armen wirbelnd, rückwärts vom Balkon. Alfie hörte sie fluchen, als sie landete, und dann losrennen. Rayan stand stocksteif und mit offenem Mund da.

Nachdem Alfie sich noch einmal vergewissert hatte, dass seine eigene Maske noch immer festsaß, rannte er durch die Doppeltür auf den Balkon und sprang nach kurzem Zögern über die Balustrade. Bis zum Boden waren es fünf Körperlängen.

Glücklicherweise blieb ihm gerade noch genügend Zeit, *»Amortiguar!«* zu rufen. Und so war das Kopfsteinpflaster weich wie Sand, als er in gebückter Haltung darauf landete. Im nächsten Moment stieß er sich mit den Handflächen vom Boden ab und rannte in die Nacht.

Kapitel 5

Die Gesichtsdiebin

Während Alfie der jungen Frau durch die Schleife nachjagte, sorgte er immer wieder dafür, dass der Knoten seiner Maske hielt.

Er blieb an ihr dran, während sie durch die farbenfrohen Anwesen der Umgebung lief. Dabei stieß er sich zwischen zwei Häusern die Schulter an einem gepflegten und in voller Blüte stehenden Mangobaum. Er folgte ihr um eine Ecke, hinter der ein Platz mit teuren Geschäften lag, in denen die Reichen ihre Pesos ausgaben. Doch als er aus der schmalen, von Haciendas gesäumten Straße rannte, war sie nirgends zu sehen. Während er sich im Kreis drehte und alles absuchte, wurde ihm eng in der Brust. Wo konnte sie bloß stecken? Er war doch unmittelbar hinter ihr gewesen. Alfie durfte sie nicht mit den Büchern entwischen lassen. Dass er trotz Dez' Abwesenheit zurückgekommen war und seine Eltern angelogen hatte, konnte nicht umsonst gewesen sein. Er würde auf keinen Fall mit leeren Händen nach Hause gehen.

Alfie überquerte den Platz und spähte in die schmalen Lücken zwischen den Geschäften, in der Hoffnung, dass sie sich vielleicht dort verbarg. Tagsüber wimmelte es hier von Verkäufern, die süße Flans und frittierte Yuccaknollen anboten. Aber die waren bereits vor Stunden nach Hause gegangen, und so herrschte auf dem lediglich vom Vollmond beleuchteten Platz völlige Stille.

Als er an einer Schneiderei vorüberrannte, knirschten Glasscherben unter seinen Füßen. Die Schaufensterscheibe war eingeschmissen, aber das Geschäft war leer. Eigenartig. Da er die Diebin nicht entkommen lassen wollte, lief er weiter. Vor ihm stolperte aus einem Gässchen zwischen zwei Läden eine Frau mit einem gelben Kleid und einem breitkrempigen Hut hervor. Er wurde langsamer. Wie viele Menschen waren wohl mitten in der Nacht auf einem leeren Marktplatz unterwegs? Ihr Schatten schwankte wie ein betrunkener Seemann. Als er sich auf sie konzentrierte, erkannte er in ihr die fluktuierende rote Magie. Alfie ging schneller und verstellte ihr den Weg. »Señorita. Die Bücher.«

»Junger Mann, ich habe keine Ahnung, wovon Sie sprechen«, lallte eine gekünstelt hohe Stimme unter dem ausladenden Hut.

Sie hätte bessere Möglichkeiten gehabt, sich vor ihm zu verbergen, als sich so albern zu benehmen. Offenbar war die Trunkenheitskarte sehr wirkungsvoll gewesen.

Als Alfie ihr den Hut vom Kopf stieß, kam das Gesicht zum Vorschein, das er an ihr gesehen hatte, bevor sie vom Balkon gefallen war. »Ich weiß, wer du bist. Die Bücher bitte.«

»Wie unhöflich«, mokierte sie sich, bevor sie ihn wegstieß. »Und es stimmt nicht, dass du mich kennst. Niemand tut das.«

»Wie betrunken bist du eigentlich? Hast du wirklich geglaubt, ich falle auf dieses lächerliche Kostüm herein?«

»Betrunken genug, um dir zu sagen, dass du mich kreuzweise kannst«, gab sie zurück. Ihr Schatten zuckte wütend hin und her wie ein in die Enge getriebenes Tier. Sie schwankte so sehr, dass Alfie sie an den Schultern festhalten musste.

Wieder schubste sie ihn weg. »Fass mich nicht an.«

Alfie hob beschwichtigend die Hände. Er wusste nicht, wie

er es anstellen sollte. Sie war betrunken, und er wollte ihr nichts zuleide …

Er schüttelte über sich selbst den Kopf. Sie war diejenige, die *ihm* etwas zuleide getan hatte. Er schuldete ihr überhaupt nichts.

»Bitte mach es uns beiden nicht schwerer als nötig. Ich werde dich nicht bei den Wächtern anzeigen. Gib mir einfach die Bücher, und dann kannst du deiner Wege gehen – wer immer du unter diesem Täuschungszauber wirklich bist.«

Als die Farbe ihrer Magie sich einen winzigen Augenblick lang nicht veränderte, konnte Alfie endlich seine eigene Färbung an sie anpassen. Dann griff er nach der Magie, hinter der sie sich verbarg, um sie genauso durcheinanderzubringen, wie sie die Karten beim Cambió verwirrt hatte.

Stirnrunzelnd erkannte er, dass er die Grenzen ihres Täuschungszaubers nicht ertasten konnte. Was ungefähr so war, als fände man an einem Kleidungsstück keine einzige Naht. Er fühlte nichts außer der roten Magie, die sich wie ein zweiter Blutkreislauf ununterbrochen in ihr bewegte. Jedes *Propio* hatte eine Grenze, an der seine Kräfte endeten. Alfie konnte mit seiner Magie zum Beispiel nicht das *Proprio* von jemand anderem manipulieren. Wenn er die Magie, mit der sie ihr Erscheinungsbild veränderte, nicht außer Kraft setzen konnte, dann musste sie also ihr *Propio* sein. Paloma hatte ihm erklärt, dass ein *Propio* die Seele seines Besitzers widerspiegele. Was für eine Person war sie hinter alldem? *Eine Lügnerin,* dachte Alfie. *Jemand, der man nicht vertrauen kann.*

Trotzdem wollte er sie nicht verletzen, solange es nicht unumgänglich war.

Er streckte die Hand aus. »Die Bücher, bitte.« Alfies Schatten schlang sich eng um seine Füße.

Sie torkelte ein paar Schritte zurück. »*Bitte* ist kein gültiges

Zahlungsmittel. Wenn du die Bücher haben möchtest, musst du sie käuflich erwerben oder mir etwas Gleichwertiges dafür geben. Wenn du das nicht tust …«, sie hickste, »… kannst du dich gleich verziehen.«

»Na gut.« Er seufzte tief. »Wie viel?«

Sie musterte ihn von Kopf bis Fuß, und er wusste, dass sie abzuschätzen versuchte, wie viel aus ihm herauszuholen war. In diesem Moment wünschte er sich, er hätte einen weniger feinen Umhang angezogen.

Sie legte den Kopf in den Nacken und rief: »Eine Million Goldpesos!«

»*Qué?*«

»Du hast mich schon verstanden.«

Alfie starrte sie an. »Das ist ja lächerlich.«

Sie zuckte die Achseln. »So ist das nun mal, wenn man beim Kartenspielen verliert.«

Alfie biss die Zähne zusammen. »Ich möchte dir nicht wehtun, Señorita.«

Sie gluckste vor Lachen. »Keine Sorge, das wirst du nicht.«

Alfie nahm eine drohende Haltung ein. »Die Bücher gehören mir. Wenn du das Spiel nicht unterbrochen hättest, hätte ich sie ehrenhaft gewonnen.«

»Das glaubst *du*.« Sie grinste spöttisch.

Alfie vermutete, dass das unabhängig von dem Gesicht, das sie gerade trug, ihr Standardausdruck war.

Sie sah auf seinen Schatten hinunter, der sich wütend wand. »Ich wage zu behaupten, dass du dein *Propio* eingesetzt hast. Und das ist nicht gerade ehrenhaft, wenn du mich fragst.«

Alfie kniff die Augen zusammen. »Wie kannst du es wagen, mir Ehrlosigkeit vorzuwerfen? Du bist eine Diebin.«

Sie warf die Hände in die Luft, als hätte sie noch nie etwas so

Dämliches gehört. »Und du willst eine Diebin bestehlen. Damit bist du wohl der Schlimmere von uns beiden.«

Alfie funkelte sie böse an und holte tief Luft durch die Nase. »Ich will dir wie gesagt nicht wehtun«, presste er mühsam hervor.

»Das ist auch gut so. Ich glaube nämlich kaum, dass du das schaffen würdest.«

Ihr Ton passte Alfie überhaupt nicht. »Dann lass es mich dir beweisen«, sagte er betont ruhig. Warum konnte er nicht so gefährlich sein wie die anderen Spieler vorhin beim Cambió? Er trug eine Fuchsmaske, verhielt sich aber wie ein scheues Reh. Das Mädchen hatte ihn bestohlen, und trotzdem zögerte er immer noch. Heute Nacht würde er ein Fuchs sein. »Wir spielen um die Bücher.«

Sie schnaubte. »Hast du für eine Nacht nicht schon genug Spiele verloren, *Muchacho*?«

Alfie ließ sich nicht von ihr beirren. »Jedes Mal, wenn ich dir eine Verletzung beibringe, bekomme ich ein Buch. Wenn du mich verwundest …«

»Die Aussicht, dir wehzutun, reicht mir schon als Anreiz, vielen Dank.« Sie zog sich das Kleid über den Kopf und fluchte wie ein Seemann, als sie sich einen peinlichen Augenblick lang mit den Armen darin verhedderte.

Alfie verdrehte die Augen. Sie benahm sich wie Luka, wenn er betrunken war, nur gewalttätiger.

Sie warf das Kleid hinter sich. Nun trug sie wieder das schwarze Hemd und die Hose, die sie beim Cambió angehabt hatte. Ihre schwarze Umhängetasche hing ihr diagonal vor der Brust. Sie duckte sich in eine schlampige Verteidigungshaltung, die noch dazu von ihrem Schluckauf erschüttert wurde. »Dann lass uns spielen.«

Einen Moment lang bauten die beiden schweigend die Spannung zwischen sich auf, die nötig ist, damit sich zwei Menschen an die Gurgel gehen. Alfie starrte sie durch die geschlitzten Augenlöcher seiner Maske an.

Sie knickte ruckartig ein Handgelenk ab, worauf eine Reihe Steine von der Größe seiner Fäuste vom Kopfsteinpflaster aufstieg.

Einen Teil von ihm drängte es danach, schnell und impulsiv anzugreifen, doch er wartete ab.

Patienca, Prinz Alfehr. Geduld ist eine eigene Form von Magie, hörte er in Gedanken Palomas Stimme. Alfie ging in Verteidigungsstellung.

Das Mädchen sah ihn an und seufzte genervt. »Ich weiß nicht, ob du es gemerkt hast, aber ich bin ein bisschen angeschickert. In spätestens einer Stunde will ich im Bett sein. Lass uns also kurzen Prozess machen.« Sie legte den Kopf schief und musterte ihn von Kopf bis Fuß. »Außer du willst auf den Kampf verzichten und dich zu mir legen.«

Alfie versteifte sich und vernachlässigte dadurch ein wenig seine Deckung.

In diesem Moment spreizte sie die Finger, und die Steine schossen nach vorn.

Hastig zog Alfie ein paar Wasserfäden aus der feuchten Luft und ließ sie zu einer schützenden Eisschicht gefrieren. Aber er hatte nicht genug Wasser beschworen. Zwei Steine konnte er abhalten, die restlichen hämmerten auf seinen Oberkörper ein. Er taumelte zurück und drückte sich eine Hand auf die Brust. Blut sickerte durch sein Hemd.

»*Sanar*«, sagte er und spürte, wie seine Wunden heilten.

Sie grinste. »Nummer eins. Sagen wir, wer dreimal trifft, gewinnt. Ein kleiner Junge wie du sollte so spät nicht mehr ohne seine Mamá auf der Straße sein. Wir wollen doch nicht, dass sie sich Sorgen macht.«

Alfie funkelte sie durch seine Maske böse an.

Elementarmagie war eine instinktive, körperliche Angelegenheit. Man musste dafür nicht so viel lernen und sich auch nicht so stark konzentrieren wie bei gesprochener oder geschriebener Magie. Alles, was man dafür brauchte, war Intuition, von der Alfie allerdings nur wenig zu besitzen schien. Und da die Adligen seit der englassischen Besatzung der mündlichen und der schriftlichen Magie den Vorzug gaben, waren für die Ausbildung zum Bruxo nur ein paar Grundkenntnisse der Elementarmagie nötig.

Ihr spöttisches Grinsen wurde noch breiter. »Wieso bist du zurückgewichen? Hast du etwa schon Angst vor mir?«

Alfie knirschte mit den Zähnen. »Also gut, nach drei Treffern ist das Spiel vorbei.« Diesmal war er vorbereitet. Sie konnte sich kaum auf den Beinen halten, und das würde er zu seinem Vorteil nutzen. Er streckte einen Arm aus und winkte sie zu sich heran. »Wenn du den Kampf beenden willst, dann komm her.«

Das Mädchen schnaubte. »Wenn du darauf bestehst.«

Mit unsicheren Schritten lief sie auf ihn zu. Als sie die Hände hob, sah Alfie, wie ein Schwall roter Magie an ihrem Körper herabfloss und drei Steine aus dem Kopfsteinpflaster zog. Wieso verbrauchte sie so viel Energie, um drei lausige Steine anzuheben?

Als sie gerade angreifen wollte, sah Alfie auf ihre Füße und sagte: *»Adherir!«*

Es sah aus, als wäre sie am Boden festgeklebt. Der Schwung, den sie im Laufen aufgebaut hatte, arbeitete nun gegen sie, und sie fiel mit einem lauten Knall aufs Gesicht. Als die drei Steine zu Boden fielen, traf einer sie am Rücken. Laut fluchend stemmte sie sich auf Hände und Knie hoch. Ihre Stirn blutete.

Alfie löste den magischen Griff um ihre Füße und verschränkte stolz die Arme. »Damit steht es eins zu eins.«

Sie war eine Kämpferin, aber keine geschulte Magierin. Alfie hatte mehrfach beobachtet, wie wohldosiert ausgebildete Steinmetze ihre Magie gebrauchten, wenn sie die Erde beschworen. Die Magie der Diebin strömte dagegen bereits unkontrolliert aus ihr heraus, wenn sie lediglich drei Steine aus dem Boden zog. Mit so einem Energieaufwand hätte sie mehr bewirken können, aber sie hatte keine Disziplin. Sie würde schon bald ermüden. Wenn er es richtig anstellte, würde es genauso für ihn laufen wie beim Cambió: Sie mochte zwar stärker und schneller sein als er, aber dafür war er klüger.

Mühsam rappelte sie sich auf und sah ihn mürrisch an. »Dachte ich mir doch, dass du auf Schreibtischmagie spezialisiert bist.«

Alfie hatte diesen Begriff noch nie gehört – oder dass jemand mit so viel Abscheu über gesprochene und geschriebene Magie sprach.

»Du bewegst dich auch, als hättest du dein ganzes Leben an einem Schreibtisch gesessen.«

Alfie streckte eine Hand aus. »Ein Buch bitte.«

Sie sah ihn empört an. »Du hast mich nicht verwundet.«

Alfie erwiderte ihren Blick. »Du hast dich dank meiner Magie selbst verletzt. Das zählt.«

Sie holte ein Buch aus ihrer Tasche und warf es so fest zu ihm herüber, dass es gegen seine Brust knallte.

»Dein erster und einziger Sieg heute Nacht, Fuchs«, lallte sie. »Genieß ihn.«

Er verzog die Lippen zu einem höhnischen Grinsen, von dem er hoffte, dass es ihrem in nichts nachstand. »Das werden wir ja noch sehen, Drachin.«

Blitzschnell stürzte sie sich mit erhobenen Fäusten auf ihn und holte zu einem schlampig gezielten Hieb aus. Alfie wich zur Seite aus.

Ihre Fingerknöchel streiften ihn an der Wange, und er packte sie am Ellbogen.

»*Adormecer!*«

Ihr Arm fiel kraftlos herunter und baumelte an ihrer Seite wie ein Pendel vor und zurück. »Was zum …?«

Alfie trat ihr ansatzlos in den Bauch, und sie fiel nach hinten um. Er hatte ihr mit dem Tritt zwar bestimmt keine Rippen gebrochen, aber sie würden ihr am nächsten Morgen dennoch wehtun.

Mit ihrem funktionierenden Arm stemmte sie sich auf die Knie. Beim Anblick ihres entsetzten Gesichtes machte sich ein Gefühl der Zufriedenheit in seiner Brust breit. Vielleicht war er einem Fuchs doch viel ähnlicher, als er gedacht hatte.

Alfie trat auf sie zu und hielt ihr erneut die Hand hin. »Ich würde ja auch deinen anderen Arm betäuben, aber dann könntest du mir mein Buch nicht aushändigen.«

Sie sah finster zu ihm auf. Am Boden schnappten ihre beiden Schatten nacheinander. Der brennende Zorn in ihrem Blick hätte ihm eigentlich als Warnung genügen müssen, dass sie etwas im Schilde führte.

Genau wie bei ihrer Trumpfkarte ahnte Alfie einen Moment zu spät, was sie beabsichtigte. Mit einer blitzartigen Aufwärtsbewegung ihrer Hand brachte sie einen Stein zwischen Alfies Füßen dazu, vom Boden hoch und in seine Weichteile zu schnellen.

Während sich ihm vor Schmerzen der Magen umdrehte, sprang sie auf die Füße. Sie umhüllte eine Hand mit einer Steinschicht und verpasste ihm damit einen kräftigen Fausthieb, bevor er ein magisches Kommando rausbrachte. Die Wucht des Steines brach ihm die Nase. Während noch Bruchstücke von seiner Maske abfielen, reckte sie schwungvoll die Handfläche in die Höhe, und eine Säule schoss aus der Erde empor. An ihrer Spitze saß ein Kopfstein, der ihn heftig in den Bauch boxte.

Alfie krachte an die Ladenwand hinter ihm. Dabei flog seine Tasche von der Schulter und landete zwischen ihm und der Diebin.

Finn ließ die Erdsäule auf das Pflaster zurückfallen.

Einen Moment lang glaubte sie, er würde die Schmerzen verkraften. Er stieß sich von der Wand ab und hob eine Hand in ihre Richtung ... Doch dann taumelte er wieder rückwärts gegen den Laden und sackte langsam in sich zusammen, bis er wie ein Häufchen Elend auf der Seite lag. Seine zerbrochene Maske war ihm über die blutende Nase hochgerutscht.

Finn schüttelte ihren nutzlosen Arm. Er begann zu kribbeln. Hoffentlich würde er bald wieder zu gebrauchen sein. Dieser Idiot hatte ihn so stark betäubt, dass er ihn genauso gut auch hätte abhacken können.

»*Pendejo*«, murmelte sie und stolperte fast über ihre eigenen Füße, während sie auf ihn zuwankte. Von der Trunkenheitskarte drehte sich ihr immer noch der Kopf. Sie war so berauscht, dass sie doch tatsächlich ein Kleid gestohlen hatte, statt einfach ihr Gesicht zu verändern. Und als es ihr doch noch eingefallen war, hatte sie es nicht hinbekommen. Aber sie hatte ihn trotzdem besiegt. Also war sie selbst sturzbetrunken unschlagbar. Gar nicht mal so schlecht, wie sie fand.

Finn machte sich daran, seine Taschen zu durchsuchen, doch dann hielt sie überrascht inne. Er hatte ein Holster am Gürtel, in dem ein Flachmann steckte. Von einem Weichling wie ihm hätte sie das gar nicht erwartet. Sie öffnete den Verschluss und kippte die Flasche aus. Das geschah ihm ganz recht, nachdem er ihr solche Probleme gemacht hatte. Anschließend leerte sie seine Taschen aus und steckte alles ein. Als sie damit fertig war, stand sie auf und drehte seinen Kopf mit der Stiefelspitze so, dass sie ihm ins Gesicht sehen konnte. Das Blut, das aus seiner Nase floss, rann ihm in den offen stehenden Mund.

Er wusste offensichtlich nicht, wie man mit Elementarmagie kämpfte. Andererseits musste er keine Wasserflasche mit sich herumtragen, da er talentiert genug war, die Flüssigkeit aus der Luft zu ziehen. Er war ohne Zweifel ein Bruxo. Wahrscheinlich lebte er in irgendeiner großen Hacienda, wo er komplizierte Magie erlernte, anstatt auf Gelegenheitsarbeiten in den ärmeren Ringen zu hoffen. Im Studierzimmer kannte er sich gewiss aus, aber Schreibtischmagie genügte hier nun einmal nicht. Denn dies war die Straße und nicht irgendein Duellplatz.

»Ich habe hier den Heimvorteil«, sagte sie zu seinem reglosen Körper. »Nimm's nicht persönlich.«

Kurz dachte sie darüber nach, ihm die Maske abzunehmen, doch dafür wusste sie zu gut, wie wichtig eine gute Verkleidung war. Welches Recht hatte gerade sie, jemand anderen um diesen Trost zu bringen? Sie wandte sich von ihm ab und stolperte zu der Tasche hinüber, die er verloren hatte, bevor er gegen die Wand gekracht war. Darin fand sie das Buch, das sie ihm gegeben hatte, und noch weitere Goldpesos.

Sie wünschte sich nur, sein Beutel enthielte ein Elixier, das gegen die dröhnenden Kopfschmerzen hinter ihren Augen half. Ihr Schatten schwankte wie ein vor Anker liegendes Schiff. Die Trunkenheitskarte und dieser dumme Junge sollten verflucht sein. Sie hörte ihn vor Schmerzen stöhnen und drehte sich zu ihm um. Er war dabei, sich auf Händen und Knien hochzustemmen.

»Du spielst nicht fair«, knurrte er und befestigte die Überreste seiner Maske, die ihm vom Gesicht zu rutschen drohten. Sie sah zu, wie er sich eine Hand vor die Nase hielt und sie offenbar magisch heilte. Es wäre schön, wenn sie das auch selbst tun könnte, anstatt irgendeinen Hinterhof-Bruxo in Kniff dafür bezahlen zu müssen, der Stein und Bein schwor, er hätte auch wirklich sein Magie-Examen bestanden.

»Mach dir nichts vor, ich habe nie gespielt«, erwiderte sie und ließ seine Tasche fallen, während sie aufstand.

»Vergisst du nicht etwas?« Der Junge hob die Hand. Zwischen seinen Fingern steckte die Karte, mit der sie die anderen Spieler beim Cambió ausgeschaltet hatte.

Sie schüttelte den Kopf. Die Bewegung verursachte ihr Übelkeit. »Du bist ein eigenartiger kleiner Fuchs.«

Mit einem Fingerschnippen warf er ihr die Karte zu, und sie fing sie reflexartig auf.

Dann fiel ihr etwas Seltsames auf.

Da sie die Karte verzaubert hatte, konnte sie nur von ihr selbst kontrolliert werden und von niemandem sonst. Sie hatte sie so präpariert, dass sie den Betäubungsrauch in Rayans Salon ausstieß. Sie hätte nur ein einziges Mal funktionieren sollen. Doch jetzt spürte Finn ihre eigene Magie in der Karte pulsieren, gerade so, als hätte sie ihr selbst befohlen, den Rauch ein weiteres Mal zu erzeugen, und zwar genau jetzt, um sie zu attackieren. Aber das war unmöglich. Es musste ein Trick sein.

»Du hast doch vorhin selbst gesagt, dass du dich spätestens in einer Stunde aufs Ohr hauen willst«, sagte der Junge. Die Karte stieß eine süß riechende Rauchwolke aus. Finn wurde schwindelig. »Schlaf gut.«

Ein Fuchs hätte nicht verhindert, dass sie zu Boden schlug. Ein Reh hätte sie an einen sicheren Ort getragen. Da Alfie weder das eine noch das andere war, tat er nichts von beidem. Während sie umfiel, sprach er ein magisches Wort, das ihren Aufprall dämpfte. Gekrümmt rappelte er sich auf und presste die Hände auf den Bauch, wo sie ihn mit einem harten Schlag außer Gefecht gesetzt hatte. Sie hatte wirklich nicht fair gespielt.

Er nahm die Bücher aus ihrer Tasche und steckte sie in seine. Dann packte er die Diebin unter den Achseln und zog sie in eine dunkle Gasse zwischen zwei Geschäften, wo er sie gegen eine Hauswand lehnte. An dieser Stelle würde ein Wächter auf Patrouille sie wahrscheinlich nicht entdecken, und wenn sie vor dem Morgengrauen erwachte, würde ihr genug Zeit bleiben, sich davonzustehlen. Was dann aus ihr wurde, war ihre Sache. Er sah zum Nachthimmel hoch, vor dem sich dunkle Wolken abzeichneten. Gut möglich, dass es noch regnete.

Alfie nahm seinen Umhang ab, legte ihn ihr um die Schultern und schloss ihn am Hals. Ja, so war es gut.

Er trat von der Diebin weg und warf den Türgriff an die Wand, an der sie lehnte. Er sank ein. Alfie wartete ab, bis er sich zu einem dunklen Königsblau verfärbte. Um mit seinem *Propio* reisen zu können, musste er jedem Ort einen Farbton und eine spezifische Umdrehung des Türgriffs zuweisen.

Er drehte ihn einmal nach rechts und murmelte: »*Voy.*«

Die Magie gehorchte. Sie öffnete die Wand vor ihm und lud ihn in die Stille ihrer bunten Kanäle ein. Alfie warf einen letzten Blick auf die Frau, die immer noch tief und fest schlief. Er überlegte, ob er bleiben sollte, bis sie aufwachte, doch dann dachte er an den Schlag, den sie ihm zwischen die Beine verpasst hatte.

Du musst weder ein Fuchs noch ein Reh sein, wichtig ist nur, dass du kein Idiot bist, dachte er.

Dann wandte er sich von ihr ab und ging durch die Öffnung, als folgte er einer ganz gewöhnlichen Straße.

Kapitel 6

Die Truhe

Der magische Tunnel mündete in Alfies Schlafzimmer. Er trat mit schmerzverzerrtem Gesicht hinaus und setzte sich auf die Bettkante. Dann nahm er die Bücher aus der Tasche.

Es waren fünf und nicht vier, wie er erwartet hatte. Als er sie aus der Tasche der Diebin genommen hatte, musste er aus Versehen eines zu viel eingesteckt haben. Es war ein kleines Notizbuch. Zu seiner Überraschung enthielten die Seiten detaillierte Skizzen von zahllosen Gesichtern. Beim Anblick dieser akkuraten Zeichnungen konnte Alfie sich kaum vorstellen, dass sie von derselben Person stammten, die ihn mit einer steinernen Faust geschlagen hatte. Sie musste sie gestohlen haben. Alfie stopfte sie in die Tasche zurück und richtete seine Aufmerksamkeit auf die vier Bücher, um die es bei dem Spiel gegangen war.

Drei waren englassisch. Das vierte, ein dünnes altes Buch, war in der traditionellen castallanischen Schrift verfasst worden.

Alfie blätterte es durch und lächelte über die vertrauten Geschichten. Es war eine seltene Erstausgabe eines berühmten Buches über castallanische Mythen und Legenden. Er entdeckte sogar die Geschichte darin, die er als Kind am liebsten gemocht hatte: *»Die Geburt von Mensch und Magie«.*

Trotz seiner Erschöpfung blieb Alfies Blick an den Zeilen hängen. Er erinnerte sich noch gut daran, wie begeistert er gewesen war, als Paloma sie Dez und ihm vor vielen Jahren vorgelesen hatte.

Bevor Mann und Frau, Sand und Meer, Sonne und Mond existierten, gab es nur Götter. An einem sonnenlosen Tag, der vielleicht aber auch eine mondlose Nacht war, wurden die Götter krank. Sie niesten, und zwischen den Fingern, die sie sich vor die Nase hielten, schossen Sterne hervor, die sich über den ganzen Himmel verteilten. Als sie husteten, breiteten sich Wolken im Kosmos aus. Sie pulten den Dreck unter den Fingernägeln hervor und schufen daraus fruchtbare Erde. Aus den Schweißtropfen, die sie sich von der Stirn wischten, wurden salzige Ozeane.

Die Götter verfügten, dass das Land, das sie geschaffen hatten, gehütet werden müsse. Und so formten sie aus dem Licht der Sterne, dem Schlamm des Meeresbodens und dem Atem der Wolken den Mann und die Frau und machten sie zu den Hütern der Welt. Doch die Menschen waren nicht so leicht zu erschaffen wie die Ozeane und die Sterne. Denn sie hatten Herzen, und die Götter konnten sich nicht einigen, womit sie befüllt werden sollten.

Also nahm Luz die eine Hälfte der Menschheit und flößte ihnen Licht ein.

Die übrigen Menschen durchwirkte Sombra mit Finsternis.

Doch sowohl der Gott als auch die Göttin irrten sich.

Wie in den meisten Kindergeschichten tauchte auch in dieser ein ungeheuerlicher Bösewicht auf. Sombra, der Gott, der die Dunkelheit erschaffen hatte, wurde mit ihr identisch. Wenn die Dunkelheit an Kraft gewann, so galt das auch für ihn. Er wollte das Licht löschen und die ganze Welt in Schatten tauchen. Es hieß, die Welt sei damals fremdartig gewesen, schwankend zwischen Licht und Dunkelheit, während Luz und Sombra um die Kontrolle über die Menschheit rangen. Die Flüsse führten violettes

Wasser, und die Blumen wurden so groß wie Schlösser. Sagengestalten wandelten auf der Erde. Doch bevor der verdorbene Gott die Welt verfinstern konnte, umarmten sich ein Mann der Dunkelheit und eine Frau des Lichts und verschmolzen miteinander. Der dunkle Mann fiel der lichten Frau vor die Füße und wurde zu ihrem Schatten. Diese Umarmung brachte der Menschheit das langersehnte Gleichgewicht zwischen Hell und Dunkel. Aus dieser Balance entstand die Magie, und die Welt hatte endlich ihr Fundament gefunden. Die Flüsse wurden blau und die Blumen so klein, dass zarte Kinderfinger sie pflücken konnten. Die Drachen schrumpften zu Eidechsen, und die übrigen mythischen Geschöpfe verschwanden von der Bildfläche. Und dann kam Alfies und Dez' Lieblingsstelle.

Da Sombra das Licht hatte löschen wollen, wurde er zur Strafe aus dem Himmel verbannt und durfte nie wieder zurückkehren. Nachdem er auf die Erde gefallen war, verdarb die tief in ihm verwurzelte Finsternis jeden, der seinen Weg kreuzte. Daraufhin trennten die besten Bruxos der Welt den Gott von der dunklen Macht, die er so liebte, und verwandelten seinen einst unsterblichen Körper in ein Skelett. Die übrigen Götter und Göttinnen hatten aus Sombras Fehlern gelernt und hoben den Blick gen Himmel. Dort errichteten sie das Königreich, in das ihre Kinder nach dem Tod eingehen würden, und überließen alles Irdische der Menschheit.

Als die Geschichte zu Ende gewesen war, hatten er und Dez Paloma mit Fragen bombardiert. Wie hatten die Bruxos Sombra in eine Falle locken können? Stimmte es, dass Sombra, falls er wiederauferstand, etwas heraufbeschwören würde, das in den Legenden Nocturna hieß und nach Alfies Verständnis eine große Finsternis war, die Sombra auf die Welt herabsenken wollte, um alles zu vernichten, was gut war? Doch Paloma war nicht darauf eingegangen und hatte ihnen stattdessen die Aufgabe gegeben, über die Moral dieser Geschichte nachzudenken.

Wir alle tragen Gutes und Böses in uns, Licht und Dunkelheit. Das macht uns zu Menschen. Und denkt immer daran: Ganz gleich, wie tief wir in Finsternis versinken, es ist nie zu spät, das Licht zu suchen.

Alfie strich mit dem Daumen über das Buch. Damals hatte ihm der Unterschied zwischen Gut und Böse glasklar vor Augen gestanden. Doch als er nun die verbotenen Bücher betrachtete, die er von einer Diebin gestohlen hatte, konnte er ihn nicht mehr so eindeutig benennen. Alfie schob diese Gedanken zur Seite. Da er die Bücher nun schon mal hatte, konnte er genauso gut versuchen, etwas aus ihnen zu lernen. Er nahm das zweite vom Stapel. Darin ging es um englassische Geschichte, was ihm ebenso wenig nützte wie die englassischen Sagen und Legenden im nächsten Buch. Schließlich sah Alfie das letzte an.

Wenn auch dieses nicht das Wissen enthielt, wie er Dez retten konnte, würde er es ein für alle Mal aufgeben müssen. Schließlich hatte er sich vor dem Spiel geschworen, dass dies sein letzter Versuch sein würde, bevor er sich ganz auf seine Rolle als zukünftiger König von Castallan konzentrierte, wie seine Eltern es sich von ihm wünschten. Alfie schluckte schwer und nahm das Buch in die Hand. Es musste ganz einfach enthalten, wonach er suchte. Es war so alt, dass die verblassten goldenen Lettern auf dem Rücken kaum noch zu erkennen waren. Als er den Titel schließlich entziffert hatte, schossen seine Augenbrauen in die Höhe: *Wie man die Verdammten einschließt.*

»*Coño!*«, fluchte Alfie und verdrehte die Augen. Dennoch schlug er das Buch auf und begann zu lesen.

Er erkannte schnell, dass es ein sehr ausgefallenes Werk war. Die darin aufgeführten Zaubersprüche wirkten experimentell, beinahe fantastisch. Alfies Augenbrauen wanderten immer weiter an seiner Stirn hinauf, während er Kapitel überflog, in denen es um Ungeheuer mit dunkler Macht ging beziehungsweise darum, wie man sie mit seltsamen magischen Methoden einsperrte.

Das Buch beschrieb alte Magie. Magie, die eine Seele besaß und den Menschen nach Lust und Laune ihre Farben und ihren Willen aufzwingen konnte. Es war eine Magie, die den Sünden der Menschheit entsprang.

Alfie schnaubte. Was würde als Nächstes kommen? Zaubersprüche, mit denen man Drachen erschlagen konnte? Die Zeit anhalten? Den Tod abwenden? Jeder wusste, dass die Menschen die Farben der Magie bestimmten. Dass Sünden die Magie verfärben konnten, war ein Ammenmärchen, das man den Kleinsten erzählte, damit sie es sich zweimal überlegten, bevor sie irgendwelchen magischen Unsinn anstellten.

Trotz alldem blieb sein Blick an den mit schwarzer Tinte gezeichneten groben Umrissen verschiedener Kreaturen hängen. Ungeheuer aus Rauch und Finsternis, die aussahen, als wären sie den Albträumen eines Kindes entsprungen und auf die alten Seiten dieses Buches gekrochen. Er blätterte bis zum nächsten Kapitel weiter. Der Titel lautete übersetzt in etwa: »Die Stärke von Kreisen, wie man dunkle Wesenheiten einschließt und verbannt«. Er wusste natürlich, dass das völliger Unsinn war, aber er konnte nicht aufhören zu lesen, da er hoffte, dass doch irgendetwas Nützliches darin stand.

Nach einer kurzen Erläuterung am Anfang des Kapitels, derzufolge der Kreis ein Symbol für die Ewigkeit sei, wurde ein Zauber beschrieben, mit dem man angeblich Geister, Dämonen und andere Wesen mit dunkler Macht in Gegenständen einsperren konnte, indem man einen Blutkreis zeichnete und ein magisches Wort sagte. Schriftliche Magie war eine Kunst, für die Alfie Tinte und Kreide verwendete, aber das Buch berichtete von Magie, die mit Blut geschrieben werden musste. Und Blutmagie wurde nur für Zwecke eingesetzt, die Paloma als »widerlich« bezeichnete.

Wenn du für einen Zauber Blut brauchst, hatte sie einmal gespottet, *solltest du besser darüber nachdenken, ob du ihn überhaupt ausführen möchtest.*

Aber er hielt es für durchaus möglich, dass die Magie, mit der Dez aufgespürt werden konnte, ein bisschen Blut und starke Nerven erforderte. Alfie fuhr mit dem Daumen den schwarzen Kreis im Buch nach und stellte ihn sich rot vor.

Da plötzlich flog seine Schlafzimmertür auf, und Paloma trat so stürmisch ein, dass ihre rote Dueña-Robe hinter ihr herwehte. Als sie ihn bemerkte, sah sie wütender aus, als er sie je erlebt hatte.

Sie durchquerte den Raum und stellte sich so dicht vor ihn, dass sich ihre Nasen fast berührten. »Wo bist du gewesen?«

Alfie öffnete den Mund, brachte aber keinen Ton heraus. Er versuchte, die Bücher näher zu sich heranzuziehen, doch Paloma nahm sie ihm weg. Als sie sah, welche es waren, presste sie die Lippen zu einem dünnen Strich zusammen.

»Paloma … ich kann es dir erklären …«, stammelte Alfie.

»Luka wollte dich besuchen, hat aber nur ein leeres Bett vorgefunden.« Sie verengte die Augen zu Schlitzen. »Du kannst von Glück reden, dass er zuerst mir Bescheid gesagt hat und nicht deinen Eltern.«

Obwohl er tief in der Klemme steckte, betrachtete Alfie es als gutes Zeichen, dass Luka zu ihm gekommen war. Gleichzeitig wurde ihm das Herz schwer, weil er ihn verpasst hatte.

»Ich weiß, was du vorhattest. Einer der Matrosen auf deinem Schiff hat mir alles über dich berichtet.« Bevor Alfie protestieren konnte, fügte sie hinzu: »Ich bin froh, dass ich ihn dazu überredet habe.«

Er errötete. Sie hatte ihn angeleint, wie einen Hund, der zu dumm war, allein den Weg nach Hause zu finden.

»Wie kannst du es wagen, auch nur über englassische Magie nachzudenken?«, fuhr sie ihn an. »Ich dachte, du würdest über diese Sache hinwegkommen und heimkehren. Und jetzt das! Luka war völlig außer sich …«

Alfies Gesicht wurde noch heißer. »Du hast es ihm gesagt?«

»Er hat mich gebeten, ihm alles zu erzählen, was ich wusste. Du hast monatelang nichts von dir hören lassen!«

Luka war loyal genug, seinen Eltern nichts von seinen Eskapaden zu erzählen, und Alfie hatte es nicht einmal fertiggebracht, ihm einen Brief zu schicken. Alfie bekam Schuldgefühle, doch er ließ nicht zu, dass sie seinen Zorn dämpften.

»Was ich mache, geht weder dich noch Luka etwas an«, stieß er hervor.

Paloma sah ihn an, wie sie es getan hatte, wenn er mitten im Unterricht einen Wutanfall bekam. Es war nervtötend. »Der König und die Königin wissen nichts davon, aber wenn du noch einmal so einen Alleingang unternimmst, erzähle ich es ihnen. Ich werde dich nicht mit verbotener Magie herumpfuschen lassen, nur weil du irrigerweise glaubst, damit Tote zurückholen zu können.«

Alfie trat wütend auf sie zu. »Dass er in diese Leere gefallen ist, bedeutet nicht, dass er tot ist. Das weißt du nicht! Niemand hat dafür einen Beweis!«

Paloma riss erschrocken die Augen auf. Genauso hatte sie ihn angeschaut, als er sie kurz nach Dez' Verschwinden an den Schultern gepackt und außer sich vor Zorn gegen eine Wand gepresst hatte. Er schämte sich. Die Angst vor dieser Wut war es, was er mit dem Tequila an seiner Hüfte ertränken wollte. Er würde nicht mehr in den Zustand zurückverfallen, in dem sein Zorn die Menschen, die ihm am Herzen lagen, in Angst und Schrecken versetzte. Lieber wollte er gar nichts mehr fühlen, als wieder zu spüren, wie sich die heiße Wut in ihm Bahn brach.

Alfie trat einen Schritt zurück. »*Perdóname*, ich wollte nicht … ich hatte nicht vor …«

»Alfie«, sagte sie sanft. »Ich weiß. Aber du musst mir jetzt genauso gut zuhören wie damals. Dez ist verschwunden. Mit seinem *Propio* hat dieses Mädchen einen Nichtraum erschaffen – einen grenzenlosen, dunklen und leeren Ort ohne Essen, Wasser, Zeit und Magie. Darin hat sie Dez verschwinden lassen. Dein Vater hat sie mit grausamer Gewalt dazu gezwungen, diese Leere wieder zu öffnen, und Bruxos in das dunkle Loch hineingeschickt, um nach ihm zu suchen. Das Mädchen hat ihn davor gewarnt, dass keiner von ihnen wiederkehren würde. Und so war es auch.«

Alfie schüttelte den Kopf, weil er sich nicht ausmalen wollte, wie Dez in der Dunkelheit verhungert war. Die Menschen und die Magie brauchten einander zum Überleben. Das war eine unbestrittene Tatsache. Die Magie schwebte in der Luft, und die Menschen nahmen sie in sich auf wie Blumen das Sonnenlicht. Ohne Magie würde der menschliche Körper verkümmern. Und Alfie wusste noch genau, wie es sich angefühlt hatte, neben dem schwarzen Abgrund zu stehen, der seinen Bruder verschluckt hatte. Er hatte keine Magie darin gespürt. Danach hatte er sich nicht mehr dazu überwinden können, den Blauen Raum zu betreten. Bislang war er für ihn der Salon gewesen, in dem sie als Jungen gespielt hatten. Nun würde er immer der Ort sein, an dem Alfie zum letzten Mal Dez gesehen hatte. Seither war dieser Flügel des Palastes für alle gesperrt und so etwas wie ein stiller Schrein ihres Verlustes.

Doch Alfie weigerte sich zu vergessen, was in diesem Raum geschehen war. Er konnte es nicht.

»Ich war aber nicht bei den Bruxos, die mein Vater auf die Suche nach ihm geschickt hat, und Dez ist auch nicht irgendwer«, sagte er, doch seine Zuversicht schmolz unter Palomas Blick dahin.

»Dez' *Propio* war zwar außergewöhnlich, aber es kann ihn nicht zurückbringen.«

»Das weißt du nicht«, zischte Alfie. »Keiner kann das mit Sicherheit sagen.«

Wenn irgendwer so etwas überleben konnte, dann Dez. Als Kind hatte er häufig Tierfiguren geschnitzt – hölzerne Wasserfüchse mit Schwimmhäuten, Dornenbären und rotbauchige Wölfe. Wenn er mit einer Figur fertig war, nahm er sie in die Hand und erweckte sie zum Leben. Anders ließ sich dieser Vorgang nicht beschreiben. Die Wölfe jagten ihren eigenen Schwänzen hinterher, die Kugelschweine bliesen sich zu doppelter Größe auf, wenn man sie erschreckte, und die Dornenbären stellten ihre Stacheln auf. Jede Figur hatte ihre ganz spezielle Persönlichkeit und verfügte über einen eigenen Willen. Er bewahrte sie in einer Glasvitrine in seinem Zimmer auf, in der sie herumwanderten und schliefen. Wenn Dez in der Nähe war, pressten sie die Pfoten ans Glas.

An dem Tag, als man ihnen Dez genommen hatte, waren alle seine Figuren erstarrt. Da Dez einem unbewegten Gegenstand Leben einhauchen konnte, gab es Alfies Meinung nach durchaus Grund zur Hoffnung, dass er in der Leere überleben konnte. Es musste so sein, dass er lebte und darauf wartete, dass Alfie ihn holen kam, denn die Alternative war schlicht undenkbar.

Erst als ihm eine Träne über die Oberlippe rann und er Salz schmeckte, bemerkte Alfie, dass er weinte.

Paloma berührte ihn zaghaft an der Schulter. Berührungen waren nicht ihre Sache. So etwas lag Dueños nicht. Daher wusste Alfie, dass er unsagbar jämmerlich auf sie wirken musste. Als er sie abschüttelte, ließ sie die Hand einen Moment lang in der Luft schweben, bevor sie den Arm senkte.

»Deine Mutter und dein Vater verkraften keinen weiteren Verlust, Prinz Alfehr«, sagte sie leise. »Dies ist deine letzte Warnung, *entiendes*? Wenn du so weitermachst, werde ich es ihnen sagen.«

Mit diesen Worten nahm Paloma die englassischen Bücher und verließ den Raum. Es war vorbei. Diese Bücher hatten ihm nichts gebracht, und nun musste er nach vorne blicken. Doch er konnte den Gedanken, Dez loszulassen, nicht ertragen. Dass er sich darauf vorbereiten würde, einen Thron zu besteigen, der Dez' Geburtsrecht gewesen war. Dafür würde er tapfer sein müssen.

Tapfer ... Er hatte etwas, das Mut machen würde.

Er ging in die hintere Ecke des Zimmers, wo die Truhe stand, die er auf dem Schiff mitgehabt hatte. *»Abrir«*, sagte er, und das Schloss schnappte auf. Alfie sah hinein. In der Truhe befanden sich sämtliche Bücher, Talismane und sonstige Kinkerlitzchen, die Alfie während seiner Abwesenheit erworben hatte.

Seine Trauer der letzten drei Monate in einer Kiste.

Alfie holte einen violetten Kerzenstummel heraus. Eine Marktfrau im Winterkönigreich von Uppskala hatte sie ihm verkauft und gesagt, er müsse sie um Mitternacht unter einem zunehmenden Mond anzünden, wenn er mit einem geliebten Verstorbenen sprechen wolle. Er war so verzweifelt gewesen, dass er es eine Woche lang versucht hatte, bevor er den Stummel in die Truhe warf und nie mehr anrührte. Danach beschloss er, nicht mehr nach Gegenständen Ausschau zu halten, mit denen er seinen Bruder zurückrufen konnte. Stattdessen fing er an, nach etwas zu suchen, das es ihm ermöglichen würde, den Nichtraum zu betreten und seinen Bruder zu finden. Diese Suche hatte ihn schließlich zu Rayan und seinen Spielen geführt.

Einmal hatte Alfie im betrunkenen Zustand einem seiner

Mitspieler anvertraut, dass er es auf eine Magie abgesehen hatte, mit der man ein *Propio* von einem Menschen auf einen anderen übertragen konnte. Und dass er mit dem *Propio* der Verbrecherin die Leere, in der sein Bruder verschwunden war, öffnen und selbst nach ihm suchen wollte.

Der Mann hatte die Achseln gezuckt. »Ich wette, so einen Zauberspruch gibt es, wenn überhaupt, nur in Englass. Das klingt, als wäre es ihr Stil, findest du nicht?«

Dieser namenlose Mann hatte Alfie einen Floh ins Ohr gesetzt. Es stimmte. Die letzten Bruxos, die mit derart schändlichen Zaubersprüchen hantierten, waren die Englassen gewesen, die Alfies Vorfahren unterjocht hatten.

Die Englassen glaubten, die Magie stünde nur ihrer Aristokratie zu und sonst niemandem. Deswegen hatten sie den Zauber entwickelt, mit dem sie magische Energie von den Castallanern abzapfen und auf ihre Adligen übertragen konnten. Falls die Technik, mit der man ein *Propio* von einem Menschen auf einen anderen transferieren konnte, irgendwo gelehrt wurde, dann in Englass.

Wenn den Englassen damals ein Castallano mit beweglichem Schatten in die Hände gefallen war, töteten sie ihn, aus Angst, er könnte imstande sein, dem Abflusszauber zu widerstehen.

Alfie wäre während der Besatzung ermordet worden, noch bevor er hätte gehen können.

Es war abscheulich, dass ein castallanischer Prinz wie er auch nur darüber nachdachte, englassische Zauberkünste zu erlernen. Und dennoch tat er es. Alfie massierte sich die Schläfen. Weshalb forschte er immer noch nach einer Lösung, wenn es logisch betrachtet keine Möglichkeit gab, Dez zu retten? Doch selbst wenn seine illegalen Machenschaften zu nichts führten, sagte er mit jedem weiteren Gegenstand, den er in der Truhe verstaute, insgeheim zu seinem Bruder: *Ich suche immer noch nach dir, und ich werde nie damit aufhören.*

Er hoffte, dass Dez das wusste – wo immer er war.

Alfie durchwühlte die Truhe, bis sich seine Finger um etwas Kleines schlossen, das ihn mutig machen würde. Er balancierte es auf der Handfläche. Es war eine hölzerne Drachenfigur an einer Goldkette. Früher hatte der Drache silbern geglänzt, aber mittlerweile blätterte die Farbe ab.

Dez hatte sie ihm gegeben, als er acht war und wegen seiner Albträume immer wieder in das Bett seines großen Bruders kroch. Dez hatte ihm gesagt, er solle tapfer sein, aber Alfie hatte sich nie sonderlich tapfer gefühlt.

»Ich habe etwas für dich gemacht, das dir dabei helfen wird, nicht den Mut zu verlieren«, hatte Dez gesagt.

Alfie horchte auf. »Wirklich?«

»Wirklich.« Dez holte etwas aus seiner Tasche. Als er die Hand öffnete, lag darin eine silberne Drachenfigur.

Alfie streichelte ihm die Schnauze, und der Drache schnüffelte an seinen Fingern.

»Aber wie kann er mir Mut machen?«

»Nun«, erwiderte Dez, »wenn du *valiente* sein willst, brauchst du einen Drachen, der deine Tapferkeit für dich beschützt.«

Alfie hob eine Augenbraue.

»Vertrau mir. Ich werde das Maul des Drachen öffnen, und wenn ich das tue, lässt du mich dein wildestes und tapferstes Brüllen hören, verstanden? Versuche, wie ein Drache zu klingen.«

Alfie war skeptisch, aber Dez sagte, ein Versuch könne ja nicht schaden, und tippte dem Drachen an die Schnauze. Die Holzfigur öffnete ihr kleines Maul, und Alfie brüllte, so laut er konnte. Als Dez rückwärtstaumelte und so tat, als hätte ihn sein Schrei fast umgeworfen, lachte er. Dann tippte Dez erneut an die Schnauze des Drachen, der daraufhin sein kleines Maul wieder schloss.

»Wir haben sie!«, sagte Dez. »Der Drache hat deine Tapferkeit in seinem Maul gefangen. Dort ist sie vollkommen sicher.« Der Drache auf Dez' Handfläche gähnte herzhaft. »Jetzt kannst du die ganze Nacht mutig sein, weil deine Tapferkeit immer hier bei dem Drachen sein wird, verstehst du? Keine Albträume mehr.«

Dez hielt seine Hand neben Alfies und stellte sie schräg. Der Drache tapste auf Alfies Handfläche hinüber, wo er sich sofort zusammenrollte und einschlief. In diesem Augenblick hatte sich Alfie unverwundbar gefühlt.

An dem Tag, an dem Dez verschwand, war auch der Drache erstarrt.

Alfie hatte ihn weggepackt, weil ihn sein Anblick zu sehr schmerzte. Doch jetzt streifte er die Kette über den Kopf und ließ den Drachen an seiner Brust ruhen. Er würde jedes bisschen Mut brauchen, das er aufbringen konnte, da er ein guter König für Castallan werden und hoffen musste, dass Dez ihm vergeben würde.

Er verschloss die Truhe mit einem magischen Wort und legte sich ins Bett. Auf dem Nachttisch stand eine Flasche mit langem Hals. Alfie nahm einen Schluck des Schlaftrunkes und hoffte, dass er davon ruhig und müde werden würde. Dann kippte er einen Tequila hinterher. Die Kombination machte ihn duselig. Den Drachen hielt er so lange fest, bis er endlich wegdämmerte.

Erst als er schon fast schlief, fiel ihm ein, dass er eines der Gesichter im Tagebuch der Diebin schon einmal gesehen hatte – auf einem Fahndungsplakat.

Kapitel 7

Die Wette

Würde Finn für jedes Mal, dass sie mit einem Sack über dem Kopf aufwachte, einen Peso bekommen, müsste sie die Dinge, die dazu führten, dass sie mit einem Sack über dem Kopf aufwachte, gar nicht erst tun.

Sie schreckte in einer Gasse aus dem Schlaf auf und stellte fest, dass sie einen Umhang trug, der ihr nicht gehörte, und wie ein Truthahn an Händen und Füßen gefesselt war. Als sie die Augen aufschlug, erblickte sie anstelle des Jungen mit der Fuchsmaske, den sie eigentlich erwartet hatte, einen ihr unbekannten Mann. Er hielt einen Jutesack in den kräftigen Pranken. Als sie sich aufbäumte und versuchte, sich aus seinem Griff zu befreien, lachte er. »Was? Hast du heute Nacht schon etwas anderes vor? Das wirst du dann wohl absagen müssen. Du wirst bei einem Familienessen erwartet.«

Finn erstarrte. Sie hatte keine Familie. Es sei denn, er meinte Ignacio. Ein Schauder lief ihr über den Rücken. Hatte das hier etwas mit ihm zu tun? Dann traf die Faust des Mannes sie an der Schläfe, und Finn versank in Dunkelheit.

Sie erwachte zum zweiten Mal in dieser Nacht, weil der Mann sie von der Schulter nahm. Sie wand sich in seinen Armen und fiel dann auf einen Stuhl. Als ihr der Sack unsanft vom Kopf gerissen wurde, büßte sie ein paar Haarsträhnen ein.

Während sich ihre Augen an die Dunkelheit gewöhnten, setzte sie eine zuversichtliche Miene auf, als säße sie bequem auf einem Thron statt in einem Keller, wo niemand ihre Schreie hören konnte, an einen Stuhl gefesselt zu sein. Links und rechts von ihr breitete sich ihr Schatten wie die Flügel eines großen Vogels aus.

»Wenn das nicht die Gesichtsdiebin ist«, rief eine Stimme über ihr. Eine Frau trat aus der Dunkelheit und setzte sich ein paar Schritte von Finn entfernt auf einen leeren Stuhl mit hoher Lehne. Ihr Grinsen entblößte eine Reihe gelber Zähne. Finn hatte das Gefühl, dass dies kein Ort für den Anfang einer Geschäftsbeziehung war, sondern einer, wo sie mit viel Geschrei und Blut endete.

Neben den Füßen der Frau stand ein Eimer, den ihr Schatten wie ein Raubtier umschlang. »Ich habe von dir gehört, der berühmten Diebin mit den tausend Gesichtern, die sich in meiner Stadt schnell einen Namen gemacht hat. Ich hatte gehofft, dass sich unsere Pfade irgendwann kreuzen würden, allerdings nicht unter so – sagen wir mal – unerquicklichen Umständen.«

»Wer zum Henker bist du und was willst du von mir?«

Die Frau lachte. »Es ist erfrischend, mal jemandem zu begegnen, der mich nicht bereits kennt.« Sie beugte sich vor und senkte die Stimme zu einem Flüstern, als würde sie Finn ein Geheimnis verraten. »Jemanden, der nicht weiß, wie viel Angst er haben sollte, wenn er in diesem Keller aufwacht.«

Finn warf ihr einen vernichtenden Blick zu, damit die Frau nicht merkte, wie heftig ihr Herz schlug. »Ich kenne nur Leute, die es auch wert sind, dass man sie kennt. Es tut mir leid, dass du nicht dazugehörst.«

»Dann sprechen wir mal darüber, weshalb du hier bist. Ich bin Kol. Sicher hast du meinen Namen schon einmal gehört, vielleicht sogar das Ergebnis meiner Arbeit gesehen.«

Finn versteifte sich. Obwohl sie erst seit einem Monat in der Stadt war, hatte sie bereits von Kol und ihrer mörderischen Bande gehört, die als la Familia bekannt war. Doch sie würde keine Angst zeigen. Kol war so etwas wie eine große Hündin, und Finn wollte ihr beibringen, Sitz zu machen.

»Bevor ich dich dazu auffordere, mir die Bücher zurückzugeben, die du in einem Spiel gestohlen hast, das meine Männer sicher gewonnen hätten, möchte ich dir zeigen, was dem letzten *Pendejo* zugestoßen ist, der sich mir widersetzt hat.«

Kol lehnte sich auf ihrem Stuhl zur Seite, griff mit einer Hand in den Eimer und zog an einem Büschel dichter schwarzer Haare einen abgehackten Kopf heraus. Blut tropfte aus dem Hals, und dem Mann hing die Zunge aus dem toten Mund. Finn drehte sich der Magen um.

»Nun weißt du also, was für dich auf dem Spiel steht.« Kol ließ den Kopf wieder in den Eimer fallen. Finn hörte, wie das Fleisch in etwas Nasses platschte, und kämpfte gegen einen heftigen Brechreiz an. Kol hob indes die Hände, und eine Frau trat von hinten an sie heran, die ihre Finger mit einem Taschentuch saubermachte. »Danke, Mija.«

»Sehr gern, Madre«, erwiderte die Frau unterwürfig und zog sich wieder in den Schatten zurück.

Nun hörte Finn, wie sich Kols Gehilfen um sie herum in der Dunkelheit bewegten – muskelbepackte Männer und Frauen, die dazu ausgebildet waren, einem Menschen, ohne zu zögern, das Genick zu brechen. »Du bist widerlich«, sagte sie.

»Nein, ich bin ungeduldig.« Kol tippte mit dem Fuß gegen den Eimer. »Und geizig, wenn es um mein Eigentum geht. Ich habe diese Bücher einem Käufer versprochen, der mir dafür einen extrem hohen Preis zahlen soll – mehr, als dein Leben wert ist.« Sie musterte Finn von Kopf bis Fuß. »Mindestens doppelt so viel, würde ich sagen. Jetzt verrate mir, wo du sie versteckt hast.«

Die Diebin schluckte schwer. »Ich habe sie nicht.«

Kol legte den Kopf schief, ihr beunruhigend freundliches Lächeln geriet ins Wanken. »Lüg mich nicht an, *Muchacha*.«

»Das tue ich nicht«, presste Finn hervor und spürte, wie ihr das Blut in die Wangen schoss. Sie hätte lieber gelogen und behauptet, dass sie sie verkauft hätte, als die Wahrheit zuzugeben. »Jemand hat sie mir gestohlen.«

Danach herrschte Schweigen im Keller. Nachdem Kol sie einen Moment lang ausdruckslos angestarrt hatte, warf sie den Kopf in den Nacken und stieß ein brüllendes Lachen aus, das sich wie ein Akkordeonton in die Länge zog. Sie wedelte mit den Händen, um ihren Gehilfen zu signalisieren, dass sie ebenfalls lachen durften. Gleich darauf dröhnte es im ganzen Raum vor Heiterkeit. Finn zog eine finstere Miene.

»Eine schöne Diebin bist du! Ich kann gar nicht glauben, dass ich mich von dir bedroht gefühlt habe.« Kol wischte sich Tränen aus den Augenwinkeln. »Weil du mir einen Teil meines Geschäftes streitig gemacht hast.«

»Wenn du mich gehen lässt, könnt du und deine stiernackigen Schläger von mir aus die ganze Nacht weiterlachen.«

Kol hob eine Hand, und ihre Lakaien verstummten. »Das glaube ich nicht. Wegen dieser Bücher schuldest du mir etwas. Und diese Schuld wirst du begleichen, indem du für mich arbeitest.« Sie breitete die Hände aus, als wollte sie Finn umarmen. »Willkommen in la Familia, Mija.«

Finns Magen zog sich zu einem Knoten zusammen. Als sie das letzte Mal jemand zu seiner Tochter gemacht hatte, war es ihr im Anschluss nicht gut ergangen.

Nachdem ihre Eltern gestorben waren, hatte Ignacio sie bei

sich aufgenommen und war mit ihr jahrelang quer durch ganz Castallan von einem Zirkus zum nächsten getingelt. Er verfügte über einen geradezu hypnotischen Charme, der ihn zu einem talentierten Dompteur machte. Ignacio genoss die Aufmerksamkeit der Menschen und liebte es zu sehen, wie sie sich vorbeugten und an seinen Lippen hingen und jedem seiner Kommandos lauschten. Während ihrer Kindheit und Jugend verdingte sie sich in den Zirkussen, in denen er auftrat, als Hilfsarbeiterin, aber sie blieben nie lange bei einer Truppe. Sobald Finn Freundschaften schloss und ihren Platz in einer bunt zusammengewürfelten Zirkusfamilie fand, bestimmte Ignacio, dass sie weiterzogen. Erst nach Jahren begriff sie, dass er das nicht aus Ratlosigkeit tat, sondern weil es ihm nicht gefiel, wenn sie mit jemand anderem als ihm zusammen sein wollte.

Es hatte ihm immer missfallen, wenn sie sich ohne ausdrückliche Erlaubnis von ihm entfernte. Meistens hatte sie zu viel Angst, ihn herauszufordern und auch nur einen Funken Unabhängigkeitsstreben zu zeigen. Doch in ihren rebellischen Momenten verweigerte sie ihm den Gehorsam und akzeptierte die Tracht Prügel, die er ihr deswegen verabreichte, und sei es nur, um ihm zu beweisen, dass sie stark genug war, um die Schmerzen zu ertragen.

Eines Tages blieb sie stundenlang weg, um die Stadt zu erkunden, in der ihr Zirkus gerade gastierte.

Als sie zurückkehrte, stürmte Ignacio auf sie zu und verpasste ihr eine so feste Ohrfeige, dass ihr Kopf herumflog. Ihre Brust hob und senkte sich vor mühsam unterdrückter Wut, und ihre Wange brannte, doch sie sah ihn hocherhobenen Hauptes an.

Ignacio lächelte auf sie herab. »Ich bin nicht wütend.« Er legte ihr die Hände auf die Schultern. »Ich wusste, dass du zurückkommst. Das tust du ja immer. Weil du ebenso gut wie ich weißt, dass dich außer mir keiner haben will. Dein Platz ist an meiner Seite.« Er drückte ihr einen Kuss auf die Stirn und verwuschelte ihr die Haare. »Für immer.«

Diese letzten beiden Worte gingen ihr durch und durch. Es war ein Gefühl, als würde ein eiskalter Aal durch ihre Adern gleiten. Er hatte sie schon früher zu ihr gesagt, aber an diesem Abend versetzte er sie damit in Panik. Würde ihr Leben ewig so weitergehen? Das war die Nacht, in der sie von ihm weggelaufen war, die Nacht, in der Ignacio sich genauso ohnmächtig gefühlt haben musste wie Finn, bevor sie zum Hafen gelaufen war und sich auf das erstbeste Schiff geschlichen hatte. Sie würde sich nie wieder in eine Familie hineinziehen lassen. Sie würde nicht zulassen, dass Kol ihr ein Halsband umlegte und sie an einer Leine hielt. Eher würde sie sterben.

»Ich werde mich euch nicht anschließen«, knurrte sie.

»Du hast mir etwas gestohlen, Gesichtsdiebin. Und eine Diebin, die sich ihre Beute klauen lässt …«, Kol schnalzte mit der Zunge, »… ist gar keine richtige Diebin, sondern eine Hochstaplerin. Freu dich, dass ich dir eine Chance gebe, von einer richtigen Diebin zu lernen. Ich erwarte zwar, dass du dich uns ohne Wenn und Aber anschließt. Aber ich kann auch mit Widerstand umgehen. Du kennst mein *Propio,* Mädchen. Also erspar dir besser den Ärger.«

Sie wusste, dass ein Kampf Kraftverschwendung gewesen wäre. Kols *Propio* war monströs. Sie konnte mit einem einzigen Blick die Magie jedes Menschen sofort unterdrücken. Finn würde es nicht lebend aus diesem Keller schaffen. Aber sie verhielt sich nie folgsam und würde ganz bestimmt nicht jetzt damit anfangen.

Kol beugte sich auf ihrem Stuhl vor. »Also, was sagst du?«

Finn hob die gefesselten Hände in die Höhe. Daraufhin

schossen dünne Felssplitter aus dem Boden und durchtrennten die Fesseln um ihre Handgelenke. Sie breitete die Arme aus.

Kols Helfer stürmten aus den Schatten, um sie zu packen. Finn, deren Füße immer noch gefesselt waren, bombardierte einen von ihnen mit einer Salve Steine, die sie aus dem Kellerboden zog. Sie umschloss ihre Faust mit einem Stein und schlug damit dem nächsten mitten auf die Nase. Doch in einem einzigen schrecklichen Moment war alles vorbei. Ihre Verbindung mit der Erde war gekappt, der Stein bröckelte in jämmerlichen Bruchstücken von ihrer geballten Hand. Einen Wimpernschlag später nahmen Kols Schläger sie in die Zange. Das Letzte, was sie sah, bevor ein mächtiger Fausthieb sie am Kinn traf, war Kols Lächeln. Mehr brauchte sie nicht, um Finn aller Magie zu berauben, die durch ihre Adern floss. Nur einen Moment und einen einzigen Blick.

Haltlos taumelte sie zwischen den Handlangern hin und her, die auf jede Stelle ihres Körpers eindroschen und -traten, die sie erreichen konnten. Offenbar hatten ungefähr zehn von ihnen im Dunkeln gewartet. Nach einem besonders schmerzhaften Tritt gegen ihre Rippen klappte sie zusammen und sah zu, wie Blut aus ihrer Nase auf den Boden tropfte.

»In den Staub mit ihr«, hörte sie Kol sagen. »Manchen Kindern muss man einfach Disziplin beibringen.«

Eine breitschultrige Frau stieß sie um, mitten in die Lache, die das Blut aus ihrer Nase mittlerweile gebildet hatte. Sie presste Finn flach auf den Boden und drückte ihr mit einem Fuß auf der Wange das Gesicht in den Dreck.

Finn keuchte und atmete Staub ein. Ihr ganzer Körper schien nur aus Schmerzen zu bestehen. Kol grinste von ihrem Stuhl auf sie herab, als wäre Finn ein Ehrengast.

»Weißt du, wonach mir nach all der Aufregung ist?«, fragte

Kol und neigte den Kopf, als würde sie über etwas nachdenken. »Sancocho.«

Finn erstarrte im Liegen, der Puls dröhnte ihr in den Ohren.

»Wie heißt noch mal dieses Gasthaus in der Krempe, das mit dem Eintopf, über den alle reden? Dieses berühmte Sancocho.«

»Das Gasthaus Apfelkern«, antwortete eine Stimme hinter Finn.

Finn wurde flau im Magen. Kol wusste, wo sie wohnte. Sie musste sie bereits seit einer Weile beobachten. Ihre Angst fühlte sich an wie ein Schraubstock, der ihr die Kehle einzwängte und die Luft abschnürte.

»Du kannst nirgends hin, ohne dass wir dir folgen, Gesichtsdiebin. Du hast nur zwei Möglichkeiten: Entweder schließt du dich la Familia an, oder du stirbst gleich hier und jetzt.«

»Nein«, brachte Finn mühsam heraus.

»*Nein* ist keine der beiden Möglichkeiten.«

»Ich will eine dritte.«

»Ich will haben, was du mir schuldest. Ich will entweder deine Loyalität oder dein Blut fließen sehen.«

»Such dir irgendetwas aus, und ich stehle es dir«, sagte Finn heiser. »Etwas, das deinen Verlust wettmacht.« Sie hasste den ängstlichen Klang ihrer Stimme. »Es kann alles sein. Wenn ich es nicht schaffe, werde ich für dich arbeiten.«

Kol sah sie fragend an. »Und was genau soll mir das bringen, da du doch schon genau dort bist, wo ich dich haben will?«

»Jeder weiß, dass du gern spielst, Kol«, erwiderte Finn. »Gib mir noch eine Chance, mein Leben zurückzugewinnen, und du wirst dich umso mehr daran erfreuen, wenn du es mir wegnimmst.«

Daraufhin herrschte eine Weile Schweigen. Finn schmeckte das Blut, das sich in ihrem Mund sammelte.

»Setzt sie auf«, sagte Kol.

Ihre Helfer rissen Finn in eine kniende Position. Jemand drehte ihr schmerzhaft die Arme auf den Rücken, sodass sich ihre Ellbogen fast berührten. Kol erhob sich von ihrem Stuhl und ging auf sie zu. Sie packte Finn unsanft am Kinn und strich ihr mit einem schwieligen Daumen übers Gesicht. Kols Schatten glitt auf Finn zu wie ein wildes Tier, das sich seiner nächsten Mahlzeit nähert.

Finn tat Kol nicht den Gefallen, ihren selbstgefälligen Blick zu erwidern. Stattdessen sah sie die Tätowierung auf der Innenseite ihres Handgelenks an – ein Stier mit geblähten Nüstern, dessen gebogene Hörner aussahen, als stächen sie jeden Moment durch ihre Haut. Finn sehnte sich danach, ihren Dolch zu zücken und ihn durch das Gesicht des Stieres zu bohren, bis die Spitze der Klinge an der anderen Seite wieder austrat.

»Was hast du getan, hm?«, fragte Kol. »Was war so schlimm, dass du nie wieder dein eigenes Gesicht sehen willst? Was hat dich dazu getrieben, es unter all dieser Magie zu begraben?«

Trotz ihrer gespaltenen Lippe und des zuschwellenden Auges konnte Finn sich ein Grinsen nicht verkneifen. »Ich wurde mit einem Gesicht wie deinem geboren, aber den Göttern sei Dank habe ich die Macht, es zu verbergen.«

Kols Mundwinkel zuckten. »Ja, ich bin hässlich, das stimmt. Und mein *Propio* ist genauso hässlich. Unter alldem mag dein Gesicht *bonita* sein, aber mit einer Gabe wie dieser musst du im Inneren genauso hässlich sein wie ich. Ich glaube, da nehmen wir uns nichts.«

Finn räusperte sich langsam und ausgiebig und spuckte dann in Kols Gesicht. Der Speichel tropfte der Bandenchefin von der Wange, doch ihr Lächeln geriet nicht ins Wanken. Sie drückte einen Daumen auf Finns Lippen, als würde sie einen Brief versiegeln.

»Ich bin mit Schlimmerem fertiggeworden als ein bisschen Speichel, *Muchacha*. Wenn du dich mir anschließt, wirst du es herausfinden.« Kols Helfer lachten über diese Bemerkung. Finn zog die Lippen zurück, bis sich Kols rauer Daumen gegen ihre Zähne presste. Ganz langsam zog Kol ihn zurück, als ginge von Finn überhaupt keine Gefahr für sie aus.

Diese Erkenntnis traf Finn hart. Sie konnte Kol wirklich nicht gefährlich werden. Sie hatte Finns Steinmagie blockiert, und ihre Handlanger hielten sie auf den Knien.

»Ich glaube, ich habe genau die richtige Herausforderung für jemanden mit deinen Talenten«, sagte Kol. Normalerweise freute sich Finn, wenn ihr ein Auftrag winkte. Doch diesmal würde sie ihn sich nicht selbst aussuchen. Er wurde ihr aufgezwungen. Ihr Herz schlug schwach und zugleich aufgeregt, wie ein erschöpftes Tier, das von seinem Jäger weghumpelte.

»Ich werde nett zu dir sein … du darfst einen Großteil deiner Magie behalten. Deine Steinmagie lass ich dir, aber fürs Erste wirst du dein eigenes Gesicht tragen müssen. Kein *Propio,* bis du die Aufgabe erledigt hast. Ich möchte, dass du mir etwas bringst, das ich schon lange haben möchte …«

Finn spuckte Blut zwischen Kols Füße. »Ein Gesellschaftsleben?«

Ein kurzes trockenes Geräusch erklang, wie von einem Zweig, den man über einem Knie zerbricht, und ein scharfer Schmerz schoss durch ihr Handgelenk. Sie konnte einen gequälten Aufschrei nicht unterdrücken.

»Nicht ganz«, erwiderte Kol. »Was du mir besorgen wirst, ist ein bisschen nützlicher für mich.«

»Ich bin ja so gespannt«, stieß Finn wütend hervor.

»Im Austausch für deine Freiheit wirst du mir den Tarnumhang bringen.«

Einer von Kols Männern schnaubte hinter ihr. Finn starrte sie ungläubig an. Sie war so wütend, dass sie den Schmerz in ihrem Handgelenk kaum spürte. »Den Umhang? Der vom Vater an den Sohn weitergereicht wird? Von König zu König?«

»Genau den. Bring mir heute in drei Tagen den Umhang aus dem Palast. Wenn es dir gelingt, schenke ich dir die Freiheit. Aber wenn du aus irgendeinem Grund scheitern solltest …« Ihre Lakaien kicherten. »… wirst du mit einem zufriedenen Lächeln für mich arbeiten. Bist du mit diesen Bedingungen einverstanden, Gesichtsdiebin?«

Finn bedachte Kol mit einem durchdringenden Blick.

Kols Grinsen wurde noch breiter. »Wo ich herkomme, stimmen beide Parteien aus freien Stücken zu und besiegeln ihre Übereinkunft mit einem Handschlag, *entiendes*?«

Da sie von vier Schlägern auf dem Boden gehalten wurde und ihrer Magie beraubt war, konnte man wohl kaum von Freiwilligkeit sprechen, aber Menschen wie Kol sahen das nicht so eng. Während ein Nein zu einem Ohr hinein- und zum anderen wieder hinausging, verwandelte es sich in ein Ja.

Als Finns Arm losgelassen wurde, streckte sie die Hand zu Kol hoch.

Doch die schüttelte den Kopf. »Nein, die will ich nicht.«

Es dauerte einen Moment, bis der Kerl hinter ihr den freien Arm wieder hinter den Rücken gezogen hatte und den anderen losließ. Den mit dem gesplitterten Handgelenk.

Finn zögerte keinen Moment und hielt Kol die schlaffe Hand hin. Als die Bandenchefin sie fest packte und die Schmerzen noch schlimmer wurden, unterdrückte Finn ein gequältes Schluchzen und knurrte stattdessen wie ein Tier.

»Abgemacht?«, fragte Kol höflich.
»Abgemacht«, zischte Finn.

Finn versuchte, die Tür zu ihrem gemieteten Zimmer im Apfelkern zu entriegeln. Wegen ihrer zitternden Hände benötigte sie drei Anläufe.

Als sie schließlich quietschend aufschwang, trat Finn schnell ein und warf die Tür fest hinter sich ins Schloss. Dabei mutete sie ihrem empfindlichen Handgelenk, das sie gerade erst von einem Hinterhof-Bruxo in Kniff hatte richten lassen, zu viel zu. Sie hatte den Quacksalber mit dem Umhang des Fuchses bezahlt. Wie gern hätte sie den Jungen damit aufgehängt. Wenn er nicht gewesen wäre, hätte Kols Bande sie nicht geschnappt. Andererseits hätte Kol sie wahrscheinlich ohnehin gefunden. Sie wusste, dass Finn hier im Gasthaus war, und beobachtete jeden ihrer Schritte. Galle stieg ihr in die Kehle.

Sie musste die Stadt verlassen und ihr Gesicht verändern, um aus dieser Sache herauszukommen. Finn eilte zu dem zerbrochenen Spiegel, der über dem kleinen Schreibtisch neben ihrem schmalen Bett hing. Ihre Haut war voll blauer Flecken, als hätte sie eine Handvoll Beeren darauf verschmiert. Ihre Unterlippe war aufgeplatzt.

Sie strich sich mit den Händen über das Gesicht und dachte an eine breitere Nase als ihre derzeitige. Doch als sie die Hand wieder sinken ließ, hatte sich nichts verändert. Sie schlug mit den Fäusten auf den Tisch, wogegen ihr Handgelenk heftig protestierte. Sie fluchte ausgiebig, holte tief Luft und versuchte es noch einmal. Dieses Mal strich sie sich mit den Fingern durch die Haare und dachte dabei an blonde Strähnen. Wieder nichts.

Es war frustrierend. Für wen zum Henker hielt Kol sich, dass sie darüber entschied, ob Finn ihr *Propio* verwenden konnte oder nicht? Ihr Name und das Gesicht, mit dem sie zur Welt gekommen war, waren Finn egal, und sie konnte gut und gern auf sie verzichten. Aber ihr *Propio* war das Einzige, was ihr etwas bedeutete. Das Einzige, an dem sie sich festklammerte. Solange sie dazu in der Lage gewesen war, ihr Gesicht umzuformen, hatte sie über ihr Schicksal und ihre Zukunft bestimmen können. Doch damit war es jetzt vorbei, denn diese Fähigkeit war ihr gestohlen worden.

Sie fühlte sich wie eine verschlossene Flasche mit einem sprudelnden Getränk. Jedes Mal, wenn sie ihr *Propio* zu benutzen versuchte, war es, als würde jemand die Flasche schütteln, statt den Korken zu entfernen. Der Druck, der sich in ihr aufbaute, konnte nicht entweichen. Ein Kopfschmerz setzte sich hinter ihren Augenbrauen fest. Ihr *Propio* würde verschwunden bleiben, wenn sie nicht den Tarnumhang beschaffen konnte. Doch wenn sie es versuchte, würden die Palastwachen sie vermutlich niedermetzeln.

Lauf!, dachte sie.

Doch es hatte keinen Sinn. Wenn Kols la Familia sie überwachte, würde sie auf keinen Fall lebendig aus der Stadt herauskommen.

Finn beugte sich schwer atmend über den Tisch. Dann hob sie trotz ihres empfindlichen Handgelenks mit einem frustrierten Schrei den Tisch über den Kopf und warf ihn quer durch den Raum. Das klapprige Ding verfehlte nur knapp das kleine Fenster und zerbrach an der Wand.

Sie dachte darüber nach, ob sie zugeben sollte, dass sie diese Wette nicht gewinnen konnte. Dann würde sie für Kol arbeiten und ihre Magie zurückbekommen. Doch dann fiel ihr Kols zufriedenes Grinsen ein, mit dem sie ihr den Daumen auf die Lippen gepresst hatte. Finn rieb sich mit dem Handrücken über den geschundenen Mund und verjagte damit die Erinnerung. Sie konnte und würde es nicht tun.

Als Nächstes überlegte sie, ob sie die Herausforderung annehmen und in den Palast eindringen sollte. Doch das wäre auch schon unter normalen Umständen eine Selbstmordmission. Die Vorstellung, dass sie hineinmarschierte, ohne ihr Gesicht verändern zu können, war völlig absurd.

Sie zerbrach sich den Kopf darüber, was sie tun sollte.

Als sie sich auf das Bett setzte, hörte sie das vertraute Knarzen des Gestells. Sie schlief nun schon seit Wochen in diesem Bett – lange genug, um es als ihres zu betrachten. Sie hätte es besser wissen müssen. Sobald ihr die Bettwäsche bequem vorgekommen war, hätte sie sich auf Nimmerwiedersehen verabschieden müssen. Wenn man Wurzeln schlug, wurde man schwach und verwundbar und ließ sich unvermeidlich Fesseln anlegen.

Sie glaubte, Ignacios Stimme zu hören. *Marionettenschnüre, Finny ... Marionettenschnüre ...*

Kalter Schweiß stand ihr auf der Stirn. Genau wie er wollte Kol sie zu ihrer gehorsamen kleinen Tochter machen. Um sie zu kontrollieren. Ihr Gesicht, wer sie war, für wen sie arbeitete. Eine ungebetene Erinnerung tauchte in ihren Gedanken auf.

Er hatte mit dieser beängstigenden Intensität auf sie herabgeblickt, eine verdrehte Mischung aus Zuneigung und Besessenheit. »Damit du mich liebst«, hatte er gesagt. »Ich habe dich zu meiner Tochter gemacht, damit du mich liebst.«

Ignacios *Propio* war Nötigung. Wie jedes *Propio* war auch seines begrenzt. Er konnte jemanden nur kontrollieren, wenn derjenige ihm sein wahres Ich enthüllte, ihm etwas Intimes über sich mitteilte, das ihm als Zugang zu seiner Seele diente. Dann gehörte dieser Mensch ihm und befolgte alle seine Befehle, wenn er Ignacio in die Augen sah. Doch wegen seines *Propios* hatte er Schwierigkeiten zu erkennen, wer ihn wirklich liebte, und konnte nicht unterscheiden, wo seine Nötigung endete und wo die wahre Persönlichkeit seines Gegenübers begann.

»Aber die Liebe eines Kindes«, hatte er gesagt, »die ist echt. Du bist die Einzige, deren Liebe ich mir sicher sein kann. Egal, was ich sage oder mit dir tue, kleines Chamäleon, ich weiß immer, dass du mich liebst. Dass du mir gehörst.«

Er hatte sie in den Armen gehalten, wie sie es von ihren Eltern gewohnt gewesen war, und sie hatte sich geborgen und geliebt gefühlt. Doch je älter sie wurde, desto mehr engte sein Verlangen nach all ihrer Zeit und all ihrer Zuneigung sie ein. Niemand anderer durfte sie haben. Und wenn sie jemanden liebte, tötete Ignacio diese Person.

Oder er befahl Finn, sie zu töten.

Tu nicht so, als ob ein Mord je ein Problem für dich gewesen wäre, Finny, raunte er ihr ins Ohr. *Wir wissen doch beide, dass du ein Naturtalent bist.*

Plötzlich erinnerte sie sich an ein kleines Mädchen, das vor ihr gestanden hatte, genauso jung, verloren und hungrig, wie sie damals selbst gewesen war. Vor ihrem geistigen Auge sah Finn, wie sie die Haut des Mädchens zerkratzte und mit ihm rang, bis es auf den Rücken fiel. Das Geräusch von rostigen Nägeln, die sich in seinen Körper bohrten, hallten in Finns Verstand wider, und sie spürte, wie sich ihr der Magen umdrehte.

Finns eigenes Keuchen brachte sie wieder in die Gegenwart zurück. Sie zog die Knie an die Brust. »Hier bist du sicher«, sagte sie zwischen unregelmäßigen Atemzügen zu sich selbst. »Er wird sich nie mehr erholen und wird dich niemals finden. Beruhige dich.«

Nachdem sie zweimal von zehn rückwärts gezählt hatte, ging ihr Puls endlich wieder normal, und sie traf eine Entscheidung.

Nie wieder würde sie jemandem gehören. Weder Kol noch Ignacio oder sonst irgendeiner Seele. Also würde sie das Undenkbare tun und den Tarnumhang aus dem Palast entwenden. Wenn sie dabei ums Leben kam, sollte es eben so sein. Kol war sicher, dass sie es nicht schaffte. Und so würde sie nicht damit rechnen, dass Finn ihr mit dem Umhang auflauerte und die Kehle aufschlitzte. Danach würde sie ihr *Propio* wiederhaben und der Stadt für immer den Rücken kehren.

Finn unterdrückte ein Gähnen. Sie hatte keine Zeit, sich auszuruhen, da sie ihren Raubzug planen musste. Schlafen konnte sie immer noch, wenn sie tot war.

Und vielleicht würde es früher so weit sein als gedacht.

Kapitel 8

Das Schwein

Finn vermutete, dass dies die Strafe dafür war, dass sie die beiden Grillspieße gestohlen hatte.

In ihrer kurzen Diebeskarriere hatte sie bereits viele seltsame Dinge getan. Sie hatte ihr Gesicht in das einer Frau verwandelt, deren Familie vermutete, dass sie von ihrem eigenen Ehemann umgebracht worden sei. Finn hatte dem Mann zwei Wochen lang nachgestellt, bevor er schließlich die Nerven verlor. Wie sich herausstellte, hatte die Familie recht gehabt.

Doch von all den seltsamen Dingen, die sie getan hatte, war dies bestimmt das eigenartigste.

Finn befand sich im Inneren eines toten Schweines.

Sie hatte herausgefunden, dass eine Abendgesellschaft im Palast geplant war, und darin eine günstige Gelegenheit erkannt, in den Palast einzudringen, und zwar in ebenjenem riesigen Kugelschwein, das in die königliche Küche geliefert werden sollte. Der oberste Koch, der wie sie ein Steinmetz war, hatte ein Tonbehältnis geschaffen, in dem das Tier transportiert und anschließend gebraten werden sollte.

Also war Finn heimlich in die Küche dieses berühmten Kochs eingedrungen und hatte sich durch einen großen Schlitz in den Bauch des Ebers gezwängt. Umgeben von duftenden Kräutern und Gewürzen hatte sie darauf gewartet, dass die Wachen das Schwein an die Diener übergaben, die es daraufhin in die Palastküche brachten. Dort angekommen, hörte sie brutzelnde Pfannen und blubbernde Kochtöpfe. Nun würden die Diener hoffentlich schnell verschwinden, damit sie sich aus dem Schwein befreien konnte.

»Ab in den Ofen damit!«, sagte einer der Jungen, die den Behälter trugen.

Finns Herz setzte einen Schlag aus.

Die Diener ächzten, und Finn spürte, wie der Behälter angehoben und nach vorne geschoben wurde. Im nächsten Augenblick war sie in Hitze gehüllt.

Verdammt, verdammt, verdammt!

Sollte sie schnell aus dem Schwein und dem Behälter hinausspringen? Würde sie die Diener töten müssen? Wo zum Henker sollte sie ihre Leichen verstecken?

»Noch nicht!«, dröhnte eine Stimme. »Stellt es in der Speisekammer ab. Es soll erst in einer Stunde in den Ofen.«

»Tut mir leid, *Jefe*!«, hörte Finn den Jungen antworten. »Wird sofort erledigt!«

Finn spürte, wie der Behälter wieder aus dem Ofen gezogen wurde. Die drückende Hitze ließ augenblicklich nach. Schweiß rann ihr über das Gesicht. Hoffentlich mochten die Gäste ihr Schwein salzig.

Der Behälter wurde auf den Boden gestellt. Sie hörte, wie die Diener fortgingen und eine Tür hinter sich schlossen. Danach herrschte Stille. Jetzt oder nie.

Sie erhob sich auf alle viere und berührte mit dem Rücken den gewaltigen Brustkorb des Tieres. Finn presste die Wange an seine feuchte Innenflanke und warf sich so lange mit ihrem ganzen Körpergewicht dagegen, bis das Schwein auf die Seite rollte. Finn hob den Deckel des Behälters an und ließ ihn zu Boden sinken. Dann zertrümmerte sie eine Seite des Behälters und kroch so hastig aus dem Schweinebauch, dass der Schlitz weiter aufriss.

Als sie sich endlich aus dem Tier befreit hatte, legte sie sich erleichtert auf den schmutzigen harten Boden. Wegen der Gewürze und der Flüssigkeiten, mit denen sie bedeckt war, roch sie wie eine wandelnde Küche.

Schließlich stand sie auf und drehte den Eber in seine ursprüngliche Position zurück. Dann trat sie ein Stück von ihm weg und inspizierte den Schaden. Auf der Seite, auf der das Tier gelegen hatte, war seine Haut zerdrückt.

»Das wird sich auf dem Tablett nicht gut machen«, sagte sie und reparierte mit sorgfältigen Handbewegungen die Wand des Behälters, die sie zerbrochen hatte. Zuletzt legte sie den Deckel darauf und widmete sich wieder ihrem eigentlichen Vorhaben.

Die Speisekammer war größer als ihr Zimmer im Gasthaus. Die Wände waren mit Regalen voll eingelegter Gewürze und Kräuter gesäumt. Kols Hinweis folgend, tastete sie eine Wand ab.

Vor ihrem Aufbruch hatte Kol ihr eine Karte gegeben und erklärt, wie sie sich Zugang zu den Geheimgängen des Palastes verschaffen konnte.

»Wieso verrätst du mir das?«, hatte Finn sie misstrauisch gefragt.

»Ich will meinen Umhang haben, Gesichtsdiebin. Und wenn du es nicht schaffst, dich ungesehen im Palast zu bewegen, werde ich ihn nie bekommen. Halte Ausschau nach den verborgenen Schaltern in den Wänden, mit denen du die Geheimgänge öffnen kannst.«

Finn zog die Karte unter ihrem Hemd hervor. Auch sie war mit der teuren Gewürzmischung getränkt, aber immer noch lesbar.

Sie suchte hinter allen Gewürzflaschen nach dem Schalter, fühlte aber nur die Sandsteinwand. Also ging Finn zur Speisekammertür, um die Wand daneben in Augenschein zu nehmen. Als sie gerade damit anfangen wollte, schwang die Tür auf. Sie drückte sich flach an die Wand, damit sie hinter dem Türblatt nicht zu sehen war. Finn hörte jemanden murmeln und wie Flaschen aneinanderstießen. Dann war der Eindringling wieder verschwunden.

Das war unangenehm knapp gewesen. Wenn sie nicht schnell den Geheimgang fand, würde sie hier drinnen noch entdeckt werden. Dann sah sie den Schalter: Halb verdeckt von einer Flasche mit eingelegtem Knoblauch, ragte eine kleine Figur aus der Wand, ungefähr so groß wie ihr kleiner Finger – ein Vogel mit ausgebreiteten Flügeln.

Finn drehte ihn nach links und hörte ein Klicken. Die Wand schwang zusammen mit dem Gewürzregal langsam nach innen. Finn trat schnell in den Gang und lehnte sich gegen die schwere Steinmauer, um sie wieder zurückzuschieben.

Schließlich hatte sie es geschafft. Finn rutschte an der Wand hinunter und stieß einen tiefen Seufzer aus. Einen Moment später tastete sie die Wand nach der Fackel ab, die laut Kol dort in einer Halterung steckte. Sie fand sie und entfachte sie mit zwei Feuersteinen, die sie eigens zu diesem Zweck mitgebracht hatte. Ein warmer Lichtschein erhellte den engen Gang.

Nun musste sie nur noch den Umhang finden, ihn sich schnappen und damit zur Vordertür hinausspazieren.

»Nichts leichter als das«, sagte Finn.

Doch sie wusste, dass es nicht stimmte.

Vom Balkon seines Schlafzimmers aus beobachtete Alfie die Glühwürmchen, die über dem Gelände blinkten.

Es war nur noch eine Frage der Zeit, bis der Winter einsetzte und die kühle Witterung sie bis zum Frühjahr vertreiben würde. In Castallan wurde es nie so kalt, dass man seinen Atem sehen konnte wie im Winterkönigreich von Uppskala, aber immerhin so frisch, dass die Adligen statt ihrer glänzenden Seidenumhänge schwerere Mäntel trugen.

»Alles hat seine Jahreszeit«, hatte sein Vater einmal zu ihm gesagt. Gab es auch eine Jahreszeit für die Trauer? Würde sie von ihm abfallen wie Blütenblätter, wenn der Winter nahte? Bei diesem Gedanken biss Alfie die Zähne zusammen. Seine Trauer war wie die Glühwürmchen – von Zeit zu Zeit war sie nicht zu erkennen, aber sie flammte immer wieder hartnäckig auf.

Es stimmte, dass alles seine Jahreszeit hatte, doch die Jahreszeiten wiederholten sich. Obwohl er sich fest vorgenommen hatte, seine Pläne zur Rettung von Dez aufzugeben und sich stattdessen auf seine Rolle als König von Castallan vorzubereiten, wusste er, dass er seine Traurigkeit nie abschütteln würde.

Die Uhr in seinem Schlafzimmer schlug zur vollen Stunde. Alfie fuhr vor Schreck zusammen und eilte hinein, um vor der Abendgesellschaft seine formelle Kleidung anzulegen.

Während er seinen zweireihigen blauen Mantel glattstrich, tanzte Alfies Schatten im Zickzack um seine Füße und verriet, wie nervös er war. Als er versuchte, sein silbernes Diadem gerade zu rücken, warf er gereizt die Hände in die Höhe. Spielte es eine Rolle, ob er wie ein echter Prinz aussah, wenn während dieses Abendessens ohnehin alle hinter vorgehaltener Hand über die Rechtmäßigkeit seiner kommenden Herrschaft flüstern würden? Darüber, wie ungeeignet er im Gegensatz zu Dez für den Thron war? Alfie massierte sich die Schläfen.

Nun käme ihm eine aufmunternde Ansprache von Luka gelegen, aber der hatte seit Alfies Heimkehr nicht mehr mit ihm gesprochen.

Es klopfte an der Tür, und Alfie lief schnell hin, in der Hoffnung, Luka würde davorstehen. Doch es war seine Mutter. Sie trug ein rotes Rüschenkleid und zog eine Schleppe aus goldener Seide hinter sich her. Ihre schwarzen Haare waren streng zurückgekämmt und mit einem scharlachroten Band durchflochten.

Alfie sank in sich zusammen. »Du siehst wunderbar aus, Mamá.«

Sie neigte den Kopf. »Und du siehst enttäuscht aus.«

»Ist das so offensichtlich?«

»Nonchalance war noch nie deine starke Seite.« Sie drückte seine Hand. »Gib ihm etwas Zeit und verhalte dich angemessen demütig. Es wird sich schon wieder einrenken, Mijo.«

Alfie nickte, aber er war sicher, dass sie sich irrte. Im Gegensatz zu ihr wusste Luka, dass er sich aus dem Palast geschlichen hatte und was er in den letzten drei Monaten getan hatte. »Ich weiß«, log er. »Du hast recht.«

»Ich habe immer recht.« Sie hielt ihm den Arm hin. »Und jetzt komm mit mir. Wir müssen endlich mal ein bisschen Mutter-Sohn-Zeit miteinander verbringen.«

Alfie lächelte und hakte sich bei ihr unter. Sie erwiderte sein Lächeln und drückte noch einmal sanft seine Hand. Doch als sie den Saal betraten, warf sie ihm einen amüsierten Seitenblick zu. »Und wenn du noch einmal so lange wegbleibst, werde ich meine Chancla auf deinem Rücken zerbrechen, *óiste*?«

Alfie musste lachen. »Ja, Mutter.«

Wenn ich das Schlafzimmer eines Prinzen wäre, wo würde ich mich dann verstecken?, überlegte Finn, als sie im Licht der Fackel die Karte studierte. Sie wusste nicht, ob ihre Stimme durch die Wand zu hören sein würde, und war nicht so dumm, es auszuprobieren.

Nach wie vor befand sie sich neben der Speisekammer im ersten Stock des Palastes. Während sie überlegte, wohin sie gehen sollte, zuckte ihr Schatten mal hierhin, mal dorthin. Laut der Karte befanden sich die Gemächer des Prinzen wie zu erwarten im obersten Geschoss.

Natürlich, dachte sie und rollte die Karte wieder zusammen. Kol hatte ihr verraten, dass jedes Mitglied der Königsfamilie einen eigenen Schlüssel zur Schatzkammer besaß, und Finn wollte lieber die Räume des Prinzen durchstöbern als die des Königs und der Königin.

Sie folgte dem gewundenen Korridor, bis sie zu einer stählernen Leiter gelangte, die sie zwei Stockwerke hinaufkletterte. Nun musste sie einen weiteren Gang entlanglaufen, bis sie die nächste Leiter fand. Die würde sie schließlich in das Stockwerk des Prinzen bringen. Während sie im Fackelschein ging, sah sie in unregelmäßigen Abständen schmale eingekerbte Latten an den Wänden. Schließlich gab sie ihrer Neugier nach und schob eine der Latten an ihrer schmalen Kerbe zur Seite. Durch den dahinterliegenden Schlitz blickte sie in ein großes Esszimmer, wo gerade Diener die Gedecke auftrugen.

»Gucklöcher«, murmelte sie. Ein Junge, der eine Blumenvase trug, ging so dicht an ihr vorbei, dass sie den Duft der Blüten riechen konnte. Doch niemand schien sie zu bemerken. Wahrscheinlich benutzten die Wächter diese Geheimgänge, um alles im Blick zu behalten. Würde sie einem von ihnen in die Arme laufen? Vielleicht war es keine gute Idee, die Fackel brennen zu lassen, doch Finn entschied sich dagegen, sie zu löschen.

Mit der hellen Flamme würde sie schneller durch die Geheimgänge kommen und so das Risiko verringern, dass sie überhaupt jemandem begegnete. Hoffentlich. Sie schluckte schwer und lauschte auf Schritte, aber es waren keine zu hören. Also folgte sie weiter den Kurven, die der Gang beschrieb, und hielt hin und wieder an einem Guckloch an. Einmal sah sie in eine Bibliothek, die so groß war, dass man ein ganzes Dorf darin hätte unterbringen können, ein Stück weiter lugte sie in eine Art Übungsraum, an dessen Wänden eine Vielzahl enorm wertvoll aussehender Waffen hingen. Es juckte sie in den Fingern, eine der schicken Macheten mitzunehmen. Doch über weite Strecken war der Palast genau so, wie sie ihn erwartet hatte – makellos und langweilig.

Als sie die Leiter schließlich entdeckte, kletterte sie Sprosse um Sprosse in die Dunkelheit hinauf, wobei sie die brennende Fackel wie einen Hundeknochen im Mund trug. Als sie schließlich den Gang im sechsten Stock erreichte, war sie schweißnass. Um ans Ziel und zu den Gemächern des Prinzen zu gelangen, würde sie zuerst noch ein Badezimmer durchqueren müssen. Finn schob eine Latte zur Seite und spähte durch den Schlitz in ein imposantes Badezimmer mit einer versenkten Wanne aus schwarzem Stein, so groß wie ein kleines Schwimmbad. Drum herum sah sie eine Ansammlung von Seifen, Lotionen sowie zwei Weinflaschen stehen. Über den Wannenrand ragten fünf elegante Wasserhähne, die aussahen wie Schwanenhälse. Wozu benötigte man fünf Hähne? Und wer trank beim Baden? Sie verdrehte die Augen. *Die Königsfamilie.*

Durch das Guckloch wehte warme parfümierte Luft zu ihr herein, doch es befand sich niemand in der Wanne. Die Wasseroberfläche war mit zusammengefallenem Badeschaum bedeckt. Sie wartete eine Weile ab, um sicherzugehen, dass niemand untergetaucht war. Schließlich war sie zufrieden: Kein Mensch konnte so lange den Atem anhalten.

Es hatte keinen Zweck, es noch länger hinauszuzögern. Wahrscheinlich war gerade jemand aus dem Bad gestiegen, und ihr blieben nur wenige Minuten, um den Geheimgang auf der anderen Seite zu finden, bevor ein Diener zum Putzen kam. Als sie den Vogel an der Wand drehte, schwangen die Ziegel von ihr weg. Schnell schlüpfte sie durch den Spalt und schob die Wand hinter sich wieder zu. Sie fühlte sich wie auf dem Präsentierteller, da der Raum sehr groß war und nur wenige Verstecke bot. Ein Ruf durchbrach die Stille. Er kam aus der Wanne.

»Ich bin fertig, Rosa.«

Finn und ihr Schatten erstarrten hinter den Wasserhähnen. Ihr Blick schoss nach unten. Sie hatte den Jungen bislang nicht bemerkt, da er von den Schaumblasen verdeckt gewesen war. Er hatte die Augen geschlossen. Was für ein Narr – sie könnte ihn ohne Weiteres töten.

»Rosa!«, rief er erneut, diesmal ein wenig lauter. »Das heiße Handtuch, bitte!«

Finn wäre fast zur Wand zurückgerannt, doch wer auch immer diese Rosa war, sie hatte offensichtlich den Raum verlassen. Wenn er noch einmal rief, würde sie ihn vielleicht hören, oder er schlug seine *maldito* Augen auf und bemerkte, dass eine Diebin über ihm stand.

Finn eilte zu dem edlen Tablett mit den dampfenden Handtüchern neben dem Kopf des Jungen. Sie nahm eines und drapierte es ihm vorsichtig über die Augen.

»*Gracias.*« Er genoss sichtlich das Wasser und stieß einen langen, betont behaglichen Seufzer aus. »Ich versuche mich, so gut es geht, zu entspannen, damit ich Alfie nicht den Hals umdrehe, wenn ich ihn das nächste Mal sehe. Deswegen auch der Wein.« Er streckte einen schaumbedeckten Arm aus der Wanne, nahm die Flasche und trank einen Schluck. »Ich mache mir so große Sorgen um ihn, dass ich ganz verspannt bin. *Ich!* Weißt du, wie schwer es ist, mich in Anspannung zu versetzen? Die Masseurin des Palastes hat es kaum geschafft, die Knoten in meinem Nacken zu beseitigen.« Er hielt inne und rümpfte die Nase. »Hast du unterwegs einen Zwischenstopp in der Küche eingelegt, Rosa? Du riechst, als hättest du in Oregano gebadet.«

Finn antwortete nicht. Stattdessen lief sie quer durch den Raum und suchte an der gekachelten Wand nach dem Vogel. Da sämtliche Fliesen gemustert waren, würde etwas so Kleines nur schwer zu finden sein. Der Dampf setzte sich auf ihrer Haut ab, und sie wischte sich mit dem Handrücken das Gesicht trocken.

»Rosa? Du bist noch da, oder?« Er hob den Arm, um das Handtuch von den Augen zu nehmen. Als Finn von der anderen Seite des Raumes ein hohes *»Mm-hmm!«* hören ließ, ließ er die Hand ins Wasser zurücksinken.

»Hast du deine Stimme überanstrengt?«, fragte er.

Finn, die panisch die Wand abtastete, hustete vernehmlich und wiederholte: *»Mm-hmmm.«*

»Im Moment geht etwas um. Der Dampf wird dir guttun. Er befreit die Atemwege.«

Wenn sie doch nur diesen Geheimgang finden würde …

Hinter der Doppeltür des Badezimmers erklangen Schritte. Rosa kam! Finn ließ sich auf alle viere nieder und suchte die unteren Kacheln ab. Da war er! Ungefähr auf Kniehöhe ragte ein kleiner Vogel aus der Wand. Finn hockte sich davor und drehte ihn. Ein Quadrat aus acht mal acht Fliesen schwang von ihr weg. Rasch kletterte sie in den dunklen Gang und schloss die Tür hinter sich. Als sie aufstand und einen zitternden Seufzer ausstieß, spürte sie, dass sich ihre Haare von dem vielen Dampf gekräuselt hatten.

Sie schob die Latte zur Seite und sah, wie Rosa die Klamotten des Jungen aufsammelte.

Das war nun wirklich viel zu knapp gewesen. Überhaupt war der ganze Plan für ihren Geschmack viel zu sehr auf Kante genäht.

Finn ging durch den geheimen Korridor und blickte forschend auf die Karte. Als sie an einem Raum vorbeikam, der als *Gemach des Gefallenen Prinzen* verzeichnet war, hielt sie an. Finn war während der Ermordung des Prinzen weit von der Hauptstadt entfernt gewesen. Doch sie erinnerte sich an Menschen, die auf den Straßen weinten, als hätten sie ihn gekannt. Damals war sie zu sehr mit Überleben beschäftigt gewesen, um auch nur eine einzige Träne zu vergießen.

Doch nun konnte sie ihre Neugier nicht bezwingen. Sie schob die Latte beiseite und blickte hinein. Die Vorhänge waren zugezogen, und der ganze Raum lag im Dunkeln. Sie tastete die Steine ab und wurde bald fündig. Finn drehte an dem kleinen Vogel, der aus der Wand herausragte, und sah zu, wie sie aufschwang.

Ihr Blick fiel auf ein Doppelbett, das mit roten Laken und einem Kissenberg bedeckt war. An der Wand vor dem Bett stand eine große Glasvitrine mit vielen wunderschön geschnitzten Tierfiguren darin. Wer immer sie gemacht hatte, musste sehr talentiert gewesen sein. Die Figur eines Hundes, der seinem eigenen Schwanz hinterherjagte, sah aus, als würde sie jeden Moment lebendig werden und anfangen, sich im Kreis zu drehen.

Auf dem untersten Glasboden saß die Figur eines Fuchses. Seine Schwanzspitze zeigte nach vorn, und er hatte einen klugen Ausdruck im Gesicht. Finn lächelte, als sie im spiegelnden Glas sah, das sie genauso listig dreinschaute wie der Fuchs. Der Junge mit der Fuchsmaske fiel ihr ein. Er hatte zwar über sie triumphiert, aber er war zu weich, um ein Fuchs zu sein. Finn dagegen besaß den nötigen Biss.

Sie öffnete die Vitrine und räumte den ganzen Inhalt in ihre Tasche. Bei den Macheten hatte sie sich noch zurückgehalten, aber diese hübschen Kleinigkeiten gönnte sie sich. Als sie wieder in den Geheimgang trat, blickte sie noch einmal in den Raum zurück. Es schien ihr, als wäre das Zimmer traurig und wartete auf die Rückkehr seines Bewohners. Doch im Moment hatte sie keine Zeit für solche Gedanken. Finn bewegte sich weiter in die Dunkelheit hinein.

Schließlich kam sie bei den Gemächern des noch lebenden Prinzen an und schob die Latte zur Seite. Der Raum, den sie vor sich sah, war leer, aber offensichtlich bewohnt. Auf dem Bett lagen Kleidungsstücke verstreut. Auf einem Schreibtisch aus Rotholz stapelten sich aufgeschlagene Bücher. Finn öffnete den geheimen Durchgang, trat ein und machte hinter sich wieder zu.

Der Raum roch nach etwas, das Finn für das Parfüm des Prinzen hielt. Aber vielleicht war es auch die Seife, die er verwendete. Es duftete sauber und weich wie eine Feder.

Sie runzelte die Stirn. Der Geruch kann ihr bekannt vor.

Das Gespräch zweier Diener draußen im Korridor brachte sie wieder in die Gegenwart zurück. Sie öffnete die Schubladen des Prinzen und befühlte vorsichtig die darin aufbewahrten feinen Kleidungsstücke, deren Stoff wie Wasser über ihre Finger floss. Sie durchstöberte alle Taschen nach dem Schlüssel zur Schatzkammer, fand ihn jedoch nicht. Als Nächstes öffnete sie den großen Schrank und kroch sogar hinein, um ihn nach Geheimfächern abzusuchen. Wieder ohne Ergebnis.

Sie ging weiter zu seinem Nachtkästchen, auf dem eine zugekorkte und mit einer diffusen Flüssigkeit gefüllte Flasche stand. Als sie leise mit der Faust gegen das Innere der Schubladen klopfte, entdeckte sie eine hohle Stelle. Finns Herz machte einen Satz. Sie klappte das entsprechende Holzpaneel um und entdeckte dahinter ein Geheimfach. Als sie die Hand hineinsteckte, schlossen sich ihre Finger um etwas Schmales und Kaltes. Sie zog einen goldenen Schlüssel aus der Schublade, so lang wie ihre Hand. Das musste er sein! Dann hörte sie ein Geräusch. Der Türgriff drehte sich. Gleich würde jemand hereinkommen.

Ohne das Geheimfach wieder zu verschließen, schob sie die Schublade zu und rollte sich lautlos unter das Bett. Irgendwer betrat das Zimmer. Die Schritte klangen schnell, fast gehetzt. Finn sah zu, wie sich ein einfacher cremefarbener Rock rasch um das Bett herumbewegte und schließlich direkte vor Finns Nase beim Nachtkästchen anhielt. Der Saum des Rockes war zerrissen und der Stoff gröber, als eine Adlige ihn tragen würde. Das musste eine Dienerin sein.

Finn hörte, wie eine Flasche entkorkt wurde. Dann ein Schniefen und ein Plätschern, als würde die Flasche geschüttelt. Weinte die Dienerin etwa?

Dann eilten die Füße zur Tür hinaus.

Kapitel 9

Die Abendgesellschaft

Der Bankettsaal des Palastes war voll mit Adligen, die in mehreren Trauben zusammenstanden.

Diener trugen Tabletts voller Appetithäppchen und Kelche mit gekühlter Sangria durch den Raum. In gewisser Weise fühlte sich der Saal eigenartig leer an, und Alfie wusste, dass nicht nur er so dachte. Dies war die erste Abendgesellschaft, die sie gaben, seit man ihnen Dezmin genommen hatte. Nicht nur Dez war abwesend, sondern auch all jene, die erwiesenermaßen mit der Attentäterin und dem fehlgeschlagenen Staatsstreich in Verbindung gestanden hatten. Sie waren entweder im Gefängnis oder hatten den Freitod gewählt, um ihrer Schmach zu entgehen.

In den ersten Monaten nach Dez' Verschwinden war Alfie vor Misstrauen fast verrückt geworden. Vor dem Anschlag auf Dez hatte es keine erkennbaren Spannungen oder Anzeichen für eine Rebellion gegeben. Alfie hatte jeden ausgefragt, der bei den Verhören der verdächtigen Familien dabei gewesen war, darunter auch seine Eltern. Alle kamen zu demselben Schluss: dass der Putschversuch von einer kleinen Gruppe Adliger unternommen worden war, die mehr Macht wollten und bereit waren, dafür zu töten. Die junge Frau mit dem monströsen *Propio,* das Dez in dem dunklen Loch hatte verschwinden lassen, konnte nur diejenigen nennen, die sie in diese Sache hineingezogen hatten – Marco Zelas, Alonso Marquez und Maria Villanueva. Darüber hinaus konnte sie nichts beisteuern, doch mit diesen Namen war der König in der Lage, auch die restlichen Verräter aufzuspüren.

Wenn es eine Revolte der Armen und Unterdrückten gewesen wäre, hätte Alfie es leichter verstehen können. Aber wieso riskierten Adlige ihre Leben, nur um noch mehr Macht zu erlangen, als sie ohnehin schon hatten? Und wenn diese Adelsfamilien dazu bereit gewesen waren, königliches Blut zu vergießen, wie viele weitere in diesem Raum waren dann willens, das Gleiche zu tun? Ein Schauder lief ihm über den Rücken.

Alfie merkte, dass die Adligen, die sich hier versammelt hatten, genau darüber flüsterten, auch wenn sich ihre Lippen nicht erkennbar bewegten und sie sich ehrerbietig vor ihm verneigten. Überall erklangen die Echos von dem, was geschehen war und was noch auf das Königreich zukommen würde. Alfie hätte sonst was dafür gegeben, wenn Luka an seiner Seite gewesen wäre und ihn von alldem abgelenkt hätte, aber heute war das nicht möglich.

Luka bewegte sich gekonnt durch die Schar der Gäste und verwickelte alle, denen er unterwegs begegnete, in anregende Unterhaltungen, aber jedes Mal, wenn Alfie sich ihm näherte, fand er einen so höflichen wie unauffälligen Vorwand, sich von ihm zu entfernen. Luka war im Palast aufgewachsen und wusste, wie man während wichtiger Anlässe ein freundliches Gesicht wahrte. Doch immer wenn es Alfie gelang, Blickkontakt mit Luka herzustellen, spürte er den Ärger, der von ihm ausging.

»Prinz Alfehr.« Alfie zuckte zusammen, als er die sanfte Stimme hörte.

Er hatte so sehr auf eine Gelegenheit gelauert, mit Luka zu

sprechen, dass ihm gar nicht aufgefallen war, wie Aurora sich ihm genähert hatte.

»Aurora!«, sagte Alfie und verbeugte sich tief. »Ich freue mich, dich zu sehen. Wir haben ja schon ewig nicht mehr miteinander gesprochen.«

Zu behaupten, Aurora sei schön, wäre eine arge Untertreibung gewesen. Sie hatte einen dunklen Teint, doch ihre Augen waren von einem fast durchscheinenden Grau und hoben sich in ihrem Gesicht wie strahlende Sterne vom Nachthimmel ab. Doch es war nicht ihre Schönheit, die Alfie so nervös machte. Sein Herz schien jedes Mal, wenn er sie sah, einen Schlag auszusetzen, da Aurora möglicherweise in ein paar Jahren seine Frau werden würde.

Aurora machte einen Knicks. Dabei streifte der Stoff ihres silbernen Abendkleides raschelnd über den Boden. »Ja, wir haben nicht mehr miteinander gesprochen seit ...« Sie verstummte.

»... seit dem Begräbnis«, beendete Alfie den Satz für sie. Beim Gedanken an diesen Tag fühlte er einen Druck auf der Brust. Er erinnerte sich an den Dueño, der die Messe gehalten und davon gesprochen hatte, dass Dez' Seele an einen friedlichen Ort weiterziehen würde. Für Alfie waren diese Worte wie Salz in einer frischen Wunde gewesen. Aurora war vor Dez' Tod dessen Verlobte gewesen. Der König und die Königin mussten noch entscheiden, ob Alfie sie oder besser eine Prinzessin aus einem verbündeten Königreich heiraten sollte, um nach Dez' Tod die Außenbeziehungen des Reiches zu stärken. Alfie hatte keine Ahnung, was sinnvoller war, aber er hielt es nicht für richtig, Aurora wie irgendeinen Gegenstand von einem Prinzen an den anderen weiterzureichen. Vielleicht hatte sie Dez aufrichtig geliebt und würde niemand anderen in Erwägung ziehen. Alfie wusste es nicht.

Als sich das Schweigen zwischen ihnen in die Länge zog, platzte er fast unwillkürlich mit einer Entschuldigung heraus. »Es tut mir so leid, dass alles, was passiert ist, dazu geführt hat, dass … dass dein Leben jetzt nicht mehr so ist, wie du es erwartet hast …« Er fand nicht die richtigen Worte. »Es tut mir einfach leid, dass alles so gekommen ist. Und die Ungewissheit tut mir auch leid.« Seine Entschuldigung war reichlich unbeholfen, aber er hoffte, dass sie ihn verstand.

Sie schenkte ihm ein wissendes Lächeln, als könnte sie seine Gedanken lesen. »Du kannst nichts dafür, Prinz Alfehr. Und ich bin auch bei Weitem nicht die Einzige, deren Zukunft ungewiss ist. Für dich und deine Familie tut es mir auch leid.«

Alfie nickte und merkte, wie die Befangenheit von ihm abfiel. »Danke, Aurora.« Er strich sein Hemd glatt und schluckte, bevor er weitersprach. »Ich habe dich nie danach gefragt, und ich möchte nicht aufdringlich sein, aber … habt ihr beide, du und Dez …?« Alfie senkte die Stimme. »Ich will nur, dass du weißt: Wenn ihr euch geliebt habt und du lieber keine Verlobung mit mir eingehen möchtest, werde ich alles in meiner Macht Stehende tun, um meine Eltern davon abzubringen. Wir müssen nichts tun, womit du dich nicht wohlfühlst.«

Aurora senkte einen Moment lang den Blick, und Alfie fragte sich, ob seine Frage eine grobe Respektlosigkeit gewesen war. Doch als sie den Kopf wieder hob, sah er das Mitgefühl in ihren Augen. »Ich weiß deine Sorge zu schätzen, Prinz Alfehr. Dein Bruder und ich standen einander nahe, aber nur als Freunde. Wir wussten beide, was von uns erwartet wurde. Ich sollte die künftige Königin sein, nicht die Liebe seines Lebens.« Obwohl sie gelassen sprach, sah Alfie, dass sie traurig war. »Aber ich vermisse ihn.«

»Ich weiß.« Wären sie nicht von jedem im Saal beobachtet

worden, hätte er die Hand auf ihren Arm gelegt. »Ich auch. Jeden Tag.«

»Und alles in diesem Palast erinnert dich an ihn, oder?«, fragte sie und ließ den Blick durch den Raum schweifen. »Ich habe bislang noch nicht das Gespräch mit dir gesucht, weil ich Angst hatte, dass es zu …« Sie presste die Lippen aufeinander. »Es muss schwer sein.«

Alfie bekam einen Kloß im Hals. »Das ist es.«

Sie lächelte ihn bedrückt an. »Wir sollten über etwas anderes sprechen, findest du nicht?«

Alfie nickte, seine Augen brannten. »Ist deine Feuermagie immer noch genauso beeindruckend wie früher?«

Ihr Lächeln verzog sich leicht. Sie hob die Hand und krümmte die Finger. Alfie beobachtete, wie helle Lichtbogen aus ihren Fingerspitzen zuckten. Blitze zu erzeugen war das Schwierigste, was ein Flammenwerfer lernen konnte, und die wenigsten schafften es. Nicht einmal Dez hatte sie beschwören können. Doch Aurora, die noch keine zwanzig war, beherrschte es bereits. In Adelskreisen beschäftigte man sich kaum mit Elementarmagie, aber Aurora war ein Naturtalent, und ihre Eltern versuchten, sie darin zu bestärken.

»Natürlich«, sage Aurora triumphierend, während sie die stecknadelgroßen Lichter an ihren Fingerspitzen verblassen ließ und sich zu ihm vorbeugte. »Wir wissen doch beide«, flüsterte sie ihm verschwörerisch zu, »dass der König und die Königin mich ausgewählt haben, weil sie auf ein Enkelkind hoffen, das den Palast schon als Säugling in Brand stecken kann.«

Einen Moment lang verschlug ihre Direktheit Alfie die Sprache, dann brachen die beiden in Gelächter aus. Sie hatte recht: Seine Eltern hatten sie sicher nicht nur wegen ihres gesellschaftlichen Standes und ihrer Schönheit als zukünftige Königin auserkoren, sondern auch wegen ihrer überragenden Fähigkeiten sowohl in der gesprochenen als auch in der elementaren Magie. Alfie schätzte ihren Realitätssinn.

»Nun, wenn das passiert, werden wir den Palast nicht komplett verlieren. Schließlich bin ich ein fähiger Wasserzauberer.«

»Ja.« Sie lachte sanft. »Egal, was passiert, ob wir uns verloben oder nicht, wir werden uns gut verstehen.«

Alfie merkte, dass er nickte. »Da hast du sicher recht.«

Er blickte über ihre Schulter und beobachtete, wie Tiago Vera auf Luka zuging. Alfie konnte zwar sein Gesicht nicht sehen, aber Lukas angespannte Schultern verrieten ihm, wie unwohl er sich fühlte.

»Es tut mir leid, Aurora, würdest du mich bitte entschuldigen?«

»Natürlich.« Sie schenkte ihm ein warmes Lächeln und berührte ihn am Arm. Alfie freute sich über die Geste. »Es war schön, mit dir zu sprechen, Prinz Alfehr.«

»Für mich auch.« Er verbeugte sich tief und verharrte einen Moment in dieser respektvollen Haltung.

Aurora machte erneut einen Knicks und gesellte sich dann zu einer Gruppe junger Adelsdamen.

Alfie eilte derweil, so schnell er konnte, ohne die Aufmerksamkeit sämtlicher Gäste auf sich zu ziehen, zu Luka hinüber.

»Luka«, rief Tiago gerade. »Ich freue mich, dich zu sehen.«

Tiago hatte Luka monatelang den Hof gemacht und ihn dann wegen eines Freundes sitzen gelassen. So traurig wie in dieser Zeit hatte Alfie Luka noch nie zuvor erlebt. Sein Cousin war damals sechzehn gewesen und hatte zum ersten Mal Liebeskummer. Alfie wollte nicht, dass Luka je wieder so leiden musste. Doch Tiago schien es seither darauf anzulegen, immer wieder in dieser Wunde zu bohren.

Auch wenn Luka sich weigerte, mit Alfie zu sprechen, würde er ihn in dieser Situation nicht im Stich lassen. Er stellte sich rasch neben ihn und räusperte sich.

Bei seinem Anblick fiel Tiagos überhebliches Grinsen in sich zusammen. Er machte eine tiefe Verbeugung. »Mein Prinz.« Alfie musste sich beherrschen, um nicht die Augen zu verdrehen. »Willkommen zu Hause. Es ist lange her, seit ich dich zum letzten Mal gesehen habe.«

»Tiago«, erwiderte Alfie mit vorgerecktem Kinn. »Es ist wirklich schon viel zu lange her. Obwohl ich weit weg von zu Hause und auf hoher See war, habe ich davon gehört, dass du in diesem Sommer dein halbes Erbe verspielt hast.«

Tiago errötete.

Luka hob die Brauen und sah Alfie in die Augen. Es herrschte immer noch das gleiche blinde Verständnis zwischen ihnen wie eh und je.

Mach ihn fertig, besagte Alfies Blick.

Natürlich, signalisierte Luka.

Doch Tiago kam Luka zuvor. »Prinz Alfehr, es ist wirklich eine Freude, dich wohlbehalten wiederzusehen. Aber ich frage mich, da du doch keine Zukunft hast …« Tiago tat, als dächte er nach. »… was wohl aus Castallan wird, wenn du es regierst.«

Alfie erstarrte und spürte, wie glühender Zorn in ihm aufstieg, während Tiagos Lippen sich zu einem zufriedenen Grinsen verzogen.

Alle Mitglieder der Königsfamilie wurden im Alter von fünf Jahren der königlichen Wahrsagerin vorgeführt, die einen Blick in ihre Zukunft warf und verkündete, welche Großtaten sie im Laufe ihres Lebens vollbringen würden. Dezmin hatte bei dieser Gelegenheit erfahren, dass sein Vermächtnis ewig währen würde. Was zu bedeuten schien, dass er der König werden würde, den sich ihre Eltern wünschten. Als Alfie zur Wahrsagerin ging, hoffte er, dass sie ihm eine Zukunft als Eroberer prophezeien würde, wie in den Geschichten, die man ihm vorgelesen hatte. Gleichzeitig fürchtete er, ein unrühmlicher Feigling zu werden, auf den seine Eltern nicht stolz wären. Doch was sie tatsächlich offenbarte, war viel schlimmer.

»Ich kann sein Schicksal nicht vorhersagen«, waren die Worte gewesen, mit denen sie auf einen Schlag all seine Hoffnungen zunichtemachte. »Es fehlt ein Stück. Ein wichtiges, ohne das ich die Zukunft des Prinzen nicht sehen kann.«

Wie konnten seine Eltern nur glauben, er wäre derjenige, der über das Königreich herrschen sollte, wenn er nicht einmal eine erkennbare Zukunft hatte? Wenn er nicht komplett war …

Tiago war sicher nicht der Einzige, der sich solche Gedanken machte. Wie viele andere raunten sich gerade gegenseitig die Frage zu, ob Alfies Herrschaft wohl das Ende ihres Königreichs markieren würde? Tief beschämt suchte er im Angesicht von Tiagos höhnischem Grinsen stotternd nach einer Antwort.

Luka rettete Alfie, indem er vortrat und Tiago mit zusammengekniffenen Augen ansah. »Du hältst besser deine *maldito* Klappe. Wie dein Prinz so richtig bemerkt hat …« Damit erinnerte er Tiago an seinen gesellschaftlichen Stand. »… hast du in den Spielhöllen versagt. An deiner Stelle würde ich dein Glück nicht bei uns beiden weiter überstrapazieren. Mach's wie deine Erbschaft, Tiago, und verschwinde einfach.«

Tiago starrte sie mit vor Demütigung verkniffenem Gesicht an. Dann machte er auf dem Absatz kehrt und ging davon.

Luka und Alfie sahen einander an und brachen in Gelächter aus.

Doch als sie wieder ernst wurden, wandte Luka sich ab, als

wäre ihm gerade eingefallen, dass er immer noch wütend war. »Das ändert nicht das Geringste, Prinz Alfehr.«

Obwohl es seltsam war, seinen kompletten Namen mitsamt Titel aus Lukas Mund zu hören, wurde Alfie leicht ums Herz. Nachdem Luka ihn nun verteidigt hatte, würde zwischen ihnen beiden vielleicht bald wieder alles so sein wie früher. »Du kennst mich gut genug, um mich Alfie zu nennen.«

Luka sah ihn scharf an, sein einstudiertes Lächeln geriet ins Wanken. »Tue ich das?«

Ein Diener kam mit einem Getränketablett vorbei. Luka nahm sich einen Kelch voll Sangria.

»Ja«, erwiderte Alfie nachdrücklich.

Luka trank einen großen Schluck.

»Vorsichtig«, flüsterte Alfie ihm zu. »Du weißt, dass dir dieses süße Zeug nicht gut bekommt.«

Luka hob die Augenbrauen und winkte einen weiteren Diener heran. Er leerte seinen Kelch und tauschte ihn gegen einen vollen aus.

»Und für dich ist es nicht gut, wenn du dich aus dem Palast schleichst und mit Diebesgut zurückkehrst«, zischte Luka über den Rand des Glases hinweg. »Aber ich soll dir bestimmt keine Vorträge halten, oder?«

Alfies Schatten zog sich nervös von seinem Cousin zurück. »Luka …«

»Was?«, fuhr Luka leise und immer noch lächelnd fort. »Hast du etwa Angst, dass ich allen von deinem neuen Hobby erzähle, wenn ich zu viel getrunken habe? Wie würde ich das überhaupt formulieren?« Er tippte sich ans Kinn, als dächte er intensiv nach. »Wahrscheinlich am besten so: ›Wusstet ihr schon, dass Prinz Alfie, wenn alle schlafen, einen Türgriff nimmt …‹«

»Luka«, sagte Alfie. Trotz seiner schneidenden Stimme achtete er darauf, ebenfalls zu lächeln. »Ich weiß, dass du wütend auf mich bist. Und dazu hast du auch jedes Recht.«

Luka schnaubte.

»Darüber müssen wir reden, aber jetzt ist nicht der richtige Zeitpunkt.«

Luka nippte an seiner Sangria. »Ich kann dir aber nicht versprechen, dass ich dich nicht vorher umbringe.«

»Zuzutrauen wäre es dir«, erwiderte Alfie. Lukas Scherz ließ ihn hoffen, dass er nicht mehr ganz so zornig war. »Aber dann wärst du ganz allein auf dieser langweiligen Party.«

»Dann muss ich dich eben gleich anschließend töten«, gab Luka zurück.

Alfie nickte. »Darauf könnte ich mich einlassen.«

Lukas Lippen verzogen sich zu einem aufrichtigen Lächeln, und Alfie grinste zurück. Vielleicht würde wirklich schon bald wieder alles wie früher sein.

Die Königin kam auf sie zu, der Rock ihres Stufenkleides glitt über den polierten Boden. »Und wie geht es heute Abend meinen beiden liebsten Jungs?« Sie stellte sich zwischen sie und legte jedem eine Hand auf die Schulter. »Es ist schön, euch wieder vereint und gut gelaunt zu sehen.«

Luka versteifte sich und wich vor ihrer Berührung zurück. Das Lächeln der Königin wurde unsicher.

»Ja, sehr schön«, erwiderte er distanziert und verbeugte sich. »Würdet ihr mich bitte entschuldigen?«

Alfie wusste, dass seine Mutter es gut gemeint hatte, aber für eine Bemerkung wie diese war es eindeutig noch zu früh gewesen.

Königin Amada wirkte besorgt. »Natürlich.«

Während Luka in Richtung Ausgang ging, bedeutete sie Alfie mit einem Nicken, ihm zu folgen.

Als sie im Korridor standen und die Tür des Bankettsaales hinter ihnen ins Schloss fiel, strich Luka sich mit einer Hand durch die dunklen Haare und stieß ein wütendes Knurren aus.

»Ich weiß, dass du sauer bist …«, begann Alfie, doch Luka brachte ihn mit einem zornigen Blick zum Schweigen.

»Ja!«, schrie er so laut, dass Alfie froh war über die dicken Wände. »Ich weiß, dass du es weißt! Und ich weiß, dass du so tust, als wäre jetzt, da du wieder da bist, alles gut. Auch wenn du aus dem Palast abhaust und dein Leben für dieses Hirngespinst aufs Spiel setzt! Glaubst du wirklich, alles wäre wieder schön und gut? Du warst drei Monate lang weg, Alfie, und hast keinen einzigen Brief geschrieben!«

Alfie schluckte schwer und war unsicher, was er sagen sollte. »Ich weiß. Und es tut mir leid. Ich habe Zeit gebraucht. Hör mir bitte einfach zu …«

»Nein«, brauste Luka auf und trat mit glasigem Blick dicht vor ihn hin. »Nein, du hörst mir jetzt zu. Du hast mich hier zurückgelassen, wo ich *allein* seinen leeren Platz am Tisch anstarren musste!«

Lukas frustrierter Blick versetzte Alfie einen Stich ins Herz. Er war gegangen, weil er nicht mehr all die Orte ertragen konnte, die ihn ständig an Dez erinnerten, aber dabei hatte er nicht darüber nachgedacht, wie es für Luka sein würde, wenn er verschwand. Er hatte ausschließlich an sich selbst gedacht.

Alfies Schatten streckte sich nach Luka aus, aber der trat einen Schritt zurück. »Ich höre jetzt auf damit. Das verspreche ich dir, Luka. Es ist ein für alle Mal vorbei.« Es war die Wahrheit. Er hatte sich fest vorgenommen, dass er die Suche nach Dez abblasen würde, wenn diese englassischen Bücher ihm nicht weiterhalfen. Und in keinem von ihnen hatte er einen Hinweis gefunden, wie er seinen Bruder retten konnte.

Luka starrte ihn mit zusammengekniffenen Augen an. »Ich bin kein Idiot. Ich glaube dir nicht. Wieso musst du dein Leben riskieren? Weshalb kannst du nicht wie jeder normale Adlige rebellieren, indem du säufst und durch die Betten ziehst?«

Alfie ballte die Fäuste. »Ich trauere auf meine eigene Weise, Luka. Nicht jeder ist wie du.«

»Nicht jeder ist der nächste Thronanwärter, Alfie«, schoss Luka zurück.

»Warum geht es immer nur darum?«, fragte Alfie. Er fühlte sich, als rückten die Wände dichter an ihn heran. Ihm war klar, dass er der nächste König werden musste, aber dieses Wissen war eine schreckliche Last für ihn.

»Weil es wichtig ist und du dich dumm verhältst!«, schäumte Luka. »Dez ist verschwunden. Du kannst ihn nicht zurückholen. Und am schlimmsten finde ich, dass du scheinbar glaubst, du wärst der Einzige hier, der einen Bruder verloren hat. Dez war auch für mich wie ein Bruder, und dank dir hatte ich das Gefühl, dass mir der eine Bruder genommen wurde und der andere *abgehauen* ist.«

»Ich wollte nicht …«

»Es ist mir egal, was du wolltest«, fuhr Luka ihn an. »Und vielleicht hast du es ja vergessen, aber Dez hat an dir gehangen. Dein Wohlergehen war wichtig für ihn! Und dieses Königreich und euer Familienvermächtnis waren ihm auch wichtig. Er würde nicht wollen, dass du dein Leben und alles andere einfach wegwirfst. Und ich werde dir auch nicht dabei zusehen.«

Während Alfie die Schamesröte ins Gesicht stieg, stürmte Luka davon, ohne ihn eines weiteren Blickes zu würdigen. Im Moment war er viel zu betrunken, um ihm zu glauben. Wenn Luka Freiraum brauchte, würde er ihm den geben. Das schuldete Alfie ihm. Doch Lukas gerötete Wangen und sein leichtes

Schwanken zeigten, dass er der Sangria zu sehr zugesprochen hatte.

»Geh bitte gleich in dein Zimmer und schlaf deinen Rausch aus«, sagte Alfie. »Wir können morgen weiterreden.«

Luka winkte ab und bog, ohne sich noch einmal umzudrehen, in einen Quergang ab. Alfie wäre ihm gern nachgegangen, aber seine Mutter würde ihn umbringen, wenn er der Feier fernbliebe. Als zukünftiger König musste er auf Veranstaltungen wie diesen Eindruck schinden. Und auch Luka wollte, dass er sich seinen königlichen Pflichten widmete, oder nicht?

Also unterdrückte Alfie den Drang, ihm zu folgen. Stattdessen kehrte er zur Doppeltür des Ballsaales zurück, setzte ein Lächeln auf und trat ein.

Kapitel 10

Die Schatzkammer

Finn zählte bis hundert, bevor sie sich unter dem Bett herauswälzte, die Abdeckung des Geheimfaches in der Schublade wieder aufrichtete und zögerlich auf den Flur hinaustrat.

Was war gerade geschehen? Sie dachte an das Geräusch, mit dem die Flasche geschüttelt worden war, und an das weinende Mädchen. Irgendetwas stimmt nicht. Um jemanden zu vergiften, musste man bösartig sein, und Finn hatte im Schluchzen der jungen Dienerin nur Bedauern gehört. Neben ihrer nagenden Neugier bewegte Finn die Frage, ob der Prinz den Tod verdiente. Erneut blickte sie durch das Guckloch und sah den Hals der Flasche auf dem Nachttisch des Prinzen. Sie überlegte kurz, ob sie die Flüssigkeit auskippen sollte, aber sie war diesem Prinzen nichts schuldig. Sie war hier, um ihn auszurauben, nicht, um ihn zu retten.

Was für ein Mensch bist du eigentlich, wenn du einfach zulässt, dass jemand getötet wird?, dachte sie.

Finn presste die Stirn an die Wand. Das hier war sicher nicht das Schlimmste, was sie je getan hatte. Wieso sollte sie jetzt noch mal zurückkehren?

Du bist genau das, was ich immer gesagt habe, Mija: ein Monster.

Ignacios Stimme schallte wie eine Glocke durch ihre Gedanken. Es juckte sie in den Fingern, die Flasche auszuleeren und zu beweisen, dass die Stimme unrecht hatte. Aber was würde eine einzelne gute Tat schon ausmachen? Es wäre dumm von ihr zu glauben, sie könnte damit alles andere wiedergutmachen. Schließlich war das hier kein Märchen.

Sie war, wer sie war.

Die Erinnerung an ihren ersten Mord holte sie ein. Sie sah, wie das Mädchen unter ihr verblutete, und fühlte, wie sich etwas Dunkles und Verschlagenes in ihr festsetzte. Ihre Hände schwitzten, und ihr Atem ging viel zu schnell.

Nachdem sie dreimal von zehn rückwärts gezählt hatte, beruhigte sich endlich der Teil ihres Verstandes, in dem sich das schlechte Gewissen ihrer Vergangenheit regte. Finn würde gewiss nicht in Schuldgefühlen versinken. Schließlich hatte sie bereits vor langer Zeit gelernt, in ihnen zu schwimmen. Sie musste sich konzentrieren.

Nachdem Finn sich noch einmal vergewissert hatte, dass der Schlüssel zur Schatzkammer sicher in ihrer Tasche verstaut war, zog sie die Latte zurück. Was immer hier vor sich ging, hatte nichts mit ihr zu tun. Sie war gekommen, um den Umhang zu holen.

Um zur königlichen Schatzkammer zu gelangen, musste sie wieder nach unten. Für den Rückweg durch das Gewirr aus Gängen und die Leitern hinunter benötigte sie fast eine Stunde. Unterwegs wurde die Luft immer klammer. Sie fragte sich, ob das Gerücht stimmte, dass es im Palast einen Kerker gebe. Neugierig sah sie auf der Karte nach. Ja, tatsächlich.

Dem wollte sie lieber nicht zu nahe kommen.

Schließlich gelangte sie zu einem Durchgang, hinter dem ein Saal lag, in dem die deckenhohe silberne Tür zur Schatzkammer aufragte. Natürlich gab es keine Geheimtür, die direkt in die Schatzkammer führte. So viel Glück hatte sie nicht. Oder besser gesagt: So dumm war der Architekt des Palastes nicht gewesen. Durch das Guckloch in der Wand sah sie zwei Wächter. Sie saßen vor der Schatzkammer an einem Tisch, auf dem Spielkarten verstreut lagen. Anscheinend hatten sie eine Partie Cambió gespielt. Finn schnitt eine Grimasse. Von diesem Spiel hatte sie die Nase gestrichen voll.

Einer der Wächter war dabei einzunicken. Der andere blickte zur Decke hoch, als könnte er mit reiner Willenskraft zur Feier hinaufschweben.

Finn zog eine verkorkte Phiole aus ihrer Tasche, in der fünf Stacheln eines Dornenbären steckten. Sie waren so dünn wie Fingernägel und so lang wie ihr Mittelfinger. Sie zog den Korken heraus und vollführte eine knappe Geste, woraufhin die Dornen bis auf Augenhöhe aus der Phiole aufstiegen.

Dornenbären waren riesige Biester und mit spitzen Giftstacheln bedeckt, die sie auf Widersacher und Beutetiere abfeuerten. Die Stacheln waren sehr stabil, da sie zum Großteil aus Metall bestanden. Und Metall war ein Bestandteil von Steinen.

Mit einer Bewegung ihrer Finger richtete sie zwei Stacheln auf das Guckloch. Sie hatte nur einen Versuch. Wenn sie die Wachen verfehlte, würden sie die Stacheln vielleicht bemerken und erkennen, dass jemand sie kampfunfähig machen wollte. Doch wenn sie die beiden erwischte, konnte sie ohne Probleme in die Schatzkammer eindringen.

Finn hielt den Atem an und nahm ihre zwei Ziele ins Visier. Keiner der beiden rührte sich. Jetzt oder nie. Mit einer entschlossenen Geste jagte sie die Stacheln durch das Guckloch.

Nicht bewegen, nicht bewegen, nicht bewegen, dachte sie voller Inbrunst.

Die Stacheln bohrten sich tief in die Hälse der Wächter, und die beiden schliefen sofort ein. Als Finn sah, wie sie die Köpfe hängen ließen, biss sie sich in die Faust, um einen Siegesschrei zu unterdrücken. Ihr Schatten wirbelte triumphierend um sie herum.

Sie trat durch die Geheimtür und zog den Wächtern die Stacheln aus dem Hals. Dann steckte sie den Schlüssel in das Schloss an der großen Tür. Der Verriegelungsmechanismus klickte vernehmlich. Finn drehte sich zu den beiden Wachmännern um, die immer noch reglos auf dem Tisch lagen. Das Betäubungsgift der Dornenbären wirkte zwischen zehn und fünfzehn Minuten. Bis dahin musste sie den Umhang gefunden haben und wieder verschwunden sein. Finn öffnete die große Tür und schloss sie hinter sich. Als sie sich umdrehte, klappte ihr der Mund auf.

Die Kammer war in einen goldenen Lichtschein getaucht, wie ihn nur unfassbar kostbare Schätze erzeugten. Alles glänzte und schien von ihr gestohlen werden zu wollen. Sie sah Anziehpuppen mit den schönsten Gewändern und Diademen, die ihr je unter die Augen gekommen waren. Vermutlich waren es die Hochzeitskleider ehemaliger Königinnen. Außerdem entdeckte Finn sorgsam erhaltene Dokumente, deren historische Bedeutung sogar sie erkannte: Deklarationen auf Castallan, heilige Schriften aus der Zeit vor der englassischen Besatzung und Eheverträge zwischen Prinzen und Prinzessinnen. Als sie eine Truhe aufklappte, fand sie darin mehr Goldpesos, als sie für möglich gehalten hätte, sowie Halsketten mit so vielen Edelsteinen, dass man einen Genickbruch riskierte, wenn man sie sich umlegte. In einer Glasvitrine neben einem ordentlich aufgeschichteten Haufen edler Teppiche stand eine unbekleidete Puppe. Zweifellos hatte sie einmal etwas sehr Schönes getragen. Finn fragte sich, was es gewesen war, doch dann fiel ihr Blick auf das Gold. Ohne zu überlegen, schaufelte sie sich die Pesos in die Taschen.

»Hör auf!«, wies sie sich selbst zurecht. Wenn sie den Inhalt einer

Goldtruhe mit sich herumschleppte, würde sie nie unbemerkt aus dem Palast kommen. Also leerte sie die Taschen wieder aus.

Zumindest größtenteils.

Dann machte sie sich auf die Suche nach dem Tarnumhang. Sie war nicht sicher, wie er aussah. Jedes Kind in Castallan kannte die Geschichte von der großen Rebellion, die mit einem einzelnen Tarnumhang angefangen hatte. Doch sein Schnitt und die Farbe änderten sich von Geschichte zu Geschichte. Manche sagten, er sei so leicht wie ein Schatten, andere meinten, man spüre die Last der Geschichte, wenn man ihn trug. Je nachdem, wen man fragte, war er entweder so intensiv rot wie die castallanische Flagge, oder er schimmerte in allen erdenklichen Farben, darunter auch welchen, die kein Mensch kannte. Finn hatte keine Ahnung, wonach sie Ausschau halten sollte. Sie nahm an, dass sie ihn erkennen würde, wenn sie ihn sah. Also probierte sie einen eleganten Umhang nach dem anderen an, aber keiner ließ sie unsichtbar werden oder sah irgendwie einzigartig aus.

Frustriert verschränkte Finn die Arme und ließ sich auf eine Kiste aus dunklem Holz plumpsen. Wie zum Henker sollte sie einen Gegenstand finden, wenn sie nicht einmal wusste, wonach genau sie suchen sollte? Sie ließ den Kopf kreisen und spürte die Verspannungen im Nacken. Dann stand sie wieder auf und durchsuchte weiter vergeblich die Schatzkammer. Dabei entdeckte sie einen Sockel, auf dem ein Samtkissen thronte. Auf dem Kissen lagen zwei aus einem glatten dunklen Stein gemeißelte muskulöse Unterarme mitsamt Händen, offenbar Bruchstücke einer Statue. Sie wirkten ungemein lebensecht und als wären sie nicht künstlich geschaffen, sondern so, wie sie waren, irgendeiner Gebirgswand entsprungen.

Die langen Finger der Steinhände waren miteinander verschränkt. Vermutlich gehörten sie zu einer berühmten Skulptur, die sie nicht kannte. Finn war nicht sonderlich kunstsinnig, doch sie konnte sich nicht von ihrem Anblick lösen. Die Arme waren sogar von kleinen Härchen bedeckt. Sie hatte noch nie eine derart detailliert ausgearbeitete Skulptur gesehen. Die Statue, zu der diese Arme gehörten, musste hoch aufragend und sehr imposant sein.

Finn streckte eine Fingerspitze nach einem der Arme aus. Kurz bevor sie ihn berührte, spürte sie, wie eine Art magischer Blitz von dem Stein auf ihren Körper übersprang, und riss die Hand zurück.

»*Coño!*«, rief sie aus und versuchte, ihre steifen Schultern zu lockern. »Was zum Henker war das denn?« Die Steinarme lagen weiter reglos auf dem Kissen.

Finn machte mit beiden Händen eine beleidigende Geste. »So muss eine Statue aussehen«, zischte sie und bemerkte ihr wütendes Spiegelbild in der Glasvitrine.

Plötzlich wurde ihr klar, dass der Umhang, nach dem sie suchte, möglicherweise gar nicht zu sehen war.

Finn drehte sich zu der Glasvitrine mit der unbekleideten Puppe um. Sie zog die Glastür auf und streckte die Hand nach einer Schulter aus. Statt der rauen Oberfläche der Puppe berührten ihre Finger eine feine Struktur, ein Geflecht aus winzigen Schuppen.

Sie zog das unsichtbare Kleidungsstück von der Puppe und streifte es sich selbst über die Schultern. Dann suchte sie die Öffnungen der Ärmel. Anfangs hatte sie den Eindruck, sie wären zu groß für sie, aber als sie mit den Armen hineinschlüpfte; zogen sie sich zu einer bequemen Größe zusammen. Gleichzeitig spürte sie, wie sich der Saum des Umhangs so weit anhob, dass er nicht mehr den Boden berührte. Dann blickte sie an sich hinunter und stellte fest, dass sie immer noch sichtbar war.

»Wirklich?«, fragte sie entnervt. Was hatte sie bloß verbrochen, dass sie das Glück so hartnäckig im Stich ließ? Als sie sich wieder zur Vitrine umwandte, um das Kleidungsstück zurückzuhängen, spürte sie die Kapuze im Nacken. Sie zog sie sich versuchsweise über den Kopf und sah, wie ihr Körper verschwand.

Sie hatte es geschafft. Sie hatte den Tarnumhang gefunden.

»Fantastisch«, hauchte sie.

Es war allgemein bekannt, wie dieser Umhang Castallan aus der Sklaverei befreit hatte. Die Englassen glaubten, die Magie wäre ein Privileg, das allein ihnen zustünde. Alle anderen waren ihrer Meinung nach unwürdige Primitive. Und wenn ein Volk erst mal seine Muttersprache und damit seine Verbindung zur Vergangenheit, seinen Ahnen und seiner Geschichte vergessen hatte, konnte es keine Magie mehr wirken.

Als Englass vor vielen Generationen Castallan überfallen hatte, versuchten sie genau aus diesem Grund, die castallanische Sprache zu ersticken wie eine Kerzenflamme zwischen zwei angefeuchteten Fingerspitzen.

Das englassische Regime zerstörte sämtliche Zauberbücher der Castallaner und verbot ihnen, ihre Muttersprache und gesprochene sowie schriftliche Zaubersprüche zu verwenden. Und so vergingen Generationen, in denen die Castallanos ausschließlich Englass sprachen und ihr eigenes Idiom vollständig vergaßen. Ihre Verbindung zur mündlichen und schriftlichen Magie war abgeschnitten. Sie beherrschten nur noch das bisschen Elementarmagie, das sie für die Arbeit auf den Landgütern ihrer englassischen Herren benötigten.

Dann stahl ein castallanischer Sklave genau diesen Tarnumhang. Er schlich sich damit in die Bibliotheken und begann, die weggesperrten castallanischen Bücher zu lesen. Mit jedem Wort, das er lernte, eignete er sich Stück für Stück die verlorene Magie wieder an und brachte sie heimlich seinem Volk bei. Sobald sich seine Lehren weit genug verbreitet hatten, rebellierten die Castallaner und stürzten die Kolonialmacht. Dieser Umhang hatte ihren Vorfahren die Magie und somit die Freiheit zurückgegeben.

Während Finn durch die Schatzkammer ging, streifte der Umhang über ihre Fußknöchel. Sie trug tatsächlich ein Stück Geschichte auf den Schultern. Finn bemerkte, dass ihr Schatten aufgeregt über den Boden zuckte. Er würde sich unter dem Umhang einrollen müssen, damit er nicht zu sehen war.

Für alle Welt unsichtbar kehrte sie zu der fein verzierten Tür zurück. Dort angekommen, drehte sie sich noch einmal um und blickte wehmütig zu dem Gold zurück, mit dem sie sich nicht nur eine Passage, sondern ein ganzes *maldito* Schiff kaufen könnte. Doch sie musste unentdeckt entkommen, und das ging nicht, wenn die Wachen bemerkten, dass jemand die Schatzkammer geplündert hatte. Also würden die Pesos in ihrer Tasche genügen müssen.

Vorsichtig trat sie aus der Schatzkammer und zog die große Tür hinter sich zu. Die beiden Wachmänner schliefen immer noch. Da sie nun den Umhang hatte, konnte sie auf die Geheimgänge verzichten und ihre Unsichtbarkeit genießen. Sie wollte mit hocherhobenem Haupt zwischen den Mitgliedern der Königsfamilie hindurchspazieren.

Und wenn ihr danach war, würde sie vielleicht das eine oder andere mitgehen lassen.

Ach, wem wollte sie etwas vormachen? Danach war ihr immer.

Luka lehnte an einem Regal im Weinkeller und nahm noch einen tiefen Schluck aus der Flasche. Zug für Zug ertränkte er die Erinnerung an Alfies leere Entschuldigungen und Tiagos typisches abfälliges Grinsen. Nachdem er die Flasche geleert hatte, nahm er sich noch eine für den Weg zu seinen Gemächern. Inzwischen war er nicht mehr in ganz so schlechter Stimmung wie in dem Moment, als er Alfie im Korridor zurückgelassen hatte. Er hatte so verloren, schuldbewusst und traurig ausgesehen.

Luka trank noch mehr Wein, damit ihm der Anblick nicht mehr so klar vor Augen stand. Nach ein paar gierigen Schlucken war die Erinnerung bereits deutlich verschwommener, und schon bald wusste er gar nicht mehr, welche Erinnerung er mit dem Wein hatte ersäufen wollen. Aber da er einmal begonnene Unternehmungen gern zu Ende führte, trank er die Flasche trotzdem aus. Auf dem Weg zur Prunktreppe zwinkerte er einem Wächter zu und drückte ihm die leere Flasche in die Hand.

Immer wenn Luka betrunken zu seinen Gemächern hinaufstolperte, betrachtete er eingehend die gemusterten Fliesen auf den Treppenstufen. Die Zeichnungen wanden sich aus den Quadraten, in die sie eingesperrt waren, um sich miteinander zu vermischen und ganz neue Muster zu erzeugen.

Natürlich führte diese Art der Fortbewegung dazu, dass Luka mehrfach hinfiel. Aber es war immerhin unterhaltsam, und Luka war es nun einmal das Wichtigste, sich zu amüsieren.

Als ihn ungefähr zum millionsten Mal ein Wächter fragte, ob er ihn zu seinen Gemächern begleiten solle, starrte Luka den Mann ungläubig an. »Bei den Göttern! Wie viele von euch gibt es hier drinnen eigentlich? Ich kann mich allein nach Hause bringen, Wächter Nummer dreitausendeins. Es gibt Menschen, die deinen Schutz viel besser gebrauchen könnten als ich. Zum Beispiel die unschuldigen Zuschauer, die Alfie mit seinen unbeholfenen Tanzversuchen gefährdet.«

Dann lachte Luka so heftig, dass er sich fast auf den Fliesenboden übergab, den er so sehr bewunderte.

Als er schließlich den hin und her schaukelnden Flur zu seinem Schlafzimmer erreichte, blieb er stehen. Alfies Worte hallten wie nervige Glocken durch seinen Verstand: *Geh bitte gleich in dein Zimmer und schlaf deinen Rausch aus.*

»*Pendejo*«, sagte Luka und lehnte sich schniefend an seine Tür. Im Moment erschien es ihm wichtig, das genaue Gegenteil von dem zu tun, was Alfie sagte. *Sehr wichtig sogar,* dachte er, während er sich von der Tür abstieß. Prompt fiel er hin und schaffte es gerade noch, den Sturz mit ausgestrecktem Arm abzufangen.

»Das Gegenteil, das Gegenteil«, sinnierte er, während er sich unsicher wieder erhob. Was war das Gegenteil davon, in sein Zimmer zu gehen und zu schlafen? Als Luka die Antwort einfiel, schnippte er mit den Fingern. »In Alfies Zimmer gehen und wach bleiben!« Er stapfte den Flur entlang und platzte in Alfies Schlafzimmer, wo er sich auf das Bett fallen ließ und zusah, wie sich die Decke über ihm drehte. Auf dem Nachttisch stand eine Flasche mit dem Elixier, das Alfie zur Beruhigung trank, wenn er nervös war. Alfie schien überhaupt immer nervös zu sein, außer wenn er wortlos monatelang wegblieb und sich in Schwierigkeiten begab, ohne Luka mitzunehmen oder ihm auch nur davon zu erzählen. In solchen Momenten wirkte er überaus ruhig.

»Blöder Sitzenlasser«, murmelte Luka und griff nach dem Elixier. Er versuchte, sich die angenehm kühle Flasche an die Stirn zu halten, doch sie glitt ihm aus den Fingern und rollte auf seine Nase hinab.

Luka erwischte sie gerade noch, bevor sie zu Boden fiel. Dann drehte er den Korken heraus, trank einen großen Schluck und schleuderte die Flasche auf die andere Seite des Zimmers, wo sie auf die Balkontür zurollte.

Verärgert erhob er sich vom Bett und stolperte aus Alfies Zimmer hinaus. Ja, er war duselig vom Wein und dem Elixier, aber keinesfalls zu betrunken, um Alfie gründlich die Meinung zu sagen.

Kapitel 11

Das Blaue Zimmer

Finn schlich unsichtbar durch den ganzen Palast.

Sie kostete von dem Schwein, in dem sie sich hereingeschmuggelt hatte, und konnte bestätigen, dass es so gut war, wie alle behaupteten. Sicher hatte ihr Schweiß den Geschmack verbessert. Anschließend trat sie durch die offenen Türen des Bankettsaales und sah zu, wie die Adligen tanzten, was weniger unterhaltsam war, als sie erwartet hatte. Sie belauschte Gespräche und imitierte die schockierten Mienen, mit denen die Adligen die neuesten Gerüchte austauschten.

»Habt ihr schon gehört, dass man ihn mit seiner Geliebten erwischt hat?«

»Nein!«

»Ich lüge nicht! Und sie hat ihm ein Ultimatum gestellt.«

»Schon wieder?«

Als sie genug davon hatte, wie ein Spiegel der Adligen aufgeregt nach Luft zu schnappen und entsetzt zu schauen, schlenderte Finn aus dem Saal hinaus und erkundete weiter den Palast. Sie wusste, dass sie besser verschwinden sollte, aber sie ließ sich ganz bewusst Zeit. Schließlich hatte sie mit der Kapuze des Tarnumhangs über dem Kopf nichts zu befürchten.

Finn besichtigte einen Trakt voller Kunstwerke, die Bibliothek, in die sie bereits einen Blick geworfen hatte, und außerdem mehr Salons, als sie zählen konnte. Schließlich gelangte sie in einen ruhigen Flügel, in dem weder Wächter noch Gäste unterwegs waren.

Er war eigenartig leer und ungepflegt. Während die Fliesenböden im restlichen Palast auf Hochglanz poliert waren, sah er hier stumpf aus, als wäre er seit Monaten weder betreten noch gewischt worden. Die Vorhänge vor den deckenhohen Buntglasfenstern waren zugezogen. Finn war neugierig. Wieso war dieser Flügel so verwaist? Was war hier geschehen?

Am Ende des Korridors erblickte sie eine Doppeltür. Ehe sie es sich anders überlegen konnte, trat Finn hindurch und schloss sie hinter sich. Der Raum war ein eleganter Salon mit blau gefliestem Boden. Unter der achteckigen Decke waren dunkelblaue Stoffbahnen aufgespannt. Die meisten Möbel waren mit weißen Laken verhüllt wie versteinerte Gespenster, die sich weder bewegen noch sprechen konnten.

Unheimlich, dachte sie und schlang die Arme um sich.

An den Vorhängen hingen modrige Spinnennetze. Sie sah, dass von einem Tisch das weiße Laken halb heruntergerutscht war. Die freie Fläche war von einer Staubschicht bedeckt, die aussah wie Moos auf einem Teich. Finn strich darüber und staunte, dass sie zwar spüren, aber nicht sehen konnte, wie ihre Fingerspitzen Furchen durch den Staub zogen. Sie zeichnete ein Gewirr aus einander überschneidenden Linien und einen kleinen Stern in den Staub. Es sah aus, als versuchte ein Phantom, eine Botschaft zu schreiben. Finn, das Phantom. Sie lächelte. Das gefiel ihr.

Hinter ihr öffnete sich quietschend die Tür.

Finn zuckte zusammen und vergaß beinahe, dass sie unsichtbar war. In der Tür stand ein Junge. Er war groß und wirkte ein bisschen nervös. Außerdem kam er ihr eigenartig bekannt vor.

»Luka?«, rief er. »Bist du hier drinnen ohnmächtig geworden?«

Er blieb an der Tür stehen, als fürchtete er sich vor irgendetwas in diesem Raum, und wischte sich mit dem Handrücken über die glänzenden Augen. Dann holte er tief Luft und ließ sie langsam wieder entweichen. Als sich seine Schultern entspannten, trat er zögerlich ein.

Mittlerweile war es weit nach Mitternacht. Was tat er hier drinnen? Mit seiner nachdenklich gerunzelten Stirn kam er ihr wie ein Mensch vor, der sich jeden Schritt zweimal überlegte. Er war schmal gebaut und wirkte zart, fast zerbrechlich. Seine großen goldenen Augen fand Finn attraktiv, seine offenkundige Schwäche geradezu bezaubernd. Er erinnerte sie an einen tapsigen Welpen. Nicht gerade *guapo*, aber süß.

Er ließ den Blick durchs Zimmer schweifen, dann näherte er sich dem Tisch, neben dem Finn stand. Er bückte sich und sah unter die Tischplatte, als wäre er es gewöhnt, dass jemand darunter schlief. Sein Schatten bewegte sich suchend um ihn herum. Bei seinem Anblick entfuhr Finn fast ein Schnauben. Was mochte wohl das *Propio* dieses verwöhnten Palastjungen sein? Die Fähigkeit, schöne Blumengebinde herzustellen?

Als der Junge noch näher an sie herantrat, hielt Finn die Luft an. Ohne es zu wissen, war er nur noch ein oder zwei Schritte von ihr entfernt.

Er trommelte mit den Fingern auf den Tisch, dann hielt er inne und kniff die Augen zusammen. Finn folgte seinem Blick. Er starrte die Linien an, die sie in den Staub gezeichnet hatte. Finn trat einen Schritt zurück, dabei streifte sie mit der Hüfte die Tischkante, sodass die Pesos in ihrer Tasche klimperten.

Sein Blick fuhr hoch, und sein Schatten verharrte misstrauisch, wie ein Hund, der unvertraute Schritte gehört hatte. Finn blieb reglos stehen und versuchte, ihren hämmernden Herzschlag zu beruhigen. Sie machte sich klar, dass er sie nicht sehen konnte. Sicher würde er gleich zu dem Schluss kommen, dass er sich das Geräusch nur eingebildet hatte, und weitergehen. Ihr würde nichts passieren.

Er streckte die Hand aus und berührte mit den Fingerspitzen fast ihre Nase. Dann ließ er sie sinken und seufzte ungeduldig. Offensichtlich machte er sich Vorwürfe, weil er gedacht hatte, jemand sei im Raum.

Das war knapp gewesen.

Doch dann sah er wieder auf die Tischplatte hinunter und wurde erneut misstrauisch. Er hob den Blick und starrte durch sie hindurch. Dabei verengte er die Augen zu Schlitzen, als würde ihm das irgendwie weiterhelfen. Sie musste ein Lachen unterdrücken und hätte ihm gern gesagt, dass er bestimmt Nasenbluten bekommen würde, wenn er so weitermachte. Plötzlich wurden seine goldenen Augen groß. Seine Hand schnellte wie eine Kobra vor und packte sie am Arm.

»Was zum Henker machst du hier?«

Kapitel 12

Der Prinz, die Diebin und der Betrunkene

»Verfolgst du mich?«, fragte Alfie, während sich der aus irgendeinem Grund unsichtbare Arm in seinem Griff wand.

Er sah die Magie, die durch sie hindurchfloss. Es war dasselbe sich ständig verändernde Weinrot, das er bereits beim Cambió beobachtet hatte. »Wer bist du?«, verlangte er zu wissen. »Ich kann dich sehen, also antworte mir!«

Statt einer Antwort erhielt er einen Kinnhaken. Sie befreite sich aus seinem Griff. Alfie sprang vor und schlang ihr die Arme um die Hüften, sodass ihr Rücken gegen seine Brust gepresst war. Sie bäumte sich in seiner Umklammerung auf.

»Du hast mich gehört! Wer bist du? Beende den Unsichtbarkeitszauber.«

Das Mädchen stieß ihm einen Ellbogen ins Gesicht. Er taumelte nach hinten und hielt sich mit einer Hand die schmerzende Nase. Als sich seine Sicht wieder klärte, sah er, wie die vertraute rote Silhouette zur Tür rannte.

Alfie ließ sie nicht aus den Augen. *»Paralizar!«*

Sie erstarrte. Die Magie vibrierte zornig in ihr, als wäre sie ein Bienenstock, gegen den jemand getreten hatte. Ihr Schatten wogte derweil um sie herum und schnappte wie ein in die Enge getriebener Hund nach Alfie. Da der Lähmungszauber nicht lange halten würde, musste er schnell handeln.

Er packte sie erneut am Arm. Als er die andere Hand hob, streifte er ihr unabsichtlich eine Kapuze vom Kopf, und plötzlich tauchte sie vor ihm auf. Sie stand vorgebeugt da und hatte eine Hand nach dem Türgriff ausgestreckt. Er erkannte sie sofort – die dunklen Augen, die schulterlangen gelockten Haare und die wütend verzogenen Lippen. Sein *Propio* hatte sich nicht getäuscht. Es war wirklich das Mädchen mit der Drachenmaske und der oszillierenden roten Magie.

Alfie fuhr ihr mit der Hand am Arm entlang und fühlte den Stoff des unsichtbaren Gewandes, das sie trug. Als seine Finger über eine Vielzahl federleichter Schuppen strich, schnappte er nach Luft. Sein Vater hatte Alfie dieses Kleidungsstück nur ein paarmal berühren lassen, doch seine Oberfläche war unverwechselbar. Tarnumhänge waren so selten, dass keine gewöhnliche Diebin einen besitzen konnte. Es musste also der aus der Schatzkammer sein. Sie hatte den kostbarsten Gegenstand im Palast, vielleicht sogar im gesamten Königreich gestohlen.

Wie hatte sie das gemacht? Hatte sie ihr Gesicht wie das eines Wächters aussehen lassen und war einfach hineingegangen?

Er dachte an das Tagebuch mit den Gesichtern, das sie verloren hatte, und verstand plötzlich, wieso er eines von ihnen auf einem Fahndungsplakat gesehen hatte. Die Zeichnungen in diesem Buch zeigten die Gesichter, die sie bei ihren Verbrechen getragen hatte.

Alfie sah sie durchdringend an. »Ich löse jetzt deine Erstarrung, und du wirst nicht davonlaufen. Wenn du es versuchst, werde ich dich erneut erstarren lassen und in den Kerker werfen, *entiendes?*«

Sie konnte nicht antworten, aber Alfie sah, dass die Magie langsam und ruhig in ihr pulsierte.

Alfie beendete den Zauber, und der ausgestreckte Arm des Mädchens fiel herab.

Sie schwieg eine ganze Weile und schien darüber nachzudenken, was sie sagen sollte. Dann zuckte sie die Achseln, als gäbe sie die Suche nach einer schlagfertigen Antwort auf. »Ich bin hier, um den Umhang zu stehlen«, sagte sie schließlich. Offenbar war ihm anzusehen, wie sehr ihn ihre Aufrichtigkeit verwirrte, denn sie kehrte zurück und setzte sich mit verschränkten Armen auf die Tischkante. »Ganz ehrlich: Ich bin müde. Es war eine verdammt anstrengende Woche, und ich bin in einem *maldito* Schwein hier hereingekommen. Ich habe nicht mehr genug Kraft für Lügen.«

Alfie fragte sich, ob »in einem Schwein hereingekommen« eine Redewendung war, die er nicht kannte.

»Du weißt, was das für ein Umhang ist, oder? Tarnumhänge sind extrem selten, aber der hier ist nicht irgendein Tarnumhang. Er …«

»*Sí*, ich weiß.« Mit einem vorwurfsvollen Blick brachte sie ihn zum Schweigen. »Der Umhang, der von einem König an den anderen weitergereicht wird. Der Umhang, der eine Rebellion ausgelöst hat. Der Umhang, der uns die Freiheit gebracht hat. Nicht jeder von uns muss an einem polierten Schreibtisch sitzen, um derartige Dinge zu lernen.«

»Du möchtest ihn trotzdem stehlen? Ist es dir nicht wichtig, was er für das Volk bedeutet?«

»Nein«, entgegnete sie, ohne zu zögern.

Alfie betrachtete sie neugierig. Gegen seinen Willen fand er es erfrischend, wie wenig sie sich um sein Familienvermächtnis scherte, die Bürde der Geschichte, wie seine Eltern es nannten.

Daran konnten nicht einmal die Schmerzen in seinem Unterkiefer etwas ändern.

»Ich brauche ihn, um etwas zu erledigen«, sagte sie. Sie hob einen Arm und betrachtete den Umhang nachdenklich. »Und in meinem Beruf kann er mir generell sehr nützlich sein.«

»Und was genau ist dein Beruf?«

Sie deutete auf sich, als trüge sie ein Schild um den Hals. »Was glaubst du denn?«

»Identitätsdiebstahl, nehme ich an.«

Das Mädchen hob die Brauen. »Unter anderem … woher weißt du das?«

Alfie sah sie gereizt an. »Erkennst du mich denn nicht?«

Ungerührt erwiderte sie seinen Blick. »Nein.«

»Du hast deine Faust in Stein gehüllt und mir damit ins Gesicht geschlagen.«

Sie zuckte die Achseln. »Die Steinfaust ist so etwas wie mein Markenzeichen.«

»Es war vor zwei Tagen.« Als sie ihn weiter verständnislos ansah, knirschte Alfie mit den Zähnen. Sie musste doch wenigstens seine Stimme wiedererkennen. Er konnte doch nicht *so* leicht zu vergessen sein.

Sie musterte ihn eine Weile. »Du musst mich mit jemand anderem verwechseln.«

»Das tue ich nicht«, erwiderte er. »Ich kann dich gar nicht verwechseln.«

Sie schnaubte. »Hast du so viel Vertrauen in deine Sehschärfe?«

»Ja«, erwiderte er ernst. »Ich kann Magie sehen, und deine kenne ich. Du warst diejenige, die in Rayans Haus die Drachenfrau verkörpert hat. Wir haben nach dem Cambió miteinander gekämpft.«

Einen Moment lang sah sie ihn verblüfft an, dann verzog sie verärgert das Gesicht. »Wenn du mich nicht auf welche Weise auch immer betäubt hättest, wäre ich gar nicht hier! Du verwöhntes Söhnchen einer …«

»Wenn du den Umhang behalten möchtest, solltest du lieber leiser sprechen«, sagte Alfie, obwohl er sehr wohl wusste, dass sie sich zu tief im gesperrten Flügel befanden, um von irgendwem im Palast gehört zu werden.

Sie trat blitzschnell auf ihn zu und hielt ihm einen Dolch unter das Kinn. »Wie hast du das gemacht? Wie hast du in dieser Gasse meine Trumpfkarte verzaubert?« Dann sah sie ihn ungläubig an, und ihr Schatten hörte auf, sich zu bewegen. »Moment mal, du lässt mich den Umhang behalten?«

Alfie wich der Frage nach seinem *Propio* aus und hob trotzig das Kinn über der Messerspitze. »Ich werde dir den Umhang leihen …«

»Ich bin sicher, das ist das Klügste, was du heute den ganzen Tag gesagt hast.« Sie ließ den Dolch ein wenig sinken. »Und woher nimmst du die Autorität, ihn mir zu schenken?«

»Zu leihen«, korrigierte er sie, während sein Schatten genervt nach ihr schnappte. »Er gehört mir«, log er. Wenn seine Eltern davon erfuhren, würden sie ihm das Fell über die Ohren ziehen.

Sie schnaubte. »Na klar gehört er dir.« Dann musterte sie sein Gesicht. »Warte mal, bist du etwa der Prinz?«

Alfie widerstand der Versuchung, sich die Handballen auf die Augen zu pressen. »Ja.«

»Ich habe einen Prinzen ins Gesicht geschlagen.« Sie klang belustigt. »Ich hätte nie gedacht, das einmal von mir sagen zu können.«

»Ich werde dir den Umhang unter einer Bedingung leihen«, fuhr Alfie mit gepresster Stimme fort.

Sie massierte sich mit der freien Hand die Schläfen. Offenbar war sie zu erschöpft, um sich darüber freuen zu können, wie leicht er es ihr machte. »Allmählich habe ich die Nase voll von irgendwelchen Bedingungen, Prinz. Solltest du dich jungen Damen gegenüber nicht verständnisvoll und hilfsbereit verhalten? Ist das nicht die Hauptaufgabe eines Prinzen?«

»Du hast mich mit einer Steinfaust ins Gesicht geschlagen.«

»Ich wiederhole: verständnisvoll und hilfsbereit.«

»Darf ich dir jetzt meine Bedingung nennen?«

Resigniert hob sie die Hände und vollführte eine übertriebene Verbeugung. »Na schön, worum geht es? Was hättest du gern, Prinz? Wie kann ich dir zu Diensten sein?«

Noch nie zuvor hatte er jemanden das Wort *Prinz* in einem so beleidigenden Ton sagen hören. Zumindest nicht zu ihm persönlich. »Du hast die Fähigkeit, dein Gesicht und deinen kompletten Körper zu verändern, richtig?«

»Richtig.«

»Kannst du das auch mit anderen machen?«, fragte er.

Sie sah ihn verwirrt an. *»Sí …«*

»Dann hätte ich gerne, dass du das ab und zu für mich tust.«

»Ich soll dich verändern?«

»Ja«, erwiderte Alfie. Da die Bücher, die er vom Cambió mitgebracht hatte, keine nützlichen Informationen enthielten, würde er sich wie versprochen auf seine Rolle als zukünftiger König konzentrieren. Doch hin und wieder würde er die Bürde seines Vermächtnisses ablegen, um wenigstens einen Moment lang frei zu sein. Vielleicht war das ja genug.

»Du scheinst ja wirklich aus einem Märchen zu stammen. Ich nehme an, du willst dich als gewöhnlicher Bürger ausgeben und irgendwelchen Schwachsinn lernen, wie zum Beispiel, dass es wahren Reichtum nur in Liebe und Freundschaft gibt …«

»Ich habe dich nicht um deinen Kommentar gebeten, Diebin«, versuchte er, genauso schlagfertig zu sein. Doch sie quittierte seine Bemühungen nur mit einem schiefen Grinsen, das er ihr gern aus dem Gesicht gewischt hätte. Allerdings interessierte ihn ihre Unterstützung mehr als sein verletzter Stolz. »Wenn du mir deine Hilfe versprichst, kannst du dir den Umhang ausleihen und damit machen, was immer du willst. Anschließend gibst du ihn mir wieder zurück.«

Sie verschränkte die Arme, offenbar nicht gewillt, widerstandslos auf seine Forderung einzugehen. Er bezweifelte, dass sie irgendetwas tat, ohne darüber zu streiten.

»Und wenn ich jetzt einfach mit dem Umhang abhaue?«

»Dann werde ich dich überwältigen und ihn dir abnehmen.«

Da sie dieses Argument nicht zu überzeugen schien, hob er herausfordernd eine Augenbraue.

Als sie sich in den Nasenrücken zwickte, hob Alfie langsam die Hand, damit sie nicht erneut den Dolch zückte. »Haben wir eine Abmachung?«

Sie sah erst auf seine Hand und dann in sein Gesicht. »Abgemacht.« Ihre Lippen verzogen sich zu einem Grinsen, das nur aus Zähnen zu bestehen schien und keinen Hauch Freundlichkeit enthielt. Es besagte ganz eindeutig, dass sie ihn für einen Idioten hielt und nicht vorhatte, ihm den Umhang zurückzubringen.

Alfie freute sich darauf, sie genauso unvorbereitet zu erwischen, wie er es mit ihrer Trumpfkarte getan hatte. Er hatte ihr Tagebuch, und das war alles, was er brauchte, um sie aufzuspüren.

Sie besiegelten die Abmachung mit einem Handschlag. In ihren kleinen Fingern steckte mehr Kraft, als er erwartet hatte.

Er sah zu, wie ihr Schatten aufgeregt hin und her zuckte. Als er sich Alfie zu sehr näherte, wich sein eigener Schatten empört bis zu seinen Füßen zurück.

Alfie fragte sich, ob sie sich auch je Sorgen darüber machte, was ihr Schatten über sie verriet, oder ob sie so sehr mit sich im Reinen war, dass sie ihre Gefühle nicht verbergen musste. Er musterte ihr verschmitztes Grinsen und ihre großspurige Körperhaltung.

Wahrscheinlich Letzteres.

»Wie heißt du?«, fragte er. Da dies die mit Abstand merkwürdigste Unterhaltung war, die er je geführt hatte, beschloss er, sie so zu beenden, wie man normalerweise ein Gespräch begann.

»Finn Voy«, entgegnete sie. Der Name klang so kurz und spitz wie der Dolch, den sie ihm unters Kinn gehalten hatte.

Alfie runzelte die Stirn. Ihr Nachname Voy war genau das Wort, das er benutzte, um sich mit seiner Magie durch die Welt zu bewegen. Was für ein merkwürdiger Zufall.

Fragend sah sie ihn an. »Und du?«

Alfie legte den Kopf schief. Sie kannte seinen Namen nicht. Irgendwie gefiel ihm das.

»Alfehr Reyes«, antwortete er.

Hinter ihm flog die Tür auf, und Luka wankte unsicher herein.

»Alfie«, sagte er leise. Natürlich fand er ihn genau jetzt, zu diesem ungünstigen Zeitpunkt.

»Der Badewannenjunge«, murmelte Finn.

Alfie stellte sich vor sie, damit Luka sie nicht sah. So betrunken, wie er wirkte, würde er morgen früh beim Aufwachen vermutlich glauben, dass er sie sich nur eingebildet hatte. »Luka, du solltest im Bett sein. Ich habe überall nach dir gesucht.«

»Ich war in deinem Zimmer. Ich habe Wein und Sangria und dein Elixier getrunken. Dann habe ich nach dir gesucht, und ich … ich fühle mich nicht gut.« Seine Stimme klang bei Weitem nicht so fröhlich wie sonst. Alfie spürte, wie sich die Diebin hinter ihm versteifte.

Mit beiden Händen rieb sich Luka über das aschgraue Gesicht. »Irgendetwas stimmt nicht.«

Er wirkte wie ein krankes Kind, das nach seiner Mamá suchte. Alfie trat auf ihn zu und legte ihm eine Hand auf die Stirn.

»Du glühst ja.« Da Luka ein Flammenwerfer war, fühlte sich seine Haut generell wärmer an als die anderer Menschen, aber diese Temperatur war auch für ihn zu hoch. Alfie blickte sich nach dem Mädchen um, doch sie war verschwunden. Als er mithilfe seines *Propios* ihren roten Umriss entdeckte, drehte er sich wieder nach vorn und sah gerade noch, wie Luka die Augen verdrehte und umkippte. Aus seiner Nase und den Augenwinkeln rann Blut.

Alfie rief laut Lukas Namen und fing ihn auf. Dann ließ er seinen Cousin langsam zu Boden sinken und kniete sich neben ihn. »*Qué fue?* Sag mir, was passiert ist!«

Luka presste die Zähne zusammen. Er zuckte so heftig, dass Alfie ihn mit ganzer Kraft festhalten musste. Dann wurde er mit einem Mal reglos. Nur sein Brustkorb hob und senkte sich rasant.

Als er langsam die Augen öffnete, glaubte Alfie, dass alles wieder in Ordnung kommen würde.

»Alfie«, lallte Luka mit glasigem Blick. Als er lächelte, sah Alfie das Blut auf seinen Zähnen. »Es tut mir leid … dass ich dich angeschrien habe. Ich wollte helfen.«

Alfie gefiel nicht, wie Luka das sagte. Dass er die Wörter so sorgfältig aneinanderreihte, als wären es seine letzten.

»Sei still, Luka! Du gehst nirgendwohin. Ich bin noch nicht mit dir fertig. Ganz ruhig.« Er legte Luka die Hände auf die

Brust und wiederholte immer wieder die gleiche Heilmagie. Doch Lukas Körper nahm sie nicht an. Die Kanäle, die Magie durch ihn hindurchleiteten, versiegten und leerten sich. Alfies Magie verlief im Sande.

»Wann wäre ich je still gewesen?«, erwiderte Luka leise, und Alfie dachte einen Moment lang, seine Magie würde funktionieren. Denn er würde doch sicher keine Witze machen, wenn es ihm nicht besser ginge. Doch dann schwieg Luka. Unter Alfies Händen verlor sein Herz den Kampf gegen den Tod, und das im selben Raum, wo er bereits Dez verloren hatte … wo ihm alles abhandengekommen war.

»Luka«, flüsterte Alfie. »Was kann ich tun? Sag mir, was ich tun soll.«

Lukas Atmung wurde immer langsamer. Voller Verzweiflung blickte Alfie über die Schulter. Er wusste, dass das Mädchen nicht gegangen war. »Hast du das getan?«, schrie er, als er ihre rot umrandete Silhouette wiederfand. »Hast du ihm etwas angetan, um an den Umhang zu kommen?«

Sie streifte die Kapuze des Umhangs zurück und hob den Fuß, um einen Schritt auf die beiden zuzumachen, doch dann überlegte sie es sich anders. »Ich habe nicht … Ich habe niemandem irgendetwas angetan. Nicht so etwas.«

Alfie beobachtete die Magie in ihr. Magie war wie der Herzschlag: Wenn ein Mensch die Unwahrheit sagte, bewegte sie sich unregelmäßig. Bei ihr war das nicht der Fall, also steckte sie nicht dahinter, und er hatte nicht gerade eine Abmachung mit der Person getroffen, die Luka dies angetan hatte.

»Hilf mir.« Er hörte, wie seine Stimme brach. »Por favor.«

Einen Moment lang stand sie wie erstarrt da. Dann kam sie rasch herüber und kniete sich neben Luka.

»Ich … ich kann nicht helfen. Ich kenne mich mit Schreibtischmagie nicht gut aus. Jemand hat mir beigebracht, wie ich die Karte für das Cambió verzaubern kann. Etwas anderes beherrsche ich nicht.« Der Ausdruck in ihren Augen gefiel Alfie nicht.

Luka starb, und er konnte nichts dagegen tun.

Einen Moment lang war Alfie wie betäubt. Doch dann fühlte er brennenden Zorn in sich aufsteigen. *Nein.* Dieser Raum würde ihm nicht noch ein Familienmitglied entreißen.

Seine Augen zuckten hin und her, auf der Suche nach irgendetwas, das ihm helfen konnte, aber hier gab es nichts außer schrecklichen Erinnerungen. Er dachte darüber nach, aufzuspringen und Hilfe zu holen, aber die Vorstellung, Luka allein zu lassen und bei seiner Rückkehr eine Leiche vorzufinden, ließ ihn den Plan aufgeben.

Da hörte er Palomas Stimme und hielt sich daran fest. *Wenn du wirklich mächtige Magie wirken willst, musst du damit aufhören, sie herbeizurufen, und dich ihr auf ihrer eigenen Ebene annähern.*

Wenn er Luka nicht mit einfachen Heilzaubersprüchen helfen konnte, dann musste er sich um komplexere Magie bemühen. Nur wenn er sich konzentrierte, würde er einen Zustand erreichen, in dem er und die Magie miteinander verschmelzen würden. Wenn man die Magie mit einem Teich verglich, dann watete er im Moment durch das flache Wasser am Uferrand. Die mächtigste Magie fand man jedoch an der tiefsten Stelle.

Erneut begann Luka zu zittern, und schon bald zuckte sein Körper heftig. In seinen Mundwinkeln sammelte sich rosafarbener Schaum.

Alfie sah die Diebin an. »Halte bitte seinen Kopf in deinem Schoß fest. Ich möchte nicht, dass er sich mit seinen ruckartigen Bewegungen verletzt, und ich muss mich konzentrieren.«

Nach kurzem Zögern rutschte sie hinter Luka und zog seinen Kopf und die Schultern auf ihren Schoß. Derweil legte Alfie ihm die Hände auf die Brust und tat, was laut Paloma vor einem komplizierten Zauber nötig war: Er ignorierte seine Sorgen und Ängste und ließ sich in die Magie hinabsinken, bis sie und er ein und dasselbe waren. Alfie beruhigte seinen Atem, schloss die Augen und leerte seinen Geist.

Die Geräusche um ihn herum – Finns Gezappel und Lukas Wimmern – blendete er aus. Er fühlte weder seine Hände auf Lukas Brust noch die Fliesen unter seinen Knien.

Als er die Augen aufschlug, war der Blaue Raum verschwunden. Genau wie Luka und Finn. Auf allen Seiten sah er farbige Magieströme sowie die durchsichtig glänzende Magie, die unabhängig von den Menschen durch die Luft wirbelte und darauf wartete, in einen Körper gezogen und von ihm gefärbt zu werden. Bruxos, die gelehrt genug waren, um in diese Dimension zu gelangen, konnten hier die Farbe der Magie ebenfalls sehen, aber Alfie war der Einzige, der sie auch jenseits dieser Ebene wahrnahm. Er hatte immer gehört, dass Dueños und Philosophen jahrelang studieren und meditieren mussten, bevor sie es bis hierher schafften. Alfie befand sich im allgegenwärtigen Nexus, aus dem alle ihre Magie bezogen. Nachdem ein Bruxo die von ihm gefärbte Magie verwendet hatte, entließ er sie wieder in den Äther, wo sie erneut farblos wurde und darauf wartete, dass ein anderer Mensch sie benötigte.

»*Por favor*«, hörte Alfie sich selbst sagen. »Bitte hilf mir, ihn zu retten.«

Doch je mehr er die Magie anbettelte und sie mit seinen zitternden Händen zu fassen versuchte, desto mehr wich sie seiner Berührung aus.

Alfie wusste, was das bedeutete.

Wenn sich die Magie nicht von dir berühren lassen will, stimmen deine Absichten nicht, hörte er Palomas Worte. *Dann musst du es sein lassen.*

Doch ohne eine Magie, die Luka helfen würde, konnte er diesen Ort nicht verlassen. Entgegen allen Lektionen, die er je gelernt hatte, konzentrierte Alfie sich noch mehr und zwängte sich tiefer in die Magie hinein. Er bewegte sich durch sie hindurch und griff nach freien Strömen, die ihm wie Aale durch die Finger glitten. Er schwamm gegen den Strom der Magie. Alfie war zwar beigebracht worden, sie zu respektieren, aber das war ihm egal. Er konnte nicht respektieren, was Luka nicht retten würde.

Nachdem er eine Weile den Strömungen der Magie hinterhergejagt war, fand Alfie sich vor einer Wand wieder, einer Art Barriere. Sie sah aus wie eine Ziegelmauer, bei der jeder Stein eine andere Farbe hatte.

Ziegel aus Magie.

Was immer sich hinter dieser Mauer befand, er wusste, dass es ihm helfen konnte.

Alfie schlug mit den Fäusten gegen die Barriere. »Lass mich hinein!«, rief er schwach. *»Abrir!«*

Nichts passierte. Die Mauer rührte sich nicht.

Alfie presste mit Tränen in den Augen die Stirn gegen die Steine. »Bitte«, flehte er. »Ich brauche Hilfe. Ich werde alles dafür tun. *Bitte.*«

Er bemerkte einen Lichtschimmer. Als er genauer hinsah, entdeckte er ein von weißem Licht umrandetes Schlüsselloch in der Mitte der Wand. Es befand sich auf Höhe seiner Brust und war so groß wie seine Hand. Irgendetwas Mächtiges war hinter dieser Mauer verborgen. Daran hatte er keinen Zweifel. Vielleicht war dies eine Prüfung. Vielleicht musste er sich der starken Magie, die hinter diesen Ziegeln wartete, würdig erweisen.

Alfie beugte sich vor und fuhr mit einem Finger am Rand des magischen Schlüsselloches entlang.

Plötzlich hatte er eine Idee.

Da die Wand aus Magie bestand, ließ sie sich vermutlich nur mit einem magischen Schlüssel öffnen.

Wenn man in dieser Dimension aus Magie eine massive Wand herstellen konnte, dann ja vielleicht auch einen Schlüssel. Etwas anderes fiel Alfie nicht ein. Er hätte auch gar keine Zeit, das riesige magische Netzwerk nach einem Schlüssel zu durchsuchen, selbst wenn er existierte. Stattdessen musste er seine Magie in das Schlüsselloch pressen und so formen, dass sie zum Schloss passte. Doch das sagte sich so leicht.

Palomas Stimme hallte in seinen Gedanken wider. *Die besten Bruxos sind so eng mit ihrer Magie verflochten, dass es den Anschein hat, ihre Magie besäße eigene Nervenbahnen. Und sie scheinen mit ihrer Magie die Welt um sie herum wahrnehmen zu können. Die Magie wird zu einer Verlängerung ihrer selbst, Fleisch von ihrem Fleisch.*

Trotz seiner vielen Übungsstunden hatte Alfie diese enge Verbindung nur wenige Male gespürt. Er hatte einen Zauberspruch aufgesagt und die durch die Luft strömende Magie für einen kurzen Moment als Erweiterung seiner Haut empfunden. Doch das war nur sehr selten vorgekommen. Nun würde er alles mit seiner Magie erspüren müssen. Er würde jede Kontur des Schlosses ertasten und seine Magie entsprechend umgestalten müssen, bevor er den Schlüssel drehte.

Seine Hände zitterten, während er einen Strom blauer Magie in das Schlüsselloch fließen ließ. Er beugte sich vor und versuchte hineinzuspähen, in der Hoffnung, die Form der Verriegelung zu erkennen. Aber er war zu nervös, um überhaupt etwas zu empfinden. Also ließ er die Magie versiegen und ging mit schwitzenden Händen vor dem Schlüsselloch auf und ab.

»Konzentriere dich«, sagte er zu sich selbst. Magie konnte nur mit ruhiger und verlässlicher Hand geführt werden. Er unternahm noch zwei weitere Anläufe, wobei er das Auge fest an das Schlüsselloch presste und versuchte, seinen inneren Mechanismus nachzuvollziehen. Doch es half nichts. Seine Magie bewegte sich blind im Schloss herum. Er war nicht mit ihr verbunden. Alfie konnte die Einkerbungen des Mechanismus nicht erspüren. Das Einzige, was er fühlte, war sein wild pochendes Herz. Er ließ seine Magie los.

Dann presste er die Stirn ein weiteres Mal an die Wand und legte die gekrümmten Finger seiner Hand an die Steine. Schweiß rann ihm über die Stirn. Er wischte ihn mit dem Handrücken ab.

»Ich kann das schaffen«, sagte er. »Ich werde es tun. Für Luka.«

Alfie beugte sich vor, um erneut in das Schlüsselloch hineinzulugen, doch dann trat er einen Schritt zurück. Genau das war das Problem. Er versuchte immer noch, etwas zu sehen, anstatt seine Sinne der Magie zu überlassen.

Alfie entfernte sich ein ganzes Stück vom Schloss und der Mauer. Dann machte er die Augen zu und ließ ein weiteres Mal die Magie in seiner Hand zusammenfließen. Er konzentrierte sich und fühlte sie in seinen Fingern erblühen wie eine Blume, die sich dem Sonnenlicht entgegenreckte. Er verlangsamte seine Atmung, bis er spürte, wie sich seine Magie in ihrem Rhythmus ausdehnte und wieder zusammenzog.

Einen Augenblick lang glaubte Alfie, er hätte die Augen geöffnet und es wieder nicht geschafft, sich von seinen Sinnen freizumachen, doch dann erkannte er, dass das nicht stimmte: Er sah die Umgebung aus der Perspektive der Magie, die von seiner Hand zur Wand strömte. Er hatte es tatsächlich vollbracht! Als seine Magie in das Schlüsselloch hineinfuhr, konnte Alfie sämtliche Vertiefungen und Ausbuchtungen des Schlosses erkennen. Er war so begeistert, dass es ihm endlich gelungen war, sich mit seiner Magie zu verbinden, dass er die Konzentration verlor. Und so begann seine Sicht ins Schlüsselloch plötzlich zu verschwimmen. Doch gleich darauf fasste er sich wieder und passte seine Magie Stück für Stück an die Form des Schlosses an. Während ihm der Schweiß von den Schläfen tropfte, drehte Alfie die Hand nach rechts, und seine Magie folgte der Bewegung. Er fühlte, wie die Riegel sich bewegten.

Als er die Augen wieder aufschlug, sah er, wie sich die farbigen Steine rumpelnd auseinanderbewegten, und an der Stelle, wo zuvor das Schloss gewesen war, ein Durchgang aus schimmernder Energie entstand.

Alfie rannte, ohne zu zögern, durch den magischen Lichtschleier in die dahinterliegende finstere Kammer.

Das gewohnte Flickwerk aus farbiger und freier Magie war verschwunden. An ihrer Stelle enthielt dieser Raum eine Finsternis, wie er sie noch nie zuvor gesehen hatte.

Wo er ging, gab es weder einen Boden noch Farben oder Geräusche – nur Schwärze. Während er sonst immer einen Funken Wärme spürte, wenn er mit Magie interagierte, fühlte er hier eine Kälte, die ihm bis tief in die Knochen drang, als wäre sein Mark durch Eis ersetzt worden. Während er tiefer in die Dunkelheit vordrang, breitete sich Gänsehaut auf seinen Armen aus. Und dann ertönte eine tiefe und sonore Stimme.

Was führt dich hierher, mi Hijo?

Die Worte klangen, als würden sie von vielen Stimmen gleichzeitig gesprochen, die eine aus der anderen erwuchsen, ein Mund in einem Mund in einem Mund. Rauchfäden kringelten sich vor dem Prinzen und schienen ihn zu taxieren. Sie wanden sich in einem engen Kreis umeinander, als hätten sie kaum Platz, um sich auszubreiten, obwohl Alfie in einer endlosen Dunkelheit stand. Er schluckte schwer. Er redete zwar in der Sprache der

Magie, aber sie hatte ihm noch nie geantwortet. Sie kommunizierte auf andere Weise mit ihm. Ihren Willen aus der Stille herauszuhören erforderte jahrelange Übung. Doch diese Magie besaß eine eigene Stimme. So etwas Eigenartiges hatte er noch nie erlebt.

Noch merkwürdiger war jedoch ihre Farbe – ein allumfassendes Tintenschwarz. Sein ganzes Leben hatte man Alfie erzählt, es gebe keine ausschließlich gute oder böse Magie, keine klare Trennlinie zwischen Schwarz und Weiß. Nur die Myriaden Schattierungen zwischen diesen beiden Extremen. Doch nun hatte er den Gegenbeweis vor sich. Diese Magie war schwärzer als eine Rabenfeder oder auf einer frischen Pergamentrolle verschüttete Tinte. Das war unmöglich und erschreckend, aber darum konnte er sich nicht kümmern, solange Luka im Sterben lag.

»Ich muss Luka retten. Ich brauche Hilfe. *Bitte.* Du bist die einzige Magie, die sich nicht von mir abgewandt hat. Bitte hilf mir.«

Wir könnten dir dabei helfen, antwortete sie. *Das wäre nicht schwer.*

Alfies Herz schlug ihm bis zum Hals. Die Stimme klang wie das Zischen unzähliger Schlangen, gleichzeitig hypnotisierend und beängstigend.

Aber zuerst musst du uns befreien.

»Ich verstehe nicht«, erwiderte Alfie.

Magie war von Haus aus frei. Sie durchdrang alles Lebendige und konnte nicht eingefangen werden. Dennoch spürte er, dass irgendwas diese schwarze Magie zurückhielt. Alfie holte tief Luft, um seinen Puls zu beruhigen. Dann konzentrierte er sich und aktivierte sein *Propio.* Der Anblick, der sich ihm dabei bot, ließ ihn zurücktaumeln. Vor ihm umschlossen zahlreiche verschiedenfarbige magische Ringe die Finsternis. Von Pastellblau über Gold und Magenta bis hin zu Silber. Wie viele Bruxos waren nötig gewesen, um mit magischen Bannringen die schwarze Magie einzudämmen, die in ihrer Mitte gefangen war?

Was war so schrecklich an dieser Magie, dass so viele Bruxos sie gebunden hatten? Alfie lief ein kalter Schauder über den Rücken. Schon allein die Idee, Magie einzusperren, war illegal und schändlich. Was war mit dem Respekt vor der Magie, den man ihm beigebracht hatte? Er war doch das Fundament der Welt. Der Magie Fesseln anzulegen widersprach der natürlichen Ordnung aller Dinge. Die Vorstellung bereitete ihm Übelkeit.

Wir haben hier auf den einen gewartet, der uns befreit. Und nun bist du da, mein Kind. Wenn du uns aus der Gefangenschaft holst, werden wir deinen Freund retten.

Alfie hörte zu und merkte, wie er nickte. Die Worte klangen wie silbernes Flüstern. Von dieser Stimme schien fast so etwas wie ein Geruch auszugehen, ein intensiver und berauschender Duft.

Kopfschüttelnd kehrte er in die Realität zurück. Irgendetwas stimmte nicht. Es konnte nicht sein. Magie verhandelte nicht und traf keine Abmachungen. Das alles ergab keinen Sinn. Ihm fielen wieder die Worte ein, die er in jenem albernen Buch gelesen hatte, bevor Paloma es ihm wegnahm: *Es gibt eine alte Magie. Sie besitzt eine Seele und kann den Menschen ihre Farbe und ihren Willen aufzwingen.*

War der Inhalt dieses Buches doch nicht nur reine Fantasie gewesen? Eindringlich hatte es vor genau dieser Art Magie gewarnt. Doch kümmerte es ihn wirklich, wie seltsam diese Magie war, wenn sie Luka helfen konnte? Was für ein Mensch wäre er, wenn er es für wichtiger hielte, die natürliche Ordnung zu erhalten, als seinen besten Freund zu retten? Er war bereit, auf der Suche nach Dez alle Regeln zu brechen. Für Luka sollte er genauso empfinden.

Während er das dachte, beendeten die Rauchringe ihre periodische Kreisbewegung. Es schien fast, als wären sie beleidigt.

Du zögerst?, fragte die Magie ungläubig. *Wenn du an unserer Hilfe nicht interessiert bist, dann …* Mit jedem Wort wurde die Stimme der Magie immer schwächer, und Alfie hatte das Gefühl, seine Chance entgleiten zu sehen.

»Nein, warte! Bitte. Ich werde dich befreien, aber …«

Vorsicht, Junge, wir sind es nicht gewohnt, uns Bedingungen aufzwingen zu lassen, und deine Zeit wird knapp.

Alfie hörte Lukas Herzschlag, als befände er sich in seiner eigenen Brust. Die Dunkelheit pulsierte in einem langsamen Rhythmus. Der zeitliche Abstand zwischen den einzelnen Schlägen war viel zu groß.

Nein. Luka starb nicht. Das würde Alfie nicht zulassen.

»Versprich mir nur, dass Luka gesund und als er selbst zurückkehren wird«, sagte er mit zittriger Stimme. »Mach ihn stark genug, dass er es überlebt. Das ist alles. Wenn du schwörst, ihn zu heilen und ihm nie etwas zu tun, werde ich dich befreien.«

Die Magie machte eine weitere Umdrehung und ließ wieder ihr freundliches Säuseln hören: *Wenn du uns befreist, wird dem Jungen nichts zustoßen. Das schwören wir. Wir werden ihn nicht anrühren. Wir werden ihm die nötige Kraft geben, damit er überlebt. Für ihn wird diese Erfahrung nicht mehr als ein bald vergessener Albtraum sein.*

Alfie zögerte erneut und blickte in die endlose unheilverkündende Dunkelheit. Was er vorhatte, war falsch. Er sollte es nicht tun.

Aus allen Richtungen dröhnte das Flüstern zigtausender Stimmen. *Befreie uns, befreie uns, befreie uns.*

Der Singsang war mit Lukas schleppendem Herzschlag unterlegt. Er musste es tun. Und er hatte keine Zeit zu verlieren. Doch diese schwarze Magie war von verschiedenfarbigen Ringen eingeschlossen. Sie war stärker als jede, die er bislang erlebt hatte. Etwas Altes, von dem er wusste, dass er es nicht berühren sollte.

Etwas, das Luka das Leben retten würde.

Alfie aktivierte sein *Propio* und begann, seine Magie an den ersten Ring anzupassen. Sobald er es geschafft hatte, stieß er seine eigene Magie in ihn hinein und tastete nach einer Naht, die er auftrennen konnte. So zerbarst ein Ring nach dem anderen wie Glas in seinen Händen. Die Scherben stachen ihm in die Haut, bis seine Handflächen blutverschmiert waren. Aber wieso blutete er? Dieser magische Ort befand sich nicht in der physischen Welt und war nur auf geistigem Weg zu erreichen. Das war doch nicht möglich.

Dann sah er sich einem Ring aus dunkelgrüner Magie gegenüber. Seine Farbe und die wohlüberlegten langsamen Bewegungen waren Alfie ebenso vertraut wie seine eigene Magie. Er erstarrte. Das war eindeutig Palomas Magie. Die Zaubersprüche von Fremden zu zerschlagen war das eine, etwas ganz anderes war es jedoch, wenn die Magie von einer Frau stammte, die er kannte und die ihn aufgezogen hatte. Es kam ihm wie Betrug vor. Er wusste nicht, ob er weitermachen konnte. Wenn Paloma dieses Wesen eingesperrt hatte, musste es sich um etwas unbeschreiblich Schreckliches handeln. Was würde passieren, wenn er es befreite?

BEFREIE UNS! BEFREIE UNS! BEFREIE UNS!

Das Kreischen riss Alfie aus seinen Gedanken. Er musste Luka retten. Er war sicher, dass Paloma es ihm vergeben würde. Wenn Lukas Leben in Gefahr war, spielte alles andere keine Rolle.

Um nicht sehen zu müssen, was er tat, schloss Alfie die Augen, bevor er Palomas Magie nahm und mit zitternden Händen zerbrach. Es fühlte sich schlimmer an als bei den anderen Ringen, als bräche er das Genick eines unschuldigen Tieres. Alfie schluckte schwer und zwang sich dazu, mit den nächsten Ringen weiterzumachen.

Zuletzt war nur noch ein einziger übrig. Er schimmerte wie Silber. So eine Magie hatte er noch nie gesehen. Er passte seine Magie an die Farbe an und ließ sie in den Ring hineinfließen. Er war sehr stark und schien ohne jede Naht geschaffen worden zu sein. Alfie hatte Angst, ihn nicht auflösen zu können. Doch ebenso sehr fürchtete er, dass es ihm gelang.

Dann fand er die Naht doch noch und begann, mit aller Kraft an ihr zu ziehen. Im ersten Moment gab sie nicht nach. Die Stärke dieser Magie schien unerschütterlich, und Alfie hatte das sichere Gefühl, dass es vorbei war. Doch allmählich lösten sich die Fäden an den Rändern auf und begannen zu bersten. Er zog noch fester. Die Magie versengte ihm die Finger und kämpfte gegen ihn an. Aber er hörte nicht auf und ignorierte die Schmerzen.

Schließlich zersplitterte die Magie unter seinen Händen und zerbrach in zahllose Stücke, die ihm durch die Finger rieselten wie feiner silberner Sand.

Als Alfie das Bewusstsein verlor und in die Dunkelheit stürzte, fiel ihm endlich das Wort ein, mit dem sich die schwarze Magie am besten beschreiben ließ.

Hungrig.

Kapitel 13

Freiheit

Gerade als der Junge, der sie befreit hatte, ohnmächtig wurde, erblühte die Magie in einer prächtigen Energieexplosion im Raum.

Außer sich vor Freude streckte sie ihre dunklen, rauchigen Tentakel in alle Richtungen aus. Sie hatte ganz vergessen, wie groß die wirkliche Welt war.

Die Magie sah auf den bewusstlosen Jungen hinunter. Ein einziges gefährdetes Leben hat genügt, um diesen Narren dazu zu bringen, dass er den Käfig öffnete, in dem sie jahrhundertelang eingesperrt gewesen war.

Ein unterdrückter Aufschrei lenkte ihre Aufmerksamkeit auf ein Mädchen, das mit angstverzerrtem Gesicht vor ihr auf dem Boden saß.

Keuchend wich es vor ihr zurück. Die befreite Magie sah amüsiert zu, wie es einen Dolch aus dem Gürtel zog und nach ihr warf. Als die Klinge geräuschlos ihre gewundene Gestalt durchdrang, erkannte das Mädchen, dass es nichts gegen sie ausrichten konnte, und riss entsetzt die Augen auf.

Hätte die Magie einen Mund gehabt, hätte er sich zu einem breiten Grinsen verzogen. Das war es, was sie brauchte, oder? Einen Mund. Einen Körper. Ohne den würde ihr Meister nicht zurückkehren können. Wie wäre es mit diesem Mädchen?

Die Magie umkreiste das zitternde Geschöpf wie ein Aasfresser eine Leiche. Wie eigenartig es war, wieder frei zu sein und sich dennoch immer noch eingesperrt zu fühlen, ohne ihren Meister. Ohne seine Befehle.

»Bleib weg von mir«, zischte das Mädchen sie an. »Lass mich in Ruhe!«

Die Magie zog immer engere Kreise um das Mädchen und strich in ihrer luftigen Form wie eine schwarz verbrannte Brise über seine Gestalt hinweg. Ihr fiel der zuckende Schatten des Mädchens auf. Ein Wirtskörper mit *Propio* wäre wunderbar.

Das Mädchen wimmerte gedämpft, als sie es berührte und in seine Seele blickte, um das Verhältnis zwischen Licht und Dunkel in ihm abzuschätzen. In dem Jungen, der sie befreit hatte, existierte eindeutig zu viel Licht. Doch dieses Mädchen trug eine tiefe, unbeugsame Dunkelheit in sich. Ein Körper, der in Finsternis wandelte, würde die Magie besser aufnehmen können als einer, der in Licht getaucht war. Vielleicht konnte ihr dieses Mädchen ja nützlich sein.

Doch dann zuckte die Magie zurück.

Das Mädchen barg zwar eine Dunkelheit in sich, die es fast vollständig zu verfinstern drohte, aber es reichte nicht.

Das Mädchen schnappte panisch nach Luft, verdrehte die Augen und wurde ebenfalls ohnmächtig. Die Magie verschwendete keine Zeit. Sie glitt durch eine Wand aus dem Zimmer hinaus und schwebte auf der Suche nach einem geeigneten Wirt durch den Korridor. Beim Anblick ihrer opulenten Umgebung wurde ihr schlagartig bewusst, dass sich das, was ihr Meister benötigte, innerhalb dieses Gebäudes befand.

Jetzt brauchte sie nur noch einen Körper, um es an sich zu bringen.

Die Magie raste durch die gewundenen Flure des Palastes.

Vor ihr kam eine Dienerin in Sicht. Als die Frau die schwarze Ranke aus Magie erblickte, die sich wie eine Schlange durch die Luft wand, erstarrte sie vor Schreck. Sie öffnete den Mund zu einem Schrei, doch die Magie ließ ihn nicht zu. Sie zwängte sich durch ihre Lippen und tief in ihren Körper, ohne auf das Kräfteverhältnis zwischen Licht und Dunkelheit in ihr zu achten. Da ihr Meister in Kürze erwachen würde, durfte sie nicht allzu wählerisch sein.

Sie bohrte sich in den Körper wie Zähne, die in einen saftigen Apfel bissen. Einen herrlichen Moment lang besaß die Magie Arme und Lippen, die es zu einem fiebrigen Grinsen verziehen konnte, sowie ein Paar Beine, das sie tief in den Palast tragen würde, damit sie sich holen konnte, was sie brauchte.

Doch dann begann der nutzlose Körper zu zittern. Dunkle Risse entstanden auf der Haut, die wie Sprünge in einer Glasscheibe aussahen. Einen Moment später explodierte der Körper in einer schwarzen Staubwolke und ließ die Magie, die zornig in der Luft wogte, erneut unbehaust zurück.

Sie brauchte einen Körper, denn sie musste ihren Meister wecken und vollständig wiederhergestellt werden. Also flog sie weiter durch die Flure, bis sie einen kleinen Jungen fand. Sie drang in ihn ein und floss wie brennender Schnaps seine Kehle hinunter. Einen weiteren kostbaren Augenblick lang war sie in Haut und Knochen gehüllt, doch auch dieser Körper zerfiel um sie herum zu Asche und ließ sie nackt im stillen Flur zurück. Die Magie bebte wütend. Der Gedanke, diesen Ort ohne das Eigentum ihres Meisters verlassen zu müssen, schmerzte sie, doch sie benötigte Kraft und einen Körper. Beides würde sie hier drinnen nicht finden.

Die Magie ergoss sich durch die Wände des Palastes wie Blut, das aus einer frischen Wunde spritzte, und war schon bald im

Freien, wo sich ein ganzes Königreich vor ihr ausbreitete. Die ersten zarten Sonnenstrahlen erhellten den Himmel.

Hier hatte sie die freie Auswahl zwischen unendlich vielen Körpern, in die sie sich hineinwinden konnte, wie Finger in einen Handschuh.

Sie würde finden, was sie benötigte. Danach würde sie zurückkehren und holen, was ihrem Meister gehörte.

Kapitel 14

Das Warum

Als Alfie auf dem Boden des Blauen Zimmers erwachte, fielen Sonnenstrahlen durch die Fenster herein und streichelten zart sein Gesicht. Es war ganz ruhig, als wäre das alles bloß ein Albtraum gewesen.

Doch Alfie wusste es besser. Abrupt setzte er sich auf und musste gegen ein Schwindelgefühl ankämpfen. Verkrusteter Schweiß bedeckte seine Stirn, das Reißen in seinen Knochen war kaum auszuhalten. Alfie blickte sich so konzentriert im Raum um, dass ihm bald der Kopf wehtat. Doch er entdeckte nichts.

Die dunkle Magie war verschwunden. Fürs Erste war er sicher.

Alfie rang nach Atem und drückte sich eine Hand auf die Brust. Er zog seinen schlaffen Schatten wie eine Schleppe hinter sich her. Er war ein bisschen heller als gewöhnlich – ein Zeichen, dass ihn die Befreiung dieses schrecklichen Dinges enorm viel Kraft gekostet hatte. Was hatte er bloß getan?

Ein laut gurgelndes Schnarchen erregte seine Aufmerksamkeit.

Hinter ihm lag Luka auf dem Boden, die Arme und Beine wie ein Seestern abgespreizt. Auf einer Wange hatte er einen getrockneten Speichelfleck, die Haare waren seitlich plattgedrückt.

Seine Brust hob und senkte sich, und auf dem Boden war kein Blut zu sehen, als wäre gar nichts passiert. Alfie spürte, wie ihm das Herz bis zum Hals schlug.

Luka war am Leben. Vor Erleichterung traten ihm Tränen in die Augen. Unwillkürlich nahm er Lukas Hand und drückte sie.

Ein Dolch zischte dicht an seinem Ohr vorbei. Er duckte sich und warf sich schützend auf Luka.

Vor ihm stand die Diebin und starrte ihn fuchsteufelswild an. »Was zum Henker hast du getan?«

Alfie blickte hinter sich, wo sich der Dolch in die Wand gebohrt hatte. »*Qué?*«

»Als du ihn geheilt hast.« Sie deutete zitternd auf Luka. »Was hast du da getan?«

Alfie hob kapitulierend die Hände und antwortete wahrheitsgemäß: »Ich habe keine Ahnung.«

Sie sah ihn mit großen Augen an, als könnte sie nicht fassen, wie dumm er war. »Dieses *Ding* hat mich umkreist, als wäre ich sein Abendessen, und du willst mir erzählen, dass du nicht einmal weißt, was es war?«

Alfie konnte nur wortlos ihren Blick erwidern. Er hatte ehrlich keinen blassen Schimmer, aber dass dieses Ding nie das Licht des Tages hätte erblicken dürfen, das wusste er. Das Schlimmste war jedoch, dass er – ganz egal, um was es sich handelte – keine Reue empfinden konnte, weil Luka lebendig und unversehrt vor ihm lag.

Die Diebin ließ ihn nicht aus den Augen. »Erklär es mir.«

Alfie schluckte. »Ich bin mir wirklich nicht sicher, was passiert ist.« Er wusste nicht mal, wo er anfangen sollte.

»Na ja, was immer du getan hast, es hat gewirkt.« Ihr Blick zuckte zu Luka. »Er scheint so gut wie neu zu sein. Wie hat er es bloß geschafft, von all dem Lärm nicht aufzuwachen?«

Alfie wischte sich mit einer Hand über die tränenfeuchten Augen. »Nach einer durchzechten Nacht schläft er immer wie ein Stein.« Er stupste Luka an, doch der drehte sich bloß murmelnd auf die Seite und schlief ungerührt weiter.

Luka war außer Gefahr. Aber damit waren die Probleme nicht ausgestanden. Was auch immer er da befreit hatte, er musste es wiederfinden, bevor es noch jemanden verletzte. Er war sicher, dass es das konnte und auch tun würde, wenn er es nicht unschädlich machte.

Die Diebin kam mit schnellen Schritten auf ihn zu. Einen Moment lang glaubte Alfie, sie wolle ihn angreifen. Doch stattdessen ging sie bloß um ihn herum und zog den Dolch aus der Wand.

»Warte mal, du warst bei Bewusstsein, als ich …« Er verstummte, da er nicht wusste, wie er in Worte fassen sollte, was er getan hatte. »Du weißt schon … was ist passiert?« Er sah, wie sie ein Stück weiterging und einen zweiten Dolch aus der Wand zog. »Hast du mit dem nach dem Ding geworfen?« Er musste alles wissen, wenn er sich an seine Verfolgung machen wollte.

Sie schob die Dolche in die Scheiden an ihrem Gürtel zurück. »Diese Information bekommst du nicht umsonst.«

Alfie sah sie misstrauisch an. »Wirklich?«

Sie zeigte auf ihr Gesicht. »Sehe ich aus, als würde ich Witze machen?«

Noch vor Kurzem hatte sie Lukas Kopf auf ihrem Schoß gehalten, während Alfie unter Tränen versucht hatte, ihm das Leben zu retten – daher war er davon ausgegangen, dass sie inzwischen nicht mehr bloß jemanden in ihm sah, den sie ausrauben konnte. Jetzt kam er sich schrecklich naiv vor. Er zog seinen Münzbeutel aus der Tasche und warf ihn fester als nötig zu ihr hinüber.

Sie steckte sie ein und schüttelte die Hand, mit der sie ihn gefangen hatte. »Kein schlechter Wurf. Und ich dachte, jemand wie du wirft sich nur selbst wütend auf den Boden.«

»Finn«, sagte er. »Erzähl es mir einfach. Bitte.«

»Also gut«, erwiderte sie. »Du hast die Hände auf seine Brust gelegt. Dabei bist du ganz starr geworden, zu starr für meinen Geschmack. Auch dein Schatten. Dann hat sich die Luft verändert. Ich konnte meinen Atem sehen. Ich wollte weglaufen, aber es war so beißend kalt, dass ich mich nicht bewegen konnte. Ich habe dich angeschrien, aber du hast mich nicht gehört und bist völlig regungslos geblieben. Dann wurde es so eisig, dass ich nicht mal mehr schreien konnte. Und deine Hände …« Sie verstummte und warf einen raschen Blick auf seine Handflächen. »Sie fingen an zu bluten, als ob sie aufgerissen wären.«

Alfie verschlug es den Atem. Ihm fiel wieder ein, wie schmerzhaft es für ihn gewesen war, einen Ring nach dem anderen zu zerbrechen.

»Dann floss das ganze Blut, das er verloren hatte …« Sie nickte zu Luka hinüber. »… wieder in ihn zurück, als wäre er ein Schwamm. Es schien nichts mit Heilmagie zu tun zu haben. Stattdessen war es, als hättest du die Zeit bis zu dem Moment zurückgedreht, bevor es ihm schlecht ging. Es ergab keinen Sinn.« Sie löste die verschränkten Arme und schlang sie stattdessen um sich. Ihr Schatten legte sich schützend um ihre Füße. »Und dann … Es ist schwer zu erklären.«

»Du machst das gut.« Alfie bedeutete ihr mit einem Nicken fortzufahren, obwohl er eigentlich gar nicht mehr hören wollte.

»Dann hat eine Art …« Sie wedelte mit den Händen, als versuchte sie, ein Bild für ihn zu malen. »… eine Art dunkles Knäuel über dir geschwebt.«

»Sah es aus wie dichter schwarzer Rauch?«, fragte Alfie.

Sie nickte heftig, als wäre sie erleichtert, dass sie womöglich doch nicht verrückt geworden war. Dank seines *Propios* war Alfie der Einzige, der die Magie außerhalb ihrer eigenen Dimension sehen konnte. Wieso hatte Finn sie dann auch wahrnehmen können? Das konnte doch nicht sein.

»Ja, wie Öl, das fliegen kann. Es kam ganz dicht an mich heran und bildete einen Kreis um mich, als wollte es mich unter die Lupe nehmen.« Sie zitterte bei der Erinnerung. »Dann ist es auf die Wand zugeflogen und verschwunden.«

Alfie hatte das Gefühl, einen Kloß im Hals stecken zu haben. »Ich habe mit ihr gesprochen«, flüsterte er. »Ich habe mit dieser dunklen Magie gesprochen. Sie war gefangen. Sie sagte, sie würde Luka retten, wenn ich sie befreie.«

Finn sah ihn erstaunt an. »Du hast mit diesem … Ding gesprochen?«

Alfie rieb sich mit beiden Handballen die Augen. »Ich sagte ihr, dass ich sie freilassen würde, wenn sie verspricht, Luka zu heilen und ihm nie etwas zuleide zu tun.« Er ließ die zitternden Hände in den Schoß fallen. »Sie hat zugestimmt. Also habe ich sie befreit.«

Alfie wandte den Blick von ihrem verdutzten Gesicht ab und dachte fieberhaft nach. Er musste jemandem Bescheid geben, der helfen konnte. Paloma? Seinen Eltern? Bei der bloßen Vorstellung drehte sich ihm der Magen um. Er hatte sie bereits einmal enttäuscht. Nun würde er sie nicht auch noch in die Verlegenheit bringen, hinter ihm aufräumen zu müssen. Er würde die Sache selbst wieder in Ordnung bringen. Irgendwie.

»Danke, dass du mir alles erzählt hast.« Er befand sich zwar im Blauen Raum, aber in Gedanken war er ganz woanders. Er musste das, was er da entfesselt hatte, finden und aufhalten, bevor es irgendwen verletzte. Aber mit welcher Magie sollte er es unschädlich machen? Magie war frei. Sie einzusperren war ein Ding der Unmöglichkeit, außer man war der Eigentümer dieser Magie. Bruxos schlossen ihre eigene Magie in Talismane ein, um sie zur späteren Verwendung aufzubewahren. Zum Beispiel im Krieg, wenn dem Bruxo während eines Gefechtes die magische Energie ausging. Aber das waren kleine Anteile ihrer eigenen Magie. Was er freigelassen hatte, konnte man wohl kaum als klein bezeichnen, und Alfie hatte es ganz sicher nicht unter Kontrolle. Und er konnte die Ringe, die es gefangen gehalten hatten, nicht wiederherstellen. Er hatte keine Ahnung, wie man diese Magie eindämmte. So ein Ritual hatte er noch nie gesehen oder auch nur etwas darüber gelesen.

Plötzlich fiel ihm das englassische Buch wieder ein, das Paloma ihm weggenommen hatte. Wenn es ein Buch gab, das ihm helfen konnte, dann dieses.

Die Diebin ging zu dem Stuhl, über den er den Tarnumhang gelegt hatte.

Die Bewegung riss Alfie aus seinen wild durcheinanderwirbelnden Gedanken. »Nicht so schnell.«

»Ich bin kein Freund davon, die Dinge langsam anzugehen.« Sie griff nach dem Umhang.

Alfie schnappte ihn ihr weg und legte ihn sich unter Finns wütendem Blick selbst um die Schultern. »Weil du mir geholfen hast, tue ich dir den Gefallen und lasse dich gehen. Aber unsere Abmachung ist hinfällig.«

»Was meinst du damit, unsere Abmachung ist hinfällig? Man kann eine Vereinbarung nicht so einfach zurücknehmen.«

»Ich tue es trotzdem.«

Sie sah ihn ungläubig an. »Bist du nicht ein Prinz? Solltest du nicht durch und durch ein Ehrenmann sein?«

»Heute mache ich da mal eine Ausnahme«, fuhr er sie an.

»Hör mal, ich muss mich jetzt um Wichtigeres kümmern. Ich lasse dich deiner Wege ziehen, obwohl ich eigentlich die Wachen rufen sollte. Geh jetzt, bevor ich es mir noch anders überlege.« Er hatte keine Zeit für Diskussionen. Er musste Luka ins Bett bringen und das Buch finden. Je länger diese verdorbene Magie frei herumschwirrte, desto mehr Schaden konnte sie anrichten. Jede Sekunde, die er verschwendete, traf ihn wie ein Fausthieb.

Die Diebin legte den Kopf schief. »Du willst das Ding, das du befreit hast, aufspüren, oder?«

»Ich weiß zwar nicht, was es dich angeht, aber es stimmt«, erwiderte Alfie, während er neben Luka in die Hocke ging. Wieso wollte sie das wissen?

Die Diebin ließ die Schultern kreisen. »Also gut, dann lass uns mal losgehen.«

Alfie starrte sie an. »Wie bitte?«

Sie verdrehte die Augen, als läge die Antwort auf der Hand. »*Vámonos.* Lass uns dieses Ding suchen gehen.«

»Du möchtest mir dabei helfen?« So viel Großzügigkeit hatte er nicht von ihr erwartet.

»Das hat nichts mit dir zu tun, Prinz.« Sie knickte das Handgelenk ab und hielt plötzlich einen weiteren Dolch in der Hand, mit dem sie sich die Fingernägel säuberte. »Nichts und niemand gibt mir ungestraft das Gefühl, klein und hilflos zu sein. Dieses unheimliche Ding schuldet mir etwas, und ich treibe meine Schulden immer ein.«

Alfie starrte sie an und wunderte sich, wie man so dumm sein konnte, dieser Magie aus verletztem Stolz hinterherzuhetzen. Doch er dachte über ihr Angebot nach. Er selbst war nicht wild darauf, die Magie zu jagen, schon gar nicht allein. Und er konnte auch niemand anderen um Hilfe bitten. Es wäre ihm viel zu peinlich, wenn er zugeben müsste, was er getan hatte. Aber Finn wusste es bereits. Sie hatte ihm dabei zugesehen. Alfie schüttelte den Kopf. Das war absurd. Die Angst raubte ihm den Verstand.

»Als ob ich dich mitnehmen würde.«

Finn schnaubte. »Du wirst verflucht glücklich sein, mich dabeizuhaben.«

»Gerade eben hast du noch einen Dolch nach mir geworfen …«

Sie winkte ab. »Ich wollte dir nur ein bisschen Angst machen. Sei doch nicht so ein Hosenscheißer.«

»Während ich versuche, meinen Fehler wiedergutzumachen, kann ich niemanden an meiner Seite brauchen, dem ich nicht vertraue.«

»Du musst mir nicht vertrauen, du brauchst mich. So einfach ist das. Du findest dich vielleicht in einer Bibliothek zurecht, aber das hilft dir hier nicht weiter. Zumindest genügt es nicht.« Alfie wich ihrem Blick aus. »Du weißt, dass ich recht habe.«

»Wieso willst du mitkommen?« Er wollte die Sache zwar nicht allein durchziehen, aber er war nicht so dumm, sich von jemandem abhängig zu machen, der ihn im Stich lassen würde. Wenn sie mitkam, musste er wissen, weshalb.

»Ich habe dir ja schon gesagt, dass mich nichts und niemand ungestraft …«

»Ja, das habe ich gehört.« Ihre großspurige Antwort hatte nichts zu bedeuten. Er würde sich auf keinen Fall darauf verlassen, dass ihr Ego sie bei der Stange hielt. Darauf wollte er nicht wetten. »Das reicht mir nicht.«

Sie zuckte die Achseln. »Was möchtest du wissen? Du kannst von Glück reden, dass ich es dir anbiete.«

»Ich werde dich nur mitnehmen, wenn ich deine Motive kenne.« Alfie sah, dass ihre Magie aus dem Rhythmus geriet.

Die Situation gefiel ihr nicht. »Ich werde es wissen, wenn du lügst. Also verschwende nicht meine Zeit.«

Mit jedem Augenblick, den sie nur dastand und sich weigerte, ihm Auskunft zu geben, verrann kostbare Zeit. Er musste endlich los und sich an die Verfolgung machen. Also würde er sich schnell entscheiden müssen. Die Stadt war voller Abgesandter aus allen Provinzen und Großstädten, die für den Ball gekommen waren. Monatelang hatten seine Eltern sich abgerackert, um ihnen Vertrauen zu Alfies kommender Herrschaft einzuflößen, und all die Arbeit sollte im morgigen Ball gipfeln. Wenn herauskam, dass der Prinz leichtsinnigerweise etwas Gefährliches auf die Welt losgelassen hatte, würden sie ihn sicher nicht zum König haben wollen.

Sein Fehler könnte der Herrschaft der Reyes ein Ende bereiten.

»Sag es mir, oder ich lasse dich hier«, drängte er.

Eigentlich war es amüsant, dass der Junge eine Antwort von Finn verlangte, als könnte sie ihn nicht selbst mit hinter dem Rücken gefesselten Armen zu Brei schlagen. Doch die Frage hing so schwer im Raum, dass ihr das Lachen im Hals stecken blieb.

Sie hätte es besser wissen müssen, als die Konfrontation mit einem Gegner zu suchen, den sie nicht verstand, nur weil er die Frechheit besessen hatte, sie zu verängstigen. Allerdings glaubte sie, dass es sich lohnte, auch wenn sie nicht sagen konnte, aus welchem Grund. Vielleicht hätte sie es Alfie sogar erklären können und weigerte sich bloß, weil sie sich nicht damit auseinandersetzen wollte.

Sie dachte an den Moment zurück, als sie die Gemächer des Prinzen verlassen hatte, ohne die vergiftete Flasche zu leeren. Daran, wie der Junge aus der Badewanne an genau diesem Gift fast gestorben war. Sie hatte schon viele schreckliche Dinge getan, und sie wusste, dass sie anderen Leid zugefügt hatte, aber sie hatte die Folgen nie mit eigenen Augen sehen müssen. Die Hoffnungslosigkeit im Gesicht des Prinzen, als er den sterbenden Jungen betrachtet hatte. Das alles würde sie nie vergessen. Diese Erinnerungen hatten sich in ihrem Verstand eingenistet. Sie kam nicht umhin, sich zu fragen, wie viel anderes es noch zu beklagen gab. Wie viele Menschen um jemanden getrauert hatten, dem ihr rücksichtsloser Überlebenstrieb den Tod gebracht hatte.

Sie hatte es für Ignacio getan.

Ich habe doch schon immer gesagt, dass du ein Monster bist, Mija.

Finn blendete Ignacios Stimme aus, bevor er sie in den Abgrund ziehen konnte. Ihr Magen verkrampfte sich, nicht nur aus Schuldgefühlen, sondern auch wegen der Sehnsucht, etwas anderes zu sein, als Ignacio behauptete. Sie wollte besser sein.

Oder es wenigstens versuchen. Einmal.

»Finn.« Der Prinz riss sie aus ihren beklemmenden Erinnerungen.

Sie stieß einen Seufzer aus. »Ich bin in einer Welt aufgewachsen, wo ich keinen Finger gerührt habe, um anderen zu helfen. Wenn ich ihnen nicht sogar selbst etwas angetan habe. Anders konnte ich lange Zeit nicht überleben.«

Der Prinz sah sie fragend an. »Aber heute willst du das nicht tun?«

Finn wandte den Blick ab und betrachtete stattdessen ihre Fingernägel. »Nein, heute nicht.«

»Weshalb?«

»Weil das Ungeheuer, das du befreit hast, aussieht, als könnte es die ganze *maldito* Welt vernichten, wenn ihm danach ist. Und ich muss dafür sorgen, dass sie sich weiterdreht, damit ich auch in Zukunft sagen kann: ›Heute nicht.‹« Sie sah ihn an. »Verstehst du das, Prinz?«

Sie lebte bereits so lange in ihrer Vergangenheit, dass sie es bisher noch nicht geschafft hatte, aus ihr aufzutauchen und in eine Zukunft zu blicken, die nicht von Blut und Furcht geprägt war. Sie würde nicht zulassen, dass ihre Erinnerungen an Ignacio oder irgendeine fremdartige Magie diese Zukunft zunichtemachen würden, bevor sie danach greifen und wie einen frisch geklauten Münzbeutel in den Händen wiegen konnte.

Der Prinz sah sie an, als beobachtete er die Bewegungen einer Kompassnadel. Sie straffte die Schultern und ließ sich von ihm mustern, obwohl sie wusste, dass sie – um im Bild zu bleiben – ein Kompass wäre, dessen Nadel noch nie nach Norden gezeigt hatte. Sie fragte sich, ob er durch ihre Haut blicken konnte.

»Gut«, sagte er. »Ich glaube dir.« Er wirkte ein wenig erleichtert.

Finn nickte mit ungerührter Miene. Doch als sie in sich hineinhorchte, kam es ihr vor, als wäre die straff gespannte Saite, die alle ihre Bruchstücke zusammenhielt, in Schwingung versetzt worden. Es dauerte einen Moment, bis sie begriff, dass das noch nie jemand zu ihr gesagt hatte. Zumindest nicht, soweit sie sich erinnern konnte.

»Schön«, erwiderte sie, um das Schweigen zu durchbrechen und ihre rasenden Gedanken zu beruhigen. »Und wenn das alles erledigt ist, darf ich mir den Umhang ausleihen. Einverstanden?« Das, redete sie sich ein, war der Grund, warum sie dem Prinzen helfen musste, und nicht sein trauriger Blick, als er neben dem anderen Jungen gekniet hatte. Nein, sie brauchte den Mantel, um Kol aufzuspüren und sich ihr *Propio* zurückzuholen. Sie wollte sich rächen.

»Einverstanden«, erwiderte er.

Als sich das Schweigen für ihren Geschmack ein bisschen zu lange hinzog, blickte Finn ihn erwartungsvoll an. »Also? Wie sieht dein Plan aus?«

Alfie, der immer noch neben dem Badewannenjungen kauerte, sah zu ihr auf. »Erst bringen wir Luka ins Bett. Dann brauche ich ein Buch.«

Finn sah zu, wie die Vormittagssonne ihre hellen Finger über den Fliesenboden streckte, und verdrehte die Augen. »War ja klar.«

Kapitel 15

Der Mann im grauen Umhang

Gierig nach einer Behausung aus Fleisch und Blut schwebte die Magie durch die Luft.

In einem Gewirr aus schwarzem Rauch zog sie über das grüne Palastgelände hinweg und weiter durch die sonnendurchfluteten Ringe der Stadt – von den piekfeinen Haciendas in der Schleife über den belebten Markt in der Krempe und den schmutzigen Gassen in Schlag bis Kniff, dem nach Meersalz riechenden äußersten Ring der Stadt. Und dennoch fand sie nicht, wonach sie suchte.

Die Männer und Frauen, die in Vorbereitung auf den morgigen Festtag bereits jetzt feierten und tranken, bemerkten sie nicht. Ihre Lebensenergie zupfte an der vorüberziehenden Magie, als bettelten sie darum, von ihr erwählt zu werden. Doch wenn sie sich ihnen näherte und sah, wie sich ihre Nackenhaare in stummem Entsetzen aufstellten, war die dunkle Magie angewidert.

Sie hörte die Gedanken dieser schlichten Gemüter, ihre Hoffnung auf Liebe, Sicherheit und die Gesundheit ihrer Kinder. Sie fühlte das Licht, das in ihnen brannte. Sein Gestank drohte sie zu ersticken.

Die Magie konnte nicht in irgendeinen beliebigen Körper fahren. Es musste einer sein, dessen Finsternis der ihres ehemaligen

Meisters ebenbürtig war. Alle anderen würden zu Asche zerfallen wie die Körper im Palast. Nun hatte sie bereits mehrfach die Stadt durchquert und nur nutzlose Wirte gefunden. Sie fühlte sich wie eine Verdurstende, die von vergiftetem Wasser umgeben war.

Verärgert bahnte sie sich ein weiteres Mal einen Weg durch die Krempe. Sie hoffte, dass sie die richtige Beute bislang nur übersehen hatte. Vielleicht würde sie ja in diesem Anlauf finden, wonach sie so verzweifelt suchte. Sie flog durch eine nasskalte Gasse, die links und rechts von Schänken gesäumt war. Aus den Gebäuden drangen freudiges Gejohle und ein Geruchsgemisch aus Schweiß und verschüttetem Tequila. Da sah sie einen Mann, der in jämmerlicher Haltung an einer Hauswand lehnte. Er trug einen zerrissenen grauen Umhang und trank einen tiefen Schluck aus einer fast leeren Tequilaflasche. Quer über seine Augen verlief eine Narbe, als hätte ihm jemand von einer Schläfe bis zur anderen das Gesicht aufgeschnitten. Der Mann stank nach Armut. Seine Regenbogenhäute waren milchig grün, und die Art, wie er sich an der Wand entlanghangelte, verriet der dunklen Magie, dass er blind war oder zumindest sehr schlecht sah. Eigentlich wäre dieser Mann, der lediglich ein weiterer Trunkenbold in der Krempe zu sein schien, der Magie keinen zweiten Blick wert gewesen, aber sie fühlte sich zu ihm hingezogen. Wie von einer starken Strömung, die sich hinter einem stillen Gewässerabschnitt verbarg.

Sie kam näher und spürte die Dunkelheit, die sich in ihm regte. Im Verstand dieses Mannes existierte nur ein einziger Wunsch, der wie ein unermüdlicher Trommelschlag pulsierte.

Er wollte töten.

Das Bild einer Person stand ihm vor Augen, die er einst als Mitglied seiner Familie betrachtet hatte. Doch nun hatte er nur noch Hass für sie übrig. Er hielt die Fäuste geballt, und seine rissigen schmutzigen Fingernägel gruben sich in seine Handflächen, während er sich immer und immer wieder den Tod des Mädchens ausmalte. Um seine Füße ringelte sich ein ergrauender Schatten. Sein Anblick versetzte die Magie in Aufregung. Dieser Mann hatte ein *Propio* und damit eine stärkere Verbindung zur Magie, was ihn zum idealen Wirt machte. Die Schatten dieser beiden Einfaltspinsel im Palast hatten sich ebenfalls bewegt, aber sie waren nicht dunkel genug. Dieser Mann verkörperte dagegen die perfekte Mischung aus allem, wonach die Magie suchte.

Er war wunderbar.

Die Magie war nun so dicht bei ihm, dass sich seine Nackenhaare sträubten. Er zitterte und schlang den Umhang fester um sich, während er mit glasigem Blick nach dem Grund für den plötzlichen Temperaturabfall Ausschau hielt.

Wir können dir geben, was du begehrst …, schnurrte die Magie von allen Seiten.

Der Mann, der sich mittlerweile auf den Boden gesetzt hatte, zuckte zusammen. »Wer bist du?«, krächzte er. »Was willst du?«

Wir wollen dir geben, wonach es dich gelüstet.

Er versteifte sich. »Woher willst du wissen, was das ist?«

Die Magie zwängte sich in seinen Geist und zeigte dem Mann die Fantasie, die er so verzweifelt wahr werden lassen wollte. Dieses Mädchen, das er eigenhändig tötete, während es ihn um Vergebung anbettelte.

Der Mann keuchte auf und griff sich mit beiden Händen an den Kopf. »Wer bist du?«

Wir sind eine Macht, die dir geben kann, was du möchtest. Wenn du bereit bist, den Preis dafür zu zahlen. Wir können dich wieder zu dem machen, der du früher einmal warst.

Erneut zwängte sich die Magie in den Geist des Mannes und holte seine liebsten Erinnerungen hervor. An die Zeit, bevor die junge Frau, die er töten wollte, ihm das Augenlicht genommen hatte. Als er für andere noch ebenso unaufhaltsam gewesen war wie die aufgehende Sonne.

Die Augen des Mannes weiteten sich gierig, und die dunkle Magie spürte, wie er sich fragte, ob das alles nur ein Traum sei.

»Nenne mir deinen Preis«, sagte der Mann mit bebender Stimme. »Bitte. Ich werde alles tun, was du von mir verlangst.«

Gib uns deinen Körper, damit wir darin wachsen und uns über die ganze Stadt ausbreiten können.

Um ihren Meister aufzuwecken, musste die Magie ihre Dunkelheit zunächst auf andere ausweiten. Erst dann würde sie genügend Macht haben, um das rechtmäßige Eigentum des Meisters aus dem Palast zu holen und den Thron für einen wahren König freizumachen.

Wenn wir das geschafft haben, werde ich dir das Mädchen geben …

Der Mann schien ihr kaum zuzuhören. Stattdessen malte er sich fieberhaft seine Zukunft aus.

»Ja«, sagte er, und es klang, als spräche er ein Gebet. »Bitte nimm mich.«

Die dunkle Magie bäumte sich auf wie eine Kobra aus Rauch und drang in den Mund des Mannes ein. Während sie sich durch den Hals hinabwand und in seine Adern eindrang, taumelte der Mann wild zuckend rückwärts gegen die Wand. Je weiter die Magie vordrang, desto tiefer zog sich die Dunkelheit des Mannes in sein Innerstes zurück, wo sie das letzte klitzekleine bisschen Licht auslöschte, das noch in ihm existiert hatte.

Der Mann schrie in Todesqualen, während er von innen nach außen verbrannte, weil er von einer Macht erfüllt wurde, die für einen Gott gedacht war und nun stattdessen mit einem Menschen vorliebnehmen musste.

Einen Moment lang befürchtete die Magie, dass auch dieser Mann sich in Asche verwandeln und sie erneut ohne Obdach sein würde. Aber dann erfasste sie eine tiefe Ruhe. Da die Essenz der Magie nun einen geeigneten Körper gefunden hatte, spürte sie, wie ihre Macht den Mann festigte und ihn stärkte.

Und es drängte sie dazu, sich auszubreiten.

Der Mann erhob sich langsam. Als er mit einer Hand über seine Augen strich, hörte die Magie seinen unausgesprochenen Befehl und stellte sein Sehvermögen wieder her. Der Magie bereitete es großes Vergnügen, wieder einem Meister zu dienen, wenn es auch nicht ihr eigener war. Sie war dazu geschaffen zu gehorchen, und dieser Mann würde ihr bis zur Rückkehr des Meisters genügen.

»Unglaublich«, seufzte er und sah sich um.

Das ist nur der Anfang …

Der Mann krümmte die Finger, nahm die Schultern zurück und überhäufte die Magie mit einer ganzen Reihe von Wünschen. Einen Wimpernschlag später trug er neue Kleider, anstelle der abgewetzten Schuhe hatte er nun feine Lederstiefel an, seine Beine waren in eine weiche Hose gehüllt, und der grobe Stoff seines Hemdes hatte sich in grüne Seide verwandelt, die sanft seine Brust bedeckte. Die Löcher in seinem grauen Umhang schlossen sich, und er sah wieder genauso schön und makellos aus wie am ersten Tag. Der Mann war mit einer grauen Sturmwolke bekleidet und konnte es gar nicht abwarten, eine Salve Blitze abzufeuern.

Die dunkle Magie sprach in seinem Verstand: *Verbreite uns in dieser Stadt. Finde alle, die ein finsteres Herz haben, damit sie unsere gefügigen Diener werden.*

Der Mann schritt hocherhobenen Hauptes aus der Gasse. Er ging auf ein Wirtshaus mit leuchtend blauer Eingangstür zu. Irgendwo mussten sie ja anfangen. Vielleicht hielten sich da drinnen niederträchtige Männer auf, Männer, die ihrer Sache würdig waren, Männer, deren Körper dabei helfen würden, ihren wartenden Meister zu erwecken. Die Magie riss ihr Maul auf und weckte ihren eigenen brennenden Hunger in dem Mann. Er zitterte.

»Ich tue, was du verlangst.« Als er die Hand auf den Türgriff legte, zögerte er noch einmal kurz. »Und dann bekomme ich, was ich will.«

Die Magie ließ noch einmal das Bild der jungen Frau, die er so dringend bestrafen wollte, vor seinem geistigen Auge erscheinen. *Du wirst genau das bekommen, was du dir wünschst. Und noch mehr.*

»Dann wollen mir mal anfangen.«

Kapitel 16

Das Buch

Alfie drängte sich unter dem Tarnumhang dicht an Finn, und sie gingen gemeinsam durch die gefliesten Korridore, um das Buch zu holen.

Als Erstes hatte er Luka in seinem Zimmer abgeliefert – ein Anblick, mit dem die Wächter vertraut waren, da Luka dazu neigte, zu viel zu trinken und zu wenig nachzudenken. Dann gesellte er sich zur Diebin unter den Umhang, und sie gingen unbemerkt von den Wächtern und Dienern zu Palomas Privatgemächern. Letztere bereiteten gerade in großer Eile das Mittagessen für die Mitglieder der Königsfamilie zu, die es nach der langen Veranstaltung vom Vorabend auf ihren Zimmern serviert bekommen wollten.

Jedes Mal, wenn sie um eine Ecke bogen, hatte Alfie Angst, dass dahinter die dunkle Magie auf sie lauern würde. Doch bislang waren sie ihr noch nicht begegnet. Ob aus Glück oder weil sie den Palast verlassen hatte, wusste Alfie nicht, aber er war dankbar, dass es so war.

Bis er auf einen Aschehaufen stieg, in dem sein Schuh versank. Er trat einen Schritt zurück und stieß einen leisen Schrei aus. Zum Glück war der Korridor leer.

»Was um alles in der Welt ist das?«, fragte Finn, als sie unter dem Umhang hervorschlüpften.

»Ich bin mir nicht sicher.« Alfie ließ die Finger über den Aschehaufen gleiten. Er war nicht bloß schwarz, sondern so unfassbar dunkel, dass er überrascht blinzelte, während er ihn betrachtete. Dies war zweifellos ein Produkt dieser schändlichen Magie. Aber wieso sollte sie einen Haufen mit irgendeinem Rückstand hinterlassen? Sein Finger glitt über etwas Kleines, Glattes, das unter der Oberfläche verborgen lag. Er nahm es sorgfältig zwischen Zeigefinger und Daumen. Als er es aus dem schwarzen Sand herauszog, erkannte er, dass es ein silberner Ohrring war.

Sein Herz setzte einen Schlag aus.

Der junge Diener, der fast den Staubwedel auf seinen Kopf hatte fallen lassen und Alfie mit so viel Hoffnung und Bewunderung angesehen hatte … Er hatte diesen Ohrring getragen.

Alfie sprang auf die Füße und merkte, wie ihm schlecht wurde.

»Dieses …« Finn riss die Augen auf. »Dieses Zeug war ein Mensch?«

Alfie, dessen Kehle so eng war, dass er zu ersticken glaubte, konnte nur nicken.

Hunger. Das war die Empfindung gewesen, die von der Magie ausgegangen war, bevor er sie aus ihrem Ringkäfig befreit hatte – eine Fressgier, angesichts derer Alfie sich gefühlt hatte wie ein in die Enge getriebenes Tier. Was würde passieren, wenn das englassische Buch nicht die notwendigen Antworten enthielt? Würde dann ganz Castallan zu schwarzem Staub zerfallen?

»Prinz«, sagte Finn und deutete mit blassem Gesicht über seine Schulter.

Am anderen Ende des Korridors war ein weiterer Aschehaufen, größer als der vorherige.

Alfie lehnte sich zitternd an die Wand. Er konnte nicht König werden. Nach dem, was geschehen war, wusste er nicht einmal, wie er noch weiterleben sollte. Er hatte das genaue Gegenteil von dem getan, was seine Eltern ihm beigebracht hatten: Er hatte nur an sich gedacht und seine eigenen Wünsche über alles andere gestellt. Und deswegen mussten nun Menschen leiden. Er vergrub das Gesicht in den Händen und versuchte, die Tränen zurückzudrängen.

Das Geräusch von rumpelndem Gestein ließ ihn herumfahren. Finn machte eine teilende Geste mit den Händen, der Boden unter dem ersten Aschehaufen klaffte auf, und die Überreste des Jungen fielen hinein.

Als er sie erstaunt ansah, zuckte sie die Achseln. »Du hast gesagt, dass du dich darum kümmern willst, ohne dass jemand etwas davon mitbekommt, oder?«

Sie hatte recht. Es wäre wirklich keine gute Idee, die Aschehaufen im Korridor zurückzulassen. Dennoch versetzte ihm der Anblick einen Stich ins Herz. »Sie verdienen ein ordentliches Begräbnis!«

Finn betrachtete die Asche in dem Loch. »Eine Menge Leute verdienen alles Mögliche. Aber wenn dieses Ding Menschen so schnell töten kann, haben wir dafür keine Zeit.«

Trotz seiner Schuldgefühle nickte er. Doch dann fiel ihm etwas ein. »Warte, mach es noch nicht zu.«

Sie mussten die Magie irgendwie aufspüren, und wenn sie diesen Staub zurückgelassen hatte, war er perfekt geeignet für einen Suchzauber. Wenn sie dem Staub folgten, würden sie seine Quelle finden. Alfie griff in die Spalte und holte eine Handvoll von dem Staub heraus. Bei dem Gedanken, dass das einmal der kleine Junge gewesen war, fühlte er ein Brennen in der Kehle.

Finn warf einen Blick auf seine schwarzen Finger. »Willst du sie damit verfolgen?« Er nickte, froh, dass sie ihn nicht zu verurteilen schien, und steckte den schwarzen Staub in seine Tasche.

Dann sah er auf die restliche Asche hinab. »Ruhe in Frieden.« Es gab keinen Körper, den die Familie des Jungen begraben und beweinen konnte. Genau wie bei Dez.

Finn führte die Hände zusammen, und das Loch im Stein schloss sich wieder. Sie gingen zum nächsten Haufen, wo sie dasselbe tat. Während Alfie zusah, merkte er, wie ihm die Galle hochkam. Er war gleichzeitig angewidert von ihr und dankbar, dass sie bei ihm war. Als er sah, wie sie über die sterblichen Überreste hinwegstieg, fragte er sich, was sie in ihrem bisherigen Leben getan hatte, dass es ihr so leichtfiel – und auch, ob er ohne ihre Entschlossenheit noch immer aufrecht stehen würde.

Er war noch nie in Palomas Gemächer eingeladen worden und hatte sich auch nicht heimlich hineingeschlichen. In ihre Privaträume einzudringen fühlte sich falsch an, aber sein Volk zerfiel zu Asche. Er hatte keine Zeit, sich Gedanken über gutes Benehmen zu machen.

Alfie öffnete die Tür, und sie traten schnell ein. Er hatte das Gefühl, er müsste sich die Hand vor Augen halten, um nichts in diesem Zimmer zu sehen. In der hinteren Ecke stand ein schmales Bett, und die Wände waren von ordentlich eingeräumten Bücherregalen gesäumt. Die Buchrücken bestanden aus Leder in unterschiedlichen Farben. Auf dem dunklen Holztisch warteten Pergamentrollen und Federhalter darauf, dass Paloma sie benutzte. Er kannte ihren Tagesablauf genau: Im Moment war sie in der Bibliothek und würde nicht so schnell zurückkehren.

Finn streifte den Umhang von ihnen ab. »Wonach suchen wir?« Ihr Gesicht war angespannt und enthielt keine Spur ihres üblichen Grinsens.

»Ein schwarzes Buch mit goldener englassischer Schrift.«

Die Diebin ging zu einem Regal und ließ den Blick aufmerksam über die Buchrücken gleiten. Alfie ging zu dem Regal neben dem Bett und begann ebenfalls mit der Suche. Seine Hände glitten über die Grundlehrbücher der Magie, mit denen Paloma ihn als Kind unterrichtet hatte. Jedes Buch schien einen Moment zu repräsentieren, in dem sie ihn dazu ermutigt hatte, ein besserer Prinz und ein besserer Mensch zu werden, und je länger er sich in diesem Raum aufhielt, desto mehr hatte er das Gefühl, sie zu enttäuschen. Während Alfie an seinem Hemdkragen zerrte, bemerkte er, was Finn auf der anderen Seite des Zimmers tat.

Ohne den Blick vom Regal vor ihm abzuwenden, sagte er: »Leg ihn zurück.«

Mit einem vernehmlichen Seufzer legte sie Palomas kleinen Silberspiegel wieder hin. Sie war im Moment zwar nicht zu Scherzen aufgelegt, aber Klauen ging anscheinend immer noch. Er wollte sie deswegen zur Rede stellen, doch da sah er das gesuchte Buch, eingeklemmt zwischen zwei dicken Zauberbüchern.

Alfies Schuldgefühle verflogen. Stattdessen juckte es ihn in den Fingern, die Seiten umzublättern. Er wusste, dass sie verschwinden und in seine Räume gehen sollten. Schließlich war es nicht ausgeschlossen, dass Paloma unerwartet zurückkehrte. Aber so lange konnte Alfie nicht warten. Er brauchte einen Funken Hoffnung, dass er seinen Fehler wieder in Ordnung bringen konnte.

Hektisch überflog er die Seiten, bis er das Kapitel fand, in dem es um den Einsperrzauber ging. Diese Passage hatte er gerade gelesen, als Paloma ihm das Buch entriss. Er spürte Finns bohrenden Blick. Sie zupfte an ihren Fingernägeln, und es schien, als wäre sie lieber woanders.

Er las, dass die Wesenheit in ein Objekt eingesperrt werden musste, das für den Einsperrenden großen Wert besaß. Diese Anweisung war ihm bei der ersten Lektüre gar nicht aufgefallen. Er blickte auf den Drachen an seiner Brust hinab. Er war das Kostbarste, was er besaß. Er wollte ihn nicht dazu verwenden, die Magie einzusperren, da er Angst hatte, dass die Figur dabei zerbrach. Aber er hatte wohl keine andere Wahl.

Der Zauberspruch bestand aus einem einzigen Wort, dem gängigen englassischen Begriff für *verschließen.* Das entsprechende Wort im Castallanischen lautete *cerrar.* Das konnte er sich leicht merken.

Unmittelbar unter den Illustrationen las er eine Warnung, bei der es ihm kalt über den Rücken lief.

Man darf sein eigenes Blut nur im äußersten Notfall dazu verwenden, eine Entität einzusperren, da man sich damit an die eingesperrte Wesenheit bindet. Je länger dieses Wesen eingesperrt ist, desto mehr Lebensenergie wird es dem Einsperrenden entziehen. Mit möglicherweise tödlichen Folgen.

Der Schweiß auf seinen Handflächen durchweichte den Buchrücken.

Er versuchte, den Kloß in seinem Hals herunterzuschlucken. War das der Grund, wieso die Wahrsagerin seine Zukunft nicht hatte sehen können? Weil ihm von Kindheit an vorbestimmt gewesen war, dass er seine Zukunft dieser abscheulichen Magie opfern würde?

Die Diebin lehnte sich seufzend an den Tisch. »Wir haben nicht den ganzen Tag Zeit, Prinz.«

Alfie wischte sich den Schweiß von der Stirn. »Nein, haben wir nicht.«

Das Wichtigste war jetzt, dass er schnell handelte. Morgen

Abend würde der Ball stattfinden, und er musste daran teilnehmen, um sich als zukünftiger König von Castallan zu präsentieren. Außerdem würde es seine Familie gewiss bemerken, wenn er sehr lange wegblieb. Also würde er sich noch heute darum kümmern müssen. Und zwar jetzt gleich. Während seine Familie noch schlief und sich von den Feierlichkeiten des vergangenen Abends erholte.

Vor der Tür erklang eine Stimme. *Paloma.* Finn und Alfie erstarrten und sahen sich mit großen Augen an. Wenn sie jetzt hereinkam und ihn mit einer Fremden in ihren Privatgemächern erwischte, könnte sich Alfie auf etwas gefasst machen.

»Wo ist der Umhang?«, flüsterte er.

Finn wirbelte herum.

Er kniff die Augen zusammen. »Du hast den Umhang verloren?«

»Ich habe ihn nicht verloren«, zischte sie zurück. »Ich habe ihn nur abgelegt.« Sie ließ sich auf Hände und Knie sinken und tastete den Boden ab wie eine Blinde, die nach ihrem Stock suchte.

»Du *Idiotin*«, knurrte Alfie, bevor er sich ebenfalls auf alle viere niederließ und ihr beim Suchen half. Wenn sie erwischt wurden, weil er zu dumm gewesen war, den verdammten Umhang selbst festzuhalten, verdiente er vielleicht die Strafe, die sich Paloma für ihn ausdenken würde.

»Wo hast du ihn zuletzt gesehen?«

Sie warf ihm einen Blick zu. »Er ist unsichtbar.«

»Du weißt, was ich meine!«

»Hier!«, murmelte Finn, bevor sie Alfie vom Boden hochzerrte und den Umhang über sie beide warf. Wie zuvor dehnte er sich ein kleines Stück aus, damit er sie beide bedeckte.

Paloma betrat den Raum und schloss die Tür hinter sich. Sie

hielt ein Buch in der Hand und war so sehr in seine Seiten vertieft, dass sie sich einen Moment lang an die Tür lehnte. Alfie und Finn standen stocksteif da. Sie befanden sich mitten in dem kleinen Zimmer. Falls Paloma geradeaus ging, würde sie vielleicht gegen sie stoßen. Aber wenn sie sich in dieser Stille bewegten, würde seine Lehrerin es vielleicht hören. Finn setzte zu einer Seitwärtsbewegung an, doch Alfie packte sie an den Schultern und schüttelte den Kopf.

Nein, formte er lautlos mit den Lippen und hoffte, dass sie wenigstens dieses eine Mal auf ihn hören würde.

Willst du etwa erwischt werden?, fragte sie ebenso lautlos zurück.

Er hielt sich einen Finger an die Lippen. Sie brauchten ein Geräusch, das ihre Schritte überdeckte.

Paloma schlug das Buch zu und ging in Richtung Schreibtisch. Alfie hielt den Atem an und beugte sich zur Seite, während sie an ihnen vorüberging. Ihre Dueña-Robe streifte fast sein Bein.

Als sie nach ihrem Schreibtischstuhl griff, um ihn zurückzuziehen, sah Alfie Finn an und nickte. Während die Stuhlbeine über den Boden scharrten, zog Alfie sie dicht an sich heran und nahm sie mit zu dem einzigen möglichen Versteck in dem kleinen Raum – einem schmalen Schlitz zwischen zwei Bücherregalen, in den sie sich Brust an Brust hineinzwängten.

Finn blickte böse zu ihm hoch, und er sah die unausgesprochene Frage in ihren Augen: *Wirklich? Etwas Besseres hast du nicht finden können?*

Alfie wollte ihren Blick ebenso finster erwidern, doch in diesem Moment öffnete Paloma eine Schublade in ihrem Schreibtisch und zog einen runden Spiegel von der Größe einer Servierplatte heraus.

Ein Hellseherspiegel. Er hatte sie noch nie einen benutzen

sehen und geglaubt, sie führe ein völlig zurückgezogenes Leben. Gab es wirklich jemanden, der ihr so wichtig war, dass sie einen Hellseherspiegel brauchte, um mit ihm in Kontakt zu bleiben? Wem gehörte das Gegenstück dieses Spiegels? Finn stupste ihn mit einem Finger an und hob die Augenbrauen, weil sie wissen wollte, was an einem gewöhnlichen Spiegel so interessant war. Vermutlich hatte sie so einen noch nie gesehen. Schließlich fand man sie nur in den wohlhabendsten Vierteln der Stadt.

Sieh zu, wies er sie lautlos an.

Paloma stellte eine Staffelei vor sich auf den Tisch, an die sie den Spiegel lehnte. Alfie blickte ihr über die Schultern. Finn stellte sich auf die Zehenspitzen und presste sich an ihn, um besser sehen zu können. Finn war, was manche üppig gebaut nennen würden. Das hatte er nicht mit einberechnet, als er dieses Versteck gewählt hatte, aber es hätte ohnehin kein anderes gegeben. Einen Herzschlag lang konnte er nichts anderes wahrnehmen als die Berührung ihrer weichen Brust, die noch intensiver wurde, wenn sie einatmete. Alfie errötete. Er wich zurück und stieß gegen das Bücherregal.

Als das Regal daraufhin laut quietschte, schloss er die Augen.

Palomas Rücken versteifte sich. Sie drehte sich um und starrte das Bücherregal an. Finn stand so dicht bei ihm, dass Alfie spürte, wie es ihr den Atem verschlug.

Paloma musterte das Regal mit zusammengekniffenen Augen, bis sie sich schließlich nach einer Weile wieder zum Spiegel umdrehte.

Als Alfie sie durchdringend ansah, hob Finn die Hände, wie um zu sagen: *Das war nicht mein Fehler.*

»*Relevar*«, sagte Paloma derweil in Richtung Spiegel.

Finn beobachtete staunend, wie der Spiegel sanft zu schimmern begann. Auf dem Glas breiteten sich kleine Wellen aus, wie auf einem Teich, in den jemand einen Stein geworfen hatte. Als sich die Oberfläche wieder glättete, erschien das Gesicht einer Frau. Alfie erkannte sie nicht. Er hob die Augenbrauen. Sie hatte die blonden Haare, blauen Augen und feinen Gesichtszüge der Menschen aus Uppskala. Sie trug eine mit braunem Fell gesäumte blau-violette Robe und war damit Uppskalas Version einer Dueña. Wieso setzte sich Paloma mit einer ausländischen Dueña in Verbindung?

»Svana«, sagte Paloma.

Die Frau nickte ihr zu. »Paloma.« Alfie konnte über Palomas Schulter hinweg nur die obere Hälfte ihres Gesichtes sehen. Ihr uppskalanischer Akzent verlangsamte die schnellen Silben des Castallano. »Worüber willst du mit mir sprechen?«

Paloma holte tief Luft. »Ich bin mitten in der Nacht mit einem schrecklichen Gefühl aufgewacht. Irgendetwas scheint nicht zu stimmen.« Sie umklammerte mit beiden Händen fest die Tischkante. »Ich kann es nicht erklären. Aber ich bin mir sicher … ich weiß, dass es mit …« Sie verstummte erneut.

Zwischen den beiden Dueñas entstand eine merkliche Spannung.

»Das meinst du doch nicht im Ernst. Hast du so wenig Vertrauen in die Ringe aus Schutzmagie? Um sie zu befreien, bräuchte es Dueños aus jedem der fünf Königreiche.«

Ringe aus Schutzmagie. Alfie fühlte sich in diese endlose Dunkelheit zurückversetzt. Er konnte sich an jeden Ring erinnern, den er zerstört hatte. Er roch sogar noch das Blut, das ihm über die Finger rann. Seine Handflächen waren schweißnass, und der Atem stockte ihm in der Brust.

»Ich weiß nicht, Svana«, sagte Paloma. »Ich fühle es. Irgendetwas ist nicht in Ordnung.«

Alfie wurde flau im Magen. Er hatte Paloma noch nie so nervös erlebt. Wütend und enttäuscht, ja, aber nie ängstlich.

»Aber Castallans Bruchstücke sind sicher, oder?«

Paloma nickte. »Ich habe es selbst überprüft. Sie sind unberührt.«

Alfie runzelte die Stirn. Über was für Bruchstücke sprachen sie?

»Hast du ehrlich nichts gespürt?« Paloma klang merkwürdig verzweifelt. »Nichts, was sich … falsch angefühlt hat?« Als die Uppskalanerin nicht gleich antwortete, hakte sie nach: »Svana?«

»Vielleicht«, stieß Svana hervor. »Aber das bedeutet nicht, dass sie befreit wurde. Wir haben sie jahrhundertelang in Schach gehalten. Sie wird nie zu ihm zurückkehren. Niemals.« Als Svana weitersprach, klang ihre Stimme sanft und eindringlich. Vertraut. »Wie endet die Legende, Paloma? Nachdem der Schatten und das Licht sich vereint haben. Sag es mir.«

Alfie richtete sich auf. Sie konnten unmöglich über *diese* Legende sprechen – die Geschichte über die Erschaffung von Mensch und Magie und den bösen Gott, der sich in die Dunkelheit verliebt hatte.

Paloma seufzte tief und sagte die Worte, vor denen Alfie sich fürchtete: »Der Gott, dem die Dunkelheit so lieb war, wurde des Himmels verwiesen, und er durfte nie wieder zurückkehren. Die besten Bruxos der Welt vereinigten sich und trennten ihn von der dunklen Macht, die er so liebte. Danach verwandelten sie seinen Körper in Stein. Er und seine schwarze Magie wurden danach nie wiedergesehen.« Es klang wie ein Gebet, etwas Gewichtiges und Wahres.

Eine Geschichte, die mehr als ein Kindermärchen war.

»Unsere Vorfahren haben ihn von seiner Macht abgespaltet, und solange wir dafür sorgen, dass sie weggesperrt bleibt, kann er nicht zurückkehren. Er wird ein namenloser Bösewicht aus einer Kindergeschichte bleiben. Das verspreche ich dir.«

Alfie presste schmerzhaft die Zähne aufeinander. Die Erkenntnis, was er getan hatte, setzte ihn unter einen unerträglichen Druck. Ihm war klar gewesen, dass er etwas Böses befreit hatte, aber das hier hatte er nicht erwartet.

Er hatte die einzige Macht entfesselt, die den Gott der Dunkelheit wiedererwecken konnte. Laut der Legende würde Sombra die Welt nach Nocturna versetzen – in eine endlose Nacht, wo aus Menschen Ungeheuer wurden, die von Hass, Gewalt und Gier zehrten. Alfies Herz raste. Dies könnte nicht nur die Herrschaft seiner Familie beenden, sondern die ganze Welt vernichten.

Was habe ich getan?

»Du hast recht. Ich musste es nur noch mal von dir hören.« Paloma berührte den Spiegel zärtlich mit den Fingerspitzen. Alfie sah beiseite, da er wusste, dass dieser intime Moment nicht für seine Augen bestimmt war.

Als sich die beiden voneinander verabschiedet hatten, schlug Paloma den Spiegel sanft in ein Samttuch ein und legte ihn wieder in die Schreibtischschublade zurück. Als sie schließlich gegangen war, öffnete Alfie den Mund, um etwas zu sagen, doch Finn hielt die Hände in die Höhe und zählte langsam mit den Fingern von zehn rückwärts.

Nach ungefähr einer Minute befreiten sie sich aus dem Spalt zwischen den Bücherregalen und streiften den Umhang ab. Alfie beugte sich vor und legte die Hände auf die Knie. Es kostete ihn große Willenskraft, sich nicht zu übergeben.

»Was ist los, Prinz?«, fragte Finn. »Dass deine Lehrerin heimlich eine Freundin hat, kann dich doch nicht so erschüttern. Viele Menschen haben heimliche Freundinnen.«

Ihre Worte flossen um ihn herum wie Wasser um einen Stein, weit weg und gedämpft von der Panik, die durch seine Adern jagte. Zu ihrem Glück ahnte sie noch nicht, was er gerade herausgefunden hatte. Was er getan hatte …

Alfie sah sie an. »Das überleben wir nie.«

Finn verschränkte die Arme. »Musst du unbedingt in Rätseln sprechen wie ein Troll unter einer *maldito* Brücke? Sag mir einfach, was los ist!«

Alfie wollte ihr nicht erklären, was ihm während Palomas Unterhaltung über die Macht, die er befreit hatte, klar geworden war. Er redete sich zwar ein, dass dazu keine Zeit war, solange diese tückische Magie in der Stadt ihr Unwesen trieb, doch in Wahrheit hatte er Angst davor, dass sie ihm nicht mehr helfen würde, wenn sie es erfuhr.

Alfie erklärte ihr schnell, was er gesehen hatte, während er die schwarze Magie freiließ, inwiefern es zu dem passte, was Paloma gesagt hatte, und was das alles mit der Geschichte über »Die Geburt von Mensch und Magie« zu tun hatte. Dass die Magie die Macht war, die damals von dem Gott abgetrennt worden war, worauf sich sein Körper in Stein verwandelt hatte. Während er sprach, wurden ihre Augen immer größer.

Finn hob eine Hand, um ihn zum Schweigen zu bringen. »Warte, warte, warte. Du hast einen echten *Gott* befreit?«

»Nein, nicht ganz«, stellte Alfie schnell klar. »Ich habe Sombras Macht entfesselt, die ihn möglicherweise zurückbringen kann, wenn sie nicht aufgehalten wird …« Er wurde immer leiser.

»Oh, dann ist es ja *gut!*« Finn starrte ihn durchdringend an. »Und ich dachte schon, ich müsste mir Sorgen machen. Aber es ist ja nur die Macht eines üblen Gottes! Gar kein Problem!«

Alfie verschränkte die Arme. Finn hatte ihn geradezu angebettelt, sie mitzunehmen. Er wusste, dass er einen Fehler gemacht hatte, aber ihre Vorwürfe halfen ihm nicht weiter. »Wenn das zu viel für dich ist, weißt du ja, wie man hier rauskommt.«

Finns Blick wurde noch böser. »Mir ist im ganzen Leben noch nie etwas zu viel gewesen.«

Obwohl sie vermutlich recht hatte, verdrehte Alfie die Augen. Er wollte ihr nicht zeigen, wie erleichtert er darüber war, dass er diese Sache nun doch nicht allein durchstehen musste.

»Nachdem du dein ganzes Leben in der Bibliothek verbracht hast, fällt dir nichts anderes ein? Willst du allen Ernstes versuchen, dieses unheimliche Rauchding mit irgendeiner Schreibtischmagie einzufangen, die du noch nie zuvor angewendet hast?«

Ihre Worte verunsicherten ihn, denn sie berührten einen wunden Punkt. »Das ist keine normale Magie. Es ist ja nicht so, als gäbe es irgendwelche Lehrbücher über eine Magie, die reden und Menschen in Staub verwandeln kann!«

Sie öffnete den Mund, um ihm zu widersprechen, sagte aber nichts.

»Und?«, drängte Alfie. »Kannst du irgendwelche Ideen beisteuern?« Sein Plan war geradezu lächerlich. Aber er war der einzige, den sie hatten, und solange ihr nichts Besseres einfiel, würde er nicht zulassen, dass sie ihn in der Luft zerriss.

»Also machen wir diese Magie ausfindig und locken sie in eine Falle.« Finn schüttelte ungläubig den Kopf. »Mit irgendeinem haarsträubenden Schreibtischzauber, den du aus diesem Buch gelernt und bislang noch nie ausprobiert hast.«

»Das ist das Einzige, von dem ich weiß, dass es funktionieren könnte.«

Die Vorstellung, dieser Magie mit einem halb durchdachten Plan zu Leibe zu rücken, jagte Alfie schreckliche Angst ein. Aber davon durfte er sich nicht abhalten lassen. Wenn er an den morgigen Ball dachte, wurde ihm ganz anders zumute. Er hatte diesen schrecklichen Fehler wirklich zum schlimmstmöglichen Zeitpunkt begangen: nicht nur unmittelbar bevor ihn seine Eltern bei diesem Ball als die Zukunft des Königreiches präsentieren wollten, sondern auch noch kurz nachdem er endlich beschlossen hatte, die Suche nach Dez aufzugeben und stattdessen ein König zu werden, auf den seine Familie stolz sein konnte. Er fühlte sich deswegen schuldig, und er schämte sich. Seine Eltern und das Königreich zählten auf ihn. Er konnte sie nicht noch einmal hängen lassen.

Finn straffte die Schultern. »Na gut, dann machen wir uns mal an die Arbeit«, sagte sie, als würde sie sich jeden Tag auf so einen Wahnsinn einlassen. Einen Moment lang wurde Alfie leicht ums Herz.

Wenn sie bei diesem Plan mitmachte, konnte er ja vielleicht wirklich klappen.

Aber möglicherweise war sie auch einfach nur so leichtsinnig, wie sie wirkte.

Alfie ließ die Schultern hängen. Er hatte die Macht eines Gottes befreit, die so dunkel war, dass Dueños aus aller Welt zusammengewirkt hatten, um sie einzufangen. Eine Macht, die sogar Paloma Angst einflößte und die, wenn man sie nicht aufhielt, die Welt in tiefe Finsternis stürzen würde. Alfie nahm eine Prise von dem schwarzen Staub aus der Tasche. Dabei fiel ihm wieder der silberne Ohrring ein, den er aus der Asche gezogen hatte. Er würde diese Magie davon abhalten, noch weiteres Unheil anzurichten, und wenn es ihn das Leben kostete. Er legte sich den Staub auf die Handfläche.

»*Encontrar*«, sagte er.

Der schwarze Staub zupfte an seiner Hand und zog sie in Richtung Osten, wo die Menschen von Castallan in den äußeren Ringen der Stadt feierten und noch nicht wussten, was ihr närrischer Prinz angerichtet hatte.

Kapitel 17

Der blaue Fingerhut

Dem Suchzauber des Prinzen zu folgen war längst nicht so einfach, wie Finn gedacht hatte.

Sie und Alfie waren unter dem Tarnumhang aus dem Palast hinausgeschlichen und unbemerkt auf die Ladefläche eines Fuhrwerks geklettert, das gerade Vorräte für den morgigen Tagundnachtgleiche-Ball angeliefert hatte. Laut dem Prinzen war klar, dass sich Sombras Magie nicht auf dem Palastgelände befand, da sich der Staub in seiner Hand erwärmen würde, wenn sie sich ihr näherten. Sobald die Kutsche in den nächsten Ring, die Schleife, einfuhr, nahm die Temperatur des Staubes zu, und so beschlossen sie, abzusteigen und zu Fuß weiterzusuchen. Sie schlichen durch die ruhigen Wohngegenden in der Schleife, wo adlige Frauen mit langen gegürteten Röcken und schimmernden Spitzenhäubchen aus ihren grellbunten Haciendas schlenderten, an ihrer Seite adlige Männer, die polierte Lederstiefel an den Füßen trugen. Der Staub war zwar wärmer geworden, aber nicht warm genug. Als sie in den nächsten Ring gingen, wurde er allmählich heiß. Der Prinz glaubte, die Magie könnte sich nach Kniff begeben haben. Also führte er sie zu dem Tor, das die Krempe mit dem ärmeren Ring verband. Doch als sie sich ihm näherten, kühlte der Staub ab. Also kehrten sie wieder in die verschlungenen Gassen der Krempe zurück. Dort gingen sie zwischen den verschiedenen Ansammlungen von Geschäften hindurch und suchten vergeblich nach der bösartigen rauchförmigen Magie. Mehrere Stunden vergingen, und es war bereits Nachmittag, als der Staub schlagartig wieder wärmer wurde.

»Espérate«, sagte Alfie. »Er wird jetzt richtig heiß. Wir sind dicht dran.« Seine Stimme zitterte, was Finn durchaus nachvollziehen konnte. Die Erinnerung daran, wie sich die Magie dicht um sie herumgewunden hatte, als lauerte sie auf etwas, das unter Finns Haut lag, verursachte immer wieder Gänsehaut. Sie gingen durch eine etwas abgeschiedenere Gasse mit Marktständen, wobei der Suchzauber des Prinzen sie wie ein Kompass leitete.

Da am nächsten Tag die Tagundnachtgleiche-Feierlichkeiten stattfinden würden und die Königsfamilie einen Ball veranstalten wollte, befand sich die Stadt bereits in gehobener Stimmung. Beschwipste Paare tanzten im Kreis herum und warfen den Musikern, die einen schnellen Merengue nach dem anderen spielten, immer wieder Pesos hin.

Finn hätte eigentlich durch den Markt streifen und jeden Betrunkenen bestehlen sollen, der ihr über den Weg lief. Sie hätte sich auch gerne eine Sangria gegönnt, doch stattdessen unterstützte sie den Prinzen bei seinem Versuch, diese Magie mit irgendetwas aufzuspüren und einzufangen, das er aus diesem eigenartigen englassischen Buch gelernt hatte.

Wie alle Castallaner hatte auch Finn als Kind die Legende von Sombra und Nocturna gehört – über die Dunkelheit, die er bringen würde, wenn man ihn wiedererweckte. Einmal hatte sie ihre Mutter gefragt, was Nocturna war.

»Es ist das Ende alles Guten«, hatte sie geantwortet. Als sie klein gewesen war, hatte Finn diese Worte schnell wieder vergessen, doch nun bekam sie sie nicht mehr aus dem Kopf.

»Dort drüben!«, riss Alfie sie aus ihren Gedanken. Er deutete auf die blaue Eingangstür einer Schänke, die gut versteckt in einer ruhigen, dunklen Ecke der Krempe stand. Während er darauf zuging, hielt er die Hand ausgestreckt. Sie war rosig von der Hitze des schwarzen Staubes. »Das muss der Ort sein.«

Vielleicht wartete in dieser Schänke das Ende von allem Guten auf sie. Als Finn sah, wie sie hieß, blieb sie abrupt stehen – der Blaue Fingerhut.

»Meinst du wirklich, dass es hier ist?« Finn schluckte. Im Blauen Fingerhut sollte sie Kol den Tarnumhang übergeben. War sie heute Nacht hier? Das konnte kein Zufall sein. Niemand wagte es, eine von Kols Schänken zu betreten, ohne von der Bandenchefin dazu eingeladen worden zu sein.

Alfie sah unter der Kapuze seines Umhangs hervor auf sie herab. In der Krempe hatten sie den Tarnumhang abgestreift, um schneller voranzukommen, doch der Prinz hielt immer noch seinen Kopf bedeckt, damit die Leute ihn nicht erkannten. »*Sí.* Hast du ein Problem mit dieser Schänke?«

»Nein«, erwiderte sie und unterdrückte ihre Furcht. Sie hatte Kol ohnehin töten wollen. Also konnte sie es auch gleich jetzt erledigen und gleichzeitig dem Prinzen dabei helfen, die Magie einzufangen. Was sprach dagegen, zwei nervtötende Fliegen mit einer Steinfaust zu schlagen?

Der Prinz straffte die Schultern. »Dann bringen wir es zu Ende. Und zwar schnell.«

Es war mutig von ihm zu glauben, dass sie dieses Ding überhaupt in die Falle locken konnten, und dann auch noch schnell. Sie wechselten einen angespannten Blick, öffneten die blaue Eingangstür der Schänke und traten ein.

Als Erstes wehte ihr der metallische Geruch von Blut entgegen, so stark, dass sie ihn auch auf der Zunge schmeckte. Sie schlug sich eine Hand vor Mund und Nase und betrachtete das Grauen um sich herum.

Überall war Blut. Viel zu viel Blut.

Der Blaue Fingerhut war groß und weitläufig, mit einer Bar, die sich auf der linken Seite über die gesamte Länge des Raumes erstreckte. Auf der Holztheke stand das Blut so hoch, dass sie rot lackiert zu sein schien. Im ganzen Raum waren ungefähr zwanzig Leichen verstreut, wie Spielzeuge, die ein verwöhntes Kind durch die Gegend geschleudert hatte. Die vielen Tische und Stühle der Schänke lagen umgeworfen auf dem rutschigen Fußboden. Sie begriff nicht, was sie sah, da das viele Rot ihre Sinne betäubte.

Finn beugte sich ruckartig vor und übergab sich. Um nicht hinzufallen, hielt sie sich dabei an der Theke fest.

Als sie die Hand wieder zurückzog, sah sie, dass ihre Finger nass und grellrot waren. Mit einem erstickten Aufschrei wich sie einen Schritt zurück und rutschte auf etwas Knochigem aus – einer abgehackten Hand, die wie eine fleischige Spinne ausgespreizt auf dem Boden lag. Finn fiel auf die Knie und tränkte ihre Hosenbeine mit Blut. Aus diesem Blickwinkel erkannte sie, dass der Boden an mehreren Stellen mit dem schwarzen Staub bedeckt war, den sie bereits aus dem Palast kannte. Es sah aus, als hätte jemand einen Kamin in die Schänke geleert und die Asche zu Haufen zusammengefegt.

Der Prinz zog sie sanft an den Schultern hoch. Er sagte etwas zu ihr, aber seine Stimme klang gedämpft und hallte, als käme sie aus einer Flasche mit langem Hals.

Zwei Blutstropfen spritzten auf seine Stirn. Als sie an seiner Nase hinab und auf seine Lippen rannen, brach er mitten im Satz ab und sah mit schreckgeweiteten Augen nach oben. Widerwillig folgte Finn seinem Blick. Eine Leiche war mit Messern an die Decke genagelt. Aus dem klaffenden Schnitt in ihrer Kehle tropfte wie aus einem undichten Wasserhahn Blut.

Drei weitere Tropfen fielen auf Alfies Wange, bevor Finn ihn unter der Leiche wegzog. Wie betäubt wischte er sich über das Gesicht, wobei er das Blut in dicken Streifen auf der Haut verschmierte.

Ein Funken Hoffnung stahl sich in ihre Angst. Da diese Schänke Kol gehörte, befand sie sich vielleicht unter den Opfern des Massakers. Wenn das stimmte, wäre ihre Magie mit ihr gestorben, und Finn könnte wieder ihr *Propio* verwenden.

Sie konzentrierte sich und versuchte, ihr Gesicht zu verändern, doch dabei spürte sie immer noch den gleichen angestauten Schmerz im Kopf. Ihr *Propio* war nach wie vor blockiert. Der kurzlebige Hoffnungsfunke verlosch. Stattdessen wurde Finn von einem überwältigenden Zorn gepackt. Am liebsten hätte sie die Tische durch den Raum geschleudert und noch mehr Blut vergossen. Also war Kol noch am Leben. Und wahrscheinlich vermutete sie hinter diesem Gemetzel eine verfeindete Bande und hatte inzwischen die Stadt verlassen. Wie sollte Finn sie dann bloß finden?

Aus einem dunklen Winkel ihres Verstandes kroch ein erschreckender Gedanke hervor: *Werde ich für immer hinter diesem Gesicht gefangen sein?*

Diese Vorstellung bereitete ihr noch mehr Übelkeit als das Blutbad um sie herum.

Der Prinz riss die Augen auf und deutete auf etwas hinter Finn.

Sie folgte seinem Blick zu der blutverschmierten Theke, an deren Rand sie sich gerade noch festgehalten hatte. Erst erkannte sie nicht, worauf Finn sie zwischen all den zerbrochenen Flaschen und den reglos über der Bar hängenden Körpern aufmerksam machen wollte, doch dann sah auch sie die Hand mit den geschwärzten Nägeln, die hinter der Theke hochkam und das blutige Holz umklammerte. Dann folgte eine zweite Hand, und auf der anderen Seite der Bar erhob sich ganz langsam ein heftig zitternder Mann. Seine Augen waren komplett schwarz, und unter seiner Haut wanden sich erhabene dunkle Adern. Sein keuchender Atem jagte ihr einen kalten Schauder über den Rücken. Finn und Alfie wichen, ohne auf die Gliedmaßen und die Blutpfützen auf dem Boden zu achten, hastig von ihm zurück.

»Ich kann in sein Inneres sehen«, sagte der aschfahle Prinz. »Er ist voll ...«

Finn warf ihm einen Seitenblick zu. »Voll übel?«

Blinzelnd sah er sie an. »*Nein.* Voll schwarzer Magie. Sie steckt in ihm!«

Sie drehte sich wieder zu dem Mann um und verzog das Gesicht zu einer Grimasse. »Das ist nicht gut.«

Sie hatte geglaubt, die schwarze Magie würde alle Menschen in Staub verwandeln, so wie die beiden im Palast. Doch anscheinend konnte sie ihre Opfer auch wie ein Parasit befallen. War dieser Mann noch am Leben und wurde von der Magie gesteuert? Finn presste die Zähne zusammen. Sie wusste sehr gut, wie quälend es war, im eigenen Körper gefangen zu sein, während ein anderer die Fäden zog. Sie griff nach einem ihrer Dolche, um den Mann von seinem Leid zu erlösen. Doch als er mit einem gutturalen Knurren über die Theke glitt, wusste Finn, dass sie sich getäuscht hatte. Diese Kreatur war kein Mensch mehr. Er hatte sich in etwas komplett anderes verwandelt, und Finn hatte Angst davor herauszufinden, was es war.

Während er die Finger mit den schwarzen Nägeln nach ihnen ausstreckte, gruben sich seine Knie in die Glasscherben auf der

Theke. Finn zog mit abgeknicktem Handgelenk den Dolch aus dem Ärmel, doch als sie damit auf den Hals des Mannes zielte, begann seine Haut aufzuplatzen. Schwarze Risse breiteten sich auf ihm aus, bis er aussah wie zersprungenes Glas. Dann zerbröckelte er Stück für Stück zu schwarzem Staub. Finn sah mit offenem Mund zu, wie er sich geräuschlos auflöste. Nicht einmal ein gequälter oder überraschter Schrei drang ihm über die Lippen. Alles, was von ihm übrig blieb, war seine Kleidung und der schwarze Staub auf der Theke, der sich schnell mit Blut vollsog.

»Was zum Henker war das?«, fragte Finn und machte einen Schritt auf die Bar zu.

Alfie hielt sie am Arm zurück. »Warte!« Seine Stimme klang gepresst.

Ein schwarzer Rauchfaden, kleiner als der, den sie im Blauen Raum gesehen hatte, stieg von der Asche auf. Die Magie hatte den Mann von innen verbrannt und war nun auf der Suche nach einem frischen Körper, mit dem sie das Gleiche tun wollte. Ihren würde sie auf keinen Fall kriegen.

Der Prinz stand reglos neben ihr. Er strömte einen unverkennbaren Geruch nach Angst aus.

Sie krallte sich an seiner Schulter fest. »Der Moment für deinen Zaubertrick ist gekommen! Fang sie ein!«

Die Berührung schien ihn in die Realität zurückzuholen. Er zog sich eine Halskette über den Kopf, an der eine gekonnt geschnitzte Drachenfigur hing. Dann biss er sich in den Daumen, bis Blut hervorquoll, und zeichnete damit einen krakeligen Kreis auf die Brust des Drachen. Schließlich holte er tief Luft, hielt den Drachen in die Höhe und rief: *»Cerrar!«*

Finn wartete, doch nichts passierte.

Der dunkle Rauch schenkte dem Prinzen keine Beachtung.

Stattdessen stieg er weiter langsam aus der Asche auf und ballte sich über der Theke zu einer schrecklichen dunklen Kugel zusammen.

Alfie sah auf den Drachen hinunter, sein Mund klappte geräuschlos auf und zu.

Finn sah ihn finster an. *»Ist das dein Ernst?«*

»Es funktioniert nicht«, flüsterte er ängstlich. »Es ist …«

»Ja, ich sehe, dass es nicht funktioniert. Wir müssen hier raus!«

»Nein, ich muss es weiterversuchen!«, fuhr Alfie sie an. »Sonst wird es noch mehr Opfer geben!«

»Ja«, fauchte sie zurück. »Und das erste Opfer wirst du sein. Lass uns hier verschwinden!«

Alfie wollte gerade protestieren, als zwischen den Tischen und Leichen tiefer in der Taverne ein schmerzhaftes Stöhnen erklang. Ein Mann erhob sich aus dem Gemetzel und hinkte auf sie zu. Bislang hatte er so starr dagelegen, dass sie ihn in diesem scharlachroten Tableau für tot gehalten hatten. Seine Augen waren nicht schwarz. Er war ein normaler Mensch. Er presste eine Hand auf die Wunde an seiner Seite und sah Finn an. »Hilfe! Bitte hilf mir!«

Als die aufgewickelte schwarze Magie die Stimme bemerkte, fuhr sie herum. Sie schoss von Finn und Alfie fort und zwängte sich in den Hals des Mannes, der vor Schmerzen kreischte. Alfie schrie auf und streckte den Arm aus, als könnte er dem Mann irgendwie helfen. Der Fremde fiel krampfhaft zuckend auf die Knie. Alfie wollte zu ihm gehen, doch Finn streckte den Arm zur Seite und versperrte ihm so den Weg. Der Mann erschlaffte und ließ den Kopf hängen, sodass sein Gesicht nicht mehr zu sehen war. Schweigend kniete er zwischen den Glasscherben und zerbrochenen Möbeln.

»Sie bewegt sich von einem Menschen zum nächsten«, hörte Finn den Prinzen entsetzt flüstern. »Und tötet sie dabei.«

Finn trat mit vorgerecktem Kinn auf den reglosen Mann zu. »He du! Mir ist egal, dass du mit irgendeinem blöden Gott verwandt bist. Du beantwortest jetzt meine Fragen. Was willst du?« Zu ihrem Missfallen hörte sie, wie sich ein ängstliches Zittern in ihre Stimme schlich. Der Mann bebte beim Aufstehen vor Begeisterung, als wäre er ein Kind, das sich auf Süßigkeiten freute. »Antworte mir, oder ich ziehe dir bei lebendigem Leib die Haut ab!«

Er krümmte die Finger und sah sie genauso amüsiert an, wie eine Katze eine hinkende Maus betrachten würde. »Ihr singt seit vielen Generationen Lieder über meinen Meister und ruft ihn an«, sagte er. Die schwarzen Adern bewegten sich wie Würmer unter seiner Haut. Er öffnete den Mund und sang mit unzähligen Stimmen, die gewaltsam zu einer einzigen verwoben worden waren.

Der schwarze König ist nicht länger aus Stein
Er kommt und nistet sich in deinem Herzen ein
Deine Augen werden bluten, deine Seele brennen
Du wirst knien und ihn deinen Meister nennen

Husch, husch, mein Kindchen, nun geh schnell schlafen
Denn sonst erwacht Sombra, um dich blutig zu bestrafen

Es war ein einfaches Liedchen über diese dumme Legende. Kinder sangen es, um ihren Freunden Angst einzujagen und gemeinsam zu lachen. Doch nun klang in Finns Ohren jedes Wort wie eine Drohung.

»Ihr singt seinen Namen.« Der Mann grinste sie breit an.

»Wir werden diese Welt von falschen Königen befreien und ihn aufwecken. Er wird euren Ruf erhören.«

Spucketröpfchen spritzten von seinen Lippen, während er lachte. Im nächsten Moment rannte er auf sie zu. Seine Bewegungen sahen aus, als wäre er nicht daran gewöhnt, von Haut und Knochen begrenzt zu sein. Seine Arme und Beine knickten in seltsamen Winkeln ab. Sie hörte, wie seine Schuhsohlen über das Blut glitten.

Finn wartete nie ab, bis jemand sie angriff. Das war nicht ihr Stil. Sie genoss das Gefühl der Stärke, wenn sie den ersten Schritt machte, egal ob es eine gute Idee war oder nicht. In diesem Fall schien es eine ausnehmend schlechte Idee zu sein. Aber es war typisch für Finn, dass sie sich kopfüber in aussichtslose Situationen stürzte.

Und so wollte sie es auch diesmal machen.

Sie stürmte vor und stellte sich ihm in der Mitte der Schänke, wo sie Steine aus der Erde zog, mit denen sie ihre Fäuste einhüllte. Der Mann unternahm keinen Versuch, sich zu verteidigen. Stattdessen grinste er nur. Finn schlug ihm ansatzlos in den Magen und spürte, wie mehrere Rippen brachen. Doch die Kreatur taumelte nur ein Stück zurück und bekam einen Lachanfall.

»Für unsere Sache brauchen wir Körper«, sagte er mit seiner einschmeichelnden Stimme und richtete sich trotz der gebrochenen Rippen gerade auf. Ignacio hatte Finn beigebracht, wie weh Rippenbrüche taten. Der Mann hätte sich vor Schmerzen krümmen müssen. »Dabei ist es egal, ob sie kaputt oder unversehrt sind. Und deiner ist uns sehr willkommen.«

Als er sich auf sie stürzte, hob Finn erneut die Fäuste, doch er schlug sie mühelos zur Seite. Da wusste sie, dass er nur mit ihr gespielt hatte, als er sich von ihr schlagen ließ. Diese peinliche Erkenntnis traf sie wie ein Peitschenhieb.

Blitzschnell schloss er eine Hand um ihren Hals und hob sie mit beängstigender Stärke vom Boden hoch. Sie krallte mit den Nägeln nach seinem Handgelenk, bis die dünne Haut aufriss und Blut über ihre Finger quoll. Wieder grinste er sie nur an. Doch dann wich das Grinsen aus seinem Gesicht, und er sah aus, als röche er einen Gestank auf ihrer Haut. »Du bist dicht dran, aber du nützt mir nichts.«

Seine Hand drückte fester zu, und Finn spürte, wie ihre Knochen in seinem Klammergriff ächzten. Wie lange würde es dauern, bis sie splitterten?

Mit tränenden Augen stieß sie ein einziges Wort hervor: *»Prinz!«*

Sie hörte seine ungeschickten Schritte und wie er fast in dem Blut ausrutschte. Dann ertönte das dumpfe Geräusch, mit dem sich ein spitzer Gegenstand in Fleisch bohrte. Der Mann erstarrte und ließ sie mit weit aufgerissenen Augen fallen. Als sie mit dem Rücken auf dem blutigen Boden aufschlug, kehrte sofort ihre Körperwärme zurück. Ihr Schatten sah grau und kraftlos aus. Hinter dem schwarzäugigen Mann stand der Prinz, und aus der Brust ihres Angreifers ragte ein Dolch aus Eis.

Als der Mann mit den schwarzen Augen tot umfiel, wusste Alfie nicht, wie er es gemacht hatte.

Wie er jemanden mit seinen eigenen Händen getötet hatte.

Finn hatte nach ihm gerufen. Die Verzweiflung in ihrer Stimme hatte ihn aus seiner Schockstarre gerissen und eine wilde Energie in ihm entfesselt. Er war hinter den Mann gelaufen und hatte ihn in den Rücken gestochen, geradewegs durchs Herz. Wie ein Feigling. Und nun stand er in der Mitte der Schänke in einem Durcheinander aus umgeworfenen Tischen und Stühlen und hatte eine Leiche vor sich liegen, während ihm das Herz bis zum Hals schlug.

Ein Schluchzen entrang sich seiner Kehle.

An dem Tag, als er Paloma angegriffen hatte, war er sich selbst unheimlich geworden. Er hatte sich so sehr vor dem gefürchtet, wozu er fähig war, dass er es tief in sich begraben wollte. Aber wer war er, wenn er einen Menschen auf diese Weise töten konnte? Das Schlimmste war, dass er im Moment keine Zeit hatte, sich darüber Sorgen zu machen, dass er sich verlieren könnte. Es war seine Pflicht, diese Magie einzufangen und sein Königreich zu retten, selbst wenn er dafür Dinge tun musste, die ihn von sich selbst entfremdeten.

Finn richtete sich langsam auf und kam mit ungewohnt ängstlichem Blick zu ihm herüber. Dann legte sie ihm eine Hand zwischen die Schulterblätter.

»Eine schlimme Sache macht nicht alles Gute ungeschehen, Prinz«, sagte sie und sah auf den Toten hinunter. »Es ist mehr als das nötig, damit du dich selbst verlierst. Vertrau mir. Ich habe es gesehen.«

Alfie schwieg. Wie hatte sie so deutlich erkennen können, dass ihm gerade das Herz brach? Dann wurde ihm klar, dass sie früher mal ebenso reagiert haben musste, wenn sie jemanden tötete. Doch mit der Zeit hatte sie diesen Teil von sich abgelegt, wie eine Schlange, die sich häutete. Das kam Alfie schrecklich traurig vor. Er riss die Flasche aus ihrer Halterung an der Hüfte und trank einen großen Schluck. Die Hitze des Tequilas legte sich wie ein Verband auf die Wunde in seinem Herzen. Er sah Finn an und merkte, dass er weinte. »Wirst du mich aufhalten, wenn ich zu weit gehe?«

Sie erwiderte seinen Blick mit grimmiger Entschlossenheit. »Wenn du das tust, werde ich es dir sagen. Dann entscheidest du selbst, ob du aufhörst oder weitermachst. Ich kann dich nicht aufhalten.«

Alfie blieb nichts anderes übrig, als zu nicken, bevor er sich mit dem Handrücken über die Augen wischte. Sein nervöser Schatten legte sich eng um ihn. Das Blut des Mannes breitete sich in einer Lache auf dem Boden aus. Er wollte ihr ausweichen, blieb dann aber stehen und ließ zu, dass sich die Sohle seines Schuhs vollsaugte. Es war sein Fehler gewesen. Er hatte die dunkle Magie befreit und deswegen nun das Blut dieses Mannes an den Händen. Wieso also nicht auch an den Schuhen?

»Es tut mir so leid«, sagte Alfie mit belegter Stimme zu dem Toten. Er kniete sich neben ihn, unsicher, was er tun und was er sagen sollte. Paloma hatte ihn gewarnt, dass er sich nie an einer unbekannten Magie versuchen solle, weil so etwas immer unabsehbare Konsequenzen habe.

Er hätte auf sie hören und seine Grenzen wahren müssen.

Alfie legte dem Toten eine Hand auf die Schulter. »Bitte vergib mir«, sagte er mit Tränen in den Augen. »Ich wollte nie, dass dir oder sonst irgendwem etwas geschieht. Das ist meine Schuld.«

Finns Hand glitt von seinem Rücken zu seiner Schulter. »Wir müssen gehen, bevor es noch einmal passiert, Prinz. Komm, steh auf.«

»Nein«, erwiderte Alfie. Seine Arme und Beine fühlten sich bleischwer an. Er war für all das verantwortlich, für den Jungen, von dem nichts mehr übrig war bis auf den Ohrring in der Asche. Er konnte nicht gehen, egal, wie viel Angst er hatte.

Die Schulter der Leiche zuckte unter seinen Fingern.

Alfie riss die Hand zurück und sprang auf. Die Magie würde sich gleich aus dem Körper erheben. Diesmal würde er es richtig machen. Er würde sie einsperren. Der Körper begann zu zucken und sich in seinem eigenen Blut zu wälzen. Dabei schabten die Glasscherben über den Boden. Es klang, als würde jemand mit den Fingernägeln über eine Tafel kratzen.

Nicht der Körper bewegte sich, sondern die dunkle Magie in ihm, die sich einen Weg ins Freie bahnte, wie ein Parasit, der in einem toten Wirt gefangen war. Ein Körper ohne Herzschlag war nutzlos für ihn. Da Alfie diesen Mann getötet hatte, war er gezwungen, herauszukommen und sich ein weiteres Mal eine neue Heimstatt zu suchen.

Der Unterkiefer des Mannes wurde schlaff und klappte auf. Dicker schwarzer Rauch quoll aus dem blutigen Mund wie dunkles Harz aus einem Baum. Alfie geriet in Panik und konnte kaum noch einen klaren Gedanken fassen, während der Körper weiterzuckte und immer mehr dunkle Magie hervorwürgte.

Irgendwie musste er sie eindämmen. Er hoffte, dass es stimmte, was er in dem englassischen Buch gelesen hatte. Es war seine einzige Chance, dies hier zu beenden.

»Wenn es vorhin nicht funktioniert hat, wird es auch jetzt nicht funktionieren!«, rief Finn hinter ihm, während die Magie aus dem Körper quoll. »Wir müssen gehen!« Sie versuchte, ihn von dem Leichnam wegzuzerren, doch er wich nicht von der Stelle. Ungläubig sah sie ihn an. »Willst du für das hier wirklich dein Leben opfern?«

Alfie verstärkte den Griff um den Drachen und erwiderte ihren Blick. Er versuchte nicht, die Angst zu verbergen, die in ihm tobte. Zumindest ein Mensch sollte erfahren, dass er sich nicht von seiner Furcht hatte aufhalten lassen. »Gibt es denn nichts, wofür du deines opfern würdest?«

Finn schaute ihn an, als wäre ihm plötzlich ein zweiter Kopf gewachsen. »Du hast wohl den Verstand verloren.«

Alfie richtete den Blick wieder auf die Magie, die wie Eiter aus dem Körper floss. Er hatte schreckliche Angst vor ihr, aber noch mehr fürchtete er sich davor, was sie mit ihm machen würde, wenn er sie entkommen ließe. Dies war seine Verantwortung. Bevor er wie ein Feigling davonrannte, würde er lieber hier sterben.

Wie ein Feigling, der einem Menschen in den Rücken stach.

»Du bist ein Idiot.« Sie wich vor ihm zurück und zog die Dolche aus ihrem Gürtel, während sie um einen zerbrochenen Barhocker herumtrat. Alfie glaubte, aus ihren beleidigenden Worten einen gewissen Respekt herauszuhören. »Du bist tapfer, aber ein Idiot.«

Die Dunkelheit wirbelte vor ihm. Bei ihrem Anblick wurde sein Körper taub und kalt. Noch nie hatte er selbst eine so schwarze Magie produziert.

Plötzlich hatte Alfie eine Idee. »Magie mit gleicher Farbe fließt immer zusammen«, wiederholte er Palomas Worte.

»Jetzt ist wohl kaum die richtige Zeit für eine Zauberstunde!«, zischte Finn ihn von hinten an.

»Sei leise!«

Gleichfarbige Magie floss immer zusammen. Er hatte es selbst beobachtet, während er zusah, wie die Magie der Menschen in farbigen Bändern die Luft durchdrang. Das war der Grund, weshalb ihn sein *Propio* dazu befähigte, seine eigene Magie mit der eines anderen Menschen zu verknüpfen. Wenn diese schwarze Magie eine ebenso schwarze Magie wahrnahm, würde sie ihr vielleicht folgen und versuchen, in ihrer Nähe zu bleiben. Vielleicht würde sie ihr sogar gehorchen. Das ergäbe Sinn. Vielleicht war es das, was er tun musste, um sie einzusperren.

Alfie machte seine Magie so schwarz, wie er nur konnte. Dann hüllte er damit den Drachen ein, den er fest in der Hand hielt. Die schwarze Magie, die aus dem Leichnam quoll, schien es zu bemerken und sich über den Anblick zu freuen. Sie erhob sich von dem Körper und schwebte in das offene Maul des Drachen, als hätte sie in ihm einen Verwandten erkannt. Alfie spürte, wie sich der kleine Drache in seiner Hand erwärmte. Die Magie blieb in seinem Inneren, als wartete sie darauf, dass Alfie etwas sagte. Ihr etwas befahl.

Alfie, dessen Magie immer noch schwarz wie die Nacht war, presste die blutige Spitze seines Daumens mit aller Kraft auf den Drachen und rief erneut: »*Cerrar!*«

Er schloss die Augen und rechnete damit, dass die Magie seinen Trick wiedererkannte und ihn verschluckte. Aber das tat sie nicht. Der Drache summte bloß auf seiner Handfläche und war warm von der in ihm gespeicherten Energie.

Alfie ließ sich rückwärts an die Bar sinken und streifte sich die Kette mit dem Drachen wieder über den Kopf. Irgendwie hatte er es geschafft. Vielleicht würde ja doch noch alles in Ordnung kommen. Vielleicht würde er es in Ordnung bringen.

Wie zur Antwort auf diesen Wunschtraum sank die Leiche in sich zusammen, ihre Haut wurde schwarz und zerbröselte, bis der ganze Körper nur noch ein Haufen Asche war.

Der schwarze Staub stieg Alfie in die Nasenlöcher. Ihm wurde schlecht vom Geruch des verbrannten Fleisches. Ein Leben und alle damit verbundenen Möglichkeiten waren auf einen Schlag ausgelöscht worden.

Vielleicht würde ja auch nichts je wieder in Ordnung kommen.

Finn hockte sich neben ihn und lehnte sich mit dem Rücken an einen der kleinen runden Tische, der trotz des Chaos um ihn herum immer noch aufrecht stand. »Hat es funktioniert?«

Alfie verstärkte den Griff um den Drachen, der warm an seiner Brust lag. »Ich … ich glaube ja.«

»Das war es dann also? Wir haben sie eingefangen?« Alfie

hörte die Hoffnung in ihrer Stimme und hielt sich selbst daran fest. »Sind wir damit fertig?«

Alfie holte zitternd Atem. Also würde er nicht die beschämten Blicke von Paloma und seinen Eltern ertragen müssen. Niemand würde mehr wegen seines dummen Fehlers sterben müssen. Nun konnte er erhobenen Hauptes beim morgigen Ball erscheinen und versprechen, dass er die Zukunft seines Königreiches sichern und nicht gefährden würde. Alfie wischte sich noch einmal mit der Hand über die Augen. »Wir haben es geschafft.«

Jetzt musste er nur noch überlegen, wo er diese schreckliche Magie aufbewahren sollte, damit niemand sonst sie fand. Aber das schien ihm im Vergleich zu dem, was sie gerade durchgemacht hatten, keine große Herausforderung mehr zu sein.

Finn nickte und ließ erleichtert die Schultern sinken. »Dann lass uns so schnell wie möglich von hier verschwinden.«

Alfie hielt sich an dem Tisch hinter Finn fest und zog sich langsam daran hoch. Als er stand und die Tischplatte wieder losließ, sah er das Blut auf seiner zitternden Hand. Er wusste nicht, ob es von dem Möbelstück stammte oder von dem Mann, den er getötet hatte. Sie stiegen über die Leichen hinweg und bahnten sich einen Weg durch die zerbrochenen Lampen und Flaschen. Dabei stieß Alfies Schulter gegen ihre, und er merkte, dass er die Berührung genoss. Er war dankbar, dass er nicht allein hier war und dass er diesen albtraumhaften Tag gemeinsam mit ihr durchgestanden hatte.

Als sie schließlich aus der Schänke traten, sog Alfie tief die frische kühle Luft ein. Er hatte nie gemerkt, wie schön es war, Luft zu atmen, die nicht nach geronnenem Blut schmeckte.

Finn sah ihn an. »Ich muss ehrlich sagen, ich hätte nicht gedacht, dass du es schaffst, Prinz.«

Während sie sich von der blutigen Schänke entfernten, betrachtete Alfie die Verkaufsstände voll magischem Nippes, Backwaren und Sangria mit neuer Wertschätzung. Sein Volk war in Sicherheit und konnte weiterhin alles genießen, was dieser Marktplatz zu bieten hatte – was sein ganzes Königreich zu bieten hatte. Er beobachtete, wie die Menschen fröhlich von Stand zu Stand gingen und sich auf das morgige Tagundnachtgleiche-Fest vorbereiteten.

Der Gedanke an den Mann, den er getötet hatte, und all diejenigen, die durch die Berührung der Magie zu Staub zerfallen waren, brach ihm zwar das Herz, doch nun bestand wieder Hoffnung. Er hatte die Sache in Ordnung gebracht.

Erschöpft, aber in aufgekratzter Stimmung drehte er sich zu Finn um. »Vielen Dank. Ich …«

Bevor Alfie den Satz beenden konnte, stieß ihn etwas, das er nicht sehen konnte, und er flog zehn Körperlängen nach hinten, bis er mit dem Hinterkopf gegen die Tür des Blauen Fingerhuts knallte.

»Prinz!«, hörte er Finn rufen, während er an der Tür hinunterrutschte und zu Boden sank. Es klang, als riefe sie seinen Namen von der anderen Seite eines langen Tunnels.

Dann hüllte ihn die Dunkelheit ein.

Kapitel 18

Vaterinstinkte

Während der Mann durch die Krempe schritt, fühlte sich die Macht in seinem Körper wie ein Blitz an, der in einer Flasche eingesperrt war.

Er hatte eine Schänke verwüstet und die Magie in ihm alle Menschen in Sichtweite aufzehren lassen. Jeden, der es wagte, ihn anzugreifen, hatte er eigenhändig abgeschlachtet. Mit jedem Körper, den sich die Magie einverleibte, war die Macht in ihm gewachsen. Dabei waren seine Sinne in geradezu berauschender Weise geschärft worden. Jedes Haar auf seiner Haut schien lebendig zu sein. Er konnte die Luftströmungen um ihn herum spüren, einzelne Windhauche, die sich unabhängig voneinander bewegten. Er roch den frischen Fassadenanstrich einer Hacienda, die sich Meilen entfernt tief in der Stadt befand.

Während er die Leute auf dem Marktplatz beobachtete, wollte er die Leute anschreien, ihnen ins Gesicht lachen und sie in Stücke reißen, damit sie erkannten, wie unbedeutend sie im Vergleich zu ihm waren.

Er wollte, dass sie alle vor ihm das Knie beugten.

Noch nicht, zischte die Magie in ihm. *Die Menschen in der Schänke zerfallen zu Staub, weil sie nicht würdig sind. Die Macht, die du spürst, wird nachlassen, während sich ihre Körper auflösen. Wir müssen welche suchen, die stark genug für …*

»Ruhe«, unterbrach er sie. Die Luft trug etwas zu ihm heran. Es war ein schmerzlich vertrauter Geruch, der an ihm zerrte und seinen Rachedurst weckte. In diesem Durcheinander aus Geräuschen und Berührungen befand sich das Mädchen, das ihm alles genommen hatte. Er konnte ihre Angst riechen.

Nicht jetzt, beharrte die Magie. *Du wirst das Mädchen und noch viel mehr bekommen, nachdem wir …*

Er schüttelte den Kopf. Die Worte der Magie trafen bei ihm auf taube Ohren. Finn war hier. Wie erwartet hatte das Schicksal sie in diese Stadt geführt. Er machte kehrt und ging zur blutgetränkten Schänke zurück, wo seine Tochter auf seine Liebe und sein Urteil wartete. Eigenartigerweise waren diese beiden Dinge oft ein und dasselbe.

Die Magie wand sich zornig in ihm, doch Ignacio ignorierte sie. Als guter Vater wollte er natürlich nach seiner Tochter sehen.

Kapitel 19

Der Puppenspieler

Mit einem Dolch in der Hand drängte Finn sich durch die Menge und rannte zum Blauen Fingerhut zurück, wo der Prinz zusammengesunken an der Tür lehnte. Sie kniete sich neben ihn und suchte den geschäftigen Marktplatz nach einem Feind ab, der den Prinzen mithilfe von Magie wie ein Stöckchen durch die Luft geschleudert hatte, das ein Hund apportieren sollte.

Niemand stach ihr ins Auge. Es waren nur Marktbesucher, die von einem bunten Stand zum nächsten zogen und über das bevorstehende Fest schwatzten. Ein paar von ihnen sahen sie und den Prinzen an. Sie flüsterten miteinander und kamen her, um ihnen zu helfen. Doch als sie den Dolch und ihr angriffslustiges Gesicht sahen, wichen sie wieder zurück.

Alfies Brust hob und senkte sich unter regelmäßigen Atemzügen, doch sein Hinterkopf, mit dem er gegen die Tür geknallt war, blutete.

Ein alter Mann mit einem Gehstock näherte sich. »Geht es deinem Freund gut, Señorita?« Er streckte die Hand nach ihrer Schulter aus. *»Qué pasó ...?«* Er verstummte mitten im Satz und blieb wie erstarrt vor ihr stehen.

Mit wild pochendem Herzen sah sie zu ihm hoch und

schnippte mit den Fingern vor seinem unbewegten Gesicht. »Hallo?«

Es war, als hätte sich der Mann in eine Statue verwandelt. Eigentlich hätten ihm vor Anstrengung die Augen tränen müssen, da er nicht blinzelte. Seine Finger, die über ihrer Schulter schwebten, verkrampften sich weder noch zuckten sie. Finn fühlte die Wärme, die von seinem Körper ausging, doch er sah aus, als befände er sich in Leichenstarre. Bildete sie sich das alles etwa nur ein? Hatte sie während der Auseinandersetzung in der Schänke einen Schlag auf den Kopf abbekommen?

Mit einem Mal wurde ihr bewusst, wie ruhig es um sie herum geworden war.

Sie sah an dem alten Mann vorbei und erkannte, dass alle in der Krempe, Käufer, Verkäufer, tanzende Paare und Straßenmusiker, aufgehört hatten, sich zu bewegen. Ein paar standen mit offenen Mündern da, als befänden sie sich gerade mitten im Gespräch. Ein Mann hielt den steifen Arm ausgestreckt. Offenbar war er gerade dabei gewesen, einem Händler Pesos in die Hand zu zählen. Außer Finn rührte sich niemand mehr.

»Was zum Henker?«, hörte sie ihre eigene Stimme in der Stille dröhnen. Sie drehte sich um und ließ den Blick über den weitläufigen Marktplatz gleiten. Vor einem lautlos schreienden Mann hing ein Speicheltropfen in der Luft. Die Brust des Prinzen hob und senkte sich noch immer. Vielleicht war er wegen seiner Verletzung von der Starre verschont geblieben. Finn war jedenfalls froh, ihn atmen zu sehen.

»Prinz!« Sie rüttelte ihn an der Schulter. »Wach auf! Irgendetwas geht hier vor. Wach auf!«

Doch er blieb bewusstlos.

Von hinten trug der Wind eine Stimme an sie heran. *»Kleines Chamäleon ...«*

Die Worte klangen so melodisch und sanft wie ein Schlaflied.

Ignacio.

»Er ist nicht hier«, sagte sie zu sich selbst. »Er ist nicht hier. Wach auf.«

Das Ganze war ein Albtraum. Was sie im Palast gesehen hatte. Dass Kol ihr das *Propio* genommen hatte. Dass die Krempe erstarrt war. All das war nur ein Traum, aus dem sie jeden Moment erwachen würde. Ganz sicher. Sie musste daraus erwachen.

»Du weißt, dass ich es nicht mag, wenn du dich mit Gesindel einlässt …«

Ignacios Worte blendeten alles andere um sie herum aus. Mit zitternden Händen überließ sich Finn, die immer noch neben dem blutenden Prinzen kauerte, dem Sog seiner Stimme und drehte sich um. Er stand inmitten des unbewegten Tableaus, am anderen Ende der Marktgasse, die vom Blauen Fingerhut abging. Ein kalter Schauder durchlief sie, wie eine Schlange, die sich unter ihrer Haut entlangwand. Sie bekam keine Luft. Die Ruhe war nicht mehr eine bloße Abwesenheit von Geräuschen, sondern eine Warnung vor dem, was kommen würde.

Er machte einen Schritt auf sie zu.

Diese eine Bewegung löste eine Furcht in ihr aus, die sie zu lähmen drohte. Er war gekommen, um sie erneut in Besitz zu nehmen und ihr seinen Willen aufzuzwingen. Finn drehte sich um und lief vor ihm davon. Als sie um die Ecke des Blauen Fingerhutes bog, gelangte sie in eine Marktgasse, in der ausschließlich teurer Schmuck, Seidenstoffe, Abendkleider und Umhänge verkauft wurden. Sie rannte an Ständen mit leblosen Kunden und Händlern vorbei. Aufgewehte Stoffbahnen hingen wie versteinert in der Luft. Finns Arme schwangen rasend schnell vor und zurück, während ihre Füße sie immer weiter vom Prinzen forttrugen. Wäre sie bei Alfie geblieben, hätte Ignacio bestimmt geglaubt, sie würde sich etwas aus ihm machen, und hätte ihn umgebracht.

Oder er hätte Finn dazu gezwungen, ihn umzubringen.

»Nein«, sagte sie und wehrte sich mit aller Kraft gegen diesen Gedanken, während sie immer tiefer in das Gassengewirr hineinlief. Sie würde ihm nicht mehr erlauben, sie zu etwas zu zwingen.

Niemals.

Da plötzlich schlang sich ein Seil wie eine Fußfessel um einen ihrer Knöchel und hielt sie fest. Vom eigenen Schwung mitgerissen, stürzte sie zu Boden und landete direkt neben einem Stand voller Kleider in Juwelenfarbtönen mit offenem Mund im Dreck. Der Griff um ihr Bein war so fest, dass es sich anfühlte, als wäre eine Hand aus der Erde hochgeschossen und hätte sie am Knöchel gepackt. Finn blickte über die Schulter zurück und sah Ignacio, der gemächlich auf sie zuschritt.

»Marionettenschnüre, mein kleines Chamäleon, Marionettenschnüre.«

Obwohl sich seine Lippen nicht bewegten, hörte sie deutlich seine Stimme. Von überall und nirgends, als wäre sie schon immer in ihrem Kopf gewesen. Wie machte er das? Wie hatte er sie gefunden? Seine Augen hatten sich verändert. Sie waren komplett schwarz. Die Panik betäubte ihren Verstand.

Er sah genauso aus wie der Mann im Blauen Fingerhut.

Ignacio war mit der schwarzen Magie verwoben. Finn schnürte es die Kehle zu. Er hatte sich schon als normaler Mensch wie ein Ungeheuer verhalten. Nun war er zu etwas ganz anderem geworden – einem Geschöpf, das jeden Funken seiner dunklen Magie dazu verwenden würde, Finn wie einen Hund zu jagen, der sich ohne Erlaubnis zu weit von seinem Herrchen entfernt hatte. Im Gegensatz zum Mann im Blauen Fingerhut hielt er keine Vorträge über einen dunklen Gott, der zum Leben erwachen würde.

Ignacio war wie immer, nur mächtiger. Finn wusste nicht, ob das besser oder schlechter war.

Finn konnte kaum noch atmen, als Ignacio mit schwarz funkelnden Augen einen weiteren Schritt auf sie zumachte.

Verzweifelt versuchte sie, die Schnur mit einem ihrer Dolche zu durchtrennen, aber es ging nicht. Das Gewebe bog sich, ohne entzweizugehen, über die Klinge.

Ignacio kam immer noch auf sie zu. Finn musste von hier weg. Sie zerrte mit der freien Hand an der Schnur, die ihr schmerzhaft tief in die Handfläche schnitt, sich aber nach einem langen Moment endlich löste. Finn sprang auf und rannte weiter.

»Wo willst du denn so eilig hin?«, rief er hinter ihr her. »Wir hatten noch gar keine Chance, uns zu unterhalten. Und ich habe ein Geschenk für dich, kleines Chamäleon. Ich glaube, du wirst es mögen.«

Sieh nicht zurück, sieh nicht zurück. Solange sie ihm nicht in die Augen sah, konnte er sie nicht wie früher manipulieren.

Sie kam gerade mal vier Stände weit, bevor sie hinter sich ein surrendes Geräusch wie von einer ausgeworfenen Angel vernahm. Mehrere Schnüre schnitten durch ihre Kleidung und gruben sich ihr in den Rücken und die Fersen. Ignacio riss so stark an ihnen, dass sie nach hinten umfiel und auf ihn zuschlitterte. Mit brennender Lunge stemmte Finn sich auf alle viere hoch. Inzwischen war sie wieder auf Höhe des Kleiderstandes. Erneut machte sie sich über die Schnüre her. Doch diesmal konnte sie sich weder mit dem Dolch noch mit bloßen Händen von ihnen befreien. Stattdessen spürte Finn, wie sie sich immer tiefer in ihre Haut fraßen. Sie krallte sich am Boden fest, um sich der Zugkraft zu widersetzen. An einer Ferse, wo eine der Schnüre sie erbarmungslos zurückzerrte, riss die Haut auf. Das Bein rutschte unter ihr weg, und aus der zerfetzten Wunde spritzte Blut. Sie war erledigt. Nun würde sie wieder ihm gehören.

Als Nächstes hörte sie seine ruhigen Schritte herannahen. Als er direkt neben ihrem Kopf stehen blieb, hielt sie die Augen fest auf den Boden gerichtet.

»Sieh nur, was du getan hast.« Ignacio schnalzte vorwurfsvoll mit der Zunge, als wäre sie ein Kind, das sich die Knie aufgeschlagen hatte. »Du hättest nicht davonlaufen dürfen. Jetzt hast du dich selbst verletzt. Das ist wieder mal typisch für dich.«

Da es keinen Grund mehr gab, seinem Blick auszuweichen, sah Finn zu ihm hoch. Sie schnappte nach Luft. Aus der Nähe erkannte sie, dass er immer noch genauso aussah wie vor einem Jahrzehnt, als sie ihm zum ersten Mal begegnet war – jung und viril, mit dichten Augenbrauen und dunkelbraun glänzenden Haaren. Seine Haut war glatt, und nichts deutete mehr darauf hin, was sie seinen Augen angetan hatte. Unter der Haut pulsierten dicke finstere Adern, genau wie bei den infizierten Männern in der Schänke. Sie bildeten ein Gitternetz aus Dunkelheit. Der Anblick jagte ihr noch mehr Angst ein. Sie presste sich eine Hand auf den Bauch, damit sie sich nicht vor ihm übergab.

»Du wolltest, dass ich vor dir wegrenne«, fauchte sie und umklammerte die Wunde an der Ferse. Doch der Druck half nichts. Im Nu waren ihre Hände blutüberströmt. Sie kannte nicht die Schreibtischmagie, mit der man so eine Verletzung heilen konnte. »Du willst nichts haben, was nicht versucht, vor dir davonzulaufen.«

»In deinem Fall: davonzuhumpeln. Aber du hast recht.« Er schenkte ihr ein verschlagenes Lächeln. Sie dachte nur ungern daran zurück, wie sie es sich von ihm abgeschaut und vor dem Spiegel versucht hatte, den verschmitzten Schwung seiner Lippen zu kopieren. Wenn sie sich lächeln sah, entdeckte sie nach wie vor Ignacio in ihrem Gesicht. »Du kennst mich einfach zu gut.«

Ignacio konnte mit seinem *Propio* andere nur unterwerfen, wenn sie ihm ihr größtes Geheimnis verrieten. Auch sie hatte er erst manipulieren können, als sie ihm offenbarte, was sie am meisten beschämte. Doch jetzt war er dazu in der Lage, jeden Menschen in der Krempe erstarren zu lassen. Die schwarze Magie hatte ihm Kräfte verliehen, die sie sich in ihren schlimmsten Albträumen nicht hätte vorstellen können. Doch trotz der Galle, die in ihrer Kehle aufstieg, verzog sie den Mund zu einem höhnischen Grinsen. »Ich kann es gar nicht erwarten, dass du zu Staub zerfällst.« Vielleicht würde sich ihre schreckliche Furcht ja in Wohlgefallen auflösen, wenn die Magie Ignacio genauso zerstörte wie den Mann im Blauen Fingerhut. Und das würde sie doch sicher tun, oder?

Aber Ignacio tippte sich nur lächelnd an die Nase. »Ach, meine Liebe. Ich bin nicht wie diese Dummköpfe. Diese Magie macht mich stärker und gibt mir alles, wonach ich verlange.« Er beugte sich vor und legte seine Stirn an ihre. Als sie von ihm wegzurutschen versuchte, packte er sie am Hinterkopf und hielt sie fest. »Ich habe dir doch gesagt, dass ich nie sterben würde. Erinnerst du dich? Du hättest es mir glauben sollen.«

Finn legte die Hände auf seine Brust und schob ihn von sich fort. Wo er sie berührte, bekam sie eine Gänsehaut, als würde ihr Fleisch lieber von den Knochen fallen, als sich von ihm anfassen zu lassen. Ihr Körper schien nicht mehr ihr selbst zu gehören. Er war sein Werkzeug, das er nach Belieben gebrauchen, schärfen, wegpacken oder stolz vorführen konnte. Und wenn es stimmte, dass ihn diese Magie erhielt, statt ihn zu zerstören, würde sie sich nie mehr von ihm befreien können und für immer in ihrem Körper eingesperrt bleiben. Als Puppe, die er an seinen Schnüren tanzen ließ.

Ignacio richtete sich auf und blickte auf sie herab. Das Sonnenlicht umkränzte sein abscheuliches Gesicht wie ein Glorienschein. »Die Götter gewährten mir, was ich brauchte, um wieder zu mir zu kommen«, sagte er und machte eine schwungvolle Geste mit seinem Umhang. Früher war dieses Kleidungsstück ein tröstlicher Anblick für sie gewesen. Als Kind hatte er sie darin eingehüllt. Nun fragte sie sich, ob er ihre Leiche darin einwickeln würde. »Und um dich zu finden.«

Anstelle einer Antwort vergrub sie ihren Dolch in seinem Fuß. Ignacio sah enttäuscht auf sie herunter. Er war nicht einmal zusammengezuckt. Als er das blutige Messer herauszog, verschloss sich sein Stiefel innerhalb weniger Sekunden wieder. Sie stellte sich vor, wie seine Haut unter dem Leder dasselbe tat.

»Glaub nur nicht, ich würde dir nicht wehtun, bloß weil ich dich liebhabe«, sagte er. »Ich kann beides tun. Am liebsten würde ich dich auf der Stelle töten und so in Erinnerung behalten, wie du früher warst, als du noch mein liebes kleines Mädchen gewesen bist.«

»Ich war nie lieb«, presste Finn hervor. »Dafür hast du gesorgt.«

»Ich habe dir nicht nur etwas zum Anziehen und Essen, sondern auch meine Liebe gegeben«, donnerte er. »Zum Dank hast du mir die Augen aufgeschlitzt und mich mit *nichts* zurückgelassen! Und ich wollte dir doch tatsächlich ein Geschenk machen.«

»Ich möchte überhaupt nichts von dir haben!«, schrie sie ihn an. »Und du hast mich nie liebgehabt, du dreckiger Lügner!« Nachdem sie ihn so lange nicht gesehen hatte, schmerzte sie seine Unaufrichtigkeit mehr denn je. Sie würde sich nichts von ihm einreden lassen. Diesmal nicht. »Du hast mir deine Gedanken eingepflanzt und alles aus mir gemacht, was dir gerade in den Kram gepasst hat.«

Ignacio schüttelte den Kopf, als wäre sie ein Kind, das trotz der Krümel in seinem Gesicht behauptete, vor dem Abendessen nicht von den Keksen genascht zu haben. »Weißt du noch, wie ich dich gefragt habe, ob du mich liebhast? Damals hast du gesagt, mit mir zusammen zu sein wäre, als würdest du unbemerkt in einer Menschenmenge ersticken. Ersticken und nicht schreien können. Das waren deine Worte, erinnerst du dich?«

Ganz langsam ließ er die Finger kreisen und zog jedes Mal, wenn sie einzuatmen versuchte, die Luft von ihrem Gesicht weg. Sie griff sich an den Hals.

Er sah sie mitleidig an. »Leg dich doch einfach hin, Finny. Dann geht es schneller.«

»Bitte«, krächzte sie mit ihrem letzten bisschen Atem. »Lass mich gehen.«

Er kniete sich hin und streckte mit traurigem Blick die Hand nach ihrer Wange aus. »Merkst du nicht, wie schlimm das für mich ist? Kein Vater sollte sein Kind begraben müssen. Und ich werde mich im nächsten Leben nicht mit dir wiedervereinen können.«

Finn zuckte vor seiner Berührung zurück. Er war immer noch verrückt genug zu glauben, dass er nicht sterben würde. Doch angesichts seiner neuen Macht hatte er nun damit vielleicht sogar recht.

Sie versuchte aufzustehen, doch er drückte ihre Schultern auf den Boden. Finn sah, wie ihr Schatten neben ihr zuckte. Je länger sie nach Luft rang, desto grauer wurde er.

»Die ganze Zeit habe ich geglaubt, ich wollte dir wehtun, dabei will ich dich immer noch retten«, sagte er sanft. »Leg dich einfach hin, Mija. Es wird sich anfühlen, als würdest du einschlafen.«

Finn spürte, wie ihr Körper aufgab. Ihr Blick begann zu verschwimmen. Ignacios Mund bewegte sich, doch das panische Brüllen ihres Herzens übertönte, was er sagte.

Seit dem Tag, als sie davongelaufen war, hatte ein Teil von ihr immer gewusst, dass sie auf diese Weise sterben würde – während er über ihr aufragte und genau dieses manische väterliche Lächeln auf den Lippen trug. Sanft und zugleich raubtierhaft. Doch ihr Verstand hörte nicht auf zu protestieren. Selbst an der Schwelle zum Tod ließ sie sich nicht unterkriegen.

Ich will nicht sterben. Nicht heute. Nicht mit ihm an meiner Seite.

»*Fuerza!*«, ertönte eine Stimme hinter ihr.

Mit blutunterlaufenen Augen sah Finn zu, wie Ignacio nach hinten in einen hölzernen Verkaufsstand flog. Unter der Wucht des Aufpralls stürzte die baufällige Bude über ihm zusammen. Finn konnte wieder atmen und schnappte schnell nach Luft. Durch ihren Tränenschleier sah sie einen sehr abgekämpft aussehenden Prinzen über sich stehen.

»Du solltest mir helfen«, sagte Alfie und kniete sich schnell neben sie hin. Sein Pulsschlag dröhnte ihm in den Ohren. »Und mich nicht allein verbluten lassen.«

Er wusste nicht, ob er den Mann getötet oder nur kampfunfähig gemacht hatte, aber er glaubte, dass Finn gestorben wäre, wenn er auch nur einen Moment länger gezögert hätte.

»Eben … wäre ich … fast gestorben«, presste sie hervor. »Mach mal … halblang.«

»Wir müssen hier weg«, sagte er und sah sich hektisch um. Die Krempe erwachte wieder zum Leben. Die Kleider und Umhänge in den Marktständen flatterten in der Brise. Die Menschen ließen durch nichts erkennen, dass gerade ein Mann mit einem Fingerschnippen all ihre Bewegungen eingefroren hatte.

Finn rappelte sich hoch und schlug Alfies Hand weg, als er

ihr aufhelfen wollte. Sie kam gerade mal fünf Schritte weit, bevor die Beine unter ihr wegknickten und sie mit einem Schmerzensschrei auf den Bauch zurückfiel. Alfie sah die Blutlache, die sich um ihre Ferse bildete.

»Halt still!«

»Ich muss los«, erwiderte sie heiser. »Jetzt.«

Alfie deutete auf ihren grauen Schatten. »Wenn deine Blutung nicht aufhört, wirst du sterben.«

»Ich bin bereits tot«, sagte sie mit dünner Stimme. Doch sie hörte auf zu krabbeln und sich gegen ihn zu wehren. Alfie kannte sie nicht gut, aber diese Fügsamkeit sah ihr gar nicht ähnlich. Ihm war, als hätte er einen Schluck Kakao getrunken und nun den Geschmack von verdorbener Milch auf der Zunge.

In der Krempe wurde es erneut leise, und alle erstarrten genau wie vorhin mitten in der Bewegung.

Finn riss ängstlich die Augen auf und versuchte weiter wegzurobben. Die hölzernen Bruchstücke des eingestürzten Standes flogen explosionsartig auseinander. Alfie hielt sich einen Arm vor die Augen.

»Und wer ist das, Finny?«, fragte der Mann beiläufig, während er ohne einen Fleck auf der Kleidung aus den Trümmern stieg. Mit dem Lächeln, das er Finn schenkte, sah er aus wie ein Raubtier, das die Zähne bleckte. »Er ist ganz schön zäh, oder? Ich dachte der Schlag auf den Kopf würde dich ruhigstellen, bis ich Zeit für dich habe. Na egal, je mehr, desto lustiger. Ich bin Ignacio, Finns Va…«

»Finns gar nichts«, spie sie aus. Dann drehte sie sich mit panischem Blick zu Alfie um und flüsterte: *»Lauf.«*

Alfie hätte gern auf sie gehört. Sein Körper flehte ihn geradezu an, sich von der erstickenden schwarzen Magie abzuwenden, die aus sämtlichen Poren dieses Mannes sickerte. Doch ohne ihn wäre sie immer noch gefangen. Wenn er beim Versuch, sie aufzuhalten, starb, dann war es eben so.

»Lass sie in Ruhe.« Alfie wusste, dass seine Worte den Mann nicht beeindrucken würden, doch da dies vielleicht seine letzten Momente waren, würde er sagen, was er wollte.

»Du weißt doch, wie ich es finde, wenn du ohne meine Erlaubnis Freundschaften schließt«, sagte Ignacio, ohne Finn aus den Augen zu lassen. Alfie würdigte er keines einzigen Blickes.

»Lauf, du Dummkopf«, wiederholte sie. »Lauf endlich.«

»Drücke etwas auf die Wunde«, sagte Alfie und behielt seinerseits den Mann mit dem grauen Umhang im Blick. »Du schuldest mir immer noch einen Gefallen für den Tarnumhang. Du musst lange genug leben, um diese Schuld zu begleichen.«

Der Drache an seiner Brust erwärmte sich. Reagierte die schwarze Magie darin auf die Gegenwart der restlichen schwarzen Magie? Alfie schob den Gedanken beiseite und konzentrierte sich. Er musste diesen Mann aufhalten.

Im Verkaufsstand zu seiner Linken gab es Vasen, Schmuckstücke und kleine Figürchen aus mundgeblasenem Glas.

»Romper«, sagte Alfie.

Die Glasgegenstände zerbrachen.

»Volar.«

Auf seine Handbewegung hin schossen die Scherben auf den Mann zu. Alfie wollte zur Seite blicken und nicht sehen, wie die Splitter ihn durchbohrten. Doch es geschah ohnehin nicht.

»Nein«, sagte der Mann. Mehr war nicht nötig. Die Splitter wurden langsamer, hielten unmittelbar vor ihm an und schwebten in der Luft. Alfie klappte der Mund auf. Dieser Mann hatte das Glas ohne ein einziges magisches Wort aufgehalten. Das hätte genauso wenig funktionieren dürfen wie der Versuch, unter Wasser zu atmen. Es war schlicht unmöglich.

Der Mann lächelte ihn an. »Hast du schon mal das Gefühl gehabt, dein ganzes Leben wäre nur die Vorbereitung auf einen ganz bestimmten Moment gewesen, *Muchacho*?« Die Glassplitter bebten kurz und rasten dann auf Alfie zu, der hilflos die Arme vors Gesicht hob. Eine Steinwand schoss aus der Erde hoch und schirmte ihn ab. Alfie drehte sich zu Finn um, die eine Hand ausgestreckt hielt. Ihre Blicke begegneten sich. Er brachte kein Wort heraus, doch er hoffte, dass sie ihm seinen Dank von den Augen ablesen konnte.

»Ach komm schon, Finny. Warte doch, bis du dran bist. Ich spreche gerade mit deinem Freund hier.«

Alfie sah zu, wie Finn den Wall mit schmerzverzerrtem Gesicht aufrechterhielt, bis der Mann ihn mit einem einzigen Blick zu Staub zerfallen ließ. Das hatte nichts mit der Magie zu tun, die Alfie kannte.

Der Mann richtete seine Aufmerksamkeit wieder auf Alfie und grinste böse. »Ich habe dich gerade gefragt, ob du schon je das Gefühl hattest, dein ganzes Leben wäre auf einen einzigen Moment zugelaufen. Aber vermutlich weißt du nicht, wovon ich spreche. Du siehst noch so jung aus und wirkst, als wäre dir noch nie etwas Schlimmes zugestoßen. Komm her zu mir.« Er winkte, und Alfie machte einen Schritt nach dem anderen auf ihn zu. Innerlich sträubte er sich, doch die Magie zog ihn unwiderstehlich vorwärts, als wäre er ein Element, das man kontrollieren konnte. »Bleib stehen und nimm die Arme runter.« Ignacio sagte es, als wollte er seine eigene Macht erproben.

Zufrieden beobachtete er, wie Alfie die Arme senkte und die Handflächen seitlich an die Beine legte. Er spürte, wie der Drache an seiner Brust brannte, als wollte er Alfie auf irgendetwas aufmerksam machen, doch der durfte sich nicht ablenken lassen. Er dachte über einen Betäubungszauber nach. Vielleicht würde der ihm einen Moment verschaffen, in dem er Finn schnappen und gemeinsam mit ihr abhauen konnte. *Paralizar*. Vielleicht würde der genügen. »*Par*...«

»Sprich nicht.«

Alfie verstummte. Er brachte keinen Ton heraus. Wenn ihm dieser Mann sagte, er solle nicht mehr atmen, würde er damit aufhören. So lange, bis er tot war. Er hätte auf die Diebin hören und davonlaufen sollen.

Der Mann blickte auf Alfies Hand hinunter. »Lass sehen.« Alfie spürte, wie sich sein Arm unwillkürlich hob. Der Mann hatte der Magie keine spezifische Anweisung gegeben, seinen Arm anzuheben. Sie deutete seine Worte, seine Wünsche und setzte sie in die Tat um. Dabei gab es kein Gleichgewicht, keine Regeln, nichts. Das war nicht richtig.

Der Mann nahm Alfies Hand und fuhr mit den Fingern über die Handfläche. »Weich wie ein Kätzchen. Schrei nicht.« Er sah Alfies Hand an. »Breche.« Alfies Zeigefinger brach mit einem trockenen Knacken. Alfie wollte schreien, aber es ging nicht. Er schaffte es nicht, seinen Schmerz hinauszubrüllen, aber er konnte wimmern. Das hatte der Mann offenbar hören wollen, denn die Magie ließ es zu.

Er lächelte Alfie an, als spielten sie ein lustiges Spiel miteinander.

Ignacio hob eine Hand und krümmte die Finger, woraufhin feine weiße Schnüre durch die Luft wirbelten. Sie gruben sich tief in die Haut an Alfies Knien und Ellbogen. Der Mann hob die Hand noch höher, ballte sie zur Faust und zog sie nach hinten. Alfie hatte das Gefühl, dass seine Knochen aus der Haut fahren wollten. Die Schnüre zogen ihn auf die Knie hinunter.

»Als du ein kleines Mädchen warst, hast du deinen Fisch nur gegessen, wenn ich vorher die Gräten für dich entfernt habe. Du hast immer darauf gezeigt, und ich habe sie herausgezogen. Erinnerst du dich noch?« Als Finn schwieg, verfinsterte sich sein Blick, und er legte den freundlichen Ton ab. *»Antworte mir.«*

»Ich erinnere mich«, sagte Finn mit bebender Stimme.

»Dann lass uns spielen!« Er sah Alfie nachdenklich an. »Welchen Knochen soll ich als ersten entfernen?«

»Nein«, hörte Alfie sie hinter sich leise sagen.

»Was war das?«

»Nein!«, schrie sie. »Das werde ich nicht tun!«

Schweiß trat Alfie auf die Stirn. Der Drache an seiner Brust war mittlerweile brüllend heiß und verbrannte ihm die Haut.

»Das wirst du allerdings tun«, entgegnete Ignacio, »wenn ich es dir sage. Aber das werde ich jetzt noch nicht machen. Ich fange an. Ich finde, wir sollten mit etwas Einfachem anfangen – mit seinem kleinen Finger.«

Er machte eine knappe Bewegung mit der Hand. Eine Schnur summte und fraß sich in die Spitze von Alfies Finger. Sie zwängte sich unter den Nagel und schnitt mehrfach hintereinander in das Fleisch an der Fingerspitze. Danach legte sich die Schnur in den dabei entstandenen Schlitz und spreizte ihn so weit auf, bis Blut herausspritzte. Schmerzensschreie türmten sich in Alfie auf wie hohe Wellen, die sich an keiner Küste brechen konnten. Als Ignacio mit dem Finger lockte, begann die Schnur am Knochen zu ziehen, bis Alfie spürte, wie er sich aus seinem Gelenk löste. Die weiße Spitze des Knochens durchstieß die blutige Haut wie ein Zahn, der aus dem Zahnfleisch hervorbrach. Alfie konnte weder schreien noch sich bewegen.

Ignacio sah Alfie mit zur Seite geneigtem Kopf an. »Schrei, wenn du willst.«

Alfie riss den Mund auf und stieß eine ganze Reihe von Schreien aus. Er wusste nicht, ob er wegen der Schmerzen schrie oder weil der Mann es ihm gesagt hatte. Er wollte nur, dass das alles aufhörte. Die Schmerzen, die dieser Mann ihm zufügte, und das leise Wimmern der Diebin hinter ihm, das klang, als hätte sie so etwas Schreckliches bereits viel zu oft gesehen. Es musste aufhören. Der Drache schlug ihm synchron mit seinem rasenden Herzschlag gegen die Brust. Plötzlich fuhr ein Schmerz durch Alfies Körper, der ihn aller Energie beraubte. Er war schlimmer als das, was der Mann ihm antat. Es war eine ganz andere Empfindung. Als wäre dieser Schmerz aus seinem Inneren gekommen und hätte sich durch seine Haut gezwängt wie Maden, die aus einem Leichnam herausplatzten.

Dann erfüllte sich sein Wunsch, und alles hörte auf.

Der Mann im grauen Umhang hörte auf, sich zu bewegen. Dafür konnte sich Alfie wieder rühren. Während er sich unsicher erhob, sah er zu, wie die blutigen Schnüre von seinem Körper abfielen. Mit einem gequälten Schluchzen schloss er die andere Hand um seinen blutigen Finger und brachte das Fleisch dazu, sich über dem sichtbaren Knochen zu schließen. Dann blickte er über die Schulter. Finn hatte den Kopf zwischen den Knien und hielt sich die Ohren zu, das Gesicht in einer Trauermiene erstarrt.

Wie hatte er das gemacht? Wie war das passiert? Sämtliche Knochen in seinem Leib taten so unfassbar weh, als wären sie gleichzeitig von zahllosen Nadeln durchbohrt worden. Was hatte er getan?

Der Drache glühte schwarz an seiner Brust. Er fühlte die Magie darin mit neuer Kraft pulsieren, als wäre sie gerade verstärkt worden.

Alfies Magen krampfte sich zusammen.

Er hatte die Magie verwendet. Sie hatte seinen Wunsch, frei zu sein, gehört und ihn erfüllt. Daher stammten zweifellos die

Schmerzen. Normalerweise erwuchs die Magie aus seinen Fingerspitzen, doch diese hatte sich einen Weg aus seinem Innersten nach draußen gebrannt. Was hatte er getan? War er nun mit der Magie infiziert? Er besah sich seinen Körper und spürte in sich hinein. Seine Adern waren nicht schwarz und erhaben wie bei dem Mann vor ihm. Und von den Schmerzen abgesehen, fühlte er sich wie immer.

Der Drache erwärmte sich an seiner Brust. Es war, als benötigte die Magie jemanden, der ihr Befehle erteilte, um zu leben. Als würde sie darum betteln, beherrscht zu werden. Seit Alfie die Magie angelockt und im Drachen eingeschlossen hatte, war seine eigene Magie schwarz wie Teer. Vielleicht hatte der Drache ihn ja deswegen beschützt. Weil er ihn für jemanden von seiner Art hielt – ein Wesen von dunkler Magie.

Dennoch ergab das keinen Sinn. Gleichfarbige Magie verletzte sich gegenseitig nie, und trotzdem hatte seine Magie den verrückten Mann erstarren lassen. Anscheinend folgte diese Magie einzig und allein der Regel, dass wer sie beherrschte, sie auf jede erdenkliche Weise einsetzen konnte.

Alfie betrachtete den Mann vor sich. Er war immer noch starr, jedoch nicht mehr am ganzen Körper. Seine zusammengekniffenen Augen bewegten sich und behielten Alfie unablässig im Blick. Der Prinz hatte keine Zeit mehr, über alles nachzudenken. Um den Problemen, die er verursacht hatte, ein Ende zu bereiten, musste er diesen Mann töten und die Magie, die er in sich trug, einsperren.

Alfie stürmte vor und zog eine Eisklinge aus der Luft. Er würde sie dem Mann ins Herz stoßen müssen, um die Magie aus ihm herauszuholen. Zitternd vor Angst holte er aus und stach nach Ignacios Herz, doch der löste sich aus seiner Starre und packte Alfie am Handgelenk.

»Ein netter Versuch«, sagte er im Ton eines amüsierten Lehrers. »Aber nicht gut genug.«

Er schwang Alfie am Arm und schleuderte ihn so mühelos durch die Luft, als wäre er ein Holzstöckchen für einen Hund. Alfie überschlug sich mehrmals und blieb schließlich neben Finn liegen. Beim Aufprall auf den Boden hatte er die Kontrolle über die schwarze Magie im Drachen verloren. Finn bewegte sich und presste die Hände noch fester auf die Ohren, als versuchte sie in ihrer Panik, die Realität auszusperren.

Alfie wälzte sich herum und krabbelte auf allen vieren zu Finn. Als er vor ihr war, erhob er sich auf die Knie. »Lass sie in Ruhe!«, schrie er Ignacio an.

Doch Ignacio sah ihn nur neugierig an.

»Lauf endlich«, flüsterte Finn hinter ihm. »Los, mach schon.«

Alfie sah über die Schulter zu ihr zurück. Sie hielt ihre blutende Ferse fest. Ihr hoffnungsloser Blick ließ ihn verharren, wo er war. Sie war in der Schänke bei ihm geblieben, als er vor Angst kaum Luft bekommen hatte. Auf keinen Fall würde er sie jetzt allein lassen.

»Du bist hier nicht mehr willkommen, *Muchacho*«, knurrte Ignacio. Er hob eine Hand und spreizte die Finger, bevor er sie zur Faust schloss.

Traurig machte Alfie sich klar, dass dieser Anblick das Letzte sein würde, was er in seinem Leben sah.

Ignacio beobachtete den Jungen, der vor Finn kniete. Mit zusammengepressten Augen und ängstlich verzerrter Miene machte er sich auf das Unvermeidliche gefasst. Über seiner Schulter sah er Finn, die den Rücken des Jungen nicht aus den Augen ließ, als wollte sie ihn mit der Kraft ihrer Gedanken dazu zwingen, am Leben zu bleiben.

Er lächelte.

Es war doch immer das Gleiche mit ihr: Sie wünschte sich, ihr Vater würde Gnade zeigen. Doch es war wichtig, dass er ihr Disziplin beibrachte. Er würde diesen Jungen töten und sie damit wieder auf Linie bringen.

Ignacio ballte die Faust. Er wollte, dass seine Schnüre den Jungen zerfetzten und ihn von innen heraus häuteten.

Nichts passierte. Er versuchte es noch einmal. Wieder nichts. Wohin war seine Macht verschwunden?

Ignacio …, sagte die schwarze Magie in einem Durcheinander aus flüsternden Stimmen und Zischlauten in seinem Verstand. *Wir haben dir das Mädchen versprochen und dir einen Vorgeschmack auf seine Schmerzen gewährt. Doch mehr bekommst du erst, wenn du getan hast, was wir von dir verlangen … Was du uns versprochen hast.*

»Nein, lass mich bitte …«

Genug! Die wütenden Zischlaute sandten eine Schockwelle durch seinen Körper. Ignacio rührte sich nicht und wartete ab, bis die schrecklichen Schmerzen wieder abklangen. *Erst breiten wir uns aus und holen, was uns gehört. Dann kommt das Mädchen.*

Ignacio knirschte mit den Zähnen. »Na schön.«

Mit einer ausholenden Geste erweckte er die Krempe erneut zum Leben. Finn und der Junge sahen sich entsetzt um, als plötzlich festliche Musik ertönte. Den Anblick von Finn, die wie ein verwundetes Tier vor ihm zurückwich, prägte Ignacio sich gut ein, um ihn später noch einmal hervorholen und genießen zu können. »Ich komme wieder, Finn. Du weißt, wie sehr ich es liebe, dich aufzuspüren.«

Mit diesen Worten trat Ignacio ein paar Schritte zurück und verschwand im hektischen Gedränge des Marktplatzes.

Kapitel 20

Der Prinz und die Tür

Der Mann mit den schwarzen Augen war verschwunden.

In der Krempe herrschte wieder reges Treiben. Überall feilschten Kunden mit Händlern. Andere tranken Tequila oder sangen. Doch niemand achtete auf Alfie, der nach wie vor im Dreck kniete.

»Er ist weg«, krächzte er. Alfie schaffte es kaum, seinen von der schwarzen Magie ausgelaugten Körper aufzurichten.

Finn, die hinter ihm kauerte, sagte nichts und blieb reglos, als hätte Ignacio sie ein weiteres Mal erstarren lassen.

Alfie ging langsam auf sie zu. »Finn, kannst du mich hören?«, fragte er sie leise.

Sie zuckte zusammen und sah ihm kurz in die Augen, bevor sie gleich wieder wegblickte. Ihr Kehlkopf bewegte sich. »Ich habe gesagt, dass ich dir helfe, aber ich kann es nicht. Nicht wenn er hier ist.« Ihr Gesicht zeigte einen Gefühlsausdruck, für den es nicht geschaffen zu sein schien. »Ich kann es nicht.« Sie drehte sich um und bahnte sich einen Weg durch die Passanten.

»Finn!«, rief Alfie und lief ihr hinterher, als sie zwischen zwei Ständen hindurch in eine andere, auf Holzschnitzereien spezialisierte Marktgasse rannte.

»Finn, bitte«, rief er, während sie hinter einem Laden in eine Gasse abbog. »*Warte!*«

Sie blieb stehen, drehte sich aber nicht zu ihm um. Ihr Rücken zitterte, und Alfie musste an das letzte Mal denken, als sie zusammen in einer Gasse gewesen waren, an ihr spöttisches Grinsen, während sie nach dem Cambió-Spiel miteinander gekämpft hatten. Damals schien sie eine andere Person gewesen zu sein.

»Ich kann es nicht.« Jedes Wort klang, als würde sie es mühevoll aus einem tiefen Brunnen hieven.

Alfie biss sich auf die Innenseite der Wange, er wusste nicht, was er sagen sollte. Sie hatte Angst, aber sie musste ihm dabei helfen, das Königreich zu retten. Ignacio beherbergte den Großteil der Magie, den er freigelassen hatte, und Finn kannte ihn. Vielleicht wusste sie über seine Schwächen Bescheid. Da der Mann versprochen hatte, Finn erneut aufzuspüren, würde Alfie mit ihr an seiner Seite höchstwahrscheinlich noch eine Chance bekommen, die Magie einzufangen. Ohne sie konnte er es nicht schaffen.

Er trat näher an ihren steifen Rücken heran. »Hör mir bitte zu, Finn …«

Sie wirbelte herum und stieß ihn fest gegen eine Hauswand. Dann machte sie eine Drehbewegung mit der Hand, worauf sich steinerne Spiralen um Alfies Handgelenke, die Hüften und Fußknöchel wickelten und ihn eng an die Mauer fesselten.

Es ging alles viel zu schnell für Alfie. Er war wie gelähmt vor Schock. Wieso tat sie ihm das an, nachdem er sich gerade noch vor sie hingekniet hatte, um sie mit seinem Leben zu beschützen?

Er merkte, wie sehr ihn ihr Verrat kränkte. »Wieso, Finn?«

Sie sah ihn mit ihren angstgeweiteten dunklen Augen an und öffnete den Mund. Alfie wusste, was sie sagen wollte: *Es tut mir leid.* Doch stattdessen presste sie die zitternden Lippen wortlos wieder zusammen. Eigenartigerweise hallten die Worte dadurch nur noch lauter in seinem Kopf, als hätte sie sie ihm ins Gesicht geschrien.

Finn griff hinter ihren Kopf, streifte die Kapuze des Tarnumhangs über und war unsichtbar.

»Finn, warte!«, rief Alfie, aber sie tauchte nicht wieder auf. Er blickte auf die Steinfesseln hinunter und sagte: *»Romper!«* Diesen magischen Befehl wiederholte er so lange, bis alle Schlingen von ihm abgefallen waren und er sich von der Wand abstoßen konnte. Er hatte höllische Schmerzen, nicht nur wegen Ignacios Folter, sondern auch, weil er die dunkle Magie eingesetzt hatte.

Alfie lief durch die Krempe und suchte mit seinem *Propio* die dichte Menge nach Finns roter Magie ab, doch er konnte sie nirgends entdecken. Wie sollte es jetzt weitergehen? Er brauchte sie. Nicht nur weil sie Ignacio kannte und Alfie dabei helfen konnte, ihn aufzuhalten. Sie war auch die einzige andere Person, die dasselbe gesehen hatte wie er und ihm daher sagen konnte, dass es für die Furcht, die er spürte, einen guten und sehr realen Grund gab. Doch nun war sie weg. Wie sollte er sie bloß wiederfinden?

Alfie kehrte in die leere Gasse zurück, wo sie ihn gefesselt hatte. Dort heilte er seine gebrochenen Finger und die Wunde am Hinterkopf. Er brauchte einen Moment Ruhe, um sich zu fassen. Wenn er darüber nachdachte, Finn als Köder für Ignacio einzusetzen, bekam er ein schrecklich schlechtes Gewissen, aber dafür hatte er im Augenblick keine Zeit. Er musste sich konzentrieren. Bislang wusste er nicht einmal, was die Magie vorhatte. Wollte sie ganz Castallan in schwarzen Staub verwandeln?

Das Geräusch einer Schnur, die auf das Kopfsteinpflaster knallte, riss ihn aus seinen Gedanken. Vier Mädchen und Jungen spielten Seilhüpfen, zwei von ihnen ließen das Seil herumwirbeln, während die anderen sprangen.

Der schwarze König ist nicht länger aus Stein
Er kommt und nistet sich in deinem Herzen ein
Deine Augen werden bluten, deine Seele brennen
Du wirst knien und ihn deinen Meister nennen

Husch, husch, mein Kindchen, nun geh schnell schlafen
Denn sonst erwacht Sombra, um dich blutig zu bestrafen

Immer wieder sangen sie diese Zeilen und drehten das Seil immer schneller, bis es einem der Jungen gegen den Fußknöchel peitschte und das Spiel mit einem Lachanfall endete. Alfies Puls dröhnte ihm in den Ohren.

Dieses Lied, das auch der Mann mit den schwarzen Augen in der Schänke gesungen hatte, beschrieb das Ziel der Magie. Sie wollte Sombras Knochen finden und sie wieder zusammenfügen, um ihn zurückzuholen. Alfie bekam kaum noch Luft. Sein verzweifelter Wunsch, Luka zu retten, würde vielleicht dazu führen, dass ausgerechnet Sombra zum Leben erwachte – der Bösewicht aus den Albträumen seiner Kindheit. Ihm wurde flau im Magen. Er bedeckte die Augen mit der Hand und zwang sich dazu, sich nicht in die Sackgasse zu übergeben.

Die Legende berichtete davon, wie mehrere Bruxos den Gott von seiner dunklen Magie getrennt und dabei seinen Körper in ein Skelett verwandelt hatten. Die Knochen verteilten sie anschließend über die ganze Welt, damit sie nie wieder mit der Magie vereint werden konnten. So hatten sie dafür gesorgt, dass Sombra niemals zu neuem Leben erwachen würde.

Die dunkle Magie bemühte sich nun, Sombras Knochen

zu finden und seinen Körper wiederherzustellen. Ihre eigentliche Absicht war es, Nocturna herbeizuführen – das Ende alles Guten.

Svana hatte Paloma gefragt, ob sie nach »den Bruchstücken« in Castallan gesehen habe. Damit musste sie Teile von Sombras Körper gemeint haben.

Alfie drehte sich der Kopf von den vielen Dingen, die er bedenken musste, während immer neue Ängste auf ihn einstürmten. Sollte er Sombras Körperteile suchen und sie zerstören? War das überhaupt möglich? Wo sollte er mit der Suche beginnen? Die Knochen konnten überall auf der Welt versteckt sein. Nein, das Beste wäre es, wenn er versuchte, die Magie aufzuhalten, bevor sie Sombras Knochen fand und ihn erweckte.

Bei diesem Gedanken lief ihm ein Schauder über den Rücken.

»Konzentriere dich«, ermahnte er sich. Alfie durfte sich nicht von der Furcht überwältigen lassen. Es gab vieles, worüber er sich unsicher war, aber er wusste, dass er Finn finden musste. Sobald er einen Plan hatte, wie er den Rest der Magie einfangen sollte, würde sie Ignacio anlocken können. Doch dazu musste er sie erst finden.

Plötzlich kam ihm eine Idee.

Alfie holte Finns Tagebuch heraus. Seit er es nach ihrem Kampf um die Bücher in seiner Tasche gefunden hatte, trug er es mit sich herum. Immer wieder hatte er die Seiten mit den gezeichneten Gesichtern durchgeblättert und sich gefragt, wer das Mädchen war, das ihn niedergeschlagen hatte. Zu seinem Glück war dieses Buch genau das, was er brauchte, um sie zu finden.

Er veränderte die Farbe seiner Magie, bis sie so weinrot war wie die ihre. Mithilfe ihres Tagebuches sollte es ihm eigentlich gelingen, zu ihr zu gelangen, selbst wenn sie sich an einem Ort befand, an dem er noch nie gewesen war. Doch dafür musste er sich konzentrieren. Die magischen Kanäle zu bereisen war kompliziert, noch schwieriger wurde es jedoch, wenn er dazu einen Gegenstand benutzte. Wenn er dabei keinen klaren Kopf bewahrte, konnte einiges schiefgehen. Als Kind hatte er einmal versucht, ohne große Vorbereitungen zu teleportieren. Dabei war er nicht wie geplant in der Bibliothek, sondern in einem Wäscheschacht gelandet. Wenn er nicht aufpasste, würde er vielleicht zwischen zwei Orten gefangen sein. Oder es würde noch Schlimmeres passieren. Er war sich nicht einmal sicher, was alles geschehen konnte. Da er dank seines *Propios* der einzige Mensch war, der dazu fähig war, wusste er nicht, was er alles falsch machen konnte. Vermutlich würde er es noch herausfinden.

Er nahm den Türgriff aus der Tasche und ließ ihn zwischen seine Füße fallen, wo er schnell zu kreiseln begann und ein Stück in den Boden einsank. Alfie kniete sich hin und fasste ihn an. »*Voy.*«

Im Boden öffnete sich das bunte Portal mit den Farben der Magie, die alles und jeden in der Welt miteinander verbanden. Er trat hinein und hoffte, dass sie ihn sicher ans Ziel bringen würde.

Am Ende seiner kurzen Reise spürte er einen kreisförmigen Druck um seine Körpermitte.

Er fragte sich, ob sich so ein Korsett anfühlte. Der Nacken tat ihm weh, als hätte er sich beim Schlafen den Hals verrenkt. Als er den Kopf hob, blickte er in ein kleines Fremdenzimmer. In einer Ecke stand ein Bett, an der Wand hing ein zersplitterter Spiegel, und auf der anderen Seite des Zimmers lagen die Trümmerstücke eines Schreibtisches. Im Raum herrschte großes Durcheinander. Auf dem Boden lagen mehrere Kleidungsstücke verstreut. Dazwischen sah er verschimmelte Essensreste. Neben dem zerbrochenen Schreibtisch stand Finn. Sie lehnte an dem einzigen kleinen Fenster in dem Zimmer und sah ihn mit mühsam unterdrücktem Zorn an. Ihre Ferse hatte sie behelfsmäßig mit einem schmutzigen Stoffstreifen bandagiert.

»Wo bin ich?«, murmelte Alfie.

»Interessante Frage«, erwiderte sie gereizt. »Die eine Hälfte von dir ist in meinem Zimmer, die andere im Flur.«

»Qué?«, fragte Alfie. Seine Stimme klang zäh wie Sirup, und sein Kopf fühlte sich an, als wäre er mit Watte ausgestopft.

Müde, wie er war, hatte er unterwegs offenbar die Kontrolle über die Magie verloren, und nun steckte er mitten in der Tür. Sein Kopf, die Arme und der Oberkörper hingen im Raum, während die Hüften im Türblatt gefangen waren und seine Beine im Flur baumelten. Wenigstens hatte er sich genügend konzentriert, um nicht von der Tür zerteilt zu werden.

»Coño«, fluchte er erschöpft.

»Wie hast du mich gefunden?« Sie humpelte auf ihrem verletzten Bein zu ihm herüber. Als sie vor ihm stand, beugte sie sich so dicht an ihn heran, dass ihr Atem über seine Nase strich. Alfie sah die Panik in ihren Augen. Er wusste, dass sie Angst hatte, Ignacio könnte sie finden. »Sag mir, wie du mich aufgespürt hast, oder ich lasse dich als meinen königlichen Türklopfer hier hängen.«

Alfie, der immer noch das kleine Tagebuch in der einen Hand hielt, presste die andere auf das Holz und sagte: *»Ondular.«* Die Tür schlug Wellen, als bestünde sie aus Wasser. Finn sah mit offenem Mund zu, wie Alfie sich aufrichtete und hindurchtrat. Als er im Raum stand, verfestigte sich das Holz wieder. Das Loch, in dem er festgesteckt hatte, klaffte jedoch immer noch wie ein Guckloch in der Tür eines Riesen. Eine Welle der Erschöpfung spülte über ihn hinweg.

Finn griff hinter sich und nahm eine Axt vom Bett. »Und das, wo ich mir doch solche Mühe gegeben habe.«

»Ich habe dich mit meinem *Propio* und dem hier gefunden.« Alfie hielt ihr das Tagebuch hin.

Als sie es ihm wütend aus der Hand riss und den Mund aufmachte, um ihn mit Vorwürfen zu überschütten, hob er kapitulierend die Hände. »Ich habe es aus Versehen mitgenommen, als ich mir meine Bücher zurückgeholt habe.« Die unübersehbare Angst hinter ihrer zornigen Fassade versetzte ihm einen Stich ins Herz. Schnell fügte er hinzu: »Ich verspreche, dass sonst niemand kommt. Zumindest nicht, soweit ich weiß.«

»Gut. Dann verschwinde jetzt aus meinem Zimmer.«

»Nein«, sagte Alfie und sah, wie sie wütend die Arme verschränkte. Offensichtlich überraschte es sie, dass er es wagte, sich ihr zu widersetzen. »Ich bin hier, weil ich deine Hilfe brauche.«

»Irgendwie scheint jeder meine Hilfe zu brauchen.« Sie hinkte zu der schäbigen Kommode auf der anderen Seite des kleinen Zimmers hinüber und durchwühlte die Schubladen. Dabei warf sie, ohne sich umzudrehen, mehrere Hemden und Hosen hinter sich aufs Bett, wo bereits eine Tasche zum Packen bereitlag. »Kol braucht meine Unterstützung, um an den Umhang zu kommen. Dem Monster in dem grauen Umhang soll ich dabei helfen, mich umzubringen. Und vor ein paar Stunden wolltest du, dass ich mit dir zusammen den Badewannenjungen rette – womit ich mir nichts als Scherereien eingehandelt habe. Und jetzt brauchst du schon wieder meine Hilfe?« Sie stieß ein freudloses Lachen aus. »Die wirst du aber nicht kriegen. Ich verschwinde aus der Stadt. Es wäre also nett, wenn du zur Abwechslung mal mir einen Gefallen tun und das Loch in der Tür reparieren könntest, bevor meine Vermieterin es sieht und eine Chancla nach mir wirft.«

»Du willst die Stadt verlassen?« Als Alfie einen Schritt auf sie zumachte, bekam er ein Hemd ins Gesicht, das dringend mal gewaschen werden musste. Er legte es aufs Bett. War sie tatsächlich so naiv zu glauben, dass der Mann, in dem die schwarze Magie steckte, sich auf diese beschränken würde? »Du glaubst wirklich, dass du vor dem, was wir gesehen haben, davonlaufen kannst?«

»Nein, das glaube ich nicht«, antwortete Finn und durchsuchte weiter ihre Schubladen. »Ich *weiß* es. Und wir sind nur ein paar Querstraßen vom Blauen Fingerhut entfernt, Prinz. Ich werde nicht hierbleiben und darauf warten, dass Ignacio an meiner Tür klopft, in der du ein riesiges Loch hinterlassen hast. Ich werde jetzt gleich verschwinden.«

Offenbar wohnte sie in der Krempe. Er war also nur eine kurze Strecke gereist und dennoch unterwegs bewusstlos geworden. Diese dunkle Magie hatte ihn noch mehr erschöpft als gedacht. Alfie schob den Gedanken beiseite und überlegte stattdessen fieberhaft, wie er sie zum Bleiben überreden konnte. Er wusste, dass er den Gedanken, der ihm durch den Kopf schoss, nicht erwähnen sollte, dass er damit einen wunden Punkt bei ihr berühren würde. Aber was hatte er zu verlieren? »War er es, der dich gefangen gehalten hat?«

Finn erstarrte und stürzte sich dann trotz ihres verletzten Beines auf ihn. Sie packte Alfie am Hemdkragen und knallte ihn gegen die Wand.

»Du glaubst, du weißt, was es bedeutet, gefangen zu sein, Prinz?«, zischte sie ihn an. »Du weißt überhaupt nichts. Du kannst doch nur darüber jammern, dass du hinter riesigen Geldhaufen gefangen bist. Gefangen bist du erst, wenn du spürst, wie sich dein Körper bewegt, ohne dass du es willst. Gefangen bist du, wenn du bei einem Mann lebst, der dich dank seines *Pro-*

pios mit wenigen Worten kontrollieren kann. Wenn du wirklich wüsstest, was es bedeutet, gefangen zu sein …« Sie ließ sein Hemd los und wischte sich die Handflächen an den Hosenbeinen ab, als wäre er schmutzig. »… wüsstest du, wieso ich von hier verschwinde.«

Nötigung. Ignacio hatte gesagt, Finn müsse ihm gehorchen. Jetzt verstand Alfie, dass er es nicht in einem väterlichen Sinne, sondern wortwörtlich gemeint hatte. Ihm fiel wieder ein, wie sehr es dem Mann gefallen hatte, dass Alfies Körper jedem seiner Befehle gehorchen musste, als wäre er eine bloße Erweiterung von ihm. Alfie schämte sich. Sie hatte recht. Er hatte keine Ahnung, was ihr widerfahren war. Es war nicht fair von ihm, sie um Hilfe zu bitten, aber er hatte keine andere Wahl.

Finn verzog das Gesicht und stützte sich seitlich an der Wand ab. Der Stoff, mit dem sie ihren Knöchel verbunden hatte, war blutgetränkt. Je mehr sie sich bewegte, desto schlimmer wurde es.

»Lass mich dich wenigstens heilen.«

»Ich will niemandes Hilfe!«, fuhr sie ihn an. Ihre Worte trafen ihn wie Peitschenhiebe.

Nun wurde auch Alfie wütend und trat dicht an sie heran. »Du willst sie vielleicht nicht, aber du brauchst sie!«

Finn starrte ihn eine ganze Weile an, doch Alfie weigerte sich, ihrem Blick auszuweichen. Schließlich wandte sie sich von ihm ab und stakste zur Bettkante.

Alfie kniete sich vor sie hin und entfernte vorsichtig die blutige Bandage. Als er ihr den Stoff von der Haut zog, stieß sie einen Fluch aus. Er hielt eine Hand über die Wunde und sagte: *»Sanar.«*

Nichts passierte. Seine Hand zitterte. Was sie in der Krempe erlebt hatten, hatte Alfie so tief erschüttert, dass ihm nun seine

Magie durch die Finger glitt. Anscheinend fühlte sie sich bei ihm nicht mehr sicher. Magie mied zu viel Arroganz, aber auch zu geringes Selbstvertrauen. Er musste sein Gleichgewicht wiederfinden.

Alfie rief sich in Erinnerung, wie seine Mutter ihm als kleinem Jungen eine Hand über sein aufgeschürftes Knie gehalten hatte. Er dachte daran, was sie nach jedem seiner kleinen Unfälle zu ihm gesagt hatte.

»Sana, sana, colita de rana. Si no sana hoy, sanarás mañana.« Er spürte, wie die Magie ihn durchdrang. Unter seiner Berührung begann die Wunde an Finns Ferse langsam zu verheilen.

»Was war das?«, fragte sie.

»Etwas, das meine Mutter mir immer vorgesungen hat, wenn ich mir als Kind wehgetan habe.«

Es war ein unsinniges Lied über einen Frosch, der seinen Schwanz verloren hatte. Die Magie hatte eine eigene Sprache, und den Bruxos wurde beigebracht, dass gewisse Worte zu bestimmten Resultaten führten. Aber wenn man die Sprache der Magie wirklich beherrschte, musste man sich nicht unbedingt streng an sie halten. Diese Worte, die seine Mutter ihm immer vorgesungen hatte, ließen ihn an einen Heilungsprozess denken, und so wurden sie zu Worten, mit denen er heilen konnte. Das war es, was Alfie am meisten an der Magie faszinierte – wie sie von den eigenen Erfahrungen, Erinnerungen und Empfindungen gefärbt wurde.

Finn sah seine linke Hand an, wo die beiden Finger, die der Mann gebrochen hatte, kurz vor seiner magischen Reise zu ihr wieder zusammengewachsen waren. »Was sagt sie, wenn du dir jetzt wehtust?«

Alfie zog die Hand zurück. »Ich sorge dafür, dass sie es nicht merkt.«

Schweigen breitete sich zwischen ihnen aus. Finn betastete vorsichtig ihre Ferse.

»Finn.« Alfie erhob sich von seinen Knien und stellte sich vor sie hin. »Lässt du mich bitte wenigstens erklären, wieso ich deine Hilfe brauche? Bitte.« Dass er sie geheilt hatte, schien sie ein wenig milder gestimmt zu haben, da sie kaum merklich nickte.

»Ich muss die Magie aufhalten, die ich auf die Welt losgelassen habe, bevor sie noch mehr Menschen Leid zufügt. Dazu brauche ich dein *Propio*. Wenn ich nicht bald in den Palast zurückkehre, werden meine Familie und die Wächter meine Abwesenheit bemerken. Also musst du als Erstes mit mir dorthin gehen und Lukas Äußeres so verändern, dass er wie ich aussieht, damit ich den Palast verlassen und mich um alles kümmern kann, ohne dass jemand etwas davon mitbekommt.« Wenn er wollte, dass Luka für ihn einsprang, würde er ihm erzählen, was er getan hatte. Die Vorstellung gefiel ihm zwar überhaupt nicht, aber wenn diese Sache ein gutes Ende nehmen sollte, brauchte er Lukas Unterstützung. »Danach …«

Finn wandte sich mit starrer Miene von ihm ab. »Es hat keinen Sinn, mir zu erzählen, was danach passiert, da ich schon das Erste nicht tun kann. Ich kann niemanden verändern.«

Alfie starrte sie an. »Hast du mich etwa angelogen, als ich dich gefragt habe, ob du das kannst?«

»Ich habe nicht gelogen«, antwortete sie genervt. »Ich kann es nur jetzt nicht tun.«

Alfie sah sie ungläubig an. Wenn das ihr *Propio* war, sollte sie dazu in der Lage sein, es zu tun, wann immer es ihr gefiel. Wollte sie ihn etwa hochhandeln? Er hatte ihr doch bereits den *maldito* Umhang versprochen. »Kannst du nicht oder *willst* du nicht?«

Sie kniff sich in den Nasenrücken. »Mein *Propio* ist blockiert.«

Alfie sah sie verwundert an. »Wie kann das sein?«

»Ich habe versucht, den Umhang zu stehlen, weil Kol mich dazu gezwungen hat. Sie ist eine Bandenchefin in Kniff. Mit ihrem *Propio* kann sie die Magie anderer Leute blockieren. Das hat sie auch bei mir getan, und sie weigert sich, die Blockade aufzuheben, solange ich ihr nicht diesen dämlichen Umhang bringe.«

Alfie sah sie mit großen Augen an. »Oh … das ist schrecklich.«

Sie lehnte sich wieder an die Wand. »Das ist ja wohl die Untertreibung des Jahrhunderts.«

»Wo ist sie jetzt? Vielleicht können wir sie dazu bringen, dass sie dir deine Magie wiedergibt.«

Finn verschränkte die Arme. »Sie ist verschwunden. Sie hat die Stadt verlassen. Die Schänke, in der wir waren, der Blaue Fingerhut, gehört Kol. Sie ist bestimmt nicht tot, da meine Magie nach wie vor blockiert ist. Aber nach diesem Massaker ist sie wohl kaum dageblieben. Und mein *Propio* ist mit ihr verschwunden.«

»Es tut mir leid«, sagte Alfie. Die *Propio*-Magie war ein so grundlegender Bestandteil seiner Persönlichkeit, dass er sich gar nicht vorstellen konnte, wie es war, sie zu verlieren. Wenn sie Kol nicht wiederfanden, würde Finn ihr *Propio* vielleicht niemals wiederbekommen.

»Warte mal.« Finns Augen weiteten sich. »Dein *Propio* ist doch, dass du seltsame Dinge mit der Magie anderer Leute anstellst, richtig? So wie mit meiner Trumpfkarte nach dem Cambió.«

Alfie widerstand dem Drang, die Augen zu verdrehen. »In gewisser Weise kann man es so beschreiben, ja. Ich kann die Magie anderer Leute manipulieren.«

»Dann versuche es doch mal bei mir.« Als er sie verwirrt ansah, fügte sie hinzu: »Bring mein *Propio* in Ordnung.«

Er blinzelte. »So leicht ist das nicht. Ich kann das nicht so einfach tun.«

»Es schien dir nicht sonderlich schwerzufallen«, sagte sie voller Tatendrang. Sie stand auf und ging rasch zu ihm herüber. Ihr Schatten zuckte aufgeregt um sie herum, während sich Alfies enger um seine Füße schlang.

»Du verstehst das nicht. Wenn ich mein *Propio* gebrauche, ist das wie … es ist schwierig zu erklären, aber ich kann Magie sehen. Du musst es dir so vorstellen: Die Magie eines jeden Menschen hat eine eigene Farbe. Meine kann ich an alle Farben anpassen. Sobald sie wie die meines Gegenübers aussieht, kann ich seine Magie nach einer Naht abtasten und entweder meinen eigenen magischen Faden in sie einnähen oder sie komplett auseinanderreißen. Aber …«

»Dann fälschst du sie also. Du fälschst anderer Leute Magie, so wie ich … wie manche Menschen Unterschriften fälschen.«

Alfie sah sie missmutig an. Diese Beschreibung gefiel ihm gar nicht. »Wenn du es so nennen willst.«

»Wenn jede Magie eine andere Farbe hat, welche hat dann deine?«

Alfie schwieg überrascht. Immer wenn er jemandem erzählte, dass er Magie sehen könne, fragte derjenige unweigerlich als Erstes nach seiner eigenen Farbe, nicht nach Alfies. Sie war sein Geheimnis.

»Das geht nur mich was an«, sagte er.

Sie verdrehte die Augen. »Und meine?«

»Ein intensives Dunkelrot. Ein bisschen wie Sangria.«

Sie grinste triumphierend, als hätte sie gerade eine Wette gewonnen. »Na gut, dann mach dein Farbendingsbums mit mir. Du hast gesagt, du kannst mit deinem *Propio* eine andere Magie durchdringen und ihre Nähte aufreißen, richtig? Dann hör endlich auf zu reden und zerreiße meine verdammten Nähte.«

Alfie spürte, wie er rot wurde.

Finn verdrehte die Augen zum Himmel. »Du bist aber wirklich ein zartes Pflänzchen. Ich will damit sagen, dass du Kols Magie zerstören sollst.«

Er rieb sich über das Gesicht, als könnte er mit der Hand die Röte wegwischen. »Du hast mich nicht ausreden lassen. Mit *Propio*-Magie verhält es sich anders. Sie hat keine Nähte, die ich zerreißen kann, selbst wenn ich meine Farbe an sie anpasse. Sie ist komplett aus einem Stück. Das wäre, als versuchte ich, eine Ecke in einem Kreis zu finden. Es ist einfach nicht möglich. Ich kann zwar jede normale Magie manipulieren, aber kein *Propio, entiendes?*«

Finn sank in sich zusammen. »Hättest du das nicht früher erwähnen können?«

Alfie zuckte die Achseln. »Hättest du mir nicht sorgfältiger zuhören können?« Einen Moment lang herrschte Schweigen zwischen ihnen, bis Alfie schließlich fragte: »Seit die Bandenchefin deine Magie blockiert hat, hast du versucht, dich selbst zu verändern, oder? Aber hast du auch versucht, jemand anderen zu verändern?«

Finn schüttelte den Kopf. »Warum sollte ich? Da sie mein *Propio* blockiert hat, kann ich es in keiner Weise verwenden.«

»Wusste Kol, dass du auch das Erscheinungsbild anderer Menschen verändern kannst?«, fragte er. »*Propio*-Magie hat doch immer irgendeinen Haken. Eine Begrenzung. Vielleicht hätte Kol von dieser Fähigkeit wissen müssen, um sie zu blockieren. Womöglich kannst du mir ja immer noch helfen.«

Finn dachte einen Moment lang über die Frage nach. »Nein.«

»Dann versuche es«, erwiderte Alfie.

Sie sah ihn an.

»Versuch es an mir.«

»Wenn ich es tue, wirst du die Klappe halten und mich gehen lassen?«

Er biss sich erneut auf die Innenseite seiner Wange. »Ja.«

Sie trat dichter an ihn heran, schürzte die Lippen und legte ihm eine Hand an die Wange. Ihre Berührung war sanfter, als Alfie erwartet hatte, und er zuckte überrascht zurück.

»Halt still.«

Er biss die Zähne zusammen. »Entschuldige. Ich habe nicht erwartet, dass du mein Gesicht berührt.«

»Was hast du denn geglaubt, was ich verändere? Dein Bein?«

Ihre Schatten sprangen wild umeinander herum. Alfie verkniff sich eine Antwort. Das Mädchen schloss die Augen und fuhr mit der Handfläche über seine Nase.

Er spürte ein Kitzeln.

Finns Miene erhellte sich. »*Wępa!* Ich kann es noch!«

Alfie drehte sich zum zersprungenen Spiegel um und zuckte erneut zusammen. Was sie ihm da verpasst hatte, war eher ein Schnabel als eine Nase. »Dann wirst du mir also helfen?«

Sie drehte sich wieder zu ihrer Tasche um. »Das habe ich nicht gesagt, aber ich bin froh, dass ich es noch draufhabe.«

Er seufzte frustriert. »Glaubst du wirklich, dass du davor davonlaufen kannst? Vor ihm?«

»Ich war schon auf der Flucht, als du gerade deine Seidenwindeln abgelegt hast. Ich kann es wieder schaffen.« Sie klang, als wollte sie sich selbst davon überzeugen. »Ich *werde* es wieder schaffen.«

»Finn …«

»Prinz«, fuhr sie ihn an. »Niemand zwingt mich zu etwas, das ich nicht tun will. Also hör auf, mich zu bedrängen.«

Er schüttelte den Kopf. »Ich will dich nicht zwingen. Ich bitte dich, mir zu helfen. Lass uns diese Sache gemeinsam zu Ende bringen. Ich werde die dunkle Magie los und du diesen Mann. *Bitte.*«

Nun zuckte sie zusammen. Sie drehte sich um und sah ihn mit glänzenden Augen an. »Bitte? Glaubst du, mit Bitten erreichst du etwas bei mir?« Als sie nun so dicht vor ihm stand, sah er, dass sie zitterte. »Du willst, dass ich *ihm* gegenübertrete? Dann musst du es genauso machen wie er. Halte mir ein Messer an die Kehle! Sag mir, dass ich nichts wert bin und dass sich daran auch nie etwas ändern wird, wenn ich nicht tue, was du von mir verlangst. Zwing mich dazu, deine Wünsche zu erfüllen.« Sie stieß ihn mit beiden Händen von sich, als wollte sie ihn dazu provozieren, all diese Dinge zu tun. »Bitten verfangen bei mir nicht, Prinz. Ich haue ab, bevor er mich findet. Und wenn du klug bist, tust du dasselbe.«

Ihre Worte trafen ihn wie eine Ohrfeige, und Alfie dachte daran, wie der Mann in der Krempe sie herumkommandiert hatte. Jedes Wort aus Ignacios Mund war ein vernichtender Schlag gewesen. Alfie fühlte sich deswegen schuldig. Hätte er nicht die Magie freigelassen, könnte Ignacio sie nicht so verletzen, wie er es nun tat. Alfie hatte ihr das angetan, und nun bat er sie, es mit ihm zusammen wieder in Ordnung zu bringen. Er schämte sich und wusste nicht, was er sagen sollte, um es wiedergutzumachen. Er kannte sie nicht gut genug, um ihren Problemen auf den Grund zu gehen. Doch selbst wenn sie sich weigerte, ihm zu helfen, und ihre Wege sich nie wieder kreuzen sollten, wollte er doch, dass sie eines wusste: »Ich glaube, eine Bitte bedeutet dir mehr, als du denkst.«

Während sie mit dem Rücken zu ihm weitere Kleidungsstücke in ihre Tasche stopfte, stieß sie ein wütendes Lachen aus. »Dann bist du sogar noch dümmer, als du aussiehst.«

»Als ich dich im Palast darum gebeten habe, Lukas Kopf in deinem Schoß zu halten, damit ich ihn heilen kann, hast du es getan. Du hast mir geholfen.« Finn versteifte sich, und er hatte das Gefühl, sie trösten zu müssen, doch er hielt es für keine gute Idee, sie zu berühren. Er wusste nicht, was sie wollte, und sie hatte bereits viel zu viel über sich ergehen lassen müssen. Dem wollte er nichts mehr hinzufügen. »Du hast gesagt, du möchtest auch in Zukunft *Heute nicht* sagen können. Und dass du nicht mehr untätig danebenstehen willst, wenn schreckliche Dinge geschehen. Ich habe dir das geglaubt, und ich glaube es dir nach wie vor, auch wenn du selbst es nicht tust. Deswegen bitte ich dich jetzt ein letztes Mal, mich zu begleiten, aber die Entscheidung liegt ganz bei dir. Wenn du Nein sagst, werde ich gehen und nie wieder zurückkehren.«

Daraufhin herrschte Schweigen. Alfies Herz flatterte in seiner Brust wie ein Vogel in einem Käfig.

»Nein«, sagte sie, ohne sich umzudrehen.

Alfie fühlte sich, als hätte sie ihn geschlagen. Er wollte sie bitten, es sich noch einmal zu überlegen, aber er hatte ihr versprochen, es nicht zu tun. Und während um ihn herum alles zerfiel, war es für ihn wichtig, zumindest an seinem Wort festzuhalten. Er würde sein Versprechen nicht brechen, selbst wenn es bedeutete, dass er ohne sie gegen die Magie antreten und einsam sterben musste.

Aber das hatte er verdient, oder etwa nicht? Als er Finn zum ersten Mal begegnet war, hatte er sich ihr überlegen gefühlt. Wegen ihres *Propios* hatte er sie für selbstsüchtig und rücksichtslos gehalten. Aber er hatte sich getäuscht. Sie hüllte sich in das Leben von anderen, um ihr eigenes zu schützen. Wenn jemand rücksichtslos war, dann er, weil er die ganze Welt in Gefahr gebracht hatte. Zutiefst beschämt ging Alfie zur Tür und zog sie auf.

»Espérate«, flüsterte sie.

Als er sich umdrehte, sah er in ihren großen Augen nicht nur Furcht, sondern auch noch einen anderen Ausdruck, als hätte sie etwas in Alfie entdeckt, dem sie Vertrauen schenken konnte. Plötzlich musste er daran denken, wie er als verängstigter kleiner Junge von Dez dazu überredet worden war, in ein Schwimmbecken zu springen. Sein großer Bruder hatte ihm versprochen, ihn aufzufangen. Als Dez ihn tatsächlich fing, hatte Alfie ihn wahrscheinlich genauso angesehen.

»Also gut.« Sie rieb sich die Augen. »Ich werde dir helfen. Aber nur unter einer Bedingung. Ich darf den Tarnumhang behalten und bekomme dazu noch eine Kiste Gold, die mindestens so viel wiegt wie ich.« Sie sah ihn mit vorgerecktem Kinn herausfordernd an, damit er ihr ja nicht widersprach. Doch daran hätte Alfie ohnehin nicht einmal im Traum gedacht. Seine Eltern brachten ihn um, wenn sie von diesem Handel erfuhren, aber wenigstens würde dann das Königreich gerettet sein.

»Abgemacht«, erwiderte er. Dann drehte er sich um und warf den Türgriff an die Wand. »So, genug Zeit verschwendet. Wir müssen in den Palast zurück.«

Finn starrte den Türgriff an. »Bist du so auch hierhergekommen?«

Alfie nickte. Bislang hatte er immer nur allein zwischen seinen magischen Portalen teleportieren können, doch solange er den Drachen in der Hand hielt, würde der Kanal bestimmt auch Finn aufnehmen. Diese schreckliche Magie hatte bereits Unmögliches geleistet. Wieso sollte er also jetzt an ihr zweifeln?

»*Oye!*«, ertönte eine barsche Stimme im Flur. »Was hast du bloß mit meiner Tür angestellt?«

»Das muss die Vermieterin sein!« Finn zog eine Handvoll in Scheiden steckende Dolche unter dem Bett hervor und stopfte sie in ihre Tasche. »Mach schnell! Öffne deinen Wandtunnel!«

Alfie drehte sich zur Tür um. »Ich kann sie reparieren …«

Finn zog ihn an der Schulter zurück. »Nicht nötig. Lass uns verschwinden.«

»Nicht genug, dass du mit der Miete im Rückstand bist, jetzt zerbrichst du auch noch die verfluchte Tür!«, donnerte die Vermieterin.

Alfie warf Finn einen Blick zu.

Sie zuckte die Achseln. »Wenn ich dir helfe, diese Magie aufzuhalten, ist mir die ganze Stadt etwas schuldig. Los jetzt!«

Bei der Vorstellung, die dunkle Magie erneut zu gebrauchen, begann Alfies Hand zu zittern. Er drehte den Türgriff. Gerade als sich der magische Tunnel öffnete, warf die grauhaarige Frau hinter ihnen die Tür auf. Wild fluchend stürmte sie mit einer Sandale in der Hand ins Zimmer. Alfie hatte zwar erst vor wenigen Stunden einer dunklen Magie gegenübergestanden, doch der Anblick der wurfbereit erhobenen Sandale machte ihn nervös, da sie ihn an seine strenge Mutter erinnerte.

»Verdammt, jetzt komm schon«, fluchte Finn.

Alfie packte den Drachen und bat ihn um eine sichere Passage für Finn und sich selbst. Im nächsten Moment durchzuckte ihn ein heftiger Schmerz, als würde etwas in ihm reißen. Als er den magischen Tunnel betrat, klammerte sich Finn fest an ihn.

Alfie blickte über die Schulter zurück und sah, wie die Vermieterin die Sandale warf, doch die Wand schloss sich bereits hinter ihnen.

Kapitel 21

Die Sanduhr

Als Luka nach seiner durchzechten Nacht am späten Nachmittag aufwachte, fühlte er sich erstaunlich munter. Sogar stark.

Er reckte die Arme über den Kopf und schlug die dicke Decke zurück. Als er aus dem Bett stieg, stellte er schnaubend fest, dass er immer noch die Kleidung trug, die er bei der gestrigen Abendgesellschaft angehabt hatte.

»Typisch«, kommentierte er. Wenn er betrunken war, hatte Luka nie Lust, sich bettfertig zu machen. In dieser Hinsicht war er zwar ein hoffnungsloser Fall, aber dafür wenigstens konsequent. Luka erinnerte sich nicht, was nach der Feier geschehen war, aber wahrscheinlich war das auch besser so.

Woher nahm er bloß all die Energie? Er fühlte sich fast wie ein Kind, das sich an Süßigkeiten überfressen hatte. »Das ist der mit Abstand tollste Weinkater, den ich je hatte«, verkündete er mit vom Schlaf heiserer Stimme.

Dann fiel ihm wieder ein, weshalb er so viel Wein getrunken hatte.

Dieser bescheuerte Alfie und seine Lügen. Seine gefährlichen Spiele um verbotene Gewinne und die Pfuschereien mit englassischer Magie.

Lukas unerwartete Vitalität kühlte sich von einem tosenden Feuer zu einem bloßen Glimmen ab. Er knirschte mit den Zähnen. Er hatte es satt, sich andauernd über Alfies Unsinn aufregen zu müssen. Darüber musste er mit ihm reden. Und zwar jetzt.

Luka stürmte zur Schlafzimmertür hinaus und eilte barfuß auf dem kalten Fliesenboden den langen gewundenen Flur entlang. Im Vorübergehen nickte er den Wächtern und Dienern zu, die ihn trotz seiner verlotterten Aufmachung nicht weiter beachteten. Dass Luka in der Kleidung vom Vorabend unterwegs war, erstaunte im Palast niemanden mehr.

Als er vor Alfies Tür stand, hob er automatisch die Faust, um anzuklopfen. Doch dann wurde ihm bewusst, was er tat, und er ließ den Arm genervt wieder sinken. *Er verdient solche Höflichkeiten nicht!*, beschloss er und platzte stattdessen unangekündigt in Alfies Zimmer.

»Alfie«, begann er, während er die Tür hinter sich schloss, und ärgerte sich über die Zurückhaltung in seiner Stimme. Er räusperte sich und straffte die Schultern. »Wir müssen …«

Das Zimmer war leer. Auf dem gemachten Bett lagen mehrere förmliche Kleidungsstücke, die Alfie am Vortag als mögliche Alternativen für die Abendgesellschaft herausgelegt haben musste.

Folglich hatte er letzte Nacht nicht hier geschlafen. Luka fühlte einen Stich in der Magengrube.

Da morgen der Ball stattfand, hätte er eigentlich hier sein und nervös auf und ab laufen müssen. Vor solchen Veranstaltungen besuchte Alfie nicht einmal die Bibliothek. Wenn er nicht hier war, befand er sich wahrscheinlich an irgendeinem Ort, den er besser meiden sollte.

Luka massierte sich die Schläfen. War das ein Zeichen, dass er dem König und der Königin von Alfies Machenschaften berichten sollte?

Die Vorstellung war Luka zuwider. Er hatte noch nie jemanden verpetzt und wollte es auch jetzt nicht tun. Aber wenn Alfie immer noch seine illegalen Spielchen trieb, würde er ihm vielleicht das Leben retten, wenn er seinen Eltern davon erzählte. Das wäre es doch wert, oder?

»*Coño!*« Luka wollte nicht zum König und der Königin gehen, ohne Alfie vorher noch eine letzte Chance gegeben zu haben. Das war das Problem: Wenn man seinen Bruder liebte, ließ man ihm die größten Dummheiten durchgehen.

Einer plötzlichen Eingebung folgend, lief er zu Alfies Schrank. Dort fand er hinter den Kleiderstapeln eine Kiste mit allen Utensilien, die man für Cambió benötigte. Er nahm die Sanduhr heraus und balancierte sie auf dem Handteller. Ihr Sockel war ungefähr so groß wie seine Handfläche und das ganze Gehäuse etwa doppelt so lang.

Luka ließ sich auf Alfies Bett fallen und stellte die Sanduhr auf das Nachtkästchen.

»Wenn der Sand durchgelaufen ist, bevor du zurück bist«, sagte Luka und sah den rieselnden Sandkörnern zu, »werde ich dich bei den Wachen als vermisst melden und deinen Eltern alles erzählen, was du in letzter Zeit getan hast. Es liegt ganz bei dir, *Pendejo*.«

Jetzt war es ein Glücksspiel und damit eine faire Angelegenheit, befand Luka. Alfie hatte immer noch eine Chance, rechtzeitig nach Hause zu kommen und ausnahmsweise mal auf ihn zu hören. Doch während Luka wartete, gingen ihm die schlimmsten Gedanken durch den Kopf. *Was ist, wenn er gerade jetzt an einem seiner illegalen Spiele teilnimmt? Ist er überhaupt noch am Leben? Was soll ich dem König und der Königin sagen, wenn er tot ist?*

Er presste sich die Hände auf die Ohren, was zwar in gewisser Weise tröstlich war, seine Gedanken jedoch nicht zum Verstummen brachte. Also setzte er sich ruckartig auf und starrte die Sanduhr an. Dann sah er zu der Wand hinüber, durch die Alfie immer hereinkam.

»Wenn du tot bist, mache ich dich kalt«, sagte Luka. Da er ein Optimist war, machte ihm Stille normalerweise nichts aus. Im Gegensatz zu Alfie, der jedes Mal in seinen Selbstzweifeln versank, sobald es um ihn herum leise wurde. Doch diesmal erging es Luka genauso. Bilder von Alfie stürmten auf ihn ein – wie er an irgendeinem dunklen Ort um sein Leben kämpfte oder es bereits verloren hatte.

Während Luka die Sanduhr beobachtete, merkte er, wie ihm der Schweiß über die Schläfen rann. Der Sand tropfte zäh wie Honig, und es würde noch einige Minuten dauern.

Ohne die Sanduhr aus den Augen zu lassen, stand er auf und begann auf und ab zu gehen. Als er vor Alfies Schrank stand, betrachtete er einzelne Kleidungsstücke und probierte, da er sonst nichts zu tun hatte, ein Hemd des Prinzen an. Als er es überstreifte, riss eine Naht. Alfie hatte eindeutig schmalere Schultern als er. Luka wand sich wieder aus dem Kleidungsstück heraus, knüllte es zusammen und stopfte es hinten in den Schrank. Dabei strichen seine Finger über etwas Warmes, das er sofort wiedererkannte. Hinter den Kleiderstapeln lag Alfies pelzgefütterter Wintermantel. Er hatte ihn Luka geliehen, als sie vor einem Jahr nach Uppskala gereist waren. Lächelnd dachte er daran zurück, wie sie auf den zugefrorenen Stromschnellen des Winterkönigreiches Schlitten gefahren waren und den allerköstlichsten frischen Fisch gegessen hatten. Sie gingen sogar mit Glühwein in der Hand unter den berühmten Nordlichtern spazieren und begannen Gespräche mit den gut aussehenden uppskalanischen Adligen, die ihnen unterwegs entgegenkamen. Damals war alles anders gewesen.

Vor Dez' Tod war Alfie noch Alfie gewesen. Ein bisschen mürrischer vielleicht, als gut für ihn gewesen wäre, aber damals hat er noch oft gelacht. Er konnte unbekümmert und leichtherzig sein. Nun kam es Luka so vor, als wäre Alfie zu vorsichtig, um zu lachen, geschweige denn zu leben. Bevor alles losging, war Alfie gern mit Luka auf Reisen gegangen und hatte sich auf neue Erfahrungen eingelassen. Luka hatte sie ihre Abenteuer genannt, und obwohl Alfie längst nicht so wagemutig gewesen war wie er, hatte er sich immer wieder zusammen mit Luka auf den Weg gemacht.

Natürlich wusste Luka, weshalb Alfie nach seinem Bruxo-Studium unbedingt aus dem Palast wegwollte. Es hatte den Prinzen immer bedrückt, wie sehr sein Vater von Dez schwärmte. Um seine Aufmerksamkeit zu erringen, hatte Alfie in seiner Jugend intensiv mit Paloma geübt, aber Dez war immer der Liebling des Königs geblieben. Wenn Alfie seine Unzulänglichkeitsgefühle mit ein wenig Spaß abschütteln wollte, hatte Luka ihm immer gern dabei geholfen. Er nahm die Finger vom Wintermantel. Seine Schuldgefühle drückten ihm auf den Magen.

Wenn er mit Alfie über all das gesprochen hätte, statt ihn bei jeder Gelegenheit zu irgendwelchen Abenteuern mitzunehmen, würde Alfie möglicherweise nicht jede Nacht ausgehen, sondern sich seiner Zukunft stellen. Luka hatte ihm die Freuden der Realitätsflucht nähergebracht, und nun rächte es sich.

Luka schloss den Schrank und wandte sich zur Sanduhr um. Sie war noch nicht einmal halb durchgelaufen. Bei jedem Sandkorn stockte ihm der Atem. Die Lage, in der er sich Alfie vorstellte, wurde immer verheerender.

Er warf die Hände in die Luft. »Das ist doch lächerlich!« Dann eilte er zur Tür und riss sie auf. Die beiden Wächter, die sie flankierten, drehten sich zu ihm um.

»Benötigt Ihr und der Prinz etwas, Meister Luka?«, fragte einer.

Luka sah ihn an und blickte dann über die Schulter. Der Sand rieselte durch das Glas. Er wandte sich wieder zu dem Wächter um. »Nein, noch nicht.«

Der Mann sah ihn konsterniert an. »Ja, Meister Luka.«

Luka erwiderte einen Moment lang schweigend seinen Blick. Dann fügte er hinzu: »Aber in ein paar Minuten.«

Der Wächter sah ihn noch verdutzter an. »Was ist in ein paar Minuten?«

»Ich weiß es nicht!«, blaffte Luka ihn an. »Aber in *ein paar Minuten* werde ich es herausfinden!« Das Letzte, was er sah, bevor er die Tür zuschlug, waren ihre verwirrten Mienen. Er ging zu Alfies Bett zurück und ließ sich mit dem Gesicht voran darauf fallen.

»Bei den Göttern!«, murmelte er in die Bettdecke hinein. »Beeil dich.«

Luka nahm sich vor, nicht zur Sanduhr zu schauen, bevor er bis hundert gezählt hatte, doch bereits bei achtzehn linste er hinüber und vergrub das Gesicht danach sofort wieder in der Bettdecke. Von dreißig an ging er dazu über, in Zweierschritten zu zählen. Ab vierzig in Fünferschritten. Als er bei siebzig war, dachte er *was soll's* und sah zur Uhr. Sie war immer noch nicht einmal annähernd durchgelaufen.

Er nahm sie in beide Hände und schüttelte sie, um den Sand zu beschleunigen.

»Geh durch, du Mist…« Die Sanduhr zerbrach in seinem Griff, als bestünde sie aus dünnem Eis. Luka schrie auf, als ihm die Scherben und der Sand durch die Finger glitten. Eigentlich hätte er sich an den Scherben schneiden müssen, doch stattdessen prallten sie von seiner Haut ab, ohne Schaden anzurichten. Er schüttelte den Sand von den Händen und ließ den Blick über das Chaos auf dem Boden gleiten. »Was für eine billige Sanduhr …« Luka dachte kurz nach. »Aber wenn man es genau nimmt, ist der Sand jetzt aus der oberen Hälfte raus, oder nicht?«

Er starrte die Wand an, durch die Alfie treten sollte. Nichts geschah.

»Ach, was soll's.«

Luka sprang vom Bett, lief zur Tür und riss sie erneut auf.

»Ja, Meister Luka?«, fragte einer der Wächter unsicher.

Gerade als er den beiden Männern sagen wollte, dass Alfie verschwunden sei und sie den König und die Königin darüber informieren sollten, stolperten Alfie und ein Mädchen durch die Wand und landeten in einem Knäuel aus Armen und Beinen auf dem Boden. Hinter ihnen schoss eine einsame Sandale durch die Luft und knallte gegen Alfies Nachtkästchen. Luka sah die beiden mit großen Augen an. Alfie war noch nie gemeinsam mit jemand anderem durch den magischen Tunnel gegangen. Bislang hatte er es für unmöglich gehalten.

»Ist da drinnen alles in Ordnung?«, fragte der zweite Wächter und versuchte, mit gerecktem Hals in den Raum zu spähen.

Doch Luka schob bereits die Tür zu. »Alles bestens! Weiter so, Jungs. Macht euer Königreich stolz.« Als die Tür zu war, lief er zu Alfie hinüber, der mit dem Rücken an der Wand neben dem Mädchen saß und sich vor Schmerzen krümmte. Luka machte sich Sorgen um ihn, aber er war auch wütend.

»Wo zum Henker bist du gewesen?«, zischte er ihn an. »Und wer ist das? Bist du gerade zusammen mit jemand anderem teleportiert?« Sein ganzes Leben hatte Alfie ihm erzählt, dass das nicht ginge. Luka war so verwirrt, dass ihm immer neue Fragen einfielen. Schließlich zeigte er auf die stinkende Sandale, die durch die Wand geflogen war. »Und wessen Chancla ist das?«

Alfie konnte sich gar nicht mehr erinnern, wie oft er den Türgriff zum Teleportieren verwendet hatte. Und jedes Mal hatte die Magie eine Tür für ihn geöffnet und ihn hereingebeten. Sie hatte für Alfie einen Pfad durch ihre große Weite gebahnt und ihn auf ihren Strömungen getragen. Das Verhältnis zwischen ihm und der Magie war zärtlich und von Herzlichkeit geprägt.

Die dunkle Magie fühlte sich anders an.

Sobald Finn und er in die Magie hineingegangen waren, hatte sie die beiden durch ihre Zähne eingesaugt. Es war ihm vorgekommen, als würden sie im Ganzen von ihr verschluckt und durch einen gewundenen Schlund in ihren dunklen Bauch hinabgezwungen.

Einen schier endlosen Moment lang hatte er das Gefühl, immer flacher zu werden und sich durch einen Korridor aus Finsternis zu bewegen, der so eng war, dass er nur für Mäuse geeignet zu sein schien. Er konnte nicht atmen, er konnte nicht denken, er konnte nicht schreiben. Während sie die Magie durchquerten, hatte er schreckliche Schmerzen im ganzen Körper, als würde ihm das Fleisch von den Knochen geschabt und bald wäre nur noch das Mark von ihm übrig. Die Schmerzen, die er gelitten hatte, als er die Magie gegen Ignacio verwandte, waren nichts dagegen gewesen.

Schließlich spie die Magie Finn und ihn auf den Boden seines Schlafzimmers. Sein Körper schien nur noch aus wundgescheuerten Nerven zu bestehen. Ein Schrei stieg in seiner Kehle auf, aber er hatte kaum Zeit, Luft zu holen, da plötzlich Luka mit wütendem Blick über ihm stand und ihn mit Fragen bombardierte.

»Das ist eine lange Geschichte«, keuchte Alfie. Der Gedanke, dass Ignacio mit der dunklen Magie ausgestattet durch die Stadt lief, brachte ihn ganz durcheinander. Er wusste nicht, ob er Luka alles erklären konnte.

»Dann leg los«, gab Luka zurück. Doch Alfie hatte keine Ahnung, wo er anfangen sollte.

Er wollte seinem besten Freund die schreckliche Wahrheit ersparen, aber er merkte, dass er zu ausgelaugt und verängstigt war, um zu lügen. Also erzählte er ihm die Wahrheit.

Die ganze Wahrheit. Er berichtete ihm vom Gift, von der Befreiung der Magie, dem Ohrring des jungen Dieners, ihrer Begegnung mit Ignacio, und er sagte ihm, dass die Magie beabsichtigte, Sombras Knochen aus diesem schrecklichen Kinderlied zu finden. (Letzteres erschreckte auch Finn, mit der er noch gar nicht über diesen Punkt gesprochen hatte.) Seit Monaten war er nicht mehr so aufrichtig zu Luka gewesen, und die Worte flogen ihm nur so über die Lippen, als würde er wie ein Bühnenzauberer ein buntes Tuch nach dem anderen aus dem Mund ziehen.

Als Alfie schließlich verstummte, sah Luka ihn mit großen Augen an. Wahrscheinlich zum ersten Mal in seinem Leben war er zu überwältigt, um etwas zu sagen.

Als Alfie das Schweigen nicht mehr ertrug, breitete er die Arme aus. »Ich konnte dich nicht in diesem Raum sterben lassen.« Alfie wischte sich die Augen. »Ich weiß, dass ich die Verantwortung dafür trage, und diesmal werde ich nicht meine Pflichten und mein Königreich vernachlässigen. Ich will es retten. Wirst du mir dabei helfen? *Por favor.*«

Wieder herrschte Schweigen. Nach einer Weile schien sich Luka von seinem Schock zu erholen. Er trat auf Alfie zu und zog ihn in eine feste Umarmung.

Alfie erwiderte sie. Seine Erleichterung darüber, dass Luka

lebte und dass er ihn weiter umarmen und mit ihm streiten konnte, war so groß, dass er einen Moment lang seine Furcht ganz vergaß.

»Du bist ein Idiot«, sagte Luka mit belegter Stimme. Er löste sich von Alfie und legte ihm die Hände auf die Schultern. »Aber deiner Dummheit habe ich es zu verdanken, dass ich immer noch hier bin. Sag mir, wie ich dir helfen kann.«

Kapitel 22

Der Plan

»Dann habt ihr beide …« Lukas Blick zuckte zwischen Alfie und Finn hin und her. »… überhaupt keinen Plan, wie ihr diese Magie aufhalten wollt.«

Finn verdrehte die Augen. »Du bist ja ein richtiger Blitzmerker.«

»Nein«, antwortete Alfie rasch, bevor es zu einem Streit zwischen den beiden kommen konnte. »Keinen richtigen. Noch nicht.«

Luka sah ihn an, als läge die Lösung auf der Hand. »Dann müssen wir zu Paloma gehen. Das ist die einzige Möglichkeit. Wer soll wissen, was zu tun ist, wenn nicht sie?«

Alfie spürte Panik in sich aufsteigen. Er konnte Paloma nicht sagen, dass er eigenmächtig die Arbeit von ihr und den anderen Dueños zunichtegemacht hatte. Schon der bloße Gedanke daran trieb ihm den Schweiß auf die Handflächen. »Nein, ich kann das allein in Ordnung bringen«, erwiderte er. »Und es ist ja auch nicht so, als hätten diese Dueños alles im Griff gehabt. Die Methode, mit der sie die Magie versteckt hatten, hat mich nicht davon abgehalten, sie zu finden und zu befreien. Und wenn ich das konnte, hätten es auch andere geschafft. Wir müssen uns selbst überlegen, wie wir die Magie einfangen und an einem unerreichbaren und nicht auffindbaren Ort bringen können, an dem es kein Leben gibt, von dem sie zehren, und keine Körper, die sie infizieren kann.« Alfie sah Luka an. »Gib mir nur einen Augenblick Zeit, damit ich meine Gedanken ordnen kann.«

Alfie ging rasch zahlreiche Möglichkeiten durch, aber jeder mögliche Plan zerplatzte bei näherer Betrachtung wie eine Seifenblase. Er zweifelte alle seine Ideen an, erkannte Fehler in ihrer Logik und hatte Angst zu versagen. Luka beobachtete ihn aufmerksam. Wenn Alfie nicht gleich etwas einfiel, würde Luka garantiert Paloma Bescheid geben.

»Ich kann nicht glauben, dass ich so dumm war, auf dich zu hören«, durchbrach Finn frustriert das Schweigen. »Ich werde nicht wie eine flügellahme Ente hier sitzen und darauf warten, dass Ignacio mich findet, während du dir einen weiteren halbgaren Plan ausdenkst. Ich hätte wissen müssen, dass ein verweichlichter Bruxo mich nur noch tiefer reinreiten würde. Offensichtlich hast du keine Ahnung, wie du das Chaos beseitigen sollst, das du angerichtet hast.«

Ihre Vorwürfe kränkten ihn, er biss die Zähne zusammen. »Du weißt überhaupt nichts über mich.«

Sie musterte ihn von Kopf bis Fuß. »Ich weiß genug.«

Wütend ging er auf sie zu und stellte sich dicht vor sie hin. »Wieso genießt du es so, andere klein zu machen?«

Sie hob das Kinn. Er verstand nicht, wie sie es schaffte, dass er das Gefühl hatte, sie sähe ihn von oben herab an, obwohl sie deutlich kleiner war als er.

»Mach dir doch nichts vor«, erwiderte sie und blickte ihn herausfordernd an. »Ich habe dich nicht klein gemacht, du bist klein.«

Ihre Worte brannten sich in sein Herz ein, und er wurde nur

noch wütender. »Meiner Erfahrung nach machen das nur Menschen, die sich selbst klein und unbedeutend fühlen.«

»Hat dir das deine Mamá beim Schlafengehen erzählt, nachdem dir die Diener den ganzen Tag lang den Hintern geküsst ...«

»Hey!«, rief Luka. »*Cállate!* Alle beide!«

Alfie riss den Blick von Finns spöttischem Gesicht los und spürte, wie seine Wut verrauchte. Wenn sie sich nicht einmal miteinander unterhalten konnten, ohne sich anzuschreien, wie wollten sie dann gemeinsam dieses Chaos bewältigen? Ignacio terrorisierte sein Königreich mit Sombras Magie, und er erging sich in Streitereien. Ihm schauderte, und er schämte sich, wenn er daran dachte, was der Mann mit den schwarzen Augen seinem Volk antat, während er sicher in seinem Palast saß.

»Hört mal«, sagte Luka. »Ich habe eine Idee.« Er bedachte Alfie mit einem zögerlichen Blick. »Sie wird dir nicht gefallen.«

Alfie, der Luka selten so unsicher erlebt hatte, verkrampfte sich der Magen.

»Werde ich sie mögen?«, fragte Finn und tat Alfies schneidenden Blick mit einem Achselzucken ab.

»Lasst mich erst mal erklären, bevor ihr irgendetwas dazu sagt«, begann Luka. »Du hast gemeint, du brauchst einen Ort, an den du die Magie bringen kannst, wo niemand hinkommen und sich mit ihr infizieren kann.« Er unterbrach sich und presste fest die Lippen aufeinander.

Was immer Luka vorschwebte, Alfie würde es akzeptieren, wenn es ihm dabei half, sein Königreich von dieser Magie zu befreien. Nach allem, was er in der Krempe erlebt hatte, war Ignacios Macht so ungeheuerlich, dass er sich keine praktikable Lösung vorstellen konnte, die er zurückweisen würde. Doch Luka sah ihn an, als würde er explodieren, sobald er seinen Einfall hörte.

»Jaja«, sagte Finn und lehnte sich mit verschränkten Armen an die Wand. »Das wissen wir alles. Und weiter?«

Anstatt ihre Unterbrechung mit einer schlagfertigen Antwort zu quittieren, ignorierte Luka sie einfach. Das sah ihm überhaupt nicht ähnlich. Alfie wurde immer nervöser. Anscheinend war der Vorschlag wirklich übel. »Luka, sag bitte einfach, was du dir überlegt hast.«

»Du weißt, dass ein solcher Ort existiert«, sagte Luka und sah Alfie flehentlich an. Offensichtlich wollte er es nicht laut aussprechen und hoffte, dass Alfie es sich selbst zusammenreimte. »Du hast ihn mit eigenen Augen gesehen.« Er verschränkte krampfhaft die Finger. »Im Blauen Raum.«

Alfie zuckte zurück. *»Nein«,* hörte er sich wütend sagen.

»Denk doch wenigstens darüber nach. Das ist das Einzige, was Sinn ergibt …«

»Es ist mir egal, ob es Sinn ergibt!«, schrie er. Die Worte platzten aus ihm heraus, bevor er ihnen die Schärfe nehmen konnte. Bei der bloßen Vorstellung hatte er das Gefühl, seine Lunge wäre zugeschnürt und er bekäme keine Luft mehr. »Das werde ich nicht tun.«

Auf der anderen Seite ertönte ein Stoßseufzer. Finn sah ihn an, als beobachtete sie den Wutanfall eines Kindes. »Kann mir bitte irgendwer erklären, um was es hier eigentlich geht?«

Luka drehte sich zu ihr um und setzte zu einer Erklärung an, doch dann schloss er den Mund. Statt etwas zu sagen, sah er Alfie an, nicht weil er ihn um Erlaubnis bitten wollte, sondern um ihn zu warnen. »Wenn sie dir helfen soll, muss sie alles erfahren.«

»Nein, das muss sie nicht«, gab Alfie mit geballten Fäusten zurück. »Weil wir diesen Plan nicht umsetzen werden.«

Luka kniff sich in den Nasenrücken und schloss einen Moment lang die Augen. »Wenn du es allein machen willst, dann tu das. Aber wenn dir nichts anderes einfällt, werde ich zu Paloma gehen. Du weißt, dass das die einzige Möglichkeit ist. Wenn du dich weigerst, werde ich durch diese Tür spazieren und ihr alles sagen.«

Alfie hielt seinem Blick stand. Er bemühte sich um einen entschlossenen Gesichtsausdruck, aber seine innere Haltung hatte sich verändert, und er wusste, dass er Luka stattdessen flehentlich ansah.

Der Augenblick ging vorbei. Luka schüttelte in einer wortlosen Entschuldigung den Kopf und drehte sich zur Tür um. Alfie öffnete den Mund, um ihn zu überzeugen, dass er es nicht tun solle, doch die Worte blieben ihm in der Kehle stecken.

Luka drehte den Türgriff.

»Warte«, wollte Alfie rufen, doch er brachte nur ein Flüstern heraus.

»Nein«, sagte Finn und stieß sich von der Wand ab. »Warte nicht. Öffne diese *maldito* Tür und lass mich raus. Wenn ihr beiden Trottel euch nur anschreien könnt, statt euch etwas Sinnvolles zu überlegen, steige ich auf das erstbeste Schiff, das diese von den Göttern verfluchte Stadt verlässt.« Mit diesen Worten stürmte sie durch den Raum, stieß Luka zur Seite und langte nach der Kapuze des Tarnumhangs.

»Hör mir zu«, stieß Alfie hervor. »Mein Bruder wurde mir genommen, aber nicht so, wie du und alle anderen glaubt.« Castallan und dem Rest der Welt hatte man weisgemacht, Dez wäre von einer unbekannten Attentäterin getötet worden. Die Einzelheiten seines Todes – der Staatsstreich und Xiomaras furchtbares *Propio* – sind geheim gehalten worden. Die Erkenntnis, dass Mitglieder des eigenen Adelsstandes versucht hatten, die Königsfamilie zu töten, und dass es eine Frau gibt, die eine Art

Nichts erschaffen kann, hätten bloß das Volk beunruhigt und das Ansehen des Königreiches im Ausland geschwächt.

Finn blieb an der Tür stehen und sah ihn neugierig über die Schulter an.

»Castallanische Adlige haben einen Putschversuch unternommen. Dabei ist eine junge Frau in den Palast eingebrochen. Ihr *Propio* befähigt sie dazu ...« Beim Versuch, die Worte auszusprechen, stockte ihm der Atem. »... Nichträume zu erschaffen.«

Finn hob eine Braue. »Nichträume?«

»Orte, an denen es weder Zeit noch Magie oder Leben gibt.« Alfies Stimme brach, und sein Blick wurde glasig. Während Luka herüberkam, um ihn zu trösten, versuchte er, nicht zu blinzeln, da er nicht fühlen wollte, wie ihm warme Tränen über die Wangen rollten.

Finn schien seiner Gefühlsaufwallung keine Beachtung zu schenken, und dafür war er ihr dankbar. Nachdenklich verschränkte sie die Arme. »Wenn du die Magie eingefangen hast, willst du also diese Frau dazu bringen, mit ihrem *Propio* einen Nichtraum zu öffnen, damit du sie dort hineinwerfen kannst. Richtig?«

Alfie nickte und wischte sich über die Augen. »Es wäre eine gute Lösung. Niemand könnte dorthin kommen. Die Magie könnte nie wieder jemandem ein Leid zufügen.« Er ließ die Hand sinken und erwiderte Finns Blick. »Sie würde niemals wieder in die falschen Hände geraten.«

Finn schwieg einen Moment und nickte dann. »In Ordnung, ich bin dabei. Wo ist diese Frau?«

Luka verzog das Gesicht. »Das ist der Haken bei diesem Plan.« Alfie war froh, einen Moment nicht reden zu müssen. »Sie befindet sich im Uhrturm.«

Finn erstarrte. »*Qué?*«

Der Uhrturm war ein Gefängnis, in dem die schlimmsten Verbrecher von Castallan gefangen gehalten wurden. Niemand, der in ihm einsaß, wurde je wiedergesehen, und nun würden sie dort einbrechen und die Frau herausholen müssen, die ihm Dez genommen hatte. Und er würde sie um Hilfe bitten müssen. Bei dieser Vorstellung bekam er weiche Knie, und nur Lukas Hand auf seiner Schulter hielt ihn aufrecht.

»Nun ja …« Luka rieb sich den Nacken. »Das will gut geplant sein.«

Finn biss sich auf die Lippe und suchte Alfies Blick. »Du möchtest, dass ich euer beider Aussehen vertausche.« Finn deutete zwischen ihm und Luka hin und her. »Damit wir aus dem Palast verschwinden und die Frau aus dem Gefängnis holen können. Dann soll ich Ignacio eine Falle stellen. Wir töten ihn, du fängst die Magie in deinem Drachendings ein und wirfst es in den Nichtraum. Habe ich alles richtig verstanden?«

Alfie nickte. Es kostete ihn große Mühe, nicht laut loszuschreien. »Ja, das ist der Plan.« Finn würde Ignacio von der Stadt weglocken, an irgendeinen Ort, wo keine Unbeteiligten in ihr magisches Kreuzfeuer geraten würden. Dann würden sie noch einmal versuchen müssen, ihn zu töten, um die Magie an sich zu bringen.

»Wartet mal, ich komme nicht mit?«, fragte Luka beleidigt. »Von mir stammt dieser *maldito* Plan!«

»Luka«, erwiderte Alfie. »Du wärst vor ein paar Stunden fast gestorben.«

»Du auch«, gab Luka zurück, und Alfie verzog das Gesicht bei dem Gedanken an Ignacio, der versuchte, ihn wie einen Fisch zu entbeinen. »Und ich fühle mich jetzt gut«, fuhr Luka fort. »Besser denn je, würde ich sagen! Ich werde dich das nicht allein durchstehen lassen.«

Alfie schüttelte den Kopf. Tatsächlich wünschte er sich, Luka dabeizuhaben, aber die Vorstellung machte ihm auch Angst. Einerseits gäbe es ihm ein gutes Gefühl, von seinem besten Freund begleitet zu werden. Andererseits würde er Luka dabei erneut in Gefahr bringen, nur dass er diesmal nicht imstande wäre, ihn zu retten. »Nein. Jemand muss hierbleiben und ich sein, damit man mich nicht vermisst. Dank ihres *Propios* kannst du mich decken.«

»Aber kann *sie* nicht so tun, als wäre sie du, und ich begleite dich stattdessen?«, fragte Luka.

»Das ist nicht möglich«, erwiderte Alfie und erklärte ihm kurz, wie Kol Finns *Propio* blockiert hatte. »Und selbst wenn es ginge, würde sie bloß den Palast plündern und verschwinden.«

Finn, die sich mit der Spitze ihres Dolches die Fingernägel säuberte, nickte. »Wie wahr.«

»Na gut«, schnaubte Luka.

Alfie freute sich darüber. Also herrschte doch noch ein gewisser Grad an Normalität. Solange Luka immer noch schnaubte und sich mit einem tiefen Seufzer eine Strähne aus der Stirn blies, war die Welt, wie er sie kannte, noch nicht komplett verloren.

»Also schön«, sagte Finn. »Jetzt wissen wir, dass wir zum Uhrturm müssen, aber wie gelangen wir hinein und wieder heraus?« Als Alfie nicht antwortete, sah sie ihn von der Seite an. »Hast du etwa geplant, anzuklopfen und höflich um Einlass zu bitten?«

Alfie ging nicht auf ihren Spott ein. Stattdessen begab er sich zum Schreibtisch und entrollte ein Pergament. Dann nahm er rasch einen weißen Federkiel aus der Schublade und tauchte ihn in das Tintenfass. Mit einem kaum hörbaren Schlürfen floss die Tinte in den Kiel und färbte ihn tiefschwarz. Alfie malte fünf konzentrische Kreise auf das Pergament. Luka und Finn stellten sich hinter ihn und sahen zu, wie er das Innenleben des Uhrturmes skizzierte.

»Der Uhrturm ist genau wie San Cristóbal in fünf Ringe aufgeteilt. Im innersten …« Alfie tippte mit dem Federkiel in den kleinsten Kreis und hinterließ dabei einen Tintenfleck auf dem Pergament. »… werden die Gefangenen verwahrt. Doch die Gefangene, um die es uns geht, ist nicht dort. Sie befindet sich getrennt von den anderen Gefangenen im zweitinnersten Ring in Einzelhaft.« Während Alfie die Ostseite des entsprechenden Ringes mit einem X markierte, dachte er an den Tag zurück, als er mit heftig pochendem Herzen vor ihrer Zellentür gestanden hatte. Er rang um Fassung und merkte, dass er mit der freien Hand die Kante des Schreibtisches umklammert hielt. »Sie wird schwer bewacht.«

»Woher weißt du das, Alfie?«, fragte Luka langsam, als wollte er die Antwort eigentlich nicht hören oder würde sie bereits kennen.

Alfie sah von ihm weg, doch dabei begegnete er Finns Blick. Sie hob die Augenbrauen.

»Du bist im Uhrturm gewesen?«, fragte sie überrascht. Er hätte sich ja denken können, dass seine größte Schandtat sie am meisten beeindrucken würde.

Eingehend betrachtete Alfie die grobe Karte, die er gezeichnet hatte. »Ja.«

»Was?«, rief Luka.

»Hör mal«, sagte Alfie, bevor Luka sich noch weiter echauffieren konnte, »im Moment kann ich es dir nicht erklären, weil wir an unserem Plan weiterarbeiten müssen. Es ist auch nicht wichtig.« Er redete sich ein, das wäre der Grund, warum er nicht darüber sprechen wollte, nicht weil er sich dafür schämte, was er damals fast getan hätte. Und wegen der Erinnerung an Palomas Gesichtsausdruck, als sie ihn im Uhrturm gefunden hatte. Alfie schob diese Gedanken beiseite.

Luka starrte ihn ungläubig an. »Du bist in das übelste Gefängnis in unserem Königreich eingebrochen, und wie und weshalb du es getan hast, soll nicht wichtig sein?«

Finn nickte. »Ich würde über nichts anderes mehr sprechen.«

»Nein«, beharrte Alfie. »Es ist nicht wichtiger, als einen Plan zu fassen, wie wir Sombras Magie davon abhalten können, unser Königreich zu vernichten.«

Luka sah ihn lange durchdringend an, bevor er sich schließlich abwandte. »Von mir aus. Aber darüber sprechen wir noch.«

»Wieso dringen wir dann nicht auf die gleiche Weise in das Gefängnis ein, wie du es beim letzten Mal getan hast?«, fragte Finn. »Wenn es damals geklappt hat, sollte es jetzt doch auch funktionieren.«

Alfie war dankbar für ihre Unterbrechung, doch er schüttelte den Kopf, während er beharrlich Lukas Blick auswich. »Damals bin ich mit einer Leine ins Gefängnis eingedrungen.« Leinen waren eine Form von Magie, mit der die meisten Bruxos teleportierten. Alfie verwendete sie wegen seines *Propios* jedoch nur selten. Ein Leinenzauberspruch verband zwei Objekte. Wer eines von beiden berührte und das richtige magische Wort sprach, wurde von der Leine zum anderen teleportiert. Alfie hatte zwei Gegenstände miteinander verbunden und einen Gefängniswächter bestochen, damit er einen von ihnen im Gefängnis platzierte. Doch Paloma hatte diese Leine konfisziert.

Ihr Gesicht tauchte erneut vor seinem geistigen Auge auf. Sie wirkte enttäuscht und – schlimmer noch – besorgt um ihn. Schuldgefühle rumorten in seinem Magen, aber dafür hatte er jetzt keine Zeit.

Da er beim letzten Mal eine Leine verwendet hatte, war sein Türgriff nicht mit dem Gefängnis verbunden. Und so hatte er dem Gefängnis keine magische Farbe zugewiesen, an der entlang er mit seinem *Propio* teleportieren konnte. Folglich stand ihm dieses Fortbewegungsmittel im Moment nicht zur Verfügung. Er konnte auch nicht die Magie, die er in dem Drachen gefangen hatte, dazu verwenden, ihn und Finn dorthin zu versetzen. Seit Finn und er mit der schwarzen Magie von der Krempe in den Palast teleportiert waren, hatte er kaum noch Kraft, sich auf den Beinen zu halten. Über eine so große Distanz hinweg würde sie ihn vielleicht töten. Alfie blickte auf den Drachen hinab, der ihm um den Hals hing. »Mit dem geht es auch nicht. Diese Entfernung … ich glaube nicht, dass ich das schaffen kann.«

»Gut«, sagte Finn. »Ich will das auch auf keinen Fall wiederholen. Selbst wenn du mich dafür bezahlen würdest.« Sie sah ihn mit seitlich geneigtem Kopf an. »Obwohl das natürlich von der Summe abhinge.«

»Gut zu wissen, dass du die richtigen Prioritäten setzt«, fuhr Luka sie an, während er Alfie weiterhin missmutig betrachtete. »Dann müsst ihr wohl nach alter Väter Sitte dorthin reiten.«

Alfie nickte. Das Gefängnis war rund dreißig Meilen von der Stadt entfernt. Wenn sie die Pferde antrieben, würden sie für die Strecke ungefähr anderthalb Stunden benötigen.

»Wir wissen aber immer noch nicht, wie wir unbemerkt hineingelangen.« Finn klang gelangweilt, als würde sie Einbrüche wie diesen jeden Tag ausbaldowern. »Oder mit einer dritten Person wieder hinaus.«

»Auf dem Weg hinein werden wir beide den Tarnumhang tragen. Aber zu dritt passen wir nicht darunter.« Alfie sah Finn an. »Du musst mich mit deinem *Propio* so verwandeln, dass ich unbehelligt aus dem Gefängnis hinausspazieren kann, während du mir mit der Gefangenen unter dem Tarnumhang folgst.«

Finn sah ihn nachdenklich an. »In was verwandeln? Einen Wärter?«

Alfie schüttelte den Kopf. Soweit er sich erinnerte, arbeiteten die Gefängniswärter nach einem exakten Schichtplan und erfüllten klar umrissene Aufgaben. Er würde auf jeden Fall auffallen.

»Als was willst du dich denn sonst ausgeben?«, fragte Luka. »Doch ganz bestimmt nicht als Gefangener.«

Während Alfie nachdachte, hörte er in Gedanken Palomas Stimme: *Magie ist eine Gabe, und als Dueños müssen wir alle Buße tun, um den Göttern für dieses Geschenk zu danken.*

Alfie wandte sich an Finn. »Du lässt mich wie einen Dueño aussehen. Das ist die einzige Möglichkeit. Im Uhrturm tun dauernd irgendwelche Dueños Buße. Paloma hat es auch getan.« Alfie senkte die Stimme, als er ihren Namen aussprach. Als Luka das hörte, drehte er sich zu ihm um. Zur Abwechslung wünschte sich Alfie mal, Luka würde ihn nicht so gut kennen. »Wenn du mich in einen Dueño verwandelst, werde ich mich im Gefängnis frei bewegen und gehen können, wann immer es mir gefällt. Niemand wird auf mich achten.«

Finn nickte langsam. »*Bien,* dann wissen wir jetzt also, wie wir hinein- und wieder hinausgelangen. Aber wie werden wir die Wärter los, damit wir die Gefangene ungestört aus ihrer Zelle holen können?«

Alfie betrachtete die konzentrischen Kreise auf der Karte und dachte eine Weile schweigend über die Möglichkeiten nach. »Wir brauchen eine Ablenkung«, sagte er schließlich. »Sie muss so wirkungsvoll sein, dass die Wärter ihre Posten an der Zellentür verlassen und erst wiederkehren, wenn wir sie herausgeholt und unter dem Tarnumhang versteckt haben.«

Lukas Augen begannen zu funkeln. Das gleiche Gesicht machte er auch immer, bevor er Alfie beim Cambió schlug. »Überlasst dass mir. Ich weiß da was.« Er seufzte. »Die besten Ideen für diesen *maldito* Plan stammen von mir, und ich bin nicht einmal dabei, wenn ihr ihn in die Tat umsetzt.« Er drehte sich um und ging zur Tür. »Wartet hier.«

Kapitel 23

Der stolzierende Prinz

Und damit war der Plan gefasst.

Der Badewannenjunge hatte ihnen das perfekte Ablenkungsmittel geliefert, das sie im Gefängnis einsetzen würden, während sie Xiomara herausholten. Danach war er zu seinen Gemächern zurückgekehrt, immer noch beleidigt, weil er sie nicht begleiten konnte. Nun befand sich Finn mit dem Prinzen allein in seinen Räumen.

»Wir werden morgen früh aufbrechen«, sagte er. »Heute ist es schon zu spät, um das Gefängnis zu infiltrieren.« Er zupfte an den Ärmeln seines Hemdes herum.

Sie wusste, dass er recht hatte. Sie hatten den Tag mit der Jagd nach Sombras Magie und ihrem Kampf mit Ignacio vergeudet. Inzwischen ging der Mond auf. Wenn sie jemanden aus dem Gefängnis befreien wollten, mussten sie es mitten am Tag tun. Wenn viel los war, würde etwas Verdächtiges eher ignoriert werden. Nachts befanden sich die Wärter sicher in höchster Alarmbereitschaft.

Der Prinz sah genauso frustriert aus, wie sie sich fühlte. Sie hatten beide Ignacios Macht erlebt, und es zerrte an ihren Nerven, dass sie ihren Plan nicht sofort in die Tat umsetzen konnten. Wie viel mächtiger würde Ignacio bis Tagesanbruch werden? Was für schreckliche Dinge würde er tun, während sie stundenlang auf das Morgengrauen warteten? Doch wenn sie Erfolg haben wollten, mussten sie sich in Geduld üben. Schließlich marschierten die Dueños nicht mitten in der Nacht in das Gefängnis.

»Na gut.« Finn stieß sich von der Wand ab, an der sie gelehnt hatte, und ging zur Tür, wobei sie einen Arm hob, um sich die Kapuze des Umhangs über den Kopf zu ziehen. »Dann gehe ich jetzt und komme morgen …«

»Nein, warte«, sagte Alfie. Seine Stimme ließ sie immer an eine hilfreich ausgestreckte Hand denken. Sie fragte sich, ob ihm klar war, wie weich und schrecklich verletzlich er sich anhörte.

Finn drehte sich mit erhobenen Augenbrauen zu ihm um. Als ihr Blick zum Bett zuckte, errötete der Prinz.

»Ich meinte nicht … ich meinte … ich …« Er bedeckte die Augen mit der Hand und seufzte.

Finn konnte sich ein Lachen nicht verkneifen. »Du bist wirklich was ganz Besonderes, weißt du das? Das ist der Grund, weshalb ich dich bei unserem Kampf so leicht ablenken konnte.« Kopfschüttelnd dachte sie daran zurück, wie sie ihn scherzhaft gefragt hatte, ob er mit ihr ins Bett gehen wolle, um ihn aus dem Takt zu bringen. Er hatte damals leicht den Mund geöffnet, als wären ihre Worte mit Honig überzogen, den er unbedingt schmecken wollte.

Er schien sich ebenfalls daran zu erinnern. Alfie nahm die Hand von den Augen und fuhr sich durch die Locken. »Und du bildest dir schnell ein Urteil.«

»Nur wenn ich komplett richtigliege.«

Alfie schüttelte den Kopf. »Ich wollte damit sagen, dass du hier in meinen Gemächern bleiben kannst. Ich werde bei Luka übernachten.«

Finns Blick wanderte wieder zum Bett. Für jedes Kissen darauf musste eine Gans ihr komplettes Federkleid gelassen haben. Die dicke rot-goldene Decke schien ihren schmerzenden Körper zu sich zu rufen. Eine geruhsame Nacht, in der sie sich nicht fragen musste, wie lange sie sich noch das Gasthaus leisten konnte, würde die Schrecken des Tages beinahe aufwiegen. Doch solange der Prinz sie beobachtete, wollte sie nicht allzu offensichtlich erleichtert wirken.

Finn drehte sich langsam im Kreis und betrachtete das Zimmer. Das kuschelige Bett stand auf einem Podest. Der Boden und die Wände waren mit bunten Kacheln gefliest. Als sie das letzte Mal hier gewesen war, hatte sie nicht damit gerechnet, dass sie noch mal herkommen würde, geschweige denn in seinem Bett schlafen.

»Ist das wirklich eine gute Idee?«, fragte sie, während sie vortrat und sich gegen einen der Bettpfosten lehnte. Das steife Holz presste sich zwischen ihre Schulterblätter. Der Prinz sah sie besorgt an. »Wird deine Diener nicht der Schlag treffen, wenn sie hereinkommen und ein Mädchen in deinem Bett finden?«

Alfie stieß langsam den angehaltenen Atem aus. »Ich werde sie darüber informieren, dass sie bis auf Weiteres meine Gemächer nicht betreten dürfen.«

Während des folgenden Schweigens sah sie, wie er versuchte, sich eine Bemerkung zu verkneifen. Doch es gelang ihm nicht.

»Und es geht dich zwar nichts an, aber es ist ja auch nicht so, als ob ich noch nie jemanden in meinem Bett gehabt hätte.«

Finns Mundwinkel zuckten. Wusste er eigentlich, dass er jedes Mal, wenn er sich zu verteidigen versuchte, ein Seil zu ihr hinunterwarf, mit dem sie ihn von seinem hohen Ross ziehen konnte?

»Hast du nach dem letzten Mal wenigstens die Laken wechseln lassen?«

Er wurde rot, und es dauerte einen Moment, bis er die Sprache wiederfand. »Bist du immer so unhöflich?«

»Das hängt davon ab, mit wem ich es gerade zu tun habe.« Sie ließ sich aufs Bett fallen und trat sich die Stiefel von den Füßen. Einer landete auf der Seite, sodass sie die Sohle sahen, die immer noch mit dem Blut aus der Schänke befleckt war. Damit schlug die Stimmung um, und sie war nicht mehr zu Scherzen aufgelegt.

Während keiner von beiden etwas sagte, starrte der Prinz den Stiefel an und bewegte lautlos die Lippen. Wenn sich das Schweigen noch viel länger hinzog, würde sie sich unweigerlich Gedanken über Ignacio, seine Schnüre und die blutgetränkte Schänke machen.

»Dich wie einen Dueño aussehen zu lassen wird nicht genügen«, sagte sie schließlich. »Du musst dich auch wie einer bewegen.«

Er hob eine Augenbraue. »Glaubst du etwa, das hätte ich nicht bedacht?«

»Ich bin sicher, dass du das getan hast.« Sie verdrehte die Augen. »Aber etwas zu bedenken bedeutet nicht, dass man es auch richtig macht. Du gehst wie ein *maldito* Pfau, und ich bezweifle, dass du diese Gewohnheit über Nacht ablegen kannst.«

»Ich gehe wie ein Pfau?«, wiederholte er, als wäre er sich nicht sicher, ob er beleidigt oder bloß verwirrt war.

Ihr Blick fiel auf seine schmalen Hüften. »Du stolzierst.«

»Qué?« Er hielt die verschränkten Hände vor sich hin, als könnte er sich so vor ihren Blicken abschirmen. »Nein, das tue ich nicht.«

»Ich will damit nur sagen, dass du dich wie ein Prinz bewegst.

Und wenn du im Gefängnis nicht auffallen willst, machst du es besser richtig.«

Der Prinz verschränkte nun auch die Arme, und sie sah, wie er wieder mit seinem Stolz rang. Doch sein Wunsch, es hinzubekommen, gewann letztlich die Oberhand.

»Zeig es mir«, sagte er, ehrlich interessiert. »Bitte.«

Finn erhob sich von seinem Bett und demonstrierte ihm, wie man gebückt humpelte, statt mit dem Stolz eines Thronfolgers einherzuschreiten. Sie brachte ihm bei, wie er leiser und mit jener typischen kratzigen Stimme sprach, die weisen Bruxos eines gewissen Alters zu eigen zu sein schien.

Als er alles eingeübt hatte, sah er sie beeindruckt an. »Du weißt wirklich eine Menge über diese Dinge.«

»Das ist mein Leben«, erwiderte sie. Oder das war es zumindest gewesen, dachte sie missmutig, bevor Kol es ihr genommen hatte.

Alfie sah sie mit seinen goldenen Augen so besorgt an, dass sie eine Gänsehaut bekam.

Finn mochte es nicht, wenn der Prinz sie ansah.

Da sie zeit ihres Lebens andere verkörpert hatte, war sie eine Meisterin darin, hinter die Fassaden der Menschen zu blicken und ihren wahren Kern zu entdecken. Doch wenn er sie aufmerksam und nachdenklich betrachtete, war sie es, die sich wie ein offenes Buch fühlte.

»Na komm schon, raus damit.« Sie verschränkte die Arme. »Wieso siehst du mich so an? Spuck es aus.«

Schließlich fragte er sie: »Wie hältst du an dir fest?«

Sie sah ihn mit zusammengekniffenen Augen an. »*Qué?*«

Finn pfiff durch die Zähne. Was für ein behütetes Leben er doch führen musste, um nicht zu erkennen, welche Freiheiten sie ihrer Fähigkeit verdankte. Ihrer Macht, so viele Menschen zu sein, dass sie letztlich niemand mehr war. Menschen mit nur einem Gesicht und einer einzigen Lebensgeschichte waren verwundbar, weil sie Schwächen hatten, die man ausnutzen konnte. Nur wer ein Niemand war, genoss echte Freiheit, da er nichts zu verlieren und nichts zu gewinnen hatte.

Sie zuckte die Achseln. »Das ist das Beste daran. Wenn man im Handumdrehen jemand anderer sein kann, ist man unbesiegbar. Dank meiner Gabe gibt es niemanden, der mich berühren kann.«

Alfie schwieg und sah sie stirnrunzelnd an, als hätte sie nichts Kluges, sondern etwas Trauriges gesagt. »Aber dann kann dir auch keiner helfen.«

Finn stellten sich die Nackenhaare auf. Dinge, die ihr sonst leicht von der Hand gingen, kamen ihr nun plötzlich komplex vor. Es gefiel ihr nicht, wie leicht es ihm fiel, ihre Stärke mit wenigen Worten in eine Schwäche zu verwandeln. Ihre Schlagfertigkeit, wegen der sie sich gerade noch für undurchschaubar und gewitzt gehalten hatte, erschien ihr nun beschämend leicht zu durchschauen. Dass sie sich danach sehnte, unberührbar zu sein, lag daran, dass jemand sich ihrer bemächtigt und sie zerbrochen hatte. Sie hetzte von einer Identität zur nächsten, weil ihre eigene zu verdorben war, um wieder zu ihr zurückzukehren.

Und wenn der Prinz das durchschaute, taten andere es bestimmt auch.

Was hast du getan, dass du nie wieder dein eigenes Gesicht sehen willst? Was hat dich dazu gebracht, es unter all dieser Magie zu begraben?

Finn vertrieb Kols heisere Stimme aus ihren Gedanken und merkte, dass die goldenen Augen des Prinzen immer noch auf ihr ruhten. Doch nun sah er zur Seite. Er wusste, dass er eine Grenze überschritten hatte, als er wie ein besorgter Freund mit ihr gesprochen hatte, obwohl sie bestenfalls Bekannte waren.

Mit einem Mal erschien ihm der großzügig geschnittene Raum beengend. Es war, als würde er zusammengefaltet und in etwas Neues verwandelt wie die zarten Blumen aus langen Buntpapierstreifen, die in der Krempe verkauft wurden.

»Ich sollte jetzt gehen«, durchbrach er die Stille.

»Sí«, nuschelte sie, während sie sich auf das weiche Bett sinken ließ. »Das solltest du.« Sie zog die dicke Decke über sich.

Diesmal schluckte er den Köder nicht. »Ich werde dich dann morgen früh abholen«, sagte er.

Sie sah zu, wie er die Tür öffnete. Der Anblick seines Rückens und seiner Hand, die sich um den Türgriff schloss, erinnerte sie daran, wie sie ihm ein paar Stunden zuvor gesagt hatte, dass sie ihm nicht helfen würde. Anstatt sich ihr so lange aufzuzwingen, bis sie aufgab, hatte er genau wie jetzt den Türgriff angefasst. Er hatte sie nicht als ein Objekt betrachtet, das er nach Lust und Laune umformen konnte, sondern als eigenständige Persönlichkeit, deren Nein er akzeptieren musste.

Das Herz schlug ihr bis zum Hals, und es erschien ihr wichtig, sich klarzumachen, wo sie beide standen, sich den Standesunterschied zwischen ihnen beiden vor Augen zu führen und ihn als das zu sehen, was er war – ein unüberwindlicher Abgrund.

»Prinz«, murmelte sie erschöpft. Sie stemmte sich auf den Ellbogen von den weichen Kissen hoch und sah ihn an, während er immer noch mit dem Rücken zu ihr an der Tür stand.

Auch jetzt drehte er sich nicht zu ihr um. »Ja?«

»Hast du die Türen und Fenster verzaubert, damit ich nicht entkommen kann?«

Ohne die Hand vom Türgriff zu nehmen, drehte er den Kopf ein wenig zur Seite, sodass sie sein elegantes Profil sehen konnte. Sein Adamsapfel hüpfte, während er schluckte. Noch bevor er antwortete, verriet ihr sein verkniffener Mund, was sie wissen musste.

»Ja.«

Die Verkrampfung in ihrem Magen löste sich. Damit war die Grenze zwischen ihnen noch mal mit dicken Pinselstrichen nachgezogen worden. Ihre Welt, seine und der große Abstand dazwischen.

»Gut.« Sie gähnte und ließ sich wieder auf die Kissen sinken. »Dann bist du klüger, als du aussiehst.«

Kapitel 24

Der Abschied

Bei Sonnenaufgang standen Alfie, Luka und Finn angespannt in den Stallungen des Palastes. Alfie rieb die feuchten Handflächen an den Hosenbeinen ab und sattelte sein Pferd.

Finn hatte Luka und Alfie in den jeweils anderen verwandelt. Luka hatte dem König und der Königin eine Nachricht geschrieben, in der er ihnen mitteilte, dass er nach seiner Auseinandersetzung mit Tiago den heutigen Tagundnachtgleiche-Ball ausfallen und stattdessen mit einem Freund verreisen würde. Da Luka unzählige Freunde hatte und gern auf Reisen ging, würden die beiden davon kaum überrascht sein.

Normalerweise hatten das Schnauben der Pferde und der warme Heugeruch eine beruhigende Wirkung auf Alfie, doch im Moment spürte er nur, wie dringend sich sein Körper vom Gebrauch der Magie erholen musste. Die wenigen Stunden Schlaf hatten ihm nicht geholfen. Während er zwei Pferde für ihren Ritt zum Gefängnis vorbereitete, zitterten ihm die Hände.

Finn zog sich die Kapuze des Umhangs vom Kopf und erschien in der hinteren Ecke des Gebäudes, weit weg von der Stalltür, durch die das warme frühmorgendliche Sonnenlicht auf die wiehernden Pferde fiel.

Sie starrte zu dem Pferd hoch, das Alfie für sie gesattelt hatte, und verzog das Gesicht zu einer Grimasse.

»Weißt du, wie man reitet?«, fragte Alfie, um das Schweigen zu beenden und sich von seinen ängstlichen Gedanken abzulenken.

Sie sah kurz zu ihm herüber. »Ich habe jahrelang in diversen Wanderzirkussen gearbeitet. Natürlich weiß ich, wie man auf einem Pferd reitet.« Sie trat unbehaglich von einem Fuß auf den anderen und verkrampfte die Schultern, als es neben ihr wieherte. »Ich tue es nur nicht gern.«

»Weshalb?«, fragte Luka, während er ihrem Pferd mit geübter Hand die Schnauze streichelte.

Finn musterte das Ross argwöhnisch. »Ich mag nichts, was ich nicht …«

»… stehlen kann?«, mutmaßte Alfie, während er über die dunkle Mähne seines eigenen Pferdes strich.

Finn verdrehte die Augen. »Was ich nicht kontrollieren kann. Selbst ein tadellos abgerichtetes Pferd kann dich abwerfen, wenn ihm danach ist.« Sie sah Alfie durchdringend an. »Und selbstverständlich könnte ich ein Pferd stehlen. Für was für eine lausige Diebin hältst du mich eigentlich?«

Luka neigte den Kopf zur Seite. »Könntest du wirklich ein Pferd stehlen, oder meintest du, dass du es bestehlen kannst?«

»Beides natürlich.«

Luka stieß ein bellendes Lachen aus, für das Alfie dankbar war. Er fragte sich, ob er es gerade zum letzten Mal hörte, weil Ignacio ihn umbringen würde. Was Ignacio wohl gerade tat? Wie viele hatte er bereits mit dieser vergifteten Magie getötet? Alfie stieß den Gedanken schnell beiseite, bevor er ihn nicht mehr loswurde. Als er mit den Pferden fertig war, stand er einen Moment lang schweigend da. Er wollte nicht zugeben, dass ihrem Aufbruch nun nichts mehr im Wege stand.

Luka – Alfie würde sich nie daran gewöhnen, dass er sein Gesicht trug – setzte zu einer Bemerkung an. Doch ihm schien nichts einzufallen. Was hätte er auch sagen sollen, während Alfie dem Tod ins Angesicht schaute?

Lügen, dachte Alfie. *Tröstliche Lügen.*

»Ich komme wieder.« Alfie schluckte, bevor ihm die Stimme versagte. »Ich verspreche es.«

»Ich weiß«, erwiderte Luka. »Hier, nimm das mit.« Er reichte Alfie einen Zugbeutel aus rotem Samt. Darin befanden sich zwei verkorkte Phiolen. »Das sind Heiltränke, falls du welche brauchst.«

Heiltränke waren nicht so spezifisch oder hilfreich wie die Heilmagie, mit der Alfie bei sich selbst Wunden versorgen konnte. Sie konnten weder einen gebrochenen Knochen zusammensetzen noch eine starke Blutung stillen. Stattdessen versorgten sie den Körper mit Energie, die ihm half, auf natürliche Weise zu regenerieren. Sie konnten durchaus praktisch sein, aber Alfie hoffte, dass er sie nicht brauchen würde.

»Ich komme wieder zurück.« Alfie drückte fest Lukas Schulter, als könnte er ihm das Versprechen so in die Haut einprägen. »Aber wenn ich versage und nicht mehr nach Hause komme, musst du Paloma die Wahrheit sagen, damit sie versuchen kann, die Magie aufzuhalten.«

»*Cállate.* Sag nicht so einen Unsinn.« Lukas Augen glitzerten. »Wenn du stirbst, bringe ich dich um.«

Lachend zog Alfie ihn in eine Umarmung und klopfte ihm auf den Rücken. Er konnte sich nicht dazu überwinden, ihn loszulassen. Doch schließlich drückte er noch einmal mit brennenden Augen Lukas Schulter und löste sich von ihm. Hinter ihnen bestieg Finn derweil ihr Pferd. Wenn sie aus dem Stall ritten, würde sie die Kapuze des Umhangs überstreifen und Alfie ihr Pferd am Zügel führen, damit es aussah, als nähme er es für einen Freund mit.

Alfie zog eine Pergamentrolle aus der Tasche und hielt sie Luka hin. »Nimm die. Ich habe sie so verzaubert, dass sie mit meiner verbunden ist.« Er zeigte auf eine zweite Rolle in der Tasche. »Alles, was mit der einen geschieht, wird auch der anderen passieren. Wenn du etwas darauf schreibst, werde ich es sehen, und umgekehrt. Auf diese Weise können wir miteinander in Verbindung treten, wenn du mich brauchst.«

Luka verdrehte die Augen und nahm das Pergament entgegen. »Damit ich dir von meinen extrem wichtigen Nachforschungen berichten kann?«

»Ja«, sagte Alfie, amüsiert über den triefenden Sarkasmus in Lukas Stimme. »Das auch.«

Bevor sie eingeschlafen waren, hatte er Luka aufgetragen, sämtliche Bücher über Sombra zu durchforsten, sobald er und Finn weg waren. Vielleicht würde Luka ja irgendeinen Schwachpunkt entdecken, den sie ausnutzen konnten, wenn sie das nächste Mal auf Ignacio trafen.

Alfie lachte leise über Lukas verzweifelten Blick. »Würdest du wirklich lieber in ein Gefängnis eindringen, als in der Bibliothek Bücher zu lesen?«

Luka sah ihn unverwandt an. »Ja, natürlich. Was soll ich deiner Meinung nach dabei herausfinden? Dass Sombras Magie allergisch auf Oregano reagiert?«

Alfie schnaubte. »Mittlerweile würde mich ehrlich gesagt gar nichts mehr überraschen.«

»Bei den Göttern«, murmelte Finn. »Kein *maldito* Oregano mehr.«

Draußen ertönte Hufgeklapper, und Alfie sah zur Stalltür hinaus. Ein Wächter mit rotem Umhang galoppierte auf die Stallungen zu.

Alfie drehte sich zu Finn um. »Schnell«, zischte er ihr zu. »Setz die Kapuze auf!«

Gerade als Finn vor Alfies Augen verschwand, verhielt der Reiter sein Pferd vor der Stalltür und stieg rasch ab. Sobald er Luka und Alfie bemerkte, nahm er Haltung an.

»*Buenos días,* Prinz Alfehr«, sagte er und verbeugte sich tief vor Luka. Dann wiederholte er die Geste vor Alfie. »Seid ebenfalls gegrüßt, Meister Luka.«

Alfie blinzelte ihn einen Moment lang verständnislos an, ehe ihm wieder einfiel, dass er ja Lukas Gesichtszüge trug. »Guten Morgen.«

Der Mann sah sich im Stall um. »Ist denn der Stalljunge nicht mehr da, Euer Gnaden?«

Alfie hatte den Jungen gebeten, sich eine Zeit lang zu entfernen, damit er sich in Ruhe verabschieden und vor allem ungestört mit Luka und Finn sprechen konnte.

Luka nickte dem Mann zu. »Ja, aber er wird schon bald wieder zurück sein.«

Der Mann nickte und führte sein Pferd eilig in eine leere, mit viel Stroh ausgelegte Box. Er machte sich nicht einmal die Mühe, dem Tier den Sattel abzunehmen oder Wasser in die Tränke zu füllen, bevor er die Box wieder verließ. Der Hals des Pferdes war mit schaumigem Schweiß bedeckt. Alfie drehte sich zu dem Mann um, der offenkundig erschüttert zur Stalltür ging. »Geht es dir gut?«

Der Wächter sah ihn und Luka einen Moment lang schweigend an, als überlegte er, ob er Alfies Frage beantworten durfte. Schließlich seufzte er. »Ihr hört es vermutlich ohnehin schon bald, von mir oder jemand anderem. Ich habe eine wichtige

Nachricht für den König und die Königin. Heute Morgen wurden in einer Schänke in der Krempe zahlreiche Leichen entdeckt. So etwas habe ich noch nie gesehen.« Er schüttelte den Kopf. »Jetzt muss ich los und Meldung machen. Wenn Ihr mich bitte entschuldigen wollt.« Er verbeugte sich noch einmal vor ihnen und stürmte dann mit wehendem Umhang zum Palast hinüber. Während Alfie ihm hinterhersah, drängten sich wieder die Bilder aus der Schänke in sein Bewusstsein.

Finn war zwar immer noch vom Tarnumhang verhüllt, doch Alfie spürte die Anspannung, die von ihrem Platz auf dem Pferderücken ausging.

Seit der Mann die Schänke erwähnt hatte, sah Luka ihn besorgt an. Alfie wusste, dass er ihn am liebsten gebeten hätte, zu bleiben und nicht sein Leben zu riskieren. Doch stattdessen schüttelte Luka den Kopf und presste die Lippen aufeinander. Wofür Alfie sehr dankbar war, da er nicht wusste, ob er andernfalls hätte gehen können.

Luka räusperte sich und sah eindringlich auf die Stelle, wo Finn auf ihrem Pferd saß. »Sorge dafür, dass er in einem Stück zurückkehrt.«

Aus dem Nichts ertönte ein Schnauben. »An dem ist doch gar nichts dran, was abbrechen kann.«

Luka grinste. »Sie gefällt mir.«

Alfie wurde schwummrig, als er sein Pferd bestieg, doch er schaffte es, nicht im Sattel zu schwanken. Luka sollte nicht merken, wie viel Kraft diese Magie ihn bereits gekostet hatte. Nach allem, was er wusste, sahen sie sich gerade vielleicht zum letzten Mal. Er wollte sich von Luka verabschieden, brachte aber kein Wort heraus. Zudem hatte er Angst, dass er gar nicht mehr aufhören würde zu reden, wenn er erst einmal damit anfing. Zu seiner Erleichterung kam Luka ihm zuvor.

»Bis später, du Sauertopf«, sagte er mit einem schmalen Lächeln.

Alfie verdrehte die Augen und grinste, als er den Spitznamen aus seiner Kindheit hörte. *»Hasta luego.«* Dann nahm er schweren Herzens die Zügel von Finns Pferd und führte es im Trab neben sich her, während sie das Palastgelände überquerten.

Schweigend ritten sie auf Reitwegen, die für eilige Reisende durch die Ringe gebahnt worden waren, bis Alfie sie in Kniff, dem äußersten Ring von San Cristóbal, durch das Tor aus der Stadt hinausführte. Hier draußen erstreckten sich endlos scheinende grüne Zuckerrohrfelder, die von einer einzelnen gewundenen Straße durchschnitten waren. Zum Glück mussten sie unterwegs weder steile Anstiege noch unwegsames Terrain überwinden. Es würde ein relativ einfacher Ausritt werden. Bis sie ans Ziel gelangten.

Nach etwas mehr als einer Stunde würden sie den Schandfleck erreichen, in den sie eindringen wollten – den Uhrturm.

Dort wichen die Zuckerrohrfelder einem trockenen, unfruchtbaren Boden, der gesalzen worden war, damit nicht einmal ein Hauch von Leben auf ihm existieren konnte. Auf diesem kargen Stück Land war das Gefängnis in einem abweisenden Ziegelturm untergebracht, der mitten in der prallen Sonne stand. Er war von einem breiten Graben umgeben, dessen magisch erhitztes Wasser permanent kochte. In diesem Gefängnis saßen die schlimmsten Verbrecher ein. In ihre Handgelenke waren Zaubersprüche geritzt, die ihre Magie blockierten. Zudem bekamen sie Beruhigungsmittel verabreicht, die ihre magischen Fähigkeiten betäubten. Am schlimmsten war jedoch die Uhr, der das Gefängnis seinen Namen verdankte. Sie nahm die gesamte Decke des großen Turmes ein, ihr Minutenzeiger maß ganze fünf Körperlängen. Ihr ohrenbetäubendes Ticken gemahnte die Gefangenen an die endlose Zeitspanne, die sie noch in ihren Zellen verbringen mussten. Viele der Insassen trieb die erbarmungslose Uhr, die wie ein unaufhaltsam tickender Mond über ihnen hing, in den Wahnsinn. Es war ein Leben, das Alfie nicht einmal seinem schlimmsten Feind wünschte. Dann fiel ihm die junge Frau wieder ein, die sie aus der Haft befreien wollten, und dass er ihr dieses Schicksal durchaus wünschte.

Beim Anblick der untergehenden Sonne gefror Alfie das Blut in den Adern. Ihnen blieben weniger als sechs Stunden Zeit, um sich Zugang zum Gefängnis zu verschaffen, die Gefangene herauszuholen und die Magie einzuschließen. Dieser Plan wäre innerhalb mehrerer Tage kaum zu bewerkstelligen gewesen. Dass ihnen dafür nur wenige Stunden zur Verfügung standen, war absurd. Dennoch würden sie es versuchen müssen. Das Vorhaben der Magie, Sombra zurückzubringen, war viel zu schrecklich, um es langsam angehen zu lassen. Sie musste so schnell wie möglich gefangen und in den Nichtraum verbannt werden.

Als das Stadttor ein ganzes Stück hinter ihnen lag, streifte Finn sich die Kapuze vom Kopf und nahm die Zügel selbst in die Hand. Danach ritten sie so schnell wie möglich auf der kurvenreichen Schotterstraße, die sich wie eine Schlange durch die raschelnden Zuckerrohrfelder wand. In einiger Entfernung ragte der Ziegelturm aus dem Zuckerrohr auf wie ein Finger, der sich nach dem Himmel ausstreckte, um ihn für sich zu beanspruchen.

Mehr als eine Stunde lang jagten ihre Pferde so geschwind Seite an Seite die flache Straße entlang, dass sie nicht miteinander sprechen konnten. Immer wieder grub Alfie seinem Pferd die Fersen in die Flanken, um es weiter voranzutreiben. Doch als sich auf dem Nacken und der Schnauze des Tieres schaumiger Schweiß bildete, gab er Finn ein Zeichen, langsamer zu werden.

Nachdem sie angehalten hatten, stieg Alfie ab und streichelte seinem Pferd über die warmen Nüstern. Das arme Geschöpf hatte sich völlig verausgabt.

»Entschuldige, *Peluche*.« Alfie entkorkte eine Feldflasche, die er seitlich am Pferd festgebunden hatte, und ließ mit einer Drehung seines Fingers einen langen Wasserfaden daraus aufsteigen.

Finn, die immer noch im Sattel saß, schnaubte verächtlich, während sie zusah, wie er ihn langsam in das keuchende Maul des Pferdes lenkte. »Es überrascht mich nicht, dass du dein Pferd *Kuschelbär* genannt hast.«

Alfie ging zu ihrem Pferd und versorgte es ebenfalls mit einem Wasserfaden. »Ich habe ihn nicht so genannt. Das war meine Mutter«, antwortete er sanft. Ihm fiel ein, wie seine Mutter ihn angesehen hatte, als er in den Palast zurückgekehrt war.

»Du bist zu Hause«, hatte sie gesagt. Würde er diesmal wieder heimkehren?

Lautes Schmatzen riss ihn aus seinen Grübeleien. Finn mampfte einen Apfel, den er als Notproviant in ihre Satteltasche gepackt hatte.

»Und wie heißt mein Pferd?«

Alfie kraulte ihr Reittier hinter dem Ohr. Es beugte sich vor und drückte den Kopf an seine Schulter. Als Luka und er klein gewesen waren, hatten sie auf diesem Pferd reiten gelernt, und auch heute noch benahm es sich in ihrer Gegenwart wie ein übergroßes Kätzchen.

»Als ich ein Junge war, habe ich ihn Pupsi getauft.« Alfie tätschelte seine Flanke und beobachtete amüsiert, wie Finn aufhörte zu kauen. »Du wirst unterwegs sicher noch herausfinden, wieso.«

Alfie steckte den Korken in die Flasche zurück und schwang sich in Peluches Sattel. »Lass uns erst mal langsam antraben, damit sie eine Chance haben, sich zu erholen, bevor wir das Tempo wieder anziehen. In einer halben Stunde müssten wir beim Turm sein, vielleicht sogar früher.«

Finn musterte ihr Pferd kritisch und nickte. Dann trabten sie los.

Alfie war dankbar, dass sie schwieg, während sie im Passgang den Pfad entlangritten, da er den Plan bis zu ihrer Ankunft beim Gefängnis noch ein paarmal durchgehen wollte: Sobald sie dort waren, würde Finn die Ablenkung platzieren, während er in der Nähe auf sie wartete. Anschließend wollten sie sich so nahe wie möglich an Xiomaras Zelle heranschleichen und mit dem Ablenkungsmanöver beginnen. Wenn die Wächter weggingen, um nachzusehen, was der Krach zu bedeuten hatte, würden sie in die Zelle einbrechen. Sobald Finn sich und Xiomara mit dem Tarnumhang bedeckt hatte, würden sie zu dritt aus dem Gefängnis hinausspazieren. Der schwierigste Teil folgte jedoch erst nach Xiomaras Befreiung, wenn sie Ignacio aus der Stadt locken, ihn töten, die Magie in dem Spielzeug einsperren und es anschließend in Xiomaras Nichtraum werfen mussten.

In Gedanken sagte er sich immer wieder die einzelnen Schritte vor, bis sie zu einer Art Singsang wurden. Das einzige Geräusch um ihn herum war das Rauschen des Windes in den Zuckerrohrfeldern links und rechts von der Straße.

Alfie berührte sein Gesicht und erschrak über die unvertrauten Konturen. Er konnte sich einfach nicht daran gewöhnen, dass er Lukas Gesicht trug. Genauso wenig vermochte er, sich vorzustellen, wie es für Finn gewesen war, ständig neue Identitäten anzunehmen.

»Das war das Beste an meinem Leben«, hatte sie ihm in der Nacht zuvor gesagt, aber für Alfie war es wie ein bizarrer Traum.

Nicht unbedingt ein Albtraum, aber einer, aus dem es für ihn kein Erwachen gab.

»Ich kann es wieder entfernen, wenn du möchtest.« Finn deutete auf sein Gesicht. Ihm war gar nicht aufgefallen, dass sie ihn beobachtet hatte. »Wenn ich dich in einen Dueño verwandle, möchte ich eh mit einer leeren Leinwand anfangen.«

Alfie dachte darüber nach. Sie waren mittlerweile so weit von der Stadt entfernt, dass niemand ihn sehen würde. Und wenn sie ihm ohnehin diese Maske abnehmen musste, konnte er genauso gut einen Moment lang sein eigenes Gesicht tragen. »Ja, bitte.«

Während ihre Pferde nebeneinander hertrotteten, sah Finn ihn intensiv an und winkte. Sein Körper kribbelte, und Alfie spürte, wie er sich verschob. Sein Oberkörper wurde schmaler und länger, und die Nase hob sich ein wenig. Dann war es vorbei. Er legte sich die Hände aufs Gesicht und seufzte. *»Gracias.«*

Sie zuckte die Achseln, und einen Moment lang herrschte Schweigen zwischen ihnen, bis Finn es schließlich beendete. »Dein Bruder …« Sie rutschte auf dem Sattel herum und zuckte zusammen, als sie mit dem Hintern darauf knallte. »… ist unter merkwürdigen Umständen gestorben.«

Alfie biss die Zähne zusammen. Ihr Talent, immer genau das Thema anzuschneiden, über das er gerade am allerwenigsten sprechen wollte, verstörte ihn. Er wandte den Blick von ihr ab und konzentrierte sich stattdessen auf die grünen Felder und den Hufschlag seines Pferdes auf dem unbefestigten Untergrund. »Das kann man wohl sagen.«

»Ich weiß noch, wie ich von dem Attentat gehört habe«, fuhr sie fort. »Die Stadt, in der ich zu dem Zeitpunkt war, befand sich weit weg von hier, und trotzdem haben die Leute auf den Straßen geweint, als hätten sie ihn persönlich gekannt.«

Die Art, wie sie das sagte, ging Alfie unter die Haut. Alle sprachen immer nur mit großem Respekt und sehr traurig über Dez, aber ihre Worte hatten flapsig geklungen. »Hat dich das gestört?«

Sie lehnte sich im Sattel zur Seite und ließ mit einem Schulterzucken die Finger über die Spitzen der Zuckerrohrpflanzen gleiten. »Es ergab keinen Sinn. Sie kannten ihn nicht. Ich kannte ihn nicht. Wieso sollte ich um ihn weinen, wenn mich sein Tod gar nichts angeht?«

Alfie sah sie mit zusammengekniffenen Augen an. »Natürlich geht es dich etwas an, wer König von Castallan wird. Du bist eine Castallana, und du lebst hier.«

Finn schnaubte. »Menschen wie ich sind wie Ameisen, und Herrscher sind für uns bloß große Füße, die uns zertreten können. Uns ist egal, zu welchem Körper der Fuß gehört, das Ergebnis ist immer das Gleiche. Jetzt hängt eben nicht mehr sein Fuß über meinem Kopf, sondern deiner.«

»Siehst du uns wirklich so?«, fragte Alfie. »Als Menschen, die dir ein Leid zufügen?«

Finn lachte spöttisch. »Was sollte ich deiner Ansicht nach denn in euch sehen? Hüter des Volkes? Mach dir doch nichts vor, Prinz. Glaubst du wirklich, dass die Leute, die nichts haben, die stehlen und betteln, dich als ihren Beschützer betrachten? Du mit einem polierten Schreibtisch und deiner schicken Magie.« Sie schnaubte erneut. »Die Reichen werden reich geboren und sterben noch reicher. Der Rest von uns stirbt zu früh. Du bist kein Beschützer. Du bist bloß ein weiterer Fuß, der nur darauf wartet, uns zu zermalmen.«

Alfie rieb sich den Nacken. Er wusste, dass es in seinem Königreich Unzufriedenheit und Armut gab. Genau wie überall. Er war nicht so naiv, etwas anderes zu glauben. Dennoch war es schwer zu verkraften. Während er Finn zuhörte, fielen seine ruhmreichen Vorstellungen vom Königreich in sich zusammen.

Sie waren bloß ein Hirngespinst, das die wahren Unzulänglichkeiten verbarg. Das Motto seines Königreichs, *magia para todos*, Magie für alle, klang mit einem Mal schal.

Doch wenn es ihm und Finn irgendwie gelang, diese dunkle Magie aufzuhalten, und er die Chance bekam, der König zu werden, den seine Eltern in ihm sahen, würde er daran vielleicht etwas ändern können. Womöglich könnte er eine andere Art König sein. Kein Fuß, der drohend über den Köpfen seiner Untertanen schwebte, sondern eine ausgestreckte Hand, die ihnen hochhalf. Er könnte das Motto seines Königreiches wahr werden lassen. Wenn er nur lange genug lebte, um den Thron zu besteigen.

Erneut verfielen sie in Schweigen, und er fragte sich, ob sie den ganzen Ritt lang abwechselnd zornig und sprachlos sein würden.

»Wie genau funktioniert dieser Nichtraum …?«

»Finn«, flüsterte Alfie mit kaum unterdrückter Wut. Er wusste, dass sie die Hilfe dieser Verbrecherin benötigten, aber darüber wollte er erst nachdenken, wenn es gar nicht mehr anders ging. »Lass uns bitte nicht darüber sprechen.«

Seine Warnung machte sie offensichtlich neugierig. »Wieso?«

»Weil ich mich nicht damit beschäftigen will«, fuhr er sie an. Die Finger, mit denen er die Zügel umfasst hielt, zuckten zur kühlen Flasche an seiner Hüfte. Mit einem Schluck Tequila könnte er vielleicht den Zorn unterdrücken, der in ihm aufwallte, bevor er ihn in einen Menschen verwandelte, der er nicht war. »Es macht mich nur wütend.«

Finn sah ihn fragend an. »Und wieso willst du nicht wütend sein? Das ist doch ein ganz normales Gefühl wie alle anderen auch.«

Alfie seufzte und streckte den Arm zur Seite aus, um ebenfalls die Finger über die Zuckerrohrpflanzen gleiten zu lassen. Das kribbelnde Gefühl beruhigte ihn ein wenig. Natürlich würde sie für Wut plädieren. Schließlich dachte sie nie zweimal nach, bevor sie handelte. »Mir gefällt nicht, wie ich bin, wenn ich mich meinem Zorn überlasse.« Er sah wieder vor sich, wie er Paloma an der Robe gepackt und gegen die Wand geworfen hatte. Diese Erinnerung erfüllte ihn mit Abscheu vor sich selbst. »Dieser Mensch bin nicht ich.«

»Natürlich bist du das, *Estúpido*«, erwiderte sie. »Wenn du wütend wirst, bist du immer noch dieselbe Person. Du bist nicht nur so, aber eben zum Teil. Wenn du das abstreitest, kannst du auch gleich deine komplette Persönlichkeit ablehnen.«

Alfie gefiel ihr Tonfall nicht. Sie sprach, als schlüge sie ihm vor, ein neues Hemd anzuziehen, statt ihm zu sagen, dass er den Teil seiner Persönlichkeit zulassen sollte, vor dem er sich am meisten fürchtete.

»Vor manchen Dingen kann man nicht davonlaufen.« Ihre Stimme klang nun anders, nicht sanft, aber ohne die gewohnte Schärfe – wie eine stumpfe Schneide. »Manchmal muss man auf etwas zulaufen und sich ihm stellen.«

Alfie dachte daran, wie sie vor Ignacio davongelaufen war, nur um wie ein Fisch an der Angel wieder von ihm eingeholt zu werden. Doch diese schreckliche Erinnerung konnte seine Scham nicht lindern. Er musste einen wirklich erbärmlichen Eindruck auf Finn machen, dass sie so mit ihm sprach. Und er wollte weder ihr Mitleid noch ihre Ratschläge annehmen. »Gut«, sagte er, »wenn mir danach ist, meine Identität zu verleugnen und stattdessen mit einer Maske herumzulaufen, werde ich dir auf jeden Fall Bescheid geben.«

»Schön.« Sie verdrehte die Augen. »Bist du sicher, dass der Badewannenjunge dich decken wird?«

Alfie wusste immer noch nicht, wieso sie ihn so nannte. »Er wird mich decken, und er heißt Luka.« Er widerstand dem Impuls, sein Pferd zu wenden und heimzureiten. Luka war fast gestorben, und Alfie, der sich nichts mehr wünschte, als seinen besten Freund zu beschützen, hätte zu gern herausgefunden, wer ihm das angetan hatte, um denjenigen seiner verdienten Strafe zuzuführen. Er zog eine Mango und ein kleines Messer aus seiner Satteltasche. Nachdem er die Schale mit der Klinge entfernt hatte, steckte er sich ein Stück der Frucht in den Mund und versuchte, sich mit ihrem intensiven Geschmack von seinen Gedanken abzulenken.

Finn sah ihn aufmerksam an. »Du willst wissen, wer versucht hat, ihn zu töten.«

»Ja, natürlich«, antwortete Alfie und massierte sich die Schläfen. »Aber zuerst muss ich mich um die dunkle Magie kümmern.« Selbst wenn er sie irgendwie loswerden sollte, konnte er niemandem erzählen, dass Luka beinahe ermordet worden wäre, ohne gleichzeitig zu erklären, wie die dunkle Magie freigekommen war. Er hatte keine Ahnung, was er in dieser Hinsicht tun sollte.

»Nun ja, ich habe einen ersten Hinweis für dich«, sagte Finn nüchtern. »Es war eindeutig ein Giftanschlag. Und das Gift war für *dich* bestimmt.«

Die Mango fiel Alfie aus der Hand und landete auf der Straße. »Für *mich*?«

»Ja, dich«, bestätigte sie. »Ich war in deinem Zimmer und habe nach dem Schlüssel zur Schatzkammer gesucht.« Sie zog einen Schlüssel aus der Tasche und warf ihn Alfie zu. Es war seiner. Er glaubte, ihm würde gleich der Schädel platzen. »Während ich nach ihm gesucht habe, kam eine Dienerin herein. Ich hörte, wie sie eine Flasche schüttelte. Ich war mir nicht sicher, ob sie Gift hineinmischte, aber nachdem ich nun weiß, was mit dem Badewannenjungen geschehen ist, habe ich daran keinen Zweifel mehr.«

Alfies Finger klebten vom Mangosaft, aber das hielt ihn nicht davon ab, die Augen mit der Hand zu bedecken. »Mein Schlaftrunk.«

Luka hatte gesagt, er habe Alfies Elixier getrunken. Daran hatte er gar nicht gedacht. Ein Teil von ihm wollte Finn anschreien, wieso sie die Flasche nicht einfach ausgeleert und damit Schlimmeres verhindert hatte. Aber das erschien ihm sinnlos. Schließlich hatte sie nicht wissen können, was vor sich ging. Sie war eine Diebin, die ihm nichts schuldete. Es kam ihm absurd vor, irgendetwas von ihr zu erwarten.

Unzählige Fragen schwirrten ihm durch den Kopf und warteten darauf, gestellt zu werden. Wer hatte versucht, ihn zu vergiften? War es dieselbe Person, die ihm Dez genommen hatte? Würde es einen weiteren Anschlag geben, während er weg war? War Luka in Gefahr, vergiftet zu werden, während er ihn verkörperte?

»Du willst nach Hause«, sagte Finn leise. »Und deine Familie beschützen.«

Alfie glaubte, so etwas wie Verständnis in ihrem Blick aufflackern zu sehen. Als hätte sie früher auch einmal Menschen gehabt, die sie beschützen wollte. »Ja, das will ich«, erwiderte er. »Aber ich kann nicht.«

Er glaubte, die Stimme seiner Mutter zu hören: *Du bist viel zu impulsiv, Alfie. Als König musst du zuerst an dein Volk denken, und erst dann an dich. Immer.*

Diese Magie bedrohte sein ganzes Königreich, nicht nur seine Familie. Daher musste er Verantwortung übernehmen und sich ohne weiteren Aufschub um die schwarze Magie kümmern.

Finn nickte ihm, offenbar unbeeindruckt von seinen starken Gefühlen, zu. Er verstand nicht, wie sie so ruhig sein konnte. Sie hatte im Blauen Raum doch dasselbe erlebt wie er. Weshalb blieb sie so entspannt, während er gar nicht aufhören konnte zu zittern?

»Macht dir dieser Ignacio gar keine Sorgen?«, fragte er.

Als sie den Namen hörte, zuckte Finn zusammen wie ein Kind, wenn es donnerte. Doch gleich darauf setzte sie wieder eine neutrale Miene auf. »Ich habe nur wenig Angst, Prinz, und die werde ich nicht an ihn verschwenden«, antwortete sie und schenkte ihm ein Grinsen, das fast über den Aufruhr hinwegtäuschte, in dem sie sich offensichtlich befand. Aber nicht ganz. »Diese Biester haben sich lange genug ausgeruht«, sagte sie und trat ihrem Pferd die Fersen in die Flanken, sodass es davonstürmte und Alfie in einer Staubwolke zurückließ.

Kapitel 25

Der Mann, der nicht sterben konnte

Als ein weiterer Körper vor ihm zu Asche zerfiel, schürzte Ignacio genervt die Lippen.

Er saß im Blauen Fingerhut, der blutverschmierten Schänke, in der er seine magischen Kräfte erhalten hatte. Dabei hatte ihn eine Mordlust gepackt, für die alle im Raum einen hohen Preis zahlen mussten. Die Wächter hatten die Leichen mittlerweile zwar weggeschafft, doch das Blut bedeckte immer noch jede Oberfläche als knallroter Beweis seiner Macht. Nach dem Massaker war die Schänke geschlossen worden, und Ignacio hatte sie zu seiner persönlichen Zuflucht erkoren, einem Ort, an den er Opfer aus der Krempe locken konnte, um sie zu infizieren.

Er war die ganze Nacht durch die Ringe der Stadt gewandert und hatte sich einen Körper nach dem anderen angeeignet, doch sie waren ausnahmslos zu Staub zerfallen. Nachdem er auf diese Weise mehrere Stunden verschwendet hatte, war er frustriert in den Blauen Fingerhut zurückgekehrt, wo bereits die Morgensonne durch die Fenster hereinfiel. Die Magie bat ihn zwar weiterzumachen, doch Ignacio hatte keine Lust, da ihm ständig ihr Name durch den Kopf geisterte.

Finn, Finn, Finn.

Er trank einen Schluck gewürzten Rum und verstrich mit der

Stiefelspitze die Asche irgendeines Dummkopfes auf dem Fußboden. Nur ihretwegen hatte er den langen Weg hierher auf sich genommen. Er hatte nur verschwommene Farben und Konturen sehen können und kein Geld besessen, aber es war ihm gelungen, sich eine Passage auf einem Schiff zu erschleichen. Er hatte behauptet, er hoffte, in der Stadt eine lange verschollene Schwester zu finden, damit er nicht blind und allein sterben musste. Ein Seemann hatte Mitleid mit Ignacio und bot ihm einen überraschend frei gewordenen Platz auf seinem Schiff an. In der Nacht zuvor war einer der Passagiere verschwunden. Keiner wusste, wieso. Na ja, bis auf Ignacio. Er hatte den Mann in eine Gasse gezerrt und ihm die Kehle durchgeschnitten. Doch der Rest der Welt konnte es sich nicht erklären. Und Ignacio hatte nichts dagegen, den Rest der Welt im Ungewissen zu lassen.

Er war in die Hauptstadt gekommen, da Finn bereits als kleines, noch vom Babyspeck gepolstertes Kind immer gesagt hatte, dass sie einmal das Tagundnachtgleiche-Fest hier erleben wolle. Dann hatte er in San Cristóbal diese Macht erhalten, die wie ein Geschenk der Götter für ihn gewesen war. Doch obwohl Ignacio Finn demonstriert hatte, wie stark er geworden war, hatte sie sich ihm nicht gefügt. Stattdessen war sie ihm durch die Finger geschlüpft. Ignacio ballte die Fäuste, seine schwarzen Nägel gruben sich tief in seine Handflächen. Doch die schwarze Magie in ihm heilte die Wunden sofort, sodass ihm kaum Zeit blieb, den Schmerz zu genießen.

Er konnte sich noch an den Tag erinnern, als er Finn in Besitz genommen hatte. Die Erinnerung stand ihm deutlich vor Augen. Die Begegnung mit ihr war ein wichtiger Wendepunkt in seinem Leben gewesen. Damals hatte er sie bereits seit ein paar Tagen beobachtet, angelockt vom Schatten, der sich wie ein Abbild seines eigenen um ihre Füße bewegte. Sie durchsuchte einen Müllhaufen zwischen zwei Schänken nach Essensresten. Ihre Knochen schimmerten durch ihre Haut wie Mondlicht durch Glas.

Obwohl er kein Geräusch machte, merkte sie sofort, dass er sich ihr von hinten näherte. Offenbar besaß sie die nötigen Instinkte, um auf der Straße zu überleben.

Sie sah böse zu ihm auf. Für so ein zerbrechliches kleines Ding wirkte sie ziemlich furchteinflößend.

»Wo sind deine Mamá und dein Papá?«, fragte er sie neugierig.

»Nicht mehr da«, entgegnete sie und zog einen kleinen Dolch aus einer schmutzigen Scheide an ihrer Hüfte. »Tot und begraben, schon seit ein paar Tagen. Wurmfutter. Genau wie du, wenn du mich anfasst.«

Sicher waren ihr auf der Straße bereits mehr als genug Menschen mit unlauteren Absichten begegnet. Daher konnte Ignacio es ihr kaum verdenken, dass sie den Dolch zückte und die Zähne bleckte. »Das glaube ich kaum«, erwiderte er und tat ihre Drohung mit einem Lächeln ab. »Ich werde weder heute Nacht sterben noch sonst irgendwann.«

Sie sah ihn skeptisch an und sagte mit größerer Gewissheit, als man von einem Kind in ihrem Alter erwarten sollte: »Jeder muss sterben.«

Ignacio schüttelte den Kopf. »Ich aber nicht. Mein Wort ist Gesetz und mächtiger als der Tod.« Er deutete auf seinen Schatten, der sich vor seinen Füßen zusammenrollte. »Wenn mein Körper sterben will, verbiete ich es ihm einfach. Und das Gleiche kann ich auch für dich tun.« Er sah ihr fest in die Augen. »Wenn du das möchtest.«

Finn musterte ihn, als wollte sie abschätzen, ob er übertrieben selbstbewusst, dumm oder vielleicht auch beides war.

Ignacio zog einen roten Apfel aus der Tasche seines Umhangs. Er wollte ihn ihr reichen, aber sie riss ihm die Frucht wortlos aus der Hand und biss so gierig hinein, dass ihr der Saft übers Kinn lief.

Ignacio richtete sich auf und wandte sich zum Gehen. Nachdem er fünf Schritte gemacht hatte, blickte er zu ihr zurück. »Kommst du?«

Finn stand reglos da und betrachtete den Apfelbutzen in ihrer Hand. Dann warf sie ihn über die Schulter und folgte Ignacio wie ein Hund seinem Herrchen. Und genauso sollte sie es eigentlich auch heute noch tun.

Wann hatte sie damit aufgehört?

Ignacio, schnurrte die Magie in seinen Gedanken.

»Was ist?«, fauchte er.

Wir müssen Kräfte sammeln und uns ausbreiten. Nur so können wir …

»… aus dem Palast holen, was uns gehört«, fiel er ihr gereizt ins Wort. »Ja, ich weiß.« Die Magie zeigte ihm unablässig Bilder von dem, was im Palast auf sie wartete, und versprach Ignacio eine unsagbare Machtfülle, die er niemals verlieren würde. Dazu musste er nur so viele Menschen wie möglich infizieren, da jeder Körper, den er ansteckte, ihn im Gegenzug mit der Kraft versorgte, die er benötigte, um in den Palast einzudringen und an sich zu bringen, was ihnen zustand.

Doch bislang war der herrliche Machtzuwachs, den er erlebte, wenn er die Magie auf einen weiteren Körper übertrug, immer nur von kurzer Dauer gewesen. Alle Menschen, die er berührte, verbrannten so rasch unter dem Ansturm der Magie, als wären sie ölgetränkte Zündhölzer, die man in ein loderndes Herdfeuer warf. Und wenn sie zu Asche zerfielen, nahm auch Ignacios Stärke wieder ab. Da er vor seiner Begegnung mit Finn viele Personen in dieser Schänke infiziert hatte, war die Macht mit einer furchterregenden Intensität in ihm erblüht, als er diese Schnüre heraufbeschwor und die Zeit um sich herum anhielt. Doch während diese Körper im Blauen Fingerhut zerfielen, war sie rasch wieder geschwunden und hatte ihn erschöpft und gierig nach mehr zurückgelassen. Solange diese Macht genauso schnell wieder verging, wie sie kam, konnte er keinen Palast voller Wächter stürmen.

Du hörst mir nicht zu, flüsterte die Magie eindringlich. *Wir müssen dunkle Herzen suchen. Denn sie sind diejenigen, die unsere Macht aufnehmen können, ohne sofort zu zerfallen. Wenn du sie findest, werden wir aus dem Palast holen, was uns gehört, und den Thron für einen wahren König freiräumen. Und du wirst deine Belohnung erhalten.*

Die Magie zeigte ihm Visionen von der Macht, die ihm zur Verfügung stehen würde, wenn er tat, was sie verlangte. Mit ihrer Hilfe wäre er in der Lage, jeden Thron zu erobern, den sämtliche Reiche zu bieten hatten.

Sobald die Welt uns gehört, gurrte die Magie, *wird es keinen Ort mehr geben, wo das Mädchen sich verstecken kann. Ich werde sie dir aushändigen.*

Ignacio sah zu, wie Finn vor seinem geistigen Auge von Dorf zu Dorf, von Stadt zu Stadt und schließlich von einem Kontinent zum anderen flüchtete. Egal, wohin sie kam, überall sah sie Ignacios Gesicht und die Zeichen seiner Herrschaft. Und jedes Mal wenn sie sah, was er vermochte, verdoppelte und verdreifachte sich ihre Angst, bis sie schließlich auf Hände und Knie fiel und nicht mehr davonlaufen konnte. Dann kroch Finn zu Ignacios Thron und presste beschämt die Stirn auf den Boden vor seinen Füßen. Ihre bebende Furcht stand ihr gut. Sie flehte ihn an, wieder seine Tochter sein zu dürfen.

Bitte, sagte sie, während ihr Tränen übers Gesicht flossen. Ihr Betteln klang wie ein Gebet, das sie an ihn, ihren einzigen Gott, richtete. Verzweifelt umfasste sie seine Hände und bedeckte sie mit Küssen. *Por favor, lass mich heimkommen.*

Eine Welle der Euphorie durchströmte ihn und bemächtigte sich seines Körpers wie ein Feuer, das einen trockenen Zweig verbrennt. Seine Hände zitterten vor Vorfreude.

»Dunkle Herzen, sagst du?« Als Ignacio aus der Schänke auf den geschäftigen Marktplatz trat, stand die Sonne bereits tief am Horizont. Er richtete den Blick nach Norden, wo irgendwo in der Ferne der Uhrturm aufragte. Ein Hort für schwarze Herzen, die angekettet und erntereif auf sie warteten. »Ich weiß, wo es die gibt.«

Kapitel 26

Ein Prinz und eine Diebin gehen in ein Gefängnis

Der Anblick des Uhrturmes eine knappe Meile vor ihnen traf Finn wie ein Faustschlag in die Magengrube. Sie umklammerte die Zügel und kämpfte gegen den dringenden Wunsch an, ihr Pferd zu wenden und davonzureiten.

Dieser Ort war der Albtraum eines jeden Diebes. Ein Gefängnis, das man nur mit den Füßen voran wieder verließ. Und ausgerechnet dort wollten sie hineingehen, um eine Frau namens Xiomara zu finden, die mit ihrer Magie Nichträume erschaffen konnte. Finn hatte noch nie einen Nichtraum gesehen oder auch nur von einem gehört, bevor der Prinz ihr erklärt hatte, wie sein Bruder ums Leben gekommen war, doch das war eine Wissenslücke, mit der sie gut leben konnte. Ihr Pferd wieherte leise. Anscheinend spürte es ihre Angst.

»Ich kann dich gut verstehen, Pupsi«, flüsterte sie ihm zu.

»Finn.«

Alfies Stimme riss sie aus ihren Gedanken. Während sie noch mit großen Augen das Gefängnis angestarrt hatte, war er bereits abgestiegen. Er wandte den Blick vom Turm ab und nickte zu dem Zuckerrohrdickicht hinüber. »Dort drinnen verstecken wir die Pferde, bevor wir losziehen.«

Sie nickte, stieg ebenfalls ab und führte ihr Pferd hinter Alfies ins Feld. Die Tiere wieherten und beruhigten sich erst, als Alfie ihnen leise etwas vorsummte. Schließlich schien der Prinz zu glauben, dass sie weit genug gegangen waren, und sagte: *»Doblar.«*

Daraufhin legten sich die Zuckerrohrpflanzen in einem weiten Kreis um sie herum flach auf den Boden, und um sie herum entstand eine Lichtung, auf der die Pferde es in ihrem Versteck bequem haben würden. Außerdem hatte Finn genügend Platz, um ihn in einen älteren Dueño zu verwandeln, was gelinde gesagt ein merkwürdiger Wunsch war. Sie war schon oft von Leuten darum gebeten worden, sie jünger aussehen zu lassen. Dies war jedoch das erste Mal, dass sich jemand von ihr älter machen lassen wollte.

Nachdem er den Pferden ein letztes Mal Wasser gegeben hatte, stellte Alfie sich vor Finn hin und wartete mit sichtlichem Unbehagen darauf, dass sie mit der Verwandlung begann.

»Ich muss deine Haare weiß machen«, sagte sie und hob das Kinn, um seinen Kopf zu mustern. Wegen seiner Größe war das alles andere als leicht.

Als er sich nicht rührte, hob sie eine Augenbraue. »Was ist? Soll ich zu dir hinaufschweben?«

Alfie sah sie verlegen an. »Oh, entschuldige.« Er knickte ein wenig ungelenk in der Hüfte ab und beugte sich vor, bis sich seine Stirn unmittelbar vor ihrer befand. Das ruhelose Geräusch der im Wind wogenden Zuckerrohrpflanzen schien die Luft mit Energie aufzuladen.

Finn griff nach oben und strich ihm mit den Händen über die Haare. Ihre Fingerkuppen zogen weiße Linien durch seine schwarzen Locken. Es war eine Schande, sie altersschlaff aussehen zu lassen, während sie in Wahrheit doch über so viel Spannkraft verfügten, dass sie sich unter ihren Handflächen aufzubäumen schienen. Sie arbeitete sich in seiner Frisur von vorne nach hinten durch und endete schließlich damit, dass sie mit den Daumen den Haaransatz im Nacken umfärbte, wo seine dichten Locken an weiche Haut grenzten. Anfangs war er wie erstarrt gewesen, doch während sie ihre Hände bewegte, entspannte sich sein Körper, und bald bog er sich beinahe ihren Berührungen entgegen. Genoss er es etwa? Sie hielt inne. Genoss sie es?

Finn schüttelte den Gedanken ab und legte ihm die gewölbten Hände auf die Wangen. Als sie ihn berührte, schlug er rasch die Augen nieder, sodass seine dunklen geschwungenen Wimpern zu sehen waren. Er schien sich nicht sicher zu sein, wohin er in diesem Moment schauen durfte. Doch dann gab er auf und erwiderte ihren Blick.

»Mach deine *maldito* Augen zu«, fuhr Finn ihn an.

»Ich wusste nicht, ob ich das tun soll oder nicht«, stammelte er. »Du hast mir nicht gesagt, was für dich besser …«

»Was soll es mir nützen, wenn du mich mit deinen riesigen Augen ansiehst?«

Sie spürte, wie Alfie sich von innen auf die Wange biss, während er sie ansah. Die plötzliche Bewegung an ihrer Handfläche raubte ihr eigenartigerweise etwas von ihrer Konzentration.

»Na«, sagte Finn.

Mit einem langen, ärgerlich klingenden Seufzer schloss Alfie die Augen. Als sie merkte, wie ihr die Hitze aus dem Gesicht wich, wurde ihr erst bewusst, dass sie rot geworden war.

Vor Zorn, jedenfalls redete sie sich das ein.

Zufrieden mit dieser Erklärung machte Finn sich an die Arbeit. Mit raschen Bewegungen lockerte sie seine Gesichtshaut und formte Falten. Sie ging ganz im Prozess der Verwandlung auf und erkannte, wie sehr sie es vermisste, ihn an ihrem eigenen

Gesicht durchzuführen. Schließlich ließ sie die Hände sinken. »Dein Gesicht ist fertig.«

Alfie stand auf und massierte sich das Kreuz, was ihn noch betagter erscheinen ließ. Finn ließ noch schnell seine Hände altern, bevor sie den kleinen Spiegel aus ihrer Tasche zog und ihn Alfie vor das neue Gesicht hielt.

»Wahnsinn. *Incréible*.« Er kniff sich in die lockere Haut und zog an ihr.

Finn fühlte Stolz in sich aufsteigen. Da sich der Prinz gut mit Schreibtischmagie auskannte, musste er wenigstens schon einmal von Zaubersprüchen gehört haben, mit denen man das Äußere eines Menschen verändern konnte. Doch keiner von ihnen funktionierte so gut wie ihr *Propio*.

»Was ist die Beschränkung deines *Propios*?«

Finn hob eine Augenbraue. »Warum willst du das wissen?«

Er war so abgelenkt von seinem Spiegelbild, dass er nicht lange nachdachte, bevor er antwortete. »Weil die Veränderungen, die du an Menschen vornimmst, so perfekt sind, dass ich mich frage, ob es etwas gibt, das du nicht kannst.«

Überrumpelt von seinem Kompliment verfiel sie in Schweigen, und der Prinz drehte sich rasch zu ihr um. Sein frisch gealtertes Gesicht wirkte peinlich berührt. »Die Frage ist natürlich ein bisschen intim. Du musst nicht darauf antworten, wenn du nicht möchtest.«

Sie zuckte die Achseln und bemühte sich um einen ungerührten Gesichtsausdruck. Es war ja nicht so, dass der Prinz diese Information gegen sie verwenden konnte. »Wenn ich mich oder jemand anderen verändere, ist es genauso, als würde ich mit einer vorgegebenen Menge Ton arbeiten. Wenn du mich also darum bitten würdest, dich auf anderthalb Meter schrumpfen zu lassen, könnte ich das nicht tun. Du bestehst aus so viel Masse, dass du zu breit werden würdest. Wenn mich umgekehrt ein Kind dazu auffordern würde, es genauso groß zu machen wie dich, wäre mir das auch nicht möglich. Ich würde es dazu so sehr in die Länge ziehen müssen, dass sein Körper wie ein Strohhalm aussähe und einknicken würde. Ich werde also von den Körpern beschränkt, die ich verändere.«

»Faszinierend«, antwortete er.

Finn verdrehte die Augen. Er klang, als würde er ihre Erläuterungen am liebsten aufschreiben, um sich später weiter damit zu befassen. Aber so wirkte er eigentlich immer, wenn sie es recht bedachte.

»Denk dran«, sagte sie, während sie den Spiegel wieder wegpackte. »Wie ich schon zum Badewannenjungen gesagt habe, wird meine Magie problemlos ein paar Stunden lang bei dir wirken, aber dann musst du die Tarnung selbst weiter aufrechterhalten. So funktioniert das, wenn ich andere Leute verwandle. Ich schaffe den Rahmen, und …«

»… ich fülle ihn mit Magie«, vervollständigte Alfie den Satz. »Ich verstehe.«

»Wenn du erschöpft bist, wird die Tarnung zusammenbrechen. Das ist die andere Einschränkung. Sei also vorsichtig.«

Alfie nickte und knetete sein nun faltiges Gesicht mit einer Mischung aus Staunen und Nervosität.

Offenkundig vermisste er sein eigenes Gesicht, und Finn fragte sich, wie es sich wohl anfühlte, immer derselbe sein zu wollen. In das eigene Gesicht zu blicken, ohne davor zurückzuschrecken. Als sie wieder aus ihren Gedanken auftauchte, bemerkte sie, dass der Prinz sie besorgt musterte. Obwohl seine goldenen Augen sie nun aus einem neuen, älteren Gesicht anblickten, schienen sie immer noch genau zu erkennen, was Finn dachte – egal, wie sehr sie sich bemühte, es zu verbergen.

»Was?«, blaffte sie ihn an. »Was ist los?«

Ihr barscher Ton ließ ihn zusammenfahren, bevor er auf ihre Nase deutete. »Du hast da Dreck im Gesicht.«

Finn zwinkerte und spürte, wie ihr Gesicht warm wurde, während sie sich mit dem Handrücken die Nase wischte.

»Der Wagen wird bald kommen. Wir sollten am Straßenrand warten. Bist du bereit?«

»Ich habe die letzten zehn Minuten damit verbracht, *dich* bereitzumachen«, sagte sie. »*Ich* war die ganze Zeit bereit.«

Der Prinz runzelte die Stirn. Er öffnete den Mund, als ob er etwas sagen wollte, doch dann verkniff er sich eine Erwiderung. Sie fühlte sich wohler, wenn er sie wie jetzt nicht besorgt, sondern geringschätzig ansah. Denn diesen Blick verstand sie.

»Bist du sicher, dass das funktionieren wird?«, fragte Alfie, während sie unter dem Tarnumhang zusammengekauert zusahen, wie der von zwei Pferden gezogene Planwagen die Straße entlang auf sie zurollte.

Alfie hatte die Information beigesteuert, wann die Vorratswagen zum Gefängnis fuhren. Vor seinem letzten Ritt hierher hatte er den Uhrturm Monate im Voraus ausgekundschaftet. Finn hatte den Vorschlag gemacht, wie sie sich ohne allzu große Mühen in den Wagen schmuggeln konnten. Er hatte ihrem Plan zugestimmt, war aber skeptisch. Andererseits hatte er keine bessere Idee, und sie durften keine Zeit verlieren. Der Ritt zum Gefängnis hatte länger gedauert als vermutet, und Alfie hatte auch nicht damit gerechnet, dass sie so lange auf den Wagen warten mussten. Es war bereits kurz vor Nachmittag. Die Zeit schien ihnen nur so durch die Finger zu rinnen. Heute Abend würde der Ball stattfinden, und Alfie konnte nur hoffen, dass bis dahin alles unter Kontrolle war und er es irgendwie rechtzeitig zurückschaffen würde, um Luka von seiner Rolle zu befreien und sich selbst als der nächste König von Castallan zu präsentieren.

»Entspann dich, alter Mann«, sagte Finn und grinste, als er zu ihr herumfuhr. »Ich weiß ganz sicher, dass Pferde keine Schlangen mögen.« Sie nahm den Strumpf, den sie sich von ihm geliehen hatte, und stopfte kleine Steine hinein. Dann legte sie ihn an den Straßenrand.

Alfie hoffte, dass sie recht hatte. Sie konnten sich keine Fehler erlauben. Der Ball würde in fünf Stunden beginnen, und die Magie in Ignacios Körper richtete immer noch irgendwo Chaos und Verwüstung an.

Der Wagen bog um die Kurve zwischen den grünen Feldern und näherte sich dem kargen Land dahinter, einer Insel aus Staub in einem Meer aus Zuckerrohrpflanzen. Während die beiden Fahrer sich miteinander unterhielten, trotteten die Zugpferde im Gleichschritt dahin. Finn hob die Hand und bewegte sie in schlangenartigen Bewegungen vor und zurück. Die Steinchen in dem schwarzen Strumpf reagierten auf ihre Geste und schlängelten sich auf die stampfenden Hufe der Pferde zu.

Finn hielt drei Finger in die Höhe und zählte rückwärts. »*Tres, dos, uno …*«

Beim Anblick der falschen Schlange stieß eines der Pferde ein schrilles Wiehern aus und stieg auf. Das andere tat es ihm nach und stampfte auf Alfies Strumpf. Die aufgeregt schreienden Fahrer hielten den Wagen an, und einer der beiden sprang von der Sitzbank herunter, um die Reittiere zu beruhigen.

»Jetzt!«, flüsterte Finn.

Gemeinsam rannten sie unter dem Tarnumhang zum Heck des Wagens und krochen hinein. Im Wageninneren stapelten sich Mehlsäcke, Kartoffeln und rote Zwiebeln, die für das Gefängnis bestimmt warten. Alfie zog Finn in die hinterste Ecke, wo sie sich an die Seitenwände des Gefährtes kauerten. Er hörte die Fahrer miteinander streiten, während sie die Pferde besänftigten.

»Sieh nach, ob hinten alles in Ordnung ist«, sagte einer der beiden.

Alfie zwängte sich noch tiefer in die Dunkelheit und hoffte, dass der Mann den Wagen nicht besteigen würde, um sich alles genau anzusehen.

Am Heck tauchte eine Gestalt auf, die sich gelangweilt im Wageninneren umsah. Plötzlich blieb sein Blick am Boden unmittelbar vor Alfie hängen.

Alfie sah an sich hinunter und bemerkte, dass sein Schuh unter dem Umhang hervorragte. Als er ihn hereinzog, stieß er mit dem Knie aus Versehen einen Kartoffelsack um. Als er laut auf den Boden knallte, glotzte der Mann ungläubig und rieb sich die Augen.

Finn griff nach einem Dolch in ihrem Gürtel, doch Alfie packte ihre Hand und schüttelte den Kopf. Er würde nicht zulassen, dass ihr Plan scheiterte. Finns Lösung wäre zwar die schnellste, aber es waren bereits zu viele Menschen zu Schaden gekommen. Mit wild klopfendem Herzen umfasste Alfie den Drachen an seiner Brust. Finn sah ihn unsicher an, während er fieberhaft immer wieder denselben Gedanken wiederholte: *Vergiss, dass du mich gesehen hast. Vergiss, dass du mich gesehen hast.*

Ein unerträglicher Schmerz durchfuhr ihn, als ob sein ganzer Körper mit kleinen Klingen aufgeschnitten würde, und ihm wurde schwindelig.

Der Blick des Mannes wurde einen Moment lang glasig, ehe er wieder klar zu sehen schien. Er blinzelte, als versuchte er vergeblich, eine Erinnerung festzuhalten. Schließlich schüttelte er den Kopf. »Hier hinten ist *todo bien!*«

Der Mann kehrte zum Kutschbock zurück, und der Wagen rollte wieder an. Alfie, dem sich vor Schmerzen immer noch der Kopf drehte, erkannte bestürzt, dass ihm etwas Warmes über die Lippen floss. Seine Nase blutete. Mit zitternden Fingern kniff er die Nasenflügel zusammen und beugte den Kopf nach hinten.

Diese Magie fraß ihn von innen heraus auf.

»Ist es schlimm?«, flüsterte Finn.

»Ja«, entgegnete er und versuchte, sein heftig pochendes Herz zu beruhigen.

Trotz seiner schmerzenden Knochen versetzte ihn die Magie in Staunen. Wie konnte sie so leicht eine einzelne Erinnerung ausmerzen? Es gab zwar Zaubersprüche, die den gesamten Verstand eines Menschen löschten, jedoch keine Magie, die so selektiv funktionierte, dass man damit eine spezifische Erinnerung wie ein Blütenblatt abzupfen konnte. Alfie spürte noch immer den hohen Preis, den er für diese Magie zahlen musste. Seine Hände zitterten, und er blinzelte, um wieder klarer sehen zu können. Wenn dies nur ein Echo der schwarzen Magie war, wie stark würde sie dann sein, wenn sie sich mit Sombras Körper wiedervereinte?

Ein alarmierender Gedanke schoss ihm durch den Kopf. Wie hatten die genauen Worte in dem englassischen Buch noch mal gelautet?

Je länger dieses Wesen eingesperrt ist, desto mehr Lebensenergie wird es dem Einsperrenden entziehen.

Selbst wenn es ihm gelang, die Magie wegzuschließen, würde sie immer noch mit ihm verbunden sein und von ihm zehren, bis nichts mehr von ihm übrig war, an dem sie sich gütlich tun konnte. Ein kalter Schauder lief ihm über den ganzen Körper. Ihm wurde bewusst, dass er sterben würde. Doch diese Erkenntnis hatte auch etwas Befreiendes. Er hatte sich immer darüber

Sorgen gemacht, was für ein Vermächtnis er seinem Königreich hinterlassen würde. Nun war die Antwort klar: sein Leben. Die Magie würde es ihm nehmen, und wenn er starb, würde das Siegel zerbrechen. Doch dann würde die Magie nicht aus dem Nichtraum zurückkehren und weitere Menschen verletzen können. Er wusste, dass es sich lohnte, dafür sein Leben zu geben. Doch die Vorstellung, es zu verlieren, erfüllte ihn mit sogar noch größerer Hoffnungslosigkeit als der Gedanke an diese fürchterliche Magie.

Schweigend fuhren sie in dem Wagen dahin, bis die Räder über einen anderen, unebeneren Untergrund rumpelten. Sie waren von der unbefestigten von Zuckerrohrfeldern gesäumten Straße auf die Gefängnislichtung gefahren, wo der Boden so trocken war, dass er unter den Wagenrädern zerbrach. Mit einem Mal wurde ihnen schrecklich heiß.

»Was zum Henker ist das?«, fragte Finn und wischte sich den Schweiß von der Stirn.

»Wir überqueren gerade die Zugbrücke über den kochenden Wassergraben.« Alfie ließ seine Nase los und beugte sich vorsichtig nach vorn. Sie hatte aufgehört zu bluten. Nun sammelte sich stattdessen Schweiß auf seiner Oberlippe.

Finns Augenbrauen gingen in die Höhe. »Ich dachte, das wäre nur eine Geschichte.«

»Ich fürchte, nein«, erwiderte Alfie. Angeblich würde ein ausgewachsener Mann, der in den Graben fiel, nicht einmal mehr schreien können, bevor er bei lebendigem Leib gekocht wurde.

Hüpfend rollte ihr Gefährt von der Brücke herunter und gelangte wieder auf festen Boden. Als sie anhielten, ließ die Hitze ein wenig nach. Alfie und Finn verließen rasch den Wagen, bevor die Wächter kamen, um die Vorräte auszuladen.

Vor ihnen stand der Uhrturm.

Obwohl Alfie bereits einmal hier gewesen war, konnte er immer noch nicht fassen, wie unglaublich breit und hoch das Gefängnis war. Zudem war es kreisrund, wie ein aus der Erde ragendes Steinteleskop. Kein einziges Fenster zierte das Bauwerk. Seine Ziegel heizten sich in der Sonne auf. Der Streifen Land zwischen dem Turm und dem Wassergraben und damit zwischen ihnen und einem qualvollen Hitzetod war winzig.

Doch darüber konnten sie sich jetzt keine Sorgen machen. Alfie, dem vom Gebrauch der Magie immer noch mulmig zumute war, nickte zu den Gefängniswärtern hinüber, die Lebensmittelsäcke in einen schmalen Seiteneingang des Turmes trugen. Das Hauptportal daneben bestand aus zwei unheimlich aussehenden, hoch aufragenden Türflügeln. Sie folgten den Wächtern rasch durch einen schmalen Gang mit Sandsteinwänden, der von den verzauberten Flammen in den Wandleuchtern nur schwach erhellt wurde. Unterwegs entdeckte Alfie einen Wandschrank und schlüpfte mit Finn hinein, während die Männer weitergingen.

Nachdem sie die Tür hinter sich geschlossen hatten, wurde es im Schrank stockfinster. Dankbar für ihr Versteck streifte Alfie den Umhang ab. Erschöpft ließ er sich an der Wand herunterrutschen und steckte den Kopf zwischen die Knie.

Er hörte, wie ein Zündholz angerissen wurde, und eine kleine Flamme schälte Finns Gesicht aus der Dunkelheit. Sie hockte vor Alfie und musterte ihn von Kopf bis Fuß. Er war froh, dass sie nicht mithilfe der schwarzen Magie hierher teleportiert waren. Er wollte sich gar nicht vorstellen, wie schmerzhaft das über so eine lange Distanz gewesen wäre.

Alfie schloss die Augen und konzentrierte sich darauf, ruhig einzuatmen, statt unkontrolliert nach Luft zu schnappen. Finn sagte nichts und sorgte dafür, dass die Flamme zwischen ihnen weiterbrannte. Sie erklärte ihm nicht, was für ein Dummkopf er war oder dass diese Magie ihn zerstören würde und dass das ganz allein seine Schuld war. Stattdessen ließ sie ihn einfach atmen. Darüber war er unsagbar froh.

»Kannst du aufstehen?«, flüsterte sie.

Alfie stemmte sich mit den Handflächen vom kalten Boden hoch. »Lass es uns herausfinden.«

Sie trat zurück, um ihm Platz zu machen, und er erhob sich langsam. Als er sich von der Wand abstieß, um sich vollständig aufzurichten, wurde ihm sofort schwarz vor Augen. Es fühlte sich an, als würde sich die Welt unter seinen Füßen auf den Zehenspitzen drehen. Eine weit entfernte Stimme sagte ihm, dass er umfalle. Finn löschte das Streichholz und fing ihn auf, während es dunkel wurde. Seine Stirn landete an der weichen Stelle, wo ihr Hals in die Schulter überging. Sie lehnte ihn an die Wand zurück und hielt ihn dort fest.

Als er den Kopf hob, streiften sich ihre Wangen, und ihm wurde plötzlich warm. Da die Dunkelheit in dem Schrank seine Sinne schärfte, war er sich trotz seiner Dueño-Robe der Hitze ihres Körpers überdeutlich bewusst. Außerdem roch er den Schweiß, der ihre Haut bedeckte. Finns gespreizte Finger lagen auf seinem Schlüsselbein. Alfie hoffte nur, dass sie nicht seinen rasenden Puls fühlen konnte.

»Luz«, flüsterte er. Eine Kugel aus weißem Licht von der Größe eines Apfels schwebte über seinem Handgelenk und beleuchtete ihr Gesicht. Eigentlich hatte er gehofft, dass sich seine restlichen Sinne wieder beruhigen würden, sobald er etwas sah, aber so war es nicht. Genauso gut hätte er versuchen können, eine aufblühende Blume dazu zu bewegen, sich wieder zusammenzufalten. Es konnte nicht zurückgenommen werden.

»Wenn du immer so oft ohnmächtig wirst, musst du dann nachts überhaupt schlafen?«, fragte sie.

Mit dieser spitzen Bemerkung brachte sie seinen Puls wieder auf normale Geschwindigkeit.

»Das liegt nur an der Magie«, erwiderte er. Normalerweise floss Magie durch ihn hindurch und trat an seinen Fingerspitzen aus. Doch diese Magie floss nicht, sie brannte in ihm und schien seinen gesamten Körper zu versengen. Sie trocknete ihn aus. Und jedes Mal, wenn er dachte, sie hätte ihm bereits alles genommen, wrang sie ihn noch weiter aus.

Doch Alfie ließ sich von seiner Angst vor der Magie nicht die Laune verhageln. Sie waren tatsächlich in den Uhrturm eingedrungen. »Wir haben es geschafft.«

»Ja, das haben wir«, erwiderte sie, und ihre Mundwinkel kräuselten sich. Einen Moment lang schien die Welt nur aus ihren lächelnden Gesichtern und dem sanften Licht zu bestehen, das sie beide in der Dunkelheit erhellte.

»Du weißt aber, dass der Weg hinaus immer schwieriger ist als hinein, oder?«, fragte sie.

»Lass mir doch bitte diese eine Freude, Diebin.«

»Gut, Prinz.« Sie ließ ihn den Moment eine Weile genießen, dann sagte sie: »Also schön, jetzt sollten wir uns besser auf den Weg machen.«

Alfie nickte. »Du hast recht.« Er langte nach dem Türgriff, zögerte jedoch, ihn umzudrehen. Er war also wieder hier und fast aus dem gleichen Grund wie beim letzten Mal. Doch heute wollte er die Gefangene aus dem Gefängnis befreien, anstatt sie zu töten. Er wusste nicht, was passiert wäre, wenn Paloma ihn beim letzten Mal nicht aufgehalten hätte. Er hatte keine Ahnung, ob er sich diesmal im Griff haben würde.

»Ich bin hinter dir.«

Alfie war nicht klar, ob sie es wörtlich oder im übertragenen Sinne meinte. So oder so entspannten sich seine Schultern, als er die Worte aus ihrem Mund hörte. Er wandte sich zu ihr um, doch sie war bereits unter dem Umhang verschwunden.

Alfie verstaute den Drachen unter seiner Robe und drehte sich wieder zur Tür um. »Vielen Dank, Finn.«

»Du sagst das viel zu oft.«

Kopfschüttelnd drehte Alfie den Griff und spähte durch den Türspalt hinaus. Der enge Gang war leer, die Männer hatten den Wagen längst entladen.

Er trat durch die Tür. Als er spürte, wie Finn unter dem Umhang an ihr vorüberging, schloss er sie wieder hinter sich. Im Gang befanden sich keine Dueños, die sich wundern könnten, wer er war, und auch keine Wächter, denen sie aus dem Weg gehen mussten.

Alfie wollte gerade losgehen, als hinter ihm eine laute Stimme ertönte. »Du da!«

Alfie erstarrte. Finn, die neben ihm stand, fluchte leise.

Der Prinz drehte sich um und bedachte den Wächter, der ihn angerufen hatte, mit einem möglichst Dueño-artigen Blick. »Ja?«

»Hast du dich verlaufen?«, fragte der Mann. »Du sollst die Messe halten, oder?«

Alfie starrte ihn nervös an. Finn stieß ihm den Ellbogen in die Seite.

»*Sí,* natürlich, die Messe«, erwiderte Alfie. »Im Alter wird man vergesslich.«

Der Wächter bedachte Alfie mit einem eigenartigen Blick. »Komm mit.«

Widerwillig folgte Alfie ihm durch den Steinkorridor. Am besten würde er tun, was der Mann sagte, damit Finn und er möglichst schnell mit ihrem Plan weitermachen konnten.

Alfie zuckte zusammen, als ihn ein Atemhauch am Ohr kitzelte.

»Soll ich ihn niederschlagen und in einen Wandschrank stecken?«

»Tu das nicht«, murmelte Alfie. »Und bleib in meiner Nähe.«

In der darauffolgenden Stille kam es Alfie so vor, als hörte er, wie Finn die Augen verdrehte.

Kapitel 27

Die Messe

Alfie fluchte insgeheim, während der Wächter sie durch die gewundenen Gänge im Erdgeschoss des Gefängnisses führte. Es fiel ihm schwer, nicht die Orientierung zu verlieren.

Wenn er und Finn doch nur einen Moment länger im Schrank geblieben wären, dann hätte dieser Wächter ihn vielleicht nicht entdeckt. Nun würden sie wertvolle Zeit mit dieser »Messe« vergeuden, von der der Wächter glaubte, dass Alfie sie halten sollte. Im Moment sollten sie eigentlich zum Mittelpunkt des Turmes unterwegs sein, um die Ablenkung zu platzieren, und danach zu Xiomaras Zelle im achten Stock gehen. Doch stattdessen führte der Wächter sie durch den äußersten Ring des Erdgeschosses. Das konnten sie sich zeitlich nicht leisten.

Alfie ging steifbeinig, da der Schmerz der Magie immer tiefer einsank, je weiter der Tag voranschritt. Da Finn ihn immer wieder mit dem Tarnumhang streifte, wusste er, dass sie neben ihm herging. Natürlich trat sie das absichtlich, um ihn daran zu erinnern, dass sie immer noch bei ihm war. Und tatsächlich fühlte er sich bei jeder Berührung des Umhangs besser. Er war nicht allein.

Der Wächter führte sie eine breite Treppe hinauf, dann durch zwei Doppeltüren hindurch und schließlich in eine beeindruckende Kammer, die von verborgenen verzauberten Flammen hell erleuchtet war. Im Zentrum der Kammer befand sich ein Podest, auf dem ein Mann lag. Vor dem Podest standen schwarz gekleidete Leute. Alfie schluckte.

Eine Beerdigung. Er hatte zugestimmt, eine Beerdigung zu leiten.

Als Alfie am Fuß des Podestes stehen blieb, erstarrte sein Schatten, und auch er selbst wurde völlig reglos, als er sah, wer da vor ihm lag.

Er kannte diesen Mann.

Alfie spürte brennenden Zorn in sich aufsteigen und stemmte die Absätze in den Boden, damit er sich nicht auf den Leichnam stürzte.

»Marco Zelas.« Alfie starrte in das Gesicht des jungen Adligen, den er als sehr lebenslustig in Erinnerung hatte. Er hatte immer laut gelacht und Alfie sein erstes Schimpfwort beigebracht. Dann hatte er den Umsturz mitgeplant, bei dem Dez verloren gegangen war.

Alfie ballte die Fäuste. Die Berührung von Finns Schulter holte ihn in die Gegenwart zurück. Er fragte sich, ob sie ihn nur zufällig gestreift hatte oder weil sie wusste, dass er jemanden brauchte, der ihn daran erinnerte, dass er nicht die Kontrolle verlieren durfte.

»*Sí,* Marco Zelas«, erwiderte der Wächter ungeduldig. Er deutete auf die Menschenansammlung, die vor dem Podest stand. Alfie kannte jeden von ihnen: Marcos Mutter, seinen Vater und die zwei Brüder. Ihre Gesichter waren düster und traurig. »Du sollst die Messe für die Familie halten, wie Königin Amada es befohlen hat.«

Alfie zuckte zusammen, als er den Namen seiner Mutter hörte. Gefangenen wurden keine Sterbesakramente erteilt, aber

Marcos Mutter und sie waren befreundet gewesen. Alfie konnte sich vorstellen, dass seine Mutter es für richtig gehalten hatte, ihrer Freundin diesen einen Trost zu gönnen, aber er wollte diesen Körper nicht segnen und auf das Jenseits vorbereiten. Er wollte, dass er in der Sonne verrottete. Wie konnte Marco Zelas es wagen, friedlich hier zu liegen, während Alfie weiterleben und sich unter der Bürde seines Verlustes winden musste? Er hatte Angst, den Mund aufzumachen, aus Sorge, dass er dann vielleicht diesen *maldito* Körper verfluchen und damit seine Tarnung auffliegen lassen würde.

Alfie konnte nicht den Blick von Marcos ausdruckslosem, hagerem Gesicht abwenden. Er verstand immer noch nicht, wieso er bei diesem Umsturz mitgemacht hatte. Was hatte er sich bloß davon versprochen? Marco war wohlhabender gewesen, als es sich die meisten Menschen auch nur vorstellen konnten. Warum war es so wichtig für ihn gewesen, noch mehr Macht anzuhäufen, dass er deswegen Dez töten ließ? Es musste noch etwas anderes dahinterstecken. Etwas Größeres.

Während Alfie sich in Gedanken diese Frage immer und immer wieder stellte und er merkte, wie verzweifelt er die Antwort darauf erfahren wollte, wurde der Drache unter seiner Robe allmählich schmerzhaft heiß.

Vor Alfies geistigem Auge blitzte das Bild einer Tätowierung auf der Innenseite eines Männerhandgelenks auf: das bedrohliche Gesicht eines Stieres mit vorgereckten spitzen Hörnern.

Alfie holte scharf Luft und kehrte unter Schmerzen in die Realität zurück. Er hatte gefragt, und die schwarze Magie hatte geantwortet. Doch was hatte sie ihm gezeigt? Jemanden mit einer Hörnertätowierung auf der Innenseite des Handgelenks? Wer war dieser Mensch? Und wieso hatte er seinen Bruder tot sehen wollen?

Zwei sanfte Hände auf seinem Arm ließen ihn herumfahren. Sie gehörten Marco Zelas' Mutter; ihre Trauer hing wie ein Schleier über ihr. Ihr tintenschwarzes Kleid verhüllte ihren abgemagerten Körper. Alfie hatte sie nicht so zerbrechlich in Erinnerung.

»Ich danke dir vielmals, dass du das für unsere Familie tust«, sagte sie mit tränenfeuchten Augen. Sie verbeugte sich und hob, wie es sich für die respektvolle Begrüßung eines Dueños gehörte, Alfies Hände an ihre Stirn. »Mein Junge hat Dinge getan, die nicht richtig waren. Er hat es verdient, hier zu sterben, aber er ist immer noch *mi Hijo.* Bring ihn bitte genauso auf den Weg, wie du es mit jedem anderen auch tun würdest.« Ihre Hände zitterten, und Alfie fühlte, wie der in ihm lodernde Zorn zu flackern begann und verlosch. Er hasste es, wenn das passierte, denn er wollte unbedingt an seiner Wut festhalten und sie noch schüren. Wieso fühlte er sich jedes Mal, als würde er Dez betrügen, wenn er sie loszulassen versuchte?

»Natürlich, Señora«, erwiderte Alfie mit der typischen leisen und sanften Stimme eines Dueños. Er wusste, dass sich Umarmungen für einen Dueño nicht geziemten. Also stand er bloß mit steifem Rücken und brennender Kehle da und lauschte dem Schluchzen einer Mutter, die um ihren Sohn trauerte. Dabei klang sie viel zu sehr wie seine eigene Mutter. Einer ihrer Söhne trat auf das Podest zu und legte ihr die Hände auf die Schultern.

»Ich danke dir«, sagte er zu Alfie und führte seine Mutter zu ihrem Stuhl.

Alfie drehte sich der Kopf. Er wusste nicht, was schlimmer war. Dass er hier war, um diese Trauerfeier zu leiten, statt mit Finn plangemäß Xiomara zu befreien. Oder seine schreckliche Wut, die ihn dazu treiben wollte, Marco Zelas' toten Körper vor seiner Familie mit einem Fluch zu belegen. Er biss die Zähne zusammen und wünschte sich, er hätte ein Ventil für den Aufruhr, der in ihm tobte.

Als der Wächter ihn eindringlich ansah, räusperte Alfie sich und tauchte einen Finger in die Schale mit Asche, die auf dem Podest stand, dann einen zweiten in die Schale mit Kreide daneben. Wenn er sein Königreich retten wollte, musste er diese Zeremonie vollziehen. Angespannt zeichnete er mit beiden Fingern horizontale Linien auf Marcos Stirn. Er hoffte, dass er sich an die richtigen Worte erinnerte. »Du wurdest an der Kreuzung aus Licht und Dunkelheit geboren. Die Götter haben ein Licht in deinem Herzen entfacht, einen Schatten an deine Füße gehängt und dir dein Schicksal in die Hände gelegt. Nun hat sich dein Schicksal erfüllt, und du musst zu der Kreuzung aus Licht und Dunkelheit zurückkehren.«

Alfie erstarrte, als ihm klar wurde, dass nun die Einäscherung folgen sollte. Der Dueño, mit dem der Wächter ihn verwechselt hatte, war bestimmt ein Flammenwerfer, Alfie jedoch nicht.

Hinter ihm hustete der Wächter leise, um ihn zur Eile anzutreiben. Alfies Herz hämmerte in seiner Brust. Er hob einen Arm und richtete die Handfläche auf den Leichnam.

Konnte er dem Wächter sagen, dass er sich verausgabt hatte und nicht mehr in der Lage war, eine Flamme zu erzeugen? Sollte er eine Krankheit vorschützen und sich entschuldigen? Doch jede Lüge klänge lächerlich. Er musste den Körper anzünden, bevor der Wächter Verdacht schöpfte. Er war nicht den ganzen Weg hierhergekommen, um enttarnt zu werden, bevor er Xiomara finden konnte. Fieberhaft versuchte er sich irgendetwas einfallen zu lassen.

Eine Welle aus Schmerzen schlug über ihm zusammen, und der Drache erwärmte sich unter seiner Robe. Dann bildete sich direkt unter seiner Handfläche eine Flamme auf Marcos Brust und begann sich auszubreiten. Alfie klammerte sich am Podest fest, um nicht umzufallen und seinen Schmerz in einem einzigen, nie endenden Ton hinauszubrüllen.

Die Angehörigen sahen mit gequälten Blicken zu, wie der Körper in Rauch aufging und die Flammen an dem Öl leckten, mit dem das Podest gesalbt war. Der Wächter, ein Windmagier, leitete den Rauch mit geübten Armbewegungen nach oben in die Abluftschächte in der Decke der Kammer.

Alfies Körper erbebte, als ihn eine weitere Welle der Erschöpfung durchströmte. Wenn er das Podest jetzt losließe, würde er umfallen und die Tarnung verlieren, mit der Finn ihn versehen hatte. Schweiß rann ihm an den Schläfen hinab. Sie würden gefangen genommen werden, und das war allein seine Schuld. Genauso, wie er an der Magie schuld war. Seine Hände lösten sich vom Podest, und er sackte zur Seite weg.

»Ganz ruhig«, flüsterte Finn neben ihm. Wieder holte ihn ihre Stimme in die Gegenwart zurück. Trotz seiner dröhnenden Kopfschmerzen richtete Alfie sich auf und packte erneut das Podest.

Der Wächter räusperte sich, um seine Aufmerksamkeit zu erregen. »Ich werde dich jetzt zurückbringen, damit du deinen sonstigen Verpflichtungen nachkommen kannst.«

Er führte ihn ins Gefängnis zurück. Während Alfie hinter dem Mann herging, geriet er ins Wanken, aber Finn war sofort neben ihm und ließ zu, dass er sich auf ihre Schulter stützte.

»Reiß dich zusammen«, flüsterte sie ihm angespannt zu. Während sie nebeneinander hergingen und Finn ihm als Krücke diente, warf ihm der Wächter immer wieder seltsame Blicke über die Schulter zu. Es musste eigenartig aussehen, wie er zur Seite gelehnt ging.

Soweit er es feststellen konnte, führte der Wächter sie durch die enger werdenden Ringe des Gefängnisses zum Zentrum des Turmes – wo sie eigentlich bereits jetzt die Ablenkung hätten platziert haben müssen. So erschöpft, wie er sich fühlte, konnte Alfie sich nicht vorstellen, wie er die acht Stockwerke zu Xiomaras Zelle hinaufsteigen sollte. Doch solange Ignacio mit dieser vergifteten Magie unterwegs war, blieb ihnen nichts anderes übrig.

Alfie rieb sich die Augen. Sein Gesicht kribbelte genauso wie vorhin, als Finn es verändert hatte. Ihm schlug das Herz bis zur Kehle. Wegen seiner Müdigkeit begann sich sein Äußeres zurückzuverwandeln. Bei jedem Schritt fühlte er, wie sich immer mehr Falten strafften. Er musste den Wächter loswerden und zu Atem kommen, bevor es zu spät war.

»Junger Mann«, sagte Alfie. Seine Stimme brach, und er merkte, dass sie nicht mehr alt genug klang. »Dürfte ich dich darum bitten, mich zum nächstgelegenen Baño zu bringen? Meine Blase ist nicht mehr das, was sie früher einmal war.«

Der Wächter verzog das Gesicht und führte ihn um eine Ecke, hinter der er auf eine Tür zeigte. Alfie ließ sich Zeit, als er den Waschraum betrat, damit Finn mit ihm hineingehen konnte.

Dann drehte er sich zu dem Mann um. »Es dauert nur einen Moment.«

Nachdem er die Tür geschlossen hatte, lief er rasch zum Waschbecken hinüber und spritzte sich Wasser ins Gesicht. Er konnte Finns Magie nicht festhalten und sah im Spiegel, wie sich das alte Gesicht langsam in sein eigenes zurückverwandelte.

Er bekam einen Hustenanfall und hielt sich eine Hand vor den Mund. Mit der anderen klammerte er sich am Becken fest, um nicht umzufallen. Als er die Hand vom Mund nahm, sah er, dass sie mit geronnenem Blut bespritzt war. Sein Atem ging pfeifend, und seine Lunge fühlte sich an wie zusammengeschnürt. Als er weitere Blutklumpen ins Becken spuckte, breitete sich ein metallischer Geschmack auf seiner Zunge aus.

Diese Magie würde ihn umbringen.

Neben seinem Spiegelbild tauchte Finn auf. Sie streifte mit einer Hand die Kapuze des Tarnumhangs zurück, und ihr Blick verriet ihm, dass seine Sorgen nicht übertrieben waren. Dies würde sein Ende sein. Alfie trat vom Spiegel zurück und lehnte sich an die kalte Steinwand. Am ganzen Körper zitternd ließ er sich zu Boden sinken.

Obwohl er ein gewisses Maß an Kontrolle über die Magie ausübte, fügte sie ihm Schaden zu. Was würde sie dann erst seinem Volk antun, wenn ihr niemand Einhalt gebot?

Dann spürte er sanfte Hände auf dem Gesicht, und seine Gedanken hörten auf zu rasen. Finn kniete vor ihm und sah ihm tief in die Augen.

»Hey, hey«, sagte sie, und dann noch einmal: »Hey, hey.« Ihre Handflächen fühlten sich kühl an, während er sich ängstlich an sie drängte. »Sieh mich an.« Als er nichts erwiderte, umfasste sie sein Kinn. »*Mírame.* Zähl.« Sie klang, als wäre so eine Situation nichts Neues für sie. Ihr fester Blick beruhigte ihn.

»Diez, nueve«, fing sie an. Mit einem Nicken bedeutete sie ihm, dass er fortfahren solle. Also zählte er mit kraftloser Stimme weiter.

Sie ergriff seine Hand und drückte sie sich auf die Brust. Er konnte ihren Puls fühlen, der viel regelmäßiger war als sein eigener. »Verlangsame dein Herz, bis es im Gleichtakt schlägt.«

Während er sich auf ihren Herzschlag konzentrierte, der unter seiner Handfläche pulsierte, schloss Alfie die Augen und zählte. Mit jeder Zahl wurde sein Puls langsamer und ruhiger.

»Jetzt geht es dir wieder besser«, sagte sie, und tatsächlich hatte sie recht. Er wusste nicht, seit wann ihre Worte so viel Gewicht für ihn besaßen, dass sie sein Leben bewahren konnten, wenn es ihm durch die Finger glitt. Auf jeden Fall war er dankbar dafür.

Er nickte zitternd und schlug die Augen auf. »Es geht mir gut. Wo hast du das gelernt?«

Finn sah ihn fragend an.

»Ich meine das mit dem Zählen.«

Als sie sich plötzlich versteifte und die Lippen zu einem schmalen Strich zusammenpresste, wusste er, ohne weiter fragen zu müssen, dass es etwas mit Ignacio zu tun hatte.

Sie wich seinem Blick aus und sah stattdessen die Wand hinter ihm an. »Mit der Zeit lernt man, fast alles zu überleben. Du findest heraus, wie du atmen kannst, wenn deine Lunge vor Angst wie gelähmt ist, und du lernst, dich zu beruhigen, bevor dein Herz zerplatzt. Wenn du so nicht lebst …« Sie zuckte die Achseln. »… stirbst du.«

Er spürte, wie sich Finns Herzschlag unter seiner Hand beschleunigte. Ihre Worte schmerzten ihn. Er fragte sich, was sie sonst noch hatte lernen müssen, um zu überleben. Wie viel von sich selbst hatte sie dabei verleugnet und verloren?

Seit er in ihrer Tür stecken geblieben war, hatte sich seine Wahrnehmung von ihr Stück für Stück verändert – als würde er mit den Fingern den Staub von einem Gemälde wischen und dabei immer besser erkennen, was es wirklich darstellte. Und er konnte die Zeit nicht mehr zurückdrehen, das Gemälde nicht wieder mit Staub bedecken, damit es zu seiner Vorstellung von einer ungezähmten, herzlosen Diebin passte. Mittlerweile sah er in ihr nur noch eine Frau, die ihr Leben riskierte, um seinen eigenen dummen Fehler wiedergutzumachen. Jemanden, der mehr Narben trug, als Alfie zählen konnte, aber dennoch keinem Konflikt auswich. Jemanden, mit dem er unter anderen Umständen befreundet sein könnte.

»Es gibt Dinge, mit denen sich niemand auskennen sollte«, platzte es aus ihm heraus. »Jedenfalls nicht so gut.«

Finn sah ihn an, und er hatte erneut den Eindruck, dass sich hinter ihrem gelassenen Gesichtsausdruck etwas anderes verbarg. Der Daumen seiner Hand, die immer noch auf ihrem Herzen lag, war in ihre weiche Halsgrube gerutscht. Als sie sich von ihm wegdrehte und schluckte, fühlte er, wie sich ihre Kehle bewegte, und spürte ein Kribbeln in den Fingern.

Finn nahm wortlos seine Hand von ihrer Brust und legte sie sanft auf sein gebeugtes Knie. Dann musterte sie sein blasses, verschwitztes Gesicht und ließ den Blick schließlich zu dem Drachen gleiten.

»Als du in der Kammer über dieser Leiche gestanden hast, wirkten deine Augen, als sähen sie etwas, das ich nicht wahrnehmen kann. Was ist da passiert?«

Alfie spürte, wie erneut der Zorn in ihm aufflackerte. »Dieser Mann hatte etwas mit dem Tod meines Bruders zu tun. Er war ein Freund der Familie, jemand, dem wir vertrauten.« Alfie biss die Zähne zusammen. »Ich habe mich oft gefragt, weshalb er es getan hat. Und vorhin hat der Drache mir diese Frage beantwortet.«

Finn blinzelte. »Er hat sie beantwortet? Einfach so?«

Alfie nickte. Die sachte Bewegung verschlimmerte seine Kopfschmerzen noch. »Diese Magie, sie ist nicht wie normale Magie … Wie soll ich es beschreiben …? Sie hört zu. Oder zumindest hat sie mir zugehört. Sie reagiert auf Wünsche, die ich gar nicht formuliert habe.«

Ihre Augen zuckten besorgt zu dem Drachen. »Was hat sie dir gezeigt?«

Das Bild der eigenartigen Tätowierung tauchte wieder vor Alfies geistigem Auge auf, und er versuchte erneut, einen Hinweis in ihr zu erkennen, wieso er Dez verloren hatte. Aber er sah nichts Neues. Nur einen schnaubenden Bullen und dessen scharfe Hörner. »Die Tätowierung eines Stieres.«

Finn neigte den Kopf zur Seite. »Ein Stier? Sieht er böse aus und reckt die Hörner vor?«

Alfie starrte sie an und spürte, wie ihm das Herz bis zur Kehle schlug. Hatte sie eine andere, ähnliche Tätowierung gesehen, oder war es genau die aus seiner Vision? Er musste es wissen. Rasch griff er in die Tasche und zog die Pergamentrolle heraus, die er mitgenommen hatte, um mit Luka kommunizieren zu können. »Könntest du sie zeichnen?«

Er entrollte das Pergament und legte es flach auf den Steinboden. Ganz oben auf die Seite hatte Luka drei Zeilen geschrieben.

Alles in Ordnung?
Alfie?
Wenn du nicht antwortest, gehe ich jetzt gleich zu Paloma.

Alfie glaubte, Luka diese Worte sagen zu hören, und wollte lachen, doch aus seiner Kehle drang nur ein feuchtes Husten. Blut spritzte auf das Pergament. »Mist«, fluchte er. Luka würde die Flecken sehen und vom Schlimmsten ausgehen, womit er auch nicht ganz falschläge. Alfie zog den schwarzen Federkiel aus seiner Tasche und schrieb eine kurze Nachricht.

Es geht uns gut. Ich bin verletzt, aber wir sind in Sicherheit. Mach dir keine Sorgen.

Der letzte Satz erschien ihm selbst absurd. Angesichts der Blutspritzer auf dem Pergament würde sich Luka zwangsläufig Sorgen machen. Doch Alfie schob den Gedanken beiseite. Er musste herausfinden, ob Finn dieselbe Tätowierung meinte wie er. Vielleicht wusste sie ja mehr darüber.

»Hier.« Er reichte ihr den Federkiel. »Zeichne sie. Bitte.«

Finn kniete sich neben ihn und zeichnete ans untere Ende des Pergaments exakt die Tätowierung, die ihm die schwarze Magie gezeigt hatte. Alles stimmte: von den schwarzen Augen bis hin zu dem Schaum, der sich auf den gebogenen Lefzen des Stieres sammelte.

»Ja«, flüsterte er. »Das ist sie. Was weißt du über sie?«

»Gar nichts, aber die Bandenchefin, die mein *Propio* blockiert hat, trägt sie auf dem Arm.«

Alfie schwirrte der Kopf. Was konnte das bedeuten? Gehörte sie irgendeiner Organisation an, die nicht mit der Königsfamilie einverstanden war? Die überführten Mitwisser hatten ausgesagt, dass eine Gruppe Adliger den Umsturzversuch geplant habe. Aber wenn auch eine Bandenchefin etwas damit zu tun hatte, musste noch etwas anderes dahinterstecken. Er wollte unbedingt mehr herausfinden, die Magie anrufen und von ihr verlangen, dass sie ihm alles verriet.

Der Drache schien ihn zu hören und erwärmte sich an seiner Brust. Er pulsierte, als besäße er einen eigenen Herzschlag.

»Prinz.« Finns Blick zuckte zwischen seinem Gesicht und dem Drachen hin und her. »Tu es nicht.«

»Ich will nur …« Alfie verstummte, bevor ihm die Stimme brach. »Ich will nur die Wahrheit erfahren.«

»Das wollen wir alle, aber ist die Wahrheit dein Leben wert?«, fragte sie.

Er wich ihrem Blick aus und behielt seine Antwort für sich.

Sie schüttelte den Kopf. »Das gefällt mir nicht.«

»Dann sind wir uns endlich mal über etwas einig«, erwiderte er.

Finn sah eine Weile den Drachen an, dann nickte sie, als sei sie zu einem Entschluss gekommen. Sie streckte die Hand aus. »Gib ihn mir.«

»Was meinst du?«

»Das weißt du ganz genau.« Finn deutete auf seinen Hals.

»*Qué?* Nein.«

»Dieses Ding ist eindeutig tödlich, und du lässt dich viel zu leicht dazu hinreißen, es zu benutzen. Wenn du es die ganze Zeit trägst, wirst du sterben. Merkst du nicht, wie sehr du zitterst?« Als er nicht nachgab, zeigte sie auf den Boden. »Sieh dir mal deinen *maldito* Schatten an, wenn du mir nicht glaubst!«

Selbst als er in seiner Kindheit an einer lebensbedrohlichen Grippe erkrankt gewesen war und das Fieber sein Blut fast zum Kochen gebracht hatte, war sein Schatten nicht so blass gewesen wie in diesem Moment. Er sah nur noch wie ein Umriss aus, der Schatten eines Schattens. Sie hatte recht, die Magie in dem Drachen entzog ihm zu viel Lebensenergie, und die meiste Zeit beschwor er sie ohne Absicht. Trotzdem war der Drache zu wichtig, um ihn aus den Augen zu lassen.

»Finn, das ist gefährlich …«

»*Ich* bin gefährlich«, entgegnete sie. »Du hast mich mitgenommen, damit ich dir helfe, Prinz, also lass mich dir helfen! Wir müssen diese Gefangene schnell befreien, wenn wir Ignacio noch davon abhalten wollen, diese ganze Stadt in Staub zu verwandeln. Wenn du weiter zulässt, dass die Magie dich auslaugt, wirst du es nicht einmal bis zu ihrer Zelle schaffen.«

Alles, was sie sagte, ergab Sinn. Als er in der Nacht zuvor schlafen gegangen war, hatte er die Kette abgenommen und neben sich auf dem Nachttisch gelegt. Danach hatte er sich sofort besser gefühlt, als wäre er nicht mehr so eng mit der Magie verbunden. Er war sicher, dass er sie nicht heraufbeschwören konnte, solange er den Drachen nicht am Körper trug. Und da außer ihm niemand imstande war, seine eigene Magie schwarz einzufärben, war er folgerichtig auch der Einzige, der ihr Befehle erteilen konnte. Er sollte ihr den Drachen einfach überlassen. Wenn sie ihn trug, würde er die Magie nicht mehr versehentlich aktivieren. Er vertraute ihr ohnehin, ob es ihm gefiel oder nicht, sein Leben an. Da sollte es ihm doch auch möglich sein, sie eine Zeit lang die Magie halten zu lassen, oder etwa nicht?

»Na schön.« Alfie zog langsam die Kette über den Kopf und gab sie ihr. Als der Drache auf ihre Handfläche fiel, fühlte er einen eigenartigen Energieverlust, als gäbe er ein Stück von sich selbst weg. Alfie seufzte tief. Das englassische Buch hatte recht behalten: Er hatte sich wirklich mit Körper und Seele an diese Magie gebunden.

Finn legte sich indessen mit besorgtem Blick die Kette um. Nun lag der Drache an ihrer Brust.

Obwohl sie ihre Magie nicht wie er schwarz färben und den Drachen anrufen konnte, hoffte Alfie, dass er Finn, solange er sich in ihrem Besitz befand, vor Schaden bewahren würde. Dass er auf sie hören würde, wenn sie Hilfe benötigte. Dass sie beide es lebendig aus diesem Gefängnis hinausschaffen würden.

Er sah sie an. »Sei vorsichtig, Finn.«

Finn beäugte den Drachen an ihrer Brust, als wollte sie ihm zu verstehen geben, dass er ja keine krummen Dinger versuchen sollte. »Mir wird schon nichts passieren, Prinz.« Sie hielt ihm eine Hand hin. »Jetzt steh auf.«

Alfie ergriff ihre Hand und ließ sich von ihr hochziehen. Dann stellte Finn rasch seine Tarnung wieder her.

»Jetzt soll der Wächter dich mal da abliefern, wo er es für richtig hält«, sagte sie. »Dort wartest du dann, während ich die Ablenkung in Position bringe. Anschließend hole ich dich, und wir machen uns auf den Weg zu der Gefangenen. Dann starten wir das Ablenkungsmanöver, schnappen uns Xiomara und verschwinden von hier.«

Alfie schüttelte den Kopf und redete sich ein, dass der Drache an ihrem Hals der Grund war, weshalb er unbedingt an ihrer Seite bleiben wollte. »Laut Plan bleibe ich dicht bei dir, während du die Ablenkung im zentralen Ring platzierst, damit wir uns anschließend sofort gemeinsam zu Xiomaras Zelle begeben können.«

Finn warf ihm einen kritischen Blick zu. »Du kannst ja kaum noch stehen, Prinz. Wenn wir es lebend hier herausschaffen wollen, musst du voll konzentriert bleiben. Nein, du wartest da auf mich, wo der Wächter dich hinbringt, und versuchst, dich ein bisschen auszuruhen, bevor wir weitergehen.« Ihr Blick zuckte wieder zu seinem Schatten. »Wenn du so weitermachst, wirst du zu erschöpft sein, um etwas gegen Ignacio ausrichten zu können.« Sie sah ihm in die Augen. »Falls wir es überhaupt so weit schaffen.«

Alfie stieß einen langen Seufzer aus. Ärgerlicherweise hatte sie recht. »Na gut. Ich werde auf dich warten.«

Finn streckte ihm beide Hände hin. »Die Feuerwerkskörper.«

Alfie reichte ihr vorsichtig die geschrumpften Feuerwerkskörper aus seiner Tasche – die Ablenkung, die Luka sich ausgedacht hatte. Sobald das Feuerwerk im zentralen Ring des Turmes losging, würden die Wächter ihre Posten verlassen, und Xiomaras Zelle wäre unbeaufsichtigt. In ihren Händen sahen sie wie Murmeln aus. In diesem miniaturisierten Zustand würde niemand sie bemerken, nachdem Finn sie platziert hatte. Da es zum Abschluss des Tagundnachtgleiche-Festes ein großes Feuerwerk geben sollte, lagerten derzeit so viele Knaller und Raketen im Vorratsraum des Palastes, dass die von Luka entwendeten kaum vermisst werden würden.

»Das sind nicht die normalen Feuerwerkskörper, wie man sie in der Krempe kaufen kann. Die hier sind dazu gedacht, dass man sie vom Dach des Palastes abfeuert. Pass also auf.« Er sah sie besorgt an. »Verteil sie einfach überall im zentralen Ring, und lass sie nicht hochgehen, bevor wir gemeinsam in der Nähe von Xiomaras Zelle sind, *entiendes*?«

Wenn sie das Feuerwerk zündete, während er sich hier unten im niedrigsten Geschoss des Gefängnisses aufhielt und auf sie wartete, würde ihm nicht genügend Zeit bleiben, um bis zu Xiomaras Zelle ganz oben im Turm zu gelangen und sie zu befreien, solange die Wächter vom Lichtspektakel abgelenkt waren. Dann wäre ihr Plan gescheitert. Er kaute nervös auf der Unterlippe.

Finn verdrehte die Augen. »Ab jetzt möchte ich jedes Mal, wenn du mir sagst, dass ich vorsichtig sein soll, fünf Goldpesos haben. Ich bin kein Dummkopf, Prinz. Ich werde nicht mit dem Feuerwerk beginnen, bevor du in Position bist. Also, können wir jetzt aufbrechen?«

Als Alfie nickte, zog Finn sich die Kapuze über den Kopf und verschwand.

Nachdem er noch einmal tief Luft geholt hatte, stieß Alfie sich von der Wand ab und öffnete die Tür. Der Wächter nahm Haltung an und beschwerte sich darüber, dass Alfie ganz schön lange auf der Toilette gewesen sei, bevor er ihn weiter den Gang entlangführte. Nachdem sie noch eine Weile durch die labyrinthartigen Korridore gewandert waren, betraten sie das Zentrum des Turmes, das aus einem kreisförmigen Raum bestand, der so riesig war wie der große Ballsaal des Palastes. Hier waren die Gefangenen in Zellen untergebracht. In den einzelnen Stockwerken patrouillierten Wächter. Die Gänge der höhergelegenen Geschosse waren mit Steinbrüstungen gesichert. Und hier war auch die Apparatur zu finden, der das Gefängnis seinen Namen verdankte.

Ganz oben in dieser hohen Säule voller Zellen befand sich die gewaltige Uhr. Sie nahm die gesamte Decke ein und blickte wie ein unaufhörlich tickender Mond auf die Gefangenen herab.

Auf allen Seiten ächzten und schrien die Gefangenen. Als die Insassen ihn in seiner Dueño-Verkleidung erblickten, rüttelten sie an den Gitterstäben und baten so lange um Vergebung und Erlösung, bis ein Wächter ihnen befahl, still zu sein. Alfie bemühte sich, nicht in ihre schmutzigen, verzweifelten Gesichter zu blicken. Er spürte, wie ein Schauder durch Finn ging. Der Wächter führte sie durch ein weiteres Gewirr aus Korridoren im Erdgeschoss und schließlich eine Treppe hinunter. Nun befanden sie sich im untersten Stockwerk des Gefängnisses, in dem es keine Zellen gab. Dafür herrschte hier eine Gluthitze, die sich wie eine zusätzliche Maske auf Alfies Gesicht legte. Er hörte das Klappern von Töpfen und Pfannen.

Der Wächter führte sie in den Küchentrakt des Gefängnisses, wo Dueños in Bottichen das Essen für die Gefangenen anrührten. Alfie hob die Augenbrauen. Paloma hatte ihm zwar gesagt, dass Dueños jahrelange Buße tun mussten, um in der Hierarchie aufzusteigen, aber er hatte sich darunter etwas Würdevolleres vorgestellt.

»Dann mache ich mich mal wieder auf den Weg«, sagte der Wächter, bevor er sich umdrehte und davonging.

Alfie sah den Dueños zu, die schweigend kochten und unappetitlich aussehenden, dickflüssigen Eintopf in Schüsseln schöpften, die anschließend von den Wächtern zu den Zellen gebracht wurden.

»Ich bin bald wieder zurück«, flüsterte Finn so nahe an seinem Ohr, dass ihr Atem ihn an der Wange kitzelte.

»Sei vorsichtig«, murmelte er. »Und mach schnell.« Vermutlich würde es nicht lange dauern, bis sie sämtliche Feuerwerkskörper verteilt hatte. Dennoch war er nervös. Sie hatten bereits zu viel Zeit mit der Trauerfeier und Alfies Zwischenstopp im Waschraum vergeudet. Je länger sie sich hier aufhielten, desto ausgiebiger konnte die Magie sein Volk drangsalieren. Finn und er würden sich also extrem beeilen müssen.

Er wartete darauf, dass sie fünf Goldpesos verlangte, weil er ihr gesagt hatte, dass sie vorsichtig sein solle, doch er hörte nichts. Sie war bereits verschwunden.

Erst als sie weg war, merkte er, dass er sich danach sehnte, sie einen Witz machen zu hören. Denn wenn sie sich amüsierte, stand ihm ihr Gesicht besonders deutlich vor Augen, auch wenn es unter dem Umhang verborgen war.

Kapitel 28

Die Wiedervereinigung

Ignacio gelangte an die Brücke, die den kochenden Wassergraben um den Uhrturm überspannte. Sein grauer Umhang blähte sich im aufsteigenden Dampf, und die Finsternis schnurrte in ihm. Er spürte ihren Hunger auf das bevorstehende herzhafte Mahl.

Die beiden Wächter, die am Eingang zur Brücke postiert waren, erschraken bei seinem Anblick und zogen ihre Schwerter aus den Scheiden.

Einer der beiden fuchtelte mit seiner Klinge vor Ignacio herum. »Sag, was du möchtest! Es ist dir nicht erlaubt …«

Mit einer knappen Bewegung des Handgelenkes schleuderte Ignacio den Mann nach hinten, sodass er wie ein Stein über den Graben ditschte, bevor er in der brodelnden Flüssigkeit versank.

Der andere Wächter bekam mit, wie die Todesschreie seines Kameraden schlagartig abbrachen, als sich sein Mund mit kochendem Wasser füllte. Er ließ sein Schwert fallen und hob kapitulierend die Hände. Er war jung, noch keine zwanzig. Fast noch ein Kind.

»Bitte, Señor«, flehte er. »Ich will keinen Ärger.«

Ignacio trat dicht an den zitternden Wächter heran. Er packte ihn am Hals und hob ihn in die Höhe. Die Augen des Jungen traten aus den Höhlen, während er wild um sich tretend nach Luft rang. »Ob du Ärger haben willst oder nicht, spielt keine Rolle, wenn der Ärger *dich* haben will.«

Ignacio krümmte die Finger und ließ eine magische Spirale aus seiner Handfläche aufsteigen. Er stieß sie dem Wächter tief in den Rachen und sah zu, wie er in seinem Griff zuckte. Der Schatten des Jungen zog sich in seinen Körper zurück, seine Augen wurden schwarz, und dann hörte er auf, sich zu bewegen.

Ignacio ließ ihn zu Boden sinken. Als er spürte, wie ihn ein kleiner Energieschub durchströmte, stieß er einen wohligen Seufzer aus. Er freute sich auf die vielen Insassen des Gefängnisses, die nur darauf warteten, ihn mit Macht zu versorgen.

Ein Bataillon aus zehn Wachmännern rannte über die Brücke, um ihn festzunehmen, doch Ignacio machte kurzen Prozess mit ihnen. Als er die Magie in ihre Hälse zwängte, schlugen sie um sich und gingen wimmernd zu Boden, nur um sich gleich darauf als bloße Erweiterungen seiner selbst wieder zu erheben. Viele von ihnen erwiesen sich als zu schwach für seine Macht und zerfielen vor Ignacios Augen zu Staub, doch die anderen trugen die Finsternis in sich, als wären sie dazu geboren. Sie sahen ihn an und harrten seiner Befehle. Bei ihrem Anblick begann die Magie, voller Gier nach weiteren Körpern, die sie für sich beanspruchen konnte, wie ein Raubtier in Ignacio hin und her zu streifen.

Gemeinsam mit seinen frischgebackenen Helfern überquerte er die Brücke. Als sie vor dem Gefängnistor standen, hob Ignacio die Hand, worauf die Brücke hinter ihnen in einer Wolke aus Holzsplittern und Rauch zerbarst. Keiner würde diesen Ort verlassen, ohne ihm vorher als Nahrung gedient zu haben.

Die Macht der Männer, die er sich gerade angeeignet hatte, kribbelte in seinem Körper und schärfte ein weiteres Mal seine Sinne. Als er die Griffe des hoch aufragenden Gefängnistores berührte, spürte er das Harz, mit dem das Holz versiegelt war, ebenso deutlich wie die Mäuse, die Gänge durch die Mauern nagten. Er hörte die Gefangenen tief im Turm schreiend um ihre Freiheit betteln.

Heute würden ihre Gebete erhört werden.

Ignacio packte die dunklen Torflügel. Unter seinen Fingern fühlten sie sich wie Vorhänge an, die nur darauf warteten, von ihm geteilt zu werden, damit er sich im Licht seines Sieges sonnen konnte. Ignacio riss sie aus den Angeln und warf sie hinter sich.

Er machte einen Schritt in das nasskalte Gefängnis und verharrte. Als sein Fuß den Boden berührte, war es, als würde er sich mit ihm verbinden. Die einzelnen Steine fühlten sich wie Verlängerungen seines Körpers an. Eine Wahrnehmung streifte ihn wie Finger, die durch seine Haare strichen, oder eine Spinne, die sich über ihr Netz bewegte.

Sie war hier.

In dem Gemisch aus Schweiß und Leid, das den Uhrturm erfüllte, konnte er sie in der Zugluft riechen, als würde sie ihn von allen Seiten umgeben und nur darauf warten, dass er sich ihrer bemächtigte. Wenn er die Augen schloss, hörte er ihren trotzigen Herzschlag, dessen Rhythmus er zu dirigieren wünschte.

Seine Lippen verzogen sich zu einem breiten Grinsen.

Denk an die dunklen Herzen, ermahnte ihn die Magie. *Auf sie müssen wir uns konzentrieren.*

Ignacio ging weiter in das Gefängnis hinein. »Ich werde tun, was du von mir verlangst«, antwortete er und grinste noch breiter.

Aber wer sagte, dass er nicht gleichzeitig der Magie dienen und seine eigenen Ziele verfolgen konnte?

Kapitel 29

Die Bibliothek

Luka riss aus Versehen den dicken Lederumschlag eines weiteren Buches ab. Mit einem tiefen Seufzer ließ er den Kopf auf den Tisch sinken. Es hallte in der fast leeren Palastbibliothek wider. »Bei den Göttern!«

Luka hatte bereits den ganzen Tag Dinge kaputtgemacht und eine Schneise der Verwüstung durch den Palast gezogen. Er wollte Alfie davon erzählen und von ihm wissen, was das zu bedeuten hatte. Er könnte die Frage auf ihr geteiltes Pergament schreiben: *Hallo, anscheinend habe ich übermenschliche Kräfte, seit du mir mithilfe der bösen Magie das Leben gerettet hast. Fällt dir dazu irgendetwas ein?* Aber dafür schien ihm im Moment nicht der richtige Zeitpunkt zu sein. Schließlich wollte er Alfie nicht ablenken, und um ehrlich zu sein, hatte er auch Angst, die Antwort könnte lauten, dass es Sombras Magie war, die in ihm lebte und ihn stärkte.

Früh am Morgen hatte er ein Stundenglas zerstört und zwei Türen aus den Angeln gerissen. Bis zum Nachmittag hatte er dazu noch einen Beistelltisch, einen Ottomanen und einen Kleiderschrank zerbrochen. Den Diener, der mit seinen frisch gebügelten Kleidungsstücken für den Ball hereinkam und mit großen Augen den Schaden betrachtete, hatte er gefragt: »Kennst du das, wenn man sein Zimmer betritt und die Möbel nicht mehr leiden kann?«

Und nun hatte er, während er in der Bibliothek saß und auf Alfies Bitte hin Nachforschungen über Sombra anstellte, schon wieder ein Buch zerrissen.

Die Stille in der Bibliothek war ihm unheimlich. Ruhe missfiel Luka generell, aber heute sehnte er sich ganz besonders nach Lärm und Chaos, um sich von seinen Gedanken an Alfie abzulenken. Da war die leise Bibliothek der letzte Ort, an dem er sich aufhalten wollte. Aber Alfie hatte ihn darum gebeten herauszufinden, ob Sombra irgendeine Schwachstelle hatte, die er und Finn ausnutzen konnten. Und so hatte er die Bibliothekare gebeten, ihm sämtliche Bücher über castallanische Mythologie zu bringen, die sie im Angebot hatten.

Gerade schwebten zwei neue Bücher von den Regalen hinter ihm herab und landeten auf dem dunklen Schreibtisch. Sie waren ihm von den beiden einzigen Bibliothekaren geschickt worden, die noch hier waren, anstatt sich wie alle anderen beim Fest zu vergnügen. Die Bücher öffneten sich, und die Seiten blätterten sich von selbst um, bis Sombras Mythos aufgeschlagen vor ihm lag. Luka unterdrückte einen frustrierten Seufzer, während er las. Bislang gingen den Bibliothekaren zwar nicht die Bücher über Sombra aus, doch keines von ihnen enthielt verwertbare Informationen. Nichts, was ihm oder Alfie neu gewesen wäre. Es war zwecklos. Und in der Zwischenzeit machte er sich mit jeder Minute mehr Sorgen um Alfies Leben.

Er griff nach einer Tasse mit warmem gewürztem Kakao. Sie stand neben den Bücherstapeln, die er noch durchforsten musste. Als er in der Bibliothek eingetroffen war, hatte ihn ein Diener gefragt, ob er etwas trinken wolle. Alfie hätte nie nach gewürztem Kakao verlangt, da er ihn zu süß fand, aber Luka brauchte etwas, um seine Nerven zu beruhigen, und konnte auf Alfies langweiligen Getränkegeschmack keine Rücksicht nehmen. Er schloss die Augen und genoss das Honigaroma.

»Prinz Alfehr, dich habe ich ja schon lange nicht mehr gesehen«, flüsterte eine Stimme neben ihm.

Erschrocken über das unerwartete Geräusch verschluckte sich Luka. Als er den Kopf hob, sah er den Gelehrten, der ihn und Alfie in ihrer Kindheit in castallanischer Geschichte unterrichtet hatte. Der alte Mann verbeugte sich und blickte mit einem Lächeln auf Luka hinab, das seine Wangen in unzählige Falten legte. Er war ein freundlicher Geselle, aber seine Lektionen hatten Luka regelmäßig eingeschläfert. Natürlich war er hier in der Bibliothek, dem langweiligsten Ort im ganzen Palast, wenn nicht sogar im gesamten Königreich.

»Hallo, Maestro Guillermo, wie schön, Sie zu sehen.«

»Ich habe mich gefreut zu hören, dass mein Lieblingsschüler endlich wieder nach Hause zurückgekehrt ist.«

Luka musste sich zusammenreißen, um nicht die Augen zu verdrehen. Gab es irgendeinen Gelehrten, der Alfie nicht als seinen Lieblingsschüler betrachtete? Wie gern hätte er Alfie hier und jetzt damit aufgezogen, dass er in den wildesten Fantasien jedes Lehrers auftauchte. Wäre er hier gewesen, hätte er seinerseits die Augen verdreht und Luka den Albtraum eines jeden Lehrers genannt. Beim Gedanken an Alfie und die gefährlichen Dinge, die er tat, während er selbst in der sicheren Bibliothek saß, setzte Lukas Herz einen Schlag aus. Würde Alfie je zurückkehren und wieder langweilig in der Bibliothek herumhocken, Lukas Spott ignorieren und stattdessen demonstrativ eine Seite umblättern?

»Es überrascht mich, dich noch so spät hier zu sehen. Musst du dich nicht für den Ball ankleiden?«

Luka sah zur Uhr hinüber und verzog das Gesicht. Er sollte

sich tatsächlich fertig machen, doch angesichts der jüngsten Ereignisse erschien es ihm unwichtig, sich für den Ball umzuziehen.

»Prinz Alfehr, *estás bien*?« Maestro Guillermo sah ihn besorgt an. »Du wirkst aufgewühlt.«

Luka zwang sich zu einem Lächeln. »Nein, ich bin nicht aufgewühlt, nur in Gedanken. Ich befasse mich gerade mit castallanischer Mythologie.« Luka versuchte so zu tun, als teilte er Alfies aufrichtigen Enthusiasmus für alles, was mit Büchern zu tun hatte. »Dieses Thema ist so … fesselnd.«

Guillermo überflog die Titel der Bücher. »Ah, und nicht irgendeine Mythologie. Als du und Luka Kinder wart, ist das eure Lieblingsgeschichte gewesen.«

Luka schaffte es nur mit Mühe, nicht zusammenzuzucken, als er seinen Namen hörte. Er sah das aufgeschlagene Buch an und kniff die Lippen zusammen. *Die Geburt von Mensch und Magie* war mittlerweile ganz sicher nicht mehr seine liebste Geschichte.

Der alte Mann beugte sich vor und tippte auf die aufgeschlagene Seite. »Siehst du das hier?«, fragte er und deutete auf das Ende der Geschichte, wo beschrieben wurde, wie die Dueños Sombra in ein Skelett verwandelten und seine Knochen überall auf der Welt verteilten, damit sein Körper nie mehr zusammengesetzt werden konnte. »Viele Gelehrte glauben, dass diese Darstellung falsch ist.«

Luka runzelte die Stirn. »Wollt Ihr damit sagen, dass er nicht zu einem Skelett wurde, als man ihn von seiner Magie trennte?«

»Nun«, sagte Maestro Guillermo, während er sich mit leuchtenden Augen in den Plüschsessel neben Lukas sinken ließ. »Die meisten Mythen wurden lange Zeit mündlich weitergereicht, bevor man sie in schriftlicher Form festhielt. Daran erinnerst du dich gewiss noch aus unseren Unterrichtsstunden.«

Luka erinnerte sich nicht daran. »Natürlich«, erwiderte er.

»Mündlich überlieferte Geschichten verändern sich mit jeder Erzählung und werden dabei immer aberwitziger. Kleine, unwichtige Auseinandersetzungen wachsen sich zu Entscheidungsschlachten zwischen Gut und Böse aus. Pferde mutieren zu Drachen. Es ist faszi…«

»Ja, das ist alles sehr faszinierend«, unterbrach Luka rasch, bevor sein alter Maestro allzu sehr abschweifte. Vielleicht wusste er etwas, das Alfie nützen würde. »Aber was hat sich an dieser Legende denn genau geändert? Was ist nach Ansicht der Gelehrten denn tatsächlich mit Sombras Körper geschehen?«

»Viele behaupten, dass Sombras Körper in der ursprünglichen Fassung, nachdem er von der Magie getrennt worden war, nicht zu Gebeinen, sondern zu Steinen verwandelt worden sei – also einer Art Statue. Danach sei diese Statue zerschlagen und die einzelnen Gesteinsbrocken über die ganze Welt verteilt worden. Es ist typisch für mündlich überlieferte Erzählungen, dass ein Wort gegen ein anderes ausgetauscht wird, besonders wenn sich die beiden reimen. Stein und Gebein klingen ähnlich genug, um miteinander verwechselt zu werden, nicht wahr?«

Luka nickte seinem ehemaligen Lehrer unglücklich zu. Damit war nichts anzufangen, aber möglicherweise hatte Guillermo die Information, die Alfie benötigte. Vielleicht musste Luka ihn nur danach fragen.

»Maestro Guillermo, seid Ihr bei Euren Studien je über irgendeine Schwäche von Sombra gestolpert? Einen wunden Punkt?« Als Guillermo ihn mit erhobener Augenbraue ansah, fügte Luka schnell hinzu: »Ich bin nur neugierig.«

Der alte Mann dachte nach. »Soweit ich weiß, hat er keine. In allen Varianten der Geschichte scheint er unbesiegbar zu sein.«

Luka ließ die Schultern hängen. »Ja, natürlich.«

»Immerhin ist er ein Gott. Und die haben normalerweise keine nennenswerten Schwächen.«

Luka massierte sich die Schläfen und kämpfte gegen den Drang an, mit der Stirn auf den Schreibtisch zu schlagen. »Stimmt.«

»Aber das sind alles nur Geschichten«, sagte Guillermo und lachte. »Die muss man nicht ernst nehmen.«

»*Sí*, nichts als Geschichten«, sagte Luka und langte nach der Pergamentrolle in seiner Tasche. Nach allem, was Alfie ihm erzählt hatte, würde er nie mehr glauben, irgendetwas wäre nur eine Geschichte. Und obwohl er bezweifelte, dass es das war, was Alfie erfahren wollte oder musste, beschloss er, ihm für alle Fälle mitzuteilen, dass Sombra laut Maestro Guillermo in einen Stein anstelle von Gebein verwandelt worden war. »Einen Moment bitte. Ich muss nur etwas aufschreiben.«

Luka entrollte das Pergament und schob es ein Stück von Guillermo weg, der derweil in den Büchern blätterte, die Luka gelesen hatte.

Als Lukas Blick auf das Pergament fiel, fühlte er sich mit einem Mal wie betäubt. Es war mit Blut bespritzt. Die Handschrift seines besten Freundes war ein hektisches Gekritzel, dem die Angst in jedem Strich anzusehen war.

Es geht uns gut. Ich bin verletzt, aber wir sind in Sicherheit. Mach dir keine Sorgen.

Luka griff schnell nach dem Federkiel, um Alfie zu schreiben, dass er ihm gefälligst mitteilen solle, was passiert sei. Dabei stieß er mit dem Unterarm gegen die Kakaotasse und verschüttete die dicke braune Flüssigkeit auf dem magischen Pergament.

Mit einem entsetzten Aufschrei versuchte er, den Kakao schnell mit seinem Ärmel aufzusaugen.

Die Bibliothekare, die zwischen den Regalen herumgingen, drehten sich um und sahen ihn mit erhobenen Augenbrauen an. Einer fiel vor Schreck über das plötzliche Geräusch fast von seiner Leiter.

»*Secar!*«, schrie Luka das Pergament an. Er wusste, dass der Trocknungszauber es nicht retten würde, aber er musste es wenigstens versuchen. Es war eine Sache, diesen Zauber über einem durchweichten Stück Stoff zu sprechen, das sich veränderte, aber nicht kaputtging, wenn es nass wurde. Doch mit einem Stück Pergament, das sich bereits aufzulösen begann, verhielt es sich ganz anders. Es wurde zwar ein wenig trockener, aber das änderte nichts daran, dass es bereits zu einer Art Brei zerfallen war.

»Geht es dir gut, Prinz Alfehr?«, fragte Guillermo. Er sah Luka an und legte ihm eine faltige Hand auf die Schulter. »Das ist doch bloß ein Stück Pergament.«

Luka starrte auf das durchtränkte Pergament hinab und spürte, wie die Angst ihm die Kehle zuschnürte. Eine Ecke war zwar feucht vom Kakao, aber wenn er vorsichtig war, würde er darauf noch schreiben können. Ihm blieb nur ein kurzer Moment, um eine letzte Nachricht zu verfassen. Sobald das ganze Pergament zersetzt war, würde der Zauber nicht mehr funktionieren, und dann hatte er keine Möglichkeit mehr, Alfie zu kontaktieren. Luka nahm den Federkiel und ließ ihn so sacht wie möglich über das Pergament gleiten.

Sombra hat sich nicht in Knochen, sondern in einen Stein verwandelt. Eine Statue.

Mit zitternden Fingern schrieb er abschließend noch vier Wörter auf das sich auflösende Pergament: *Pass auf dich auf.*

Kapitel 30

Feuerwerk

Die riesige Uhr über Finns Kopf tickte unerbittlich.

Sie malte sich aus, wie sie hochsprang und mit einer in Stein gehüllten Faust das Glas zerbrach und die Zeiger abriss. Die Uhr war nahe genug, dass sie vielleicht wirklich bis zu ihr hinaufkam, wenn sie sich Mühe gab. Finn blies sich eine verirrte Strähne aus dem Gesicht und gab den Plan auf. Stattdessen konzentrierte sie sich auf die Aufgabe, wegen der sie hier oben war. Sie lehnte die letzten beiden geschrumpften Raketen, die nicht länger waren als ihr Zeigefinger, an den dünnen Streifen Ziegelwand zwischen zwei Zellentüren. Diese Feuerwerkskörper waren im Moment zwar klein, aber wenn der Prinz sie zündete, würden sie es ganz schön in sich haben.

Vor einer knappen halben Stunde hatte sie Alfie in der Küche im Keller zurückgelassen, damit er sich dort erholte, und war wieder die steile Treppe ins Erdgeschoss hinaufgerannt. Nachdem sie in jedem Stockwerk unauffällig Feuerwerkskörper ausgelegt hatte, war sie schließlich auf der obersten Ebene angelangt. Schweiß tropfte ihr von den Schläfen, und ihre Oberschenkel brannten von den zahllosen Stufen, die sie erklommen hatte.

Sprengstoff in einem Gefängnis zu verteilen hätte ihr normalerweise großen Spaß gemacht, doch während Finn sich durch den tickenden Turm bewegte, konnte sie ausschließlich an den Prinzen denken. Sicher vor allem, weil sie neidisch auf ihn war. Immerhin konnte er in aller Seelenruhe acht Stockwerke unter ihr abwarten, während sie schweißnass von Stockwerk zu Stockwerk eilte. In der Küche konnte man sicher auch irgendwo kühles Wasser bekommen.

»Glücklicher *Pendejo*«, murmelte sie.

Doch ihr Neid verblasste, als sie daran dachte, wie er geschwankt war und sein Schatten die Dunkelheit verloren hatte wie ein Baum die Blätter, bis er ganz nackt und ungeschützt war. Wie lange würde Alfie noch durchhalten?

Finn war über sich selbst erstaunt. Seit wann interessierte sie, was aus dem Prinzen wurde? Das hier war doch ohnehin alles seine Schuld. Also war es doch ganz egal, ob er starb oder nicht … Während ihr dieser Gedanke vor Kurzem noch ganz selbstverständlich erschienen wäre, kam er ihr nun ganz falsch vor.

Sie dachte an seinen besorgten Blick, als er ihr den Drachen gegeben hatte. Sein Gesicht hatte etwas schief ausgesehen, weil er sich von innen auf die Wange gebissen hatte. Der Prinz empfand zu oft zu viel, und obwohl er seine Gefühle verbergen wollte, waren sie ihm immer deutlich am Gesicht abzulesen – an der gerunzelten Stirn, dem geröteten Hals oder eben der weichen Kuhle in der eingesaugten Wange. Kurz bevor der Drache von seiner Hand in ihre gewechselt war, hatte Alfie etwas geflüstert, seine Lippen hatten ausgesehen, als würde er beten. Sie hatte nicht hören müssen, was er sagte, um zu wissen, dass er um ihre Sicherheit bat.

Finn verjagte Alfie aus ihren Gedanken und konzentrierte sich stattdessen wieder auf ihre Aufgabe. Sie musste rechtzeitig zum Prinzen zurückkehren, damit sie es bis zur Zelle der Gefangenen schafften, bevor das Feuerwerk losging. Nur mithilfe dieser Gefangenen würden sie die dunkle Magie zur Strecke bringen.

Finn drehte sich um und rannte zur Treppe auf der anderen Seite des Stockwerkes hinüber. Doch nach ein paar Schritten rutschte sie in einer Pfütze aus und fiel auf den Rücken.

Einen Moment lang sah sie Sterne. Als sich ihre Sicht wieder klärte, stand ein Wachmann über ihr. Im ersten Moment fühlte sie keine Panik. Schließlich trug sie immer noch den Umhang. Er konnte sie also nicht sehen.

Doch er sah sie direkt an. Sie bewegte sich ein Stück nach links, und sein Blick folgte ihr. Als sie nach rechts zurückrutschte, passierte dasselbe. Wie konnte das sein?

Sie hob die Hand und betastete ihren Kopf. Anstelle der Kapuze berührte sie ihre Haare. Sie musste ihr beim Sturz vom Kopf gerutscht sein. Finn war sichtbar. Nun geriet sie doch in Panik. Sie fühlte sich, als wäre eine straff gespannte Saite in ihr angeschlagen worden.

Sie war erwischt worden.

»Bei den Göttern«, sagte der Wachmann. »Wo um alles in der Welt bist du denn hergekommen, Mädchen?«

Als Finn einen Dolch aus ihrem Gürtel zog, wedelte der Wächter grinsend mit seinem langen Schwert.

Er beugte sich vor und stützte die freie Hand aufs Knie, als spräche er mit einem Kind. »Was macht ein kleines Ding wie du denn mit einem kleinen Ding wie dem da?«

Finn funkelte ihn an. Dann schnellte sie in eine gebückte Haltung hoch und stieß ihm den Dolch durch den Fuß. Der Mann schrie, als sie sich mit ihrem ganzen Gewicht auf die Waffe lehnte.

»Du weißt ja sicher, wie ärgerlich so ein kleiner Stich sein kann«, knurrte sie und drehte ruckartig die Klinge herum.

Der Mann schrie erneut auf und schwang sein Schwert nach ihr. Doch sie duckte sich unter dem Hieb weg, zog ihren Dolch aus seinem Stiefel und versetzte ihm einen Schlag auf die Nase. Der Wächter jaulte auf und stolperte rückwärts gegen ein Zellengitter. Der Gefangene darin schnappte ihn sich und zerrte ihn gegen die Stäbe. Die anderen Insassen begannen zu jubeln und zu ihnen herüberzudeuten.

Der Gefangene, der den Wächter würgte, rief: »Lass mich heraus, *Muchacha*! Lass uns alle raus!«

Ein Sprechchor setzte ein, in den rasch immer mehr Gefangene einstimmten: »LASS UNS RAUS! LASS UNS RAUS!«

Die vier Wächter auf der anderen Seite dieses Stockwerkes rannten auf Finn zu. Ihre Kameraden auf den unteren Ebenen deuteten zu ihr herauf und beugten sich über die Brüstungen, um besser sehen zu können.

»LASS UNS RAUS! LASS UNS RAUS!«

Die Wächter näherten sich ihr von beiden Seiten des kreisrunden Ganges. Selbst wenn sie die Kapuze über den Kopf zöge, würde sie nicht entkommen können, ohne gegen sie zu stoßen. Sie brauchte eine Ablenkung, und zwar eine große.

Der Drache an ihrer Brust erwärmte sich und pulsierte wie ein zweiter Herzschlag.

Plötzlich explodierten sämtliche Feuerwerkskörper, die sie ausgelegt hatte, mit ohrenbetäubendem Krachen und erfüllten den Turm mit Farbkaskaden.

Alfie stand neben einem der vielen Abwaschbecken und trocknete langsam die frisch gespülten Schüsseln ab.

Finn hatte recht behalten. Da er sich erholen konnte, während sie die Feuerwerkskörper verteilte, sah er mittlerweile wieder klarer. Sein Kopf tat zwar nach wie vor weh, aber der Schmerz war mittlerweile nicht mehr so stechend, sondern dumpf. Allerdings fragte er sich, ob bei Finn alles in Ordnung war. Er war bereits länger allein bei den Dueños in der Küche, als er erwartet hatte. Müsste sie nicht bereits längst zurück sein? Doch dann machte er sich klar, dass es keine leichte Aufgabe war, die Feuerwerkskörper auf sämtlichen acht Stockwerken des Turms auszulegen.

Alfie legte das Küchentuch weg und nestelte an den langen Ärmeln seiner Dueño-Robe herum. Er hob den Blick zur Steindecke der Küche und stellte sich Finn acht Stockwerke über ihm in der Turmspitze vor, direkt unter der unerträglich laut tickenden Uhr. Warum konnte er sich nicht in Rauch verwandeln und zu ihr hochwehen, bis er wie ein gewichtsloser Geist neben ihr schwebte?

Mit einem Mal liefen Schmerzwellen durch seinen Körper. Alfie keuchte auf und kippte nach vorn. Mit zusammengebissenen Zähnen klammerte er sich am Spülbecken fest. Wieso tat ihm alles weh, obwohl er gerade gar keine Magie verwendete? War das noch ein Nachhall vom letzten Mal?

Über der Küche knallten und heulten die Feuerwerkskörper.

Alfie erstarrte. Die Dueños hielten in ihrer Arbeit inne und sahen einander unsicher an.

Alfie fluchte leise über ihre Dummheit. Doch das stimmte nicht. Finn war zwar waghalsig, aber nicht dumm. So ein Fehler würde ihr niemals unterlaufen.

Hatte sie das Feuerwerk gezündet, weil sie in Gefahr war? Brauchte sie Hilfe?

Alfie fühlte sich wie gelähmt. Sollte er das Ablenkungsmanöver wie geplant nutzen und zu Xiomara gehen oder besser nach Finn suchen und herausfinden, ob es ihr gut ging?

Während die Dueños um ihn herum nach den Wachen riefen, kam Alfie zu einem Entschluss und rannte aus der Küche hinaus. Wenn das Feuerwerk jetzt stattfand, musste er zu Xiomaras Zelle. Finn war klug genug, um sich dort mit ihm zu treffen. Er machte sich zwar Sorgen um sie, aber noch besorgter war er wegen der dunklen Magie und was sie für sein Königreich bedeutete. Er sagte sich, dass ihm gar nichts anderes übrig blieb, doch es kam ihm vor, als hätte er sich falsch entschieden.

Der dampfige Korridor hinter der Küche war leer, vermutlich weil die Wächter nicht den ganzen Tag in der drückenden Hitze verbringen wollten. Er wusste, dass die gefährlichsten Verbrecher in den oberen Stockwerken untergebracht waren – und Xiomaras Zelle befand sich im obersten Geschoss. Wie sollte er es bloß vom Keller bis dort hinaufschaffen, bevor das Feuerwerk vorbei war und die Wächter wieder auf ihre Posten zurückkehrten?

Es gab nur eine einzige Möglichkeit, doch die war gefährlich.

Magie war nichts Statisches. Deswegen hatte er Finn auch mit den Worten eines Schlafliedes anstelle des korrekten Zauberspruches heilen können. Die intensive Erinnerung an seine Mutter, die es ihm vorsang, wenn ihm etwas wehtat, hatte diesen Zauber wirken lassen. Er hatte auch sehr deutliche Erinnerungen an den Flur vor Xiomaras Gefängniszelle, in dem Paloma ihn aufgehalten hatte. Diese Erinnerungen waren so eindrücklich, weil sie ihm wehtaten. Wie ein wildes Ungeheuer hatte er eine seiner wichtigsten Mentorinnen gegen eine Wand geschleudert.

Dieses Ereignis stand ihm so lebhaft vor Augen, als stünde er erneut mit zitternden Fäusten in diesem Gang. Der Wächter, den er bestochen hatte, damit er ihn hineinschmuggelte, hatte ihn die endlosen Treppen hinaufgeführt.

Als Alfie schließlich zur Zelle der Gefangenen gelangte und ihn nur noch ein Türblatt aus Holz von der Frau trennte, die ihm den Bruder genommen hatte, wartete dort Paloma auf ihn. Bei ihrem Anblick setzte Alfies Herz einen Schlag aus. Er war so vorsichtig gewesen. Wie hatte sie von seinen Plänen er-

fahren können? Dann wich sein Schock einer Woge von Zorn. Wie konnte sie es wagen, sich ihm in den Weg zu stellen, obwohl es doch so wichtig für ihn war?

Als sich ihre Blicke begegneten, schämte Alfie sich zutiefst. Was tat er hier? Was sollte das bringen? Der Wächter, der sie anflehte, ihn nicht zu melden, machte sich eilig davon, als sie ihn fortwinkte. Dann herrschte Schweigen zwischen dem Prinzen und seiner Lehrerin.

»Lass mich durch«, verlangte Alfie schließlich. Doch seine Entschlossenheit geriet ins Wanken.

»Wenn du nicht aus Rachsucht hergekommen bist«, antwortete Paloma sanft und legte Alfie die Hände auf die Schultern, »werde ich dir Platz machen.«

Alfie schüttelte ihre Finger ab. »Ich bin dein Prinz. Du hast mir keine Bedingungen zu stellen. Geh mir aus dem Weg.« Alfie trat auf die Tür zu, doch Paloma wich nicht zur Seite.

»Das stimmt, aber du bist auch mein Schüler. Und die oberste Pflicht einer Lehrerin besteht darin, ihren Schüler zu beschützen.« Ihr Blick wurde weich. »Auch vor ihm selbst.«

In diesem Moment packte Alfie sie vorne an der Robe, zog sie an sich heran und warf sie gegen die Tür.

»Ich könnte dich dazu zwingen, mich durchzulassen«, hörte er sich selbst sagen. Es war, als steckte jemand anders in seiner Haut. Ein unfassbar wütender Mensch, der er nie hatte sein wollen.

»Das könntest du«, erwiderte Paloma. »Aber ich kenne dich zu gut. Und ich weiß, dass *könnte* und *werde* nicht dasselbe sind. Diese beiden Wörter machen den Unterschied zwischen einem guten und einem schlechten Menschen aus. Zwischen dem Licht und der Dunkelheit. Ich weiß, woran du dich orientieren wirst.«

Alfie ließ seine Lehrerin langsam los und boxte so fest gegen die Steinwand neben der Tür, dass seine Fingerknöchel vibrierten. Er presste sich die Handballen an die Augen. Wieso konnte er seinen Zorn nicht kontrollieren? Weshalb war er so leicht zu beeinflussen? Warum konnte er Dez nicht ganz einfach rächen?

Wieso war er so schwach?

Erneut erklang Palomas sanfte Stimme. »Was immer du hier vorhast, ich kann dich nicht davon abhalten.« Damit trat sie von der Tür weg und machte ihm den Weg zu dem Ungeheuer in der Zelle frei. Alfie spürte den unwiderstehlichen Drang, die Tür aufzuwerfen und seiner Wut freien Lauf zu lassen. »Tu, was du tun musst, und ich werde hier so lange auf dich warten, bis du heimgehen möchtest.«

Das Wort heimgehen *stimmte ihn schließlich um. Er ließ die Schultern hängen und die Hände vom Gesicht sinken. Die lodernde Wut, die er für diesen Moment in sich geschürt hatte, erlosch. Was würde es bringen, diese junge Frau zu töten? Damit wäre nur der Beweis erbracht, dass ihn der Verlust seines Bruders wahnsinnig machte. Doch das wusste er bereits. Obwohl er sich dafür hasste, wollte er nur noch nach Hause gehen.*

Paloma nahm ihn am Arm, und er ließ sich von ihr wegführen.

Diese Erinnerungen würde er dazu nutzen müssen, zu Xiomaras Zelle zu teleportieren.

Mit dieser riskanten Form der Magie große Strecken zurückzulegen, war lebensgefährlich. Aber da er nur von einem Ort in diesem Gefängnis an einen anderen wechseln wollte, würde er es vielleicht überleben.

Wenn er es erneut bis zu Xiomaras Zelle schaffte, würde diesmal nicht Paloma dort sein, um ihn aufzuhalten. Heute war er nicht gekommen, um Rache zu nehmen, doch er fragte sich, ob er sich vielleicht dazu hinreißen lassen würde. Und was war, wenn die Teleportation funktionierte und er dort oben auf Wächter traf? Diesmal hatte er keinen Helfer angeheuert, der die Korridore für ihn frei hielt, und er trug auch keinen Tarnumhang. Was würde er tun, wenn sie ihn entdeckten? Und hatte er mit seinem dahinschwindenden Schatten überhaupt genug Kraft für so ein Vorhaben?

Alfie bog um eine Ecke und entdeckte einen Schrank. Er ging hinein, schloss die Tür und lehnte sich von innen dagegen. Er würde es riskieren. Er würde versuchen, mit der Kraft der Erinnerung in Xiomaras Trakt zu teleportieren, und hoffen, dass er sich als Dueño ausgeben konnte, wenn man ihn dort erwischte.

Alfie zog den Türgriff aus seiner Robe und warf ihn an die Innenwand des Schrankes. Er schlug klappernd auf und sank ins Holz ein. Alfie dachte an Paloma und die Zellentür zurück, an den Zorn und die Hoffnungslosigkeit, die er damals empfunden hatte. Als er sich bereit fühlte, sagte er: »*Voy.*«

Einen Moment lang passierte nichts. Er spürte keine Veränderung in der Magie. Dann begann der Türgriff zu leuchten. Als Alfie ihn drehte, löste sich die Wand auf. An ihre Stelle traten die magischen Fäden, die er so gut kannte.

Die Magie zog ihn zu sich herein, rüttelte ihn schmerzhaft durch und warf ihn an genau der richtigen Stelle wieder aus. Als er in dem verlassenen Korridor, wo es nur eine einzige Tür gab, hart mit den Knien auf dem Steinboden landete, spürte er, wie erschöpft er war. Sein Gesicht kribbelte, und er bekam erneut einen Hustenanfall. Als er das Blut sah, das er auf den Boden gespuckt hatte, wischte er sich ängstlich mit dem Handrücken über den Mund. In seinem derzeitigen Zustand war die Teleportation zu viel für ihn gewesen.

Werde ich so sterben?, dachte er.

Dann erinnerte er sich wieder an den Beutel, den Luka ihm mitgegeben hatte. Alfie wühlte in seiner Tasche herum, bis er die Phiole mit dem Heiltrank entdeckt hatte. Mit den Zähnen zog er den Korken heraus und trank mit einem einzigen Schluck die komplette schimmernde Flüssigkeit. Ein beruhigendes Kitzeln breitete sich in seinem Körper aus, ein kleiner dringend benötigter Energiestoß. Am liebsten hätte er auch gleich die andere Phiole leergetrunken, doch vielleicht würde Finn sie noch benötigen. Falls er sie je wiederfand.

Alfie rappelte sich mühsam auf und lehnte sich an die Wand. Schon das bloße Stehen bereitete ihm qualvolle Schmerzen, doch er biss die Zähne zusammen und versuchte, sie zu ignorieren. Er musste die Gefangene befreien und der schwarzen Magie Einhalt gebieten. Alfie taumelte einen Schritt vorwärts. Im Korridor war es eigenartig leise. Wieso war das Feuerwerk schon wieder vorbei? Irgendetwas war schiefgegangen. Er wusste, dass das Feuerwerk nicht aus Versehen vorzeitig ausgelöst worden war. Finn musste in Schwierigkeiten stecken. Aber wäre es jetzt, da er bereits vor Xiomaras Tür stand, nicht nur ein weiterer selbstsüchtiger Akt, wenn er Finn suchen würde, statt mit ihrem Plan weiterzumachen?

Alfies widerstreitende Gedanken verstummten, als er spürte, wie sich eine merkwürdige warme Nässe in der Tasche seiner Dueño-Robe ausbreitete. Er griff hinein und holte die Pergamentrolle heraus. Sie hatte sich in einen klumpigen Brei verwandelt, der an seinen Fingern klebte und süßlich roch.

Gewürzter Kakao. Den mochte Luka am liebsten. Er hatte ihn wohl ausgeschüttet. Alfies Herz wurde schwer. Das Pergament triefte, und er wusste, dass es nicht mehr zu reparieren war – die Magie wirkte nicht mehr. Er und Luka konnten mit dem Pergament nicht mehr länger kommunizieren. Da entdeckte er an einer Ecke, die noch nicht völlig durchweicht war, ein paar Wörter. Luka musste sie schnell noch geschrieben haben, bevor der Zauber gebrochen war. Es war seine letzte Nachricht.

Sombra hat sich nicht in Knochen, sondern in einen Stein verwandelt. Eine Statue. Pass auf dich auf.

Alfie starrte die Botschaft an. Die Stelle, auf die Luka sie gekritzelt hatte, war nicht länger als sein Zeigefinger. Sombra war in

Stein verwandelt worden? Was bedeutete das für ihre Konfrontation mit Ignacio?

»He, du da, *Muchacho!*«, rief ein Wächter hinter ihm und ließ das Essenstablett fallen, das er für einen Gefangenen heraufgebracht hatte. »Was machst du hier?«

Alfie fasste sich schnell ans Gesicht. Er spürte keine Falten mehr, nur noch glatte Haut und Gesichtszüge, die er als seine eigenen erkannte. Bei der Teleportation hatte er Finns Magie verloren.

Der Wächter rannte auf ihn zu und griff nach der Machete an seiner Hüfte.

Alfie hob eine Hand und rief: *»Parar!«*

Der Mann erstarrte und fiel steif wie ein Brett zu Boden. Alfie stieg über ihn hinweg.

»Entschuldige«, flüsterte er unter Schmerzen, aber er hatte keine Zeit für Schuldgefühle.

Alfie ging zur Tür. Da die Magie der Gefangenen im Uhrturm unterdrückt und blockiert wurde, gab es keinen Grund für extreme Sicherheitsmaßnahmen. Und tatsächlich war die Zellentür nichts Besonderes. Sie bestand aus Holz und war mit einem starken Schloss verriegelt. Der Zauber, mit dem die Mechanik des Schlosses belegt war, stellte für jemanden, der sich mit Magie auskannte, kein Problem dar.

Während er zitternd vor Xiomaras Zelle stand, griff er unwillkürlich nach der Flasche an seiner Hüfte. Alfie spürte, wie Wut in ihm hochkochte und sich durch seine Eingeweide wühlte wie ein wildes Tier, das seinen Freiheitsdrang hinausbrüllte. Er wollte sie nicht fühlen und sich ihr nicht wieder ergeben. Der kühle Tequila in der Flasche würde die scharfen Kanten seines Schmerzes verwischen. Er benötigte nur einen einzigen Schluck. Er nahm die Flasche von der Hüfte, drehte den Deckel ab und hob sie an seine blutbefleckten Lippen. Der beißende Geruch hüllte ihn ein wie eine weiche Decke.

Doch ehe er den Tequila in den Mund fließen lassen konnte, hallte eine scharfzüngige Stimme in seinen Gedanken wider.

Wenn du wütend wirst, bist du immer noch dieselbe Person. Du bist nicht nur so, aber eben zum Teil. Wenn du das abstreitest, kannst du auch gleich deine komplette Persönlichkeit ablehnen.

Er konnte sich nicht daran erinnern, der Diebin eine Tür zu seinem Verstand geöffnet und sie eingeladen zu haben, aber irgendwie hatte sie sich dort häuslich eingerichtet. Alfie stand ihr Gesicht deutlich vor Augen. Er ließ die Flasche sinken und steckte sie zitternd in das Holster zurück.

Monatelang war er hin- und hergerissen gewesen zwischen seinem unbändigen Rachedurst und seinem Wunsch, nicht mehr wütend zu sein und mit seinem Leben weiterzumachen. Diese beiden widersprüchlichen Impulse erfüllten ihn jeweils mit ganz eigenen Schuldgefühlen, die er nur mit der Flasche an den Lippen betäuben konnte. Der Alkohol nahm dem Konflikt in ihm die Schärfe und benebelte seinen Verstand, sodass er sich nicht mehr damit auseinandersetzen musste, welcher Teil von ihm recht und welcher unrecht hatte. Aber das wollte er jetzt nicht mehr.

Er war der junge Mann, der sich von seinem Zorn dazu hatte hinreißen lassen, seine eigene Mentorin anzugreifen, aber er war auch derjenige, dem der Anblick von Marco Zelas' trauernder Mutter einen Stich ins Herz versetzt hatte. Diese nicht zueinanderpassenden Charaktereigenschaften rangen Tag für Tag in ihm um die Vorherrschaft, doch sie machten ihn auch zu demjenigen, der er war. Und wenn er diese Sache durchstehen wollte, würde er seine gesamte Persönlichkeit in die Waagschale werfen müssen.

Nervös dachte er darüber nach, dass er gleich mit dieser jungen Frau allein sein würde, sodass ihn niemand zügeln konnte, wenn sich einer seiner beängstigenden Abgründe auftat. Finn hatte zwar gesagt, sie wolle ihn bremsen, wenn er Gefahr liefe, eine Grenze zu überschreiten, aber nun war sie nirgends zu sehen.

Ihm fiel ein, dass sie tatsächlich etwas anderes gesagt hatte.

Wenn du das tust, werde ich es dir sagen. Dann entscheidest du, ob du aufhörst oder weitermachst. Ich kann dich nicht aufhalten.

Die Entscheidung würde also ohnehin bei ihm liegen. Er konnte sich weder auf ein alkoholisches Getränk verlassen noch darauf, dass ihn ein anderer Mensch zur Rechenschaft ziehen würde. Stattdessen würde er darauf vertrauen müssen, dass er selbst imstande war, der Versuchung zu widerstehen.

Alfie holte zitternd Luft und lehnte sich einen Moment lang an die Tür. Dann drückte er die Handfläche auf das Schloss und sagte: »*Abrir.*«

»*Coño!*«, fluchte Finn, als das Feuerwerk um sie herum in bunten Funken explodierte.

Die Wächter sahen schockiert zu, wie der große Vogel von der castallanischen Flagge mit flammend roten Flügeln über ihre Köpfe kreiste. Drachen und andere mythische Bestien glitten durch die Luft. Finn schrie auf und duckte sich, als ein Komet mit einem schimmernden Regenbogenschweif über sie hinwegschoss. Er rammte einen Wächter mit voller Wucht in den Bauch, sodass der über die Brüstung in die Tiefe stürzte.

Die Gefangenen johlten in ihren Zellen, während die Wächter panisch hin und her rannten und sinnlose Befehle riefen.

Wie war es dazu gekommen?

Erneut pulsierte der Drache an ihrer Brust, als wollte er auf ihre Frage antworten.

Die besorgt klingende Stimme des Prinzen ertönte in ihren Gedanken. *Diese Magie, sie ist nicht wie normale Magie … Wie soll ich es sagen? Sie hört zu. Oder zumindest hat sie mir zugehört.*

Es ergab Sinn, dass sie ihm zuhörte. Immerhin war er es gewesen, der dieses *maldito* Ding eingesperrt hatte. Und er beherrschte dieses verrückte Farbmagieding. Aber wieso sollte sie auf Finn hören?

»Er wird mich umbringen«, murmelte sie, während sie rasch in die Hocke ging, um einer wirbelnden gelben Rakete auszuweichen. Wenn die Feuerwerkskörper weiterhin so schnell abfackelten, würden sie alle aufgebraucht sein, bevor sie beim Prinzen war oder gar mit ihm gemeinsam Xiomaras Zelle erreichte.

»*Mist*«, fluchte sie erneut, als ein schreiender Wächter mit brennender Hose an ihr vorbeirannte.

Dann hielt plötzlich alles an.

Die Feuerwerkskörper, die wie Blitze aus bunter Seide aussahen, erstarrten. Genau wie die Wächter und die Gefangenen. Auch die Uhr tickte nicht mehr.

Finn hatte das Gefühl, nicht mehr ausatmen zu können, als wären ihre Lungenflügel zugenäht worden. Noch bevor er etwas sagte, wusste sie, dass er da war. Er war gekommen, um sie zu holen.

»Kleines Chamäleon«, rief Ignacio sie von unten.

In ihr zerbrach etwas. Immer wenn er sie fand, schien es, als zerbröselte ein Teil von ihr und würde kleiner. Mit einem Kloß im Hals beugte sie sich über das Geländer. Im Erdgeschoss stand Ignacio und lächelte zu ihr herauf.

»Ich wusste doch, dass wir uns wiedersehen«, sagte er. Obwohl er nur flüsterte, hallte seine Stimme im ganzen Turm wider, als flögen Vögel herum, die seine Worte überall hintrugen. Sie hörte an seinem Ton, dass er grinste wie ein Raubtier, das sich an seine hinkende Beute heranpirschte. Ignacio hob die Hand und flog im Zentrum des Turmes zu ihr herauf. Sie konnte weder atmen noch sich bewegen. Schließlich schwebte er vor ihr und hielt sich an der Brüstung fest. Seine Augen waren so schwarz wie eh und je.

»Wieso bist du hier?«, fuhr sie ihn an. »Kannst du mich nicht einfach in Ruhe lassen?« Sie hasste das Zittern in ihrer Stimme. In seiner Gegenwart hörte sie sich immer wie ein Kind an.

»Ich bin nicht wegen dir hier, Finny. Obwohl das eine günstige Fügung ist.« Er beugte sich vor und sah sie bittend an. »Komm heim zu mir. Verstehst du nicht, welche Macht ich besitze? Wenn wir zusammen sind, wird die Welt uns gehören. Die Schnüre, die du gesehen hast, waren nur der Anfang. Zu diesem Zeitpunkt hatte ich nur schwache Menschen infiziert. Aber jetzt werde ich mir alle Insassen des Gefängnisses holen und eine ganze Armee aus Menschen ausheben, die dunkel und stark genug sind, um die Magie zu tragen, ohne zu Asche zu zerfallen. Die Magie wird erblühen, und meine Macht wird sich vervielfachen. Schon bald werde ich stark genug sein, um mir zu nehmen, was mir gehört. Und sobald ich es habe, werde ich eine schlafende Macht wecken, Finn – einen Gott, der die Welt in die Hände nehmen und nach seinen Vorstellungen umgestalten wird. Und er wird würdigen, was ich alles für ihn getan habe. Ich vergebe dir den Unsinn, den du in der Krempe angestellt hast. Komm und gehe mit mir zusammen in die Zukunft, Mija. Wir werden den Gott erwecken und für immer und ewig an seiner Seite herrschen.«

Finn biss die Zähne zusammen und stieß seine schwarz geäderte Hand von sich fort. »In der einzigen Zukunft, die ich mir wünsche, bist du tot, und deine Knochen werden von den Aasfressern abgenagt.«

Ignacios Blick wurde brutal. Schlagartig war alle väterliche

Zuneigung daraus verschwunden. Zwischen ihnen hing eine vibrierende Stille. Dann versetzte er ihr blitzschnell eine Ohrfeige, bei der es ihr den Kopf herumriss. Dann packte er ihre Handgelenke und krallte die schwarzen Fingernägel in ihre Haut. Er riss sie so dicht zu sich heran, dass sein Atem über ihre Nase strich. »Ich hätte dich bei deinen dummen Eltern lassen sollen, wo nichts aus dir geworden wäre.«

Finn erstarrte.

Ignacio hatte sie erst ein paar Tage nach der Ermordung ihrer Eltern aufgegabelt. Er wusste überhaupt nichts über sie. Sie würde nicht zulassen, dass er die wenigen Erinnerungen besudelte, die sie an die beiden noch hatte, indem er über sie sprach, als hätte er sie gekannt. »Ich will nichts über meine Eltern aus deinem *maldito* Mund hören«, fauchte sie ihn an. »Was weißt du denn schon über sie? Sie waren tot, bevor du mich gefunden hast. Wenn sie noch gelebt hätten, wäre ich nicht so verzweifelt gewesen und hätte mich dir nicht angeschlossen.«

»Du glaubst wie immer, dass du alles weißt.« Der Griff um ihre Handgelenke verstärkte sich schmerzhaft, doch Finn weigerte sich zusammenzuzucken. »An dem Tag, als ich dich aufgenommen habe, waren deine Eltern tot, das stimmt. Aber das war nicht die Nacht, in der ich beschlossen habe, dass du zu mir gehörst. Ich war dabei, als du das kleine Mädchen wegen des Brotes getötet hast, Finn.« Seine Augen leuchteten. »Ich habe bemerkt, dass sich dein Schatten genauso wie meiner bewegt. Ich habe zugesehen, wie du dir genommen hast, was du brauchst, und ihre Leiche in der Gasse liegen ließt. Da wusste ich, dass ich dich haben muss, koste es, was es wolle.« Er zuckte die Achseln. »Deine Eltern loszuwerden war nicht schwer.«

Finns Blut schien ihr in den Adern zu gefrieren, während sie an diese Nacht zurückdachte.

Sie war hungrig, so hungrig, und obwohl ihre Eltern es zu verheimlichen versuchten, wusste sie, dass ihre Mutter und ihr Vater Mahlzeiten ausließen, damit Finn das Wenige bekam, was sie besaßen. Die Wangen ihrer Mutter begannen einzusinken, und ihr von Natur aus rundes Gesicht wurde scharfkantig. Finn beschloss, dass sie tun musste, was sie konnte, um ihnen zu helfen.

Sie hatte nicht vorgehabt, das Mädchen zu töten, als sie um den einzigen verbrannten Brotlaib im Müll vor der Bäckerei kämpften, aber es war passiert. Sie erinnerte sich daran, wie das Mädchen seine rissigen Nägel in ihre Haut gebohrt hatte und wie Finn sie an den Schultern wegstieß. Dann war es so schnell wie der Blitz vorbei gewesen, und Finn hatte mit dem Brot in den zitternden Händen über dem Mädchen gestanden.

Sie ging mit dem schmutzigen Brot und verheulten Augen nach Hause, und als sie den Laib ihrer Mutter gab, kniete die sich mit besorgtem Blick vor sie hin.

»Finn«, sagte sie. Und als Finn sich weigerte, ihr in die Augen zu schauen, nahm ihre Mutter sanft ihr Kinn zwischen die Finger und hob ihr Gesicht an. »Hast du das gestohlen?«

Sie hatte es nicht gestohlen, sondern etwas viel Schlimmeres getan, aber sie brachte es nicht übers Herz, es auszusprechen.

Als Finn beharrlich schwieg, seufzte ihre Mutter und nahm die warme Hand von ihrem Kinn. »Daraus kann nichts Gutes entstehen, oíste*? Mit Menschen, die böse Dinge tun, nimmt es ein böses Ende, und ich werde nicht zulassen, dass dir das passiert.«*

Finn nickte ernst. »Ja, Mamá.«

Dann nahm ihre Mutter sie in die Arme und gab ihr einen Kuss auf die Stirn.

Als sie merkte, dass das Brot mit einer roten Flüssigkeit getränkt war, zögerte ihre Mutter kurz, bevor sie es in Scheiben schnitt und für das Abendessen toastete. Nur ein paar Tage nach diesem schrecklichen Abend waren ihre Eltern mit aufgeschlitzten Kehlen aufgefunden worden, und Finns Leben hatte sich für immer verändert.

Letzten Endes hatte ihre Mutter recht behalten: Mit Menschen, die böse Dinge taten, nahm es ein böses Ende. Ignacio hatte sich selbst in ihr erkannt, und für diese Verderbtheit hatten ihre Eltern den Preis zahlen müssen.

»Du.« Sie wusste, dass das Wort von ihren eigenen Lippen kam, doch es war, als existierte sie an einem Ort außerhalb ihres Körpers, an dem absolute Taubheit herrschte. Doch das war nur ein kurzer Aufschub, bevor der Zorn wie eine Flutwelle in ihr aufsteigen würde. »Du hast sie umgebracht.«

»Ja, das habe ich«, erwiderte er. »Ich wollte ein eigenes Kind, mit einem *Propio,* wie ich es habe. Deswegen habe ich erst deinem Papá die Kehle aufgeschnitten. Während er an seinem Blut erstickte, hat mich deine Mamá angefleht, sie um ihrer Tochter willen zu verschonen.« Er sah sie mit zur Seite geneigtem Kopf an, als erzählte er ihr gerade einen köstlichen Witz. »Woher hätten sie auch wissen können, was für eine Enttäuschung du sein würdest? Dass nichts aus dir werden würde. Ich habe ihnen einen Gefallen getan, als ich sie wie Schweine ausbluten ließ.«

Finn biss die Zähne so fest zusammen, dass sie sich Sorgen machte, sie könnten unter dem Druck zerbrechen. Ihre Augen brannten. Als er höhnisch grinsend vor ihr stand, wurde ihre Wut so übermächtig, dass sie die Trauer um ihre Eltern überdeckte. Sie brannte die Wunden in ihrem Herzen aus, bis sie verschlossen waren. Sie musste ihn töten. Sie musste fühlen, wie das Leben aus ihm herausfloss und ihr durch die Finger rann.

Sie riss sich aus seinem Griff los und wollte ihn am Hals packen, um ihm das Genick zu brechen. Sie war zu zornig, um ihn lange leiden zu lassen und seine Qualen zu genießen. Doch Ignacio packte ihre Handgelenke erneut und lachte, während er ihr die Nägel in die Haut bohrte.

»Da bist du ja«, sagte Ignacio und ließ seinen gierigen Blick über ihr Gesicht gleiten. »Das ist mein Mädchen. Die Mörderin. Du dachtest wirklich, du könntest so einfach einen anderen Menschen aus dir machen? Du kannst nicht ändern, wer du bist, Finn. Und selbst wenn du es könntest, wer würde dich nach allem, was du getan hast, akzeptieren? Wer würde sich mit einer Mörderin abgeben wollen? Wer wird glauben, dass du etwas anderes sein könntest?«

Finn zögerte einen Moment. Während er vor ihr stand, wollte sie nichts anderes sein als eine Mörderin. Und er hatte recht: Wer würde glauben, dass sie sich ändern könnte?

Doch sie kannte die Antwort auf diese Frage, oder nicht?

Ich glaube dir, hatte der Prinz gesagt und sie mit seinen aufrichtigen goldenen Augen angeschaut. *Ich habe dir geglaubt, und ich glaube dir ja auch jetzt noch, auch wenn du selbst es nicht tust.*

Wenn er es glauben konnte, warum dann nicht auch sie?

»Eine Person glaubt es«, entgegnete Finn. »Und es werden noch andere dazukommen. Es gibt nichts, was mich zu dir zurückbringen könnte.« Sie umfasste den Drachen an ihrer Brust. Er summte in ihrem Griff. »Lieber würde ich die ganze Welt brennen sehen.«

»Dann soll es so sein«, stieß Ignacio hervor. Er ließ ihre blutigen Handgelenke los und flog von der Brüstung weg, bis er in der Mitte des Zentralschachtes unter der Uhr schwebte. Auf sein Winken hin begannen die Feuerwerkskörper wieder zu explodieren und in sämtliche Richtungen bunte Funken zu versprühen. Finn hielt sich schützend die Arme vors Gesicht, und die Funken gruben sich wie kleine knisternde Zähne in ihre Haut.

Farbkaskaden tauchten ihn in ein grelles Licht und belebten seine vor Zorn sprühenden Augen. »Wenn du die Welt brennen sehen willst, werde ich sie für dich in Brand stecken.«

Finn bemerkte kaum die schmerzenden Brandwunden, während sie die Arme sinken ließ. »Als du Hand an meine Familie gelegt hast, hast du dein eigenes Todesurteil unterschrieben«, knurrte sie ihn mit gebleckten Zähnen an. Einen Augenblick lang konnte sie nur an die mahnenden Worte ihrer Mutter denken: *Mit bösen Menschen nimmt es immer ein böses Ende.* Finn würde dafür sorgen, dass sich diese Weisheit für Ignacio bewahrheitete. »Ich werde dich umbringen.«

Ignacio sah sie erheitert an. »Auf Wiedersehen, Finn.« Dann schnippte er mit den Fingern, und das Gefängnis belebte sich wieder. Die Wächter rannten schreiend hin und her, während die Feuerwerkskörper wie brennende Schneeflocken auf sie niedergingen. Die Gefangenen johlten in ihren Zellen. Und mittendrin schwebte Ignacio wie ein Todesengel, der seine Sense in Anschlag brachte. Finn versuchte wegzurennen, doch ihre Beine wollten sich nicht bewegen. Wie immer, wenn Ignacio sie auf diese Weise ansah, als würde er sich eine harte und vollkommen gerechte Strafe für sie ausdenken.

Er hob die Faust, und über ihren Köpfen bildete sich ein Knoten aus schwarzer Magie. Endlich hielten sowohl Wächter als auch Gefangene inne und bemerkten, dass das ganze Desaster von Ignacio ausging. Als er die Finger spreizte, schossen aus der verworrenen schwarzen Magie zahllose Ranken hervor.

»Nimm dir alle Körper, die unserer Sache dienen«, sagte Ignacio, den Blick immer noch fest auf Finn gerichtet.

Die dunklen Bänder flossen in die Münder der Wächter und glitten zwischen den Gitterstäben hindurch, um sich auch die eingesperrten Gefangenen zu holen. Finn und die beiden Wächter, die gerade noch versucht hatten, sie festzunehmen, sahen zu, wie die dunkle Magie um sie herumbog, um andere zu infizieren. Die Magie vermied sie und eine Handvoll der eingekerkerten Gefangenen, als rümpfte sie die Nase über sie. Finn war noch nie so froh gewesen, übergangen zu werden, wie in diesem

Moment, als die Schreie der Infizierten das Gefängnis erfüllten, als die dunkle Magie sich durch ihre Hälse und in ihre Herzen zwängte.

Dann wurde es einen Moment lang still, und das Gefängnis verharrte am Rand des völligen Chaos, während das Feuerwerk zu Ende ging und der letzte schimmernde Niederschlag rauchend zu Boden sank. Finn hoffte, dass sie den Ausbruch der Katastrophe vermeiden könnte, wenn sie nur völlig reglos stehen blieb und keinen Mucks von sich gab.

Ignacio sah auf seine Legion aus infizierten Soldaten hinab und bleckte die Zähne. »Tötet alle, die der Finsternis nicht als Gefäß dienen können.« Er sah Finn in die Augen. »Jeden von ihnen.«

Der Wächter, der sich im Würgegriff des mittlerweile schwarzäugigen Gefangenen befand, stieß einen schrillen Schrei aus: »Hilf mir, bitte!«

Finn drehte sich zu ihm um. Sein Hilferuf klang so mitleiderregend, dass sie nach demselben Dolch griff, mit dem sie ihm kurz zuvor den Fuß durchbohrt hatte. Doch der Gefangene drehte ruckartig den Kopf, und das Genick des Mannes brach mit einem trockenen Knacken.

Als Finn sich wieder umdrehte, musterte Ignacio ein Stück von ihr entfernt seine Armee, als wäre es ihm nicht wichtig, ihren Tod zu beobachten. Wie um noch einmal zu unterstreichen, dass sie nichts wert war.

»Ihr habt seinen Namen gerufen«, schmachtete der Gefangene, genau wie der infizierte Mann in der Schänke. »Bald werden wir ihn aufwecken. Bald wird er euren Ruf erhören.«

Weitere Infizierte folgten seinem Beispiel. Sie brachen aus ihren Zellen aus und wisperten über den Gott, den sie erwecken würden. Dabei hielten sie den Blick fest auf Finn und die nicht infizierten Wächter gerichtet. »Diejenigen, die nicht dunkel genug sind, um seinen Willen in sich aufzunehmen«, rief eine Frau, »stellen sich gegen ihn.«

Finn versuchte davonzulaufen, aber sie saß in der Falle. Die Horden der schwarzäugigen Wächter und Gefangenen näherten sich ihr in dem kreisrunden Gang von beiden Seiten.

»Mist, Mist, Mist«, stieß Finn aus und zog einen weiteren Dolch aus dem Gürtel. Sie und die beiden Wächter, die im Angesicht der heranrückenden Unmenschen plötzlich zu Verbündeten geworden waren, drehten sich Rücken an Rücken langsam im Kreis. Wie sollte Finn sich nur aus dieser Lage befreien?

Plötzlich packte einer der Wächter sie mit seiner fleischigen Pranke. »Nehmt sie! Nehmt sie und lasst uns gehen!«

Finn wand sich in seinem Griff. »Ist das dein Ernst?«

»Man soll den Damen doch immer den Vortritt lassen«, grollte der andere Wächter, während der erste sie so fest nach vorne stieß, dass sie vor die Ungeheuer fiel.

Zwei Gefangene streckten die Arme nach ihr aus. Unter ihrer Haut schlängelten sich die schwarzen Adern. Finn kauerte sich neben den toten Wachmann. Sie nahm ihm das Schwert aus den Fingern, schwang es nach den infizierten Männern und trennte einem von ihnen die Hand vom Arm. Hinter sich hörte sie die beiden Wächter gegen die anderen Angreifer kämpfen. Doch sie konnte sich nicht umdrehen und zusehen, wie sie hoffentlich starben, nachdem sie Finn der Meute zum Fraß vorgeworfen hatten. Als Finn erneut das Schwert schwang, fing eine Frau es mit den Händen ab. Auf ihrem Gesicht zeigte sich keine Regung, obwohl sich die Klinge tief in ihr Fleisch grub. Die Infizierten fühlten nichts und wussten nichts, außer dass sie den Befehl hatten, sich zu verteilen und die Körper zu vernichten, in denen die Magie nicht existieren konnte. Als ihr die Frau mit den blutigen Händen die Klinge entriss und zu Boden fallen ließ, drehte sich Finn der Magen um. Mehrere Arme griffen nach ihr und dem toten Wächter vor ihren Füßen.

Finn wich ihnen aus und beugte sich so weit nach hinten, dass sie mit den Handflächen den Boden berührte. Vom Schwung getragen machte sie einen Handstandüberschlag rückwärts und landete direkt neben den beiden Wächtern, die sie zum Sterben zurückgelassen hatten, wieder auf den Füßen. Die beiden Männer erschraken, als Finn ihnen auf die Schultern tippte.

»Man sollte Angsthasen immer den Vortritt lassen«, sagte sie. Auf eine Drehung ihres Handgelenks hin stieg ein Teil des Steinbodens auf und umschloss die Fußknöchel der Wächter. Unfähig, sich zu bewegen, geschweige denn zu entkommen, waren sie wehrlos dem Ansturm der Männer und Frauen ausgesetzt, die sich mit ausgestreckten Armen auf sie stürzten.

Finn kletterte auf die Brüstung und ließ sich auf der anderen Seite herunterhängen. Ihre Beine schwangen über dem tiefen Abgrund. Sie musste von hier verschwinden, solange die Infizierten mit den beiden Wächtern beschäftigt waren. Wenn sie erst außer Sicht war, würden sie sie nicht verfolgen.

Finn sah, wie eine Frau einen der beiden am Hals packte und mit der anderen Hand die Haut über seinem Herzen zerfetzte, als zerrisse sie dünnes Geschenkpapier. Als ein erster Schwall Blut aus der Wunde herausspritzte, versuchte der Mann schreiend, sie von sich wegzuschieben. Doch dabei geriet er sofort in die Fänge eines weiteren Monsters, das seine Arme erst auseinander und dann nach hinten zog, als wollte er sie aus den Gelenkpfannen drehen.

»Hilf uns!«, schrie er zu Finn herüber, doch dann wurden die beiden unter der Masse der Angreifer begraben, und sie sah nur noch ihr Blut über den Boden fließen.

Finn blickte mit wild pochendem Herzen die acht Stockwerke bis zum Erdgeschoss hinab.

Es war zu hoch, um hinunterzuspringen, und die Horde Infizierter würde mit den beiden Wächtern schon bald kurzen Prozess gemacht haben. Sie wusste nicht, wie sie von hier wegkommen sollte, und die *maldito* Uhr, die unablässig über ihr tickte, trieb sie in den Wahnsinn.

Moment mal. Die Uhr.

Finn kletterte auf die Brüstung zurück und rannte auf ihr bis zu der Stelle, wo der Minutenzeiger tickte. Mit rasendem Puls stand sie auf dem Geländer und war fest entschlossen zu springen, doch ihr Körper wollte sich nicht bewegen. Der Abgrund schien noch tiefer zu werden, und ihr wurde schwindelig, aber sie wollte lieber auf dem Boden zerschellen, als von Ignacios Handlangern gefasst zu werden. Vor ihrem geistigen Auge tauchten die Gesichter ihrer Eltern auf. In ihrer Erinnerung waren sie voller Leben – doch dieses Leben hatte Ignacio ausgelöscht.

Nein, wenn sie schon starb, dann wenigstens nicht von seiner Hand, sondern selbstbestimmt, und wenn es dieser Sprung sein würde, der sie aus dem Leben beförderte, dann war ihr das nur recht. Vielleicht würde sie dann wenigstens ihre Eltern wiedersehen.

Mit diesem Gedanken schwang sie die Arme nach vorne und sprang. Einen schrecklichen Moment lang wedelten ihre Beine wirkungslos über dem tiefen Abgrund, an dessen unterem Ende Ignacio stand, und ihre Hände griffen ins Leere. Doch schließlich bekam sie die breite Spitze des Minutenzeigers zu fassen und klammerte sich daran fest. Als Nächstes ließ sie die Beine vor- und zurückpendeln, bis der Minutenzeiger von der Sieben bis zur Zwei auf der anderen Seite des Stockwerks gewandert war, wo keine Infizierten auf sie warteten. Zuletzt holte sie noch ein letztes Mal mit den Beinen Schwung und sprang von der Uhr ab. Gleich darauf knallte sie schmerzhaft gegen die Brüstung und baumelte mit der unteren Körperhälfte einen Augenblick lang erneut über dem tiefen Abgrund, ehe sie sich über das Geländer hievte und endlich wieder sicheren Boden unter den Füßen hatte. Die schwarzäugigen Ungeheuer machten sich über weitere Opfer her – drei Gefangene, die in ihren verriegelten Zellen wie Lämmer auf die Schlachtung warteten –, doch sie sah, wie ihre Blicke zu ihr herüberzuckten. Zu ihr würden sie auch kommen, wenn es ihr nicht gelang, sie beschäftigt zu halten.

Finn blickte sich zu den nicht infizierten Gefangenen um, die in ihren Zellen um Hilfe schrien. Sie wollte den Drachen nicht verwenden, da sie wusste, dass sie dem Prinzen damit wehtun würde, egal, wo er sich gerade befand. Doch sie musste ihn finden und von hier wegbringen. Das war sie ihm schuldig. Finn umklammerte den Drachen mit einer Hand und malte sich aus, was sie wollte.

Auf allen zehn Stockwerken brachen die Zellentüren mit ohrenbetäubendem Krachen gleichzeitig aus den Angeln. Die verbliebenen Gefangenen rannten schreiend heraus. Die Infizierten blickten sich um wie Hunde, die die fliehenden Schritte einer neuen Beute hörten, und jagten hinter ihnen her. Finn sah, wie sich zwei infizierte Gefangene auf einen Mann stürzten, der gerade aus seiner Zelle geflohen war, und ihn auf den Boden drückten, bevor ihm einer der beiden mit einem heftigen Ruck das Genick brach. Das Herz des Mannes war nicht dunkel genug gewesen, um die Magie aufzunehmen. Beim Anblick seines leblosen Körpers erschauderte Finn, doch dann wandte sie sich von ihm ab. Hoffentlich würde dieses Ablenkungsmanöver sie lange genug beschäftigen, damit sie den Prinzen finden und zusammen mit ihm die Gefangene befreien konnte. Erneut drückte sie den Drachen, um ihn ein weiteres Mal um Hilfe zu bitten, und stellte sich voller Schuldgefühle vor, wie sich der Prinz vor Schmerzen krümmte und seine Nase blutete.

»Führe mich zu ihm!«, befahl sie dem Drachen und nahm sich fest vor, ihn anschließend nie mehr zu benutzen. »Finde ihn!«

Der Drache zog sie vorwärts und nach links, wo sie durch eine schmale Passage in einen langen Korridor gelangte, der von dem kreisrunden Zellentrakt abging. Sie hoffte, dass dieser Weg sie zu dem Prinzen führen und ihr nicht noch mehr Probleme einbringen würde. Doch sie machte sich auf beides gefasst.

Das Schloss sprang auf. Mit wild pochendem Herzen trat Alfie ein und zog die Tür wieder hinter sich zu.

Als Erstes hörte er eine Symphonie aus Tickgeräuschen.

Der kleine Raum war lediglich mit einer Pritsche und einem schmutzigen Mülleimer ausgestattet. Er hatte keine Fenster, dafür waren in sämtlichen Ziegelsteinen Uhren eingelassen.

Da sie nicht zusammen mit den gewöhnlichen Gefangenen unter der großen Uhr untergebracht werden konnte, war die Zelle so umgebaut worden, dass sie ihre Insassin auf schreckliche Weise an die Zeit erinnerte, die sie noch im Gefängnis absitzen musste. Alfie sah sie mit dem Rücken an der Wand sitzen, die am weitesten von der Tür entfernt war. Xiomara Santoro, die junge Frau, die ihm seinen Bruder genommen hatte, hielt den Kopf zwischen den Knien, um den Lärm zu dämpfen, der um sie herum herrschte. Sie hatte ihn noch nicht bemerkt. Bei ihrem Anblick wurde Alfie hellwach und spürte statt der Schmerzen einen brennenden Zorn.

Da ihm von all dem Ticken der Schädel dröhnte, schrie er: »*Silenciar!*«

Auf einen Schlag verstummten sämtliche Uhren, und Xiomara hob entsetzt den Kopf. Sie war kleiner, als Alfie sie aus seinen Albträumen in Erinnerung hatte. Sie erschrak, als sie ihn sah, und Finn wusste, dass sie sich fragte, ob er eine Erscheinung war. Ihr hageres Gesicht war blass. Ihre kurzgeschorenen Haare sahen aus, als hätte sie jemand trotz ihrer heftigen Gegenwehr mit einer Rasierklinge abgesäbelt. Ihre Kleidung war verdreckt, und unter den Augen, mit denen sie den Prinzen verblüfft anstarrte, lagen dunkle Ringe.

In der ohrenbetäubenden Stille, die nun zwischen ihnen hing, war er sich seiner Gefühle intensiv bewusst. Wenn er auch nur ein bisschen an sie rührte, würde er seine Wut nicht mehr in den Griff bekommen.

»Weißt du, wer ich bin?«, hörte er sich fragen.

Sie sah ihn mit großen Augen an und nickte.

»Erinnerst du dich auch daran, was du getan hast? Was du mir genommen hast?« Seine Stimme zitterte unkontrolliert. Es fühlte sich an, als würde er mittendurch gerissen. Und derjenige, der aus der zerstörten Hülle herauskröche, wäre ein ganz anderer.

Sie nickte erneut.

Alfie grub die Fingernägel in die Handflächen. »Ist dir klar, dass du in einem einzigen Moment mein Leben und meine Familie zerstört hast? Unser Königreich wird nie mehr dasselbe sein! Und das ist alles deine Schuld.« Sie sagte immer noch nichts und wirkte vor allem beunruhigt. Mit drei schnellen Schritten war Alfie bei ihr. Er zog sie vom Fußboden hoch und knallte sie gegen die Wand. »Ich habe keine Ahnung, wieso mein Vater dich am Leben gelassen hat! Er hätte König werden sollen, nicht ich. Alle Augen waren auf ihn gerichtet. Er war mit dieser Verantwortung geboren worden. Jetzt müssen alle mit mir vorliebnehmen. Und daran bist nur du schuld. Begreifst du das?« Als sie weiterhin schwieg, zog Alfie sie an ihrem schmutzigen Hemd dicht zu sich heran. »Antworte mir!«

Sie sah Alfie nur an. Dabei huschten Angst, Schuld und Trauer über ihr Gesicht. So hatte Alfie das nicht gewollt. Er hatte mit jemandem gerechnet, der keine Scham kannte und den er guten Gewissens zu Brei schlagen konnte. Diese verängstigte Person war viel schlimmer. Er konnte ihre Furcht nicht ertragen. Und er würde sie ihr nicht durchgehen lassen.

»Sag irgendetwas!«, schrie er sie an. Sein Zorn befeuerte ihn mit neuer Energie. Es war in Ordnung, wenn er nicht mehr lange lebte, solange er diese Frau nur dazu bringen konnte, dass sie für ihr Verbrechen die Verantwortung übernahm.

Doch sie sah Alfie nach wie vor bloß an. In ihren sanften dunklen Augen stand Bedauern, als sie den Mund öffnete und hineindeutete. Ihre Zunge war bis auf einen Stumpf herausgeschnitten. Sie war stumm.

Als Alfie sie losließ, brach sie auf dem Boden zusammen und rutschte so weit von ihm fort, wie es ihr nur möglich war. Besonders ruchlose Verbrecher wurden oft mundtot gemacht, damit sie nie wieder ein magisches Wort sagen konnten. Als er sich die Klinge vorstellte, die ihre Zunge durchtrennt hatte, fühlte Alfie Mitleid mit dieser Frau in sich aufsteigen, obwohl sie doch jede Strafe verdiente. Wieso konnte er nicht an seiner Wut festhalten? Weshalb war er so weich, dass er bei ihrem Anblick Trauer statt Zorn empfand? Sein Verstand hatte sich in zwei Hälften aufgespalten. Die eine zürnte der Frau wegen allem, was sie getan hatte, die andere war wütend auf ihn selbst, weil er Mitgefühl für sie aufbrachte.

Alfie massierte sich die Schläfen. »Bei den Göttern!«

Er wünschte sich nichts mehr, als zu Hause im Palast zu sein und sich mit Luka einen schönen Nachmittag zu machen. Wieso hatte er nur geglaubt, er würde sich besser fühlen, wenn er diese erbärmliche Frau sah? Und jetzt konnte er sich nicht mal an ihr rächen. Stattdessen musste er diesen Krüppel aus dem Gefängnis schaffen und damit ihre verdiente Strafe verkürzen, um ein Problem aus der Welt zu schaffen, das er in seiner Dummheit selbst verursacht hatte.

Alfies Hand wanderte zu seiner Brust hinauf, an die Stelle, wo eigentlich der Drache hätte sein sollen. Doch den hatte nun die Diebin. Nun hatte er zwar tatsächlich die Person aufgetrieben, die sie suchten, aber da er es nicht geschafft hatte, Finns Maske im Gesicht zu behalten, war es ihm unmöglich, sich selbst und diese Frau aus dem Gefängnis zu bringen.

Alfie ließ die Hand wieder sinken. »Hör mir zu.« Sie saß auf dem Boden, hatte das Kinn auf den Knien und umschlang sich mit den Armen. »Du musst mit mir kommen. Raus aus dem Uhrturm.«

Sie schüttelte energisch den Kopf. Weshalb wollte sie hierbleiben?

»Du kannst dich nicht weigern.« Seine Stimme klang so unnachgiebig, dass er sie selbst kaum erkannte. »Du schuldest es mir, und du schuldest es dem Königreich. Ich brauche deine Unterstützung. Wenn du mir hilfst, wirst du unzählige Leben retten.« Sie hörte auf, den Kopf zu schütteln. »Du kannst es als Buße für dein Verbrechen betrachten. Verstehst du mich?« Als sie ihn immer noch verblüfft ansah und nicht reagierte, fügte er hinzu: »Du kommst so oder so mit mir, also macht es nichts, wenn du nickst.«

Sie tat es.

Alfie sah die eingeritzten Symbole auf ihren vernarbten Handgelenken, ein schriftlicher Zauber, mit dem ihre Magie unterdrückt wurde. Er fragte sich, wie oft die Schnitte erneuert worden waren. Alfie wusste, dass die schmerzhaften Wunden nicht nötig waren, da der Zauberspruch genauso gut mit Tinte hätte geschrieben werden können. Alfie ärgerte sich, dass er schon wieder Mitgefühl mit ihr empfand. Er musste damit aufhören.

Er hatte immer noch keine Ahnung, wie er sie hinausschaffen sollte. Sein Fluchtplan basierte auf dem Tarnumhang und Finns *Propio.* Doch die Diebin war nicht hier. Er wusste nicht einmal, ob sie ihn Sicherheit war. Oder noch am Leben.

Dann stieß ein weiß glühender Keil aus Schmerzen in seinen Körper. Während Alfie aufschrie und sich an der Wand festhielt, erschütterte ein lauter Knall den Boden unter seinen Füßen. Es klang nach Stahl, der auf Stein schlug – kurz gesagt: nach Schwierigkeiten.

Kapitel 31

Die wilde Flucht

Alfie sah Lichtpunkte und stöhnte gequält.

Seine Beine begannen zu zittern, als kurz hintereinander drei Schmerzwellen über ihn hinwegspülten. Wie konnte das sein? Obwohl er den Drachen nicht benutzte, tat ihm alles weh, als würde er Sombras Magie wieder und wieder beschwören. Hatte er sie bereits zu oft eingesetzt, sodass sie nun seine Lebensenergie aufzehren konnte, wann immer es ihr gefiel?

Sogar in dieser isolierten Zelle war der Lärm draußen im Gefängnis ohrenbetäubend. Er hörte aufgeregt schreiende Menschen und das Stampfen viel zu vieler Füße. Wäre es nicht völlig absurd gewesen, hätte Alfie geglaubt, dass sämtliche Gefangenen aus ihren Zellen befreit worden waren.

Was immer dort draußen vor sich ging, er hatte das Gefühl, dass es mit Finn zu tun hatte. Er drehte sich wieder zu der Gefangenen um und nahm eine aufrechte Haltung an, obwohl ihm der Schweiß in Strömen über die Stirn lief. Xiomara sah immer noch ängstlich zu ihm auf, aber in ihrem Blick stand auch Sorge. Offensichtlich fragte sie sich, was nicht mit ihm stimmte. Er sah sie finster an. Sie sollte eigentlich herzlos sein und sich keine Gedanken um sein Wohlergehen machen. Alfie wollte nichts davon wissen.

»Wir gehen«, sagte er. Seine Stimme klang dünner, als ihm lieb war. Als sich die Gefangene nicht bewegte, starrte er sie durchdringend an. *»Jetzt.«* Sie erhob sich und stellte sich zaghaft hinter ihn. Aber wo war Finn?

Ohne sie konnte er nicht von hier weg.

Auf diese Einsicht folgte eine ganze Reihe von Gedanken, die er schließlich unterbrach, indem er sich sagte, dass er sie suchen musste, weil sie den Drachen hatte. Ohne ihn würde sein Plan nicht aufgehen. Ja, das war der Grund, wieso er sie finden musste.

Alfie drehte sich wieder zu Xiomara um. »Bevor wir gehen, suchen wir noch jemanden.« Alfie öffnete die Tür und streckte den Kopf hinaus. Abgesehen von dem Wächter, der noch immer ein Stück weiter wie versteinert auf dem Boden lag, war der Flur leer. »Folge mir und versuche nicht davonzulaufen«, sagte er.

Als Alfie durch die Tür trat, stieß er mit etwas Unsichtbarem zusammen und fiel fast zur Seite um.

»Prinz.« Finn atmete schwer, als wäre sie gerade einen Berg hinaufgelaufen. Dann erschien sie plötzlich vor ihm, und er sah noch, wie sie sich die Kapuze in den Nacken legte. Als sich ihre Blicke begegneten, bemerkte er die Angst in ihren Augen, aber auch noch etwas anderes – Erleichterung.

Ihn selbst zog es unwiderstehlich zu ihr hin, als würde sich die Welt in ihre Richtung neigen. Er wusste nicht, wer von ihnen die erste Bewegung machte, aber einen Atemzug später breitete er die Arme aus, und sie schmiegte sich an ihn.

»Dir ist nichts passiert«, sagte er. Ihre lockigen Haare kitzelten ihn an der Nase.

»Das ist Auslegungssache«, scherzte sie, ihr Gesicht unter seinem Kinn versteckt. Er fühlte ihren Atem an seinem Hals.

Ahnte sie, dass es ihre Stimme gewesen war, an der er sich

noch wenige Momente zuvor festgehalten hatte, als er mit seiner größten Angst konfrontiert gewesen war? Ihre Stimme, die ihn schimpfte und dazu aufforderte, sich selbst zu vertrauen. Die ihm sagte, dass er die Grenze erkennen und auf der richtigen Seite bleiben solle.

Wusste sie, dass er sie nicht mehr aus dem Kopf bekam? Er fragte sich, ob es ihr mit ihm genauso erging.

Als käme sie plötzlich wieder zu sich, löste sich Finn ruckartig aus seiner Umarmung. »Wir müssen los!«

Er sah sie an und bemerkte den besorgten Zug um ihren Mund, dann ihre blutenden Handgelenke. Ihr Gesicht war ein wenig zu blass. »Finn, was ist passiert?«

Sie sah ihn mit zusammengekniffenen Augen an. »Du hast meine Magie verloren. Wieso hat dich noch niemand erwischt?« Finn sah über seine Schulter und trat ein Stück von ihm weg. »Ist sie das? Das Mädchen mit dem Nichtraum?«

»Ihre Magie ist blockiert, sie kann uns nichts tun«, erwiderte er schnell. »Was ist mit dir passiert? Wieso hast du das Feuerwerk so früh gezündet? Ich war …« *… besorgt,* beendete er in Gedanken den Satz. Laut sagte er: »... verwirrt.«

»Das war keine Absicht«, antwortete sie. »Dieser *maldito* Drache! Ein Wächter hat mich geschnappt, und ich musste ihn ablenken. Die Magie hat einfach auf mich gehört, genau wie du gesagt hast.«

»*Qué?* Du hast sie verwendet? Wie?« Dazu hätte sie nicht in der Lage sein sollen, aber das war wohl der Grund für die Schmerzen, die er gefühlt hatte, als sie weg gewesen war. In gewisser Weise ergab es Sinn. Aber wie konnte sie die Magie einsetzen? Auf ihn hörte sie nur, weil er seine eigene Magie geschwärzt und ihr so vorgemacht hatte, er wäre ein Teil von ihr. Wieso hörte sie also auch auf Finn? Und dann wurde es ihm klar. Alfie fluchte leise und massierte sich die Schläfen. Natürlich tat sie das. Er selbst hatte sie darum gebeten. Er hatte gehofft, sie würde Finn beschützen und ihr zuhören, wenn sie Hilfe benötigte. Er hatte es sich nur gewünscht und nicht befohlen. Doch da die Magie mit ihm verbunden war, hatte sie danach gehandelt.

»*Coño*«, murmelte er in seine Hände.

»Dann habe ich die Gefangenen freigelassen.«

»*Was?*«

»Das war wieder der Drache, nicht ich! Ignacio ist aufgetaucht und hat das Feuerwerk beendet. Ich hatte keine andere Wahl …«

»Moment mal, Ignacio ist hier?« Er ließ die Hände vom Gesicht sinken und fasste sie am Ellbogen. »Geht es dir gut?« Erneut betrachtete er das getrocknete Blut an ihren Handgelenken und fühlte Wut in sich aufsteigen. »Hat er das getan?«

Sie wandte ihr erschöpftes Gesicht von ihm ab. »Es ist doch egal, ob es mir gut geht oder nicht.«

»Es ist nicht egal«, beharrte er. Er musste nicht extra betonen, dass es *ihm* nicht egal war, da sie es ihm offenkundig am Gesicht ablesen konnte.

»Es ist egal, weil wir dafür keine Zeit haben!«, erwiderte sie. »Ignacio hat die Gefangenen und die Wächter mit der Magie angesteckt. Er ist hierhergekommen, weil die Stärke der Magie davon abhängt, wie viele Menschen mit ihr infiziert sind. Doch das funktioniert nur bei bestimmten Leuten, die sie in sich aufnehmen können, ohne zu Staub zu zerfallen. Bei bösen Leuten, nehme ich an. Und davon gibt es hier ja genug. Sobald er das gesamte Gefängnis unter Kontrolle hat, wird er so mächtig sein, dass er alles tun kann, wovor du Angst hast. Und noch Schlimmeres.« In Finns Augen stand Furcht. »Hat

Badewannenjunge irgendetwas gefunden, das uns helfen kann, ihn aufzuhalten?«

Alfies Gedanken begannen zu rasen. Wenn Ignacio bereits alle geeigneten Insassen des Gefängnisses infiziert hatte, dann würde ihnen bei ihrer nächsten Begegnung das Zusammentreffen in der Krempe im Vergleich wie ein Kinderspiel vorkommen. Und damals hatte Ignacio damit angefangen, Alfie die Knochen aus der Haut zu ziehen. Wenn seine Magie seither noch mächtiger geworden war, wozu war er dann mittlerweile fähig?

»Prinz!« Finn packte ihn an den Schultern. »Hat Badewannenjunge irgendetwas herausgefunden?«

Betäubt vor Angst, fischte er den inzwischen getrockneten Pergamentfetzen aus der Tasche. »Nichts von Bedeutung. Er hat mir geschrieben, dass Sombras Körper sich nicht in ein Skelett, sondern in Stein verwandelt hat, so etwas wie eine Statue.«

Finn blickte ihn an, und er sah die Erkenntnis in ihren Augen aufflackern. »Natürlich«, flüsterte sie. »Ignacio sucht etwas. Und das ist im Palast!«

Alfie war verwirrt, dass eine Nachricht, die ihm so unwichtig erschienen war, sie in derartige Aufregung versetzte. »Und was heißt das?«

»Sombras Körper hat sich in Stein verwandelt, nicht in ein Skelett«, wiederholte sie flüsternd. »Ignacio ist hinter diesen eigenartigen Steinhänden in der Schatzkammer des Palastes Herr. Die gehören Sombra. Wir müssen vor ihm dort sein und verhindern, dass er sie bekommt!«

Alfie klappte der Mund auf. Mit einem Schlag wurde ihm alles klar. Diese seltsamen Teile einer Statue, die er immer für die uninteressantesten Stücke in der Schatzkammer gehalten hatte, stammten in Wahrheit vom Körper des Gottes. In der Schatzkammer befanden sich viele Bruchstücke von Kunstwerken, die gerettet worden waren, als Englass versuchte, die gesamte castallanische Kultur zu zerstören. Alfie hatte immer angenommen, die Steinarme gehörten zu diesen Kulturhütern, doch stattdessen waren sie der Schlüssel zu Sombras Wiedererweckung.

»Wir müssen in den Palast!«, drängte Finn. »Er darf diese Hände nicht bekommen.«

Verzweifelt versuchte Alfie, alles zu durchdenken. Wenn Ignacio bereits das gesamte Gefängnis infiziert hatte, würde er sicher mächtig genug sein, um den Palast zu stürmen. Sollten sie sich ihm hier zum Kampf stellen? Oder war es besser, wenn sie zur Stadt zurückkehrten und Alfies Volk warnten?

Er wusste nicht, was er tun sollte – doch bei der Vorstellung, dass Ignacio diese Steinhände in die Finger bekam, verkrampfte sich ihm der Magen.

»Wenn er noch hier ist, dann kämpfen wir jetzt mit ihm.«

Finn starrte ihn an. »Hast du den Verstand verloren?«

»Nein«, gab er zurück. »Ich versuche nur, einen Mann, der vor böser Magie überschäumt, von diesen Händen und meiner Familie fernzuhalten.«

Sie kniff sich in den Nasenrücken. »Ich fasse es nicht, dass ich plötzlich die Vorsichtige sein muss. Und was passiert, wenn wir bei dem Versuch sterben?« Sie beugte sich zu ihm vor, damit er ihrem Blick nicht ausweichen konnte. »Wenn wir sterben – und im Moment ist die Wahrscheinlichkeit, dass das passiert, sehr groß –, wird niemand deine Familie davor warnen können, was auf sie zukommt. Keiner wird wissen, wie man diese verfluchten Steinhände beschützt. Ich weiß, dass du nicht allen auf die Nase binden willst, was du getan hast, aber du musst nach Hause gehen und es ihnen sagen! Sonst haben sie keine Chance.«

Alfie sah sie verwundert an. War das der Grund, wieso er nicht darüber nachdenken wollte, nach Hause zu gehen? Damit er nicht seinen Fehler zugeben musste? Er schämte sich dafür, aber damit musste er sich später auseinandersetzen. Sie hatte recht. Sie mussten nach Hause.

Da Finn bereits wusste, dass sie recht hatte, zog sie den Tarnumhang aus und warf ihn der Gefangenen zu. »Zieh das an! Wir wollen doch nicht, dass dich im Palast ein Wächter sieht und tötet.« Dann drehte sie sich erwartungsvoll zu Alfie um. »Teleportiere uns drei mit dem Drachen zum Palast. Das ist unsere beste Chance, lebend hier herauszukommen!«

Alfie sah Finn bestürzt an. Da sich ihm immer noch der Kopf drehte, seit sie den Drachen verwendet hatte, konnte er sich gar nicht vorstellen, wie viele Schmerzen es ihm bereiten würde, nicht nur sich selbst und Finn, sondern auch noch die Gefangene zu teleportieren. Er hatte keine Ahnung, ob er das überleben würde.

»Du könntest dabei umkommen, richtig?«, sprach Finn seinen Gedanken aus. Sie musterte ihn, und er merkte, dass sie nach Anzeichen von Schwäche suchte – sein unsicherer Stand, die Flecken von seinem letzten Nasenbluten auf einem Ärmel, das Blut auf seinen Zähnen.

Alfie nickte.

»Dann überlegen wir uns etwas anderes«, entschied sie.

Dass sie ihren Plan allein ihm zuliebe so schnell wieder aufgab, berührte ihn tief, doch seine Aufmerksamkeit wurde vom Geräusch zahlreicher Schritte abgelenkt, die sich rasch näherten.

Finn packte ihn und die Gefangene am Arm und zog sie mit sich. »Beeilt euch!«

Als sie gemeinsam den Korridor entlangliefen, dröhnte Alfie vor Erschöpfung bei jedem Schritt der Kopf. Finns fester Klammergriff um seinen Arm war das Einzige, was ihn bei Besinnung hielt. Hinter ihnen strömte eine Flut von schwarzäugigen Gefangenen und Wächtern in den Gang. Da er so eng war, stolperten einige von ihnen, und die anderen trampelten über sie hinweg. Sie zwängten sich in einem Gewirr aus Armen und Beinen zwischen den Wänden hindurch und reckten die schwarzen Fingernägel nach den drei Flüchtenden. Ein paar der Hände waren mit frischem Blut verschmiert. Alfies Magen hob sich.

»Sieh nicht zurück!«, rief Finn ihm zu.

In ihrem Schlepptau liefen sie immer weiter und gelangten schließlich an eine Gabelung. Ein Weg führte eine Wendeltreppe hinauf, der andere einen gebogenen Korridor entlang.

Finn sah zwischen den beiden Abzweigungen hin und her. »Wohin?«

Als Alfie den Mund aufmachte, um ihr zu antworten, packte ihn eine Hand am Fußknöchel und zog. Er schlug mit dem Gesicht auf den Steinboden und wurde nach hinten gerissen. Einer der Gefangenen war vorausgelaufen und zerrte ihn nun zur schwarzäugigen Horde zurück, die hinter ihnen immer weiter anschwoll.

Panisch warf sich Alfie auf den Rücken herum und trat dem Gefangenen ins Gesicht. Die Nase des Mannes brach unter seinem Absatz, doch er ließ ihn nicht los. Er schien es nicht einmal zu bemerken und hielt Alfies Knöchel unverdrossen weiter mit seinen kalten Fingern umklammert.

Eine Hand packte ihn am Handgelenk. Über ihm stand Xiomara und hielt ihn mit aller Kraft zurück. Sie sah ihn mit großen Augen an, und selbst in diesem chaotischen Moment bemerkte Alfie ein Bedauern in ihrem Blick, das ihm an die Nieren ging. Verstört stellte er fest, dass er lieber zu den blutverschmierten Händen geschleppt werden wollte, als von ihr berührt zu werden. Wie viel von ihm war verloren gegangen, wenn er lieber sterben wollte, als von ihr gerettet zu werden?

Finn zückte einen Dolch und sprang über Alfie hinweg. Mit einer raschen Bewegung durchtrennte sie die Finger des Mannes, der ihn festhielt. Gleich darauf trat Finn ihm hart gegen das Schienbein, sodass er rückwärts von ihm wegrollte.

Während Alfie sich unsicher aufrichtete, bemerkte er, dass Xiomara immer noch sein Handgelenk umfasst hielt. Als er sich ihrem Griff entwand, huschte ein gekränkter Ausdruck über ihr Gesicht.

»Kommt schon!«, rief Finn. Sie packte Alfie wieder am Arm und führte ihn zu der Weggabelung zurück. Ohne noch einmal zu fragen, traf sie selbst eine Entscheidung und zog ihn, dicht gefolgt von Xiomara, die Treppe hinauf.

Dann war der Mann, der Alfie am Fußknöchel gepackt hatte, erneut bei ihnen. Diesmal stürzte er sich auf Xiomara, die die Treppe noch nicht erreicht hatte, und rollte mit ihr in den Korridor, der von den Stufen wegführte.

»Wir müssen ihr helfen!«, hörte Alfie sich selbst sagen. Doch als er die Treppe wieder hinunterlaufen wollte, strömten ihre Verfolger in die Gabelung zwischen den Stufen und dem Korridor und streckten die Hände nach ihm aus. Einen Moment lang sah er, wie Xiomara sich gegen den Mann zur Wehr setzte, der sie angesprungen hatte und nun auf ihr lag. Sie hielt seine Schultern gepackt und versuchte, ihn mit durchgedrückten Armen von sich fernzuhalten, während er mit seiner blutenden Hand bereits ihre Kehle umschloss. Sie sah Alfie in die Augen, und es schien, als wollte sie ihm verzweifelt etwas mitteilen. Dann griff sie schnell hinter sich und zog sich etwas über den Kopf. Einen Augenblick später war sie unter dem Tarnumhang verschwunden.

»Wir müssen weiter!« Finn packte ihn am Hemd und zog ihn die Stufen hinauf. »Sie ist erledigt!«

»Nein!«, rief er und widersetzte sich ihr. Alles war sinnlos, wenn sie jetzt Xiomara verloren. Doch Finn wollte ihn nicht loslassen und schleifte ihn weiter die Treppe hoch, während die Infizierten sich ins enge Treppenhaus quetschten. Ihre Verfolger kletterten rücksichtslos übereinander weg, da jeder von ihnen die beiden als Erster erwischen wollte.

Am oberen Treppenabsatz gelangten sie zu einer Holztür. Als Finn ihn hindurchstieß, schlug Alfie ein Hitzeschwall ins Gesicht. Sie befanden sich auf dem Dach des Gefängnisturms. Die heiße Sonne war bereits fast hinterm Horizont verschwunden.

Finn drehte sich zur Tür um. Mit weit ausgebreiteten Armen und zitternden Fingern vollführte sie eine Bewegung, als würde sie etwas zusammenziehen. Erst legte sie die Ellbogen an die Seiten und presste dann, ächzend vor Anstrengung, die Hände aneinander. Dabei brach die Wendeltreppe zusammen und verwandelte sich in eine Steinbarriere.

Alfie sank schwer atmend auf die Knie.

»Wir müssen sie finden«, stieß er hervor. »Wir können nicht ohne sie hier weg, Finn …«

»Nein«, entgegnete sie und packte ihn an den Schultern. »Wir müssen von hier verschwinden.«

Alfie wollte sie von sich wegstoßen, doch ihr entschlossener Blick hielt ihn davon ab. Er ließ den Kopf hängen.

»*Prinz.* Sieh mich an, Prinz.« Alfie hob den Blick. Seine Kehle war wie zugeschnürt. Was würden sie nun tun? Wie sollten sie ohne Xiomara die Magie einsperren?

»Glaubst du, wir könnten den Drachen dazu verwenden, uns beide zu teleportieren?«, fragte sie.

Alfie war sich nicht sicher. Der Drache hatte ihn ausgewrungen und ihm sämtliche Kraft geraubt. Doch andererseits hatten sie keine andere Wahl. »Ich kann es versuchen.« Er streckte die

Hand aus. Vermutlich würde es ihn umbringen, aber er musste es versuchen. »Gib ihn mir.«

Finn erstarrte und sah ihn erschrocken an.

Dann begriff auch Alfie, was ihr durch den Kopf ging. »Der Drache war in der Umhangtasche, oder?«

Finn nickte. Xiomara hatte ihn. Vorausgesetzt, sie war noch am Leben. In der Stille hörte Alfie, wie sich die Steine des eingestürzten Treppenhauses bewegten. Die Infizierten hatten die Verfolgung nicht aufgegeben, und es gab keinen Weg von diesem verfluchten Turm herunter.

Er war so dumm gewesen zu glauben, aus ihm könnte vielleicht ein König werden, der das Reich zum Guten verändern würde. Einer, der nicht so war, wie Finn es beschrieben hatte – ein Fuß, der über ihr schwebte, um sie in den Staub zu treten. Doch stattdessen hatte er Castallan mit seiner Fahrlässigkeit dem Untergang geweiht, und vielleicht sogar die ganze Welt.

Alfie setzte sich hin und ließ die Beine über die Dachkante baumeln. Der Sonnenuntergang färbte den Himmel rosa und orange. Unter anderen Umständen hätte er das Panorama schön gefunden. Bald würde es dunkel sein, und der Ball begann, während er hier oben auf den Tod wartete. »Das war es dann also.«

Es war vorbei. Die Infizierten würden sich früher oder später durch das Geröll graben, das Finn ihnen in den Weg gelegt hatte. Es gab kein Entkommen, keine Möglichkeit, nach Hause zurückzukehren. Und keine Chance, die Magie davon abzuhalten, dass sie alles zerstörte, was er kannte.

»Ich könnte versuchen, eine Steinbrücke zu erschaffen, auf der wir hinuntergehen, aber …« Finn setzte sich neben ihn. »Einen Steinflur zum Einsturz zu bringen ist eine Sache, aber es ist etwas ganz anderes, so ein schweres Gebilde aufrechtzuerhalten, bis wir es bis ganz hinuntergeschafft haben. Ich glaube nicht, dass ich das kann. Und du hast auch keine Kraft, irgendeine tolle Magie zu wirken, oder?«

Alfie schüttelte den Kopf.

»Prinz.« Sie sah ihn an, als hätte sie sich mit ihrem Schicksal abgefunden, als wäre die Entscheidung bereits vor langer Zeit gefallen und sie würde sie ihm jetzt nur noch verkünden. Er wusste, was sie sagen wollte.

Er schüttelte unter Schmerzen den Kopf. »Nein.«

»Du solltest versuchen, allein nach Hause zu teleportieren. Auf die herkömmliche Weise. Mit deinem Türgriff.«

Alfie sah sie entgeistert an. »Du glaubst, ich würde dich hier allein sterben lassen?«

Finn zuckte die Achseln. »Es ist das Klügste.«

Alfie wünschte sich nichts mehr, als in die Arme seiner Familie zu flüchten und sich vor dem Unheil zu verstecken, das er angerichtet hatte. Doch er würde die dafür nötigen magischen Worte niemals über die Lippen bringen.

»Es wäre falsch. Ich werde dich nicht hier zurücklassen, Finn.«

»Menschen lassen einander andauernd allein zurück«, sagte sie, den Blick fest auf den Horizont gerichtet.

»Ich aber nicht«, erwiderte Alfie. Es mochte sein, dass diese dunkle Magie die Welt und alles, was er kannte, vernichtete. Doch ihn würde sie auf keinen Fall verändern. »Heute nicht.«

Als Finn ihre Worte aus seinem Mund hörte, sah sie ihn von der Seite an. »Ich erlaube dir zu gehen. Ich erteile dir die Absolution von allen Schuldgefühlen, die du deswegen bekommen könntest. Ignacio will mich. Anschließend wird er sich zum Palast aufmachen, um die Steinhände zu holen. Ich kann ihn aufhalten. Du musst gehen und sie warnen. Du musst nach Hause, mit mir oder ohne mich.«

Es stimmte, was sie sagte, dennoch konnte Alfie sich nicht dazu durchringen. »Ich werde dich nicht allein lassen.«

»Ich bin nicht deine Familie!«, fuhr Finn ihn mit glänzenden Augen an. »Sei kein Idiot. Beschütze sie, solange du noch kannst! Wenn meine noch leben würde, wenn Ignacio sie nicht …« Sie wandte sich von ihm ab. Bisher hatte sie noch nichts von ihrer echten Familie erzählt, und Alfie hatte das Gefühl, dass Finn sie auf die schlimmstmögliche Weise verloren hatte – zu früh und tragisch. Diese Vorstellung versetzte ihm einen Stich ins Herz. Er hatte Dez verloren und konnte die Vorstellung, noch weitere Familienmitglieder zu verlieren, nicht ertragen. »Geh jetzt. Lass mich hier.«

Alfie sah, wie sehr sie sich in diesem Moment noch Trost sehnte, doch er wusste, dass es besser war, sie nicht zu berühren. Also hoffte er, dass seine Worte eine Berührung ersetzen konnten, einen warmen Arm um ihre Schultern, eine Hand, die sanft ihren Hinterkopf hielt. »Ich liebe meine Familie von ganzem Herzen«, sagte er. »Doch sie würden es mir nie verzeihen, wenn ich jemanden zu meinem eigenen Vorteil im Stich ließe.« Er sah sie an. »Wenn ich eine Freundin im Stich ließe. Ich gehe nirgendwohin.«

Zuerst sah sie nur verwirrt aus, als wäre sie aus dem Haus getreten und hätte mit einem Sommertag gerechnet, nur um sich nun mitten in einem Schneesturm wiederzufinden. Doch unter der Oberfläche verbarg sich noch eine andere Empfindung.

»Du bist ein Idiot.« Ihr sanfter Tonfall passte nicht zu den scharfen Worten.

Er konnte sich ein Lächeln nicht verkneifen. »Das hast du mir schon gesagt.«

Eine Stille breitete sich zwischen ihnen aus, die sich weich wie Seide anfühlte, aber Alfie wollte die letzten Augenblicke seines

Lebens nicht schweigend verbringen und sich in seinen sorgenvollen Gedanken verlieren. Damit hatte er bereits zu viel Zeit vergeudet.

Also stellte er stattdessen die erste Frage, die ihm in den Sinn kam: »Lautet dein Nachname wirklich Voy?«

Sie schnaubte. »Nein, ursprünglich hieß ich Finn Santiago, aber nachdem meine Eltern tot waren, wollte ich einen Neuanfang machen. Ich nahm mir vor, die ganze Welt zu bereisen und mir alles anzusehen. Dafür erschien mir Voy passend.«

Voy war das magische Wort für *reisen.* Er selbst gebrauchte es, wenn er sich durch die Magie bewegte, die seine Welt zusammenhielt.

Es kam ihm seltsam vor, dass er jedes Mal, wenn er sein *Propio* einsetzte, ihren Namen ausgesprochen hatte. Als ob er sie mitgenommen hätte. Aber vielleicht hatte sie ihn auch vorwärtsgebracht, so wie ihn ihre Worte heute vor Xiomaras Tür angespornt hatten. Er glaubte, ein Schicksalsband zu spüren, das ihn zu ihr hingezogen hatte. Es tat ihm nur leid, dass es nun so enden würde.

»Hast du immer noch diese Flasche dabei?«, fragte sie und richtete den Blick wieder auf den Horizont.

Alfie nahm sie von der Hüfte und trank einen brennenden Schluck Tequila, bevor er sie an Finn weiterreichte. Während sie schluckte, hing sein Blick an den kleinen Bewegungen ihrer Kehle. Er dachte daran zurück, wie sie seine Hand auf ihre Brust gelegt hatte, damit er ihren Herzschlag fühlen konnte, und wie sein Daumen dabei in ihrer weichen Halsgrube gelegen hatte. Als sie die Flasche absetzte, tropfte ein wenig Tequila aus der Öffnung.

Alfie glaubte, dass es am Alkohol und ihrem unausweichlich bevorstehenden Tod lag, dass er die Hand ausstreckte und mit dem Daumen einen Tropfen Tequila von ihrer weichen Oberlippe wischte. Anschließend führte er den Daumen an seine eigenen Lippen und kostete von dem Tropfen.

Sie bedachte ihn mit einem Blick, der seinen Körper noch mehr erhitzte als der Alkohol. Er schien auf seiner Zunge zu brennen, und einen flüchtigen Moment lang wünschte er, er würde sie und nicht den Tequila schmecken.

Doch dann verließ ihn seine plötzliche Kühnheit sofort wieder, und er spürte, dass er rot wurde. »Tequila-Schnurrbart«, scherzte er. »Wer den Tropfen nicht ehrt, ist die Flasche nicht wert.«

Sie neigte den Kopf. Ihr Blick wirkte belustigt, als wüsste sie genau, was er zu verbergen versuchte. Alfie wurde klar, dass Tequila für ihn von nun an mehr als nur ein Getränk oder ein Heilmittel sein würde, mit dem er seine Wunden einrieb. Er würde ihn für immer mit ihrem Aufkeuchen verbinden, als er mit dem Daumen über ihre Lippe gestrichen hatte.

Sie zuckten zusammen, als unter ihnen ein schriller Pfiff ertönte.

Als sie schnell voneinander abrückten, erkannte Alfie erst, wie nahe sie sich gekommen waren. Sie blickten auf das Gefängnisgelände hinunter und entdeckten jenseits des brodelnden Grabens eine der Pferdekutschen, die die Dueños zum Gefängnis brachten und wieder von dort abholten. Dahinter stand eine einsame Gestalt und winkte ihnen mit beiden Händen zu.

Alfie kniff entsetzt die Augen zusammen. »Ist das …«

»Die Gefangene!«

Xiomara hatte es irgendwie hinausgeschafft. Offenbar hatte der Tarnumhang sie gerettet. Alfie fühlte ungewollt Dankbarkeit in sich aufsteigen. Sie hätte einfach verschwinden und irgendwo anders ein Leben in Freiheit beginnen können, doch stattdessen war sie geblieben. Erneut überfielen ihn widerstreitende Gefühle, und er glaubte, zwischen Hass, Mitgefühl, Dankbarkeit und Zorn zerrissen zu werden.

»Wir müssen irgendwie von hier herunterkommen.« Finn schnitt eine Grimasse, während sie in die Tiefe sah. »Du glaubst doch auch nicht, dass wir einen Sprung von hier oben überleben könnten, oder?«

Alfie warf ihr einen Blick zu. »Was genau meinst du mit *überleben*?«

»Na schön!« Finn hob die Hände. »Hast du vielleicht irgendeine schlaue Idee?« Das Geröll hinter ihnen begann, sich polternd zu bewegen. Finn verzog bei dem Geräusch das Gesicht. »Und mach schnell.«

Alfie sah sich auf dem Dach um, auf dem neben ein paar Schwertern und anderen Waffen leere Cerveza- und Tequilaflaschen verstreut lagen. Offenbar hatten die Wächter diesen Ort für Kampfübungen und feierliche Anlässe genutzt. Auf der anderen Seite des Daches lag eine dicke, staubige Seilrolle.

»Ich habe eine, aber ich weiß nicht, ob man sie schlau nennen kann.«

Während der Prinz ihr rasch seinen Einfall auseinandersetzte, kaute Finn nickend auf einem Fingernagel.

Es könnte funktionieren. Vielleicht.

Der Prinz kniete sich hin und band ein Ende des Seiles an einem Schwertgriff fest. Dann reichte er ihr das Schwert hoch.

»Stoß es so tief wie möglich ins Dach und sichere es mit deiner Steinmetzmagie. Es muss unser Gewicht tragen.«

Finn nickte erneut und hob das Schwert. Ihre Finger kribbelten, während sie sowohl die Stahlklinge als auch das Steindach manipulierte. Als sie das Schwert mit beiden Händen nach unten stieß, teilte sich das Steindach auf ihren Befehl hin, um es aufzunehmen, und schloss sich gleich darauf eng um die Klinge. Anschließend brachte sie die Ziegelsteine mit einer kreisenden Handbewegung dazu, dass sie vom Dach aufstiegen und sich um den Schwertgriff herumlegten, sodass das gesamte Gebilde bald wie ein überdimensionierter Ameisenhügel aussah. Der Knoten befand sich nun unter den Steinen. Sie zog mit aller Kraft am Seil und lehnte sich zurück. Es gab nicht nach.

»Fertig«, sagte sie.

In der Zwischenzeit hatte der Prinz das andere Seilende an einen zweiten Schwertgriff gebunden. Nun reichte er ihr auch diese Waffe mit einem Nicken.

Finn nahm sie und trat an die Dachkante. Sie würde das Schwert genauso kontrolliert bewegen, wie sie die Stacheln des Dornenbären im Palast hatte fliegen lassen. Doch hier ging es nicht darum, dünne Stacheln auf die Hälse von Wächtern abzufeuern. Stattdessen würde sie das Schwert bis zur wartenden Kutsche steuern und deren Dach mit der Klinge durchbohren. Danach würden sie jeweils einen Teil von Alfies Dueño-Kostüm über das Seil legen und daran in die Tiefe gleiten.

Wenn sie die Klinge im Boden neben der Kutsche versenkte, würden sie vielleicht, vom Schwung getragen, im Wasser landen und gekocht werden, bevor sie es zurück ans Ufer schafften. Also musste sie die Kutsche treffen. Finn hoffte nur, dass die Gefangene aus dem Weg bleiben würde. Finn sah sie neben der Kutsche stehen und immer noch mit beiden Händen winken.

»Wird schon schiefgehen«, murmelte sie. Sie vollführte eine Geste, und die Klinge erhob sich. Als sie die Hand zur Faust ballte und nach vorne stieß, schoss das Schwert durch die Luft. Das daran festgebundene Seil zischte hinterher. Sie krümmte die Finger, und die Waffe flog ihrem Befehl folgend, einen engen Bogen, bevor sie sich mit einem dumpfen Knall in das Dach der Kutsche bohrte.

»*Wepa!*« Finn reckte triumphierend die Faust in die Luft. Die Gefangene, die im ersten Moment erschrocken zusammengezuckt war, schien zu begreifen. Sie kletterte auf das Dach des Fahrzeuges, und Finn beobachtete, wie sie mit beiden Händen den Schwertgriff sicherte. Finn drehte sich triumphierend zu Alfie um, doch seine Augen waren halb geschlossen. Frisches Blut rann aus seiner Nase. Schuldbewusst dachte sie darüber nach, dass es ihn jedes Mal wie ein Schlag traf, wenn sie die dunkle Magie beschwor. Doch als sie ihm bei ihrer Wiederbegegnung alles erklärt hatte, war es ihr vorgekommen, als fände er die Schmerzen nur noch halb so schlimm, nachdem die Magie Finn sicher zu ihm zurückgebracht hatte.

Sie fühlte, wie sich ein Gefühl in ihr regte, das schon länger dort war, aber erst jetzt sein Haupt erhob, um gesehen zu werden.

Doch Finn vergrub es sofort wieder tief in sich und beschloss, es sofort wieder zu vergessen.

Sie hockte sich neben ihn. »Wir sind abmarschbereit, Prinz.«

Alfie nickte und wischte sich die Nase, ehe er sich langsam erhob. »Es geht mir gut«, murmelte er, als er ihren Blick bemerkte.

Sie wusste nicht, was sie mehr irritierte: dass sie besorgt genug wirkte, um ihm diesen Satz zu entlocken, oder die Tatsache, dass er ganz offensichtlich log.

»Nach dir.«

Alfie rutschte auf dem Hosenboden zur Dachkante vor, wo das straff gespannte Seil steil in die Tiefe führte. Er nahm zwei Lagen seines Dueño-Kostüms, reichte eines davon Finn und wickelte das andere so um das Seil, dass er sich an beiden Enden festhalten konnte.

Besorgt blickte er in den Abgrund. Sie hörten das Wasser im Graben brodeln. »Wenn das nicht klappt, werden wir bei lebendigem Leib gekocht.«

Finn sah zum blubbernden Wasser hinunter. Ein Schweißtropfen rann an ihrer Schläfe hinab und blieb am Kinn hängen. »Na ja, ein warmes Süppchen fand ich immer schon toll.«

Er sah sie verdattert an. Nach einem Moment des Schweigens stieß er ein heiseres Lachen aus, das Finn mit Stolz erfüllte.

Er lachte so selten, dass sie das Gefühl hatte, es sich hart verdient zu haben. Als sie sich neben ihn kniete, spürte sie seinen Atem auf ihrem Gesicht und dachte daran, wie verdutzt sie gewesen war, als er sie mit dem Daumen berührt hatte.

Er hob den Kopf, um sie anzusehen. Seine goldenen Augen funkelten. »Dieser Scherz war so schlecht, dass ich jetzt richtig Lust habe zu springen.«

Hinter ihnen explodierte die Barriere aus Geröll und überschüttete sie mit Kieselsteinen. Die Infizierten zwängten sich durch die Öffnung und kämpften miteinander darum, wer als Erster bei ihnen sein würde.

»Dann habe ich ja ein großartiges komödiantisches Talent. *Los jetzt!*«

Der Prinz stieß sich vom Dach ab und glitt rasch am Seil entlang. Eigentlich hatten sie sich vorgenommen, einer nach dem anderen zu rutschen, für den Fall, dass das Seil ihr gemeinsames Gewicht nicht aushielt, aber dafür war jetzt keine Zeit mehr. Sie konnte sich nicht einmal mehr hinsetzen und abstoßen, wie der Prinz es getan hatte.

Finn sprang ihm hinterher, ihre Beine bewegten sich, als könnte sie durch die Luft rennen, wenn sie sich nur genug bemühte. Als ihre Füße den festen Boden verließen, hob sich ihr

Magen. Sie hob das Stoffstück aus der Robe des Prinzen über den Kopf und kämpfte gegen ihre Zweifel an.

Was ist, wenn der Stoff reißt?

Was, wenn das Seil nicht uns beide trägt?

Werde ich gekocht werden?

Die Zeit schien sich zu beschleunigen. Finn kippte nach vorn und warf das Stoffstück gerade noch rechtzeitig über das Seil. Es hielt, doch ein stechender Schmerz fuhr durch ihre Handgelenke, als das Seil ihrem freien Fall ein abruptes Ende bereitete. Während sie hinter dem Prinzen nach unten glitt, fühlte sie sich erleichtert.

Hinter ihr zerriss ein unnatürliches Kreischen die Luft. Finn blickte über die Schulter und sah, wie eine schwarzäugige Frau erschreckend kraftvoll vom Dach absprang und sich mit ausgestreckten Armen auf sie stürzte.

Die infizierte Gefängnisinsassin schlang die Arme um Finns Hüften und zog mit ihrem zusätzlichen Gewicht das Seil nach unten.

»Verdammt!« Finn wand sich in ihrer Umklammerung und versuchte, die Frau abzuschütteln, doch die hielt sich unerbittlich an ihr fest. Während sie immer schneller in die Tiefe sausten, fühlte Finn, wie ihr allmählich der Stoff von Alfies Robe durch die Finger rutschte.

»*Fuerza!*«, hörte sie den Prinzen rufen.

Die infizierte Frau wurde nach hinten geworfen und riss Finn fast mit sich. Mit verkniffenem Gesicht beobachtete sie, wie die Gefangene schlingernd in die Tiefe stürzte und direkt neben dem Graben auf den Boden schlug. Doch Finn hatte keine Zeit, dem Prinzen ihren Dank zuzurufen. Sie fühlte, wie das Seil tiefer sackte und durchhing. Wahrscheinlich hatte das plötzlich hinzugekommene Gewicht der Frau das Schwert im Dach der

Kutsche gelockert. Finn sah, dass Xiomara sich mit ihrem ganzen Gewicht darauf stützte, um es zu fixieren, aber es funktionierte nicht. Das Seil sackte immer weiter ab.

»Mist, Mist, Mist!«, fluchte Finn. Schon bald würde es so tief durchhängen, dass sie im kochenden Wasser landeten.

Der Prinz schien das Problem zu erkennen. Er schwang vor ihr die Beine nach vorne wie ein Kind auf einer Schaukel. Kurz bevor das Seil sich zu sehr dem Wasser annäherte, ließ er den Stoff los und wurde vom Schwung das letzte Stück bis zum sicheren, festen Boden getragen, wo er hart landete und sich in seiner roten Dueño-Robe mehrfach überschlug.

Finn folgte seinem Beispiel. Sie schwang sich ebenfalls mit aller Kraft nach vorne und ließ los, ehe ihre Zehen das Wasser berührten.

Sie segelte durch die Luft, aber sie hatte nicht die langen Beine des Prinzen. Sie wusste nicht, ob ihr Schwung reichen würde.

Er reichte nicht.

Als sich ihre Flugbahn zu senken begann, wusste sie, dass sie es ganz knapp nicht schaffen würde. Sie würde wenige Schritte vom Ufer entfernt ins Wasser fallen. Doch Alfie rappelte sich schnell hoch und beugte sich über den Rand des Grabens, um sie gerade noch rechtzeitig aufzufangen.

Gemeinsam rollten sie über die Erde. Als sie zum Stillstand kamen, lag Finn auf Alfie, ihr Gesicht an seinen Hals gepresst, seine Arme fest um ihren Rücken geschlungen.

Sie stützte sich mit den Handflächen zu beiden Seiten seines Kopfes vom Boden ab und sah mit pochendem Herzen auf ihn hinunter. »Geht es dir gut, Prinz?«

Während seine Augen immer noch geschlossen waren, kräuselten sich Alfies Lippen. »Ich bin keine Suppeneinlage. Im Moment reicht mir das.«

Als er zu ihr hochblickte, bildeten sich kleine Fältchen um seine Augen. Finn spürte das Lachen in seiner Brust, bevor sie es hörte. Er war blass wegen Sombras Magie, und seine Haare hingen von ihrem Sturz voller Dreck, aber ihr fiel auf, dass er trotz alldem besser aussah als mit seinem sauberen Umhang und der Maske, die er bei ihrer ersten Begegnung getragen hatte. Er war am attraktivsten, wenn er lachte.

Finn löste sich aus seinen Armen, stand auf und hielt ihm die Hände hin.

Er ergriff sie und ließ sich von ihr aufhelfen. »Wenigstens konnte jetzt einmal ich dich retten.«

Sie wischte ihm den Staub von den Schultern. »Gewöhn dich nicht dran.«

Xiomara kam zu ihnen gerannt und deutete zum Uhrturm hinüber.

Schwarzäugige Gefangene und Wächter strömten aus dem Gefängnis und nahmen die Verfolgung auf. Da es keine Brücke gab, sprangen sie ins Wasser und versuchten, ans andere Ufer zu schwimmen. Ihre Haut warf Blasen und blutete. Die Infizierten auf der Turmspitze warfen sich leichtsinnigerweise vom Dach und stürzten entweder in den Graben oder schlugen ungebremst am Boden auf.

»Lasst uns abhauen!«, sagte Finn. »Ihr beide steigt hinten ein.« Als Alfie Anstalten machte, auf den Kutschbock zu klettern, stieß sie ihn auf die Einstiegstür zu.

»Was? Aber ich …«

»Du bist halbtot, Prinz. Geh nach hinten und ruh dich aus. Und behalte sie im Auge.« Finn deutete vielsagend auf Xiomara, die gerade die Kutsche bestieg.

Alfie wollte protestieren, doch er wurde von Ignacios laut schallender Stimme unterbrochen.

»*Halt!*«, rief er vom Dach herunter, den Blick fest auf Finn gerichtet. Die infizierten Ungeheuer, die nach wie vor aus dem Gefängnis quollen, hielten mitten im Lauf inne und warteten auf einen Befehl ihres Meisters.

»Lasst sie gehen«, sagte Ignacio mit hallender Stimme. »Sie sollen die falschen Herrscher davor warnen, was auf sie zukommt. Und sie sollen dem Volk erzählen, dass sich ihr wahrer König erheben wird.«

Ohne Finn aus den Augen zu lassen, neigte er den Kopf – eine furchteinflößende Geste, die sie nur zu gut kannte. Dann spürte sie, obwohl er sich nicht vom Turmdach wegbewegte, seinen heißen Atem an ihrem Ohr, und er flüsterte etwas, das nur sie hören konnte: *Renne, so viel du willst, Finn. Du weißt, wie sehr ich es liebe, dich zu jagen.*

Ein Schauder lief ihr über den Rücken.

»Finn …«, setzte Alfie an. Er klang so besorgt, dass sie es nicht wagte, ihm in die Augen zu schauen. Mit einem Kloß im Hals stieß sie ihn in die Kutsche und schloss die Tür hinter ihm. Dann kletterte sie auf den Kutschbock, ließ die Zügel schnalzen und trieb die Pferde an. Sie wagte es nicht, sich umzusehen, aber sie wusste, dass Ignacio sie beobachtete.

Und lächelte.

Kapitel 32

In Holz geschnitzte Worte

Während Finn die Zügel hielt und die Pferde nach San Cristóbal galoppieren ließ, saß Alfie im Inneren der Kutsche und behielt Xiomara im Auge. Sie wand sich unter seinem Blick.

Xiomara hatte ihm das Leben gerettet. Sie hätte zulassen können, dass der infizierte Mann ihn wegschleppte, doch stattdessen hielt sie ihn am Handgelenk gepackt. Und ihr war deutlich anzusehen gewesen, dass sie große Angst um ihn hatte.

Und um dem Ganzen die Krone aufzusetzen, war sie, als sie voneinander getrennt wurden, geblieben, um ihnen zu helfen, statt alle Verantwortung von sich zu weisen und mit dem Tarnumhang zu fliehen.

Ja, sie hatte ihm das Leben gerettet. Zweimal. Und Alfie hatte sich noch nie zuvor so wütend und verwirrt gefühlt.

Mehr als alles andere wollte er ein Monster in ihr sehen, das all die Albträume, die Angstzustände und die Was-wäre-wenn-Gedanken rechtfertigte, die er ihretwegen gehabt hatte. Er wollte, dass sie sich unkooperativ verhielt. Doch sie hatte das Gegenteil getan. Sie hatte zwar Angst vor Alfie, doch das hinderte sie nicht daran, ihm zu helfen und ihn zu retten.

Dafür hasste Alfie sie.

Er wollte in der schaukelnden Kutsche einschlafen, um Kraft

für den bevorstehenden Kampf zu sammeln, doch sein innerer Aufruhr hielt ihn wach. Er starrte mit kalten Blick Xiomara an, die ihr verkniffenes Gesicht von ihm abwandte.

Alfie wollte sie schütteln, damit sie wütend wurde. Er wollte, dass sie irgendeinen anderen Ausdruck zeigte als diese schuldbewusste Miene. Und er wollte, dass sie nicht zu hilfsbereit war. Denn wegen ihres mitfühlenden Blickes fühlte er sich dafür schuldig, dass er sie hasste.

Wieso fühle ich mich schuldig, obwohl sie uns Dez genommen hat?, dachte er. *Wenn ich wegen irgendetwas Schuldgefühle haben sollte, dann weil ich sie weiteratmen lasse.*

Alfie wurde immer wütender und ballte die Fäuste. Für das, was sie ihm und seiner Familie angetan hatte, sollte er Rache nehmen. Sie verdiente es, oder etwa nicht?

Die Kutsche sprang über irgendeine Erhebung auf der Straße, und Alfie wurde flau im Magen, als sie mit einem vernehmlichen Quietschen wieder landete. Finns lauter Fluch riss ihn aus seinen Grübeleien.

Alfie holte tief Atem. Er wusste, dass er sie töten könnte. Aber das war nicht seine Art und würde es auch niemals sein. Er dachte daran, wie Paloma ihn davon abgehalten hatte, Xiomara etwas anzutun.

Die Erinnerung an ihre Worte blendete alle anderen Gedanken aus: *Ich weiß, dass* könnte *und* werde *nicht dasselbe sind. Diese beiden Wörter machen den Unterschied zwischen einem guten und einem schlechten Menschen aus. Zwischen dem Licht und der Dunkelheit. Ich weiß, woran du dich orientieren wirst.*

Bislang hatte er sich nicht in der Dunkelheit verloren, und das würde er auch jetzt nicht tun.

Alfie öffnete die Hände. Die Gefangene sah ängstlich zu ihm auf.

»Ich möchte, dass eines klipp und klar ist«, begann er und erkannte erneut kaum den unnachgiebigen Klang in seiner Stimme. »Dass ich dich aus dem Uhrturm befreit habe, bedeutet nicht, dass ich dir vergebe. Es bedeutet auch nicht, dass ich um eine Begnadigung für dich ersuchen werde. Ich habe es nur getan, weil etwas sehr Böses freigekommen ist und ich deine Magie brauche, um es wieder loszuwerden, *entiendes?*« Sie nickte und zitterte dabei. Ihre Furcht machte ihn nur noch wütender. »Wenn seither mehrere Jahre und nicht nur wenige Monate vergangen wären, würde ich dich das vielleicht nicht fragen, aber ich muss wissen, wieso du es getan hast. Denn ich glaube, dass ich nicht weiterleben kann, solange ich die Antwort auf diese Frage nicht kenne. Auch wenn ich kaum noch etwas habe, für das es sich zu leben lohnt. Ich habe Angst, dass ich dich vielleicht töten werde, bevor wir uns in den Kampf begeben. Ich muss die Wahrheit wissen.«

Xiomara sah ihn nur an und bewegte lautlos die Lippen.

Da er weder Papier noch einen Federkiel hatte, mit dem sie schreiben konnte, mussten sie improvisieren. Alfie zog den Dolch, den Finn ihm geliehen hatte, aus der Tasche. Xiomara rückte von ihm ab und presste sich mit dem Rücken an die Kutschentür.

Er hielt ihr den Dolch hin. »Hier.«

Sie nahm ihn vorsichtig in die Hand und schaute ihn verwirrt an. Alfie deutete auf die Innenwände der Kutsche. »Du könntest die Antwort ins Holz schnitzen. Versuch es einfach.« Unwillkürlich fügte er flehentlich hinzu: »Bitte.«

Xiomara wünschte sich, diese Finn hätte sie nicht mit dem wütenden Prinzen alleine gelassen.

Sie waren bei Sonnenuntergang vom Gefängnis aufgebrochen,

und nun fiel der Schein des aufgehenden Mondes durch das Kutschenfenster herein und tauchte Xiomaras bleiche Haut in ein unheimliches Licht. Sie betrachtete den Dolch in ihrer Hand. Sie hatte schon seit langer Zeit nichts mehr geschrieben und hatte keine Ahnung, wo sie anfangen sollte, und außerdem wusste sie, dass nichts, was sie ihm mitteilen konnte, ausreichen würde.

Sollte sie damit beginnen, wie sie ihr *Propio* bekommen hatte? In ihrer Kindheit hatte ihr Vater ihre Mutter immer wieder blutig geschlagen, während Xiomara in ihrem Zimmer saß und vergeblich versuchte, erst das Flehen ihrer Mutter, dann ihr Jammern und schließlich die Stille auszublenden.

An dem Tag, als ihr Vater ihre Mutter umbrachte, erhielt Xiomara ihr *Propio*. Sie hatte ihre Mutter mit dem Gesicht nach unten in ihrer eigenen Blutlache liegend gefunden. Als sie ihren Körper umdrehte, fühlte sie all die zerbrochenen Dinge, die sich in seinem Inneren bewegten, als wäre sie ein Sack voller Glassplitter. In diesem Moment brach etwas in ihr auf, das sich nie wieder schließen würde, etwas Dunkles und allumfassend Leeres.

Sie hatte sich ihr ganzes Leben lang gewünscht, die Geräusche und die Gewalt irgendwohin verbannen zu können. Ihr *Propio* erfüllte ihr diesen Wunsch. Sie wartete ab, bis ihr Vater betrunken eingeschlafen war, und schlug dann so lange auf ihn ein, bis er nicht mehr atmete. Nun war das Haus voller regloser, blutiger Leichen. Sie wollte, dass das alles einfach verschwand.

Und dann passierte genau das.

Das Vakuum in ihr wurde zu etwas Körperlichem, eine schwarze Leere tat sich im Boden auf und verschluckte ihre Eltern. Danach verschloss sie sich auf ihren Befehl hin wieder.

Sollte sie dem Prinzen von den Monaten erzählen, die sie anschließend auf der Straße gelebt hatte, ohne Eltern und voller Angst vor sich selbst?

Sollte sie ihm davon berichten, wie ihr *Propio* entdeckt wurde und sich plötzlich ein paar sehr mächtige Menschen um sie kümmerten und ihre neue Familie sein wollten? Wie freundlich Marco Zelas' Lächeln gewesen war, als er einen Arm um ihre Schultern legte und ihr versprach, auf sie aufzupassen?

Wenn Xiomara im Gegenzug auch etwas für sie tat.

Wenn sie ihnen dabei half, die Königsfamilie loszuwerden.

Sollte sie dem Prinzen sagen, dass sie vor lauter Nervosität in den Wochen vor dem festgelegten Tag nichts hatte essen können? Dass sie eine auf sich allein gestellte Jugendliche gewesen war, deren Urteilsvermögen von ihrer Sehnsucht nach einer Familie und Schutz getrübt war?

All diese Gedanken schossen Xiomara in Windeseile durch den Kopf. Der Prinz sah sie derweil erwartungsvoll an. Seine Brust hob und senkte sich in schnellem Rhythmus, als wäre er diesen Antworten bereits sein ganzes Leben lang hinterhergejagt.

Xiomara hatte keine Ahnung, womit sie anfangen sollte, doch eine Sache wusste sie.

Sie legte die Dolchspitze an die Wand und schnitzte langsam die folgenden Worte in die Wand: *Ich will es wiedergutmachen.*

Der Prinz betrachtete den Satz einen Moment lang mit undurchdringlicher Miene. Dann holte er tief Luft und nickte knapp, als würde ihm das genügen. Jedenfalls für den Moment.

»Beantworte mir nur die eine Frage«, sagte er. »Und bitte, bitte lüg mich nicht an. Ich werde es wissen, wenn du nicht die Wahrheit sagst.«

Xiomara nickte und spürte einen dicken Kloß im Hals.

Der Prinz machte einen weiteren tiefen Atemzug. Als er danach sprach, zitterte seine Stimme immer noch. »Wolltest du ihn töten? Wolltest du ihn uns nehmen?«

Die Frage versetzte ihr einen Stich in die Brust und brachte die

Erinnerung an diesen schrecklichen Moment zurück. Sie wollte ihm so verzweifelt widersprechen, dass sie sogar den Mund öffnete, um etwas zu sagen, doch sie brachte nur einen erstickten Laut heraus. Also schüttelte sie so vehement den Kopf, dass ihr der Nacken wehtat. Ihre Augen brannten.

»Also gut«, sagte der Prinz. Sein Gesicht war wie versteinert, doch in seinen goldenen Augen sah sie Mitgefühl. »Also gut.«

Danach herrschte eine Weile Schweigen zwischen ihnen.

Der Prinz starrte mit glasigem Blick die Worte an, die sie geschrieben hatte. »Ich kenne noch eine andere Person, die dazu gezwungen wurde, Dinge zu tun, die ihr widerstrebten«, sagte er schließlich leise.

Xiomara suchte seinen Blick, doch er sah sie nicht an. Stattdessen lehnte er den Kopf an das Kutschenfenster und schaute in den Himmel hinauf, als suchte er zwischen den Sternen nach den Antworten auf seine Fragen.

Finn hatte sich ihren eigenen Tod bereits häufiger vorgestellt, als für jemanden in ihrem Alter gut sein konnte.

Während die Kutsche auf der von Zuckerrohrfeldern gesäumten Straße dahinraste und die Pflanzenstängel sich im Windsog des Fahrzeuges bogen, malte sie sich die verschiedenen Szenarien aus. In jedem stand Ignacio über ihr und sah zu, wie sie ihren letzten Atem aushauchte. Sogar nachdem sie seine Augen zerschnitten hatte, war sie immer davon ausgegangen, dass er ihr letzter Anblick sein würde. Nun schien es, dass sich diese Annahme bewahrheiten sollte.

Allerdings hatte sie nie damit gerechnet, dass ihr Tod eng mit dem Schicksal eines Prinzen verknüpft sein würde, der über mehr Bücherwissen als gesunden Menschenverstand verfügte. Eigentlich hatte ihr sein Königreich nie etwas bedeutet. Und dennoch lenkte sie nun eine schlingernde Kutsche zum Palast und hoffte, noch vor Ignacio dort einzutreffen, damit er nicht diese unheimlichen Steinhände an sich bringen konnte.

Aber es kam ja immer alles anders, als man glaubte.

Und auch der Prinz war eine Überraschung.

Sie würde nie vergessen, wie er sie angesehen hatte, als sie ihn vor Xiomaras Zelle fand – als wäre die ganze Welt in Dunkelheit gehüllt und sie trüge das letzte Licht in ihren Augen. Sein Gesicht war ganz weich geworden, und er hatte den Blick gesenkt, als schämte er sich für etwas, das er dachte … oder fühlte. Sie hatte Angst davor zu erfahren, was ihm durch den Kopf ging, und auch Angst, es nicht herauszufinden, da sie sich mindestens genauso sehr vor den Spekulationen fürchtete, mit denen ihr eigener Verstand aufwartete.

Alfies Stimme hallte sanft und beharrlich in ihren Gedanken wider. *Ich glaube dir.*

Und er hatte seinen Worten Taten folgen lassen, hatte ihr die Hand gereicht, um ihr hochzuhelfen und sie aus Ignacios Klammergriff zu befreien. Selbst in ihrer größten Verzweiflung über das, was ihren Eltern widerfahren war, hatten seine Worte sie erreicht, sein Versprechen, dass sie sich von dem Schicksal befreien konnte, das Ignacio ihr vor Jahren aufgezwungen hatte. Er wusste nicht einmal, dass der Klang seiner Stimme, die Finn immer wieder zum Weitermachen motivierte, sie tiefer berührte als alles, was sie je zuvor mit einem anderen Menschen erlebt hatte.

Und er würde es auch nie herausfinden, denn sie würde es ihm gewiss nicht sagen.

Doch allein die Tatsache, dass sie sich dessen bewusst war, ließ ihr im kalten Mondlicht die Hitze ins Gesicht steigen.

Die Kutsche schaukelte, als der Prinz vorsichtig aus dem Wageninneren nach vorne kletterte und sich neben sie auf den

Kutschbock setzte. Sie blickte geradeaus auf die gewundene Schotterstraße und hoffte, dass ihr das Blut schnell wieder aus den Wangen wich. Sie wollte nicht sehen, wie hager und blass sein Gesicht vom Einsatz der Magie geworden war. Da sie ohnehin auf den Tod zurasten, hatte es keinen Sinn, den Prozess noch zusätzlich zu beschleunigen.

»Ich habe ihr …«, begann Alfie und verstummte gleich wieder. Er schien wegen irgendetwas mit sich zu ringen. »Ich habe Xiomara von unserem Plan erzählt.«

Finn hob eine Augenbraue. Bis jetzt hatte sie ihn noch nie ihren Namen sagen hören, und so wie seine Nasenflügel bebten, fiel es ihm offensichtlich auch schwer.

»Und wie sieht der aus?«, fragte sie.

»Wir gehen in den Palast und warnen alle vor. Dann bitten wir die Dueños, Vorsichtsmaßnahmen zu ergreifen, um Ignacio und seine Soldaten von den Händen fernzuhalten. Wenn er kommt, um sie sich zu holen, werden du und ich ihn stellen. Wenn wir Glück haben, töten wir ihn und es gelingt mir, die Magie in den Spielzeugdrachen zu locken. Xiomara versteckt sich unter dem Tarnumhang. Wenn ihr Einsatz gekommen ist, kommt sie heraus und öffnet den Nichtraum für mich, damit ich die Magie hineinwerfen kann. Da drinnen gibt es keine Körper, die sie infizieren kann, und so wird sie nie mehr in der Lage sein, ihre Macht zu verwenden.«

»Und wenn wir kein Glück haben«, fragte Finn leise.

Alfie zögerte einen Moment, ehe er antwortete. Schließlich schloss er die Augen und legte den Kopf in den Nacken. »Wenn wir kein Glück haben, werden wir uns nie wieder über etwas Sorgen machen müssen.«

»Schöner kann man nicht ausdrücken, dass wir dann tot sein werden«, entgegnete Finn.

»Wäre es dir lieber, wenn ich es brutal auf den Punkt bringen würde?«, murmelte er zu den Sternen hinauf.

Da der Mondschein das Gesicht des Prinzen erhellte, sah sie, wie er sich von innen auf die Wange biss. Ihre Mutter hatte immer zu ihr gesagt, dass man stark sein musste, um dieser bösen Welt mit einer sanften Miene gegenübertreten zu können. Finn wurde bewusst, dass ihre Mutter Alfie sehr gemocht hätte.

»Nein«, sagte sie. »Schön ist mir recht.«

Einen Moment lang herrschte Schweigen, und Finn fragte sich, ob er eingeschlafen war.

»Hast du wirklich jemanden getötet, als du acht warst?«, fragte Alfie schließlich sacht. Seine Augen waren immer noch geschlossen und sein Kopf mittlerweile zur Seite geneigt. Der Drache hing an seiner Brust. Er musste Xiomara dazu gebracht haben, ihn zurückzugeben, als sie sich in der Kutsche unterhalten hatten. Wenn er den Kopf nur noch ein winziges Stück weiter zur Seite neigte, würde er mit der Stirn ihre Schulter berühren.

Der Mond tauchte ihn in silbernes Licht und zeichnete seine feinen Gesichtszüge nach. Finn fragte sich, ob so die Magie für ihn aussah, satte Farben, die über die Haut der Menschen wogten. Oder war es ein sanfteres Leuchten unter der Haut, wie Schamesröte, die vom Hals über die Lippen bis zu den Wangen aufstieg? Vielleicht auch ein Glanz, wie eine Schweißschicht.

»Warum fragst du mich das jetzt?«

»Weil ich es dir nicht glaube«, erwiderte er und sah ihr ins Gesicht. Seine goldenen Augen leuchteten noch intensiver als sonst. »Und wenn wir die heutige Nacht nicht überleben werden, will ich wissen, an wessen Seite ich sterbe.«

Erneut herrschte Schweigen zwischen ihnen.

Nach allem, was Ignacio ihr angetan hatte, fürchtete Finn ihn so sehr, dass sie glaubte, nicht mehr genug Angst für irgendetwas anderes in sich zu haben. Daher packte sie alles, was ihr Angst einjagte, bei den Hörnern und machte ihm klar, dass sie diejenige war, vor der man sich fürchten musste.

Doch es gab Dinge in ihr selbst, die sie immer noch mit Schrecken erfüllten. Als sie Ignacio erzählte, was sie mit acht Jahren dem kleinen Mädchen angetan hatte, nahm er dieses dunkle Geheimnis seiner Ziehtochter und verwendete es gegen sie. Er hatte aus diesem Geständnis ein Halsband für sie gefertigt, mit dem er sie würgen konnte. Ganz egal, wie viele Raubzüge sie erfolgreich absolvierte, wie viele Messerkämpfe sie gewann oder wie viele Begegnungen mit dieser dunklen Magie sie überlebte, sie hörte niemals auf, Angst vor sich selbst zu haben – vor ihren Charaktereigenschaften, die den Wunsch in ihr weckten, sie könnte ihre Haut aufreißen und als jemand anderer herauskriechen. Diese Charaktereigenschaften waren der Grund, wieso sie sich hinter immer neuen Gesichtern verbarg. Es war der Teil von ihr, der dieses kleine Mädchen und damit in letzter Konsequenz auch ihre eigenen Eltern getötet hatte. Bei diesem Gedanken wurde ihr die Kehle eng.

Sie hatte nie geglaubt, dass sie etwas anderes als Abscheu oder – schlimmer noch – Mitleid ernten würde, wenn sie noch jemand anderem dieses Geheimnis verriet.

Doch sie wollte nicht mit dieser schwärenden Angst in sich sterben, die sie genauso verdarb, wie die schwarze Magie es mit ihren Opfern tat. Da ihr voraussichtlich nur noch wenige Stunden blieben, bevor Ignacio sie wiederfand, wollte sie, dass diese verbleibende Zeit ihr gehörte und sie sich leicht fühlte, ohne dieses belastende Geheimnis, das sie runterzog, während sie verzweifelt versuchte, sich über Wasser zu halten.

Alfie hob den Kopf und sah sie an. In seinem Blick lag sanfte Anteilnahme. Wenn sie schon weinen musste, wieso sollte sie es dann nicht in seiner Gegenwart versuchen?

In der Gesellschaft eines Freundes?

»Ja, das habe ich«, sagte sie und verstärkte den Griff um die Zügel. »Allerdings nicht mit Absicht.«

»Was ist passiert?«

»Meine Eltern und ich lebten in einem kleinen armen Barrio, wo es zu wenig Essen für zu viele Menschen gab. Sie taten so, als wäre alles in Ordnung, aber ich wusste, dass sie nichts aßen, damit mehr für mich übrig blieb.« Finn schluckte und fühlte ein Brennen in der Kehle. »Ich wollte helfen. Also schlich ich immer wieder aus dem Haus, um nach etwas Essbarem zu suchen. Eines Nachts ging ich in eine Gasse neben einer Bäckerei, wo sie manchmal altes Brot wegwarfen. Und tatsächlich sah ich eines. Er war zwar schwarz verbrannt, aber ein Brot. Und nur das zählte. Als ich hinlief, um es aufzuheben, stieß mich jemand zur Seite.«

Finn sah die Augen des kleinen Mädchens deutlich vor sich. Sie konnte nicht viel älter als Finn gewesen sein. Einer ihrer Schneidezähne fehlte, und sie war genauso dreckig wie sie selbst. Ihre Haut war mit der ganz typischen Schmutzschicht bedeckt, die man nur bekam, wenn man in schmalen Durchgängen schlief und Abfall nach Essen durchwühlte. Die Augen des Mädchens sahen aus wie die eines wilden Tieres, als es sich auf das Brot stürzte. Ihr verzweifelter Blick machte Finn Angst, weil sie wusste, dass er sich nicht von ihrem eigenen unterschied.

»Und dann?«, fragte Alfie leise.

Finn wusste nicht, wie lange sie schon geschwiegen hatte. »Wir kämpften um das Brot, schubsten uns herum, kratzten uns gegenseitig und rissen an unserer schmutzigen Kleidung. Dann habe ich sie einfach …« Finn schüttelte den Kopf und presste die Lippen zusammen. Wenn sie nicht genau an dieser Stelle gestanden hätten, wäre die Sache vielleicht ganz anders ausgegangen. »Ich habe sie umgeworfen. Sie fiel auf den Rücken, und ich lag auf ihr. Ich wusste nicht, dass hinter ihr ein Holzbrett auf dem Boden lag, aus dem spitze Nägel ragten …« Einen Moment lang fehlten Finn die Worte, doch Alfie war klug genug, nichts zu sagen. »Irgendwer hat wohl etwas gebaut und dieses Brett in die Gasse geworfen.« Finn holte tief Luft und versuchte, ihre zitternde Stimme zu beruhigen, aber es gelang ihr nicht. »Als ich sie umschubste, hörte ich, wie es passierte. Ich schwöre dir, ich konnte hören, wie sich die Nägel in sie bohrten. Sie wurde still und starb ganz schnell. Einer spießte sie am Genick auf, ein anderer drang in ihren Hinterkopf ein.« Plötzlich sprudelten die Worte nur so aus Finn heraus. »Überall war Blut. Das Brot war damit durchtränkt. Das Schlimmste war, was mir durch den Kopf ging, als wir um das *maldito* Brot kämpften … dass es mir egal war, ob sie starb, solange ich nur etwas in den Magen bekam. Nur einen Bissen.« Sie blinzelte die Tränen weg. »Anscheinend ist mein Wunsch in Erfüllung gegangen.«

Einen Moment lang herrschte Schweigen. Dann hörte sie Alfies Stimme. Sie war so warm wie eine Kinderdecke. »Es tut mir leid.«

Finn versuchte die Geschichte mit einem Achselzucken abzutun, doch sie sah immer wieder zu ihm hinüber. Das Mienenspiel des Prinzen war so ausdrucksvoll, dass sie sicher war, es sofort zu bemerken, wenn er Ekel vor ihr empfand. Und genau danach hielt sie Ausschau. In gewisser Weise wäre es tröstlich, wenn sie bestätigt bekam, was sie bereits wusste – dass sie genau das Ungeheuer war, als das Ignacio sie immer bezeichnet hatte.

Als Alfie erneut sprach, klang seine Stimme so sanft wie eine Feder. »Aber das … das war überhaupt nicht deine Schuld.«

Finn hasste ihn für seinen freundlichen Ton. »Du warst nicht dabei«, fuhr sie ihn an. »Du hast keine Ahnung, wessen *mal-*

dito Fehler es war.« Sie wollte ihm nicht erzählen, was Ignacio ihretwegen ihren Eltern angetan hatte. Diese Wunde war noch zu frisch. »Bevor Ignacio von der schwarzen Magie infiziert wurde, bestand die Beschränkung seines *Propios* darin, dass er etwas über dich wissen musste, um dich zu kontrollieren. Etwas, das du nach Möglichkeit niemandem erzählen würdest.« Finn schluckte. »Als ich ihm von dem kleinen Mädchen erzählte, gehörte ich ihm. Er wollte die einzige Bezugsperson in meinem Leben sein. Wenn ich mich mit anderen einließ, zwang er mich dazu, sie zu töten.« Der Prinz erstarrte, und sie wagte es nicht, ihm ins Gesicht zu sehen, da sie Angst hatte, nun tatsächlich Abscheu darin zu sehen. Dennoch wollten die Worte heraus. »Und sie starben nie einen gnädigen Tod. Ignacio bestand immer darauf, dass ich sie ganz langsam und höchstpersönlich umbrachte. Er befahl mir zum Beispiel, jemandem die Hände um den Hals zu legen und zuzudrücken.« Finn fiel ein Junge ein, der unter ihr gelegen und sich gewehrt hatte – wie er nach ihren Fingern krallte und mit den Absätzen über den Boden scharrte, während sie den Griff um seine Kehle immer mehr verstärkte. »Ein andermal musste ich jemanden so stechen, dass er ganz langsam verblutete, oder Gift in einen Becher tun.« Finn musste an den Badewannenjungen denken, der sterbend auf dem Boden lag und blutige Tränen weinte, während der Prinz verzweifelt schrie.

»Finn«, sagte Alfie. »Das war nicht deine Schuld.« Er sah auf und sie an. Doch Finn wandte sich ab und betrachtete die Straße. »Sieh mich bitte an.«

Seufzend drehte Finn sich wieder zu ihm um. Sein Blick war besorgt, und noch etwas anderes lag darin – ein Gefühl, das er ihr furchtlos zeigte. Sie wollte es nicht benennen, denn sie hatte Angst davor, dass dieses Gefühl etwas in ihr wecken würde, das sie schon seit sehr langer Zeit in sich unterdrückte. »Du bist kein

Ungeheuer. Das hat er dir nur eingeredet.« Er sprach leise, aber nachdrücklich. »Ich werde auf keinen Fall zulassen, dass du in diesem Irrglauben stirbst.«

Finn verschlug es den Atem. Seit ihrer ersten Begegnung damals in der Gasse hatte Ignacio ihr jahrelang eingebläut, wer sie war und wer sie sein könnte. Doch in den Worten des Prinzen lagen weder Ekel noch Mitleid. Er sprach, als könnte sie immer noch gerettet werden. Als wäre sie gar nicht so gestört und monströs, wie Ignacio sie glauben gemacht hatte.

Vielleicht war sie das gar nicht.

»In der Nacht, als das mit dem Brot passiert ist, habe ich anschließend zum ersten Mal mein Gesicht verändert.« Sie hatte noch nie jemandem erzählt, was zu ihrem *Propio* geführt hatte. Doch auch dieses Geheimnis wollte sie nicht mit ins Grab nehmen.

»Danach wolltest du einfach jemand anders sein«, sagte er.

Finn brachte kein Wort heraus und nickte nur.

Alfie lehnte sich zurück und richtete den Blick wieder nach vorne.

»Mein *Propio* zeigte sich das erste Mal in einem Moment, der jedem anderen völlig unbedeutend vorgekommen wäre«, sagte Alfie.

»Was ist passiert?«, fragte Finn, froh, dass sie sich nicht mehr mit ihren eigenen Erinnerungen beschäftigen musste. Da er nichts sagte, wiederholte sie die Frage: *»Qué fue?«*

»Es war tatsächlich ein ganz normaler Tag«, behauptete er, doch hinter seinen Worten lauerte ein kaum verhohlener Schmerz, der sich wie ein notdürftig aufgestauter Fluss jeden Moment Bahn brechen konnte. »Ich war neun. Ich ging in die Bibliothek, um dort Dez zu treffen. Als ich dort ankam, saßen er und mein Vater zusammen. Sie lachten und lächelten einander an.« Alfies Stimme klang gepresst. »Sie merkten nicht einmal, dass ich hereinkam. Und ich … ich sah den Blick meines Vaters. Er war voller Liebe für Dez. So stolz. Mich hatte er nie so angesehen. Und ich wusste, dass er es auch nie tun würde. Nicht so. An diesem Tag konnte ich zum ersten Mal Magie sehen und meine Magie an die von anderen Leuten anpassen. Als Erstes machte ich sie so golden wie die von Dez.« Alfie räusperte sich. »Dez' *Propio* zeigte sich, als ich ein kleiner Säugling war und er mich zum ersten Mal in den Armen hielt. Weil er mich so liebgehabt hat. Ich bekam mein *Propio* dagegen, weil ich eifersüchtig auf ihn war. Was für ein toller Bruder ich doch war.« Er verfiel in langes Schweigen. »Ich will damit sagen, dass du nicht die Einzige bist, die sich wünschte, jemand anders zu sein«, sagte er schließlich. »Auch wenn es sich für dich so angefühlt haben mag.«

Was er sagte, rührte sie. Wenn man jemand anderem von seinen Fehlern erzählte, machte man sich verwundbar. Das war Finn fast ihr ganzes Leben lang nur zu bewusst gewesen. Das Gegenüber konnte diese Fehler gegen dich verwenden, dich mit ihnen kontrollieren und verletzen. Wäre ihr das bereits als Kind klar gewesen, hätte sie ihre Geheimnisse für sich behalten, statt sie Ignacio anzuvertrauen. Doch Finn lernte schnell. Seit damals hatte sie verinnerlicht, dass sie ihre Narben und die Geschichten, die dahintersteckten, stumm erdulden musste. Sie trug sie auf der Haut und auf der Seele, wo sie eine Art Landkarte ihrer schrecklichsten Momente bildeten. Es wäre ihr nie eingefallen, jemandem von diesen Narben zu erzählen und die Bürde, die auf ihren Schultern lastete, mit einem anderen Menschen zu teilen. Denn dieses Gefühl gab ihr der Junge, der neben ihr saß und sie mit sanftem Blick betrachtete, während er ihre Geheimnisse zur Sicherheit in Verwahrung annahm, anstatt sie ihr wie einen Dolch unter das Kinn zu halten.

»Blau«, sagte er unvermittelt.

Finn neigte den Kopf. »Blau?«

»Die Farbe meiner Magie, sie ist blau«, erwiderte er. »Du hast mich danach gefragt. Dunkelblau, um genau zu sein. Als ich Luka die Farbe aufgemalt habe, meinte er, sie sähe wie der Nachthimmel in einem Bilderbuch aus.«

Finn konnte sie sich vorstellen. Eine saubere und ruhige Farbe, aber auch ein bisschen traurig. Sie passte zu ihm. »Das ergibt Sinn.«

»Und deine Magie hat nicht nur eine Farbe«, sagte er schnell, als bliebe ihnen nicht mehr viel Zeit. Wahrscheinlich stimmte das auch.

»Hat sie nicht?«

»Nein, sie ist dunkelrot, aber changiert ständig.«

Finn grinste. »Genau wie ich.«

»Genau wie du«, pflichtete er ihr bei. »Ich habe noch nie jemanden … etwas wie das gesehen.« Alfie räusperte sich erneut.

Finn war froh, dass sie nach vorne schauen musste, sodass der Wind ihre heißen Wangen kühlte. Sie umfasste die Zügel fest, um die Pferde durch eine Kurve zu lenken. »Wozu wolltest du englassische Bücher haben?«, fragte sie.

»Wieso willst du das wissen?«, entgegnete er leise.

»Du darfst wissen, mit wem du stirbst, aber ich nicht?«

Nach kurzem Schweigen seufzte der Prinz. »Ich dachte, sie könnten mir dabei helfen, meinen Bruder zurückzuholen. Zumindest war das die ursprüngliche Absicht. Aber meine Gründe wurden immer dämlicher.«

»Zum Beispiel?«

»Ich wollte etwas Leichtsinniges tun, um zu beweisen, dass ich genauso ungeeignet für den Thron bin, wie ich immer geglaubt habe.«

Aus dem Augenwinkel sah sie, wie er sich den Nacken rieb, eine Geste, die ganz typisch für ihn zu sein schien.

»Meine Eltern nennen es die Bürde der Geschichte. Sie sagen mir, ich wäre das Produkt all dessen, was meine Vorfahren getan und erfahren haben – von Menschen also, die von den Englassen versklavt und ihrer Magie und Kultur beraubt worden sind. Und das glaube ich ihnen. Ich bin dankbar für unsere Geschichte.« Er sprach schnell, als hätte er Angst, sie könnte ihn für einen verzogenen Jüngling halten. »Aber wenn ich mir vorstelle, welche Opfer nötig waren, um mich zu dem zu machen, was ich bin, fühle ich mich vor Angst wie gelähmt und kann keinen klaren Gedanken mehr fassen. Ich kann nichts tun. Ich weiß, es klingt dumm, aber wenn ich nicht einmal die Bürde der Geschichte tragen kann, wie soll ich dann je ein König werden? Ich weiß, dass ich der Falsche für diese Aufgabe bin. Manchmal habe ich den Verdacht, dass meine Eltern es auch wissen. Besonders Vater. Ich weiß, dass er sich wünscht, nicht Dez, sondern ich wäre von ihm gegangen.«

Finn schüttelte den Kopf. »Nein, du bist nicht falsch.«

»Hm?«

»Du bist nicht falsch für den Thron. Du betrachtest diese Angelegenheit nur aus einem falschen Blickwinkel.«

»Dann bist du jetzt also eine Expertin für Regierungsangelegenheiten, wie?«, erwiderte er trocken.

Sie schüttelte erneut den Kopf. »Nein, aber ich kenne mich mit Leuten aus. Ich muss sie in ihre Einzelteile zerlegen, um sie nachmachen zu können.«

»Dann bist du also eine Expertin, wenn es um mich geht?«

Darüber dachte sie einen Moment lang nach. »Sí.«

Er stieß ein freudloses Lachen aus. »Na, dann kennt sich ja wenigstens einer von uns beiden mit mir aus.«

Finn dachte daran, dass er seinen Umhang über sie gebreitet hatte, nachdem sie nach dem Cambió-Spiel miteinander gekämpft hatten. Als wäre sie jemand, den man beschützen müsste, und nicht eine Fremde, die ihn niedergeschlagen und ausgeraubt hatte.

»Du bist ein Mensch, der alles um sich herum für kostbar und zerbrechlich hält. Du hast Angst, etwas kaputtzumachen.«

»Ja«, antwortete er leise.

»Aber so darfst du die Dinge nicht betrachten. Ich will gar nicht behaupten, Castallan wäre nicht toll. Denn das ist es. Aber es ist nicht perfekt. Das war es nie und wird es auch nie sein. Vergiss die Geschichte. Vergiss dein Vermächtnis.« Während sie sprach, wünschte sie sich, sie hätte selbst mehr auf diesen Rat gehört. Sie hätte einfach leben sollen, anstatt vor ihrer Vergangenheit davonzulaufen. »Wenn du wirklich herrschen willst, und davon würde ich dir dringend abraten, solltest du einfach akzeptieren, dass dein Königreich ein ebenso mieses Drecksloch ist wie alle anderen Reiche auch. Dadurch wirst du keine Angst haben, Risiken einzugehen, um es zu verbessern. Vielleicht wirst du dann ja auch ein paar Dinge in Ordnung bringen. Wenn du dir dagegen einbildest, über etwas Perfektes zu regieren, das so zerbrechlich ist wie Glas, wirst du nichts anderes tun, als es zu polieren und zu bewundern. Wenn du ein halbwegs anständiger König sein möchtest, solltest du alles vergessen, was andere vor dir gemacht haben. Sieh diesen Ort als das an, was er ist, und handle entsprechend.«

Alfie drehte sich zu ihr um und betrachtete sie auf eine Weise, wie es noch nie jemand getan hatte – als wäre sie trotz all der schrecklichen Dinge, der Leben, die sie beendet, und der Schmerzen, die sie anderen zugefügt hatte, ein Mensch, der es wert war, dass man ihn kennenlernte.

»Ich wünschte, ich wäre dir schon früher begegnet.« Irgendetwas an der Art, wie er das sagte, trieb Finn die Tränen in die Augen.

»Im Moment wünsche ich mir viele Dinge«, erwiderte sie. Als Allererstes mehr Zeit. Sein Schweigen verriet ihr, dass es ihm ebenso erging. Die Angst vor dem Tod ließ sie nicht los.

Aber vielleicht hatte sie sich auch kein besseres Schicksal erhoffen können. Seit sie Ignacio begegnet war, hatte sie von geliehener Zeit gelebt. Dennoch hämmerte ihr Herz rasend schnell in der Brust, wie um sich der Geschwindigkeit anzupassen, mit der ihr das Leben nun durch die Finger rann.

»Finn?«

»Ja?«

»Du wirst nie wieder zu ihm zurückkehren müssen. Wir werden ihn entweder töten oder im Kampf gegen ihn sterben. Und falls wir heute Nacht sterben … tun wir es gemeinsam. Und darüber freue ich mich.«

»Ich will nicht sterben.« Die Angst, die aus ihrer Stimme klang, war ihr zuwider. Finn nahm eine Hand von den Zügeln, um sich die Augen zu reiben.

»Ich auch, aber wenigstens werden wir dabei nicht allein sein«, sagte er. »Und wenn wir auf der anderen Seite sind, werde ich dir Dez vorstellen. Du wirst ihn mögen.«

Finn hatte noch nie über das Jenseits nachgedacht. Sie war immer davon ausgegangen, dass sie sich nicht für das Paradies qualifizierte, wenn es denn eines gab. Doch wenn ein Prinz für sie bürgte, würde sie es ja vielleicht doch hineinschaffen.

»Meine Eltern sind gestorben, als ich noch ganz klein war«, sagte sie. Sie erinnerte sich kaum noch an die beiden. Zu ihren schönsten Erinnerungen gehörte es, wie sie zärtlich zu ihr herabgeschaut und sie an den Armen vor und zurück geschwungen hatten, während sie zu dritt nebeneinander hergingen. Wie ihre Eltern sie Mija genannt und auf die Wangen geküsst hatten. »Ich werde dort niemanden kennen.«

»Doch, mich«, antwortete er. Seine Finger strichen vorsichtig über ihre Hand. In dieser Berührung lag eine Frage. Als sie die Hand näher zu ihm hinschob, verschränkte er seine Finger mit ihren, und plötzlich kam ihr der Wind, der über die Kutsche fegte, nicht mehr so beißend vor. »Und ich kenne dich.«

Sie hatte sich immer vorgestellt, das Gewicht einer anderen Hand in ihrer würde sich wie ein Anker anfühlen, der sie festhielt, während sie rennen und frei sein wollte. Doch jetzt wollte sie bleiben, wo sie war. Und sie hatte sich in ihrem ganzen Leben noch nie so frei gefühlt wie in diesem Moment.

Nun merkte sie, dass man Freiheit in einer anderen Person finden konnte und sie nichts mit einem Ort zu tun hatte.

Da die Straße geradeaus verlief und gerade keine Hindernisse zu sehen waren, drehte Finn sich zum Prinzen um und sah ihn an. In seinen goldenen Augen entdeckte sie die gleiche Angst, die auch sie empfand, und das Wissen, dass sie sich nicht vor dem schützen konnten, was auf sie zukam. Doch diese geteilte Angst machte sie stark, denn im Angesicht ihres sicheren Todes wüssten sie, dass ihnen keine Zeit mehr blieb, so zu tun, als wären sie jemand anders, als sie in Wirklichkeit waren – und als würden sie etwas anderes fühlen, als sie tatsächlich empfanden. Sie richtete den Blick wieder auf die Straße.

»Also gut«, sagte sie. »Dann werden wir gemeinsam gehen.« Und so ritten die Diebin und der Prinz weiter. Ihre miteinander verschränkten Finger waren ein Versprechen, dass sie einander überallhin folgen würden.

Kapitel 33

Der Ersatzprinz

Luka war nervös.

Das letzte Mal, als er auf einem Ball nervös gewesen war … nein, daran konnte er sich nicht erinnern. Gesellschaftliche Ereignisse waren noch viel mehr sein Element als das Feuer. Seine derzeitige Verfassung passte überhaupt nicht zu ihm. Um sich mit irgendetwas zu beschäftigen, zupfte er am Kragen des dunkelblauen Überziehers herum, den Alfie getragen hätte, wenn er zum Ball gegangen wäre. Aber der war nicht hier.

Stattdessen saß Luka am hinteren Ende des Ballsaales neben dem König und der Königin auf Alfies vergoldetem Thron, gegenüber von der großen Marmortreppe. Permanent wurden neue Gäste angekündigt. Sie schlenderten einer nach dem anderen die Stufen hinunter und durchquerten den Ballsaal, um sich mit eingeübtem Lächeln vor der Königsfamilie zu verbeugen. Währenddessen nahm die Veranstaltung allmählich Fahrt auf. Luka war immer noch wütend auf sich selbst, weil er das Pergament zerstört hatte. Nun konnte er nicht mehr herausfinden, ob es Alfie gut ging. Wegen dieser Ungewissheit hatte er pochende Kopfschmerzen, die von Sekunde zu Sekunde schlimmer wurden.

Die vornehmsten Adligen von Castallan tanzten auf dem gefliesten Boden oder mischten sich unter die Gästeschar. An den Wänden des Ballsaales hingen Vorhänge, die so verzaubert waren, dass sie im Verlauf des Abends mal dunkler und mal heller erscheinen würden. Überall schwebten Kerzen wie magisch vom Himmel geholte Sterne. Beim Tagundnachtgleiche-Fest ging es um das Gleichgewicht zwischen Dunkelheit und Licht, und die gesamte Dekoration des Ballsaals spiegelte dieses Thema wider. Die Kuppeldecke war ein Flickwerk aus Buntglasscheiben, die tagsüber kunterbunte Schatten warfen. Am Abend war der darüber hängende Mond nur in Umrissen zu erkennen, als wäre er von einem riesigen Stück buntes Seidenpapier verdeckt. Luka konnte nicht so unbeschwert wie sonst den Tequila und die Lustbarkeiten des Balles genießen, da ihm ständig Alfies Worte durch den Kopf gingen.

Aber wenn ich versage und nicht zurückkehre, musst du Paloma die Wahrheit sagen, damit sie versuchen kann, die Magie aufzuhalten.

War dieser Zeitpunkt jetzt gekommen? Hatte er es nicht geschafft? Noch war die Welt um ihn herum nicht zusammengebrochen, aber Alfie war mittlerweile schon sehr lange verschwunden. Eine so bedeutende Veranstaltung wie diese würde er nur versäumen, wenn etwas wirklich Schreckliches passiert war.

Falls er überhaupt noch am Leben war.

Mit diesem Gedanken erhob Luka sich vom Thron und marschierte durch den Ballsaal. Bei jedem Schritt wehte ihm sein goldener Umhang um die Fußknöchel. Wortlos ging er um einen Adligen herum, der ihn begrüßen wollte. Gleichzeitig tat er, als überhörte er die Frage der Königin, wo er so eilig hinwolle, und ignorierte die Blicke der Ballgäste, die er mit seiner Unhöflichkeit vor den Kopf stieß. Doch er hatte keine Zeit für sie. Nicht jetzt. Paloma, die den königlichen Festgesellschaften generell wenig abgewinnen konnte, stand in ihrer förmlichen goldbesetzten Dueña-Robe auf der anderen Seite des Ballsaales.

Luka ging zu ihr hin und fasste sie an die Schulter.

Sie sah mit erhobenen Brauen auf seine Hand hinab, ehe sie ihm fragend die Augen blickte. »Prinz Alfehr, was ist los?«

Es geziemte sich nicht, einfach so eine Dueña zu berühren. Doch Luka waren Sitte und Anstand im Augenblick einerlei. »Ich bin nicht Prinz Alfie«, gab er zu. Eigentlich hatte er geglaubt, dieses Geständnis würde ihn erleichtern. Doch er fühlte sich, als hätte er mitten im tiefsten Winter den Mantel abgelegt und wäre nun ungeschützt den Elementen ausgesetzt oder in seinem Fall allen Konsequenzen, die sich aus der Lüge ergaben, auf die er sich dummerweise eingelassen hatte.

»Wie bitte?«, fragte Paloma und befreite sich aus seinem Griff. Sie flüsterte, um die Adligen, die zu ihnen herübersahen, nicht zu alarmieren. »Bist du betrunken?«

Luka schluckte. Die Angst, Alfie könnte bereits tot sein, schnürte ihm die Kehle zu. »Ich muss dir etwas sagen.«

Kapitel 34

Die zwei Prinzen von Castallan

Die Kutsche rollte auf der Steinbrücke über den See und dann zum Vorplatz des Palastes, wo gerade Gäste anmutig die breite Treppe hinaufschritten und darauf warteten, dass ihre Ankunft verkündet wurde.

»Aus dem Weg!«, rief Alfie zwei adligen Damen zu, die rasch ihre Röcke rafften und zur Seite sprangen, während Finn die Kutsche mit kreischenden Bremsen vor den breiten Stufen zum Stillstand brachte. Während der Fahrt hatte er sich erholen können, und obwohl sein Körper immer noch von Sombras Magie schmerzte, fühlte er sich ausgeruht und bereit, für sein Königreich in den Kampf zu ziehen.

Als er vom Kutschbock hinunterstieg, eilten sofort Wächter herbei.

Alfie hob beschwichtigend die Hände. »Ich bin Prinz Alfehr. Der Thronerbe von Castallan. Ich komme mit wichtigen Neuigkeiten.«

Einer der Wächter lachte bellend und ließ den Blick über Alfies zerrissene Dueño-Robe gleiten. »Bist du besoffen, *Muchacho*? Prinz Alfehr ist da drinnen und genießt das Fest.«

Die Wachmänner umstellten die Kutsche in einem weiten Kreis und legten die Hände auf ihre Schwertgriffe.

Einer der Männer sah mit erhobenen Augenbrauen zu Finn hinauf, die nach wie vor auf dem Kutschbock saß. »Dürfte ich eure Einladung sehen?«

»Selbstverständlich.« Finn hob den Stiefel und trat dem Mann ins Gesicht. Fluchend fiel er rückwärts ins Gras und griff sich an die blutige Nase.

Während die konsternierten Adligen sich beeilten, in den Palast zu gelangen, rückten die Wächter weiter zur Kutsche vor.

»Hört mir zu!«, rief Alfie. »Wir sind nicht hier, um irgendjemandem etwas anzutun.«

»Das gilt vielleicht für dich«, murmelte Finn oben auf der Kutsche.

Alfie warf ihr einen warnenden Blick zu, bevor er sich wieder zu den Wächtern umdrehte. »Ich bin Prinz Alfehr, und ich bin hier, um euch vor einem Angriff zu warnen. Lasst mich sofort in den Palast!«

»Vergiss es, *Chico*«, sagte ein Wächter und hob sein Schwert. Doch in diesem Augenblick stieg zwischen seinen Füßen eine Steinsäule aus der Erde und traf ihn hart in den Unterleib. Alfie musste sich nicht zu Finn umblicken, er wusste auch so, dass sie dahintersteckte.

Ein weiterer Wächter nahm den Platz des ersten ein und holte mit der Faust aus. Ohne lange nachzudenken, zog Alfie Wasser in einer Spirale aus dem See und ließ es um seine Hand zu einer Eiskugel gefrieren. Als er sie dem Mann an die Wange schlug, taumelte der ein paar Schritte zurück.

Im nächsten Moment war Finn an seiner Seite und sah fragend seine Eisfaust an.

Alfie freute sich über ihr stolzes Lächeln. »Ich hatte die beste Lehrmeisterin.«

Während sie kurz voneinander abgelenkt waren, warf ein

Wächter einen Stein und traf Alfie damit im Bauch. Als der Prinz zusammensackte und nach Luft japsend die Knie umklammerte, stellte Finn sich vor ihn und deckte ihrerseits die heranrückenden Männer mit Steinen ein. Zwei traf sie mitten auf die Nase, ein dritter versank bis zum Kinn in einem Spalt, den sie im Boden aufklaffen ließ.

»Steh auf, Prinz!«, blaffte sie Alfie an. »Wenn wir heute schon sterben müssen, dann wenigstens in einer großen dramatischen Schlacht und nicht bei einer Rauferei mit deinen Wächtern.«

Während Alfie sich aufrappelte, kamen weitere Wächter herbei und umzingelten sie. Er musste unwillkürlich lächeln, da Finns Worte ihn an Dez erinnerten.

In den Büchern finden die Schwertkämpfe immer an großen und beeindruckenden Schauplätzen statt, hatte sein Bruder zu ihm gesagt. *Und wenn du etwas rufst, gibt es ein tolles Echo … Nichts geht über ein gutes Echo.*

»Du hast recht«, sagte er. »Wir werden irgendwo sterben, wo es ein tolles Echo gibt.«

Finn sah ihn kurz nachdenklich an und nickte dann so verständnisvoll, als hätte sie damals gemeinsam mit Dez und ihm in der Palastbibliothek mit den Übungsschwertern gefochten. »Ganz genau!«

Als Alfie eine Hand hob und *»Fuerza!«* rief, wurde ein Wachmann rückwärts gegen die Kutsche einer Adligen geschleudert.

»Hört sofort auf damit!«

Alfie erstarrte. Er kannte die Stimme – Maria, die Oberste der Palastwache. Sie zog ihr Schwert und stürmte mit zusammengekniffenen Augen auf sie zu.

Finn trat streitlustig einen Schritt vor, doch Alfie packte ihre Schultern und schob sie hinter sich. Die Wächterin hob das Schwert an seine Kehle.

»Maria!«, rief Alfie. Sie erstarrte, als sie ihren Namen hörte, und presste die stählerne Klinge an seinen Hals. Alfie hob das Kinn und sah ihr in die Augen. »Als ich acht war, bin ich die Treppe im Ballsaal hinuntergefallen, und du hast mich ins Krankenzimmer getragen. Ich habe so sehr geweint, dass der Kragen deines Umhangs pitschnass wurde. Du hast mir ein Schlaflied vorgesungen, um mich zu beruhigen. Schau mich an! Ich bin kein Hochstapler. Ich bin euer Prinz!«

Maria stand stocksteif da und musterte ihn von Kopf bis Fuß. Dann ließ sie das Schwert sinken und verbeugte sich tief. »Entschuldige, Prinz Alfehr. Ich habe dich …«

Alfie winkte ab. »Dafür ist jetzt keine Zeit. Lasst uns nur durch. Und sagt den Wachleuten, dass sie in Verteidigungsbereitschaft gehen sollen. Es wird bald einen Sturmangriff auf den Palast geben! Und schützt unbedingt die Schatzkammer. Verstehst du mich?«

Maria brauchte keine weiteren Erklärungen.

»Lasst den Prinzen passieren!«, rief sie den Wächtern zu, die sich sichtlich verwirrt zurückzogen und ihre Schwerter in die Scheiden steckten. »Du!« Maria deutete auf einen jungen Wachmann. »Eskortiere den Prinzen und seinen Gast zum Ballsaal. *Jetzt!* Niemand soll sie aufhalten!«

»Nein, ich möchte, dass der uns begleitet«, sagte Finn und zeigte auf den Wächter, dem sie an die Nase getreten hatte. Der Mann, der auf dem Boden lag und sich immer noch eine Hand vor das blutige Gesicht hielt, sah sie durchdringend an. »Komm mit, Glasnase.«

Mit einem weiteren bösen Blick erhob sich der Wächter und folgte Alfie, Finn und der noch immer unsichtbaren Xiomara durch die offenen Türen des Palastes und in Richtung Ballsaal. Alfie vergaß seine gute Erziehung und stürmte zwischen den

Adligen hindurch, die in aller Gemütsruhe durch die breiten Korridore schlenderten.

»Zur Seite!«, rief er einer Gruppe älterer Herren entgegen, die ihm daraufhin schnell Platz machten. Finn stieß im Vorbeilaufen einen Diener um. Alfie spürte, dass Xiomara die ganze Zeit dicht hinter ihnen war. Ein paar Wächter wollten sich ihnen in den Weg stellen, doch als ihr blutender Begleiter ihnen zunickte, zogen sie sich sofort wieder zurück.

Schließlich erreichten sie die offenen hohen Türen zum Ballsaal. Alfie lief die gefliesten Stufen hinab und stolperte fast über seine Dueño-Robe. Als er am unteren Treppenabsatz keuchend stehen blieb, wurde es im Raum ruhig. Nur hier und da hörte man jemanden entrüstet flüstern.

»Ist das der Prinz?«

»Trägt er etwa … eine Dueño-Robe?«

Alfie tippte sich an den Kehlkopf. *»Amplificar.«* Unterhalb seines Kinnes spürte er ein Kribbeln. Es stammte von der Magie, die seine Stimmbänder so verstärkte, dass alle ihn hören konnten. »Ich bitte um eure Aufmerksamkeit!«, rief er, und seine eindrucksvolle Stimme hallte im ganzen Ballsaal von den Wänden wider. »Ihr müsst sofort den Palast evakuieren! Es wird einen feindlichen Angriff …«

»Was hat das zu bedeuten?« Auf der anderen Seite des Raumes erhob sich der König von seinem Thron, und die Königin machte es ihm nach. Ihre Wächter errichteten einen Wall aus Muskeln um sie.

Alfie wurde das Herz schwer. Er hatte gedacht, er würde sie nie wiedersehen. Am liebsten hätte er sich ihnen in die Arme geworfen, wie er es als Kind getan hatte. Er wollte weinen und ihnen versprechen, dass er nie wieder so einen dummen Fehler begehen würde. Doch das war im Moment nicht möglich.

Alfie rannte quer durch den großen Saal und blieb vor dem Ring aus Wächtern stehen. Die Adligen in der näheren Umgebung zogen sich zurück, weil sie nichts mit dieser Sache zu tun haben wollten, die aus ihrer Sicht wie ein bizarrer gesellschaftlicher Fauxpas wirken musste. Bevor Alfie zum Sprechen ansetzte, beendete er noch schnell den Verstärkungszauber. »Mutter, Vater …«

Als sie sein Gesicht sah, schmolz der Zorn der Königin einen Moment lang dahin, doch gleich darauf flammte er wieder auf. »Du bist nicht unser Sohn. Unser Sohn ist hier. Du bist ein Hochstapler. Ergreift ihn!«

»Wartet!«, erklang eine Stimme aus der Menge. Luka, der immer noch Alfies Gesicht trug, drängte sich zu ihnen durch. Paloma war ihm dicht auf den Fersen. Sie sah Alfie so böse an, dass er unwillkürlich eine Hand heben wollte, um ihren Blick abzuschirmen. Sein Magen verkrampfte sich. Sie wusste es. Luka hatte es ihr erzählt.

»*Qué tal,* Badewannenjunge«, sagte Finn.

Alfie hatte bereits die Arme ausgebreitet, als Luka ihn erreichte und fest an sich zog.

»Du hast dich verspätet«, sagte Luka, als sie sich wieder voneinander lösten.

»Besser zu spät als nie«, scherzte Alfie, obwohl ihm vor Freude, seinen besten Freund wiederzusehen, fast die Tränen kamen.

»Alfie«, sagte die Königin und sah zwischen ihm und Luka hin und her. Alfie hatte keine Ahnung, wen von ihnen beiden sie gemeint hatte. »Erklär mir das.«

»Einen Moment, ich bringe das schnell in Ordnung.« Finn wedelte mit einer Hand, und Luka wurde wieder er selbst. »So.«

Die Königin und der König sahen Luka mit großen Augen an. Alfie hatte seinen Vater noch nie so verdattert erlebt.

Im nächsten Moment stieß Paloma Luka zur Seite und stellte sich vor Alfie. Sie holte aus und verpasste ihm eine schallende Ohrfeige, die seinen Kopf zur Seite riss.

Der Schmerz war jedoch nichts im Vergleich zu der Scham, die er empfand. Als ein Wächter vortrat, um die wütende Paloma zurückzuhalten, winkte Alfie ihn weg. Er hatte die Ohrfeige verdient.

»Du dummer Junge«, schimpfte Paloma. »Wie konntest du nur so gedankenlos sein …?«

Alfie hatte keine Zeit zu antworten, da sich nun Finn vor ihn schob und Paloma einen Dolch an die Kehle hielt. »Als großes Mädchen solltest du doch eigentlich wissen, dass man sich immer nur mit Worten auseinandersetzt und nicht handgreiflich wird.«

Paloma sah Finn von oben herab an, als wäre sie ein Insekt, das man mit dem Stiefel zertreten müsste.

»Paloma!«, donnerte Königin Amada. Sie gab den Wächtern ein Zeichen, dass sie ihr Platz machen sollten, und trat dicht gefolgt vom König vor Alfie hin. Finn ließ vernünftigerweise den Dolch sinken und stellte sich neben Alfie. »Wenn du meinen Sohn noch einmal berührst, wirst du es für den Rest deines Lebens bereuen.«

In der darauffolgenden Stille trat Paloma, den zornigen Blick nach wie vor auf Alfie gerichtet, ein paar Schritte zurück.

Königin Amada drehte sich zu ihm um und nahm sein Gesicht zwischen die zitternden Hände. »Wo bist du gewesen, Alfie? Was wird hier gespielt?«

Alfie spürte, wie ihm der Schweiß an den Schläfen herablief. Was würde seine Mutter tun, wenn er es ihr sagte? Würde sie ihm ebenfalls eine Ohrfeige verpassen? Oder sich, schlimmer noch, für immer von ihm lossagen? Was immer es war, er würde sich ihm stellen müssen. »Wir müssen uns auf einen Angriff …«

Ein lautes Knacken erklang im Ballsaal, als sich auf den bodentiefen Buntglasfenstern spinnennetzartige Risse bildeten. Im nächsten Moment regnete es vielfarbige Scherben, und die Infizierten krochen in den Saal. Sie schnitten sich an den Splittern Hände und Knie auf. Eine Gruppe adliger Frauen, die unmittelbar vor den Fenstern gestanden hatten, versuchte noch davonzulaufen. Doch sie kamen nur ein paar Schritte weit, ehe die schwarzäugigen Kreaturen sie an den Abendkleidern packten. Alfie wandte den Blick ab, als die Schatten der Gäste vom Boden gerissen und in ihre zuckenden Körper gezwängt wurden. Die Wächter zogen Alfie, Finn, Paloma und Luka ohne zu zögern hinter sich, doch Alfie wusste, dass er nicht in Deckung bleiben konnte. Denn heute war er es, der die anderen beschützen musste.

»Mutter, Vater«, sagte Alfie, als immer mehr Schreie den Ballsaal erfüllten. »Lauft. Versteckt euch. *Bitte.*«

»Prinz.« Finn deutete zitternd über seine Schulter. Ignacio stand mit einer Meute schwarzäugiger Helfer auf dem oberen Treppenabsatz und lächelte auf sie herunter.

Alfie drehte sich mit hämmerndem Herzen zu Paloma um. »Du weißt, was ich getan habe und was sie hier suchen. Ich werde dich nicht um Verzeihung bitten, aber bewache bitte die Schatzkammer. Finn und ich werden ihn derweil aufhalten.«

Paloma sah ihn durchdringend an, doch sie nickte.

Alfie wandte sich an die Wächter, die mit gezogenen Schwertern dicht um sie herumstanden. »Beschützt den König und die Königin! Bewacht die Schatzkammer!«

Sein aschgrauer Vater öffnete den Mund, um zu protestieren, und die Wächter weigerten sich, Alfie hinter ihrem Schutzwall hervortreten zu lassen.

»Ich bin euer Kronprinz, und das hier ist meine Schuld!«, sagte Alfie zu den Wächtern, bevor er seinen Eltern in die Augen sah. »Lasst mich das machen.«

Einen Moment lang herrschte zwischen dem Prinzen und seinen Eltern angespanntes Schweigen. Die Brust des Königs hob und senkte sich, als er die Königin ansah. Nach kurzem Zögern nickte sie wortlos. Die Wächter traten beiseite und ließen Alfie und Finn in den chaotischen Ballsaal hineinlaufen.

Kapitel 35

Die Hände eines Gottes

»Komm mit, Luka!«, rief Paloma und packte ihn am Arm, während Alfie und die Diebin davonrannten.

Luka widersetzte sich ihr. »Lass mich los!« Er wand sich aus Palomas Griff und drängte sich durch das Spalier der Wächter. Hinter ihm befand sich die Wand mit den Thronen, vor ihm herrschte ein heilloses Durcheinander aus fliehenden und ängstlich kreischenden Gästen. Er lief in die Richtung, in die Alfie verschwunden war, konnte ihn jedoch nirgends entdecken. Während er sich durch die entgegenkommenden Gäste drängte, stürzten sich die schwarzäugigen Ungeheuer wie tollwütige Hunde auf die Menschen und töteten sie an Ort und Stelle oder flößten ihnen gewaltsam die Finsternis ein. Luka sah zwar, was geschah, hörte jedoch nichts außer einem gedämpften Dröhnen.

Panik erfasste ihn. Er drehte sich im Kreis und hielt in der schreienden Menge nach Alfie Ausschau. Hatten diese Monster ihn bereits erwischt? War das Schicksal so grausam, sie für einen kurzen Augenblick wieder zusammenzuführen, nur um ihm Alfie sofort wieder zu entreißen?

Luka zuckte zusammen, als eine Hand ihn an der Schulter packte. Nun konnte er auch wieder die schrillen Schreie im Ballsaal hören.

»Meister Luka!«, rief ihm ein Palastwächter zu. »Kommt mit mir, die königliche Familie …«

Eine Frau mit schwarzen Augen stürzte sich brüllend auf den Mann und warf ihn zu Boden.

»Nein!«, rief Luka. Ohne an seine neue Kraft zu denken, packte er die Frau an der Schulter und warf sie quer durch den Ballsaal. Sie knallte an die gegenüberliegende Wand. Als sie zuckend daran herunterrutschte, schnitt Luka eine Grimasse. Trotz ihrer gebrochenen Knochen versuchte sie, auf allen vieren zurück ins Getümmel zu kriechen. Er hatte ihr nicht wehtun wollen. Aber es war nicht anders gegangen.

Der Wächter lag noch immer mit geschlossenen Augen auf dem Boden und atmete schwer.

»Ist alles in Ordnung?« Luka kniete sich hin und rüttelte ihn an der Schulter. »Wir müssen Alfie helfen, wir …«

Der Wächter öffnete die Augen. Sie waren komplett schwarz wie die Nacht. Die Adern unter seiner Haut waren erhaben und bewegten sich wie Aale. Luka sprang auf. Der Mann richtete sich mit erschreckender Anmut auf. Als Erstes erhob sich seine Brust, als würde er an einer Schnur um sein Schlüsselbein in die Höhe gezogen.

Jetzt ist es also so weit, dachte Luka, und plötzlich wurde sein Verstand ganz ruhig. *Nun werde ich sterben.*

Der Wächter sah ihn einen Moment lang an, dann schien er das Interesse zu verlieren und wandte sich von ihm ab. Gleich darauf stürzte er sich auf ein anderes schreiendes Opfer. Luka, der aus irgendeinem Grund immer noch am Leben war, sah ihm hinterher. Er war beinahe beleidigt, doch dafür hatte er zu viel Angst.

Was zum Henker war da los?

Rennende Gestalten, von denen ein paar schwarze Augen

hatten, eilten an ihm vorbei, während er sich wieder langsam im Kreis drehte und den Tumult nach Alfie absuchte. Bruxos nahmen die Eindringlinge mit ihren Elementen unter Beschuss. Doch damit bewirkten sie nichts. Diese Ungeheuer rannten selbst dann noch weiter, wenn sie in Flammen standen, in Stein gehüllt, von einer Eisschicht bedeckt oder von starken Winden umtost waren. Auch magische Worte konnten sie nicht lange aufhalten. Sie wurden sie so leicht wieder los, wie Hunde Regentropfen aus ihrem nassen Fell schüttelten.

»Luka!«

Er drehte sich um und sah, dass Paloma auf ihn zurannte, verfolgt von einer Frau mit schwarzen Augen, die ein juwelenbesetztes Abendkleid trug – ein Ballgast, der sich in ein Monster verwandelt hatte.

Luka eilte Paloma entgegen, zog sie hinter sich und tauchte die Frau in einen Flammenstrahl aus seiner vorgereckten Handfläche. Dann ließ er ihren brennenden Körper mit einem gezielten Hieb rückwärts durch den Ballsaal rutschen.

Paloma starrte ihn mit offenem Mund an.

»Frag nicht, ich habe selbst keine Ahnung, wieso ich das kann«, sagte Luka.

Paloma schüttelte den Kopf. »Ich brauche deine Hilfe. Die Teile seines Körpers, nach denen die dunkle Magie sucht, werden in der Schatzkammer verwahrt.«

Im Palast befanden sich Teile von Sombras Körper? Und er hatte gar nichts davon mitbekommen, obwohl er sein ganzes Leben hier gewesen war? Zugegebenermaßen hatte er die wenigen Male, die er in der Schatzkammer gewesen war, ausschließlich Augen für die Edelsteine gehabt. Außerdem war er im Moment zu aufgeregt, um wirklich überrascht zu sein.

»Ich kann Alfie nicht zurücklassen. Ich kann nicht …«

»Wenn du ihm helfen willst, musst du die Schatzkammer bewachen. Sobald diese Ungeheuer dort hineingelangen, ist alles verloren, nicht nur Alfie.«

Die nackte Angst in ihren Augen jagte ihm einen kalten Schauder über den Rücken. Luka war immer davon ausgegangen, dass sie völlig furchtlos war und nach ihrem jahrelangen Studium der Magie keinerlei Gefühle mehr besaß. Doch ihr Blick berührte ihn zutiefst, und er wusste, dass er ihr helfen musste.

Er schluckte und ließ ein letztes Mal den Blick über die Menge gleiten, doch Alfie blieb verschwunden. Egal wie, er würde ihm helfen. »Geh voraus.«

Paloma packte Luka unvermittelt und zog ihn auf eine Wand zu. In einer Vertiefung zwischen den Kacheln stand eine kleine Vogelstatue, die Luka noch nie bemerkt hatte. Als Paloma daran drehte, schwang ein quadratisches Stück der Wand auf. Sie zog Luka hindurch und machte die verborgene Tür hinter sich wieder zu.

Luka sah sich in dem dunklen Gang um und ließ über einer Handfläche eine Flammenkugel entstehen. Es war ihm fast peinlich, dass er diesen Geheimgang noch nicht kannte.

»Was ist mit den anderen?«, fragte er. Die Schreie im Ballsaal waren hinter der Wand immer noch zu hören.

Paloma schüttelte den Kopf. »Dieser Mann muss abgelenkt sein, während wir zur Schatzkammer gehen.« Luka öffnete den Mund, um ihr zu widersprechen, doch sie packte ihn erneut am Arm. »Dafür haben wir jetzt keine Zeit!«

Gleich darauf rannten sie durch den gewundenen Gang, bevor sie in einem Gewirr aus Korridoren herauskamen, durch die sie schließlich zur Schatzkammer gelangten. Die Korridore waren leer und im Vergleich zu den lauten Schreien im Ballsaal fast ohrenbetäubend leise.

Als sie die letzten Schritte bis zu ihrem Ziel zurücklegten, stolperte Luka bei dem Anblick, der sich ihnen bot, beinahe über die eigenen Füße. Die filigrane Tür zur Schatzkammer war aus den Angeln gerissen.

»Nein, nein, nein«, flüsterte Paloma und lief schneller.

Mindestens zwanzig Wächter lagen auf dem Boden verstreut. Einige von ihnen mit gebrochenem Genick, andere mit aufgeschlitzter Kehle oder aufgerissenem Bauch. Als Luka das Blut sah, schlug er eine Hand vor den Mund, doch Paloma hielt nicht an. Sie lief durch die gähnende Öffnung in der Wand, in der sich zuvor die Tür befunden hatte. Luka folgte ihr und rannte beinahe in sie hinein.

»Paloma, was …?«

Ein knisterndes Geräusch, wie von einem Blitzschlag, brachte ihn zum Verstummen. Auf der anderen Seite der Schatzkammer umringten drei Frauen mit schwarzen Augen und bunten Ballkleidern eine Glasvitrine. Darin befanden sich zwei Hände aus Stein. Jedes Mal, wenn sie die Vitrine zu berühren versuchten, bekamen sie einen Schlag. Dabei sah Luka den durchsichtigen Umriss einer Barriere. Je häufiger sie diese Barriere berührten, desto vehementer wurden die Gegenschläge. Während sie vorrückten, schälte sie ihnen das Fleisch von den Armen. Doch die Frauen schrien nicht und wichen auch nicht zurück. Stattdessen lehnten sie sich gegen die Barriere. Schließlich breiteten sich Schatten über der Barriere aus und zersetzten sie wie Säure.

»Nein!«, schrie Paloma, aber es war zu spät. Die Barriere verschwand, und eine der Frauen schlug das Glas ein. Mit Blutungen und von Scherben bedeckten Fingern nahm sie die Steinhände an sich.

»Wir müssen sie aufhalten«, sagte Paloma.

Luka sah sie blinzelnd an. »Weil sie eine Statue klauen?«

Doch dann traf ihn die Erkenntnis: Sombra war zu Stein geworden, nicht zu Gebein. Dies waren die Hände eines Gottes.

»Fuerza!«, rief Paloma, und zwei der schwarzäugigen Frauen wurden gegen die Wand geschleudert. Als Paloma die Handgelenke kreisen ließ, lösten sich Steinspiralen aus der Mauer und fesselten die sich windenden Frauen. Die beiden wehrten sich, und Luka sah, wie der Stein zu bröckeln begann. Sie waren stark.

Die verbliebene Frau drehte sich mit leerem Blick und den Steinhänden in den Armen zu ihnen um. Dann rannte sie unfassbar schnell auf sie zu.

»Lass sie nicht durch die Tür!«, rief Paloma.

Da er nicht wusste, was er sonst tun sollte, lief Luka der Frau entgegen und rannte sie um. Während er ihre Schultern auf den Boden drückte, versuchte sie genauso wenig wie die anderen Monster, ihm etwas anzutun. Dafür wand sie sich heftig und bäumte sich auf, um freizukommen.

Paloma stand atemlos über ihm. »Wo sind sie? Wo sind die Hände?« Die Frau hatte sie nicht mehr.

»Ich weiß es nicht. Als ich sie gepackt habe, hatte sie sie noch!«

Da hörte Luka hinter sich ein Trippeln. Die Steinhände rannten auf ihren Fingern wie Spinnen über den Boden der Schatzkammer auf die Tür zu.

»Du hast vergessen zu erwähnen, dass diese Hände *lebendig* sind!«, rief Luka.

»In den letzten Jahrhunderten waren sie es nicht«, gab Paloma zurück. Ihre normalerweise monotone Stimme klang genervt. Sie konzentrierte sich auf die Steinhände. *»Parar!«* Doch die Hände erstarrten nicht und liefen einfach weiter. *»Parar!* Sie sind zu nah an der Magie. Sie hat sie aufgeweckt.«

Luka hatte keine Zeit, sie um weitere Erklärungen zu bitten, da die Hände in diesem Moment durch die Tür in den Gang hinausflitzten. Paloma vollführte eine rasche Geste, und eine Fessel aus Stein legte sich um die Hüften der dritten Frau. Sie würde nicht lange halten, aber für den Moment musste es genügen. Dann zog sie Luka von der immer noch um sich schlagenden Frau herunter und schleifte ihn aus der Schatzkammer.

»Diese Hände dürfen nicht in den Ballsaal gelangen, verstehst du mich?«, fragte sie, während sie ihnen um eine Ecke folgten. Luka hatte gedacht, der Tag, an dem Alfie die Diebin in den Palast gebracht hatte, würde für immer der merkwürdigste seines Lebens bleiben. Doch gemeinsam mit Paloma ein Paar Steinhänden durch den Palast nachzujagen war noch viel verrückter.

Mit ein paar schnellen Handbewegungen ließ Paloma Steinabsperrungen aus dem Boden aufsteigen und pferchte die Hände so in einer Ecke ein. Dann stürzte sie sich auf sie.

Sie presste sie sich mit den Unterarmen an die Brust. Die nach oben gerichteten Finger wollten ihr an die Kehle gehen und sahen dabei wie ein morbider Blumenstrauß aus. Luka ging vor ihr in die Hocke und beobachtete, wie die Hände sich vor ihrer Brust wanden. Paloma rappelte sich auf die Knie hoch und machte den Mund auf, um etwas zu sagen, doch die Hände schlossen sich um ihren Hals wie ein Schraubstock. Sie riss die Augen auf und rang um Atem.

»Mist!«, fluchte Luka. Er zerrte an den abgetrennten Unterarmen, doch die Finger wollten sich partout nicht von Palomas Kehle lösen lassen. Stattdessen zog er Paloma jedes Mal, wenn er an den Armen riss, ein Stück über den Boden. »Es tut mir leid!«, sagte er, während sie hilflos keuchte. Luka packte die Finger und bog mit aller Kraft einen nach dem anderen zurück. Schließlich hatte er Paloma von den Händen befreit. Sie klappte zusammen und schnappte nach Luft.

Luka sah auf die Hände hinunter, die sich gegen seine Umarmung wehrten. »Böse Hände! Sehr, sehr böse Hände!«

Indem er jedes bisschen seiner erstaunlichen Kraft einsetzte, gelang es ihm schließlich, die Steinfinger zu verschränken und zwischen seinen Handflächen flach zusammenzupressen. Während er die zappelnden Statuenteile fixierte, sah er Paloma an. »Geht es dir gut?«

Paloma erhob sich langsam. »Das ist jetzt egal«, antwortete sie heiser. »Wir müssen zu meiner Unterkunft. Ich muss sie wegschaffen, so weit weg wie möglich von dem Mann im Ballsaal.« Paloma blickte ihm über die Schulter und verkniff das Gesicht.

Am anderen Ende des Ganges tauchten die drei Frauen aus der Schatzkammer auf, und sie hatten Freunde dabei. Eine Horde schwarzäugiger Monster stand unnatürlich reglos da und starrte die Hände in Lukas Armen an.

»Oh, oh«, sagte Luka. Dann rannten die Infizierten mit halsbrecherischer Geschwindigkeit zu ihnen her. Luka ließ sich vor Paloma auf die Knie sinken. »Steig auf meinen Rücken!«

Kaum hatte Paloma ihm die Arme um den Hals geschlungen, rannte Luka, so schnell ihn die Beine trugen, den Korridor entlang.

»Fuerza!«, rief Paloma auf seinem Rücken. *»Parar!«*

Er hörte, wie ihre Verfolger hinfielen, weil sie entweder zurückgerissen wurden oder Paloma sie mit Stein ummantelte. Aber er wusste, dass sie nicht lange so weitermachen konnte. Es waren einfach zu viele, und Magie schien nicht lange bei ihnen zu wirken. Die Steinhände wehrten sich nach wie vor gegen seinen Griff.

»Luka!«, rief Paloma.

Er blickte gerade noch rechtzeitig über die Schulter, um mitzubekommen, wie eine Frau sich auf ihn stürzte. Die Kraft ihres Aufpralls ließ Luka über den Boden rollen. Dabei entglitten ihm die Steinhände. Luka wollte hinter ihnen herlaufen, doch ein Schmerzensschrei hielt ihn zurück. Hinter ihm rang Paloma mit der schwarzäugigen Frau. Der Fußknöchel der Dueña stand in einem merkwürdigen Winkel seitlich ab. Offensichtlich hatte sie ihn sich beim Sturz gebrochen. Die Frau hielt sie genauso am Boden fest, wie eine Katze es mit einer Maus machen würde.

»Los!«, rief Paloma. »Schnapp dir die Hände! Lass mich hier!«

Lukas Blick zuckte zwischen ihr und den Händen, die rasch den Gang entlangkrabbelten, hin und her. Paloma und er waren nie sehr gut miteinander ausgekommen – schließlich hatte er Alfie andauernd zum Schwänzen überredet und in Schwierigkeiten gebracht. Aber er konnte sie nicht mit diesen Ungeheuern zurücklassen.

Ihr Gesicht verkniff sich, und sie schien zu wissen, worüber er nachdachte. »Luka, tu, was ich sage!«

Luka sprang vor und stieß die Frau von Paloma runter. Während sie zu den anderen schwarzäugigen Monstern zurückschlitterte, prallte sie wegen seiner unerklärlichen Kraft mehrfach vom Fußboden ab wie ein Stein, den man über einen See hüpfen ließ. Luka krümmte die Finger und beschwor eine Feuerkugel, um sich kampfbereit zu machen. Zwar konnten ihm diese Kreaturen aus irgendeinem Grund nichts anhaben, er ihnen dagegen schon.

Er grinste Paloma an. »Wann hätte ich je getan, was du mir sagst?«

Kapitel 36

Der Drache

Finn hatte mit einem absoluten Chaos gerechnet, doch damit war das Geschehen im Ballsaal nur unzureichend beschrieben.

Gäste, die nach einem Fluchtweg suchten, wurden grausam von den schwarzäugigen Ungeheuern zu Fall gebracht, die nach wie vor durch die bodentiefen Fenster eindrangen. Die Wächter standen immer noch auf der anderen Seite des Raumes und bildeten einen Schutzwall um den König und die Königin.

Alfie und sie hatten seine Eltern zurückgelassen und bahnten sich nun einen Weg durch die schreienden Adligen. Während sie rannten, blickte Alfie über ihre Schulter. Er zog sie dicht zu sich heran, zog Wasser aus der Luft und ließ es um seine Faust zu einer Eiskugel gefrieren. Dann schlug er dem schwarzäugigen Mann, der ihnen entgegenkam, ins Gesicht. Während ihr Angreifer rückwärtstaumelte, rannte von hinten eine infizierte Frau auf den Prinzen zu.

Mit einer schnellen Handbewegung sorgte Finn dafür, dass die Füße der Frau im Steinboden des Ballsaales versanken. Sie fiel auf alle viere und versuchte stumm, weiter auf sie zuzukriechen, den Blick fest auf ihre Schatten gerichtet. Hinter Alfie rannte eine weitere Frau zu ihnen her. Er drehte sich um und streckte rasch die Hand aus.

»*Parar!*« Für den Augenblick erstarrte die Frau, festgehalten von seiner Magie. Doch Finn sah, dass sie sich sofort zu befreien begann. Gab es denn nichts, womit man diese schwarze Magie aufhalten konnte?

Plötzlich kam ihr ein Gedanke. »Wo ist Xiomara?«, zischte sie Alfie zu. War die Gefangene überhaupt noch am Leben? Oder hatte eines von Ignacios Monstern sie erwischt?

Alfie verengte konzentriert die Augen zu Schlitzen, was, wie Finn mittlerweile wusste, bedeutete, dass er sein *Propio* aktivierte. »Ich kann ihre Magie sehen«, sagte er rasch, bevor er einen weiteren magischen Befehl rief, um einen Infizierten von ihnen fernzuhalten. »Es geht ihr gut. Sie hält sich dicht an der Wand und geht allen aus dem Weg, wie wir es besprochen haben.«

»Und was machen wir jetzt?«, fragte Finn. »Wir können sie unmöglich alle aufhalten. Wir müssen Ignacio finden!« Ignacio hatte am oberen Treppenabsatz gestanden und war so rasch wieder verschwunden, wie er gekommen war, um sie mit seinem Anblick zu quälen. Überall auf dem Boden lagen Körper verstreut. Ein paar waren leblos, während andere wild zuckten. Letztere hatten schwarze Adern unter der Haut, und ihre Augen verdunkelten sich.

»Prinz Alfehr!« Ein Wächter tauchte aus dem Getümmel auf und stellte sich vor ihn hin. Dann rief er über die Schulter zurück: »Beschützt den Kronprinzen!«

»Nein!«, rief Alfie ihm zu, während Finn eine Steinwand aus dem Boden des Ballsaales aufsteigen ließ, um einer infizierten Frau den Weg zu ihnen zu versperren. Sie stieß ihr die Wand entgegen, und die Frau schlitterte über den Boden zurück. »Beschützt meine Familie und alle, die noch nicht berührt worden sind. Tötet die anderen nicht, denn so breitet es sich aus. Bändigt sie irgendwie! Aber tötet sie nicht. Verstehst du mich? Sag es den anderen Wächtern weiter!«

Der Wächter sah ihn verblüfft an. »Aber, Prinz Alfehr, ich muss …«

»Ich bin dein zukünftiger König«, erwiderte Alfie. »Das Einzige, was du tun musst, ist meine Befehle zu befolgen.« Finn warf ihm einen verstohlenen Blick zu. Alfie klang tatsächlich wie ein König. »Beschützt alle, mein Freund, und ich kümmere mich um den Rest.«

Der Wächter sah immer noch verwirrt aus, aber er nickte und lief in das Getümmel zurück.

»Siehst du ihn?«, fragte Alfie Finn, während er den Blick durch den riesigen Ballsaal schweifen ließ. Ignacio hatte nur kurz auf dem oberen Treppenabsatz gestanden und war dann sofort verschwunden.

»Nein!«, erwiderte sie verärgert. Er hatte es immer genossen, sie hinzuhalten. Egal, ob es um ein Lob oder eine Bestrafung ging, er ließ sie stets warten.

»Halt«, schnitt eine Stimme, so weich wie Samt, durch das Chaos.

Die Infizierten hielten unvermittelt inne, und auch die Adligen blieben abrupt stehen. Nur Finn und Alfie konnten sich noch bewegen. Finn drehte sich zu der Stimme um, und da war er: Er hatte es sich auf dem Königsthron bequem gemacht, als wäre es sein Geburtsrecht, dort zu sitzen.

Glühender Zorn stieg in ihr auf. Dieser Mann hatte ihren Eltern die Kehle aufgeschlitzt, und dennoch sah er sie an, als schuldete sie ihm etwas – eine Entschuldigung, ihr Leben, ihre Liebe, alles, was sie besaß. Sie wünschte sich nichts mehr, als ihm dieses Lächeln vom Gesicht zu wischen und ihn in ein Grab zu stoßen. Und genau das würde sie tun – oder sterben, während sie es versuchte.

»Was für eine schöne Überraschung, dich hier zu sehen,

Mija«, sagte er. »Ich hatte angenommen, dass ich dich jagen müsste, doch du hast dich mir selbst ausgeliefert wie ein Geschenk.« Seine dunklen Augen funkelten. »Bist du so wild darauf, deinen lieben Eltern dorthin zu folgen, wo ich sie gelassen habe?«

Im ersten Moment stockte Finn der Atem, doch dann entrang sich ihrer Kehle ein Knurren. Sie schien nur noch aus Wut, gefletschten Zähnen und Rachgier zu bestehen.

Alfie richtete sich gerade auf und sah zwischen Ignacio und Finn hin und her. Offensichtlich verstand er, dass Ignacio ihre Eltern getötet hatte. Als sie seinen herzzerreißenden Blick bemerkte, verrauchte ihr Zorn. Dann wurde seine Miene entschlossen. Alfie straffte die Schultern und sah Ignacio an. »Du bist widerwärtig.«

Ignacio ignorierte den Prinzen. Er stand vom Thron auf und ging in die Mitte des Ballsaales. Sie kannte ihn. Er hatte vor, sie den Rest des Weges zu sich hergehen zu lassen. »Das ist eine Sache zwischen uns beiden, also lass es uns untereinander ausmachen. Dann können deine beiden Amigos gehen.« Finn sah ihn an und täuschte Verwirrung vor. Ignacio verdrehte die Augen. Er hob eine Hand, und Finn sah, wie Xiomara gegen eine Wand knallte. Beim Aufprall flog ihr die Kapuze des Tarnumhangs vom Kopf.

»Inzwischen solltest du es besser wissen, als diese Magie zu unterschätzen.« Ignacio neigte den Kopf zur Seite. »Schau, ich bin sogar so nett, dir ein Friedensangebot zu machen.« Er schnippte mit den Fingern, und zu seinen Füßen erschien ein an Armen und Beinen gefesselter Körper. Finn schnappte nach Luft. Es war Kol.

Sie wehrte sich gegen die Fesseln und den Knebel in ihrem Mund.

Noch vor ein paar Tagen hatte Finn sich blutig an ihr rächen wollen, nachdem Kol ihr *Propio* gestohlen hatte, doch seither hatte sie ihre gesamte Aufmerksamkeit auf Ignacio und die dunkle Magie gerichtet. Es war merkwürdig: Als sie die Bandenchefin nun sah, fühlte sie sich in eine Zeit zurückversetzt, in der ihr Leben noch einfacher gewesen war. Finn schüttelte den Kopf. Sie hätte nie gedacht, dass es einmal so kompliziert werden würde, dass die Vorstellung, eine Bandenchefin könnte ihr *Propio* klauen, sich dagegen geradezu läppisch ausnahm.

Da sowohl Kol als auch ihr *Propio* in unmittelbarer Reichweite waren, zuckten Finns Finger unwillkürlich zum Dolch an ihrer Hüfte. Ein einziger Schnitt, und sie würde ihr *Propio* wiederhaben. Der erfreute Blick, mit dem Ignacio die Bewegung ihrer Hand beobachtete, ließ sie innehalten.

»Wir sind uns im Blauen Fingerhut über den Weg gelaufen. Als ich herausfand, was sie dir angetan hat, habe ich beschlossen, sie als Geschenk für dich aufzuheben.«

Während ihres Kampfes in der Krempe hatte Ignacio ihr gesagt, er habe ein Geschenk für sie. Nie hätte sie gedacht, dass er Kol damit meinte.

Die Bandenchefin starrte Finn an, die Augen angstvoll aufgerissen. Finn konnte nur spekulieren, welches Grauen sie in Ignacios Gesellschaft erlebt hatte.

»Lass sie gehen«, hörte sie sich selbst sagen. Niemand verdiente Ignacios Grausamkeit, nicht einmal Kol.

Ignacio sah sie mit unverhohlener Abscheu an. »Habe ich dir denn nichts beigebracht? Hat dieser dumme Junge dich etwa weich werden lassen?« Er warf Alfie einen durchdringenden Blick zu. »Sie hat dir etwas weggenommen, Mija, und als ich ein wenig Zeit mit ihr verbrachte, habe ich herausgefunden, was sie sonst noch für dich geplant hatte. Willst du es wissen?«

»Ich will gar nichts von dir, lass sie einfach gehen«, erwiderte Finn. Neben ihr stand der Prinz stocksteif da und starrte Kol mit verzweifeltem Blick an. Als er im Gefängnis die dunkle Magie dazu aufgefordert hatte, ihm zu zeigen, wieso sein Bruder getötet worden war, hatte die ihm eine Tätowierung gezeigt – genauso eine, wie Kol sie trug. Bestimmt wusste die Bandenchefin etwas über die Tätowierung aus seiner Vision. Vielleicht hatte sie sogar Informationen über den Anschlag auf seinen Bruder. Finn empfand keine Sympathie für Kol, doch sie wollte, dass der Prinz herausfand, was er wissen musste. Sie warf ihm einen Seitenblick zu. Seine Augen waren starr geradeaus gerichtet. Eine seiner Hände vollzog ein paar winzige Bewegungen, und sie wusste, was er tat.

In all dem Chaos war der Boden mit Wein und Blut bekleckert worden. Der Prinz krümmte die Finger, und aus der Weinlache unmittelbar hinter Ignacio stieg ein gefrorener Stachel auf. Mit kaum wahrnehmbaren Gesten seiner Finger dirigierte er ihn hinter Ignacios Rücken und zielte auf dessen Herz.

Schweiß trat auf Finns Schläfen. Konnten sie diese Sache wirklich beenden?

Dann neigte Ignacio den Kopf und krümmte seinerseits die Finger. Alfie stieß einen protestierenden Laut aus, als wäre ihm etwas aus der Hand gerissen worden. Der gefrorene Stachel flog so schnell um Ignacio herum, dass Finn keine Zeit blieb zu reagieren. Alfie stieß Finn zur Seite und versuchte dem Stachel, der auf sein Herz gerichtet war, auszuweichen. Doch er bewegte sich zu langsam, und der Eiszapfen bohrte sich mit einem dumpfen Geräusch direkt unterhalb des Schlüsselbeines in seine Brust.

Alfie krümmte sich mit einem Schmerzensschrei zusammen. Seine Hand schloss sich um den Stachel, und er versuchte, ihn zum Schmelzen zu bringen.

»Das war ein netter Versuch, aber ich fürchte, da wirst du dich schon ein bisschen mehr anstrengen müssen«, sagte Ignacio.

Alfie stieß zischend Luft aus und drückte auf die Wunde, um die Blutung zu stoppen. Während er schnell ein Wort der Heilung sagte, fand Ignacios Blick einmal mehr Finn.

»Sie wollte dich hereinlegen«, fuhr er fort. Er krümmte die Finger, und Kol wand sich auf dem Boden. Sie verdrehte vor Schmerz so stark die Augen, dass nur noch das Weiße zu sehen war. Dann ließ Ignacio die Hand wieder sinken, und sie blieb reglos liegen. Nur ihre Brust hob und senkte sich rasend schnell. »Sie hat eine junge Dienerin erpresst, damit sie Gift in den Trank des Prinzen tut. Und dich hat sie in den Palast geschickt, um dir den Mord an ihm anzuhängen. Sie hatte sogar ein paar Wächter bestochen, damit sie aussagten, sie hätten dich im Palast herumschleichen sehen. Aber du warst zu klug, um darauf hereinzufallen, genau wie ich es dir beigebracht habe. Du hast geschafft, was sie dir nicht zugetraut hat. Du hast den Umhang gestohlen und bist verschwunden, bevor sie dich finden konnten.« Ein Funken Stolz flackerte in seinen Augen.

Finn schwirrte von diesen neuen Informationen der Kopf. Kol hatte sie also für Alfies Tod verantwortlich machen wollen. Dann hatte sie ihr die Karte wahrscheinlich nur mitgegeben, damit sie in den Geheimgängen erwischt wurde. Wenn Kols Plan aufgegangen wäre, hätte sie den Rest ihres Lebens im Uhrturm verbracht und Alfie wäre nicht mehr am Leben.

»Wieso hat sie das getan?«, wollte Alfie wissen. »Wieso hat sie versucht, mich zu töten? Hatte sie auch etwas mit dem Anschlag auf meinen Bruder zu tun?« Als Ignacio ihn nur amüsiert ansah, trat der Prinz mit wutverzerrtem Gesicht vor. *»Sag es mir!«*

»Ach, das würdest du wohl gern wissen, wie?« Ignacio lachte dröhnend. »Was mit deinem toten Bruder passiert ist, ist eine wirklich interessante Geschichte. Ich bin sicher, Kol würde sie dir gern erzählen.«

Alfie versteifte sich, und Finn musste ihn am Arm festhalten, damit er sich nicht auf Ignacio stürzte.

»Doch leider ist Kols Zeit abgelaufen. Meine Kinder kommen bei mir immer an erster Stelle, und wer ihnen wehtut …« Er beugte sich über Kols zitternden Körper. »… muss dafür bezahlen.«

Finns Herz schlug ihr bis in die Kehle. »Nein …«

Ignacio ließ die Hand durch die Luft sausen. Kols Hals verdrehte sich ruckartig nach links und fiel in einem merkwürdigen Winkel auf den Boden zurück wie ein halb abgebrochener Zweig, der sich verzweifelt an seinen Baum klammerte.

Finn keuchte auf, als sie spürte, wie Kols Blockade von ihr abfiel. Es fühlte sich an, als wäre in ihrem Inneren ein Fluss hinter einem dicken Damm aufgestaut gewesen, der sie nun wieder mit seiner Strömung kühlte. Sie fühlte sich wieder vollständig. Eine Empfindung, die sie nicht hätte erklären können, machte sich in ihr breit – es war wie die plötzliche Abwesenheit von Schmerz oder ein erholsamer Schlaf, der sich nach einem langen Tag einstellte. Sie war frei. Sie hatte ihr *Propio* zurück.

Ignacio lächelte sie an. »Siehst du, wie sehr dein Vater dich liebt?«

Finn schüttelte den Kopf. Er liebte nur, was ihm gehörte, und sie würde nie wieder sein Eigentum sein.

Auf ein Fingerschnippen von Ignacio hin kam wieder Leben in die Ballgäste, während seine schwarzäugigen Helfer weiterhin reglos blieben. Erneut erklangen die ohrenbetäubenden Schreie der Adligen, und Finn musste sich beherrschen, um sich nicht die Ohren zuzuhalten.

»Verschwindet!«, brüllte Ignacio. Seine magisch verstärkte

Stimme hallte wie Donner durch den Ballsaal. Die Gäste verstummten schlagartig, als hätte ein Gott ihnen einen Befehl erteilt, und sie schienen sich zu fragen, ob sie beten sollten. »Oder bleibt hier und sterbt. Es liegt ganz bei euch.«

Als sie die offenen Türen bemerkten, ergriffen die Adligen und die Wachleute Hals über Kopf die Flucht. Die Schattenlosen blieben unbewegt stehen und sahen den Rennenden hungrig hinterher, während sie auf einen Befehl von Ignacio warteten.

Finn beobachtete, wie ein paar Wächter den König und die Königin eilig aus dem Saal schafften. Die beiden riefen Alfies Namen, doch er hielt den Blick von ihnen abgewandt, und seine Augen glänzten, während sie durch die Türen nach draußen geschoben wurden.

Nun boten nur noch Alfie und sie Ignacio die Stirn. Xiomara lag noch immer bewusstlos auf der anderen Seite des Ballsaales.

Ignacio sah beiläufig zu den schattenlosen Infizierten hinüber. »Fresst, wen immer ihr wollt, aber die drei in diesem Raum gehören mir.«

Daraufhin stürmten seine Diener aus dem Saal und nahmen die Witterung ihrer Beute auf.

Im Ballsaal machte sich Stille breit. Ignacio sah Finn amüsiert an. Ein Schauder lief ihr über den Rücken, und sie wusste nicht, ob sie sich bewegen konnte. Doch dann hörte sie die Stimme des Prinzen neben sich. »Ich bin bei dir.«

Sie betrachtete seine entschlossene Miene. Er hatte offensichtlich Angst, aber die hinderte ihn nicht daran, den nächsten Schritt zu machen. Und sie würde sich auch nicht aufhalten lassen.

»Gib mir Deckung«, sagte sie zu ihm.

Er nickte. »Mache ich.«

Dann rannte sie los, direkt auf Ignacio zu. Derweil zog der

Prinz die Flüssigkeit aus jeder Vase, jedem Weinglas und jedem Tropfen Schweiß im Raum. Mit einer Handbewegung verwandelte er sie in dichten Nebel. Während Finn weiter vorwärtsstürmte, zog sie Steine aus dem Fußboden und lenkte sie zu der Stelle, wo Ignacio gestanden hatte, bevor sich der Nebel um ihn schloss. Sie hörte, wie er nach Luft schnappte, als die Steine ihn trafen. Hatte sie es geschafft? Hatte sie womöglich einen Wirkungstreffer gelandet?

Der Nebel lichtete sich, und Ignacio stand vor ihr. Wo die Steine ihn an der Brust getroffen hatten, breiteten sich Blutflecken auf seinem Hemd aus. Er grinste sie an und löste sich in schwarzem Dunst auf. War er ein Trugbild gewesen?

Er spielte mit ihr.

Eine so vertraute wie schmerzliche Frustration machte sich in ihr breit. Es war immer dasselbe mit ihm. Er war ihr stets einen Schritt voraus. Immer wenn sie glaubte, ihn endgültig los zu sein, lächelte er auf sie herab und legte ihr erneut mit einem seiner Befehle ein Halsband an. Wieso kämpfte sie überhaupt noch? Was für einen Zweck sollte das haben?

»Prinz!«, rief sie und drehte sich zu ihm um, doch Alfie war nicht mehr da.

Hinter ihr stand ein kleines Mädchen. Sie sah genauso aus, wie Finn sie aus ihren Albträumen in Erinnerung hatte.

Es war das Mädchen, das sie getötet hatte – das allererste Leben, dem sie ein Ende bereitet hatte.

Bis auf Finn und das Mädchen war der Ballsaal leer. Die Augen der Kleinen ruhten sanft auf ihr, ihre Haare wurden von einer warmen Brise zerzaust.

Dann wurde es plötzlich kalt, und ihre braunen Augen verdunkelten sich. Ihre Adern wurden dicker und schwarz. Sie stachen wie aus Schatten geflochtene Spinnennetze von ihrer Haut ab. Das Mädchen sprang vor und rang Finn zu Boden. Sie schloss ihre schwieligen Hände um Finns Kehle und drückte mit aller Kraft zu. Finn bekam keine Luft mehr. Ihre Augen tränten. Ihr Herz schlug wild in ihrer Brust.

»Das hast du verdient«, sagte das Mädchen immer wieder. Seine Stimme klang wie ein unheimliches Echo. »Für das, was du getan hast, musst du sterben.«

Und obwohl Finn verzweifelt versuchte, die Hände des Mädchens von ihrem Hals zu lösen, glaubte ein Teil von ihr immer noch, dass es stimmte, was er sagte. Ein Leben für ein Leben.

Dann veränderte sich das Gesicht. Aus einem Grübchen wurden zwei, die schwarzen Augen wurden golden. Es war nicht mehr das Mädchen, das Finn würgte.

Es war Alfie. Einen Moment nach ihr kam auch er wieder zu sich. Alfie wich mit panischem Blick von ihr zurück. »Ich weiß nicht, wie … ich … ich habe nicht dir wehgetan … ich …«, stammelte er.

Sie rieb sich den Hals und atmete tief durch den Mund. »Schon gut«, krächzte sie. »Es ist alles gut. Du hast nicht die Grenze überschritten, Prinz. Das warst nicht du.«

Alfie nickte mit tränenfeuchten Augen. Er hielt sich an ihren Worten fest, während er mit unverhohlener Angst auf seine Hände hinabblickte. Sie wollte ihm etwas sagen, von dem sie sich wünschte, dass es jedes Mal jemand zu ihr gesagt hätte, nachdem Ignacio sie dazu gezwungen hatte, einen Menschen mit bloßen Händen umzubringen.

Das warst nicht du, das warst nie du, wollte sie rufen. *Es war dein Körper, aber er war nicht unter deiner Kontrolle. Es waren zwar deine Hände, aber an deinen Fingern klebt kein Blut, sondern an seinen.*

Sie musste Alfie nicht fragen, um zu wissen, wen er sich vorgestellt hatte – Xiomara. Sichtlich beschämt presste sich der

Prinz die Handballen an die Augen. Woher hatte Ignacio die Macht, in allem und jedem die Finsternis zu wecken?

»Dann ist das also der *Muchacho*, für den du mich verlassen hast?«, spottete Ignacio hinter ihnen. Finn und Alfie rappelten sich hastig auf. »Dieser Junge, der seine Finger um deinen Hals gelegt hat? Du weißt, dass ich der Einzige bin, der dein wahres Ich kennt und dich trotzdem liebt. Wie oft muss ich dir das noch sagen? Du hast niemanden außer mir.«

Alfie trat mit zornigem Blick auf ihn zu. »Das stimmt nicht. Sie …«

Ignacio hob eine Hand, und Alfies Mund schloss sich. Während er versuchte, etwas zu sagen, verschmolzen seine Lippen miteinander.

»Ich weiß, wer du bist, Junge. Ich kann genauso gut in deinen Kopf blicken wie diese Magie, als du sie freigelassen hast.« Als Alfie eine Hand hob, um Wasser zu beschwören, machte Ignacio eine weitere knappe Geste, und die Finger des Prinzen erstarrten.

»Lass ihn in Ruhe!« Finn wollte sich vor den Prinzen schieben, doch Ignacio bedachte sie mit einem durchdringenden Blick.

»Wenn du dich bewegst, stirbt er. Hast du mich verstanden?«

Finn blieb stehen. Wenn er so mit ihr sprach, fühlte sie sich wieder wie ein hilfloses Kind. Sie konnte kaum atmen.

Hinter ihr ertönte ein scharrendes Geräusch, und Finn bekam Angst, dass er sie einmal mehr mit seinen Schnüren binden würde. Doch es waren keine Schnüre. Stattdessen krabbelten zwei Steinhände auf den Fingern über den Boden. Es waren Sombras Hände, die sie in der Schatzkammer des Palastes gesehen hatte. Sobald Ignacio sie besaß, würde er noch stärker werden. Dabei konnten sie ihm doch jetzt schon kaum etwas entgegensetzen. Und wo war die Lehrerin des Prinzen? Alfie hatte sie gebeten, die Hände zu bewachen. Hatten Ignacios Helfer sie getötet?

»Prinz!«, rief Finn und versuchte, den Händen den Weg abzuschneiden. Alfie, dessen Lippen inzwischen nicht mehr miteinander verwachsen waren, öffnete den Mund, um ein magisches Wort zu sagen.

»Nein, nein, nein«, spöttelte Ignacio und schleuderte Alfie und Finn mit einer Handbewegung seitlich gegen eine Wand. Beim Aufprall zuckte ein Schmerz durch Finns Rippen. Sie hörte den Prinzen aufschreien, als sie nebeneinander an der Wand herunterrutschten.

»Nicht so schnell. Deswegen bin ich hier, Finny. Dies ist der Anfang meiner Herrschaft. Unserer Herrschaft, wenn du dich mir anschließen willst. Wenn du auf deinen Vater hörst.«

Ignacio kniete sich hin, und die Steinhände legten sich über seine. Ihre Finger öffneten und krümmten sich parallel zu seinen, wie lange Handschuhe aus Stein. Ignacio beugte sich mit weit aufgerissenen Augen vor, während der Stein seine Hände einhüllte. Sein gesamter Körper bebte vor Verzückung, und Finn fühlte die Macht, die von ihm ausging. So, dachte sie, musste sich die Luft anfühlen, bevor man von einem Blitz getroffen wurde – voll greifbarer Energie, die schwer auf ihren Schultern lastete. Einen Moment lang war nur Ignacios abgehackter Atem zu hören.

Finn griff zur Seite und packte mit zitternden Fingern den Ärmel des Prinzen. Sie wusste nicht, was sie noch tun oder sagen sollte. Sie hatten verloren. Er erwiderte ihren Blick, und sie wusste, dass ihm der gleiche Gedanke durch den Kopf ging.

Ignacio richtete sich auf. Als er die Finger krümmte, wurden Alfie und Finn vom Boden hochgezogen und mussten erneut vor ihm stehen. Mit einem Schauder wurde Finn bewusst, dass er sie tatsächlich wie Puppen führte. Sie würde nie vergessen, wie sehr er in solchen Momenten ihre persönlichen Grenzen verletzte. Wie es sich anfühlte, wenn er ihr unter die Haut kroch und sie für sich beanspruchte. Er entließ sie aus seinem Griff, als wollte er sehen, ob sie davonlaufen würden. Keiner der beiden rührte sich. Was würde eine Flucht jetzt noch bringen?

»Und«, sagte Ignacio, »wo war ich?« Die Stimme war nicht mehr ganz die seine. Ein dunkles und kräftiges Timbre hatte sich daruntergemischt. Finn stellten sich die Nackenhaare auf, denn sie begriff, dass sie in Ignacios Stimme das Echo eines Gottes vernahm.

Ignacio ging wie ein Raubtier um den Prinzen herum. »Du siehst vielleicht wie ein König aus, doch es steht fest, dass du keiner bist. Das wissen wir doch beide, oder nicht? Es ist erbärmlich und lächerlich, wie du dich an diesem kleinen Drachen festklammerst, als wärst du ein Kind.« Er bedachte Finn mit einem animalischen Grinsen. »Vielleicht würdest du ja gern einen echten sehen.«

Ignacio begann sich vor ihren Augen zu verändern. Finn hörte seine Knochen knacken, als sie sich neu zusammensetzten und länger wurden. Er machte einen Buckel und ließ sich mit einem Knurren auf alle viere fallen, das eher zu einem wilden Tier als zu einem Menschen passte. Sein ganzer Körper dehnte sich, und einen Augenblick später füllte der gewaltige Leib eines schwarzen Drachen den leeren Ballsaal aus. Rauchschwaden stiegen ihm aus den Nüstern. Sie kündigten einen gewaltigen Feuerstoß an.

»*Coño*«, hauchte Finn.

Kapitel 37

Das Ultimatum

Finn streckte schnell die Arme aus, und ein Schutzwall stieg vom Boden auf, doch der Schwanz des Drachen fuhr herab und schnitt durch das Gestein wie durch warme Butter. Dabei erwischte er auch Finn und Alfie, die daraufhin bis zur anderen Seite des Ballsaales über den Boden schlitterten.

»Wir müssen die Drachenfigur einsetzen!«, rief Finn ihm zu. »Wir haben keine andere Wahl.« Der schwarze Drache atmete tief ein, aus seinen geblähten Nüstern stieg weiterhin Rauch auf. Eine Schnittwunde über Alfies linkem Auge blutete stark. Anscheinend war er von einem Trümmerstück getroffen worden.

»Jedes Mal, wenn wir ihn benutzen, wird alles nur noch schlimmer!«, erwiderte er, während sie sich hochrappelten. »Wir versuchen, ihn ohne seine Hilfe aufzuhalten. Wenn wir es nicht schaffen, können wir ihn immer noch einsetzen.«

Als der Drache einen blauen Feuerstrahl ausstieß, schubste Finn ihn zur Seite. Die Flammen versengten die Stelle, an der sie gerade noch gestanden hatten.

»Wenn?«, rief Finn, während sie Alfie auf die Füße zog. »Glaubst du allen Ernstes, es gibt noch ein *Wenn*?«

Als Alfie über die Schulter zum Drachen hinüberblickte, riss er panisch die Augen auf. Finn drehte sich um und sah einen weiteren Feuerstrahl auf sie zuschießen. Sie ließ erneut einen Wall aufsteigen, und Alfie zog sie dicht an ihn heran. Um sie herum tobte das Feuer und brachte das Gestein zum Glühen. In dem riesigen Ballsaal wurde es so heiß, als steckten sie in einem Ofen.

»Beschwöre Wasser!«, rief Finn über die tosenden Flammen hinweg. Gleichzeitig zog sie immer neue Steine aus dem Boden, um die Stücke zu ersetzen, die unter der Hitze des Drachen wegschmolzen.

Alfie bewegte die Hand durch die flirrende Luft, doch an seinen Fingern bildeten sich nur wenige Wassertropfen. »Hier ist es zu trocken.«

»Dann benutze den Drachen und mach Wasser!«

Der Feuerstoß brach ab, und die schweren Schritte des Drachen erschütterten den Palast bis in die Grundfesten. Der steinerne Schutzschild, den Finn errichtet hatte, zerbröselte zu rauchendem Geröll.

»Wir müssen es tun, Prinz!«, sagte Finn.

Nach einem letzten unwilligen Blick zog Alfie endlich die kleine Figur unter dem Hemd hervor.

Das Ungetüm hob den Kopf und stieß einen weiteren blauen Feuerstrahl aus, der so heiß wirkte, als trüge es die Sonne im Maul. Als Alfie den silbernen Drachen hochhob, erschien aus dem Nichts eine riesige Wasserwelle und stemmte sich der Flamme entgegen. Sie war so groß, dass sie den gesamten Palast hätte überfluten können.

Finn sah Alfie an. Aus seiner Nase und den Mundwinkeln floss Blut. Sein Gesicht war aschfahl, und sein Schatten wurde erschreckend schnell immer heller. Sie hätte ihn nicht dazu auffordern dürfen, den Drachen zu gebrauchen. Er verausgabte sich.

Und trotzdem reichte es nicht.

Das Feuer des Drachen brannte noch heißer und wurde fast weiß. Alfies Welle brauste voran, um die Kreatur zu überrollen, doch das Feuer verdampfte sie augenblicklich in einer gewaltigen Explosion.

Während der Prinz auf den Füßen schwankte, erklang von allen Seiten Ignacios Stimme. *Das ist eine Familienangelegenheit,* Muchacho. *Du solltest dich da besser raushalten.*

Finn hörte die Schnüre surren, bevor sie sie sah. Sie segelten durch die Luft und wickelten sich um Alfies Handgelenke und Fußknöchel. Dann schleuderten sie ihn rückwärts gegen die Wand. Der Aufprall war so heftig, dass sie um sein Leben bangte. Die Schnüre fixierten ihn an der Wand, seine Füße baumelten über dem Fliesenboden.

»Hör auf!«, schrie sie Ignacio an. »Hör auf damit.«

Der Drache schwang aufgeregt seinen Schwanz vor und zurück. Von überall her flogen weitere Schnüre heran, bis Alfie komplett in ein Netz aus scharfkantigen Fäden gehüllt war.

Der Drache setzte sich bequem hin und legte den Schwanz um sich. Erneut ertönte Ignacios Stimme.

Dir ist klar, dass ich ihn auseinanderreißen könnte. Es würde nur einen Moment dauern. Aber vielleicht möchtest du es mir ja ausreden …

Schweiß bildete sich auf Finns Stirn. Ignacio hatte ihr die Eltern genommen. Er hatte ihr Leben an sich gerissen und es zerstört. Sie wollte lieber auf der Stelle sterben, als Ignacio um Gnade anzubetteln oder mit ihm zu verhandeln. Sie hatte kein Leben mehr, nur noch ihren Zorn. Er verbrannte sie, doch gleichzeitig hielt er sie aufrecht, und sie konnte nicht von ihm lassen.

Doch dann hörte sie wie zuvor die Stimme des Prinzen in ihrem Kopf. Als sie in der Schänke dem ersten infizierten Mann begegnet waren, hatte sie ihn gefragt, ob er dumm genug sei, sein Leben zu opfern, um Sombras Magie aufzuhalten. Und er hatte mit bebender Stimme entgegnet: *Gibt es denn nichts, wofür du deines opfern würdest?*

Damals hatte sie keine Antwort auf diese Frage gehabt, doch jetzt schon. Wenn der Zorn auf Ignacio ihr Leben ausmachte, würde sie ihn aufgeben, damit der Prinz wenigstens einen Moment länger leben und dies hier vielleicht beenden konnte. Mit mahlendem Kiefer hob Finn die Hände und kapitulierte vor dem Ungeheuer.

»Tu ihm nichts«, sagte sie. »Das ist eine Sache zwischen dir und mir.«

Der Drache schnurrte zufrieden. *Braves Mädchen.*

Dann begann er zu schrumpfen und wurde wieder zu dem Mann, den sie früher Vater genannt hatte. Ignacio schlenderte durch den Ballsaal auf sie zu.

Hinter ihr stöhnte der Prinz vor Schmerzen auf. »Nein«, sagte er leise, aber nachdrücklich. »Lass mich gehen.«

Mit zornig funkelndem Blick hob Ignacio eine Hand, und sämtliche Schnüre um die Arme und Beine des gequält aufschreienden Prinzen begannen, in entgegengesetzte Richtungen zu ziehen.

Finn hob kapitulierend die Hände. Sie wusste, wie gerne er diese Geste an ihr sah. »Wenn du ihn gehen lässt, bleibe ich. Ich mache, was immer du von mir verlangst.«

»Tu's nicht, Finn«, erklang hinter ihr Alfies schwache Stimme. Doch sie konnte sich nicht umdrehen und ihn ansehen, da sie dann vielleicht ihre Meinung geändert hätte.

Ignacio neigte den Kopf. »Du tust, was immer ich dir sage, und ich ziehe in Betracht, ihn gehen zu lassen. Wie klingt das?«

Der Prinz wollte erneut widersprechen, doch Finn nickte schnell. Wenn Ignacio sie wiederhatte, würde er vielleicht das

Interesse an Alfie verlieren. Natürlich konnte sie sich nicht sicher sein, aber sie hatte keine andere Wahl.

Finn blickte über die Schulter in Alfies goldene Augen. Der Ausdruck auf seinem Gesicht war so herzzerreißend, dass sie sich rasch wieder abwenden musste. »Sag mir, was du möchtest.«

Ignacio lächelte, und sie wusste, dass seine Forderung noch viel schlimmer sein würde, als sie es sich vorstellen konnte. »Ich möchte, dass der Prinz die Magie nimmt, die er in seinem kleinen Spielzeug gefangen hält, und ihr ein neues Zuhause gibt – nämlich dich.«

Ihr gefror das Blut in den Adern. Ignacio wollte, dass der Prinz sie mit der Magie infizierte.

Alfie protestierte mit rauer, wütender Stimme. »Dafür wirst du zuerst mich töten müssen, du Ungeheuer!«

Finns Herz setzte ein paar Schläge aus. Sie wusste, dass Ignacio sie wieder auf Linie bringen und daran erinnern wollte, dass sie nur einen Freund und eine Familie haben konnte, und zwar ihn. Dennoch hatte sie dies hier nicht erwartet. Es war typisch für Ignacio, sie mit den Menschen zu verletzen, die ihr nahestanden. Dennoch fühlten sich seine Worte wie eine Ohrfeige an.

»Mein Herz ist nicht dunkel genug für die Magie, Ignacio«, sagte sie, bemüht ruhig. Die Magie hatte es bislang vermieden, in sie einzudringen. Offensichtlich war sie nicht der Typ Mensch, der sie in sich aufnehmen konnte. Sie würde einfach zu Asche verbrennen. Es sah Ignacio gar nicht ähnlich, dass er so kurzen Prozess mit ihr machen wollte. Vielleicht konnte sie es ihm ausreden. »Dabei werde ich sterben. Ist es das, was du willst?«

Ignacio schüttelte den Kopf und sah sie an wie ein Erwachsener, der einem Kind bei den Hausaufgaben half. »Du musst nur akzeptieren, dass du eine Mörderin bist, Mija. Dann wirst du die beste Behausung sein, die sich diese Magie vorstellen kann.

Ich frage mich, ob du bloß die richtige Motivation brauchst, um die Wahrheit zu akzeptieren.« Er deutete auf den Prinzen. »Er wird deinem Körper die Magie einflößen. Und du wirst dich entweder der Finsternis in dir überlassen oder aber weiterhin an deiner falschen Vorstellung von dir selbst festhalten und von der Magie verbrannt werden. Entweder bist du mein, oder du stirbst. Und wenn der Junge sich weigert, die Magie zu übertragen, dann stirbt er.«

Finn hörte den Prinzen leise fluchen. Alle anderen Geräusche nahm sie nur gedämpft wahr. Das war also ihre Wahl. Entweder lebte sie als dunkeläugige Dämonin weiter, oder Ignacio tötete sie. Die Varianten, zwischen denen sie sich entscheiden konnte, waren gar keine echten Alternativen, sondern nur ein und dasselbe Schicksal unter verschiedenen Vorzeichen. Ganz gleich, ob sie sich in einen von Ignacios schwarzäugigen Helfern verwandelte oder zu Staub zerfiel, so oder so würde sie tot sein.

»Ich werde es tun«, hörte Finn sich selbst sagen.

Als sie den zufriedenen Ausdruck auf Ignacios Gesicht sah, drehte sich ihr den Magen um.

»So ist es brav.«

Finn ging zu der Stelle, wo Alfie an der Wand hing. Bei jedem Schritt zerbrach ihr Herz ein bisschen mehr. Als sie vor ihm stand, sah der Prinz aus, als bekäme er kaum noch Luft.

»Finn, ich weiß nicht, was mit dir passieren wird, wenn …«

»Ich weiß es auch nicht«, entgegnete sie. »Aber vielleicht lässt er dich gehen, und du bekommst eine Chance, das hier zu beenden.« Es war eine lächerliche Hoffnung, jedoch die einzige, die ihnen noch geblieben war.

»Nein.« Sein ganzer Körper war steif vor Widerwillen. »Ich bin derjenige, der es verursacht hat. Wir bekämpfen ihn zusammen, und wir werden zusammen sterben. Ich lasse dich das auf keinen Fall allein machen.« Sein Blick begegnete ihrem. Seine Augen waren so intensiv golden, dass sie glaubte, er würde Honigtropfen weinen. »Du musst das nicht tun«, flehte er. »Du schuldest das weder mir noch sonst irgendwem.«

Einen Moment lang sah Finn ihn an, dann kräuselte ein Lächeln ihre Lippen. »Alfie.« Es war das erste Mal, dass sie seinen Namen sagte. Und plötzlich wünschte sie sich, sie hätte es bereits den ganzen Tag getan. »Mein Leben lang bin ich zu Dingen gezwungen worden, die ich nicht tun wollte. Dies hier gehört nicht dazu. Ich mache es, weil ein Freund in meiner Tür stecken geblieben ist und mich um Hilfe gebeten hat.«

Mit einem verzweifelten Stöhnen kämpfte er gegen seine Fesseln und beugte sich weiter zu ihr vor. Sein warmer Atem strich über ihr Gesicht, als er seine Stirn an ihre lehnte. »Ich werde dich nicht retten können, wenn du das tust.«

Sie schenkte ihm ein schwaches Lächeln. »Wir sind heute bereits einige Male knapp dem Tod entronnen. Was spielt da einmal mehr oder weniger noch für eine Rolle?«

Alfie schloss die Augen. »Einmal mehr könnte einmal zu viel sein.«

Hinter ihr schnaubte Ignacio. »Du weißt doch, dass ich nicht viel Geduld habe, Finny.«

Finn wünschte sich, diese Stimme nie wieder hören zu müssen. Und auf die eine oder andere Weise auch, dieser Wunsch würde am heutigen Abend in Erfüllung gehen.

Alfie ließ den Blick ganz langsam über ihr Gesicht gleiten, wie die Finger eines Kindes, die über Blütenblätter strichen. Es schien, als wollte er sich Finn so, wie sie jetzt war, ins Gedächtnis einprägen, da sie sich unweigerlich verändern würde, sobald die Magie von ihr Besitz ergriff. Er musste es der Drachenfigur um seinen Hals nur noch befehlen.

»Nimm sie dir«, sagte er schließlich mit brechender Stimme, und die Magie floss in einem obsidianschwarzen Faden aus dem Drachen heraus. Nachdem der magische Faden sich einen Moment lang wie eine Schlange zurückgebeugt hatte, schnellte er auf ihre Brust zu und ergoss sich in ihr Herz. Finn spürte, wie sie durch ihre Adern strömte und sie von innen verbrannte. Es fühlte sich an, als hätte sie die Sonne selbst in sich aufgenommen. Während die Magie sie aufspießte, weigerte sich Finn, Ignacios Anweisungen zu folgen. Sie identifizierte sich nicht mit dem Teil von ihr, der für ihn getötet und andere bedenkenlos im Stich gelassen hatte, den Teil von ihr, der glaubte, sie sei ungeheuerlich genug, um diese Magie in sich aufzunehmen. Stattdessen klammerte sie sich an den gequälten Ausdruck im Gesicht des Prinzen, der nur bedeuten konnte, dass er jemanden verlor, der ihm lieb und teuer war. Jemanden, der zu gut war, um dieses Böse in sich zu tragen.

Sie zweifelte keinen Moment daran, dass sie gleich sterben würde, ausgelöscht von der dunklen Magie wie ein zwischen zwei feuchten Fingerspitzen eingezwickter Kerzendocht. Doch solange sie nicht tot war, lebte sie noch einen weiteren Moment. Und wenn es einen Moment gab, den sie bewahren wollte, dann vielleicht genau diesen, in dem sie die Augen des Prinzen auf sich spürte und wusste, dass sie nicht die Person war, als die Ignacio sie bezeichnet hatte. Sie war sie selbst.

Finn spürte eine unsagbare Macht in sich und unterdrückte einen Schrei. Sie beugte sich vor und stützte sich mit gekrümmten Fingern am Boden des Ballsaales ab, während sie darauf wartete zu zerbrechen. Wenn sie verbrannte, wäre sie endlich an einem Ort, wo Ignacio sie nicht finden würde. Dann hörte sie auf, sich zu bewegen. Der Schmerz endete, und sie fühlte nur noch immense Macht.

»Finn?«, hörte sie den Prinzen sagen. Aus seiner Stimme klangen Hoffnung und Furcht.

Sie schlug die Augen auf und sah ihm an, dass sie schwarz geworden waren. Dennoch bestimmte sie aus irgendeinem Grund nach wie vor selbst ihre Gedanken. Schreck und Erleichterung durchströmten sie wie ein kühler Fluss. Finn wusste nicht, wie lange es so bleiben würde, aber sie war noch immer sie selbst hier.

»Versuche, dich zu befreien und Xiomara aufzuwecken, aber halte dich fern von uns«, sagte sie, ehe sie seinem überraschten Gesicht den Rücken zukehrte und zu Ignacio ging, der wieder mitten im Ballsaal stand. Egal, wie viel Zeit ihr noch blieb, sie würde Ignacio mit sich in den Tod reißen. Als Rache für ihr Leben und den Tod ihrer Eltern.

»Endlich«, seufzte Ignacio und betrachtete sie mit seinen schwarzen Augen. »Wie der Vater, so die Tochter. Jetzt kann ich dich wieder führen. Los jetzt, geh und töte den Jungen.«

Seine Worte waren wie eine schwache Strömung, die sie nicht vom Weg abbrachte.

Ignacio kniff die Augen zusammen. »Ich sagte, du sollst den Jungen töten, Finn.«

Sie hatte es satt, ihm zuzuhören. Also hob sie die Fäuste und rannte auf ihn zu.

Ignacio stieß ein bellendes Lachen aus, das halb erfreut und halb wütend klang. »Natürlich. Du bist und bleibst eine Kämpferin, aber ich habe dich noch jedes Mal gebrochen.«

Finn nahm seine Worte in sich auf und schürte damit ihren weiß glühenden Zorn noch weiter. Mit einer beidhändigen Geste zog sie zwei Felsbrocken aus dem Boden und schleuderte sie auf ihn. Ignacio winkte seinerseits mit einer Hand, und die Findlinge explodierten zu Kieselsteinen, die vor seinen Füßen landeten.

»Komm schon, Finn«, höhnte er. »Was soll das? Wieso schließt du dich mir nicht an? Vergiss doch den Jungen, vergiss die ganze Welt. Du warst immer am meisten bei dir, wenn du mit mir zusammen warst.«

»Du hast mich nach deinen Vorstellungen geformt. Deinetwegen habe ich vergessen, wer ich war. Du hast mir meine Eltern genommen.« Sie holte aus und versetzte ihm einen mächtigen Kinnhaken, der ihn weit zurückschleuderte. Er knallte gegen die königlichen Throne, die von der Wucht des Aufpralls zu Staub zermalmt wurden. Als er sich lachend aus dem Schutt erhob, schoss einen Moment lang Blut aus einer Wunde an seinem Kiefer. Doch sie verheilte sofort wieder.

»Nein«, sagte er, während er langsam und unbekümmert zu ihr zurückkehrte. »Ich habe dir gezeigt, wer du bist. Ich habe dich von einer mittelmäßigen Familie und einem mittelmäßigen Leben befreit. Es ist doch nicht meine Schuld, dass dir dein wahres Selbst nicht gefällt und du unter all diesen Gesichtern genau wie ich bist.«

Finn lief auf ihn zu, packte ihn am Umhang und knallte ihn so fest auf den Boden, dass die Steinfliesen zerbrachen. Dann schlug sie ihm noch einmal ans Kinn. »Du hast mir meine Familie genommen und mich manipuliert.« Sie schlug ihn noch einmal. »Du verlogener …« Und noch mal. »… manipulativer …« Und noch mal. »… *Pendejo*!«

Doch er lachte sie nur aus, als die Wunden in seinem geschundenen Gesicht noch weiter aufplatzten. Innerhalb weniger Augenblicke war es wieder unversehrt. Finn zog ihn grob vom Boden hoch und verpasste ihm einen Schlag nach dem anderen. Zwischendrin trat sie ihn. Mit einem Wutschrei bombardierte sie ihn mit einem Felsbrocken, den sie wie zuvor aus dem Boden des Ballsaales gezogen hatte. Der Aufprall schleuderte ihn erneut quer durch den Raum. Erst die gegenüberliegende Wand beendete unsanft seinen Flug. Doch er stand geschmeidig wieder auf, als wäre nichts geschehen.

»Wie gesagt«, knurrte er zunehmend missbilligend. »Glaube nicht, ich könnte dich nicht liebhaben *und* dir wehtun. Ich kann beides.«

Er nahm eine geduckte Haltung ein und schleuderte mit ein paar kurzen Pumpbewegungen seiner Arme Steine von der Größe des Prinzen zu ihr herüber. Der ersten Salve wich Finn aus, und den nächsten Felsen pulverisierte sie mit einem Faust-hieb, doch der letzte kam zu schnell. Sie versuchte noch, ab-wehrend die Arme zu heben, doch er traf sie mit voller Wucht mitten auf die Brust und schleuderte sie nach hinten, sodass sie rückwärts über den Fußboden schlitterte.

»Wie lange werden wir so weitermachen, Mija?«, frage Igna-cio. Er krümmte die Finger, und aus dem Boden stiegen Stein-bänder auf, die sich wie Fesseln um sie legten. Dann zog er Was-ser aus der Luft und ließ es zu spitzen Eiszapfen gefrieren. Finn spürte, wie sie sich in ihre Arme bohrten, und konnte einen Aufschrei nicht unterdrücken, als einer ihr Schlüsselbein durch-schlug. »Warum lässt du mich nicht dein Vater sein?«, fragte er flehentlich. Er war schrecklich gut darin, so zu tun, als machte er alles nur für sie. Aus Liebe. Aber das stimmte nicht. So war es nie gewesen.

»Hör auf.« Unsicher erhob sie sich, während er auf sie zu-kam.

»Man muss tun, was nötig ist, um Kindern Gehorsam beizu-bringen. Auch wenn es wehtut.«

Sie versuchte, die Steinfesseln zu zerbrechen. »Keine Bewe-gung«, befahl er unter Zuhilfenahme seines *Propios.*

Sie erstarrte.

Im nächsten Moment stand er vor ihr und berührte sanft ihr Kinn. Seine Finger beschrieben kleine Kreise auf ihrer Haut. »Sieh mich an.«

Langsam hob sie den Kopf. Ihr ganzer Körper zitterte vor Anstrengung. Nicht einmal die schwarze Magie in ihr war stark genug, um sich ihm zu widersetzen.

»Hab mich so lieb, wie du es als Kind getan hast, als ich noch das Allerwichtigste auf der Welt für dich gewesen bin«, sagte er leise. Es klang verzweifelt.

Sie lächelte zärtlich zu ihm hoch und sah ihn verwundert an.

Ignacios Blick wurde weich. »Heißt das, dass du mich noch liebhast? Ehrlich?«

Finn nickte. »Ich habe nie damit aufgehört.«

Tränen sammelten sich in seinen Augen. »Du bist wieder mein.« Er winkte, und die Steinfesseln, die sie am Boden festhielten, fielen von ihr ab. Dann zog er sie in eine feste Umarmung. »Heute beginnt für uns ein neues Leben. Alles wird wieder gut. Perfekt. Die ganze Welt liegt …«

Ihm blieb die Luft weg, und Finn spürte, wie sein Blut über ihre Hand floss, als sie ihm den Dolch immer tiefer in den Rücken trieb, bis er sein Herz durchdrang. Mit einem Ruck drehte sie die Klinge herum.

»Du hast mich liebgehabt …«, flüsterte er mit ersterbender Stimme.

Finn löste sich von ihm und blickte in seine geweiteten Augen. »Glaube nicht, ich könnte dich nicht liebhaben *und* dir wehtun«, wiederholte sie seine Worte. »Ich kann beides.« Er hatte ihr befohlen, ihn so liebzuhaben wie in ihrer Kindheit. Doch das hatte sie nie getan. Sie hatte nie echte Zuneigung für ihn empfunden. Daher war sein Befehl wirkungslos geblieben.

Ein letztes Mal wandte er sich ihr zu. Seine schwarzen Augen waren groß, und er sah aus, als wollte er sie um Vergebung bitten. Dann ging sein leerer Blick zur Decke. Alles Leben war aus Ignacio gewichen, doch Finn blieb weiterhin angespannt. Sie konnte nicht fassen, dass sie ihn endlich los sein sollte. Dass er am Ende doch noch für alles, was er ihr angetan, und für die Menschen, die er ihr genommen hatte, bestraft worden war.

Finn stieß einen zitternden Seufzer aus. Sie ließ den Leichnam nicht aus den Augen, da sie fürchtete, er könnte sich jeden Moment wieder erheben und sie mit seinem vertrauten Lächeln ansehen. Doch das tat er nicht. Er war endgültig tot. Finn hatte sich immer Sorgen gemacht, ein Teil von ihr könnte über den Verlust von Ignacio traurig sein. Dass sie es bereuen würde, sein Leben beendet zu haben, falls sie je die Chance dazu bekommen sollte. Doch nun fühlte sie sich nur frei. Sie hatte es genossen, ihn zu töten, und es war ihr egal, ob sie das zu einem Monster machte. Ein Mensch, der Ignacio das Handwerk legte, war in ihren Augen automatisch ein Heiliger.

Finn blickte sich zum Prinzen um, um ihm zuzurufen, dass er schnell kommen und mit seinem Drachen die schwarze Magie einsperren solle, die sicher gleich aus Ignacio herausbrechen würde. Doch Alfie war nicht mehr allein. Zu ihrer Verblüffung sah sie den Badewannenjungen an seiner Seite. Luka wirkte, als hätte in dem Palast nie eine Schlacht stattgefunden. Erstaunlicherweise schien er keinen einzigen Kratzer abbekommen zu haben.

Während Finn sich fragte, wie das sein konnte, kam ihr eine Idee.

Sie wusste, wie man diese Magie aufhalten konnte.

Bevor sie den Prinzen herbeirufen konnte, strömte die schwarze Magie, die in Ignacio weitergewachsen war, aus seinem

Leichnam heraus. Sein Körper zerfiel zu Staub, während sie ihn verließ. Die Steinhände lösten sich von seiner Haut und nahmen wieder ihre ursprüngliche Form an.

Panik ergriff Finn, als sich die schwarze Magie wie eine Welle vor ihr auftürmte und sich offensichtlich darauf vorbereitete, sie zu verschlucken. Sie wollte davonlaufen, die Augen schließen und sich weit wegwünschen, doch sie durfte diese Magie nicht entkommen lassen. Sie dachte daran, wie entsetzt Alfie seine Hände angestarrt hatte, nachdem die Magie ihn dazu gezwungen hatte, ihr wehzutun. Zu viel stand auf dem Spiel, als dass sie sich nun vor ihrer Verantwortung drücken konnte.

Sie hatte dem Prinzen erzählt, dass sie ihr ganzes Leben lang schlimme Dinge beobachtet und keinen Finger gerührt habe, um sie zu verhindern. Und dass sie daran nun etwas ändern wolle. Sie hatte ihn darum gebeten, an sie zu glauben, und er hatte es getan, genau wie ihre Eltern früher an sie geglaubt hatten und es auch jetzt tun würden, wenn sie noch immer am Leben wären.

Nun war die Zeit gekommen, dieses Vertrauen zu rechtfertigen.

Sie hatte das Echo der Magie aus Alfies Drachen in sich aufnehmen können. Vielleicht würde sie ja auch diese Magie in sich bewahren können, damit er genug Zeit hatte, sie einzufangen.

»Nimm mich«, sagte sie zu der Magie. Noch nie hatte sie so viel Angst gehabt. »Nimm mich.«

Die Magie legte sich wie eine große Schlange um Finn und begann, sich in ihren Mund zu zwängen. Der plötzliche Machtzuwachs benebelte ihren Verstand. Die Magie aus der Drachenfigur hatte sie auf erschreckende Weise stärker gemacht, doch das war nichts im Vergleich zu dem, was gerade mit ihr geschah.

Was sie nun in sich spürte, war die Quelle der dunklen Magie. Es war zu viel. Es …

Du bist so dicht an der Finsternis, mein Kind, so dicht, flüsterte die Magie. Ihre Stimme war samtweich. Die kalten Steinhände erklommen wie Spinnen Finns Körper und legten sich ihr auf die Arme. *Gib dich ihr hin. Lass dich von ihr vereinnahmen. Du und ich werden über eine schwarzverbrannte Welt herrschen, in der keine Angst existiert und auch keine Traurigkeit. Denn es wird keine fühlenden Herzen mehr geben, nur noch dich und mich. Gib auf, mein Kind. Akzeptiere deine wahre Natur.*

Sie stemmte die Absätze in den Boden und versuchte, gegen den Kontrollverlust anzukämpfen, doch als die Steinhände ihre Haut umhüllten, fühlte Finn, wie sie von der Magie überwältigt wurde.

Du hast mich dazu aufgefordert, dich zu nehmen. Und das tue ich.

Anschließend konnte Finn an nichts anderes mehr denken als ihren Hunger und das unbezwingbare Verlangen, sich wie eine dunkle Welle über das Königreich zu ergießen.

Mit Ignacios Tod verschwanden auch seine Schnüre, und Alfie fiel wie ein Stein zu Boden. Finn hatte vor seinen Augen das Unmögliche geschafft und Ignacio in seinem eigenen Spiel geschlagen. Aber die Magie würde sich gleich befreien. Und die Hände mussten auch eingefangen werden! Alfie kämpfte sich auf die Füße und hielt den Blick fest auf Finn gerichtet. Er musste zu ihr hinüber und die Magie einschließen, bevor … Ein lautes Krachen ließ Alfie aufblicken. Ein riesiges Stück des Mauerwerks, das die Glasdecke des Ballsaales einfasste, hatte sich gelockert und schwang nun wie ein Milchzahn hin und her. Dann fiel es herab, direkt auf ihn zu.

In seiner Verzweiflung schlug Alfie die Hände vors Gesicht, doch der Stein traf ihn nicht. Er ließ die Arme sinken und sah

Luka, der den gigantischen Brocken wie eine Avocado in die Höhe hielt.

»Hast du mich vermisst, Griesgram?«, fragte Luka und warf das Trümmerteil auf die andere Seite des Saales.

Alfie sah ihn entsetzt an. »Was hast du da …« Zitternd deutete er auf den herabgestürzten Stein.

Luka wirkte ungewohnt verlegen. »Na ja, anscheinend habe ich übermenschliche Kräfte …« Am Ende des Satzes hob Luka die Stimme, als fragte er sich selbst, ob das stimmen konnte.

Alfie sah ihn einen Moment lang verdutzt an und zog ihn in eine feste Umarmung. Als sie sich wieder voneinander trennten, fragte er: »Woher?«

»Keine Ahnung.« Luka zuckte die Achseln. »Ich gehe davon aus, dass sie sich natürlich entwickelt haben. So wie mein gutes Aussehen und mein feiner Humor.«

Alfie grinste seinen Freund an, doch dann fiel ihm wieder ein, dass er zu Finn hinübergehen musste und Xiomaras Nichtraum brauchte, um die Magie für immer loszuwerden. Er wusste nicht, ob er Finn vor der Magie retten konnte, die in sie eingedrungen war. Aber er würde es versuchen.

Luka sah über Alfies Schulter und wurde blass. »Alfie, da stimmt was nicht.«

Alfie folgte seinem Blick. Ein Stück von ihnen entfernt stand Finn. Sie sah hungrig aus.

»Finn?«, fragte Alfie zögernd.

Sie sah sie mit seitlich geneigtem Kopf an, dann grinste sie und ging langsam auf sie zu.

»Luka«, flüsterte er mit gepresster Stimme. »Lauf.«

Luka schüttelte den Kopf. »Ich werde dich nicht im Stich lassen.«

»Aber du musst etwas für mich erledigen«, presste Alfie hervor. Seine Rippen schmerzten vom Aufprall auf die Wand. »Wecke Xiomara auf. Sie muss die Magie für uns verbannen, verstehst du? Wenn du sie nicht aufweckst, werden wir beide sterben.« Er schob Luka hinter sich.

»Also gut.« Luka sah ihn besorgt an. »Pass auf dich auf.«

Alfies Angst ließ ein wenig nach, als er hörte, wie sich Lukas Schritte rasch in Richtung Xiomara entfernten.

»Finn«, sagte er noch einmal, während er auf sie zuging. »Du kennst mich. Ich weiß, dass du mich hören kannst. Ich weiß, dass du eine Kämpferin bist. Befreie dich davon.«

Es war anders gewesen, als sie die Magie des Silberdrachen in sich aufgenommen hatte. Nun erkannte er sie nicht mehr wieder. Sie trug die Magie in sich, die zuvor in Ignacio gesteckt hatte. Finn hatte sich geopfert, damit sie nicht entkam. Doch nun musste sie sich von ihr lösen. Er konnte sie nicht töten, um an die Magie zu kommen. Das würde er nicht tun.

Wortlos näherte sie sich ihm Schritt für Schritt, bis sie unvermittelt den Arm ausstreckte und vor Alfie eine Steinsäule aus dem Boden aufsteigen ließ, die ihn mit solcher Wucht im Magen traf, dass er auf die Knie fiel und sich die Hände auf den Bauch presste.

»Alfie!«, schrie Luka, der inzwischen bei Xiomara war.

Keuchend vor Schmerzen richtete Alfie sich auf. »Bleib da drüben, Luka!«, rief er.

Finn schien Luka gar nicht zu beachten, während sie weiter auf den Prinzen zuging. Alfie spürte, wie sein Herz einen Satz machte, als er den kleinen Schatten sah, der sich an ihre Füße klammerte. Offensichtlich war sie noch nicht ganz verschwunden und wehrte sich gegen die Magie.

Finn streckte ruckartig die Arme aus und feuerte einen Flammenstrahl auf ihn ab. Alfie sprang zur Seite und wehrte das

Feuer mit einer kleinen Wasserwelle ab. Finn folgte ihm immer noch ganz langsam, fast zögerlich. Sie kämpfte gegen die Magie. Oder versuchte es zumindest.

Es musste eine Möglichkeit geben, sie aus Finn herauszubekommen und in den Drachen zu übertragen, ohne sie dabei zu töten. Er würde Finn überwältigen und versuchen, sie irgendwie aus ihr zu extrahieren. Falls das nicht funktionierte, würde er auf ihr Herz zielen.

Mit einem magischen Befehl ließ Alfie Scherben von den zerbrochenen Fenstern aufsteigen. Widerwillig überlegte er, wo er Finn treffen musste, um sie aufzuhalten. An ihren Knien. Im Bauch.

»*Volar!*«, sagte er. Die Glasscherben schossen auf Finn zu und bohrten sich in ihre Haut. Doch sie ging ungerührt weiter. Die Scherben fielen von ihr ab, und die Wunden verheilten augenblicklich.

Schließlich war sie nur noch eine Armlänge von ihm entfernt. Einen Moment lang zögerte sie und zitterte am ganzen Körper.

Alfie sah ihr ins Gesicht. »Finn.«

Sie erwiderte seinen Blick mit zusammengekniffenen Augen, ließ die Hand vorschnellen und packte ihn am Hals. Als sie ihn mühelos vom Boden hochhob, trat Alfie so fest gegen ihre Brust, dass sie hinfiel. Dabei verlor sie die Halskette mit dem Drachen.

Alfie schlug ebenfalls hart auf. Als er sah, dass Finn sich aufzurappeln versuchte, drückte er sie auf den Boden und nahm den Drachen, der neben ihr lag. Als er beide Hände auf ihre Brust presste, fühlte er die Magie, die sie im Takt ihres Herzschlages durchströmte. Er konzentrierte sich auf diese Empfindung und versuchte, sie aus Finn herauszuziehen. Doch die Magie widerstand seinen Bemühungen und klammerte sich in ihr fest. Sein

Propio half ihm nicht. Der Kern dieser schwarzen Magie ließ sich nicht davon überzeugen, dass er auf Alfie hören musste, nur weil er seine Magie an ihren Farbton anpasste.

Er hatte keine andere Wahl, er würde sie töten müssen. Die Vorstellung zerriss ihm das Herz, aber er wusste, dass es das Richtige war. Um seines Volkes und der gesamten Welt willen durfte er nicht noch einmal so selbstsüchtig sein, wie er es bei Lukas Rettung gewesen war. Mit brennenden Augen zog er einen Dolch aus Finns Gürtel und zielte auf ihr Herz.

Mit einem durchdringenden Blick ihrer schwarzen Augen packte sie sein Handgelenk und stoppte den Dolch kurz vor ihrer Brust. Gleichzeitig stieß sie mit der anderen Hand einen Stein an seine Brust. Alfie wurde zurückgeschleudert und blieb ein paar Schritte von ihr entfernt liegen. Seine Rippen brannten vor Schmerzen. Er stieß einen gequälten Schrei aus und krümmte sich auf dem Steinboden zusammen.

Sie stand auf und kam langsam auf ihn zu.

Während sie sich näherte, ließ er einen Eisstachel in seiner Hand entstehen. Die Wurfbahn war frei, eine bessere Chance würde er nicht bekommen. Er musste es tun. Für seine Familie und sein Volk.

Dann hörte Alfie Schritte. Luka stellte sich zwischen sie, über seiner Hand schwebte ein Feuerball. »Bleib weg von ihm!«, rief er.

»Luka, nein!«, schrie Alfie.

»Lauf, Alfie«, sagte Luka über die Schulter. »Verschwinde von hier!«

Ohne zu zögern, packte Finn mit beiden Händen Lukas Arm.

»Nein«, schrie Alfie noch einmal.

Luka kreischte, als Finn ruckartig seinen Arm verdrehte.

Alfie schoss durch den Kopf, dass er gemeinsam mit seinem besten Freund durch die Hand einer Freundin sterben würde.

Doch so kam es nicht. Plötzlich erstarrte Finn, dann fiel sie auf die Knie, und die schwarze Magie entwich aus ihrem offenen Mund wie dichter Rauch. Der Drache zitterte in Alfies Hand. Er hielt die silberne Figur in die Höhe und sah ungläubig zu, wie der schwarze Faden in sie hineinströmte. Und er bestand nicht nur aus der Magie, die Finn infiziert hatte, sondern auch aus all ihren Ablegern, die in den Ringen der Stadt gehaust hatten. Sie brachen durch die Fenster und die Kuppeldecke des Palastes. Glasscherben regneten auf sie herab, während die schwarze Magie ununterbrochen in das Spielzeug floss. Einen Augenblick später war es vorbei, und die Magie lag sicher eingeschlossen in Alfies Hand. Finn fiel auf den Rücken. Als Alfie erkannte, dass sie aus irgendeinem Grund immer noch atmete, stieß er erleichtert die Luft aus.

Die Steinhände lagen vollkommen reglos neben ihr. Da die Magie nun keinen Wirt mehr hatte und auch keine anderen Körper, die ihrer Sache dienten, war wieder alles Leben aus den Händen gewichen.

Es war nicht nötig gewesen, dass Alfie sein Blut für den Einsperrzauber opferte, und er hatte auch nicht sein *Propio* einsetzen müssen, um die schwarze Magie in den Drachen zu locken. Sie blieb ohne Gegenwehr in der kleinen Figur. Alfie konnte sein Glück kaum fassen. Die Magie war zwar im Drachen gefangen, aber er war nicht mehr mit ihm verbunden. Sie würde ihm nicht mehr weiter Schmerzen zufügen oder seine Lebensenergie anzapfen können.

Er war frei.

Aber wie war es dazu gekommen?

Lukas schmerzhaftes Stöhnen riss ihn aus seinen Gedanken. Alfie beugte sich über ihn und verzog das Gesicht. Sein Arm war aus dem Schultergelenk gesprungen. »Ich fürchte, das wird wehtun.« Mit einer ruckartigen Drehung renkte er ihn wieder ein. Luka schrie auf. »Ich weiß, ich weiß«, sagte Alfie. »Aber jetzt ist alles wieder gut.«

»Für dich vielleicht! Das war *unglaublich* schmerzhaft.«

»Du wirst es überleben«, erwiderte Alfie. Luka öffnete den Mund, um etwas zu erwidern, aber sie hatten keine Zeit für lange Erklärungen. »Warte hier. Pass auf Finn auf. Ich muss das hier noch endgültig loswerden.«

Luka nickte und kniete sich neben Finn. Alfie stand auf, um zu Xiomara zu gehen, doch die hatte sich bereits erhoben und humpelte mit schmerzverzerrtem Gesicht zu ihm. Luka musste sie geweckt haben, bevor er Alfie zu Hilfe geeilt war.

Als sie vor ihm stand und auf seine Anweisungen wartete, bekam Alfie einen Kloß im Hals. Er wollte nicht mehr in diesen schwarzen Abgrund schauen, und wenn doch, dann nur, um zu sehen, wie sein Bruder ihn lebendig und unversehrt verließ. Doch das Leben hatte andere, düsterere Pläne mit ihm, und er konnte es nicht mehr länger aufschieben, egal wie flau ihm im Magen war und wie sehr seine Augen brannten.

»Kannst du jetzt den Nichtraum öffnen?«, zwang er sich schließlich zu fragen.

Xiomara nickte gefasst. Dann nahm sie den Tarnumhang ab und reichte ihn Alfie. Sie hob eine Faust und öffnete sie mit weit gespreizten Fingern. Vor Alfie entstand eine Öffnung, hinter der es vollkommen finster war. Es war dieselbe Finsternis, die auch Dez verschluckt hatte.

Alfie hielt die Drachenfigur vor sich hin. Im Vergleich zu der frostigen Kälte, die von dem Nichtraum ausging, fühlte sie sich warm an. Seine Hand zitterte. Seit Dez' Tod hatte er sie immer bei sich getragen. Jedes Mal, wenn die Sehnsucht nach seinem Bruder unerträglich geworden war, hatte er sie fest umklammert.

Sobald der Drache im Nichtraum war, würde er ihn nie wieder öffnen und Dez in diesem dunklen Abgrund suchen können.

Dann musste er akzeptieren, dass sein Bruder nie wieder zurückkehren würde.

Sogar als seine Trauer am größten gewesen war, hatte ein Teil von ihm immer gehofft, dass sie eines Tages enden würde. Dass er durch diese finstere Öffnung gehen und seinen Bruder finden würde. Nun starrte ihm sein Kummer aus diesem bodenlosen und grausamen Schlund entgegen.

Doch er musste alles dafür tun, dass sich diese Magie nie wieder befreien würde, selbst wenn es das absolute Ende seiner Hoffnung bedeutete. Sein Volk kam an erster Stelle. Und so schwor er sich, dass er den Nichtraum für alle Zeiten verschlossen lassen würde.

»Leb wohl, Dez.« Heiße Tränen liefen ihm über die Wangen und die Nase. Ein letztes Mal ließ er die Finger über die Drachenfigur gleiten. »Ich hab dich lieb. Ruhe in Frieden.«

Er stieß einen tiefen Seufzer aus, ließ den silbernen Drachen in den Abgrund fallen und sah zu, wie er in der endlosen Dunkelheit verschwand.

Damit war es endgültig vorüber.

In diesem Moment gab es nur noch Alfie, Xiomara und die Vergangenheit, die zwischen ihnen beiden einen breiten Graben bildete. Xiomara konnte zwar nicht sprechen, doch Alfie verstand ihren fragenden Blick: *Und was jetzt?*

Alfie spürte die Last dieses Schweigens. Das Leben dieser Mörderin lag in seiner Hand, und er wusste nicht, ob er darauf verzichten konnte, es zu zerquetschen.

»Ich möchte dir immer noch etwas antun«, hörte Alfie sich sagen. »Das werde ich immer wollen.« Xiomara presste die bebenden Lippen aufeinander. »Aber ich werde es nicht tun.« Er würde nicht zu dem Ungeheuer werden, das vor wenigen Minuten Finn gewürgt hatte. Ignacio und die schwarze Magie hatten ihm vor Augen gehalten, was aus ihm werden würde, wenn er sich von seinem Hass auf Xiomara auffressen ließ. Er wollte sich nicht von seinem Rachedurst verderben lassen, auch wenn er dafür die Frau verschonen musste, die ihm Dez genommen hatte.

Xiomara krümmte sich und stützte mit verzogenem Gesicht die Hände auf die Knie.

»Was ist los? Was hast du?« Hatte sie Schmerzen, weil sie den Nichtraum geöffnet hatte?

Xiomara lüpfte ihr Hemd. Aus ihrem Unterbauch ragte ein dicker Steinsplitter, Blut durchtränkte ihre Hose. Bislang hatte er es auf ihrer dunkelbraunen Gefängniskleidung nicht bemerkt.

»Du bist verletzt.« Alfie trat auf sie zu, um die Wunde zu heilen, doch Xiomara hielt ihn mit erhobener Hand zurück und schüttelte den Kopf.

»Sei nicht albern«, sagte Alfie. »Du stirbst, wenn ich dich nicht versorge.«

Sie sah ihm in die Augen, und er erkannte, dass ihr das klar war.

Alfie wusste, was sie dachte. Sie war die Einzige, die diesen Nichtraum öffnen konnte. Also bestand, solange sie lebte, die Gefahr, dass die Magie zurückkehrte. Vielleicht würde irgendwer Xiomara dazu zwingen, ihn zu öffnen, oder sie würde es selbst tun, entweder aus Versehen oder vorsätzlich. Nur wenn sie tot war, würde die Magie nie wieder zurückkehren können.

Nachdem er sich monatelang ihren Tod gewünscht hatte, konnte Alfie dieser Aussicht nun nichts mehr abgewinnen. »Es geht auch anders«, platzte es aus ihm heraus. »Du musst das nicht tun.«

Doch Xiomara brachte ihn mit einem erneuten Kopfschütteln

zum Schweigen. Sie sank auf die Knie und presste eine Hand auf die Wunde. Dann schrieb sie mit ihren blutigen Fingern eine Nachricht auf den Boden.

Ich will es wiedergutmachen.

Alfie fühlte einen Stich im Herzen. Er ging zu Xiomara hin und half ihr auf die Beine. Sie schnitt eine Grimasse, während sie sich an seinem Arm festklammerte.

»Na gut«, sagte er. »Wenn es das ist, was du willst.« Er wollte nicht zusehen, wie sie langsam verblutete. Sie verübte keinen Tod. Niemand tat das. Alfie zog ein Wasserband aus der Luft und formte einen stabilen spitzen Dolch aus Eis daraus. Sie schien zu verstehen, wieso Alfie das tat, und nahm ihm die Waffe aus der Hand.

Dann trat Xiomara vor den Nichtraum und richtete die Spitze auf ihre Brust. Sie machte die Augen zu.

»Xiomara«, sagte Alfie. Sie sah ihn mit großen Augen an. Offensichtlich war sie überrascht, ihren Namen zu hören. *»Gracias«*

Sie nickte ihm zu, bevor sie die Augen erneut schloss. Einen Moment lang stand sie reglos da, und er sah, wie sich ihr Kehlkopf bewegte, während ihr Tränen über die Wangen liefen. Ohne einen Laut von sich zu geben, stieß sich die stumme Gefangene aus dem Uhrturm den Dolch in die Brust und fiel rückwärts in die Leere, die sie geöffnet hatte. Als sie darin verschwunden war, schloss sich die Öffnung, die nie wieder von ihr beschworen werden würde.

Alfie hatte keine Ahnung, ob es richtig gewesen war, Xiomara sterben zu lassen, und ob er über ihren Tod wütend oder erfreut sein sollte. Er bezweifelte, dass er es je wissen würde. Doch damit konnte er sich im Augenblick nicht befassen, denn jetzt musste er erst einmal jemanden retten. Alfie rannte zu der Stelle zurück, wo Finn auf dem Boden lag.

Luka rutschte mit ernster Miene ein Stück zurück, um ihm Platz zu machen. »Ich habe es versucht«, erklärte er hoffnungslos. »Aber sie reagiert nicht.«

Alfie legte Finn eine Hand auf die Brust und ließ seine Magie in sie einsinken. Sombras Magie hatte ihr böse zugesetzt. Ihr Puls ging nur noch langsam, und das kleine Schattenstück, das an ihren Füßen hing, war fast silbern. Er würde sie vielleicht verlieren. Sogar Luka war klug genug, in dieser Situation den Mund zu halten und ihn nicht in seiner Konzentration zu stören.

Alfie beugte sich vor und setzte zwei geborstene Rippen wieder zusammen. Hatte die Magie sie gebrochen, als sie ohne Rücksicht auf Verluste aus Finn herausgeströmt war? Als sie vorhin miteinander gekämpft hatten, waren ihre Wunden schnell verheilt, doch nun war ihr ganzer Körper mit Quetschungen und Prellungen bedeckt.

Er berührte ihre Stirn. Sie glühte vor Fieber. Er legte die Hände auf ihren Bauch und ließ seine Magie in die Wunden fließen, die ihre Körpermitte übersäten. Dann machte er das Gleiche mit ihren Armen und Beinen. Er heilte jede Verletzung, die er entdeckte, oder versuchte es zumindest. Dann fiel ihm der Heiltrank ein, den er für sie aufgehoben hatte.

Rasch holte er das kleine Fläschchen aus dem Beutel in seiner Tasche, entkorkte es und goss Finn die Flüssigkeit langsam in den Mund. Anschließend überstreckte er ihren Hals und massierte sanft ihre Kehle, in der Hoffnung, sie so zum Schlucken anzuregen.

Er hatte getan, was in seiner Macht stand, nun konnten sie nur noch abwarten.

»Wird sie wieder?«, flüsterte Luka.

»Ich habe keine Ahnung«, erwiderte Alfie. Aber er wusste: Wenn irgendwer diese Verletzungen überleben konnte, dann sie.

Wie als Reaktion auf diesen Gedanken stieß Finn in diesem Moment ein benommenes Stöhnen aus und schlug langsam die Augen auf. Finn spürte sein Herz bis in die Kehle schlagen.

»Prinz«, sagte sie.

Als er ihre Stimme hörte, war er so erleichtert, dass es war als würde sein Herz brechen.

»Diebin«, flüsterte er zurück.

Sie hob den Blick und sah ihm forschend in die Augen. »Hast du …? Ist sie …?«

»Sie ist im Nichtraum verschwunden«, beruhigte er sie.

Daraufhin entspannte sie sich, aber sie sah ihn immer noch fragend an. Und plötzlich wusste Alfie, wieso Luka unversehrt geblieben und so überaus kräftig geworden war. Wieso begriff er das jetzt erst? »Als ich die Magie befreit habe, hat sie versprochen, dass sie Luka nie etwas antun würde. Als du ihn verletzt hast, war unsere Vereinbarung hinfällig.«

Finn nickte gewohnt unbeeindruckt. »Genau das habe ich mir auch gedacht.«

Alfie sah sie amüsiert an. Nichts konnte sie schockieren. Sie legte die Handflächen auf den Boden und stemmte sich stöhnend langsam hoch, bis sie mit ausgestreckten Beinen dasaß. Alfie musste sich beherrschen, um ihr nicht aufzuhelfen.

»Bevor mir die Magie ihren Willen aufgezwungen hat, habe ich den Badewannenjungen neben dir stehen sehen. Er hatte nicht einen *maldito* Kratzer abbekommen. Bei seinem Anblick fiel mir wieder ein, dass die Magie dir zugesagt hat, ihm nichts zu tun. Daher hielt ich es für eine gute Idee, ihn zu verletzen, und habe ihm ordentlich den Arm ausgerenkt.« Sie sah zu Luka hinüber, und ihr Blick blieb an seinem Arm hängen. »Es tut mir leid.«

Luka winkte ab. »Ich nehme das nicht persönlich. Es gibt

schlimmere Arten zu sterben, wenn du mich fragst, aber kein besseres Leben.«

Finn verzog die Lippen zu dem verschmitzten Grinsen, das so typisch für sie war.

»Du warst unglaublich«, sagte Alfie. »Ganz ehrlich.«

Sie sahen sich einen Moment lang in die Augen. Ihre Gesichter waren voller Dreck und Blut, aber das hinderte sie nicht daran, einander anzulächeln.

»Ähem!«, machte sich Luka schließlich laut bemerkbar.

»Du warst auch gut, Luka«, sagte Alfie.

»Ja, nicht wahr?« Luka nickte so ehrwürdig, als säße er auf einem Thron und nicht inmitten von Trümmerteilen auf dem Fußboden.

Als Alfie das sah, brach er in wildes Gelächter aus, in das Luka gleich darauf einfiel.

»Bringt mich nicht zum Lachen«, sagte Finn mit schmerzverzerrtem Grinsen. »Das tut weh.«

Alfie würde sich noch jahrelang fragen, woher sie in diesem Augenblick, nach allem, was sie durchgemacht hatten, die Energie zum Lachen nahmen. Doch irgendwann wurde ihm klar, dass sie es bloß taten, weil sie endlich die Zeit dazu hatten.

Nach Tagen voller Tod und Wiederauferstehung, die von Schatten und Licht und von Angst und Mut geprägt gewesen waren, konnten sie nun endlich ausgiebig lachen.

Kapitel 38

Die Diebin, der Prinz und das Ende

Wenn ein paar Tage zuvor irgendwer Alfie gefragt hätte, wie es für ihn sein würde, sich von Finn zu verabschieden, wären ihm darauf wahrscheinlich zahllose Antworten eingefallen.

Doch er hätte immer von Erleichterung gesprochen. Von einer Last, die er nun nicht mehr tragen musste, einem Kopfschmerz, der verflogen war.

Das Letzte, was er erwartet hätte, waren ein Schmerz in der Brust und ein Kloß im Hals.

Er fühlte sich so verloren, dass er zu ihrem Treffen am Hafen Luka mitgenommen hatte. Und sei es nur, damit er das tat, was er am besten konnte – die Stimmung aufheitern. Obwohl er aufrecht stand, während sie auf Finn warteten, war Alfie bewusst, dass er sich auf Luka stützte, als wäre der eine Krücke.

Nach dem desaströsen Tagundnachtgleiche-Ball hatte sich Finn fünf Tage lang im Palast ausgeruht. Zwei davon hatte sie durchgeschlafen, während Alfie an ihrem Bett saß und so tat, als läse er in einem Buch. Doch in Wahrheit starrte er immer nur denselben Satz an. Er ließ sie lediglich allein, um mit seinen Eltern zu sprechen, die im Gegensatz zu vielen anderen die Nacht zum Glück überlebt hatten.

Als sie schließlich erwachte und ihr Schatten wieder dunkel und gesund aussah, bestand Paloma darauf, sich mit Finn und Alfie zu treffen, damit die beiden ihr von Anfang an erzählten, was passiert war.

Nachdem Alfie alle Ereignisse bis zu ihrer ersten Begegnung beim Cambió geschildert hatte, übernahm Finn und beschrieb die Umstände, die sie in den Palast geführt hatten, und alles, was danach geschehen war. Paloma hörte ihr stumm zu. Alfie nickte nur und ergänzte hier und da ein paar Einzelheiten.

Als sie schließlich mit ihrer Geschichte fertig waren, rechnete Alfie mit schweren Vorwürfen, weil er leichtfertig die Magie befreit hatte und Finn in den Palast eingebrochen war. Doch stattdessen tat Paloma etwas, das man selten bei ihr erlebte.

Sie lächelte.

Es war ein kaum merkliches Kräuseln der Mundwinkel, das er bisher nur ein paarmal an ihr beobachtet hatte. Wie kam sie ausgerechnet jetzt darauf zu lächeln? Sie hatten ihr gerade haarklein dargelegt, wie die schwarze Magie entkommen war und im Königreich ihr Unwesen getrieben hatte. Dennoch saß Paloma nur da und lächelte.

»Was ist?«, fragte Finn schließlich, die genauso genervt aussah, wie Finn sich fühlte. »Was soll dieses Grinsen?«

Alfie hob die Augenbrauen. Er hatte noch nie jemanden so mit Paloma reden hören. Doch die Dueña wirkte lediglich amüsiert.

»Du hast die schwarze Magie dazu aufgefordert, in deinen Körper einzudringen. Wieso?«

Finn runzelte die Stirn und verschränkte die Arme. »Ich weiß es nicht. In dem Moment schien es mir das Richtige zu sein.« Sie trommelte mit den Fingern auf ihrem Unterarm. »Ich wollte mehr Zeit haben, um …«

»... um Alfie zu beschützen«, sagte Paloma und sah Finn an, offensichtlich gespannt, ob sie es leugnen würde.

Alfie bemerkte, dass Finn errötete. Dann wandte sie sich ab und schaute durch das Fenster hinaus. Er selbst hielt es für das Beste, den Blick zu senken.

»Du hast nicht nur einmal, sondern zweimal die Finsternis in dein Herz eingeladen. Das war gefährlich dumm von dir.«

Finn bedachte die Dueña mit einem durchdringenden Blick und schien an einer vernichtenden Erwiderung zu feilen.

»Die Magie war dunkel«, fuhr Paloma ungerührt fort, »aber deine Absichten waren rein und aufrichtig. Obwohl du sie freiwillig eingelassen hattest, konnte die Magie dich nicht beeinflussen und dir deinen Schatten nehmen, wie sie es bei jemandem getan hätte, der Gier, Rachegelüste oder Hass im Herzen trägt. Dein Körper konnte nicht verbrannt werden wie die der anderen Opfer, da du von deinen reinen Absichten beschützt wurdest. Denn die hatten, soweit ich es beurteilen kann, nicht das Geringste mit Hass zu tun.«

Stille senkte sich auf den Raum herab. Alfie rieb sich den Nacken.

»Und du, Prinz Alfehr«, sagte Paloma so streng, dass Alfie sich unwillkürlich gerade aufsetzte. »Du hast eine selbstsüchtige und unbedachte Entscheidung getroffen. Du hast nicht zuerst an dein Volk, sondern an dich selbst gedacht, als du die Magie befreit hast, um Luka zu retten.«

Alfie ließ beschämt den Kopf hängen.

»Aber«, fuhr Paloma fort – und Alfie spürte, wie sich ein Funke Hoffnung in seiner Brust regte –, »wenigstens hast du dabei etwas gelernt. Du hattest nicht vor, deine Freundin zu verletzen, um die Magie aufzuhalten, doch statt dich von deinen eigenen Wünschen lenken zu lassen, wie du es noch bei Luka getan hattest, warst du bereit, sie zu töten, wenn es dem Wohl deines Königreiches dienen würde. Es war reines Glück, dass Lukas Einmischung dich davor bewahrt hat, dieses Mädchen töten zu müssen. Aber ich bin sicher, dass du für dein Volk dieses Opfer gebracht hättest. Und das lässt mich glauben, dass du mit der Zeit vielleicht der König werden wirst, den wir alle nötig haben.«

Alfie spürte, wie ihm ein Stein vom Herzen fiel. Zumindest für den Moment. Er würde sich wegen dem, was er getan hatte, sein Leben lang Vorwürfe machen, aber in diesem Augenblick gönnte er sich eine Atempause.

Paloma stand von ihrem Stuhl auf. »Ich glaube, das genügt für heute. Wir beide werden dieses Gespräch zu einem späteren Zeitpunkt fortführen, Prinz Alfehr. Aber jetzt solltest du genauso wie Señorita Finn deine Zeit besser dazu nutzen, dich auszuruhen und wieder zu Kräften zu kommen.«

»Ja, vielen Dank, Paloma«, sagte Alfie und neigte respektvoll den Kopf.

»Nur Finn«, sagte die Diebin, die auf ihrem Bett saß und an den Fingernägeln zupfte. »Die Señorita kannst du dir sparen.«

Paloma gluckste, und Alfie hatte Mühe, sie nicht anzustarren. Er hatte sie lange schon nicht mehr lachen gehört. Dann verließ die Dueña ohne ein weiteres Wort den Raum und ließ den Prinzen und die Diebin allein.

Alfie hielt einen Moment lang den Blick zu Boden gerichtet, bevor er schließlich zu Finn aufsah. Die zupfte an ihrer Bettdecke herum, als suchte sie darin nach einem losen Faden. Oder wollte einen lösen.

»Willst du …?«, begann Alfie, doch die Worte kamen zu sanft heraus und verrieten ein Gefühl, mit dem er sich noch nicht auseinandersetzen konnte. Er räusperte sich. »Willst du irgendetwas haben? Mittlerweile sollte der Koch das Mittagessen zubereitet haben. Oder ich könnte dir mehr Kissen holen.«

Sie brachte ihn mit erhobener Hand zum Schweigen und deutete auf die Kissen um sie herum. »Ich habe genügend hier, um mir einen eigenen Palast daraus zu bauen. Ich brauche nichts, Prinz.«

»Na gut«, gab Alfie nach. Wieder breitete sich Schweigen zwischen ihnen aus. Schließlich fragte er: »Möchtest du, dass ich gehe?«

Sie saugte an ihren Zähnen. »Habe ich gesagt, dass ich das will?«

Alfie kniff die Augen zusammen. »Nein, aber du hast auch nicht gesagt, dass ich bleiben soll.«

»Du bist ein erwachsener Mann. Ich muss dir doch nicht sagen, wo du sein sollst.«

»Stimmt«, erwiderte er gepresst. Wieso musste sie immer so schwierig sein? »Dann werde ich einfach gehen.«

Er war bereits mit einem Fuß zur Tür hinaus, als er erneut ihre Stimme hörte. »Warte.«

Alfie drehte sich um und sah, wie sie sich eine verirrte Strähne hinters Ohr strich. »Du hast das Mittagessen erwähnt. Hast du Hunger?«

Alfie war nicht hungrig. »Ja.«

Sie wandte sich von ihm ab und sah wieder durch das Fenster hinaus. »Du könntest etwas zu essen holen und hierherbringen.«

Er lächelte ihren Hinterkopf an. »Wird gemacht.«

»Aber nur wenn du möchtest. Mir ist es gleich.«

Alfie vergaß, dass sie ihn nicht anschaute, und nickte. Während des folgenden Schweigens rutschte sie unbehaglich auf ihrem Bett hin und her.

»Sehr gern«, sagte er und beobachtete, wie sich ihre Schultern entspannten. »Ich bin gleich wieder da.«

»Prinz«, rief sie ihm noch einmal nach, als er die Finger bereits um den Türgriff gelegt hatte.

»Ja?« Er sah sie über die Schulter an. Sie blickte ihm in die Augen und schien darin nach der Antwort auf eine Frage zu suchen, die sie ihm bisher noch nicht gestellt hatte.

»Hast du die Tür und die Fenster verzaubert, um mich an der Flucht zu hindern?«

Alfie schüttelte, ohne den Blick von ihr abzuwenden, den Kopf. »Nein.«

Bevor er den Raum verließ, sah er, wie sich ihre Mundwinkel hoben. Bei diesem Anblick wurde ihm ganz leicht ums Herz.

Auf diese Weise hatten sie fast eine Woche miteinander verbracht. Die meisten Tage endeten damit, dass sie zu müde wurden, um noch weiter miteinander zu sprechen, sodass er schließlich auf seinem Stuhl neben ihrem Bett einschlief. Ein- oder zweimal war er aufgewacht, weil Luka ihn anstupste und vielsagend mit den Augenbrauen wackelte. Sie hatte sogar ein Bild von der Hörnertätowierung für ihn gezeichnet, die er im Gefängnis gesehen hatte, damit er bei seiner Suche etwas zum Abgleich hatte. Inzwischen akzeptierte er zwar, dass er König werden würde, aber das bedeutete nicht, dass er den wahren Grund für Dez' Ermordung nicht mehr erfahren wollte.

Nachdem sie am fünften Morgen gerade ein Frühstück aus Eiern, mit Meersalz bestreuten Avocadospalten, dicken Scheiben gebratene Salami und Mangú genossen hatten, trommelte Finn zuerst eine Weile mit den Fingern auf ihrem leeren Teller und gab dann schließlich zu: »Als ich hier war, um den Tarnumhang zu klauen, habe ich noch etwas anderes mitgehen lassen.«

Alfie schnaubte. »Das ist ja wohl offensichtlich.«

»Ich meine nicht die Pesos.« Sie zog etwas Kleines aus der Tasche und zeigte es ihm. Es war der kleine Fuchs, den Dez geschnitzt hatte. Bei seinem Anblick krampfte sich Alfies Herz zusammen. Er wusste noch, wie er Dez gefragt hatte, weshalb er einen Fuchs gemacht hatte. Denn die Füchse waren in den Fabeln und Mythen, die sie in ihrer Kindheit gehört hatten, stets wenig verlässliche Charaktere.

»Jeder braucht in seinem Leben einen Unruhestifter«, hatte Dez ihm mit einem Zwinkern geantwortet.

Alfies Blick wanderte von dem gekonnt geschnitzten Fuchs zu Finns Gesicht. Bis zu diesem Moment hatte er nie wirklich begriffen, was Dez damit gemeint hatte.

»Behalt ihn«, sagte Alfie. »Er passt zu dir, und Dez hätte dich gemocht.« Bei diesen Worten musste er unwillkürlich lächeln. Dez hätte sich über Finns beißenden Humor und ihre unverblümte Art schlappgelacht. »Ich glaube nicht, dass er etwas dagegen hätte.«

Finn steckte den Fuchs wieder ein. Sie hätte in diesem Moment irgendetwas Mitleidiges sagen können, dass sie seinen Verlust bedauere oder eine andere traurige Phrase, die in seinen Ohren hohl geklungen hätte. Doch stattdessen grinste sie und bedachte ihn mit einem funkelnden Blick. »Selbstverständlich hätte er mich gemocht, so entzückend, wie ich bin.«

Am sechsten Morgen trug Alfie ein Frühstückstablett in ihr Zimmer und sah, dass ihr ungemachtes Bett leer war.

Sie war gegangen, ohne sich von ihm zu verabschieden.

Sie hatte eine Nachricht auf ihrem Kopfkissen hinterlassen. Darauf stand, sie müsse ihre »Angelegenheiten in Ordnung bringen«. Alfie nahm an, dass sie die Stadt und vielleicht sogar Castallan verlassen wollte. Sie hatte vor, aus seinem Leben zu verschwinden. Außerdem hatte sie ihm geschrieben, er solle sie noch ein letztes Mal in der Krempe treffen. Nun steckte ebendiese Nachricht wie ein Bleigewicht in seiner Tasche, während Luka und er darauf warteten, dass sie auftauchte.

»Du siehst aus, als würdest du dich jeden Moment in eine Regenwolke verwandeln«, sagte Luka, während er einen mit Butter bestrichenen und mit Käse und Chiliflocken gesprenkelten Maiskolben abnagte.

»Ich denke nur nach«, entgegnete Alfie.

»Über was wohl, oder besser gesagt … über *wen?*«, spottete Luka. Alfie strafte ihn mit einem vernichtenden Blick, doch Luka lachte nur. »Du musst doch zugeben, dass bei eurer Begegnung das Schicksal die Hand im Spiel hatte.«

»Luka …«

»Es ist wie in diesen alten, epischen Liebesgeschichten. Gut gegen Böse und zwei zankende Hauptfiguren, die sich schließlich ineinander …«

»Luka«, fuhr Alfie ihn an.

Luka hob kapitulierend die Hände, wobei ihm fast sein Maiskolben aus den Fingern rutschte. »Ich sage ja nur, dass die Götter sich allem Anschein nach miteinander verschworen haben, als sie euch beide in denselben Raum lotsten.«

»Und letzten Endes musstest du fast sterben, damit dieses Treffen zustande kam.«

Luka schnitt eine Grimasse, die besagte: *Musst du immer alles miesmachen?*

Alfie beantwortete die stumme Frage mit einem wortlosen Nicken.

Luka blickte über Alfies Schulter und lächelte. »Dann mach das Beste daraus. Mein Leben ist nämlich einiges wert, vielleicht sogar ein oder zwei Abschiedsküsse.« Er hob den Kopf, um besser sehen zu können.

Alfie drehte sich um und entdeckte Finn, die auf sie zukam. Sie hatte sich zwar eine Kapuze über den Kopf gezogen, doch er erkannte sie an ihrem Gang und daran, wie mühelos sie sich einen Weg durch die Menge bahnte. Als Alfie sich wieder umdrehte, war Luka nicht mehr da. Alfie sah noch, wie er beide Daumen in die Höhe reckte, bevor er im Getümmel verschwand.

Finn blieb vor ihm stehen. Da keinem von ihnen beiden etwas einfiel, ging sie einen Moment später einfach weiter, und er schloss sich ihr an.

»Du bist einfach verschwunden, bevor ich dir deine Truhe voll Gold überreichen konnte«, beendete Alfie schließlich das Schweigen. »Ich habe dich eigentlich nicht für jemanden gehalten, der vergisst, seinen Lohn einzukassieren.«

»Habe ich auch nicht«, erwiderte Finn grinsend. »Auf dem Weg nach draußen habe ich in der Schatzkammer vorbeigeschaut. Wir sind quitt. Jedenfalls fürs Erste.«

Alfie hob die Brauen und stieß ein überraschtes Lachen aus. Außerdem ärgerte er sich ein bisschen, dass er nicht selbst darauf gekommen war.

»Du hättest dich verabschieden können.« Seine Stimme klang nun sanfter. »Anstatt dich …«

»… wie eine Diebin aus dem Staub zu machen.« Sie grinste noch breiter.

Erst jetzt wandte Alfie sich ihr zu. Als sie den gekränkten Ausdruck in seinen goldenen Augen bemerkte, kam ihr der Scherz fast grausam vor.

Sie zuckte die Achseln und wich seinem Blick aus, da sie sich nicht noch schuldiger fühlen wollte. »Ich habe mich im Palast wie eine Hauskatze gefühlt. Ich musste da raus. Und es ist ja nicht so, als hätte ich mir nichts, dir nichts die Stadt verlassen.«

»Noch nicht«, erwiderte er. Die Worte hingen schwer zwischen ihnen.

Sie nickte. »Noch nicht.«

Sie log ihn zwar nicht an, sagte ihm aber auch nicht die Wahrheit. Am fünften Abend im Palast hatte sie gerade darüber nachgedacht, wann sie verschwinden sollte, als jemand laut an die Tür klopfte. Sie wusste, dass es nicht Alfie war. Er klopfte immer ganz leise und rücksichtsvoll, als machte er sich zu jeder Tages- und Nachtzeit Sorgen, er könnte sie beim Schlafen stören. Ein wenig genervt davon, dass sie sein Klopfen von dem anderer Leute unterscheiden konnte, blaffte Finn: »Herein, wenn es denn unbedingt sein muss.«

Es war der Badewannenjunge. Ohne große Vorrede setzte er sich auf ihre Bettkante und musterte sie mit seinen dunklen Augen.

Finn sah ihn fragend an. »Bist du wegen deines ausgerenkten Armes hier?«

Luka winkte ab. »Nein, nein, das ist vergeben und vergessen. Aber ich muss dich um einen Gefallen bitten.«

»Ach, tatsächlich?«, hatte Finn amüsiert erwidert.

Luka nickte. »Alfie hat mir erzählt, dass du von Berufs wegen Dinge klaust, aber du scheinst genauso gut darin zu sein, Herzen zu stehlen.«

Finn sah ihn ausdruckslos an. »War es genauso peinlich, das zu sagen, wie es zu hören?«

»Ich habe es auf die charmante und kluge Art versucht, aber das kann ich wohl vergessen.«

Finn verdrehte die Augen. »Was willst du mich denn nun wirklich fragen?«

Luka beugte sich vor. »Ich kenne Leute von deinem Schlag.«

»Von meinem Schlag?«, erwiderte sie schnaubend. »Ich

fürchte, mich gibt es nur einmal. Ich bin ein bisschen zu originell, als dass ein ganzer Schlag von Menschen wie mir existieren könnte.«

Nun war es an Luka, die Augen zu verdrehen. »Du gehörst zu dem Schlag Menschen, die nie lange an einem Fleck bleiben. Auf solche Leute mache ich übrigens am liebsten Jagd.« Er lächelte und schien sich an etwas zu erinnern. Finn hoffte, dass er es für sich behalten würde.

»Ja, das stimmt.« Finn zuckte die Achseln. »Und was willst du damit sagen?«

Luka warf ihr einen Blick zu. »Das muss dir doch klar sein.«

»Was soll mir klar sein?«

Luka kniff sich in den Nasenrücken. »Dieses gespielte Unwissen ist typisch für Leute von deinem Schlag.«

Sie stieß scharf die Luft aus. »Was soll mir klar sein?«

»Sei einfach …«, begann Luka und bewegte die Hände, als wollte er die Wörter, nach denen er suchte, vor sich aus der Luft fischen. »Mach ihm nicht das Leben schwer, wenn du gehst. Sei nett zu ihm, oder zumindest so nett, wie es Leuten von deinem Schlag möglich ist. Es wird nicht leicht für ihn, dich zu verlieren.«

Finn spürte, wie ihre Wangen heiß wurden. Bevor sie zu einer Antwort ansetzen konnte, erhob sich Luka vom Bett und ging zur Tür hinüber. »Ach, und wenn du ihm erzählst, dass ich mit dir darüber gesprochen habe, werde ich es abstreiten. Ich war mit insgesamt acht Schauspielern zusammen und habe dabei einiges gelernt. Ich versichere dir, dass ich sehr überzeugend lügen kann.« Als sie ihn belustigt anschaute, drohte er ihr mit dem Finger. »Fordere mich nicht dazu heraus.«

Mit diesen Worten verließ er den Raum. Sie wusste, dass der Badewannenjunge recht hatte. Die Zeit im Palast ließ sie bequem werden. Sie hatte sogar schon darüber nachgedacht, ob sie sich in dieser Stadt niederlassen sollte. Auf einmal hatte sie nämlich das Gefühl, dass es Dinge gab, für die es sich zu bleiben lohnte. Doch sie wusste es besser. Wenn sie zu lange an einem Ort blieb, führte das immer zu Schwierigkeiten. Sie war dazu bestimmt, weiterzuziehen und ständig in Bewegung zu bleiben. Finn gehörte zu dem Menschenschlag, der eine vergiftete Flasche nicht ausleerte und zuließ, dass ein Unschuldiger daraus trank. Sie gehörte nicht zu den Menschen, die sich mit einem Prinzen oder überhaupt irgendwem anfreundeten. Also hatte sie Alfie eine kurze Nachricht hinterlassen und sich aus dem Palast geschlichen.

»Wohin wirst du gehen?«, fragte er leise.

Finn wollte den Klang seiner Stimme in eine Flasche abfüllen, damit sie jedes Mal, wenn sie einen Grund zum Lächeln brauchte, den Korken ziehen und sie sich anhören konnte. Oder wenn sie nach einem Grund suchte, die Stirn in Falten zu legen.

Er räusperte sich.

»Wenn ich dir das sagen würde, wäre es keine sehr gelungene Flucht, oder?«

»Wahrscheinlich nicht«, antwortete Alfie.

»Ich kann doch nicht jedem erzählen, wo ich mich als Nächstes aufhalten werde. Immerhin bin ich eine gesuchte Frau! Oder besser gesagt: viele gesuchte Frauen. Und auch ein paar Männer.«

»Ich weiß.« Alfie schenkte ihr ein betrübtes Lächeln. »Du bist begehrter, als du glaubst.«

Sie sahen einander einen Moment lang an, bis Alfie den Blick von ihr losriss und die Tasche öffnete, die er mitgebracht hatte. Im ersten Moment schien es, als zöge er nur Luft heraus. Doch dann begriff sie, was es war. Der Tarnumhang.

»Nimm ihn«, sagte er.

»Das kann ich nicht tun.« Aus ihrem Mund klangen diese Worte eigenartig. Normalerweise interessierte sie sich nur dafür, ob sie etwas nehmen konnte, nicht ob sie es tun sollte. Und dieser Tarnumhang wäre für jeden ein nützlicher Gegenstand, aber ganz besonders für eine Diebin. Doch er war das Bindeglied zwischen ihnen und der Magie, die fast die Welt vernichtet hätte. Die Erinnerungen, die sie mit ihm verband, wären eine zu große Belastung, und sie wusste, dass er sie immer wieder an diesen Ort versetzen würde.

Zurück zu ihm.

Sein Blick wurde weich. »Ich habe ihn dir schon vor mehreren Tagen gegeben. Er gehört bereits dir.«

Finn fragte sich, ob er wirklich von dem Tarnumhang oder eigentlich von etwas ganz anderem sprach.

Sie sah zu, wie er den unsichtbaren Umhang an den Schultern hochhob. Ein Windstoß wehte ihn in ihre Richtung. Sie spürte, wie er ihre Brust berührte. Dann trat Alfie einen Schritt auf sie zu und legte ihn ihr um. »Du musst ihn nicht stehlen«, sagte er.

Solange sie zurückdenken konnte, bemaß sich für Finn der Wert eines Gegenstandes, der ihr gehörte, vor allem daran, wie schwer es gewesen war, ihn jemand anderem wegzunehmen. Wie lange sie den Diebstahl im Voraus hatte planen müssen, wie sehr sein Eigentümer ihn vermissen würde und wie viel sie von einem Hehler dafür bekommen konnte. Doch obwohl dieser Umhang ein Geschenk war, wusste sie, dass er ihr kostbarstes Besitzstück sein würde. Alfie strich die Schultern glatt und lächelte sie an.

Es erstaunte sie, dass er gleichzeitig lächeln und so aussehen konnte, als zerrisse es ihm das Herz. Mit seinem Grinsen weckte er so viel Mitgefühl in ihr, als würde er vor Schmerzen aufschreien.

»Ich habe auch etwas für dich«, sagte sie. Alfie hob eine Augenbraue. »Das ist nur gerecht.«

»Normalerweise ist dir Gerechtigkeit nicht so wichtig.«

»Willst du es etwa nicht haben, Prinz?«

Er lachte auf. Sie fand den Klang wunderschön. »Natürlich will ich es, Diebin.«

»Dann halt den Mund, damit ich es dir geben kann.«

Sie stand reglos da, und Alfie betrachtete sie forschend. Sie würde seine Art vermissen, Gefühle mit dem ganzen Körper auszudrücken. Wie er sich in ein großes Fragezeichen zu verwandeln schien, wenn ihn etwas verwirrte. Und das Grinsen, zu dem sich sein Gesicht so langsam verzog, als wäre er eine Katze, die sich nach einem Nickerchen streckte.

Sie schob diesen Gedanken beiseite, seufzte tief und legte sich die Hände vors Gesicht. Wahrscheinlich sah sie aus, als wollte sie ihre Tränen verbergen.

Nach einer Weile wurde Alfie ungeduldig. »Finn, was …?«

»Einen Moment noch, Prinz!« Sie spähte durch die Finger, um zu sehen, wie er ihre ruppige Antwort aufnahm. Er verdrehte die Augen, doch gleichzeitig grinste er.

Als Finn endlich fertig war, ließ sie die Hände sinken. Dahinter kam ein Gesicht zum Vorschein, das er bislang noch nicht an ihr gesehen hatte. Die großen Augen waren braun und von dichten Wimpern umrahmt. Unter dem linken war ein kleines Muttermal. Durch die rechte Augenbraue verlief eine dünne Narbe, auf der keine Haare wuchsen. Die Oberlippe war voller als die untere. Die Stirn dieses herzförmigen Gesichtes war breit, das Kinn sanft gerundet.

Finn beobachtete, wie er es begriff: Was er da sah, war das

Gesicht, mit dem sie zur Welt gekommen war. Sie hatte ihren magischen Schutzpanzer abgelegt und ließ zu, dass er sie wirklich sah.

Finn hob das Kinn und versuchte, seine Reaktion abzuschätzen. Würde er irgendeine dumme Bemerkung machen und ihr damit einen willkommenen Vorwand geben, sich bis ans Ende ihrer Tage hinter einer magischen Maske zu verstecken? Doch stattdessen lächelte der Prinz so strahlend, dass sich sein ganzes Gesicht zu erhellen schien.

»Danke schön«, sagte er. Und noch einmal: »Danke schön.«

»Gern geschehen«, murmelte sie. Noch so eine Phrase, die ihr normalerweise nicht über die Lippen kam, doch in diesem Fall stimmte es.

Alfie hob ein wenig unsicher die Arme, als wollte er auf keinen Fall eine Grenze überschreiten. Finns Körper bewegte sich, bevor ihr Verstand einsetzte. Sie umarmte ihn so fest, dass er kurz zurückstolperte, bevor er ebenfalls die Arme um sie schlang.

In diesem Moment bestand die Welt nur noch aus ihnen beiden und dem Wissen, dass zwischen ihnen eine Tür zugehen würde und sie schon bald durch einen Ozean voneinander getrennt sein würden.

Das Läuten der Uhr mit den zwei Zifferblättern verkündete den Sonnenuntergang, und damit war der Moment vorbei.

Die Menschen eilten vorüber, als wäre dies ein Tag wie jeder andere auch. Das Meer wogte und zog Schiffe mit derselben Leichtigkeit auf das Dock zu, wie es sie an weit entferntes Gestade davontrug. Finn löste sich aus ihrer Umarmung, drehte sich um und ging davon.

Sie weigerte sich, Lebwohl zu sagen, da es ihr ein zu endgültiges Abschiedswort zu sein schien.

Dem Prinzen schien es genauso zu gehen, denn nachdem sie

ein paar Schritte gegangen war, rief er ihr hinterher: »Wir sehen uns.«

Sie wandte sich zu ihm um, ohne stehen zu bleiben, und grinste ihn wölfisch an. »Nein. Du wirst mich nicht sehen.«

Und damit zog sich die Diebin die Kapuze des Tarnumhangs über den Kopf und verschwand.

Danksagung

Ein Buch zu schreiben ist eine chaotische Angelegenheit.

Nachdem ich zwei Jahre lang als Lektoratsassistentin gearbeitet hatte, glaubte ich, das bereits zu wissen, aber erst bei der Arbeit an meinem eigenen Roman ist es mir wirklich klar geworden. Inzwischen ist mir noch bewusster als zuvor, dass Schreiben ein Mannschaftssport ist. Ohne mein Team könnte niemand dieses Buch in der Hand halten, und die vorliegende Geschichte bestünde nach wie vor nur aus unverbundenen Gedankenfetzen in meinem Kopf.

Als Erstes möchte ich mich bei Hillary Jacobson und Alexandra Machinist bedanken. Ihr seid ein traumhaftes Agentenduo, und ich kann gar nicht sagen, wie glücklich ich bin, euch beide in meiner Ecke zu haben. Ihr wart vom ersten Tag an meine Champions. Dieses Buch existiert nur, weil ihr an mich geglaubt habt.

Ich danke meiner wundervollen Lektorin, Kristin Rens, die mich dazu ermutigt hat, mir alles abzuverlangen und mir vor allem selbst zu vertrauen. Bücher zu schreiben ist nie einfach, aber die Arbeit an einem Erstlingsroman ist eine ganz besondere Herausforderung. Ich könnte mir keine Lektorin und keine Person vorstellen, die besser dazu geeignet gewesen wäre, mich anzuleiten und mir all die Fragen zu stellen, auf die es wirklich ankam. Vielen Dank für alles, was du geleistet hast. Ich freue mich darauf, den Rest der Serie zusammen mit dir zu schreiben.

Ich danke auch Kesly Murphy für ihre unermüdliche Arbeit an diesem Buch. Von einer (ehemaligen) Lektoratsassistentin zur anderen: Ich schätze wirklich sehr, was du tust.

Ich möchte mich außerdem beim ganzen Team von HarperCollins bedanken, vom Lektorat über das Marketing und den Vertrieb bis zur Herstellung und darüber hinaus. Vielen Dank, dass ihr meine Geschichte genommen und ein Buch daraus gemacht habt.

Des Weiteren geht mein Dank an Lauren Pines, Ari Romano und Thalia Ertman, meine unzerstörbare Highschooltruppe (mit mir zusammen die Fantastischen 4). Vielen Dank, dass ihr mich unterstützt, seit ich euch als unbeholfener Teenager einmal gestanden habe, dass ich Bücher schreiben will. Und dass ihr mich jetzt, da ich eine etwas weniger unbeholfene Erwachsene bin, anfeuert, wenn ich auf die Frage, was ich eigentlich beruflich mache, *»Ja, ich glaube, ich schreibe Bücher«* antworte und die Achseln zucke.

Ich danke Taylor Lewis, Codi Guggliuzza, Norine Mckee, Ashley Delaney, Andrew Lim und Marlena Chertok, meiner Collegecrew. Wir haben uns in einem Kurs für Kreatives Schreiben kennengelernt. Doch während unserer gemeinsamen Jahre habe ich mehr über Freundschaft und Selbstvertrauen als über das Schreiben gelernt. Und dafür danke ich jedem Einzelnen von euch. Ein besonderer Dank geht an Norine, die den Roman in seiner frühesten Fassung gelesen und zu mir gesagt hat, er sei tatsächlich nur ein bisschen schlecht. Und auch an Codi, die immer wieder *»Jetzt mach schon!«* gesagt hat, wenn ich in ihrer Wohnung saß und mich nicht getraut habe, mein Manuskript an Agenten zu schicken.

Ich danke Hannah Milton. Du hast mich von dem Tag an unterstützt, als wir Zimmergenossinnen in der Columbia University wurden. Während alle anderen um die Häuser zogen, haben wir unsere erste Nacht in NYC damit verbracht, uns gegenseitig unsere Geschichten vorzulesen. Ohne dich hätte ich das hier nicht geschafft.

Ein großer Dank geht an Marisa Dinovis, die mich dazu gedrängt hat, #DVpit auszuprobieren, Kristina Davis, die mir immer zugehört hat, wenn ich beim Schreiben in Panik geriet, Kate Sullivan, die mir ständig versichert hat, dass ich keine komplette Idiotin bin, und Grace Weatherall, die mir meinen ersten Fanbrief geschrieben hat. Deine Ermutigung hat mein Leben verändert.

Das Internet hat mir einmal die Weisheit verraten, dass der Weg zum Erfolg dornig ist. Vielen Dank, Whitley Birks, du bist eine sagenhafte Testleserin und hast mich über viele Dornen laufen lassen. Mit deiner Kritik hast du sowohl den Roman als auch mich besser gemacht. Dafür kann ich dir gar nicht genug danken.

Danke, Sandy Liang. Du hast mir nicht nur beigebracht, wie man Liegestütze macht. Deinetwegen bin ich innerlich und körperlich stärker geworden.

Danke, Margot Levin, dass du mir zugehört und mich daran erinnert hast, wieso ich die Schriftstellerei so liebe.

Ich danke den Leuten vom Jiménez-Porter Writers' House der University of Maryland dafür, dass sie mir alle Mittel an die Hand gegeben haben, die ich als Autorin brauchte. Ich hoffe, ihr bekommt die finanzielle Förderung, die ihr und eure Studenten so sehr verdient. (Ja, ich sehe dich an, du ständig schrumpfendes UMD-Arts-Budget!)

Mein Dank geht an Eva Freeman, die meine erste Lehrerin für Kreatives Schreiben am College war. Du hast mich dazu ermutigt, meine Gedanken zu Papier zu bringen, als ich noch nicht so recht den Mut dazu hatte. Dafür werde ich dir immer dankbar sein. Es war großartig, eine farbige Frau als erste KS-Lehrerin zu haben. Ich hoffe, ich kann andere Autoren genauso inspirieren, wie du es bei mir geschafft hast. Ich bin so froh, dass wir uns in NCY wiederbegegnet sind, und ich kann es gar nicht erwarten, diesen Roman Jonah und Micah zu lesen zu geben, wenn sie alt genug sind!

Ich danke Carlea Holl-Jenson und Keke Jusumaatmadja für all die langen Treffen nach dem Unterricht und dafür, dass ihr an meine Textarbeit geglaubt habt. Ihr seid beide hervorragende Lehrer und habt mich dazu gebracht, mich in der Gegenwart als Autorin zu betrachten und nicht erst in einer fernen, kaum vorstellbaren Zukunft. Dafür werde ich immer in eurer Schuld stehen. Ich hoffe, dass wir uns bald mal wieder im Busboys and Poets sehen werden!

Ein großes Dankeschön an des Sweetleaf LIC und alle, die dort arbeiten, dass ich bei euch einen Arbeitsplatz bekommen habe. Mein besonderer Dank gilt Andrea Garica, Kevin Burgos und Desiree Camacho für die vielen Brownies und die Hinweise auf die richtigen spanischen Flüche – und dafür, dass ihr ein ganzes Jahr lang die Grimassen ertragen habt, die ich vor meinem Laptop geschnitten habe, ohne mich rauszuwerfen.

Ebenso danke ich dem Hungarian Pastry Shop, in dem ich anderthalb Jahre lang an der ersten Fassung gearbeitet und dabei ein Stück von eurem fabelhaften Kuchen nach dem anderen verputzt habe. Ich kann es gar nicht abwarten, euch ein Foto des Buchcovers zu schicken, damit es an der Wand neben all den großartigen Büchern hängen kann, die in eurem legendären Laden entstanden sind.

Ich danke meiner Familie – meiner Mom, meinem Dad und meiner Stiefmom, meinen Schwestern, meiner wilden Cousinen-

Bande (LFAM ein Leben lang!) und meinen Onkeln und Tanten – dafür, dass ihr geduldig gewartet habt, seit ich euch mit vier zum ersten Mal erzählt habe, wie gern ich Bücher schreiben würde. Bis es so weit war, sind nur zweiundzwanzig Jahre vergangen, was meiner Meinung nach genau die richtige Zeitspanne war.

Und natürlich danke ich Ihnen allen dafür, dass Sie mir, Alfie und Finn einen Platz auf Ihrem Bücherregal, unter Ihrem Bett, auf Ihrem Schreibtisch oder in Ihrem Herzen gewähren. Wo immer Sie Ihre Bücher aufbewahren, es ist uns eine Ehre, dort sein zu dürfen.